Le Jeu de l'Amour et de la Mort

**

LA MESSE ROUGE

DU MÊME AUTEUR

CHEZ PLON

Dans le lit des rois, 1983.
Dans le lit des reines, 1984.
Les Loups de Lauzargues :
1. Jean de la nuit, 1985.
2. Hortense au point du jour, 1985.
3. Felicia au soleil couchant, 1987.
Le Roman des châteaux de France :
1. 1985.
2. 1986.
3. 1987.
La Florentine :
1. Fiora et le Magnifique, 1988.
2. Fiora et le Téméraire, 1989.
3. Fiora et le pape, 1989.
4. Fiora et le roi de France, 1990.
Le Boiteux de Varsovie :
1. L'Étoile bleue, 1994.
2. La Rose d'York, 1995.
3. L'Opale de Sissi, 1996.
4. Le Rubis de Jeanne la Folle, 1996.
Secret d'État :
1. La Chambre de la Reine, 1997.
2. Le Roi des Halles, 1998.
3. Le Prisonnier masqué, 1998.
Les Émeraudes du prophète, 1999.
Le Jeu de l'amour et de la mort :
1. Un homme pour le Roi, 1999.

AUX ÉDITIONS JULLIARD

1. La Jeune Mariée, 1990.
2. La Fière Américaine, 1991.
3. La Princesse mandchoue, 1991.
Les Treize vents :
1. Le Voyageur, 1992.
2. Le Réfugié, 1993.
3. L'Intrus, 1993.
4. L'Exilé, 1994.

AUX ÉDITIONS CHRISTIAN DE BARTILLAT

Cent ans de vie de château, 1992.
Un aussi long chemin, 1995.
De deux roses l'une...

JULIETTE BENZONI

Le Jeu de l'Amour
et de la Mort

**

LA MESSE ROUGE

Plon

ISBN : 2-259-19097-9

Exterminez, grands dieux, de la terre où nous sommes
Quiconque, avec plaisir, répand le sang des hommes...

VOLTAIRE.

Première partie

LES CHEVALIERS DE LA REINE

CHAPITRE I

KETTERINGHAM HALL

S'il n'y avait eu le brouillard jaune, glacé et pénétrant, s'il n'y avait eu l'odeur familière mêlant les fumées de charbon aux relents de vase, Jean de Batz, en débarquant au dock de la Tour dont on nc distinguait mêmc pas lcs chaînagcs blancs, eût peut-être douté de se trouver à Londres. L'atmosphère y était à l'opposé de ce dont il avait l'habitude : les Anglais toujours si froids, si distants, voire si méfiants pour ceux qui venaient de France, faisaient preuve à présent d'une incroyable sollicitude. Même l'Alien Office, le pointilleux Bureau des étrangers auquel on avait affaire au moment du passage à Custom House, l'Hôtel de la douane, se montra presque affectueux vis-à-vis du couple d'émigrés âgés, le comte et la comtesse de Saint-Gérand, que Batz avait pris dans son bateau à Boulogne.

Il était normal que leur fragilité, leur visible détresse eussent touché le baron, mais que des fonctionnaires britanniques en tinssent compte, cela tenait du miracle. On s'informa avec beaucoup de politesse de leur nom et de leur situation.

Avaient-ils en Angleterre des amis, de la famille, faute de quoi on pouvait leur indiquer les comités d'accueil fondés par des gens de la noblesse ou même de la riche bourgeoisie, qui se chargeraient de leur fournir un toit, des vêtements, de la nourriture, de quoi vivre enfin ? C'était le cas : leur fille et leurs petits-enfants séjournaient déjà chez lord Sheffield, dans le Sussex où ils étaient espérés. Ils ne s'en montrèrent pas moins émus d'un accueil auquel ils ne s'attendaient pas et auquel les douaniers mirent un comble en leur offrant des condoléances pour la « perte cruelle » qui les frappait.

Batz en reçut tout autant et ne cacha pas son étonnement : depuis le début de la Révolution, il était venu à plusieurs reprises en Angleterre où il avait des amis et c'était bien la première fois que l'on se montrait aussi courtois.

– A quelle perte faites-vous allusion, messieurs ? demanda-t-il.

Le fonctionnaire qui venait de s'incliner devant lui le fusilla aussitôt d'un regard indigné :

– Celle de votre Roi, sir ! Je supposais que sa fin affreuse vous peinait...

– Plus que vous ne sauriez le dire ! Mais je n'imaginais pas que la mort d'un souverain français pût nous valoir la sympathie des Anglais ?

– Cela prouve seulement que vous ne nous connaissez pas ! Nous sommes gens de cœur, sir. Et toute l'Angleterre, comme vous allez vous en convaincre rapidement, est profondément affligée par la mort du roi Louis XVI survenue il y a dix jours. C'est de la pure barbarie... et nous ne sup-

portons pas la barbarie. Jamais vous ne verr
chez nous ! Votre passeport, sir ! ajouta le bu
crate en lui rendant le précieux papier.

Le baron faillit céder à la causticité gasconne e
faisant remarquer à cet homme vertueux qu'on avait déjà vu, environ un siècle et demi plus tôt, quelque chose d'assez semblable quand le « Protecteur » Cromwell avait fait décapiter Charles Ier, mais jugea plus sage de ne pas entamer une polémique. Si les fonctionnaires britanniques tournaient à l'angélisme, il fallait en profiter. Cela ne durerait peut-être pas longtemps !

En quittant Custom House, Batz appela un cab où il fit monter le vieux couple un peu désorienté en lui souhaitant bonne chance, à la manière anglaise, et surtout l'oubli rapide de ses souffrances et de ses angoisses. Enfin, il donna au cocher l'adresse de lord Sheffield, baisa une dernière fois la main sans bagues de la vieille dame en refusant ses remerciements, puis recula de quelques pas et salua, tandis que le conducteur faisait tourner son cheval et s'éloignait dans un crépuscule qui semblait installé sur la ville depuis le matin.

Rassuré sur le sort de ses compagnons de voyage, il allait faire signe à une autre voiture quand son regard fut attiré par une grande affiche placardée contre un mur sur laquelle un belliqueux appel contre la France flamboyait en lettres de deux pieds de haut : « War ! War ! French War ! » Le texte qui suivait invitait le gouvernement de M. Pitt à balayer de la surface de la terre le peuple sanguinaire qui avait osé massacrer son propre roi. Décidément, il y avait quelque chose de changé au royaume d'Angleterre.

Il acheva de s'en convaincre en faisant parler le cocher chargé de le conduire à Holborn où logeait son amie lady Atkyns lorsqu'elle se trouvait à Londres. Celui-ci assura que toute la ville portait plus ou moins le deuil du roi de France :

– Dès que la nouvelle a été sue, on s'est arraché les journaux. Le *Morning Chronicle* surtout qui s'en prenait à la « conduite diabolique » de votre Convention... et à l'infâme assassinat de Louis le seizième...

– Hé là, doucement ! Ce n'est pas ma Convention.

– Je vous en félicite, sir !... Certes nous n'avons pas toujours été frères mais les rois ne le sont-ils pas entre eux ? Tout au moins quand ils s'écrivent en s'appelant Monsieur mon frère ? Notre George le troisième a été très choqué en apprenant le crime des Français. Je dirais même épouvanté. Il a ordonné un deuil sévère et la fermeture du théâtre royal. Toute l'Angleterre est avec lui, d'ailleurs, et vous pourrez vous en convaincre, sir ! Dans chaque carrefour vous allez voir des gens qui vendent le portrait de votre malheureux prince et aussi l'image de son martyre ! C'est trop affreux aussi ! Le Roi assassiné et tous ces pauvres gens qui doivent fuir pour ne pas connaître le même sort !...

Batz pensa qu'il était tombé sur le cocher le plus bavard de sa profession mais n'en éprouva pas moins un certain réconfort. Certes, il n'avait jamais aimé les Anglais, mais leur comportement en face de l'événement dont il souffrait si cruellement, l'accueil qu'ils réservaient aux émigrés lui rendaient l'espoir pour la suite de son combat : il trouverait sûrement toute l'aide désirable s'il réussissait à arracher la famille royale et surtout le jeune roi Louis XVII à leur prison. Un combat dans lequel il avait hâte de se replonger... Il craignait tellement que le temps soit compté à ceux que la tour du Temple retenait toujours entre ses murs !

Les aléas du voyage, les énergiques secousses d'une mer hivernale avaient réussi à tirer le baron du sombre désespoir où l'avaient plongé l'échec de sa tentative d'enlèvement de Louis XVI sur le chemin de l'échafaud et la mort de son roi. Tout au long de sa chevauchée vers Boulogne dans le vent glacé du nord, il avait remâché sa colère, son chagrin, sa déception et son besoin de vengeance. Il avait été trahi ; il savait par qui et pour qui mais il possédait à un degré trop élevé le sens de ses responsabilités pour se lancer en aveugle à la recherche de la satisfaction brutale et peut-être un peu trop rapide que donne un coup d'épée bien ajusté. Tous les comptes se régleraient mais en leur temps, la priorité absolue c'était l'Histoire qui la réclamait et la façon dont lui, Jean de Batz, entendait l'écrire... D'abord, et avant tout, rejoindre Anne-Laure de Pontallec, *alias* Laura Adams, et son compagnon Ange Pitou, le journaliste-garde national, qui devaient avoir atteint Londres et l'attendaient sans doute chez Charlotte Atkyns où il leur avait donné rendez-vous. Tandis que lui-même venait par Boulogne où il possédait deux bateaux avec des équipages à toute épreuve et deux hangars discrets où l'on pouvait entreposer du matériel de navigation, des marchandises... et des candidats à l'émigration. Laura et Pitou partis pour Saint-Malo dans l'anonymat d'une diligence une grosse semaine avant lui comptaient s'embarquer pour Jersey d'abord, puis pour Londres à bord d'un des navires de Marie-Pierre de Laudren, la mère de la jeune femme. Cet itinéraire compliqué mais peu susceptible d'attirer l'attention se justifiait par la présence, dans un ourlet de robe, d'une des plus belles pierres précieuses de l'époque : le Grand Diamant bleu de Louis XIV dont Batz espérait tirer de quoi sauver la reine Marie-Antoinette, le petit Louis XVII, sa sœur Marie-Thérèse et sa tante Madame Elisabeth.

Lorsque l'on fut à destination, les considérations politico-charitables du cocher avaient doucement glissé en long monologue sur les surprises de la condition humaine, présentant peut-être un énorme intérêt mais dont Batz, perdu dans ses pensées, n'entendit rien. A l'instant précis où il arrêtait son cheval, l'automédon achevait d'ailleurs sa péroraison :

– ... et c'est pourquoi je maintiens qu'il n'y a pas d'autre solution que de faire la guerre à ces sauvages ! Vous êtes bien de mon avis, sir ?

– Oh, tout à fait, dit Batz qui n'en était plus à cela près et dont l'attention se fixait à présent sur un personnage qui se tenait debout devant la porte de lady Atkyns, attendant qu'on lui ouvre.

Il paya son cab, grimpa les marches du petit porche soutenu par des colonnes ioniques et rejoignit l'homme qui était grand et sec, en dépit de l'épaisse pelisse dont dépassaient des jambes maigres terminées par des souliers à boucle d'argent. Les cheveux étaient portés à l'ancienne mode mais le chapeau, penché sur une oreille, appartenait au temps présent. Un long nez à bosse promettait d'atteindre le menton agressif quand les dents ne seraient plus là pour les tenir à distance.

L'arrivée du baron apporta une diversion à une attente qui semblait se prolonger :

– On dirait qu'il n'y a personne, dit le personnage avec un demi-sourire qui fit remonter sa grande bouche vers l'oreille gauche, mais déjà la mémoire quasi infaillible de Batz mettait un nom sur ce visage affichant une perpétuelle bonne humeur, et qui rappelait le masque de la comédie :

– Peltier ! s'exclama l'arrivant. Jean-Gabriel Peltier ! Je ne vous savais pas à Londres ?

Mais apparemment la mémoire de l'autre était aussi bonne que la sienne :

– Tiens, vous avez donc pris, vous aussi, le chemin de l'exil, mon cher baron ?

– Je ne crois pas vous avoir jamais été cher et je ne vois pas pourquoi cela changerait ici. Je viens simplement voir lady Atkyns...

– Besoin d'argent vous aussi ?

Le sourcil de Batz remonta d'un bon centimètre :

– On dirait que vous n'avez pas perdu l'habitude d'habiller les gens à vos couleurs ? Non, je n'ai pas besoin d'argent.

– Vous avez bien de la chance ! La vie est hors de prix ici...

– Elle l'est plus encore à Paris. Il y a longtemps que vous êtes arrivé ?

– Je suis parti le 21 septembre dernier quand on a déclaré que la France était désormais « république une et indivisible » alors que Mirabeau l'avait prophétisée « géographiquement monarchique ». J'ai pris mes jambes à mon cou et j'ai filé droit vers la côte où j'ai eu la bonne fortune de rencontrer le duc de Choiseul-Stainville. C'est lui qui m'a aidé à passer le Channel.

– Et depuis, que faites-vous ?

– Que peut faire un homme de plume ? Il écrit. Que peut faire un journaliste ? Il « journalise ». Dès mon arrivée, j'ai publié la suite de mon *Tableau de Paris* sous le titre *Dernier tableau*.

– Et que peigniez-vous ?

– Les horreurs du 10 août, les massacres de Septembre...

– Vous y étiez ?

– N... on, mais j'ai recueilli des témoignages bouleversants qui ont produit grand effet ici.

– Je n'en doute pas, fit Batz avec un mince sourire... Ainsi, vous avez renoncé aux *Actes des Apôtres*. Ils rencontraient pourtant un certain succès ?

Les Actes des Apôtres, dont le premier numéro parut en octobre 1789, était un curieux journal qui se voulait contre-révolutionnaire mais qui attaquait aussi bien les hommes de la Révolution que le roi et sa famille accusés de laisser se développer une situation de troubles. Le comte de Rivarol et Jean-Gabriel Peltier, fils d'un grand bourgeois nantais enrichi dans le commerce de Saint-Domingue et la traite des Noirs, en furent les premiers rédacteurs, à qui se joignirent par la suite nombre d'enthousiastes comme Lally-Tollendal, Boufflers, Champcenetz, Langeron, Mirabeau le jeune, Tilly, Lauraguais, Montlosier...

Peltier poussa un énorme soupir :

– Les Apôtres s'étant éparpillés aux quatre coins de l'Europe, la fin était inévitable. Rivarol est à Hambourg, quelques-uns ici...

– Cela devrait vous suffire. Les apôtres du Christ n'étaient que douze et vous étiez une bonne quarantaine.

– Sans Rivarol je ne peux rien faire. N'étions-nous pas la cheville ouvrière ? Cela ne m'empêchera pas de continuer à me battre contre les buveurs de sang qui tiennent le royaume et qui...

– Faites-moi grâce du reste ! Crier sur les toits ne sert à rien, surtout quand on est loin du champ clos. Mieux vaut agir.

– C'est votre intention ?

– Naturellement...

Tout en parlant, Peltier n'avait cessé d'actionner de temps en temps le marteau de cuivre étincelant de la porte.

– Vous voyez bien qu'il n'y a personne ! fit Batz, d'autant plus agacé qu'il était déçu.

Mais il en avait encore à apprendre sur la malignité des choses : à peine achevait-il sa phrase que ladite porte s'ouvrait, laissant passer la tête effarée d'un bonhomme à lunettes qui achevait de se débarrasser d'un vaste tablier sale :

– Ces messieurs sont là depuis longtemps ? demanda-t-il avec inquiétude.

– Au moins des heures ! lâcha Peltier sarcastique. Et qui êtes-vous d'abord ? Où est Blunt ?

– Moi je suis Smuts, le gardien. J'étais à la cave et c'est la raison pour laquelle je n'entendais pas ces Messieurs.

– On devine sans peine ce que vous y faisiez ! Cela veut dire que votre maîtresse n'est pas là ?

– Milady finit toujours l'année dans le Norfolkshire, fit Smuts sans relever l'insinuation mais en remarquant perfidement : Monsieur devrait le savoir si Monsieur est de ses amis...

– Bien sûr, je le sais, mais...

– Un instant, coupa Batz. Elle est partie depuis longtemps ?

– Deux jours avant Noël, sir... comme d'habitude !

– Est-ce que quelqu'un est venu la demander depuis : une jeune femme blonde accompagnée d'un... gentleman ? Une Américaine ?

Derrière leurs lunettes, les yeux de Smuts s'arrondirent :

– Moi je n'ai vu personne... Mais, ajouta-t-il, je n'ai repris mon poste qu'avant-hier. Milady a eu la bonté de me faire remplacer à cause d'un deuil de famille, en Cornouailles...

– Et qui vous remplaçait ? reprit Batz en faisant jouer une pièce d'argent au bout de ses doigts.

– Tom Weller, l'un des valets qui avait déjà la confiance de sir Edward. Il est reparti aussitôt pour Ketteringham Hall.

– Il ne vous a rien dit ?

– Il n'y avait pas de raison. Si quelqu'un est venu, c'est à lady Atkyns qu'il en aura rendu compte. Je peux encore vous aider en quelque chose, sir ? fit le gardien en louchant sur la pièce d'argent qui ne se fit d'ailleurs pas prier pour rejoindre sa main.

– Non, merci. Je vais aller là-bas...

Sans plus s'occuper du journaliste, Batz tourna les talons et descendit les marches pour rejoindre son cab qui, à tout hasard, l'avait attendu, mais Peltier lui emboîta le pas :

– Vous allez à Ketteringham Hall ?

– Bien entendu.

– Ce soir c'est un peu tard... Vous avez un hôtel pour la nuit ?

– Sans doute.

– Puis-je demander lequel ? insista Peltier avec un sourire engageant.

Batz s'arrêta, une botte sur le marchepied du cab :

– Que vous soyez journaliste, d'accord... mais n'avez-vous pas l'impression d'être un peu trop curieux ?

– Déformation professionnelle, fit l'autre, la mine faussement contrite. Et je ne vois pas pourquoi l'adresse d'un hôtel serait secret d'État.

Le baron commençait à penser qu'il aurait du mal à se débarrasser du fâcheux, un curieux aussi invétéré étant la dernière personne qu'il souhaitât accrocher à ses basques :

– Soit ! soupira-t-il. Je descends à l'hôtel de la Sablonnière à Leicesterfields...

– ... chez ce bon M. de la Sablonnière qui en a fait le rendez-vous de tous les émigrés un peu argentés ! Excellente cuisine... agréable logement... accueil vieille France !

– J'aurais été étonné que vous ne fussiez pas au courant.

– Oh, j'y suis tout à fait : c'est là que j'habite.

– Vous m'en direz tant ! En ce cas montez ! Je vous ramène.

Peltier ne se le fit pas dire deux fois. Tandis que Batz restituait son bagage au cocher, il se hâta de grimper et s'accota au fond de la voiture avec un soupir d'aise. Pour des raisons d'économie il ne s'autorisait pas souvent les cabs, usant le plus souvent de ses longues jambes, mais, dans la nuit tombante, la voiture était la bienvenue. Il entreprit d'en remercier son hôte par un état comparatif des diverses situations des émigrés récemment arrivés en Angleterre. Pris par ses propres pensées, Batz n'écoutait que d'une oreille un discours qui n'était cependant pas sans intérêt :

– On trouve ici, depuis les graves événements de l'été dernier, un assez joli échantillonnage du peuple français tout entier parce que cette deuxième vague de fuite à l'étranger constitue ce que j'appellerai l'émigration de panique. En 89, seule une partie de la noblesse s'est envolée sur les talons du comte d'Artois et des Polignac mais, à présent, avec une autre fournée de nobles, nous avons les anciens maîtres d'œuvre de la Révolution, les constituants avec ce fléau du clergé qu'est l'ex-évêque d'Autun accompagné par son ami Narbonne et aussi Mme de Staël. Et ce qui est plus grave à mon sens, c'est que nous arrivent aussi des commerçants : bouchers, boulangers, cordonniers, des artistes, et même des travailleurs manuels : des tailleurs de pierre, des ramoneurs, des maréchaux-ferrants. Pour ceux-là, je ne me fais pas de souci : ils trouveront toujours à gagner leur vie. Ils seront moins à plaindre qu'une duchesse désargentée ou qu'un courtisan dans la gêne... Mais j'ai l'impression que vous ne m'écoutez pas, baron ?...

– Si, mentit Batz. Prenez que je me sente peu enclin à la discussion... et ne m'en veuillez pas ! Ah, nous arrivons !

L'hôtel de la Sablonnière était en vue et bientôt la voiture s'y arrêtait :

– Vous voilà chez vous, dit le baron en se penchant pour ouvrir la portière.

– Eh bien... et vous ? fit l'autre interloqué.

– J'ai encore une petite course à faire. Nous nous verrons plus tard !

Le plus aimable sourire accompagnait l'invitation à descendre et l'importun fut bien obligé, quoi qu'il en eût, d'en passer par où le voulait celui dont il espérait bien faire son bailleur de fonds, au moins pour un temps, et se faire véhiculer par lui jusque chez lady Atkyns auprès de laquelle il était sûr de trouver la plus large hospitalité.

Avec un soupir à fendre l'âme, il réussit à s'extraire de la voiture et à prendre pied devant l'auberge :

– Voulez-vous que je demande une chambre pour vous ? proposa-t-il en désespoir de cause. Et peut-être aussi une table pour le souper ?

– La chambre je veux bien, le souper c'est moins sûr, répondit Batz toujours aussi gracieux. Il se peut que l'on me retienne...

– Ah... je peux déposer votre bagage, au moins ?

Peu patient quand ce n'était pas nécessaire, Batz sentit la moutarde fort près de lui monter au nez mais, devinant sous cette insistance une possible détresse, il prit dans sa bourse une guinée :

– Merci, mais il y a dans ce sac un objet que je désire offrir. Ce que vous pouvez faire, s'il vous plaît, c'est demander qu'on vous ouvre une ou deux bouteilles de bon vin de Bordeaux... et buvez-les si je ne viens pas souper.

La pièce d'or représentait bien plus que quatre ou cinq verres du meilleur cru, mais le baron préservait ainsi l'amour-propre du journaliste qui accepta sans plus de façons. Le cab repartit et, une demi-heure plus tard, ayant échangé chez le loueur sa voiture citadine contre l'équivalent d'une chaise de poste française, Jean de Batz quittait Londres l'âme en paix en direction du nord-est. Ce qu'il avait à dire à son amie Atkyns n'était pas fait pour les longues oreilles d'un journaliste dont les idées politiques pouvaient se montrer fluctuantes... Laissant à son cocher le soin de le mener à bon port, il prit une couverture qui sentait le cheval, s'en enveloppa, se coucha sur la banquette, tira son chapeau sur ses yeux et s'endormit aussi tranquillement que s'il était dans son lit...

Il fallut toute la nuit et trois relais pour mener Batz des brouillards de la Tamise à ceux de la Yare, à une centaine de miles de la capitale. Les routes du Norfolk n'étaient pas meilleures que celles du nord de la France et le fog n'arrangeait pas les choses. Il était donc près de dix heures quand l'attelage franchit les grilles de Ketteringham Hall, vaste château de l'époque Queen Ann, pas vraiment beau mais donnant une assez bonne idée de la fortune qui l'avait construit. Grand propriétaire terrien en ce Norfolk aux horizons immenses voué à la culture où les fermes prenaient des allures de manoirs, sir Edward Atkyns l'entretenait avec un soin jaloux mais ne l'habitait pas, en laissant la jouissance à une épouse dont il vivait séparé.

Celle-ci était une ancienne actrice du théâtre de Drury Lane où, quelques années plus tôt, sa beauté rousse d'Irlandaise opérait des ravages plus encore qu'un talent s'épanouissant surtout dans les personnages les plus passionnés du répertoire. Au contraire de Nell Gwynn, autre rouquine et ancienne illustration du théâtre de St. Catherine Street, qui avait commencé par y vendre des oranges avant de monter sur la scène puis dans le lit du roi Charles II pour y décrocher un titre ducal, Charlotte Walpole était d'assez bonne famille : fille naturelle et reconnue de Thomas Walpole, proche parent de l'ancien Premier ministre et de l'écrivain qu'avait tant aimé Mme du Deffand, elle avait reçu éducation et instruction avant de devenir reine au théâtre et lady dans la vie quotidienne. Ayant jugé ce dernier avatar bien préférable au premier, elle abandonna les planches pour un statut de noble dame qui lui valut de suivre son mari dans ses voyages, d'être reçue à Versailles et présentée à la Reine. Un jour inoubliable pour elle qui marqua le début de l'admiration et même de l'attachement passionné qu'elle voua dès lors à Marie-Antoinette. La Reine devint son modèle, sa référence en toutes choses, et elle déplora de ne pouvoir prendre rang dans une cour qui la fascinait. Cependant, elle laissa son époux continuer seul un voyage à travers l'Europe et s'installa à Versailles d'abord, où elle fréquenta le cercle Polignac, puis à Paris, rue de Lille, afin d'être proche des Tuileries où vivait désormais son idole. Mais elle était anglaise et les débuts de la Révolution la renvoyèrent en Angleterre où d'ailleurs son mari exigeait son retour. Depuis, elle vivait l'œil fixé sur les événements de Paris et ouvrait facilement sa maison aux anciens amis émigrés avec l'espoir secret qu'un jour sa reine viendrait chercher refuge à son foyer.

Batz la connaissait depuis ce premier voyage qui avait été pour elle son chemin de Damas mais leurs relations s'étaient resserrées après le début du grand drame qui secouait la France. Il savait pouvoir compter sur elle et, à plusieurs reprises, l'un des deux bateaux boulonnais du baron avait relâché à Southwold ou à Lowestoft quelques malheureux fuyards dont la généreuse femme avait pris soin. Elle s'était ainsi constitué un petit cercle d'amis français reconnaissants auprès de qui elle recueillait tous les renseignements possibles touchant Marie-Antoinette. On était toujours certain, en abordant Ketteringham Hall, d'y trouver un ou deux émigrés roulés en boule au coin du feu pour y attendre des jours meilleurs.

Venu plusieurs fois au château, Batz y fut reçu par Brent, le majordome, avec le maximum d'enthousiasme que l'on peut attendre d'un serviteur britannique : une inclination du buste un peu moins raide, un demi-sourire au coin des lèvres et un :

– La venue de monsieur le baron est une grande joie en dépit des temps malheureux. Milady sera heureuse...

Le tout sur un ton de solennelle tristesse. Batz remarqua alors que Brent était tout vêtu de noir et que, à l'instar du roi George, Charlotte Atkyns avait mis sa maison en deuil : dans le hall d'entrée, bien visible à tous, un portrait de Louis XVI enguirlandé de crêpe noire trônait entre deux armures en pied dont les gantelets s'appuyaient sur des épées à deux mains fichées dans le socle, montant une garde pompeuse qui avait quelque chose de fantomal auprès de deux candélabres chargés de bougies.

Seuls les candélabres étaient allumés dans cette salle où régnait un froid glacial, la grande cheminée chargée de la réchauffer étant dépourvue d'un feu jugé sans doute trop gai pour les circonstances. Batz n'en fut pas surpris : chez les Anglais, une certaine fraîcheur et quelques courants d'air étaient considérés comme vivifiants, la canicule commençant un peu avant dix-neuf degrés. S'il fut touché de cette preuve de communion à sa propre peine, Batz, fils de la douce Gascogne, n'en évoqua pas moins avec nostalgie les bons feux qui flambaient, en France, dans ses propres cheminées : sa randonnée à travers le brouillard l'avait transi. Il avait hâte que le majordome revienne mais ce fut la maîtresse de maison en personne qui accourut et sa somptueuse chevelure rousse fit entrer le soleil dans le hall lugubre.

– Vous ici ? s'écria-t-elle d'une voix un peu basse mais chaleureuse. Ah, mon ami, vous n'imaginez pas le bien que votre présence m'apporte ! Vous souhaitez pleurer avec moi, je suppose ?

Elle venait à lui les deux mains tendues et Batz, un instant, eut une sorte d'éblouissement : sa robe noire, son grand fichu et ses manchettes de mousseline devaient être exactement semblables à ce que Marie-Antoinette portait au Temple. La coiffure, sous le bonnet volanté, était la même, et, comme la taille, la silhouette et aussi certains traits du visage rappelaient la Reine. Le baron eut l'impression fugitive de se trouver en face de sa malheureuse souveraine. Charlotte Atkyns était seulement un peu plus jeune et ses yeux bleus brillaient d'une vitalité que l'angoisse et le malheur avaient chassée de ceux de son modèle. Seule la couleur des cheveux brisait l'illusion mais, avec de la poudre, cette illusion pouvait se recréer : le bruit courait que les cheveux de la Reine avaient blanchi... Avec un respect involontaire, il baisa les mains offertes :

– Je n'ai pas de temps pour les larmes, lady Charlotte ! Mon roi est mort et j'ai cru, un instant, sombrer dans la folie. Mais j'en ai un autre à présent auquel je dois toute mon attention, tous mes efforts et toutes mes pensées.

– Sans doute, mais ne donnerez-vous pas la priorité à sa mère ? C'est elle qu'il faut sauver maintenant. L'enfant-roi n'est que sa suite naturelle et c'est elle la plus menacée... Mais ne restons pas ici : vous devez avoir besoin de vous restaurer et l'on va sonner le breakfast dans un instant.

Une cloche, en effet, tinta dans les profondeurs du château comme la jeune femme finissait de parler, et elle glissa son bras sous celui de son visiteur pour l'emmener dans le salon où l'on servait toujours, vers dix heures, ce premier et important repas de la journée. Batz en connaissait le décor et le cérémonial et ne fut pas étonné de pénétrer dans une vaste pièce ornée de portraits de famille dans laquelle se trouvaient un billard, un piano, divers instruments de musique, des livres, et des journaux. Au milieu de tout cela, plusieurs tables à thé supportaient qui la bouilloire et le matériel nécessaire, qui des corbeilles de petits pains de plusieurs sortes, des pots de crème fraîche, de sucre, de confitures et du jambon, qui des plats chauds contenant des œufs, des saucisses et du porridge. On s'installait à sa convenance à d'autres petites tables, ce qui permettait de s'isoler un peu avec telle ou telle personne de son choix ou de venir à l'heure souhaitée. Il y avait toujours nombre d'invités dans les châteaux anglais et l'heure du petit déjeuner était celle de la liberté. Une fois rassasié, on pouvait sortir pour une promenade, lire, faire de la musique ou simplement regagner sa chambre.

Charlotte Atkyns installa son invité et appela un valet pour le servir après avoir lancé un aimable bonjour à la cantonade. Il y avait là plusieurs invités occupés à se sustenter. L'un d'eux, à l'entrée de Batz, sauta de sa chaise, abandonnant ses œufs brouillés, et vint vers lui les mains tendues comme tout à l'heure la maîtresse de maison :

– Mon cher baron ! Mais quelle chance de te voir ici ! Tu viens nous rejoindre !

– Non. Je ne fais que passer. Ensuite je rentre à Paris.

– Tu es courageux ! Cela ne doit pas être bien beau, Paris en ce moment, et tu ferais mieux de rester avec nous toi qui es sans attaches...

– J'en ai plus que tu ne crois. Et surtout, j'ai une tâche à accomplir. Mais toi, que fais-tu ?

– Rien. Je vis... et je m'ennuie à mourir !

Cela, Batz voulait bien le croire. Claude-Louis de la Châtre, comte de Nançay, lieutenant général des armées du Roi, était un homme actif entre tous et le baron l'aimait bien en dépit du fait qu'il avait été, naguère, premier gentilhomme de Monsieur. Compromis dans l'affaire Favras où il était question d'enlever le Roi pour le remplacer par son frère, il avait dû prendre le large tandis que Monsieur abandonnait tranquillement Favras à la justice. On était alors en 1790 et le malheureux marquis n'eut pas droit à la mort d'un gentilhomme : on le pendit haut et court en place de Grève. La Châtre, lui, disparut, laissant en France ses amours et son épouse. Celle-ci, épousée sottement par un intérêt mal compris, était la fille de

Bontemps, le valet de chambre de Louis XVI. C'était aussi une mégère assez bien conditionnée avec laquelle le pauvre La Châtre s'entendit d'autant moins longtemps qu'il s'éprit d'une ravissante comtesse de Beaufort, épouse d'un émigré *. Mise au courant, Mme de La Châtre ne perdit pas une si belle occasion de jeter feux et flammes, exigea la séparation en attendant un divorce que les nouvelles lois rendaient possible. En même temps, elle intentait un procès à Mme de Beaufort pour une obscure raison de terrain que son époux aurait donné à sa belle. La grande surprise fut de découvrir que celle-ci était aussi atteinte du virus procédurier que l'épouse légitime. Il s'ensuivit un interminable débat dans lequel Batz joua un rôle effacé mais primordial en confiant, un an plus tôt, les intérêts de Mme de Beaufort à un certain Lullier, fort habile agent d'affaires de la rue Vendôme avant la Révolution et qui occupait à présent le poste important de procureur-syndic du département. Ainsi pourvu d'une façade hautement républicaine, Lullier gérait avec habileté – et honnêteté ! – les biens de certains émigrés, dont La Châtre. Ce qui ne l'empêchait pas de donner à la Révolution toutes les assurances possibles sur son loyalisme et ses vertus républicaines : il avait même accepté de payer leur « salaire » à quatre égorgeurs de Septembre « pour avoir travaillé pendant deux jours » !

* Rien à voir avec le « Roi des Halles » ! Il s'agit d'une famille Brandouin de Balaguier de Beaufort originaire d'Auvergne.

La mine affligée de son ami désola Batz :

– Et tu es venu t'ennuyer chez lady Charlotte ? Ce n'est pas très gai sans doute ?

– Je m'ennuie à Londres. Jamais ici, ajouta le comte en prenant la main de son hôtesse pour la baiser.

– Pourtant tu vas y retourner bientôt. Nous allons avoir besoin d'agents actifs. Je sais que toi et Montlosier avez accès assez facile auprès du ministre Pitt : il va falloir œuvrer pour préparer l'Angleterre à recevoir le jeune roi Louis XVII...

– Et la Reine n'est-ce pas ? répéta Mme Atkyns. C'est elle la plus menacée, c'est elle qu'il faut sauver en premier !

– J'aurais dû dire : la famille royale ! Et sois tranquille, La Châtre, je te réserve un rôle ! D'autant que tu es l'un des rares émigrés riches. Cela peut être utile...

– Moi aussi je le suis, dit Charlotte. Et je suis prête à engager ma fortune pour la Reine... et les siens.

– Je le sais. Cependant, mes prières dans l'instant présent n'iront pas au-delà d'un déjeuner. Je meurs de faim, ajouta-t-il en souriant.

– Seigneur ! Nous sommes impardonnables, le comte et moi, de vous tenir debout ! Asseyez-vous ! Je vous sers !

Une fois son hôte nanti et La Châtre retourné à son propre breakfast, lady Atkyns s'assit près de Batz, une tasse de thé à la main :

– Dites-moi à présent en quoi je puis vous être bonne, mon ami. Pour franchir la mer en cette saison, il faut avoir une raison bien forte...

– En effet. Je pensais trouver chez vous une amie, une jeune Américaine qui transporte pour moi un... trésor.

La magie du mot opéra comme d'habitude :

– Un trésor ? Et vous vous en seriez déchargé sur une femme ? murmura Charlotte Atkyns avec, dans la voix, l'ombre d'une déception.

– Oui, parce que c'était la sagesse. Laura Adams porte, cousu dans l'ourlet de sa robe, le grand diamant bleu de Louis XIV volé au Garde-Meuble et que j'ai eu la chance de me faire rendre par le duc de Brunswick auquel la Toison d'Or de Louis XV, dont le diamant est la pièce maîtresse, avait été offerte pour qu'il renonce à marcher sur Paris.

– Le bruit en a couru chez la duchesse de Devonshire. Ainsi c'était vrai ?

– On ne peut plus vrai : le pillage des joyaux de la Couronne de France a été orchestré par Danton et peut-être aussi Roland pour acheter les Prussiens. A présent je ne vous cache pas que je suis inquiet : Laura Adams qu'accompagne mon ami le journaliste Ange Pitou devrait être chez vous. Je lui avais donné vos adresses comme point de ralliement...

– Vous êtes allé à ma maison de Londres ?

– Tout droit en débarquant : on n'y a pas vu mes voyageurs mais comme votre gardien n'ouvre pas facilement votre porte, j'ai pensé qu'ils avaient pu croire la maison vide et se décider pour votre château. Or, je constate avec chagrin qu'ils ne sont pas là.

– Quelle route devaient-ils prendre ?

– Saint-Malo où ma messagère a des... facilités, et Jersey. Ils sont partis une bonne semaine avant moi et j'ai été retardé à Boulogne par une légère avarie à mon bateau, sans compter un malaise de Mme de Saint-Gérand que j'ai amenée ici avec son époux. Même avec une mer peu clémente, ils devraient être là...

Charlotte Atkyns s'empara de la théière pour resservir son hôte. Elle et Batz étaient seuls à présent. Voyant qu'ils s'étaient engagés de toute évidence dans une conversation intime, La Châtre et les trois autres personnes présentes s'étaient esquivés avec discrétion.

– Ce chemin-là est long, périlleux. Vous-même, avez-vous rencontré des désagréments ? Mais j'y pense : pourquoi ne pas leur avoir indiqué votre hôtel de la Sablonnière ?

– Je l'ai indiqué, en spécifiant qu'ils ne devaient s'y installer que si vous n'étiez ni à Londres ni ici. C'est une excellente maison mais elle fourmille d'espions qui ne sont pas tous anglais. Oh ! je ne vous cache pas que je suis inquiet... très inquiet même !...

– C'est fort compréhensible. Que comptez-vous faire à présent ?

– Certes pas m'endormir dans les délices de votre demeure, ma chère ! Il faut que je reparte.

– Et où voulez-vous aller ?

– A leur rencontre... Il a dû se passer quelque chose...

– C'est insensé ! Retard ne signifie pas accident ou malheur ! Vous risquez seulement de les croiser sans les voir, donc de les manquer.

– Je ne peux pas rester ici à ne rien faire. A la marée de cette nuit, je ferai voile vers Jersey où j'avais indiqué quelques points de repère. Ainsi, je saurai au moins s'ils y sont passés. Ma chère amie, ajouta Batz en se levant, je vous remercie de ce moment délicieux à tous égards passé auprès de vous. Veuillez demander ma voiture !

En un instant, Charlotte fut presque en larmes : l'arrivée du baron signifiait pour elle tout autre chose qu'une visite éclair à la recherche de deux inconnus. Elle se pendit à son bras :

– Ne partez pas si vite, voyons ! Attendez-moi ! J'ai donné ordre de préparer mon bagage...

– Votre bagage ? Mais pour quoi faire ?

– Pour partir, bien sûr ! En vous voyant arriver et sachant avec quelle facilité vous passez le Channel, j'ai pensé qu'il y avait là une réponse à mes interrogations intimes ! Je veux aller à Paris parce que je veux travailler à la libération de la Reine ! On ne se hâtera jamais assez pour une telle cause...

– Il ne peut être question que vous m'accompagniez ce matin. Je vous l'ai dit, je vais à Jersey, pas à Paris. Ensuite, si Dieu le veut, je reviendrai pour me rendre chez William Gray, le joaillier de Bond Street...

– Fort bien. En ce cas, je vais vous suivre à Londres où j'attendrai de vos nouvelles mais... au cas où vous ne retrouveriez pas votre diamant...

– Si je ne le retrouve pas, c'est que Laura Adams et Ange Pitou seront morts, perdus en mer ou Dieu sait quoi, gronda Batz. Toute autre explication est impensable...

– Soit, soit ! Ne vous fâchez pas ! C'est une simple hypothèse. En ce cas, dis-je, souvenez-vous que je suis très riche et que ma fortune est au service de la Reine !

Touché, Batz lui sourit :

– Pardon ! Je sais quelle âme généreuse est la vôtre. N'oubliez cependant pas que vous avez un fils...

– Et ce fils a un père dont il héritera. Mais j'y pense, pourquoi ne viendriez-vous pas me chercher, que vous ayez pu faire affaire avec William Gray ou non ? Si le diamant est perdu, je vous donnerai, moi, l'argent nécessaire... et je pourrai repartir avec vous !

– Non, Charlotte ! Paris est devenu trop dangereux, surtout si l'Angleterre déclare la guerre à la France. Je ferai appel à vous si besoin est. Avant de prendre la vôtre, je possède encore une fortune... et le reste de la Toison d'Or ! Mais je promets de revenir vous voir si je reviens à Londres...

Vingt minutes plus tard, Batz quittait Ketteringham Hall au désespoir de La Châtre qui, enfermé dans sa chambre, griffonnait fébrilement des lettres destinées à sa femme, à Lullier, et surtout à sa chère maîtresse dont la séparation lui était douloureuse. Il voulait la convaincre de le rejoindre comme elle aurait dû le faire depuis longtemps. Ce procès stupide lui tenait-il tellement à cœur qu'elle le préférât à la vie tellement agréable qu'elle trouverait auprès de lui ? Il était prêt à toutes les folies pour elle et souhaitait en faire sa femme dès que le divorce serait enfin intervenu... Sur ce point, la Révolution avait du bon.

Mais l'encre du long plaidoyer n'était pas encore sèche quand le roulement de la voiture du baron sur le sable des allées vint lui apprendre que son messager d'amour était déjà parti...

En rentrant à Londres, Batz conserva sa voiture de louage dont on changea les chevaux et le cocher tandis qu'il se rendait à l'hôtel de la Sablonnière d'où – et il en bénit le Ciel – Peltier était absent. Là, il s'assura que l'on n'y avait pas vu le couple qu'il cherchait et prit toutes dispositions pour qu'on le retienne au cas où il apparaîtrait pendant son absence. Tranquille de ce côté, le baron se fit conduire au port où il donna d'autres ordres au capitaine Grimaud, patron de la *Marie-Jeanne*, l'un des deux lougres boulonnais qui lui appartenaient. Un détail que tous ses amis de Paris, y compris Marie Grandmaison, sa maîtresse et chère compagne, ignoraient. Grimaud devait l'attendre tranquillement dans le port de Londres tandis qu'il se rendrait à Portsmouth puis, de là, à Jersey, par le chemin normal, celui qu'empruntaient les bateaux assurant plus ou moins la liaison entre les îles anglo-normandes et le royaume britannique. Cela diminuait les risques de manquer Laura et Pitou au cas où ils seraient en route. En effet, toujours méticuleux lorsqu'il établissait un plan, Batz avait indiqué aux deux jeunes gens les auberges de Saint-Hélier à Jersey et de Portsmouth qui pouvaient leur servir de relais. Mais quand, au bout des quelque quatre-vingts miles qui séparaient la capitale de son plus grand port militaire, il atterrit à l'auberge du Solent, il n'avait trouvé trace des voyageurs dans aucun relais et l'aubergiste ne les avait pas vus davantage.

A mesure que le temps passait, que les espoirs s'envolaient l'un après l'autre, Jean de Batz sentait l'angoisse le gagner. Une angoisse qui s'attachait bien davantage au sort de Laura et de Pitou qu'au diamant transporté par la jeune femme. En dehors de la mer, remarquablement calme pour un début de février, il y avait toujours à craindre un accident quelconque, ou le refus de Mme de Laudren de confier une fille retrouvée par miracle alors qu'elle la croyait morte à de nouveaux périls. Dans ce cas, il aurait fallu recourir à l'un de ces passeurs courageux mais parfois avides, et toujours imprévisibles, qui chargeaient, de nuit, des groupes d'émigrés dans leurs barques pour leur permettre d'atteindre les cutters ou les bricks anglais qui s'aventuraient le long des côtes pour récupérer ces malheureux. La vive imagination de Batz, encouragée par la prédiction de Bonaventure Guyot *, ne cessait de lui offrir un éventail de catastrophes allant parfois à la limite du vraisemblable.

Le moral du baron baissait à vue d'œil quand il s'embarqua pour Jersey. En parlant avec le capitaine, il apprit que la population de l'île augmentait de jour en jour. Beaucoup de prêtres surtout, venus se mettre sous la protection des évêques de Bayeux et de Tréguier émigrés depuis que l'on avait tenté de leur imposer le serment constitutionnel. Cette invasion catholique posait même quel-

* Voir tome I, *Un homme pour le Roi.*

ques problèmes à lord Beleare, le gouverneur de l'île, protestant bon teint qui n'avait aucune envie de voir son territoire virer au papisme. Heureusement, quelques émigrés riches achetaient des propriétés ou faisaient construire ce qui leur permettait de loger une grande partie de ces gens auxquels il avait bien fallu accorder une certaine liberté de culte. A la grande satisfaction de la garnison, presque entièrement irlandaise. Jersey pouvait compter en outre, pour sa défense, sur nombre de jeunes gentilshommes avides de se battre venus rejoindre l'aimable prince de Bouillon occupé à installer une sorte de boîte aux lettres entre la France et l'Angleterre, en attendant de pouvoir mettre cet organisme au service du comte d'Artois... Mais au milieu de tout ce monde, le digne marin n'avait pas vu passer le couple qu'on lui décrivait...

Le vent de noroît soufflait mais il faisait presque beau le matin où Batz prit pied sur l'île. Un soleil hivernal, clair et pâle, jouait à cache-cache avec les nuages de tous les tons de gris qui parcouraient le ciel bleuté d'un bout à l'autre de l'horizon. On était en hiver et il ne faisait pas chaud, pourtant la petite ville ronde de Saint-Hélier reposait presque printanière dans le nid de verdure que formaient autour d'elle ses collines où s'étageaient des jardins, à l'abri de puissantes levées de rocs. Des chaussées rocheuses dont l'une prolongeait la jetée du port, et l'Elizabeth Castle aux murs massifs dressés au-dessus des remparts à la Vauban, complétaient ses défenses.

Tout y était marqué au coin de l'Angleterre avec ses maisons basses aux couleurs variées, aux enseignes rouillées par le vent de mer mais joyeusement peinturlurées. Un navire de Sa Majesté, ancré dans le port au milieu des bateaux de pêche, ressemblait à une poule au milieu de sa couvée, et sur les quais l'activité était intense. On construisait à tour de bras pour loger les réfugiés dont certains ne repartiraient plus. La vocation de Jersey qui aurait pu s'appeler l'île aux bannis n'était-elle pas de donner asile depuis que la révolution de Cromwell avait poussé vers elle les deux fils de Charles Ier, le roi décapité, et nombre de leurs fidèles ? A présent elle accueillait avec bonhomie ceux que chassaient un autre séisme et l'ombre d'un autre roi, double tragique du Stuart assassiné...

Batz repoussa son inquiétude dans un coin de son esprit. Cette île d'où, comme ce jour-là, on apercevait les côtes de France, mais que celle-ci n'avait jamais réussi à soumettre, ce caillou où s'assemblaient hommes de Dieu et hommes d'épée, pourquoi donc ne serait-elle pas l'abri rêvé pour un petit roi fugitif comme elle l'avait été pour de jeunes princes pourchassés ?... Un plan déjà s'ébauchait dans l'esprit fertile du baron tandis qu'il se dirigeait vers la London Tavern qu'il avait indiquée comme point d'atterrissage à Pitou. Il serait plus facile qu'en Angleterre d'y rassembler l'armée de braves soldats nécessaire à la reconquête du trône...

A quai, un cutter arrivé depuis peu sans doute débarquait quelques personnes : deux femmes dont l'une âgée que l'on aidait à franchir la planche, un prêtre et deux jeunes garçons avec de maigres bagages. Ces gens offraient du malheur une image si frappante que Batz, machinalement, se découvrit et salua. Puis, avec un haussement d'épaules découragé, il tourna les talons et piqua droit sur la taverne, franchit le seuil, fouilla la salle des yeux et eut une exclamation de joie : il y avait là un homme qui buvait quelque chose dans un bol et dont il reconnut aussitôt les cheveux de paille et l'épi rebelle : Ange Pitou, mais il était seul et rien, aucune tasse abandonnée, n'indiquait que, l'instant précédent, il y eût quelqu'un en face de lui. Il alla s'y asseoir.

– Heureux de vous voir, mon ami ! Je commençais à désespérer.

Par-dessus le rebord de faïence, les yeux bleus, fatigués, du jeune homme s'arrondirent d'une surprise où entrait du soulagement :

– Pas tant que moi, baron, pas tant que moi ! Par quel miracle m'apparaissez-vous ce matin ?

– C'est tout simple : ne vous ayant trouvé ni à Londres ni dans le Norfolk, je venais à votre rencontre. Où est Laura ?

Le journaliste reposa son bol vide et eut un geste évasif :

– Restée là-bas... à Cancale ! Mais rassurez-vous, ajouta-t-il en baissant la voix de plusieurs tons, j'ai le diamant...

Batz examina mieux la figure de son ami et la trouva bizarre. Il n'aimait pas beaucoup l'air faussement détaché qu'affichait Pitou et derrière lequel il croyait déceler une douleur.

– A Cancale ? Qu'y faisiez-vous alors que vous deviez embarquer à Saint-Malo ?

Une servante – figure ronde et fraîche, bonnet et tablier de toile blanche sentant bon la lessive – apparut entre les deux hommes et sourit à Batz qui lui rendit de ses yeux noisette :

– Que puis-je vous servir, sir ? Si comme ce monsieur vous arrivez, vous devez avoir faim ?

– Bien deviné ! Avez-vous du café ?

– Bien sûr ! Nous sommes la meilleure auberge de l'île. On mange même mieux chez nous que chez le lieutenant-gouverneur !

– Alors du café, du pain, du jambon et un peu de votre délicieux beurre qui sent la violette.

La fille éloignée, le sourire de Batz s'effaça.

– Revenons à nos moutons ! Pourquoi Cancale ?

– Parce qu'à Saint-Malo une surprise nous attendait : au moment où nous frappions à l'hôtel de Laudren, une jeune servante en est sortie. Elle était la femme de chambre de... Mme de Pontallec avant qu'elle ne devienne Laura Adams, et elle l'a reconnue tout de suite. Avec terreur, d'ailleurs, parce qu'elle l'a prise pour un fantôme... Comme nous voulions entrer tout de même, elle a paru encore plus effrayée et nous avons dû l'emmener à l'abri d'une auberge un peu plus loin pour qu'elle se décide à dire de quoi il retournait. Je crois que vous ne devinerez jamais, baron, la raison pour laquelle nous ne pouvions pas voir Mme de Laudren ?

– Ce matin je n'ai pas l'esprit très ouvert aux devinettes. Elle est très malade et la servante craignait que la réapparition subite de sa fille ne la tue ?

Pitou ne put s'empêcher de rire :

– Si ce n'était que ça ! Je vous ai dit que vous ne trouveriez pas. Non seulement Mme de Laudren n'est pas malade le moins du monde, mais elle nage dans le bonheur : elle vient d'épouser son gendre...

– Qu'est-ce que vous dites ?

– Oh, vous avez très bien entendu : Mme de Laudren croyant sa fille morte et enterrée s'est laissé prendre au charme de Pontallec et ils se sont mariés il y a peu...

Batz garda le silence quelques secondes, digérant la nouvelle qu'il fit glisser avec une gorgée de café brûlant avant de demander :

– Et elle, Laura ? Comment a-t-elle reçu cela ?

– Aussi mal que possible. Elle est partie de l'auberge en courant mais devinant ses intentions, je me suis jeté derrière elle et, en effet, je l'ai rattrapée juste avant qu'elle n'arrive chez sa mère. La jeune Bina, la servante, nous avait suivis, terrifiée. A nous deux, nous avons réussi à ramener Laura à l'auberge. Là j'ai envoyé la petite à ses affaires, en lui recommandant la plus grande discrétion, et j'ai commencé à parler. A batailler plutôt : Laura voulait absolument faire irruption dans sa maison d'enfance pour s'y déclarer bien vivante et dénoncer les crimes de Pontallec... Vous imaginez les réactions que son entrée aurait pu déclencher ! D'après Bina – et je veux bien la croire –, elle ne serait pas restée très longtemps en vie.

– Un accident « regrettable » ? La mère aurait peut-être émis quelques protestations ?

– Pour ce que j'en sais, elle n'a jamais été une mère très chaleureuse. En outre, je la crois aveuglée par l'amour et c'est toujours grave quand une femme épouse un homme plus jeune qu'elle. Je suis persuadé qu'elle n'aurait rien cru de ce que sa fille a souffert de Pontallec, et lui aurait joué l'innocence. Peut-être d'ailleurs la croyait-il morte de bonne foi ?

– Peut-être... Il s'est trouvé en face d'elle, au château de Hans, et il ne l'a pas reconnue *. Quoi qu'il en soit, comment avez-vous convaincu Laura de ne pas courir leur clamer sa vérité ?

– Je lui ai rappelé que nous avions une mission à remplir et que le mal étant fait, mieux valait remettre à plus tard ses affaires de famille. Le problème que nous avions à résoudre était celui de l'embarquement pour Jersey puisque nous ne pouvions plus compter sur l'aide de la nouvelle marquise. C'est Laura qui a trouvé la solution.

– A Cancale.

– Oui. Vous vous souvenez, je pense, de Joël Jaouen, cet homme de confiance de Pontallec dont j'avais fait la connaissance au club des Amis de la Liberté dans les débuts de la Révolution...

– Comment voulez-vous que je l'oublie ? fit Batz en haussant les épaules. C'est grâce à lui et à la confiance qu'il avait mise en vous que nous avons su ce qui se passait rue de Bellechasse et que nous

* Voir tome I.

avons pu intervenir pour soustraire cette malheureuse aux entreprises de son époux...

– Pardonnez-moi ! Je suis tellement tourmenté que je n'ai plus vraiment ma tête à moi ! Toujours est-il qu'en ramenant... Anne-Laure de Pontallec de l'enterrement discret de sa petite fille, Jaouen, qui avait tenté vainement de l'empêcher de rentrer chez elle, lui avait dit qu'au cas où elle aurait besoin d'un refuge, elle pourrait se rendre à Cancale, dans un petit bien qu'il possède là-bas et qui s'appelle le Clos Marguerite dont une voisine et cousine possédait la clef. Il avait même ajouté que si le danger se rapprochait d'elle, il serait toujours possible de la faire passer à Jersey. Nous sommes donc allés à Cancale. A mon grand soulagement, je l'avoue : l'air de Saint-Malo me semblait aussi malsain que possible...

– Je veux bien le croire. Vous êtes donc allés là-bas ?

– Oui, dans la carriole d'un marchand d'huîtres tout fier de trimballer un garde national... et une jolie femme ! Il nous a aussi indiqué la maison de Nanon Guénec, la cousine de Jaouen. C'est vers la pointe du Grouin, un endroit un peu sauvage où il n'y a guère que trois maisons, y compris le Clos Marguerite.

– Et cette Nanon Guénec vous a fait bon accueil ?

– Nous avons trouvé mieux : Jaouen lui-même... mais combien changé ! Tout d'abord, nous avons cru à une erreur...

La voix du journaliste venait de baisser jusqu'au murmure et durant un instant il se tut, revivant l'instant où une porte s'était ouverte sur les profondeurs obscures d'une maison barrées par la grande forme d'un homme qui semblait avoir habillé son visage avec le chaume de son toit tant la barbe, la moustache et les sourcils rejoignaient les longs cheveux qui n'avaient pas dû rencontrer le peigne depuis longtemps. Un homme en guêtres, en sabots et en blouse sale dont l'une des manches pendait, vide...

Sous cette broussaille, les yeux devaient voir clair car lui reconnut ses visiteurs. Avec un grondement qui ressemblait à un sanglot, il voulut refermer le vantail qu'il n'avait pas lâché mais Pitou fut plus rapide, avança un pied chaussé de l'épais brodequin d'uniforme et coinça la porte :

– Ne nous chasse pas, Jaouen ! On a besoin de toi...

Alors il les avait laissés entrer, mais sans dire un mot, et il était allé s'asseoir dans l'âtre allumé, à même les cendres...

– Eh bien ? s'impatienta Batz.

– Jaouen a perdu, à Valmy, un bras et ses rêves de gloire. Il aurait préféré mourir mais, par extraordinaire, il a été soigné... et bien soigné, mais on l'a renvoyé dans ses foyers. Alors il est revenu vers cet asile qu'il voulait offrir à une autre pour y vivre comme un sauvage ou presque. Si sa maison est à peu près propre, c'est parce que la vieille Nanon s'en occupe un peu quand il le permet...

– Je me souviens de lui. Une telle force ! Une si grande vitalité ! Par quel miracle a-t-il accepté de survivre ?

– On peut chérir les idées de liberté, d'égalité et de fraternité sans abdiquer la foi chrétienne. Pour Jaouen, le suicide est le crime sans pardon. Alors il vit... Notre arrivée l'a bouleversé. Laura est sans doute la dernière femme qu'il aurait souhaité rencontrer dans l'état où il se trouve...

– Il l'aime toujours ?

– Toujours et davantage encore, mais elle a pris les choses en main avec beaucoup d'intelligence et de détermination. Pendant plus de deux heures elle lui a parlé en marchant sur le sentier qui domine la mer. Moi je suis resté dans la maison et j'en ai profité pour changer mon uniforme contre le costume civil que j'avais emporté. Sans doute lui a-t-elle dit ce qu'il avait besoin d'entendre. Quand ils sont revenus, les yeux de Jaouen avaient retrouvé un peu de lumière sous leurs arcades broussailleuses. Elle m'a dit qu'il allait faire en sorte que je puisse gagner Jersey et, comme je protestais qu'elle devait m'accompagner, elle m'a répondu : « Non, je reste. Je ne suis plus indispensable pour la réussite de notre projet et Joël a besoin de moi. Il faut que je le sorte de ce marasme où il vit depuis sa blessure... »

– Vous n'avez pas tenté de la convaincre ?

– Non, parce que je sentais que cela ne servirait à rien. Elle s'est contentée de découdre l'ourlet de sa robe et m'a remis le diamant en disant que je n'aurais qu'à revenir la chercher au retour.

Batz, qui retenait sa respiration depuis un instant, lâcha un soupir de soulagement :

– Ouf !... D'après ce que vous venez de dire, j'ai cru un moment qu'elle voulait s'implanter dans ce coin… si proche de Saint-Malo. Qu'est-ce que quatre lieues ?

– Je l'ai cru aussi, mais non : elle se sent seulement une dette de reconnaissance envers cet homme qui a tenté de lui ouvrir les yeux sur son époux, qui voulait la sauver de lui… et d'elle-même. Je n'ai pas lutté contre sa volonté : j'étais soulagé, je crois, de ne pas l'exposer aux périls de la mer. Qui était mauvaise quand nous sommes arrivés à Cancale… J'ai dû attendre quelques jours avant que Jaouen ne me dise que tout était prêt, que ce serait pour la nuit suivante…

– Autrement dit hier soir ?

– En effet. Vers dix heures, il m'a accompagné à une petite grève que l'on appelle le Saucey. Il y avait là une barque et un pêcheur. Peu après nous avons aperçu le cutter anglais ancré à quelques encablures. Je suis parti… et me voilà !

Pour la première fois depuis qu'ils s'étaient retrouvés, Batz sourit à son fidèle lieutenant. L'angoisse s'était enfin envolée. Grâce à Dieu, Laura ne gisait pas au fond de la mer ou victime d'une mauvaise rencontre et il en éprouvait une joie extrême, plus vive qu'il ne l'aurait cru…

– Tout est donc bien ! Vous allez me remettre la pierre et je vais repartir avec le bateau qui m'a amené… Vous n'avez aucune envie d'aller à Londres, n'est-ce pas ? ajouta-t-il avec une soudaine douceur.

Le visage de Pitou s'éclaira tandis que s'enfuyaient les nuages assombrissant son regard bleu dans lequel Batz lisait à livre ouvert.

– Vous... vous n'avez pas besoin de moi ?

– Pas plus que de Laura, dès l'instant où la pierre est hors de France. Et puis, n'avez-vous pas annoncé à nos amis que vous alliez revenir ?

– Oui. De toute façon il faut que je repasse par Cancale : j'ai jugé plus prudent de laisser là-bas mon uniforme de garde national. Je dois aller le rechercher...

– Mais comment donc ! fit Batz.

Et il éclata de rire, appela la servante pour demander des chambres : son navire ne repartait en effet que le lendemain. Quant à Pitou, il devrait sans doute attendre plusieurs jours avant qu'un bateau anglais ne s'aventure aux approches de la côte bretonne.

La journée que Batz passa à Jersey – en compagnie de Pitou, bien entendu ! –, il en employa une partie à rendre visite au prince de Bouillon, réfugié à Saint-Aubin dans le domaine acheté par son père adoptif, le duc Godefroy, prince de Turenne.

C'était un curieux personnage que ce prince, adopté avec l'assentiment des États de Bouillon en 1791. Pur natif de Jersey, il se nommait à l'origine Philippe Dauvergne, fils d'Élisabeth Le Gueyt, une jolie fille de l'île, et d'un simple lieutenant de la marine anglaise qui prétendait se rattacher à la famille du conquérant de Jérusalem par une branche fort ancienne remontant au XIIIe siècle. Lesdites prétentions devaient offrir assez de vraisemblance pour que le vieux duc eût décidé d'en faire son fils et de confirmer cette décision dans ses dispositions testamentaires.

Marin dans l'âme, comme son père naturel, le jeune Philippe assumait le poids d'une des plus illustres lignées européennes avec un plaisir évident et un naturel parfait. Intelligent, il avait l'âme chevaleresque, le cœur sensible et généreux. Les malheureux qui débarquaient à Jersey trouvaient auprès de lui un accueil compréhensif. Le cheveux blond, l'œil bleu, la carrure normande pour ne pas dire britannique, c'était aussi un joyeux luron dont les aventures galantes ne se comptaient plus. Seul petit travers, il tenait absolument à ce titre de prince qui lui chatouillait agréablement les oreilles et régnait sur une petite cour où il avait instauré une étiquette quasi versaillaise.

Il reçut ses visiteurs inattendus avec un enthousiasme qui eût réchauffé le cœur le plus glacé mais qui se teinta de gravité quand Batz l'informa de ses projets : faire sortir la famille royale du Temple, en ordre dispersé pour ne pas renouveler les erreurs de Varennes, mais surtout le petit roi Louis XVII sur qui reposaient à présent tous les espoirs de ceux que l'on pourchassait sur le territoire français. Le prince accepterait-il d'offrir à l'enfant-roi l'asile inexpugnable dont il avait besoin et de rassembler autour de lui les forces nécessaires à la reconquête du trône ?

A peine eut-il achevé de parler que des larmes montèrent aux yeux du prince. D'abord trop ému pour parler, il posa ses mains sur les épaules de Batz et l'embrassa :

– Moi, devenir le chevalier du Roi ? Son protecteur et son plus humble serviteur ? Jamais on ne m'a rien offert de plus magnifique et de plus exaltant !

– C'est moi qui suis heureux, monseigneur ! Je n'ai pas douté un instant de votre acceptation, mais entendons-nous bien : il s'agira du Roi et du Roi seul ! En aucun cas, le comte de Provence, qui se fait appeler régent de France, ne devra se le faire remettre ou venir vivre avec lui. La Reine seule – avec sa fille bien entendu – si cela est possible, et vous savez qu'elle exècre son beau-frère...

Bouillon ne savait rien du tout, n'ayant jamais mis les pieds à la Cour, mais à l'évocation de Marie-Antoinette dont beaucoup d'hommes rêvaient, son regard étincela tandis que s'ébauchait déjà dans sa tête un roman dans la grande tradition de l'amour courtois.

– Je saurai les défendre tous deux contre le monde entier, je vous en engage ma foi et mon honneur ! Nous restez-vous quelque temps, baron ?

– Non, je pars pour Londres demain matin mais mon ami Pitou qui, lui, retourne en France, sera là quelques jours encore. Si Votre Altesse a un message à faire parvenir en Bretagne, il sera à la London Tavern jusqu'au départ du prochain « courrier céleste », ainsi que les malheureux qui attendent appellent vos navires...

– Où veut-il toucher terre ?

– Près de Cancale.

– Je vais y veiller en personne ! On le ramènera à bon port !

Une semaine plus tard, par un ciel sans lune et une mer houleuse, un guetteur posté sur la falaise du Grouin comme presque chaque nuit aperçut un navire louvoyant avec précaution le long de la côte. Il agita alors une lanterne sourde dont il libéra la lumière selon un code bien établi. Le brick, de son côté, lâcha trois signaux lumineux. L'homme prit sa course vers quelques « maisons de confiance » où, dans des cachettes, des étables, des greniers, des réfugiés attendaient pour se rendre à la grève du Saucey. Depuis la mort du Roi, ils se faisaient de plus en plus nombreux...

Pendant ce temps, le navire anglais mettait à la mer une yole montée par deux marins. Pitou y descendit et l'on rama avec force vers le point de débarquement. En approchant, plusieurs silhouettes noires apparurent. Il y avait là une femme portant un enfant dans ses bras, deux prêtres, un homme armé jusqu'aux dents et deux jeunes filles...

Pitou sauta à terre mais, avant de s'éloigner, il prit l'enfant des bras de sa mère pour que celle-ci pût embarquer avec plus de facilité, puis le lui remit sans qu'il s'éveille. C'était un bébé soigneusement enveloppé de lainages qui ne laissaient dépasser qu'un petit bout de nez. Pitou sourit à la jeune femme :

– Tout ira bien, dit-il. Ayez confiance ! C'est un bon bateau.

– C'est de la mer que j'ai peur. Les vagues sont fortes...

– Les vagues sont l'affaire du marin et ceux-ci sont excellents. Bonne chance !

Cependant, il resta un moment sur place, regardant la yole s'éloigner en dansant sur les flots. Une rafale de vent s'engouffra dans son ample manteau qu'il gonfla comme une voile, et faillit emporter son chapeau. Il eut l'impression que les vagues se faisaient plus hautes et, machinalement, fit un signe de croix en invoquant mentalement la Vierge Marie que la jeune femme de tout à l'heure lui rappelait. Bientôt, il ne vit plus rien que la silhouette floue du brick à la voilure réduite. Enfin, après un temps qui lui parut incroyablement long, les voiles reprirent du volume et le navire sauveur se fondit dans la nuit. Pitou découvrit alors qu'il avait froid et s'élança dans le sentier dont, à l'aller, il avait bien remarqué l'entrée. Quelques minutes plus tard, il courait sur la lande vers la maison de Jaouen. Il avait hâte à présent de retrouver Laura, le sourire de ses yeux noirs quand il lui dirait que tout allait bien et que le dangereux diamant bleu de Louis XIV était en sûreté entre les mains du baron. Il avait hâte aussi de l'emmener loin de ce pays breton qui lui avait valu une autre déception, une autre blessure.

Mais il eut beau frapper, cogner, appeler même, à la porte et aux volets, personne ne répondit. Le vent emporta sa voix jusqu'aux oreilles de Nanon Guénec. La vieille femme dormait peu, et pas du tout les nuits de mauvais temps : elle priait pour les inconnus qu'elle abritait parfois et qui préféraient toujours le péril de la mer à la rage des hommes. Elle prit sa grosse mante de bure, ses sabots mais point de lanterne : la lande, elle la connaissait comme personne et le Clos Marguerite était proche.

– Pourquoi menez-vous tout ce tapage ? cria-t-elle en rejoignant l'homme dont elle avait repéré la silhouette. Et d'abord qui êtes-vous ?

– C'est moi, Ange Pitou ! Vous savez bien ? Pourquoi est-ce que l'on ne me répond pas ? On dirait qu'il n'y a personne ?

– Il n'y a personne...

– Où sont-ils, alors ?

– Venez avec moi. J'ai pour vous une lettre... et votre uniforme.

Nanon retournait déjà vers sa maison. Pitou la suivit sans rien dire, l'esprit bourré de points d'interrogation, mais conscient de sa fatigue après une traversée difficile et avide de retrouver un coin de feu.

Débarrassé de son manteau mouillé, il alla s'asseoir sur l'un des sièges ménagés dans le granit de la grande cheminée et prit avec bonheur entre ses mains glacées le bol de cidre chaud que lui offrait son hôtesse. Le liquide était brûlant mais il l'avala avec avidité sans prendre garde aux protestations de son œsophage : c'était bon, cette flamme qui lui coulait dans le corps !

– Ils sont partis tous les deux... ou bien Jaouen accompagne seulement Laura... quelque part ?

Le « quelque part » ne pouvait signifier pour lui que Saint-Malo où elle avait dû vouloir retourner.

– Je crois qu'ils sont partis. Joël s'est enfin rasé et a fait toilette. Ils avaient tous les deux un sac et il m'a donné les clefs du clos comme il fait toujours. Mais lisez ! Ça vous en apprendra peut-être davantage !

Elle lui tendait un billet simplement plié parce que la confiance ne s'embarrasse pas de cachets de cire ou autres barrières. Elle ne l'avait pas lu. Il n'y avait du reste pas grand-chose à lire :

« Pardonnez-moi de ne pas vous avoir attendu, écrivait la jeune femme. Nous avons une tâche à accomplir, Jaouen et moi. Faites-nous l'amitié de ne pas nous chercher et de rentrer à Paris. Nous nous y retrouverons un jour, soyez-en certain... »

Avec un soupir excédé, Pitou replia la lettre.

– Pas difficile de deviner où ils sont allés ! Ils sont partis comment, et dans quelle direction ?

– Par là, dit Nanon en tendant le bras vers l'ouest. Et à pied !

– Ben voyons ! Quatre lieues, ce n'est pas grand-chose... murmura-t-il en se souvenant de la trotte exécutée entre Hans et Pont-de-Sommevelles en un temps record par Laura et lui-même. La fausse Américaine était solide sous ses apparences délicates...

Tournant et retournant la lettre entre ses doigts comme s'il espérait en extraire de nouvelles informations, Pitou se sentit désemparé. Ce fut peut-être à cet instant qu'il prit conscience de son amour pour Laura, caché à ses propres yeux comme à ceux des autres – du moins il voulait le croire ! – sous le masque de l'amitié et de la sollicitude. Il retrouvait l'angoisse éprouvée quand on l'avait laissée aux mains des Prussiens *, à quoi, cette fois, se mêlait un affreux sentiment de jalousie : c'était avec Jaouen qu'elle était partie, Jaouen

* Voir tome I.

dont Pitou n'avait jamais ignoré les sentiments passionnés que lui inspirait l'épouse de Josse de Pontallec. Et il n'était pas difficile de deviner à quelles intentions ils obéissaient en s'enfuyant ainsi sans attendre son retour, ils savaient parfaitement que Pitou se serait opposé de toutes ses forces à une quelconque action, à Saint-Malo ou ailleurs, contre le nouveau couple. Ainsi, Laura rejetait sa protection, le soutien sans faille qu'il voulait être pour elle, afin de courir une aventure insensée... et avec un manchot de surcroît !

De derrière ses lunettes, Nanon Guénec observait son visiteur sans rien dire, devinant fort bien ce qui se passait dans sa tête. Au bout d'un moment, il se tourna vers elle :

– Voulez-vous me rendre mon uniforme, s'il vous plaît ? Avec votre permission, je vais me changer...

Elle lui apporta ce qu'il demandait, lui indiqua la petite réserve attenante à la grande salle commune pour qu'il s'y retire. Puis elle activa le feu sous la marmite qu'elle avait préparée la veille, chercha des galettes de sarrasin et du lard, disposa un couvert :

– Quatre lieues c'est quatre lieues ! dit-elle quand Pitou reparut. Vous les sentirez moins avec l'estomac bien calé. Vous allez les rejoindre, bien sûr ?

– Non. Elle me l'a défendu ! Je vais seulement à Saint-Malo prendre le coche de Rennes pour retourner à Paris.

– Par la diligence ? Elle ne part pas tous les jours...

– J'attendrai, fit Pitou, redoutant et espérant à la fois cette attente. Qu'en ferait-il ?

Mais il n'y eut pas d'attente. En arrivant dans la cité corsaire, Pitou apprit que la diligence quittait Rennes le surlendemain et il n'eut que deux heures à tuer avant le coche. Il passa à l'auberge du maître de poste, mangeant sans plaisir, écoutant seulement les bruits, les bribes de conversations qui ne lui apprirent rien, résistant avec une farouche volonté puisée dans sa colère et son chagrin à l'envie d'aller observer les alentours de l'hôtel de Laudren, ne s'autorisant même pas une question à la gentille servante visiblement attendrie par sa mine mélancolique et ses yeux bleus... Sans plus se préoccuper de ceux qui l'aimaient, Laura Adams venait de choisir, selon lui, de redevenir Anne-Laure de Pontallec. Il n'avait plus le droit de se mêler de ses affaires.

La mort dans l'âme, il alla s'installer dans le coche et, le jeudi matin à cinq heures, il reprenait sa place près du cocher sur le siège du « carrosse » qui le ramènerait à Paris en une longue semaine. Il aurait bien préféré une voiture plus rapide à ce retour interminable dont chaque étape lui rappellerait un aller tellement agréable, mais, outre qu'un garde national voyageant seul en grande poste eût paru suspect, il n'avait plus assez d'argent pour une aussi folle dépense. Au moment de leur séparation, Laura et lui avaient partagé la somme remise par le baron de Batz, et il n'en restait plus grand-chose...

CHAPITRE II

LES INQUIÉTUDES DU CITOYEN LEPITRE

Enfoncée dans une bergère au coin de la cheminée de son joli salon ovale, Marie Grandmaison regardait danser les flammes et rougeoyer les braises. Pour la première fois depuis des semaines, elle se sentait bien, détendue, l'esprit débarrassé de toutes les pensées noires qui l'encombraient depuis le départ de Batz, lui ôtant le sommeil et l'appétit. Mais, grâce à Dieu, c'en était fini d'avoir peur ! Au moins pour un temps, et c'était ce temps-là que la jeune femme voulait savourer tout en sachant qu'il ne durerait pas, son amant n'étant pas de ceux qui rompent un combat avant sa conclusion. Tôt ou tard, il repartirait et elle retrouverait ses angoisses, mais l'instant présent était merveilleusement lisse et doux : Jean était là, à quelques pas d'elle, dans son cabinet de travail où il faisait ses comptes, classait des notes et dépouillait les gazettes empilées pendant son absence.

On était le vendredi 15 février 1793. Dehors il faisait froid. La neige ouatait le jardin, doublait l'épaisseur des toits, changeait la terre noire et les chemins défoncés en un magnifique tapis blanc que griffait parfois la patte d'un oiseau. Elle était tombée en abondance aux petites heures du jour, créant un grand silence. Un magnifique écrin pour la coquille de douce chaleur et de bonheur où Marie se pelotonnait comme un chat...

Jean était arrivé vers minuit, presque sans bruit selon son habitude, mais l'oreille fine de la jeune femme avait perçu le léger grincement du portail, le pas du cheval sur les graviers encore secs de la cour, avant même que la dégringolade éperdue de Biret-Tissot dans l'escalier n'éveille les échos de la maison. Le fidèle valet, lui non plus, ne dormait guère ces derniers temps : il supportait mal que son maître allât courir les grands chemins sans lui, mais pour ce voyage outre-Manche, Batz s'était montré inflexible : la protection de Marie passait avant toute chose. Surtout depuis l'attentat dont elle avait été victime le jour de l'exécution du Roi...

Le temps d'enfiler des pantoufles, de jeter une mante sur sa chemise de nuit et Marie courait elle aussi vers l'arrivant, pleurant à la fois de joie et de soulagement. Enfin, il était là !

Il la reçut dans ses bras, la gronda de sortir si peu vêtue par le froid qui cette nuit mordait, l'enleva de terre et l'emporta jusque dans sa chambre en lançant à Biret :

– Prépare-moi quelque chose ! Je meurs de faim !

Certes, il avait faim, il avait soif, il avait froid mais que c'était bon d'enfouir son visage gelé dans la soie vivante d'une chevelure, de sentir le cœur de Marie battre contre le sien ! Depuis Boulogne où l'avait jeté plus que déposé une mer devenue hargneuse, il pensait à elle, à son sourire, sa douceur, son corps. Et quand il l'eut contre lui, ce corps si tendre, il ne songea plus qu'à se fondre en lui dans le bienheureux anéantissement où s'effaçaient lassitude, déception, souffrances de toutes sortes. Il lui fit l'amour en affamé, avec une violence qui la surprit et l'enchanta parce qu'elle pouvait y mesurer le besoin qu'il avait d'elle...

– Je suis une brute, confessa-t-il, contrit. En plus je dois sentir le cheval... le bouc ! Pardonne-moi !

– Quelle que soit la façon, l'important c'est que tu m'aimes ! Et je n'ai pas trouvé cela si déplaisant ! fit-elle en riant. Puis-je te rappeler à présent que tu as faim ?... et que le plateau qu'a dû apporter Biret doit être froid ?

– Aucune importance ! La discrétion est une trop grande vertu chez un serviteur pour se plaindre du résultat...

Le plateau était là, en effet, déposé devant la porte, mais aucun plat chaud n'y était disposé près de la bouteille de vin de Champagne : une terrine de lièvre, du fromage, du pain et des confitures devraient réussir à rassasier le voyageur qui mit le plateau sur le lit après avoir rempli de bulles savoureuses les deux flûtes accompagnant ce petit repas.

– Mmmm ! Que c'est bon ! savoura Marie les yeux clos en buvant son vin à petits coups.

– Le champagne est fait pour la joie, mon cœur, et encore plus pour l'amour. Il donne toujours envie de recommencer. Et comme cela, c'est encore plus délicieux, ajouta-t-il en faisant tomber sur la gorge de la jeune femme quelques gouttes que ses lèvres recueillirent; mais elle se défendit contre d'autres entreprises.

– Mange d'abord, et puis raconte-moi ! C'est une honte d'être si heureux quand d'autres sont malheureux !

– Je n'y vois rien de honteux ! Que nous goûtions cet instant ou non ne changera rien au sort de ceux qui sont en danger. D'ailleurs, il se peut que nous le soyons nous-mêmes un jour prochain. Alors, vivons autant que nous le pourrons !

Il se mit à dévorer, avec l'appétit d'un homme qui avait des heures de cheval dans les jambes et, pendant un moment, Marie se contenta de le regarder.

Enfin, elle demanda :

– L'expédition a été satisfaisante ?

– En tous points... enfin presque ! William Gray, le joaillier de New Bond Street, a oublié son flegme en voyant ce que je lui apportais. Il n'a même pas discuté le prix. Pour l'excellente raison qu'il a su tout de suite à qui le vendre...

– A la Couronne d'Angleterre, je suppose ?

– Tu supposes mal. Ce serait risquer une très mauvaise affaire, tandis qu'il doit avoir dans sa manche un client extrêmement fortuné. Il a payé. J'aurais pu recevoir la somme en bonnes guinées sonnantes et trébuchantes, mais j'ai préféré des lettres de change sur... plusieurs banques. Nous avons à présent, outre une fortune, de quoi préparer des évasions augustes...

– Oh, j'en suis très heureuse ! A présent, parle-moi de Laura et Pitou. Ils te suivent en diligence depuis Boulogne, j'imagine ?

Batz considéra le morceau de brie piqué sur sa fourchette comme s'il lui en voulait personnellement.

– Non. Si j'ai dit que le voyage m'avait presque satisfait et pas tout à fait, c'est Laura qui en est la cause. Oh, bien involontaire ! Je ne l'ai pas vue depuis qu'elle nous a quittés ici même. Elle est restée en Bretagne et c'est Pitou qui a apporté le diamant. Jusqu'à Jersey seulement.

Un nuage d'inquiétude assombrit les yeux clairs de la comédienne :

– Il ne lui est pas arrivé malheur, au moins ?

– Non, mais il lui est arrivé « un » malheur. Peu ordinaire d'ailleurs...

Batz restitua à Marie le récit qu'il avait entendu à la London Tavern. Il le conclut en disant que Pitou était reparti pour la Bretagne afin d'y retrouver Laura et de la ramener.

– Quelle histoire ! soupira la jeune femme. Ce Pontallec me paraît une assez bonne imitation du diable ! Et la mère de notre pauvre Laura doit être folle !

Jean haussa des épaules désabusées.

– Crois-tu ? Examinons-la avec lucidité. L'ex-Mme de Laudren a atteint la quarantaine et, pour ce que j'en sais, elle est encore belle. Depuis la mort d'un époux qu'elle aimait, elle a voulu étouffer sa douleur dans le travail en reprenant sa place à la tête d'une importante affaire d'armement naval. Elle ne s'est souvenue qu'elle était mère que sous le coup d'une nouvelle blessure : lorsqu'elle a appris que son fils Sébastien venait de périr en mer. Quant à sa fille, elle ne l'intéressait guère. Elle la laissait à ses serviteurs, à un couvent, à une marraine, un parrain.

– Je sais tout cela. Elle n'a même pas assisté à son mariage dans la chapelle de Versailles...

– Justement ! Son gendre, elle ne le connaissait pas, ou presque pas. Peut-être même ne l'avait-elle jamais vu avant qu'il se présente à elle après la prétendue mort de sa fille et l'affaire de Somme-Tourbe où je lui ai mis quelques pouces de fer dans le corps : le mariage avait été arrangé par l'entourage de la Reine *. Or, si tu n'as jamais vu Pontallec, je peux t'assurer qu'il est très séduisant et qu'il n'a que huit ou neuf ans de moins que la dame. Il n'a pas dû avoir beaucoup de mal à conquérir ce cœur solitaire, comme on dit dans les romans. Il paraît qu'elle en est folle !

En écoutant son amant, Marie, les bras croisés, s'était mise à marcher à travers la chambre. A la fin, elle dit :

– Je sais que Pitou ne pouvait pas agir autrement puisqu'elle tenait à s'occuper de cet homme à la dérive, mais je n'aime pas du tout l'idée de l'avoir laissée en arrière. Tu crois vraiment que cette charité soudaine est la vraie raison ? A sa place...

– Eh bien ? Qu'aurais-tu fait à sa place ?

– Je crois... que j'aurais tenté quelque chose pour mettre un terme à ce scandale... et sauver ma mère – même si les liens n'ont jamais été étroits ! – parce que, avec un tel homme, cette femme est en danger si elle a réussi à garder une fortune.

* Voir tome I.

– Oh, j'ai pensé à tout cela. Pitou aussi qui brûlait de rejoindre Laura...

Il se leva, prit Marie dans ses bras pour l'obliger à s'asseoir auprès de lui sur le lit :

– S'ils ne sont pas encore revenus à Paris, cela ne saurait tarder. Et j'ai pleine confiance dans Pitou... Il l'aime trop pour ne pas tout faire pour la protéger. Fût-ce d'elle-même !... Revenons à nous, ma douce, ma belle, ma tendre petite Marie !

La suite appartint à ces moments d'amour que Marie, au fond de sa bergère, revivait avec délices. Il y en avait eu beaucoup depuis le coup de passion qui les avait jetés dans les bras l'un de l'autre, depuis que Jean avait arraché Marie au théâtre des Italiens où elle rencontrait le succès pour l'installer dans cette jolie demeure de Charonne – achetée au nom de son frère, directeur des Postes à Beauvais, mais appartenant en réalité au baron de Batz comme plusieurs autres maisons dans Paris. Elle y était châtelaine, recevait avec grâce ceux qu'il lui demandait d'accueillir, mais c'était en fait le plus sûr comme le plus chaleureux repaire du conspirateur et, jusqu'à présent, seuls les fidèles du Roi, les vrais amis, en connaissaient l'adresse et s'y retrouvaient.

La cloche du porche interrompit l'agréable rêverie de la jeune femme. Les visites diurnes n'étaient pas vraiment nombreuses et l'hiver les rendait plus rares encore. C'était surtout à la nuit tombante que l'on venait chez Batz où des chambres étaient toujours prêtes pour les hôtes que la fermeture des barrières de Paris empêchait de rentrer. Marie se leva pour voir l'arrivant, mais Biret-Tissot était déjà en train d'accueillir l'homme qui se présentait. Elle ne le connaissait pas et ne fut donc pas surprise qu'il ne vienne pas au salon mais gagne directement le cabinet où travaillait le baron.

Cependant, elle était trop femme pour n'être pas curieuse et, quand elle entendit les pas du valet sur les dalles du vestibule, elle sortit pour le rejoindre.

– Qui est-ce ? demanda-t-elle sans élever la voix.

Biret se rapprocha d'elle sur la pointe des pieds et chuchota :

– Le citoyen Lepitre... Il est l'un des commissaires de la Commune qui veillent à la tour du Temple. C'est grâce à lui que... miss Laura et Mme Cléry avaient pu s'installer dans la rotonde, près du mur d'enceinte *. Je l'ai vu à deux ou trois reprises et M. le baron le connaît bien.

– Il n'est jamais venu ici, que je sache ?

– Non, et il faut une raison bien sérieuse pour qu'il s'aventure chez nous. Il m'a dit qu'il avait le plus urgent besoin de s'entretenir avec le maître...

– En effet. Je ne le connais pas mais le moins que l'on puisse dire est qu'il n'avait pas l'air tranquille. En traversant la cour, il regardait de tout côté comme quelqu'un qui craint d'être vu...

Que Lepitre soit inquiet, cela avait sauté aux yeux de Biret quand il lui avait ouvert le portail et n'échappa pas à Batz lorsqu'on l'introduisit dans son cabinet. Jetant sa plume, il se leva vivement et vint au-devant de lui.

– Vous ? Ici ?... Que se passe-t-il mon ami ? Vous semblez affreusement troublé... hors d'haleine... et

* Voir tome I.

gelé, ajouta-t-il après avoir touché la main glacée de son visiteur. Seriez-vous poursuivi ?

– Non... Non, grâce à Dieu !... Je vous demande... excuse de venir... vous importuner, mais il le fallait...

– Asseyez-vous et prenez le temps de vous reposer. Vous dînerez avec nous tout à l'heure mais, en attendant, buvez ceci !

Batz lui mit entre les mains un verre d'eau-de-vie de raisin que fabriquaient les paysans de son pays d'Armagnac et dont il avait une petite provision. Lepitre accepta avec une grimace reconnaisante, avala le contenu du verre d'un seul trait, s'étrangla, devint violet et, finalement, retrouva sa couleur normale et une mine plus sereine.

– Merci !... C'est très bon... mais c'est fort !

– Cela ne se boit pas non plus comme ça ! commenta le baron en lui versant une nouvelle ration. Chauffez un peu le verre entre vos mains... et dites-moi ce qui vous amène !

– On est en train de monter un complot pour sauver la famille royale... et j'en suis !

Les sourcils bruns remontèrent au milieu du front du baron.

– Comment se fait-il que, moi, je n'en sois pas ?

– Le bruit court qu'après la tentative d'enlever le Roi avant l'échafaud, vous avez fui en Angleterre...

– J'ai effectué un voyage en Angleterre, corrigea Batz sèchement. Je n'ai pas fui. Ce n'est pas mon style et ceux qui me connaissent le savent bien. Qui est à la tête ?

– Le chevalier de Jarjayes et Toulan...

– Toulan ? Un de vos collègues commissaire au Temple ? Et l'un des plus rigoureux ? Il a toujours traité les prisonniers sans grossièreté mais avec sévérité.

– Eh bien, il paraît qu'il a la confiance de la Reine !

Et Lepitre raconta comment, le 2 février dernier, le général-chevalier de Jarjayes avait reçu chez lui un homme dont il avait toute raison de se méfier et qui, cependant, s'affirmait le messager de la veuve royale et portait d'ailleurs un billet de sa main.

Que Marie-Antoinette eût choisi Jarjayes pour demander du secours n'avait rien d'extraordinaire. Ce militaire de haut rang, nommé maréchal de camp et chef adjoint du dépôt de la Guerre en 1791, était sans doute l'un des plus dévoués à la cause royale et l'avait prouvé à maintes reprises. Par sa femme, épousée en 1779 – il avait alors trente-quatre ans ! – il devint familier de Versailles.

Lorsqu'il fut nommé à l'état-major avec le grade de colonel, il s'était trouvé souvent proche des souverains. En effet, Louise Quelpée de La Borde était l'une des douze premières femmes de chambre de la Reine, celles, comme Mme Campan, qui veillaient à ses joyaux et à ses finances. Un mariage en tout point assorti car Louise n'était pas une jouvencelle à peine sortie d'un couvent : elle était veuve en premières noces de Philippe Hinner, le maître harpiste de la Cour dont Mme Cléry avait été l'élève. Le Roi et la Reine eurent donc souvent l'occasion de voir le chevalier de Jarjayes et d'en apprécier la valeur. D'un esprit droit, d'une intelligence rapide, d'une fidélité sûre et d'un dévouement à toute épreuve, Jarjayes savait concilier le respect le plus profond et la franchise la plus sincère, ne craignant pas de dire, à l'occasion, certaines vérités difficiles à entendre. Louis XVI savait pouvoir compter sur lui et, comme Batz lui-même, le chargea de diverses missions. Après Varennes, il devint l'intermédiaire discret entre la Reine et le jeune député Barnave, imbu des idées nouvelles et même fondateur du club des Jacobins mais qui, durant le terrible voyage de retour de Varennes, tomba sous le charme de Marie-Antoinette avec laquelle il échangea une correspondance : le chevalier recevait dans ses poches les communications de Barnave, la Reine les y prenait et mettait ses réponses à la place. Ces échanges cependant n'aboutirent à rien. Voyant que la Reine n'adoptait aucun de ses avis, Barnave regagna sa ville natale de Grenoble qui était aussi celle de Jarjayes. Par la suite, la Reine quasi prisonnière aux Tuileries utilisa souvent le chevalier pour sa correspondance secrète. Entre autres avec l'ambassadeur d'Autriche, le comte Mercy-Argenteau, retiré à Bruxelles. Il n'était donc pas étonnant qu'après la mort de son époux et se sachant en péril, Marie-Antoinette eût songé, en l'absence de Batz dont elle ne savait pas s'il rentrerait ou non, à faire appel à son fidèle courrier.

Toulan, c'était une autre histoire.

Ce Toulousain de trente-deux ans, libraire et marchand de musique de son état, installé d'abord rue Saint-Honoré puis rue du Monceau-Saint-Gervais pour être plus près de l'Hôtel de Ville, était l'un des plus chauds partisans de la Révolution. Doué d'un esprit vif et volontiers gouailleur, il s'était fait connaître par quelques discours incendiaires prononcés debout sur une chaise au Palais-Royal et par sa participation active aux journées du 20 juin et surtout du 10 août : il était entré dans les premiers aux Tuileries. Intelligent et d'âme bien placée, il s'affirmait l'adversaire farouche de la royauté en général et du Roi en particulier. Tous titres qui lui avaient valu d'être nommé à la surveillance du « tyran » emprisonné au Temple. Or que se passa-t-il ? Entré en fonction avec l'horreur d'une famille royale qui appréhendait son arrivée, il ne lui fallut que deux jours à peine pour changer sa haine et ses préjugés en une profonde admiration pour la bonté des prisonniers, leur douceur et leur extrême dignité dans d'aussi affreuses circonstances. Tout en gardant des dehors sévères – et ses convictions républicaines –, François Toulan changea d'attitude sans donner l'éveil à ses collègues. La mort du Roi l'emplit de chagrin, d'horreur et de crainte pour le sort des trois femmes et du petit garçon demeurés captifs. Et une idée s'imposa à lui : il fallait les tirer de là et leur permettre de quitter la France où ils n'avaient plus aucun rôle à jouer. Dans son esprit, le petit roi ne portait pas le titre pompeux de Louis XVII, et il combattrait toute tentative de l'installer sur le trône. Ce n'était qu'un enfant malheureux dont il souhaitait qu'il pût vivre libre une existence comme tout le monde...

– Je connais Toulan depuis son installation à Paris avec sa jeune femme Françoise, dit Lepitre.

Quand j'y suis arrivé – peut-être ne savez-vous pas que j'étais professeur de rhétorique au collège de Lisieux ? – j'ai, ouvert un pensionnat rue Saint-Jacques et, en 1790, j'ai été nommé professeur de belles-lettres au collège d'Harcourt... qui va fermer d'ailleurs ! Bien que ce ne soit pas mon quartier, je suis allé souvent chez Toulan et nous nous sommes retrouvés à la Commune. Nous avions plaisir à dialoguer en latin, à réciter ensemble des œuvres de Pindare, à...

Devinant que son hôte partait pour l'un de ces discours fleuris de citations qui étaient son péché mignon, Batz l'interrompit :

– Allons au principal, mon cher ami ! Je sais déjà tout cela, car vous pensez bien qu'avant d'admettre quelqu'un dans mon particulier, je me renseigne. Dites-moi plutôt ce que votre Toulan est venu proposer à Jarjayes.

– Un plan qu'il a conçu pour faire évader la famille royale. Évidemment, le chevalier ne s'est pas laissé gagner aussi vite, mais Toulan avait un petit billet écrit par la Reine en personne et Jarjayes connaît bien son écriture. Elle y disait entre autres choses que, pour elle, Toulan s'appelait Fidèle... Difficile de douter encore après cela, n'est-ce pas ?

– Difficile en effet ! La suite ?

– Le chevalier a émis une exigence : voir lui-même la Reine !

– N'était-ce pas trop demander et courir un grand risque ?

– Sans doute, pourtant Toulan a réussi. Le chevalier de Jarjayes est entré au Temple au soir du

7 février sous les habits de l'allumeur de quinquets qui vient chaque fin de journée sa perche sur l'épaule. Habituées à sa présence régulière, les sentinelles le laissent passer le plus souvent sans lui demander sa carte.

– Excellent ! s'écria Batz. Une idée géniale ! Donc il a vu la Reine ?

– Oui, et il a pu échanger quelques mots avec elle tandis que Toulan s'occupait du ménage Tison, ces affreux qui sont censés servir les prisonnières mais qui ne sont que de bas espions, pleins de haine et de fiel. Dont la Reine se méfie comme du feu ! Depuis, Toulan a pu apporter deux autres billets et l'on est tombé d'accord sur le plan définitif.

– Eh bien ?

– Voilà ! Un soir prochain, quand la garde sera, par exemple, sous la responsabilité de votre ami Cortey, l'allumeur de quinquets qui vient parfois avec un ou deux de ses gamins sera remplacé de nouveau par le chevalier. Il arrivera plus tôt que d'habitude puis reviendra en père affolé qui a oublié sa progéniture (la garde ne sera plus la même), et il fera sortir le Roi et sa sœur sous les habits crasseux de ses enfants. En même temps, la Reine et Madame Élisabeth sortiront sous les uniformes que nous aurons apportés par morceaux. Elles auront aussi les laissez-passer habituels des gardes.

– Et les Tison pendant ce temps-là ? Ils se croiseront les bras ?

– On doit les neutraliser, murmura Lepitre d'une voix qui se mit tout à coup à chevroter.

Ce qui affecta désagréablement l'oreille fine du baron : Lepitre ne devait pas aimer beaucoup le rôle qu'on lui réservait...

– Ensuite, une fois la famille royale hors du Temple ?

– Elle se changera dans la petite maison que les Jarjayes ont à Vaugirard et partira pour l'Angleterre. Le chevalier fera ce qu'il faut mais...

– Mais quoi ?

Lepitre baissa le nez.

– Pour réaliser tout cela, il faut de l'argent et nous n'en avons guère. Les Jarjayes sont autant dire ruinés et Toulan n'est pas riche. La Reine a bien conseillé de s'adresser à M. de La Borde, l'ancien fermier général...

Batz sauta au plafond :

– Laborde ? Sa Majesté a l'excuse de n'être plus au fait des réalités, sinon elle saurait qu'on ne peut rien espérer de cet homme qui a déjà refusé d'aider le Roi... et aussi ses frères d'ailleurs ! Il ne doit plus croire beaucoup à un retour de la monarchie...

– Cela, nous le savons tous les trois, et nous n'en sommes pas moins dans l'embarras...

– ... et vous avez pensé à moi ?

– Oh, monsieur le baron, vous savez bien qu'on a pensé à vous dès le début, mais encore une fois vous n'étiez pas là et si je suis venu ce matin, c'est à tout hasard.

– Vous avez bien fait, dit Batz en riant. Je verrai le chevalier de Jarjayes. A présent, apaisez vos craintes ! Nous allons dîner, et cela achèvera de vous remettre.

Le professeur de belles-lettres leva sur lui un regard de chien malheureux.

– Vous savoir avec nous est certes un grand réconfort, pourtant je ne suis pas tranquille.

– Dans ce genre d'entreprise, il est difficile d'être tranquille, mais il est vrai que vous me semblez mal à l'aise. Quel rôle vous a-t-on attribué en propre ?

– Procurer les costumes, les faire entrer au Temple de compte à demi avec Toulan... et réduire les Tison au silence !

– En ce qui concerne les frais tels que l'achat des uniformes et le reste, je m'en charge. Ce que j'ai l'intention d'apprendre au chevalier, c'est que je suis prêt à financer l'entreprise car il ne suffit pas de les faire sortir du Temple, il faut aussi emmener nos chers prisonniers hors de France. C'est... l'affrontement avec les Tison qui vous tourmente ?

Lepitre se tortilla sur son siège comme s'il avait froid, frottant ses mains l'une contre l'autre, et finalement lâcha :

– Oui... Je ne suis pas un homme de main, moi... et encore moins un héros. Je suis un modeste professeur de belles-lettres... et je meurs de peur !

Sa mine était si piteuse que Batz ne put s'empêcher de rire.

– Vous ne me ferez pas croire ça ! Qui a sauvé Mme Cléry et miss Adams du danger que représentait le municipal Marinot ?

– J'éprouvais un irrésistible besoin de les aider. Quant à Marinot, je n'ai fait que vous avertir. Ce n'est pas moi qui l'ai tué...

– Non, c'est moi ! Mais vous étiez des nôtres dans notre malheureuse tentative pour le Roi et...

– J'y étais de cœur mais je n'ai rien fait du tout. J'étais terrifié et au matin du 21 janvier je suis resté terré chez moi...

– ... en compagnie de deux gardes, je sais.

– Non. En compagnie de ma femme. Aucune force humaine n'aurait pu me faire sortir de chez moi. Alors je préfère vous prévenir, baron : à mesure que le plan se développe, la terreur me gagne...

C'était fâcheux en effet et Batz pensa à la fameuse phrase du *Roméo et Juliette* de Shakespeare : « Je n'ai peur que de ta peur. » Lepitre devait la connaître mais se garda bien de l'exprimer à haute voix. Dans ce genre d'entreprise, l'ancien professeur représentait un chaînon faible qui, en lâchant, pouvait tout perdre...

– Pourtant, bredouillait le malheureux presque en larmes, je voudrais tant vous aider ! Je m'en veux, vous savez, je m'en veux ! Mais je suis sans défense contre moi-même !

– Allons, calmez-vous ! Dès l'instant où nous le savons, nous pouvons alléger votre fardeau. Les uniformes vous posent-ils un problème ?

– N... on ! Non... je peux le faire mais...

– Vous craignez les Tison ? Je verrai cela avec M. de Jarjayes. Passons à table en attendant : voilà la cloche qui nous y invite...

Mais Lepitre avait encore quelque chose à dire :

– J'allais oublier ! Toulan et le chevalier comptent aussi sur moi pour les passeports de la famille royale. Je suis président du comité qui les délivre...

Batz qui se dirigeait vers la porte pour l'ouvrir devant son hôte se détourna, soudain cassant :

– Et alors ? fit-il. Que voyez-vous là de difficile ? Vous avez tout sous la main : les imprimés, les tampons et peut-être des actes tout signés par la Commune ?

– Sans doute mais...

– Si vous craignez que votre main tremble en les remplissant, apportez-les-moi. Je saurai, soyez-en certain, les rendre conformes en tout point. Plus vrais que les vrais !

– Dans ce cas...

Lepitre avait répondu du bout des lèvres, pas convaincu le moins du monde, et ce détail n'avait pas échappé au baron. Il n'en fit pas moins bonne figure à son invité tout en pensant qu'il fallait soit le surveiller, soit l'écarter du complot. Cette dernière solution, radicale, ne le satisfaisait pas : commissaire au Temple et à la tête du service des passeports officiels – on pouvait toujours en fabriquer et Batz connaissait la manière, mais les fugitifs ne seraient jamais mieux protégés que sous l'égide procurée par leurs ennemis –, Lepitre était difficile sinon impossible à remplacer... On verrait donc à le surveiller mais à qui en confier le soin ? L'idéal serait le garde national Pitou à qui son uniforme permettait d'aller partout. Seulement, où se trouvait Pitou et quand rentrerait-il ? Toulan et Jarjayes devaient souhaiter enlever les précieux prisonniers le plus tôt possible et Batz les approuvait... Le mieux serait peut-être de rassurer Lepitre ?

L'instant semblait favorable. Réconforté par le bon repas, les vins chaleureux et le sourire de

Marie, le professeur, enclin à s'attendrir sur lui-même, confiait à son auditrice qu'il avait composé, en compagnie de Mme Cléry, une romance, « La piété filiale », inspirée par la mort du Roi et dédiée au jeune Louis XVII, romance qu'il avait présentée à la Reine. Et même, tirant un papier de sa poche, il entreprit d'en donner lecture :

« Eh quoi tu pleures, ô ma mère ?
Dans tes regards fixés sur moi
Se peignent l'amour et l'effroi.
J'y vois ton âme tout entière... »

A mesure que les vers se déroulaient, des larmes emplissaient ses yeux. Il acheva, en reniflant furieusement, son texte dont la fin était consacrée à Madame Élisabeth :

« Ah, souviens-toi des derniers vœux
Qu'en mourant exprima ton frère ;
Reste toujours près de ma mère
Et ses enfants en auront deux. »

Pour lui donner le temps de se remettre quand il eut fini, aidé d'un vaste mouchoir pour étancher son émotion, Marie applaudit avec enthousiasme, intimant d'un œil sévère à Jean d'en faire autant.

– C'est vraiment très beau ! s'écria-t-elle. Quelle âme dans ce poème et comme vous le dites bien ! La Reine a dû sentir une vraie consolation à l'entendre...

– Je le crois car j'en ai reçu le plus beau des remerciements. Lorsque je suis revenu au Temple huit jours plus tard, on me fit entrer dans la chambre de Madame Élisabeth et j'ai eu la joie inexprimable d'entendre ma romance chantée par le jeune roi accompagné au clavecin – un vieux clavecin trouvé par moi dans le grenier du Temple et que j'ai fait accorder! – par la petite Madame Royale... Ah, quel instant! Sa Majesté ne retenait pas ses larmes et, d'ailleurs, nous pleurions tous...

Batz, qui trouvait l'anecdote un peu forte, faillit demander si le ménage Tison pleurait aussi et comment il avait apprécié un instant si émouvant. Il se retint : il fallait utiliser au mieux l'émotion où baignait Lepitre, portée à son comble par les louanges de Marie. Le professeur de belles-lettres goûtait là un instant d'intense admiration pour lui-même...

– Cher ami, reprocha-t-il doucement, il me semble que vous avez pris de bien grands risques en cette occasion que j'ignorais. Étant donné les projets que vous m'avez confiés, vous avez peut-être fait preuve d'une noble imprudence et il vous faut maintenant jouer plus serré... vous tenir un peu plus en retrait, œuvrer dans une ombre plus épaisse. En vérité, il serait tragique que votre dévouement vous mette trop en danger...

– Vous voulez que je me retire? suggéra Lepitre, une note d'espérance dans la voix.

– Non, je vous crois indispensable. Mais je vais vous faire une proposition et je vous supplie de n'y voir aucune offense, aucune atteinte à votre désintéressement. Je tiens absolument à vous remettre ces jours prochains une... certaine somme... en or, afin qu'au jour même où nous réaliserons notre plan, vous puissiez quitter le pays avec Mme Lepitre et vivre hors des frontières de la façon qui vous conviendra...

– M'exiler ? Mais... et mon école ?

– Je crains que, tôt ou tard, vous ne soyez obligé d'y renoncer. Alors autant prendre les devants. Vous n'aurez qu'à en ouvrir une autre, à Londres par exemple pour les nombreux enfants émigrés, puis, quand tout sera fini – car tout finira un jour ! –, revenir rue de l'Observatoire... à moins que le nouveau roi, reconnaissant à juste titre, ne vous propose la direction d'un collège royal. Ou mieux encore, une chaire au collège de France ?

A cette glorieuse évocation, les étoiles se multiplièrent dans les yeux un peu ternes de Lepitre. Il n'avait jamais été séduisant : la taille courte, le ventre rondelet, en outre affligé d'une légère claudication, le brave garçon n'avait rien d'un Apollon, mais devant les perspectives ouvertes par Batz, il devint presque beau. Son hôte glissa le dernier argument :

– Naturellement, vous partirez en même temps que la famille royale. J'y veillerai personnellement...

Les étoiles tenaient toujours bon quand le professeur de belles-lettres prit congé.

– Eh bien, mon ami, soupira Marie quand il eut disparu, vous en avez fait un autre homme.

– C'est ce que j'espérais. Heureux que vous l'ayez remarqué.

– Il était triste à mourir en arrivant. Mais vous êtes vraiment en train de comploter avec lui ? Ce n'est guère rassurant.

– Lorsqu'il est entré, tout à l'heure, j'ignorais tout de ce complot, mais je le trouve intéressant...

– Et c'est lui qui en est l'âme ?

Batz se mit à rire :

– Dieu du ciel, non ! Ce malheureux est tiraillé entre son désir de se dévouer au service du Roi et sa crainte des dangers que cela lui fait courir. Tant que les plans restent sur le papier, il se sent la force d'un lion, mais dès qu'ils prennent consistance, il devient peureux comme un lièvre. Cela dit, mon ange, je vais à Paris... en passant par le couvent.

Comme si le froid extérieur venait d'entrer dans la maison, Marie resserra autour de ses épaules le châle en laine fine et poil de chèvre du Tibet, d'un beau rouge profond, que Jean lui avait rapporté de Londres.

– Traduction : je ne vous verrai pas ce soir... ni peut-être de plusieurs jours ?

– Pas ce soir, en effet. Le chevalier de Jarjayes que je veux rencontrer habite rue Helvétius * comme notre ami Roussel. Je dormirai chez lui. Embrassez-moi tant que j'ai encore quelque chance de vous plaire. Ce ne sera plus le cas d'ici une heure...

Une heure plus tard, en effet, dans la « loge de théâtre » qu'il avait aménagée dans la sacristie du couvent déserté de la Madeleine de Traisnel, rue

* Actuelle rue Sainte-Anne.

de Charonne, Batz procédait à l'un de ces changements de personnalité dont il avait le secret. Dédaignant pour ce soir le ronchonnant citoyen Agricol ou le silencieux porteur d'eau de la rue des Deux-Ponts, il opta pour le citoyen Hans Müller, jeune Alsacien candide mais fervent républicain, venu de son Colmar natal pour se placer à Paris afin d'y voir de plus près les grandes choses qui s'y déroulaient et les grands acteurs de ces faits admirables. Ce résultat était obtenu au moyen d'une perruque blonde et frisée, d'énormes lunettes qui ressemblaient à des tessons de bouteilles, de boules de latex placées dans les joues pour arrondir le visage et de vêtements étriqués mais chauds – fils du Sud-Ouest, Batz était frileux ! –, pouvant convenir aussi bien à un domestique de bourgeois modestes qu'à un petit instituteur. Un furieux accent tudesque déguisait entièrement sa voix. En effet, outre sa connaissance de l'allemand, de l'anglais et de l'italien, un de ses talents consistait à emprunter de façon tout à fait naturelle tel accent qui lui plaisait. Pour ce costume, la neige justifiait les bottes courtes, le gros manteau porté sur une carmagnole bien-pensante et le tricorne usagé, à l'ancienne mode, enfoncé jusqu'aux sourcils, et même la grosse canne, en bois noueux, qui pouvait servir de gourdin et renfermait aussi un long et solide poignard.

Ainsi équipé, Batz s'enfonça d'un bon pas dans les rues enneigées en essayant d'éviter le caniveau central où la blancheur était devenue boue noire. Le chemin était long mais les jarrets d'acier de cet homme de trente-deux ans lui permettaient de couvrir de grandes distances avant d'éprouver une vraie fatigue. La nuit était close, cependant, et sous de rares lanternes apparaissaient des flaques de clarté entourées d'ombres denses quand il tira la cloche de l'hôtel qui avait jadis appartenu à Lulli. Une femme vint lui ouvrir, sans doute une servante. Batz lui demanda le « citoyen Jarjayes de la part du citoyen Toulan... ». Sans dire un mot, la femme l'enveloppa d'un coup d'œil critique puis disparut, le laissant seul dans un vestibule glacial. Au bout d'un instant, un battant de la double porte du fond s'ouvrit, laissant passer un homme vêtu de noir dont l'allure était bien celle d'un militaire et le visage, un peu sévère, celui d'un être intelligent et réfléchi. Après avoir examiné un instant son visiteur, il le fit entrer dans un petit salon où, par la grâce d'un bon feu et de grands rideaux de lampas bleu soigneusement tirés, régnait une agréable chaleur.

– Que se passe-t-il ? demanda le chevalier. Pourquoi Toulan ne vient-il pas lui-même ? Et d'abord qui êtes-vous ? On m'a dit « Müller » ? C'est bien ça ?

– C'est bien ce que j'ai dit, mais ce n'est qu'un pseudonyme. Je suis le baron de Batz.

– Vous ne lui ressemblez guère.

– C'est ça le charme ! fit Jean en riant. Est-ce qu'ainsi vous me reconnaîtrez ? ajouta-t-il en ôtant sa perruque et ses lunettes fumées. Je n'aimerais pas cracher devant vous les balles qui m'arrondissent les joues...

Mais déjà, le général se détendait :

– C'est mieux ainsi. Veuillez vous asseoir... et remettre tout ceci : c'est plus prudent. Ainsi, vous avez vu Toulan ?

– Non. J'ai vu, aujourd'hui même, Lepitre qui est venu chez moi à tout hasard, dans l'espoir que je serais rentré.

– Mais c'est vrai, on vous a dit émigré. Ce qui était prudent après votre folle tentative d'arracher le Roi à son sort. Tentative pour laquelle j'aurais aimé que vous fissiez appel à moi.

– Pourquoi donc ? Pour que le traître qui nous a dénoncés ajoute un nom à sa liste ?

– Peut-être aurais-je su le démasquer ? Je m'y entends à juger mes contemporains.

– Je croyais m'y entendre aussi mais l'homme est faillible comme vous le savez sans doute... et je ne viens pas ici discuter de ce que vous appelez ma « folle tentative » qui aurait sans doute droit à l'étiquette héroïque si elle avait réussi. J'ajoute que je n'ai pas émigré : je suis seulement passé en Angleterre afin d'y régler une affaire d'argent. Cet argent dont vous avez grand besoin si j'en crois Lepitre. A ce propos, savez-vous que celui-ci pourrait être le maillon faible de votre ouvrage ? Il meurt de peur.

– Je crois que vous exagérez. Certes, il n'est pas Bayard, mais il a tellement à cœur de se dévouer pour la Reine et ses enfants qu'il lutte de son mieux contre une faiblesse bien humaine, et je demeure persuadé qu'il y parviendra. Au surplus, il nous est indispensable...

– Pour les passeports ?

– En effet. Ceux qu'il peut nous procurer résisteront à tout examen sérieux, ce que l'on ne saurait attendre de faux papiers, si bien exécutés qu'ils soient.

Batz se garda de dire qu'il avait pris soin de conforter les sentiments royalistes du professeur en découvrant devant lui de bien sympathiques horizons. De toute évidence, M. de Jarjayes n'était pas facile à manier. Il était de ces hommes qui, leur décision arrêtée, ne se laissent retenir par aucun obstacle et n'acceptent aucune critique. Ceux qu'il admettait à travailler avec lui devaient être inattaquables. Batz choisit de passer à un autre sujet :

– Lepitre m'a appris que votre plan est achevé mais que le point faible en est l'argent. Je suis prêt, moi, à vous donner tout ce dont vous avez besoin. Je dispose de fonds importants, destinés d'ailleurs au salut du Roi et des siens... Encore dois-je être persuadé qu'ils seront employés à bon escient. Et d'abord, d'où vient cette grande confiance que vous avez accordée à ce Toulan que je ne connais que comme l'un des plus irréductibles républicains attachés au Temple... Il vous aurait donné un billet ?

Jarjayes alla jusqu'à un secrétaire, fit jouer un tiroir caché et y prit un petit papier qui avait dû être étroitement plié et défroissé avec peine.

– Le voici. Connaissez-vous l'écriture de la Reine ?

– Oui... c'est bien la sienne, confirma Batz, pris d'une soudaine émotion en lisant ce mince fragment sur lequel Marie-Antoinette avait écrit :

« Vous pouvez prendre confiance en l'homme qui vous parlera de ma part en vous remettant ce billet. Nous l'appelons Fidèle. Ses sentiments me sont connus : depuis cinq mois il n'a pas varié. Mais ne vous fiez pas trop à la femme de l'homme qui est enfermé ici avec nous. Je ne me fie ni à elle, ni à son mari... »

– Je crois que Sa Majesté a tenu, dès cette entrée en matière, à vous prévenir contre les Tison, ce couple hypocrite et haineux prétendument attaché à son service. Ils représentent l'obstacle le plus difficile à franchir... et le principal sujet d'épouvante de Lepitre. Vous lui auriez confié la tâche de les « éliminer » ? Il n'y parviendra jamais...

– Je sais, c'est le gros problème. D'autant que la Reine refuse que l'on s'en débarrasse de façon radicale...

– Vous avez réussi, m'a-t-on dit, à vous entretenir avec elle durant quelques instants ?

– Oui, je l'avais exigé avant de donner ma confiance entière à Toulan. Ah, baron, comment vous dire ce que j'ai éprouvé en la retrouvant dans cette chambre mal carrelée, aux murs recouverts d'un mauvais papier vert à grands dessins ! Les meubles ne valent guère mieux et l'on a jugé plaisant de placer sur la cheminée une pendule représant la Roue de la Fortune ! Quelle dérision !

Sous l'influence d'une émotion soudaine, la carapace glacée du chevalier venait de craquer, pour la plus grande satisfaction de Batz qui se sentit tout à coup plus à l'aise.

– A-t-elle changé ? demanda-t-il avec douceur.

– Oui et non. Elle est toujours très belle, très digne, très fière mais ses cheveux sont blancs et son visage porte les traces de ses chagrins.

– Il faut faire en sorte que d'autres douleurs ne s'ajoutent pas à ce qu'elle a déjà subi. Je vous suis acquis, général. Me confierez-vous le détail de votre plan ?

– Merci... du fond du cœur ! A présent, voici ce que nous avons décidé à ce jour. Lepitre vous a-t-il parlé des uniformes de municipaux ?

– Oui. Je peux vous en procurer si vous ne savez comment y parvenir.

– J'avais pensé les faire confectionner par ma femme et Mme Lepitre mais la difficulté vient des chapeaux...

– Il vous en faut deux : le plus simple serait que Toulan et Lepitre oublient les leurs chez les prisonnières à quelques jours d'intervalle. Vous aurez vos uniformes dans trois jours...

– On les emportera là-bas pièce par pièce. La Reine et Madame Elisabeth les revêtiront. Sa Majesté sortira la première, en compagnie de Lepitre. La garde du Temple n'est pas à craindre : il suffit de montrer sa carte pour que les sentinelles ne se dérangent point. En outre, les municipaux portent une écharpe tricolore qui ôte tout soupçon. Quelques minutes plus tard, Ricard...

– Qui est celui-là ?

– Le cousin de Toulan, tout acquis lui aussi. Il jouera le rôle de l'allumeur de quinquets venu rechercher son gamin qu'il aurait oublié dans la tour en faisant sa tournée. Ce gamin, ce sera

Madame Royale déguisée avec des vêtements sales : pantalon, carmagnole, vieux chapeau avec perruque :

– Madame Elisabeth ?

– Elle partira la dernière sous l'habit d'uniforme en compagnie de Toulan. Quant au petit roi, il nous pose un problème parce qu'il est trop jeune, trop curieux, trop bavard aussi pour tenir bien son rôle dans notre affaire, mais Toulan a eu une idée : comme il est plutôt fluet et léger, c'est Turgy qui l'emporterait dans un panier de linge sale. Vous connaissez Turgy ?

– Oh oui ! Et je me demandais pour quelle raison je ne voyais pas paraître ce fidèle serviteur qui a tenu à se faire enfermer au Temple pour continuer à veiller à la nourriture de Leurs Majestés et éviter d'éventuelles tentatives d'empoisonnement. L'idée me paraît bonne mais il faudra endormir l'enfant. Et, à ce propos, pourquoi ne pas endormir tout simplement les Tison eux aussi ?

– Parce qu'ils prennent leurs repas à tour de rôle en bas, avec les municipaux...

– Diable ! Et ils n'ont pas... un faible quelconque pour un vin ou quelque autre produit un peu particulier ?

– Si. Le tabac d'Espagne. Ils en raffolent et pour les amadouer si peu que ce soit, Toulan leur en apporte de temps en temps...

– Voilà ce qu'il nous faut ! Je vous en procurerai... de ma façon, et je peux vous assurer qu'ils dormiront bien. Ainsi, la Reine sera satisfaite et le sang ne sera pas versé. Mais revenons à la sortie de la Reine. Pourquoi la confier à Lepitre qui peut craquer ?

– Justement ! Il ne « craquera » pas s'il est en sa compagnie car il lui voue une sorte de culte et la force d'âme de Sa Majesté l'empêchera de faiblir.

– Oui, fit Batz sans autre commentaire. La suite, maintenant ?

– Une fois sortis du Temple, tout le monde me rejoindra dans la rue de la Corderie où j'attendrai avec une voiture.

– Une seule pour tout ce monde ? Vous voulez rééditer Varennes ?

Pour la première fois, Batz vit sourire Jarjayes :

– La Reine a dit exactement la même chose que vous. Cela m'ennuie de diviser la famillc, mais je pense qu'il faudra s'y résoudre. Peut-être trois cabriolets : un pour la Reine, le Roi et moi-même, le deuxième pour la petite Madame et Lepitre, le troisième pour Toulan et Madame Elisabeth. Turgy et Ricard rentreront au Temple le lendemain matin comme si de rien n'était...

– Et où irez-vous en cet équipage ?

– Ce n'est pas encore décidé. Peut-être Le Havre où l'un de mes amis pourrait me procurer un bateau. C'est là que le manque d'argent...

Batz se leva et alla vers la glace de la cheminée pour recoiffer sa perruque, ses lunettes, et s'assurer que son déguisement était de nouveau parfait :

– Je vois qu'il me reste de l'ouvrage. Occupez-vous uniquement de la sortie du Temple, je me charge de tout le reste : voitures, route, relais, bateau... Le Havre ne me dit rien : les ports les plus proches de Paris seront surveillés dès que la fuite sera connue. Je préfère les chemins creux du Cotentin et l'embarquement pour Jersey où le prince de Bouillon se prépare déjà.

– C'est plus long, donc plus dangereux...

– ... et c'est bien pour cette raison que je le trouve préférable.

– Je ne suis pas d'accord ! Il faut que nous en reparlions. De toute façon nous devrons en discuter avec nos associés. Des réunions sont prévues rue de l'Observatoire, chez Lepitre...

– Encore ? Il sera mort de peur avant la date prévue ! Et à ce propos, y a-t-il déjà une date prévue ?

– Dans les premiers jours de mars. Il faut faire vite ! Le Roi mort, les haines se tournent vers la Reine... Où puis-je vous atteindre ?

– A quelques maisons d'ici habite mon ami Balthazar Roussel. Il saura toujours où me trouver. Je vais d'ailleurs passer la nuit chez lui.

– Est-il prudent de mettre d'autres personnes dans la confidence ?

Le regard du baron devint glacial :

– Roussel était de ceux qui ont risqué leur vie le 21 janvier. Il devait escorter le faux Louis XVI en sachant parfaitement qu'il serait repris, ce qui permettait au Roi de fuir en paix. Si vous le refusez, vous me refusez aussi.

– Je n'ai pas le choix. Vous m'apportez ce dont j'ai besoin.

– Voilà qui est franc au moins ! A vous revoir, monsieur de Jarjayes !

Lorsqu'il rejoignit la rue obscure, Batz emportait un sentiment de malaise qu'il n'expliquait pas, ou pas tout à fait. Ce n'était pas un manque de confiance en Jarjayes. Il le savait droit comme une lame d'épée, un vrai chevalier dans l'esprit du Moyen Age, un homme d'une absolue bravoure servie par un total mépris du danger. Son point faible, c'était de croire peut-être un peu trop facilement les autres taillés sur le même patron que lui. Et Batz regrettait que l'on eût attribué à Lepitre un rôle beaucoup plus important que celui primitivement annoncé : les habits, les passeports, les réunions chez lui et, par-dessus le marché, la responsabilité de l'évasion de la Reine ! Cela faisait vraiment beaucoup, ainsi qu'il l'expliquait à son ami Roussel.

Celui-ci était le plus joyeux compagnon qui fût. Vingt-cinq ans, rentier en quelque sorte, il vivait largement sur la fortune que lui avait laissée son père, gros négociant en produits des îles d'Amérique auxquels les événements des dernières années l'avaient convaincu de renoncer. Joli garçon brun, aimant les filles et les vins de choix, les chevaux et le danger, il avait choisi de conspirer par amour du sport et du piment violent que le danger apportait à sa vie de grand bourgeois. A cause de cette disposition d'esprit assez seigneuriale, il vouait à Batz une admiration absolue et un dévouement total, tant pour sa folle bravoure que pour une intelligence et un sens du théâtre qu'il partageait. Toujours admirablement vêtu en dépit des modes bizarres imposées par les sans-culottes, il n'hésitait pas à se transformer en ramoneur ou en égoutier si les circonstances l'exigeaient.

Il accueillit son chef dont il ignorait le retour avec enthousiasme :

– Je désespérais de vous revoir un jour, baron... et je m'ennuyais à périr. Paris n'est plus Paris quand vous n'y êtes pas !

– Parce que vous trouvez que le Paris actuel ressemble à celui d'autrefois ? Vous ne me flattez guère en m'y assimilant !

– Bah, il est peut-être moins élégant mais il est plus passionnant. On y risque sa vie chaque fois que l'on met le pied hors de chez soi.

– Vous ne croyez pas si bien dire, approuva Batz en se laissant tomber dans une confortable bergère avec un soupir de bonheur. Un de vos voisins est en train de concocter une entreprise – pas bête du tout d'ailleurs ! – pour délivrer la famille royale.

– Que voilà une bonne nouvelle ! Vous en êtes, naturellement, et moi aussi par la même occasion ! Je parie que le voisin en question est le chevalier de Jarjayes. Il a la mine distante et ténébreuse qui sent le conspirateur à quinze pas...

– Pariez, vous gagnerez ! Plaisanterie mise à part, il y a dans ce projet des lacunes... ou plutôt des incertitudes qui m'inquiètent.

– Racontez. Nous avons tout le temps car, bien sûr, vous soupez avec moi ?

– Et même, si cela ne vous dérange pas, je passerai la nuit chez vous. Le retour à Charonne serait trop dangereux.

– Encore une bonne nouvelle ! Vous me gâtez. Je vais dire à Taupin de préparer une chambre.

La maison était vaste, en effet, confortable et même luxueuse. Elle avait jadis appartenu à la Gourdan, célèbre patronne d'une maison de prostitution élégante qui avait compté dans ses pensionnaires la jeune et ravissante Jeanne Bécu, avant qu'elle ne devînt comtesse du Barry et favorite royale. Pour donner quelques gages aux temps troublés, Roussel en avait fermé la plus grande partie, ne gardant en activité qu'un appartement de trois pièces où Batz aimait se retrouver.

Les deux amis soupaient tranquillement en parlant du projet Toulan-Jarjayes quand la porte extérieure retentit de coups violents, en même temps qu'une voix puissante criait :

– Ouvrez ! Au nom de la Nation !

Un instant interdits, les deux hommes n'échangèrent qu'un regard avant que Balthazar Roussel ne se précipite vers une fenêtre donnant sur la rue qu'il ouvrit. Il y avait là une troupe de sectionnaires armés de sabres. Le pommeau de l'un d'eux servait de heurtoir.

– Que voulez-vous ? cria le jeune homme.

Celui qui paraissait le chef leva la tête :

– On vous a déjà dit d'ouvrir ! Qu'est-ce que vous attendez ?

– De savoir ce qui me vaut une visite aussi flatteuse, riposta Roussel avec insolence.

– Vous cachez un émigré dangereux ! Le ci-devant baron de Batz qui vient de rentrer à Paris. Ouvrez, sinon on enfonce la porte !

– J'y vais ! fit Batz prenant une soudaine décision. Dites à Taupin de se cacher !

– Vous voulez vous livrer ?

– Pas du tout ! Je vais jouer les bons serviteurs, mon ami. Je suis Hans Müller, votre « officieux alsacien ».

– Seigneur ! fit Roussel en riant. J'aurai tout vu !

Mais déjà Batz dévalait l'escalier un flambeau à la main et faisait jouer verrous et serrures :

– Endrez, zitoyens, s'écria-t-il de son plus bel accent. Fous être les pienvenus ! Inutile de gasser la borte !

– Qui es-tu, toi ? demanda le barbu enrubanné de tricolore qu'il trouva devant lui.

– Hans Müller, de Golmar, zitoyen. Che travaille chez le zitoyen Roussel...

– Et tu dis que nous sommes les bienvenus ?

– Fous chercher Patz, ze missérable qui voulait zauver Gapet ? Alors che répète : fous êtes les pienvenus. Fenez ! che fous montre le gemin...

Et il précéda aimablement les quatre hommes dans l'escalier, parlant d'abondance et obtenant même qu'on lui confie le mandat d'arrêt que, chemin faisant, il lut comme si c'était le plus beau des textes. Sous sa conduite, la maison fut visitée de fond en comble, sans que l'on brise quoi que ce soit. Jouant le jeu, Roussel lui-même les reçut avec une parfaite indifférence et les regarda faire tandis qu'ils fouillaient sa maison, assis dans un petit fauteuil. Il savait que la cachette dans laquelle était enfermé Taupin, derrière une bibliothèque, n'était pas facile à déceler. Et, de fait, on ne la trouva pas.

La visite terminée, « Müller », sur l'ordre de son maître, alla à la cuisine faire chauffer du vin à la cannelle que Roussel, sans rancune, offrit aux « bons citoyens » qui, pour accomplir leur pénible devoir, sortaient de nuit et par un froid dont on se défendait mieux dans son lit. On lui en fut reconnaissant :

– Tu dois avoir des ennemis, citoyen, commenta le chef de l'expédition. Quelqu'un qui te veut du mal a dû te dénoncer faussement dans l'espoir de te créer des soucis.

– Oh, de nos jours, c'est le pain quotidien. On a de plus en plus de mal à savoir si celui à qui l'on serre la main est un ami ou un ennemi.

– Le mieux, si tu veux m'en croire, est de ne serrer la main à personne. Bonne nuit, citoyen ! Allez, vous autres ! On rentre...

Les sectionnaires repartis, Batz et Roussel n'accordèrent que peu de temps à un accès de franche gaieté et à quelques compliments mutuels. Cette descente policière n'était guère rassurante.

– Je ne suis rentré à Paris que la nuit dernière, fit Batz. Comment peut-on savoir déjà mon retour ?

– La peur, mon ami ! Voilà le grand ennemi. Elle pourrit ceux que l'on pourrait croire les plus déterminés.

– Peut-être. Pourtant, j'ai peine à croire que l'homme dont j'ai vu la signature au bas de l'ordre d'arrestation soit devenu un ennemi. Ce n'est pas son intérêt.

– Qui est-ce ?

– Lullier, l'agent d'affaires qui tenait cabinet rue de Vendôme avant la Révolution. Il a obligé bien des jeunes étourdis de la noblesse et de la bourgeoisie en peine d'argent, et même des moins jeunes. Il gère les biens d'émigrés et je lui ai même confié les intérêts de Mme de Beaufort, la dame de cœur de mon ami La Châtre. Personnellement, j'ai toujours entretenu d'excellentes relations avec lui et je ne vois pas du tout pour quelle raison il se met à me courir sus ! Vous êtes trop jeune, trop riche pour avoir eu affaire à lui.

– Si c'est le même Lullier qui est procureur-syndic de la Commune, ses nouvelles fonctions lui ont sans doute fait changer sa façon de voir les choses...

– C'est ce que nous allons savoir bientôt. Demain, en sortant d'ici, je vais chez lui.

– Sous cet aspect ?

– Non. Vous me prêterez bien un habit ?

– C'est de la folie ! Il va vous faire arrêter sur-le-champ...

– C'est ce que nous verrons ! Allons, mon ami, ajouta Batz avec un bon sourire, cessez de vous tourmenter ainsi pour votre habit ! Vous le reverrez ! Je suis un homme très soigneux !

Au matin, en effet, ayant troqué son vieux tricorne pour un élégant chapeau rond à haute forme et sa carmagnole pour un frac gris fer sous le manteau noir passe-partout qu'il portait en arrivant, Batz, une canne à la main, quittait discrètement la maison de la rue Helvétius et gagnait la place du Palais-Égalité où il prit un fiacre en indiquant qu'il se rendait à l'Hôtel de Ville. La distance n'était pas bien grande, il aurait pu la couvrir à pied sans aucune peine. Mais le temps s'était radouci dans la nuit, la neige fondait un peu partout, transformant les rues en bourbiers noirâtres que tout homme soucieux de ses vêtements se devait d'éviter. En outre, il convenait à son personnage d'entrer en voiture dans la cour de la maison commune...

CHAPITRE III

OÙ LES CHOSES SE COMPLIQUENT

Le redoutable siège de la Commune sur laquelle régnait le Suisse Pache, le Rousseau du pauvre reconverti dans les excès révolutionnaires, était gardé par une sorte d'armée peu rassurante recrutée parmi les coupe-jarrets de Héron et les tapedurs de Maillard. A l'homme hirsute, pas rasé et armé comme un vaisseau de guerre qui lui barrait le passage, Batz se contenta de déclarer :

– Je dois voir d'urgence le citoyen Lullier pour affaire intéressant la Commune.

Le tout d'un ton si tranchant et accompagné d'un regard si glacial que le préposé marmotta quelque chose entre ses chicots et, comme le visiteur n'avait pas l'air de comprendre, lui fit signe de le suivre. Une minute plus tard, Batz pénétrait dans un vaste bureau croulant sous les paperasses, les registres et les dossiers. Au milieu de tout cela, un petit bonhomme chafouin, blafard, qui semblait beaucoup trop petit pour l'immense chapeau empanaché posé sur un siège, signait à tour de bras le tas de feuillets posé devant lui après avoir parcouru le document d'un œil expert.

A l'entrée de l'élégant visiteur que ses yeux vifs reconnurent instantanément, il retint avec difficulté un mouvement pour se lever comme il le faisait naguère pour ses bons clients, se souvenant juste à temps de l'importance de son personnage.

– Encore en train de signer n'importe quoi? s'écria Batz avec bonne humeur. Vous devriez faire attention, mon cher Lullier : cette manie peut devenir dangereuse... Par exemple quand vous vous laissez aller à signer un ordre d'arrestation me concernant.

Tous les signes de l'innocence calomniée s'affichèrent aussitôt sur la figure du procureur syndic :

– Moi? Un ordre vous concernant? Jamais!

– D'après ce que vient de me raconter mon ami Roussel, le papier que brandissaient ceux qui ont, cette nuit, envahi son domicile de la rue Helvétius, y ressemblait de façon frappante.

– Mais c'est impossible, impossible! Oh, monsieur le b... monsieur Batz, ce ne peut être qu'une erreur!

– Je le pense aussi, et c'est pourquoi je suis venu vous voir en toute simplicité. Il serait tellement dommage qu'une ombre aussi déplaisante vînt ternir nos excellentes relations passées, présentes... et futures. A ce propos, avez-vous des nouvelles de la citoyenne Beaufort? Son procès contre la citoyenne La Châtre est-il en bonne voie?

– J'ai quelque espoir. Dès l'instant où la citoyenne La Châtre veut recourir au divorce républicain, les choses devraient s'arranger et nous arriverons, j'en suis certain, à un accord tout à fait équitable et qui devrait satisfaire tout le monde.

Aussitôt que l'on parlait affaire, Lullier se transformait, retrouvait tout naturellement, derrière le fonctionnaire pointilleux, l'agent d'affaires habile et aimable. C'était en effet avec un talent extrême et sans oublier son profit personnel qu'il gérait dans la discrétion les biens de certains émigrés. Aussi fut-ce avec beaucoup de naturel qu'il conclut son discours :

– Mais vous parliez à l'instant du futur ? Auriez-vous quelques idées... intéressantes ? ajouta-t-il en baissant la voix de plusieurs tons.

– Oui, répondit Batz jouant le même jeu. J'ai réalisé récemment certains biens pour le placement desquels j'aurais besoin de conseil. D'autre part, je crois savoir que des denrées comme le savon et la chandelle vont bientôt manquer et...

– Chut ! fit Lullier en mettant son doigt sur sa bouche. Il vaut mieux éviter ici ce genre de sujets.

– Bah ! je vous prends où je vous trouve, mon cher ami, et c'est vous qui dirigez le débat.

– Je ne demande pas mieux, mais ailleurs. Pourquoi ne viendriez-vous pas un soir prochain, chez moi ? Nous y serions parfaitement tranquilles : je n'ai toujours ni femme ni enfants ! Et je ne sors jamais.

– Avec joie, mon cher Lullier ! C'est donc dit : je viendrai rue Vendôme... ou n'est-ce pas rue de la Grande-Truanderie, comme on me l'a assuré ?

Lullier ne put s'empêcher de rire :

– Cette dernière adresse ne pouvait convenir à un homme occupant mes fonctions, dit-il en désignant son chapeau. C'est désormais au n° 15, rue

Louis-le-Grand. Sachez que vous y serez toujours reçu... en toute sécurité et quelles que soient les circonstances, ajouta-t-il avec un regard qui fit passer un frisson de joie le long de l'échine du baron.

– Je n'en ai jamais douté, dit-il doucement. Mais, alors, cet ordre d'arrestation ?

– Même s'il porte ma signature je n'y suis pour rien, et je vais essayer de savoir qui est derrière tout ça !

Les deux hommes se serrèrent la main, comme pour signer un pacte, puis se séparèrent. Batz quitta l'Hôtel de Ville en fredonnant un petit air. Non seulement il venait de parer à un grave danger, mais il s'était acquis une retraite dans le camp même des enragés qui faisaient à Paris la pluie et le beau temps. Aussi était-il d'excellente humeur en regagnant le cher ermitage de Charonne. Il pensa même que la journée était vraiment heureuse quand Biret-Tissot lui apprit qu'Ange Pitou venait d'arriver et qu'il était avec Marie dans le salon ovale.

– Miss Adams n'est pas avec lui ?... Elle a dû monter dans sa chambre...

– Non, monsieur le baron. Il est seul.

– Seul ?

La joie de l'instant précédent s'effaça avec une soudaineté qui lui fit peur, mais il ne s'attarda pas à cette impression tellement inhabituelle. Si Laura n'était pas revenue avec Pitou, il fallait savoir pourquoi.

En pénétrant dans la grande pièce tiède et accueillante, il vit Pitou assis près de la cheminée avec Marie. Celle-ci tenait les mains du jeune homme avec, sur son charmant visage, le reflet du chagrin inscrit en toutes lettres sur celui du journaliste. Batz se sentit pâlir :

– Où est-elle ? demanda-t-il sans s'encombrer de périphrases. Elle n'est pas... morte, au moins ?

– Non, dit Marie. Seulement, personne ne peut savoir où Laura se trouve à cette heure-ci. Mais Pitou vous en dira davantage...

Celui-ci tendit à son chef le dernier billet de Laura en se contentant de préciser :

– En arrivant à Cancale, j'ai trouvé porte close. Nanon Guénec, la voisine, m'a donné ça...

– Sang du Christ ! gronda Batz lorsqu'il eut achevé sa brève lecture. J'aurais dû me douter qu'elle mijotait quelque chose dans ce goût lorsque je ne l'ai pas vue à Jersey ! Avez-vous cherché à la joindre ?

– Elle ne le voulait pas, fit Pitou avec un haussement d'épaules accablé. J'avoue lui avoir obéi sans beaucoup de peine : je me sentais tellement las, tellement découragé ! Je m'en veux aujourd'hui : la voilà dans la nature sous la seule protection d'un manchot...

– Non. Vous avez bien fait ! Votre temps et la cause que nous défendons sont trop précieux pour les dépenser en recherches d'une femme que je finirai par croire complètement folle !

– Ne soyez pas trop dur, Jean, plaida Marie. Imaginez un peu ce qu'elle a dû ressentir en apprenant que sa propre mère s'est laissé séduire par Pontallec au point de prendre sa place encore chaude dans le lit de celui-ci ?

– Vous avez de ces images ! grommela Batz. J'admets que ce doit être horrible, mais je la crois capable des pires sottises dès l'instant où cet homme apparaît à son horizon. A Hans, j'étais persuadé qu'elle l'aimait encore, et cela confirme mon jugement * !

– Il n'est pas facile de juger une femme comme elle, dit Marie, et je ne crois pas que l'amour entre pour quelque chose dans la décision qu'elle a prise. Je pencherais plutôt pour une envie de vengeance... ou peut-être de protéger sa mère... de lui ouvrir les yeux ?

– Elles n'ont jamais été proches. Si la mère est amoureuse, elle n'aura qu'une envie : se débarrasser de sa fille. Ou alors, elle chassera peut-être Pontallec mais Laura redeviendra Anne-Laure... et la victime désignée de ce misérable.

– Non, assura Marie. Moi je lui accorde toute ma confiance. Elle dit, d'ailleurs, qu'elle reviendra. Je pense qu'il nous faut à présent attendre, et prier Dieu ! L'homme qui l'accompagne est-il sûr, Pitou ?

– Joël Jaouen ? Très sûr, bien qu'il ait été le compagnon d'enfance de Josse de Pontallec et son factotum. Je le connais et je sais quel amour sans espoir il porte à notre amie. Il se fera tuer pour la défendre, mais ce qui était une force de la nature est amputé d'un bras. On est beaucoup plus facile à éliminer dans ces conditions. Si Pontallec met la main sur lui, il ne lui fera pas de quartier car il a la rancune tenace. Et une fois Jaouen mort... Laura ne pèsera pas lourd !

* Voir tome I.

– Oh, je m'en doute ! soupira Batz. Pourtant, dans les circonstances actuelles, je ne peux envoyer personne à Saint-Malo. Nous avons beaucoup à faire ici. Où est Devaux ?

– Dans votre cabinet de travail. Il y a des messages qu'il doit décoder.

– Venez, Pitou, nous allons le rejoindre et je vous raconterai ce que m'a appris le chevalier de Jarjayes...

Le moins que l'on puisse dire est que le plan d'évasion, dans l'état où il se trouvait ce jour-là, ne souleva pas l'enthousiasme de Michel Devaux, le fidèle secrétaire de Batz, ni celui de Pitou. Si les projets de Toulan et du chevalier leur parurent généreux, intelligents et même habiles, l'annonce des hésitations angoissées de Lepitre fit le plus mauvais effet :

– Un homme aussi peu sûr ne peut que tout faire rater, déclara Devaux. Pour qu'un tel plan réussisse, il n'y faut pas la moindre faille. Or j'en vois une énorme. Lepitre est un brave homme, débordant de bonnes intentions, mais ce n'est pas un homme brave, et fonder tant d'espoirs sur un sursaut de courage est insensé. On ne devrait pas se mêler de ça, baron !

Il y avait un reproche dans la voix du jeune homme, et Batz y fut d'autant plus sensible que ces remarques répondaient à ses pensées intimes.

– Je vais me borner à assister à l'une de ces fameuses réunions, à leur donner l'argent dont ils ont besoin et à préparer la sortie de France des prisonniers... mais à ma façon. Pas question de les faire partir tous ensemble et par le même chemin !

– Sans doute, mais il se peut que nous n'ayons pas le temps de mettre cela en place. Vous rentrez tout juste de Londres et peut-être ne vous a-t-on pas dit encore qu'ici les choses changent vite. Ce que je crains, c'est que la surveillance de la Reine soit renforcée. Nous avons là un billet venu d'Allemagne : sitôt connue la mort du Roi, son frère, Monsieur, a donné tous les signes d'une grande douleur, pris le deuil, mais s'est d'abord déclaré régent de France, avec la bénédiction des princes du Rhin mais pas celle de l'empereur d'Autriche : celui-ci réclame la régence pour la reine Marie-Antoinette, sa sœur, et la réclame très haut. Comme ses armées sont aux frontières, le peuple de Paris le prend très au sérieux et les têtes se montent contre « l'Autrichienne ». Nos vaillants conjurés vous ont-ils dit que, chaque jour, des énergumènes vont hurler à la mort sous les fenêtres de sa prison ?

– Non. Ils ont oublié ce... détail, marmotta Batz dont le visage s'était rembruni. Vous avez raison, il faudrait faire vite...

– Et ce n'est pas tout ! D'autres encore aimeraient s'attribuer la régence : les Girondins, dont plusieurs sont de nos « amis ». Ils ont voté la mort du Roi afin de s'en débarrasser. A présent, ils verraient bien le « prince royal » comme on l'appelle sous le manteau, porté à un trône constitutionnel dont ils rêvent depuis la Législative, avec un Conseil de régence composé de plusieurs d'entre eux !

– J'aurais pu adhérer à ce projet comme à un moindre mal, fit Batz les yeux à terre. Mais qu'ils aient envoyé mon roi à l'échafaud, je ne peux l'admettre. Cependant, ajouta-t-il en relevant brusquement les paupières, ce que vous venez de m'apprendre suppose un début de fracture au sein de la Convention. On peut essayer d'en profiter...

– Qu'allez-vous faire ?

– Moi ? Rien... mais le citoyen Agricol va reprendre du service et aller rejoindre ce soir sa vieille amie Lalie la tricoteuse au cabaret de la Truie-qui-file. Il faut savoir ce qui se passe aux Jacobins... et aussi dans le peuple de Paris.

– Le peuple ? lâcha Devaux avec brutalité, il commence à crever de faim. Cela n'arrange pas son humeur...

C'était le moins que l'on puisse dire. Lorsque, plusieurs heures plus tard, le « citoyen Agricol » embouquait du pas chaloupé habituel à ce personnage toujours entre deux vins la rue de la Tixeranderie où se trouvait son cabaret préféré, il fut arrêté par un attroupement composé surtout de femmes en colère occupées à assiéger une boulangerie, ou plutôt un boulanger qui, visiblement terrifié, s'efforçait de ses deux bras en croix de protéger son magasin d'une immanquable dévastation. Mais ses adjurations au calme, ses yeux pleins de larmes, les supplications de son épouse épouvantée n'arrivaient même pas aux oreilles des femmes hurlantes qui le traitaient de profiteur, d'affameur du peuple, de mauvais citoyen et même – Dieu sait pourquoi ? – de suppôt des aristocrates. Le malheureux avait beau s'époumoner, crier qu'il n'avait pas reçu de farine et que, sans ce matériau majeur, il ne pouvait pas faire de pain, il prêchait dans le désert. Bientôt d'ailleurs, les plus forcenées – pas les plus désespérées : celles-là se contentaient de pleurer de découragement à l'écart du tohu-bohu – s'emparèrent de lui en se servant de ses bras étendus et, tandis qu'une troupe envahissait la boutique, le portèrent sous une lanterne avec l'intention visible de l'y pendre haut et court. Le citoyen Agricol jugea alors qu'il était temps d'intervenir.

– Citoyennes ! Citoyennes ! clama-t-il d'une voix de stentor qui aurait pu donner à penser à qui avait déjà entendu la voix asthmatique du personnage, qu'allez-vous faire ? Est-ce ainsi que se comportent celles qui doivent être, pour le monde, le modèle des femmes républicaines ?

Le solide gourdin qu'il tenait à la main l'aida beaucoup à parvenir au premier rang, juste devant le boulanger qui, libéré de ses soutiens forcés, s'effondra sur le pavé boueux en embrassant les jambes de ce secours inespéré. Les meneuses reculèrent machinalement. Sous son apparence de sans-culotte bon teint, avec son abondant système pileux gris et hirsute, sa carrure prolongée par un ventre factice, sa grosse carmagnole et son bonnet rouge orné d'une énorme cocarde, Batz, qui était de taille moyenne mais bâti en athlète, devenait assez formidable. L'une des mégères cependant l'apostrophait.

– De quoi tu te mêles, toi ? Le modèle des femmes républicaines, il a faim...

– Toi, au moins, t'as pas l'air tellement affamée. Tu s'rais même plutôt... rondelette, apprécia-t-il avec un sourire qui découvrit ses dents jaunes et noirâtres.

Cependant, la femme qui était à la limite de l'obésité parut apprécier l'euphémisme qui fit rire ses compagnes...

– C'est pas tellement pour moi que j'parle ! fit-elle sur un ton moins agressif. Moi, je m'contente de pas grand-chose... mais c'est toutes les autres ! Elles ont des gamins qui crient la faim...

– Et tu crois vraiment qu'ils seront rassasiés quand vous aurez pendu ce pauvre citoyen ?

– C'est pour l'exemple.

– L'exemple de quoi ? Un boulanger, si y vend pas d'pain, y vivra d'quoi ? Y fait pas ça par dilettantisme, tu sais, parce que c'est un dur métier.

La femme marqua un temps d'arrêt, les yeux en point d'interrogation :

– Dillettan... Ça veut dire quoi, ça ?

– Par plaisir ! fit Batz, partagé entre l'envie de rire et celle de se donner des claques.

Intelligent d'employer un mot comme ça en face de ces furies ! « C't'un mot de ma province », ajouta-t-il.

Il en avait oublié le boulanger toujours à ses pieds, mais celui-ci se rappela à son souvenir en se redressant :

– Mais, citoyen, mon métier, je l'fais un peu par plaisir. Parc'que je l'aime et je suis assez malheureux d'pas pouvoir faire de pain.

Ces quelques mots recueillirent un murmure d'approbation. Malheureusement, à cet instant, l'une des femmes qui fouillait la boulangerie en ressortit, brandissant un petit sac de farine gros à peu près comme un melon...

– Tu peux toujours en faire avec ça ? A moins qu'tu préfères l'garder pour toi, affameur, brigand !

Une nouvelle flambée de colère jeta les femmes sur le pauvre homme qui vit sa dernière heure arriver beaucoup trop vite. En un instant, Batz succomba sous le nombre, n'osant se servir du gourdin pour assommer les furieuses, et le boulanger se retrouva juché sur une échelle venue on ne sait d'où, tandis que quelqu'un courait chercher une corde. Encore quelques minutes et il serait pendu. Il sanglotait à fendre l'âme, sans entamer la résolution de ses assaillantes, quand une voix nouvelle se fit entendre : froide et coupante, c'était celle d'une grande femme qui pouvait avoir quarante-cinq ans, avec un visage aux traits accusés mais presque sans expression. Vêtue comme n'importe quelle femme du peuple, ses cheveux gris bien rangés sous un bonnet blanc, elle tricotait tout en marchant, sa pelote de laine se déroulant dans la large poche de son tablier bleu. Sa voix venait de crier :

– Y en a-t-il une parmi vous qui sait faire le pain ?

Toutes les têtes se tournèrent vers elle. Lalie Briquet, la tricoteuse, était bien connue dans le quartier à cause de l'excellence de son ouvrage et de son assiduité aux séances du club des Jacobins ou de la Convention. On disait même qu'elle était bien avec Robespierre qui lui adressait toujours un petit signe de tête amical quand il passait près d'elle. En plus, elle impressionnait par son calme, sa froideur, ce visage immobile où ne paraissait aucun sentiment. Peut-être d'ailleurs n'en éprouvait-elle plus depuis qu'elle avait perdu son mari et sa fille ? Son seul défaut : elle aimait boire un bon coup, mais elle n'était pas la seule et d'ailleurs ne perdait jamais le contrôle d'elle-même.

– Pourquoi tu demandes ça, Lalie ? dit l'une des femmes. Tu le sais bien qu'on ne sait pas boulanger. Sinon on ne serait pas ici...

– Et vous voulez tuer le boulanger ?

– Oui, parce qu'il a gardé d'la farine pour lui.

– T'en f'rais pas autant si t'avais une femme et deux gosses ? Ce que vous avez trouvé, c'est tout juste assez pour un pain...

– Peut-être, mais c'était son d'voir de l'donner et puisque d'toute façon y sert plus à rien, autant le pendre.

Lalie, qui en tricotant avait rencontré une petite difficulté, releva ses yeux gris et froids sur la femme :

– T'es qu'une sotte, Euphémie ! Si tu veux d'la farine t'as qu'à aller en chercher où y en a... par exemple chez le citoyen Hulot, rue des Deux-Portes. Il n'a pas de famille et son cœur est aussi sec qu'une pierre, mais y manque de rien. Y a de tout dans sa cave... Si vous voulez pendre quelqu'un vaudrait mieux que ce soit lui...

– Oui, fit la femme, une lueur de crainte dans les yeux, mais c'est un des membres d'la Commune et il a l'bras long...

– Toi aussi... dès l'instant où tu prétends disposer de la vie d'un innocent !

La réplique tomba dans un silence absolu. Oubliant le boulanger mourant de peur sur son échelle, les femmes se regroupèrent pour un conciliabule animé d'où il sortit que l'on allait délivrer le boulanger et rendre une petite visite au citoyen Hulot. L'une d'elle lança à l'ex-future victime :

– Va faire chauffer ton four ! On va te rapporter ce qu'il te faut...

Le bonhomme fila comme un lapin poursuivi et, tandis que la cohorte féminine se dirigeait vers son nouvel objectif, Lalie et le citoyen Agricol se retrouvèrent seuls.

– Eh bien, ma chère, bravo ! apprécia ce dernier. On peut dire que vous avez la manière. Le citoyen Hulot risque de passer un mauvais quart d'heure...

– Amplement mérité, croyez-moi ! Plus avare et plus égoïste que lui ne saurait se trouver, fit d'un ton tout différent celle qui était en réalité la comtesse Eulalie de Sainte-Alferine, reconvertie en femme du peuple pour pouvoir épier afin d'en tirer vengeance le conventionnel Chabot qui avait violé et tué sa fille.

Mais ce ne fut qu'un instant, après lequel Lalie Briquet reprit le devant de la scène : « T'as pas soif, citoyen Agricol ? Moi j'boirais bien quelque chose ! »

Bras dessus bras dessous, les deux complices prirent tranquillement le chemin de la Truie-qui-file où Rougier, le patron, les recevait toujours avec plaisir. Chemin faisant, cependant, on parla.

– Les choses vont mal à la Convention, dit Lalie, et, aux Jacobins, le chaudron menace de bouillir. La lutte a recommencé entre les Girondins et les hommes de Robespierre, Danton et Marat. Les seconds accusent les premiers de monarchisme larvé et les premiers accusent les seconds de vouloir instaurer la Terreur en étouffant toute liberté. L'ensemble ne se retrouve que pour crier « haro » sur la Convention que l'on accuse d'incapacité à gouverner. Il est vrai que l'on a beau clamer l'annexion du duché des Deux-Ponts, sur le Rhin, du comté de Nice et de la principauté de Monaco, on ne sait trop ce qu'il en est sur place, tandis que l'armée du Rhin commence à perdre les places conquises. Dumouriez tient encore la Belgique, mais on pense à demander sa tête : il songerait à rendre le territoire aux Autrichiens et à passer à l'ennemi...

– Dans l'espoir que la Reine, si elle devenait régente, le ferait duc ? ricana Batz... à moins qu'il ne se tourne vers le « régent » qui s'est intronisé lui-même...

– Peut-être. En tout cas, c'est très mauvais pour la Reine...

Des hurlements lui coupèrent la parole. Une troupe de sans-culottes armés de sabres et de piques, accompagnés de femmes plus féroces qu'eux peut-être, croisa le couple pour gagner la rue Vieille-du-Temple. Tous ces gosiers braillaient à qui mieux mieux : « A mort l'Autrichienne ! A mort la louve et ses louveteaux !... »

– C'est comme cela tous les jours, murmura sombrement Lalie. On la rend responsable de la misère qui croît et qui soulève des fureurs aveugles, mais aussi des défaites subies par les armées face à ses compatriotes.

– La Reine est française à présent !

– Allons, Batz, à qui ferez-vous croire ça ? Pas même à vous-même. Elle n'a jamais été française et ce n'est pas maintenant qu'elle va le devenir.

– Il le faudrait pourtant, pour son fils !

– Croyez-vous qu'elle pense le voir arriver au trône ? Dans l'état actuel des choses, on peut se demander combien de temps la garde du Temple pourra résister aux flots d'enragés qui viennent quotidiennement battre ses murailles...

– Nous avons un plan pour faire fuir toute la famille...

– Il est au point, votre plan ?

– Ce n'est pas le mien, mais je le crois bon.

– Il a une chance de réussir si vous faites vite, très vite... De toute façon, si vous avez un rôle pour moi, je suis prête...

– Je n'en doute pas mais... vous êtes infiniment précieuse là où vous êtes...

On arrivait au cabaret. Là, en buvant un petit vin de « derrière les fagots » que Rougier gardait pour ses plus fidèles clients, on parla de choses et d'autres sans jamais aborder de sujets inquiétants. Personne, regardant ou écoutant ce couple entre deux âges qui étalait de si vigoureuses convictions révolutionnaires, n'eût imaginé qu'en réalité il s'agissait de ce que l'on pouvait trouver de plus dangereux en fait de conspirateurs royalistes. On but, et on rebut, à la santé de la Nation, tandis qu'à quelques rues de là, les clientes du boulanger mettaient joyeusement à sac les réserves du citoyen Hulot à moitié mort de peur...

En quittant son amie Lalie, Batz n'en était pas moins songeur. Il l'était plus encore en se rendant, le lendemain soir, rue de l'Observatoire à la réunion chez Lepitre.

L'endroit n'était pas mal choisi. La rue de l'Observatoire, ou plus exactement le cul-de-sac de Longue-Avoine, où le professeur de belles-lettres avait installé sa pension pour garçons, était un lieu désert, isolé, enveloppé par les jardins d'anciens couvents désaffectés où l'on n'entendait d'autre bruit que le miaulement d'un chat désireux de fuir les rigueurs de l'hiver et de regagner son coin de feu. On ne risquait pas d'y voir paraître les municipaux et autres sectionnaires qui n'aimaient guère s'aventurer, surtout la nuit venue, au-delà de la barrière Saint-Jacques. Le seul inconvénient était la distance pour des hommes venant de la rue Helvétius comme Jarjayes, du Temple ou de la rue du Monceau-Saint-Gervais comme Toulan, Batz lui-même ayant toujours la latitude de passer la nuit dans sa maison de la rue de la Tombe-Issoire, assez proche.

Toulan lui plut. C'était, comme lui, un Méridional mais de Toulouse ! Sa figure fine, son regard franc, l'accent du pays que gardait sa voix sonore, sa bonne humeur qui rappelait celle de Pitou formaient un ensemble comme le baron les aimait. Entre les deux hommes, l'entente fut tout de suite parfaite. Pour Toulan, Batz était une sorte de héros :

– Puisque vous êtes avec nous, lui dit-il, nos chances de réussite sont beaucoup plus grandes. M. de Jarjayes m'a dit que vous vouliez bien nous aider financièrement ?

– Oui. Je vous apporte ce dont vous avez besoin, dit Batz en tirant de sa poche un sac de dimensions moyennes mais plein d'or. Par ailleurs, mon secrétaire est parti pour le Cotentin afin d'y préparer un bateau grâce auquel notre jeune roi pourra gagner Jersey sous ma conduite. D'autre part, la Reine...

– La Reine n'acceptera pas d'être séparée de son fils, coupa Jarjayes qui visiblement n'aimait pas beaucoup voir le nouveau venu s'adjuger la direction des opérations. Et nous sommes convenus de faire partir Leurs Majestés par Le Havre... et directement en Angleterre...

– Il faut que la Reine sache que la séparation est indispensable pour la réussite du plan. Le Roi peut partir avec Madame Élisabeth, sa tante, mais certainement pas avec une mère. Il est l'espoir de la France et l'on ne peut prendre le risque de le faire partir avec une mère sur qui se concentrent à présent des haines plus fortes encore que celles dont on honorait Louis XVI. Un enfant se dissimule plus facilement qu'une femme dont le visage est beaucoup trop connu... A Jersey, le prince de Bouillon réunit des forces et l'attend. De toute façon, il y sera plus en sûreté qu'en Angleterre. Pour la Reine, et suivant votre souhait, j'ai envoyé l'un de mes amis préparer un autre bateau, un autre passage. Par la suite Sa Majesté pourra rejoindre son fils. Cela dit, si vous n'acceptez pas, je me retire...

– Le baron a raison, coupa vivement Toulan. Il vaut mieux qu'il en soit ainsi et je me range à son avis... Puis se tournant vers Batz : Pensez-vous être prêt à temps ? Nous avons estimé que la date du 7 mars pourrait convenir. Ce soir-là, nous serons de service moi et Lepitre, et la garde comportera quelques sympathisants.

– Dans dix jours ? Cela me paraît bien. Reste à savoir où nous en sommes. Les uniformes ?

– L'un des deux a été livré en grande partie. Il en faut encore un : celui que doit passer Lepitre.

– Il n'est pas encore terminé, dit précipitamment l'interpellé. Ce n'est pas si facile à faire. Ni à glisser sous le nez des gardiens. Le plus difficile, ce sont les chapeaux...

– Je me suis déjà arrangé pour laisser le mien chez Madame Élisabeth, dit Toulan. Pourquoi n'en as-tu pas encore fait autant ?

– J'ai essayé l'autre soir, mais la femme Tison me garde à l'œil dès que j'apparais chez les prisonnières. Je n'ai pas pu...

– Très bien, dit Toulan. Je m'en charge. Où sont les passeports ?

– Ah, ça, c'est une autre histoire ! fit le professeur de plus en plus nerveux. Depuis que l'Angleterre nous a déclaré la guerre, on numérote les passeports et, même pour moi, c'est très difficile d'en sortir. D'autant que j'ai l'impression d'être surveillé depuis quelque temps...

– Ne vous ai-je pas dit de m'apporter des formules en blanc ? coupa Batz. Nous verrons ensemble pour jouer sur les numéros et je vous ai expliqué que j'avais le moyen de les remplir...

– Oui... oui, c'est vrai ! Bon, écoutez ! Je... je vais essayer la semaine prochaine.

– Pourquoi la semaine prochaine ?

– Parce qu'il y a au service des passeports quelqu'un dont je me méfie... et qui alors ne sera pas là.

Le poing de Batz s'abattit sur la table autour de laquelle les quatre hommes étaient assis sous l'éclairage de deux bougies. Tout, autour d'eux, n'était qu'ombres mouvantes.

– En voilà assez ! Vous mourez de peur, Lepitre, et cette peur nous met tous en danger. Voulez-vous, oui ou non, accomplir votre part du travail ?

– Je n'ai jamais dit que je ne voulais pas faire ce qu'on me demande, cria soudain le professeur d'une bizarre voix aiguë. Et je suis tout à fait conscient des dangers que nous courons tous. C'est justement pour cela que j'entends prendre toutes les précautions nécessaires ! La Reine sait à quel point je lui suis dévoué. Ne m'en a-t-elle pas déjà remercié en m'envoyant de ses cheveux, de ceux du Roi, du petit prince, de Madame Royale et de Madame Élisabeth, que j'ai fait enfermer dans cette bague ?

Il étendit une main tremblante ornée d'un large chaton vitré dans lequel des mèches de différentes couleurs étaient arrangées harmonieusement.

– Elle a remercié trop vite ! fit Batz, implacable. Et je vous rappelle que je vous ai, moi, offert sauvegarde et argent en terre étrangère.

Mais Lepitre n'entendait rien. Il s'était lancé dans un long discours, rappelant tous ses bons offices envers les prisonniers, que Batz n'écoutait pas. Son siège était fait : cet homme qui avait aidé avec tant d'intelligence Laura et Mme Cléry quand elles étaient venues du Temple, qui même les avait sauvées, semblait avoir usé toutes ses réserves de courage. La peur en grandissant arrive à de tels résultats. Le baron n'essaya même plus de discuter. En quittant la pension, un moment plus tard, il dit, serrant la main de Toulan, puis de Jarjayes :

– Vous avez de l'argent. Quant à ce que j'ai promis, ce sera prêt à temps. Je peux même si vous le souhaitez, faire préparer des voitures... mais je pense qu'il nous faut agir comme si ce malheureux n'existait pas.

– Il est indispensable ! trancha le chevalier. Vous oubliez qu'il est le seul, avec Toulan, à pénétrer au Temple chaque jour. J'admets qu'il traverse une période comme nous en connaissons tous avant l'action, mais je suis certain que, le moment venu, il tiendra sa partie sans faiblir.

– Dieu vous entende !

Mais il n'y croyait plus.

Et il avait raison. Quand vint le 7 mars, les uniformes n'étaient pas au complet, il manquait deux passeports sur quatre... et Lepitre, au fond de son lit, tremblait d'une fièvre dans laquelle entrait plus de peur que de mal. A Batz venu constater le phénomène *de visu*, il jura que c'était la mauvaise chance et que d'ailleurs, il ne fallait pas désespérer. Seulement repousser une date trop proche et prendre les mesures plus sérieuses réclamées par les derniers événements. Depuis que les députés « Montagnards » accusaient les « Girondains » de vouloir rétablir le trône, constitutionnel sans doute mais un trône tout de même, depuis que le peuple de Paris travaillé par les uns et les autres comptait s'en prendre un jour prochain à la Convention qu'il jugeait incapable, on avait renforcé la garde du Temple. Il était plus difficile d'y entrer et surtout d'en sortir...

En quittant le « malade », Batz s'en alla trouver son vieil ami Le Noir, l'ancien lieutenant de police du royaume au temps de l'affaire du Collier de la Reine. Cet homme de soixante ans, d'esprit subtil et bon observateur de ses contemporains, avait su garder une sorte de réseau d'amis et de correspondants qui en faisait encore l'un des hommes les mieux informés. Sa maison de la rue des Blancs-Manteaux renfermait quantité de dossiers et documents, et il savait toujours beaucoup de choses sur beaucoup de gens.

Dans la grande pièce qui lui servait de bureau et de bibliothèque et où il vivait le plus souvent, il reçut Batz avec son sourire un peu caustique et la petite lueur familière qui brillait toujours derrière ses lunettes quand il le voyait venir. De même, Batz eut droit automatiquement au verre de bourgogne que lui servit, à peine assis, l'ancien malfrat reconverti au service de celui qui l'avait tiré du bagne :

– Eh bien, mon cher baron? Vous voici donc revenu d'Angleterre.

– Ne me dites pas que vous l'ignoriez? J'ai toujours pensé que vous aviez des yeux partout...

– Non, mais je m'arrange pour en apprendre le plus possible sur les faits et gestes des gens qui m'intéressent... et dont vous êtes. La charmante Marie va bien? Elle a dû être heureuse de vous revoir.

– Elle ne doutait pas de moi, contrairement à d'autres qui ont jugé bon de m'inscrire sur la liste des émigrés. J'avoue d'ailleurs que, depuis mon retour, j'ai l'impression d'avoir été absent des années. Tout change si vite en ce pays!

– Il paraît que c'est ce qui fait son charme...

– Un charme qui m'échappe un peu. J'ai laissé une ville inquiète sur les conséquences du crime qu'elle avait commis, silencieuse, furtive, et je l'ai retrouvée prête à se jeter sur cette Convention qu'elle a portée au pouvoir avec tant d'enthousiasme.

– Comme d'habitude, elle se laisse mener. Dès l'instant où les gens de ladite Convention ont décidé de se dévorer entre eux. Ce qui devait arriver, d'ailleurs : c'est l'éternelle lutte des Parisiens contre les provinciaux. Surtout les Girondins, bien sûr!

– Drôles de Parisiens! Robespierre est né à Arras, Danton à Arcis-sur-Aube, Marat dans la principauté de Neufchâtel et Hébert à Alençon...

– Bah, les Girondins en ont autant à votre service. Brissot, leur fondateur, est le fils d'un aubergiste de Chartres, Pétion l'ancien maire de Paris est aussi beauceron et Vergniaud est né à Limoges, mais tous ces gens-là se sont trouvé un lien commun. Ce qui leur permet de revendiquer le pouvoir chacun pour son clan. Danton a lancé la bagarre en réclamant une nouvelle conscription de trois cent mille hommes pour rétablir la situation des armées qui sont en train d'évacuer la Belgique... par la faute des Girondins, traîtres à la Patrie. Il a envoyé des commissaires dans toutes les sections pour informer le bon peuple de ce qui se passe. Du coup, celui-ci voit rouge. En outre, nos Montagnards ont trouvé mieux encore devant le peu d'enthousiasme soulevé par cette nouvelle ponction : la création d'un Tribunal révolutionnaire chargé de juger tous les ennemis de l'intérieur et de permettre aux nouvelles troupes de partir tranquilles sur leurs arrières...

– Un tribunal révolutionnaire ?

– Oui. Pour « mettre fin à l'audace des grands coupables et des ennemis de la chose publique » ! C'est en ces termes qu'aujourd'hui même le peintre Louis David et le pasteur Jean Bon Saint-André ont présenté la chose à l'Assemblée comme un vœu de la section du Louvre. Mais c'est Bentabole et Tallien qui en ont eu l'idée les premiers... Cela veut dire que plus personne ne pourra se dire en sûreté sur le territoire de Paris... et même de la France, car cette juridiction d'exception va sans doute faire des petits.

– Seigneur ! Vers quoi allons-nous ?

– Vers des temps encore plus difficiles. Tout d'abord, très certainement, la mise à mort des

Girondins, premiers visés, et après... vous, moi, la Reine...

– La Reine ? Elle, devant ce genre de juges ?

– Qui seront sans doute assez... expéditifs. Oh, vous pouvez être sûr qu'elle n'aura pas droit aux mêmes égards que le Roi. On la hait et la malheureuse vivra un calvaire si...

– Si on ne la sauve pas. Croyez-vous que je n'y pense pas ?

– Je sais que vous y pensez. Il n'y a même guère que vous qui puissiez réussir un tel tour de force. Et encore !

– Que voulez-vous dire ?

– Qu'il vous faudra des complicités sûres, des hommes sans faille capables d'aller jusqu'au bout de leur engagement...

– Je sais. Je viens d'en avoir l'exemple !

– Ah !

Le Noir quitta son fauteuil, prit la canne posée à côté de lui et se mit à marcher dans son cabinet, une main derrière le dos. Finalement, il s'arrêta devant Batz :

– C'était donc vrai ? On a chuchoté à propos d'un complot.

– Dont j'étais et même que je finançais... fit Batz qui n'avait aucune raison de ne pas dire la vérité à ce vieil ami.

Celui-ci eut un petit rire :

– Le diamant bleu s'est bien vendu ?

– Je ne suis pas mécontent. Quant au projet que vous venez d'évoquer, il n'a pu se réaliser par la faute d'un seul. Plein de bonne volonté mais mort de peur aux approches de la date fixée, il a préféré aller se coucher.

– A éviter absolument, bien sûr ! Cependant, il se peut que vous eussiez rencontré des... obstacles inattendus. Je le répète, il faut que vous soyez sûr de chacun de vos compagnons comme de vous-même.

– Vous pensez à Lemaitre que j'avais introduit chez moi si imprudemment ?

– Bien entendu ! Car, ne l'oubliez pas, vous n'aurez que peu de chance de savoir si, parmi ceux qui prétendent vous aider, ne se glissera pas un autre agent du comte d'Antraigues...

Batz eut un geste d'impatience :

– Par pitié, ne m'accablez pas ! J'ai fait preuve d'inconscience en me laissant entraîner par une sympathie et je ne cesse de me le reprocher. Si je n'avais accepté ce Lemaitre, mon roi serait peut-être encore vivant... et libre !

– Ne vous faites pas de reproches ! Vous avez vraiment pris des risques énormes et le Destin sans doute était contre vous. Dans le cas présent, votre tâche est au moins aussi difficile, et c'est pourquoi je vous rappelle que le comte d'Antraigues est toujours bien vivant et que, de son refuge de Mendrisio, en Suisse, il continue à guider des agents parisiens dont nous ignorons à peu près tout... et qui sont prêts à n'importe quoi pour empêcher que la Reine ne recouvre la liberté. Surtout si le petit roi est avec elle...

– A cause de la régence ? interrogea Batz, assombri.

– Bien entendu ! Monsieur qui s'est proclamé régent durant la minorité de son neveu n'a que faire d'une concurrente que les forces autrichiennes appuieraient en masse alors qu'il n'obtient qu'une aide bien chiche des princes allemands. Que la Reine disparaisse et que l'enfant meure de maladie... ou d'autre chose, et le comte de Provence deviendrait le roi Louis XVIII dans la minute suivante, rassemblant désormais autour de lui toutes les forces royalistes. Soyez sûr que les agents d'Antraigues ne sont pas là pour aider Marie-Antoinette à s'enfuir...

– Savez-vous où est Lemaitre en ce moment ?

– Non. Il a disparu depuis l'assassinat du Roi. Je crois savoir qu'il se cache en province. Où, je l'ignore, mais cela m'étonnerait qu'il ne revienne pas sous peu...

– Paris est grand ! soupira Batz. Mais, au fait, vous aviez évoqué pour moi, après l'échec de ma tentative, un cabaret où se réuniraient volontiers les hommes d'Antraigues et où il « recruterait même » quand il se risque ici sous le pseudonyme de Marco Filiberti. Un cabaret dont vous n'aviez pas voulu me donner le nom sous le prétexte qu'en m'y précipitant, je risquais de grands désagréments. Cela pourrait m'être utile à présent.

Le Noir n'hésita qu'à peine :

– En fait, il y en a deux : le Procope et celui des Trois-Pampres rue de la Lanterne.

– Le Procope ? Le quartier général de Danton, Marat, Camille Desmoulins, Legendre et Fabre d'Églantine qui y viennent en voisins ?

– Justement ! Où se trouve-t-on mieux caché que chez l'ennemi... ou supposé tel puisque les hommes d'Antraigues entretiennent des relations occultes avec ces gens-là ? Je sais que le chevalier Despomelles et Duverne de Praile s'y rendent assez souvent. En outre Zoppi, le patron, est italien comme Corazza. Les gens qui viennent de la Péninsule sont assurés de s'y faire entendre. Je vous conseille, cependant, de n'y pas aller vous-même. Vous êtes leur principal adversaire et ils vous connaissent trop bien ! Quant aux Trois-Pampres, c'est un coupe-gorge et je vous le déconseille fortement.

Batz réfléchit quelques instants, pesant ce qu'il venait d'entendre. Puis il se leva et tendit la main à son vieil ami.

– Chez Procope, j'enverrai Pitou renifler l'air. Merci de m'aider comme vous le faites, mon cher Le Noir. J'apprécie d'autant plus que vous êtes franc-maçon et que vous ne devez pas porter la Reine dans votre cœur !

– Parce que, me trouvant « partial » envers ce benêt de cardinal de Rohan, elle m'a fait retirer ma lieutenance et transformer en bibliothécaire ? Je n'étais pas mécontent, au fond, de me sortir de cette histoire insensée. Et puis, même si je suis maçon, ce qu'elle endure depuis des mois... et surtout ce qui l'attend lui donne droit à ma pitié. Si je peux vous aider à la sauver, je le ferai...

– Et le petit roi ?

– Pauvre enfant ! Je doute qu'il monte jamais sur le trône. Il a trop d'ennemis... et de toutes sortes mais, à lui aussi, à lui surtout, je voudrais éviter un sort trop dramatique. Pour en finir avec les cabarets dont nous parlions, les hommes de main se recrutent surtout aux Trois-Pampres.

– J'irai moi-même, sous un déguisement... Mais, dites-moi, cher ami, vous ne songez pas à émigrer ?

– Pourquoi le ferais-je et pour aller où ? Crever de misère au bord d'un fleuve étranger ? Je suis bien chez moi. En outre, à mon âge, on ne craint plus grand-chose. Il y a aussi mon insatiable curiosité : j'aime voir choses et gens de près. Et puis... tant que mes rares amis auront besoin de moi...

En quittant la rue des Blancs-Manteaux, Batz se mit à la recherche de Pitou pour l'envoyer prendre le vent au café Procope, mais il ne le trouva pas.

– Il est de garde je ne sais où, lui apprit sa logeuse, une accorte personne d'une quarantaine d'années qui ne cachait pas son penchant pour son pensionnaire, mais il ne devrait pas tarder. Il ne bouge plus guère du logis à présent, ajouta-t-elle avec un sourire complice laissant entendre que les charmes de la maison l'emportaient enfin sur les tentations de l'extérieur...

De fait, Batz n'avait pas vu le garde-journaliste depuis un moment, mais l'idée ne lui serait jamais venue d'attribuer cette absence à une quelconque romance avec une créature de cet acabit. Et puisque Pitou ne devait « pas tarder », il décida d'aller l'attendre dans la rue, en s'intéressant à la boutique du libraire voisin par exemple.

Pitou était justement en contemplation devant ladite boutique et ne semblait guère pressé de rentrer chez lui. Batz le rejoignit.

– J'ai du travail pour vous, commença-t-il. J'aimerais que vous alliez...

– Il m'est impossible d'aller où que ce soit, coupa le jeune homme, les yeux sur les livres de l'étalage. La Garde nationale, quand elle n'est pas de service, doit pouvoir répondre à toute réquisition, de jour comme de nuit. C'est la loi depuis la tentative d'investissement de la Convention qui a avorté ces jours-ci. Ainsi en a décidé Garat, le nouveau ministre de l'Intérieur. Nous ne sommes pas aux arrêts mais c'est tout juste !

– Pourquoi ne pas me l'avoir fait savoir ? Vous pouviez m'envoyer un mot. Je commençais à être inquiet...

– Oh, je vous aurais donné des nouvelles un jour ou l'autre, mais je ne vous cache pas que je m'interroge depuis quelques jours. J'ai envie de donner ma démission...

– Vous êtes fou ? Ce serait signer votre perte. On vous reprochait déjà de vous absenter un peu trop, si vous démissionnez, vous devenez suspect...

– Je sais, fit Pitou entre ses dents et toujours sans regarder son compagnon, mais j'en ai assez de vivre autant dire comme un soldat à la caserne. J'ai besoin d'air.

Batz ne commenta pas tout de suite. Prenant Pitou par le bras, il l'obligea à quitter sa contemplation pour faire quelques pas avec lui en direction de sa demeure. Du coup, celui-ci reporta son attention au bout de ses brodequins bien cirés.

– Et, cet air dont vous avez tant besoin, vous aimeriez sans doute qu'il ait un goût salé ? Comme celui que l'on respire en Bretagne ?

– Oui, fit le jeune homme après une toute légère hésitation. Ne m'en veuillez pas mais la pensée qu'elle est seule, là-bas, en face de ce bandit de Pontallec, sous la protection d'un manchot me rend malade. Je... je n'en dors plus !

La main de Batz serra plus fort le bras où elle s'appuyait et sa voix devint plus chaude.

– Croyez-vous que je n'y pense pas, moi aussi ? Si les événements ne prenaient aussi mauvaise tournure je serais le premier à vous dire de jeter votre uniforme aux orties et de prendre la malle de Rennes. J'irais peut-être même avec vous, ajouta-t-il avec un soupir qui, cette fois, fit relever les yeux de Pitou.

– Vous ? Pourquoi agiriez-vous ainsi ? Vous l'avez sauvée du massacre et recueillie par pitié, mais est-elle pour vous autre chose qu'un pion sur votre échiquier ?

Après avoir considéré quelques secondes ce regard bleu où il lisait une accusation, le baron sourit :

– Elle est quelqu'un que j'aime bien... et Marie aussi, se hâta-t-il d'ajouter. En outre, nous avions conclu un pacte tous les deux... Un peu de patience, Pitou ! Pour l'instant, tous nos efforts doivent tendre vers un seul but que vous connaissez... et j'ai besoin que vous restiez à votre poste où vous pouvez être d'une extrême utilité ! Ensuite...

Il eut de la main un geste évasif que Pitou traduisit :

– Nous pourrons aller où il nous plaira si nous ne sommes pas morts ?

– C'est assez ça ! Rentrez chez vous. Votre logeuse vous attend avec impatience.

– Oh, celle-là ! fit Pitou en haussant les épaules. Si elle ne faisait pas si bien le ménage j'aurais déjà déménagé. Pendant que j'y pense où en est votre... dernier projet ?

– A l'eau ! Grâce à quelqu'un qui n'est pas parvenu à vaincre sa peur... A bientôt Pitou ! Donnez de vos nouvelles à Marie...

C'était à elle, en effet, qu'appartenait en nom la maison de Charonne, même si c'était Batz qui l'avait payée, et c'était à son nom que l'on adressait le courrier. Seule une pliure des lettres un peu différente indiquait le véritable destinataire. En dehors de son appartement de la rue Ménars, sur lequel les scellés avaient été apposés après la mort de Louis XVI, le baron n'avait plus aucun domicile légal, ce qui ne l'empêchait pas de posséder plusieurs autres maisons sous des prête-noms et un certain nombre d'amis toujours prêts à lui offrir l'hospitalité. Mais il est bien évident que son foyer véritable était à Charonne et auprès de Marie.

En y revenant, ce jour-là, il eut la surprise de trouver dans la cour une chaise de voyage passablement boueuse et Biret-Tissot occupé à en décharger les bagages en compagnie de Blaise Papillon, le petit valet de quinze ans frère de la Marguerite du même nom qui avait été l'habilleuse de Marie Grandmaison et veillait à la lingerie.

– Qui nous arrive là ? demanda Batz.

– Une dame Meelemunster de Delft, le renseigna Biret avec un clin d'œil en désignant de la tête le cocher qui enlevait une grosse malle avec l'aide purement décorative de Blaise car il était bâti sur le même patron que Biret lui-même, une large trogne de buveur de bière en plus. « C'est une amie de Madame du temps où elles jouaient au théâtre l'une et l'autre... »

– Connais pas ! Elle a l'intention de séjourner longtemps, si j'en crois tout cela ?

– C'est ce que je ne sais pas, monsieur le baron, répondit Biret reprenant le ton compassé d'un serviteur de grande maison. Mais je ne doute pas que monsieur le baron ne l'apprenne très vite : ces dames sont au salon ovale...

Laissant les deux autres s'arranger du chargement, Biret précéda son maître dans le vestibule, le débarrassa de son chapeau et de son manteau à double collet avant d'ouvrir devant lui la porte du salon. Marie s'y tenait en effet, en compagnie d'une femme que Batz ne vit d'abord que de dos mais la cascade de cheveux roux tombant sur la robe de velours brun garnie d'un immense fichu et de manchettes en dentelle de Malines ainsi que la voix s'exprimant en français mais avec un curieux accent qui se voulait flamand sans parvenir à se débarrasser tout à fait de son origine britannique ne pouvaient appartenir qu'à une seule personne.

– Ma chère Charlotte, s'écria-t-il, c'est un vrai miracle de vous voir ici ?

La dame se retourna avec une exclamation joyeuse et, se levant vivement, elle se précipita vers lui les deux mains tendues comme elle l'avait fait à Kettenrigham Hall.

– Mon ami ! Dieu que c'est bon de vous revoir ! Vous n'imaginez pas à quel point ce voyage m'a paru interminable !

Il baisa les deux mains offertes puis en garda une pour ramener la visiteuse auprès de Marie.

– Je veux bien le croire. On me dit que vous arrivez de Delft... affublée d'un nom que je n'ai pas réussi à retenir. J'espère que vous me le pardonnerez ?

– Même pour moi ce n'est pas si facile ! dit-elle en riant, mais le seul moyen pour une Anglaise de se rendre à Paris était de passer par la Hollande. Depuis que M. Pitt a déclaré la guerre à votre gouvernement, il est impossible d'obtenir des passeports pour la France qui, d'ailleurs, ne serviraient qu'à m'envoyer en prison une fois passé le Channel. Or, il se trouve que j'ai de bons amis en Hollande. Ils m'ont donné tout ce qu'il me fallait : faux-vrais papiers, voiture, cocher à toute épreuve et tout ce qui pouvait faire de moi une fille des Pays-Bas très convenable...

– Vous m'étonnerez toujours ! Cependant, pourquoi teniez-vous tellement à venir ici ? Vous ne doutez pas, j'espère, d'y être la très bienvenue, mais pourquoi courir tant de risques ?

– Oh, c'est tout simple, dit-elle sans quitter son sourire, je viens sauver la Reine et le petit roi...

Comme si c'était la chose la plus simple du monde ! Mais elle le dit avec tant de conviction que Batz ne put retenir un sourire :

– Voilà des semaines que nous ne pensons qu'à cela, que nous tirons des plans, que nous essayons sans jamais parvenir au résultat espéré. Et vous...

– Moi je vous apporte une idée... et de l'or.

– De l'or ? Comment avez-vous fait ?

– Bien simplement. Cette grande malle si lourde qui fait peiner vos gens a un double fond assez difficile à déceler. Ce double fond est plein d'or.

– Ce n'est pas ce qui nous manque le plus, approuva Batz mais, dans ce genre d'entreprises, plus on en a, mieux cela vaut ! Voyons votre idée ?

Avant de répondre, Charlotte alla se planter devant un grand miroir Régence placé au-dessus d'une console, s'y contempla un instant, non sans complaisance, puis demanda :

– Comment me trouvez-vous ?

– Mais... très belle, dit Marie.

– Si l'on s'en tient aux portraits que j'ai pu voir, ne trouvez-vous pas que je présente quelque ressemblance avec la reine ? Même taille, même port de tête, même... Oh, je sais bien que mes cheveux sont roux et les siens blonds, mais on peut éclaircir...

– Mon Dieu ! interrompit Marie qui venait de comprendre. Vous n'auriez pas dans l'idée de vous substituer à elle ?

– Bien sûr que si, murmura Batz avec une admiration qu'il ne chercha pas à cacher. Une idée sublime de dévouement car prendre sa place c'est vous condamner à mort, ma chère Charlotte...

– C'est un risque à courir, dit lady Atkyns avec bonne humeur. On pourra peut-être négocier ma liberté contre rançon. Je suis encore très riche, vous savez ? Et puis vous trouverez peut-être le moyen de m'arracher à l'échafaud si l'appât du gain ne suffit pas ?

– J'ai peu de chance, ces temps-ci, avec ce genre d'aventure, fit Batz avec amertume. Mais... de toute façon, je ne crois pas que votre plan soit réalisable. La Reine a beaucoup changé... Ainsi ses cheveux sont blancs et, à ce que l'on m'a dit, ses beaux yeux sont à présent décolorés par trop de larmes. Et puis...

– Et puis je suis comédienne... et une bonne. Je vous parie que je peux arriver à lui ressembler assez pour tromper ses gardiens au moins pendant quelques heures... celles qui lui permettront de s'enfuir.

– Mais enfin pourquoi feriez-vous cela ? protesta Marie. Vous êtes encore jeune, toujours belle, vous êtes riche, aimée, et vous avez un fils ?

– Disons que c'est... par amour du sport ! s'écria lady Atkyns avec bonne humeur puis, changeant de ton : Quant au reste, peut-être suis-je moins aimée que vous ne le pensez. Je ne crois pas que je manquerais beaucoup à mon fils que son père couve... et puis l'âge vient qui emportera bientôt l'image que je vois ici. Pour ce qui est de l'amour, il ne fait plus guère partie de ma vie. Enfin j'aimerais que l'on me laisse jouer ce rôle... le plus beau de toute ma carrière et, s'il me mène à votre guillotine, j'aurai l'impression exaltante de mourir en scène. L'échafaud n'est qu'un théâtre en plein air. Bien ou mal, on n'y joue qu'une scène, une scène que l'on ne bissera jamais, fût-elle sublime...

Toujours debout devant la glace, la comédienne redressée de toute sa taille contemplait avec une sorte d'orgueil son reflet qui venait de revêtir une indéniable majesté. Lentement, elle porta sa longue main soignée à son cou fragile comme pour mesurer sa résistance au fer. Enfin elle sourit :

– Oui... je crois que je jouerai très bien ce rôle !

Pour toute réponse, Jean de Batz alla vers elle, prit cette même main et la porta à ses lèvres avec un infini respect.

– S'il n'y a pas d'autre moyen, Charlotte, nous pourrions essayer. Mais seulement s'il n'y en a pas d'autre !

– Il faut à tout prix en trouver au moins un, s'écria Marie dont les yeux s'étaient remplis de larmes. La seule idée de ce sacrifice est insoutenable !

– Si la liberté de la femme que j'admire plus que tout au monde est à ce prix, dit lady Atkyns, je crois que vous la soutiendrez parfaitement. D'abord parce que vous appartenez vous aussi au théâtre, ensuite parce que vous saurez que je mourrai heureuse.

Au matin suivant, Marie reçut, par un commissionnaire, une lettre de Pierre Roussel destinée en réalité à Batz. Elle en contenait une autre, écrite par Lullier, qui tenait sa promesse : « Celui qui vous a dénoncé se nomme Louis-Guillaume Armand. C'est l'un de ces bas policiers bons à tout, propres à rien dont l'espionnage est le métier et la délation le plaisir. Je vous en parlerai plus à loisir quand je vous verrai mais ne venez pas maintenant ce serait dangereux. Quant à Armand, il vous aurait reconnu il y a quelques jours au relais d'Abbeville. Je l'ai fait jeter en prison pour outrage à magistrat et dénonciation calomnieuse touchant un citoyen aussi honorablement connu que le citoyen Roussel... mais comme il passe son temps à épier les autres détenus et à jouer les moutons, il y est bien connu et il en sortira. Méfiez-vous ! Cet homme vous hait ! »

Batz n'eut pas besoin de relire ce billet sans signature qu'il fit brûler aussitôt au feu de la cheminée. Il était inutile que Lullier lui dépeigne cet Armand qu'il connaissait aussi bien que lui sinon mieux. Originaire de Château-Porcien dans les Ardennes et âgé d'une trentaine d'années, il avait servi un temps dans les dragons puis dans la gendarmerie royale. Déserteur au début de la Révolution, il s'y était épanoui comme une plante parasite sur des ruines, y trouvant l'atmosphère qui convenait à son âme trouble. Il s'était fait agent provocateur et montra de quoi il était capable dans une affaire de faux assignats dont il était complice et qu'il dénonça, envoyant à la mort plusieurs de ses compagnons. Naturellement il avait été acquitté, après quoi on l'avait beaucoup vu au Palais-Royal où il dépensait sur les tables de jeu les deniers de Judas. Batz qui ignorait ce détail l'avait rencontré au fameux 50 de la galerie Montpensier, chez les dames de Sainte-Amaranthe. L'homme était d'assez bonne mine et affichait des idées royalistes qu'il était loin d'éprouver mais auxquelles, un temps, Batz se laissa prendre. Il le crut sincère, l'invita chez lui, rue Ménars. Il y rencontra Marie qui y habitait alors et la sombre passion qu'elle éveilla en lui révéla la réalité de son caractère à la fois brutal et faux. En même temps, Benoist d'Angers qui, lui, était au courant de l'histoire des faux assigats, mit son ami en garde. Le même jour, Batz en arrivant chez Marie trouva l'individu en train d'embrasser de force la jeune femme et le jeta dehors après lui avoir appliqué une volée sévère. Il ne l'avait jamais revu.

Le misérable avait sans doute appris à se grimer et à se dissimuler sous des aspects différents, et c'était cela qui inquiétait le plus Jean. Si Armand l'avait vu à Abbeville, comment lui-même dont le regard était si acéré, si perspicace, ne l'avait-il pas reconnu ?

A l'avenir, il lui faudrait se garder davantage. Et surtout garder Marie !

CHAPITRE IV

UN SOUPER CHEZ TALMA

Batz ne revit le chevalier de Jarjayes qu'une seule fois chez celui-ci. Devant l'impossibilité d'enlever toute la famille de Louis XVI, Toulan et lui-même, écartant enfin Lepitre, s'étaient résolus à enlever la Reine seule : de toute évidence, elle était la plus exposée. Pendant quelques jours, ils purent croire à la réussite de leur plan : sur les instances de sa belle-sœur et de sa fille, Marie-Antoinette avait accepté de fuir seule ; mais, la veille du jour qui devait voir sa libération, le petit roi se trouva souffrant. Le séjour de la tour n'avait rien de salubre. Toute la nuit, sa mère et sa tante restèrent à son chevet et, le matin venu, la mère sentit qu'elle ne pourrait jamais acheter son salut au prix d'une si cruelle séparation. Même si elle savait qu'entre sa tante et sa sœur, l'enfant aurait tout l'amour, tous les soins possibles, c'était lui demander de s'arracher le cœur que l'emmener loin de lui. Alors, elle écrivit l'un de ces billets si fragiles, si aisés à chiffonner, si petits aussi, où elle réussissait à faire tenir bien des choses. Jarjayes le tendit à Batz lors de cette dernière entrevue.

« Nous avons fait un beau rêve, voilà tout, écrivait Marie-Antoinette, mais nous y avons beaucoup gagné en trouvant dans cette occasion une nouvelle preuve de votre dévouement pour moi. Ma confiance en vous est sans bornes... mais je ne pourrais jouir de rien en laissant mes enfants et cette idée ne me laisse pas de regret. »

Batz rendit le billet aux doigts tremblants d'émotion qui le lui avaient offert :

– Et... vous vous en tenez là ? Vous abandonnez le combat ?

– Il le faut bien. Le problème est insoluble. Sans Lepitre...

– Il est guéri celui-là ? persifla le baron avec dédain.

– Il est désespéré. Il s'en veut de sa peur mais les derniers événements ne font que l'augmenter.

– Je lui avais offert une chance d'y échapper pour toujours en émigrant avec les augustes prisonniers. Une petite fortune lui était promise et j'envoyais sa femme le rejoindre. Cet imbécile n'a pas voulu comprendre que, faute d'agir en homme pendant quelques semaines, il se condamne à vivre sa peur aussi longtemps que vivra ce gouvernement... à moins qu'il ne finisse à l'échafaud. Qu'allez-vous faire à présent ?

– Partir. Sa Majesté a réussi à me faire parvenir par Toulan les derniers objets que le Roi n'a pu remettre à son épouse avant de mourir : il s'agit de son cachet aux armes de France, de son anneau de mariage et d'un petit paquet contenant des cheveux du Dauphin, de Madame Royale, de Madame

Élisabeth et de la Reine qui ne le quittaient jamais depuis qu'on l'avait isolé des siens. Ils étaient déposés au greffe de la prison dans un emballage que Toulan a pu défaire, puis refaire à l'identique après y avoir substitué des babioles. Je dois les emporter à Bruxelles et les remettre au comte de Fersen.

Batz fronça les sourcils.

– Fersen ? Pourquoi lui ?

– Parce que nous nous connaissons bien, parce qu'il a toujours entretenu de bonnes relations avec Mgr le comte d'Artois que la Reine apprécie, au contraire de son frère Provence. C'est à lui en définitive que sont destinés l'anneau et le cachet, les cheveux aussi. Et, en outre, j'emporterai une lettre de la Reine et une de Madame Élisabeth. Mais vous pourrez toujours compter sur Toulan...

Batz garda un moment le silence. Il n'avait rien contre le Suédois sinon le fait que l'on avait trop souvent rapproché son nom de celui de la souveraine, au point que Monsieur avait osé déposer une requête auprès du Parlement de Paris pour que les enfants du Roi soient déclarés bâtards. En fait, il voyait dans cette mission un prétexte pour donner des nouvelles à Fersen, et peut-être l'appeler au secours. Il eût été plus simple d'expédier Jarjayes directement à Hamm, auprès du comte d'Artois ; mais, au fond, il se pouvait que le chevalier eût servi de boîte aux lettres entre la Reine et le Suédois, un rôle qu'il avait joué pour la correspondance jadis entretenue avec le député Barnave...

– Bien ! soupira-t-il en se levant pour prendre congé. Il me reste à vous souhaiter bon voyage. Mme de Jarjayes part avec vous ?

– Non, elle ne restait que pour notre projet. Elle va rejoindre ses parents et notre fille à Livry. D'ailleurs, elle ne veut pas émigrer. Mais vous-même, baron, que comptez-vous faire ?

– Oh ! moi, je suis comme Toulan : un Méridional têtu.

– Vous allez continuer ? fit Jarjayes, un éclair dans le regard.

– Bien entendu ! Je reconnais qu'il est impossible de faire sortir toute la famille royale du Temple en une seule fois mais je ne renonce ni pour la Reine, ni surtout pour Louis XVII. C'est lui l'espoir de la France... même si celle-ci ne s'en rend pas compte. Dieu et saint Christophe vous aident ! Si Mme de Jarjayes a besoin d'aide, dites-lui de s'adresser à votre voisin Roussel. Il sait toujours où me trouver.

Il n'était pas content. Cette histoire d'anneau et de cachet lui déplaisait. Que la Reine souhaite faire sortir du pays ce dépôt sacré n'avait rien que de naturel : il fallait les mettre à l'abri des rapacités et des souillures des sans-culottes. Mais les confier à Fersen qui n'était pas fort ami de Louis XVI pour les envoyer à cette tête à vent d'Artois, il y avait là quelque chose de choquant. A son avis, il eût mieux valu les confier à Dieu en attendant qu'ils reviennent, le moment venu, au nouveau roi de France. Celui-ci, entre autres, avait une tante, Marie-Élisabeth, de douze ans plus âgée que Marie-Antoinette, femme de haute piété et de grande sagesse depuis longtemps en religion et abbesse à Innsbrück. Encore fallait-il que la Reine y pensât, mais il semblait que son cœur et son esprit fussent attachés plus fermement à Axel de Fersen qu'à sa propre sœur. Enfin, l'important était que lui, Batz, sût où chercher ces reliques lorsque le temps en serait venu.

En attendant, le paysage s'assombrissait encore. Ainsi que le craignaient Le Noir et Batz, le nouveau Tribunal révolutionnaire, présidé par Montané, n'allait pas tarder à inspirer une crainte qui, au fil des mois, se changea en terreur. Un certain Fouquier-Tinville en avait été élu – à une voix de majorité ! – accusateur public, et il fut vite évident qu'il n'y avait ni véritable justice ni pitié à attendre de cet homme qui d'ailleurs ignorait à peu près tout du droit.

Or, tandis que la Convention accouchait de ce tribunal qui, dans le mois à venir, allait se transformer en entreprise de massacre, la Vendée se soulevait sous le prétexte de résister à la conscription forcée. En réalité pour combattre ceux qui avaient osé tuer le Roi et qui pourchassaient Dieu. Pour la première fois dans l'Histoire, ce furent les paysans qui allèrent chercher leurs seigneurs pour qu'ils les mènent à la bataille. Cent mille hommes se levèrent et commencèrent à pourchasser les gens d'une république dont ils ne voulaient pas et qui, pour eux, représentait l'œuvre de Satan.

Aux frontières, les choses n'allaient pas mieux. Dumouriez, qui avait menacé de marcher sur Paris avec ses troupes pour établir Louis XVII, s'est fait battre à Neerwinden par le prince de Cobourg

– avec lequel il va bientôt s'entendre. Et quand la Convention envoie des commissaires lui demander des comptes, il va purement et simplement les faire arrêter par les Autrichiens.

Pourtant, à Paris, une certaine vie mondaine existait toujours autour des hommes en vue, des rares ambassades et des milieux du théâtre, en dépit des difficultés d'approvisionnement, de la cherté des aliments et des produits de nécessité comme le savon ou la chandelle. La misère, comme d'habitude, s'attaquait au petit peuple sans toucher au confort de qui pouvait payer.

C'est ainsi que, dans le charmant hôtel qu'elle possédait rue Chantereine, au bout d'une allée de verdure tracée entre deux grandes demeures, la danseuse Julie Careau, épouse du tragédien Talma, aimait à recevoir ses amis dont la plupart appartenaient à ce groupe girondin sur qui les nuages noirs commençaient à s'amonceler. Elle tenait littéralement table ouverte, la table en question ne cessant d'être servie, desservie puis resservie pour ceux, toujours nombreux, qui arrivaient pour dîner ou pour souper entre amis. Ce train de vie dispendieux convenait à Julie qui était fort riche.

Au temps, pas très éloigné, où elle était une des étoiles de l'Opéra, Julie que les mauvaises langues disaient volontiers « galante » avait eu quelques aventures fort rentables avec, par exemple, le comte Alexandre de Ségur, dont elle avait eu un enfant, le duc de Chartres et deux ou trois autres amants aristocratiques – on disait aussi Mirabeau mort dans une maison lui appartenant ! –, ce qui ne l'avait jamais empêchée de professer hautement les idées nouvelles. Cette reine de la danse et du plaisir était fermement accrochée à ses convictions républicaines et en discutait souvent avec passion.

Ayant délaissé la scène, Julie tenait à présent un salon fort couru, surtout depuis que, deux ans plus tôt, elle avait épousé Talma, le célèbre comédien tragique, héros du théâtre de la rue de la Loi (ex-Richelieu) où avec l'aide de son ami, le peintre David, il avait imposé le costume d'époque pour les drames et tragédies qu'il jouait *. D'époque romaine essentiellement, le noble drapé des toges convenant à un physique tellement césarien que l'on pouvait se demander si son dentiste de père y était vraiment pour quelque chose. Quelques jours après le mariage, Julie, qui avait sept ans de plus que son époux, lui donnait des jumeaux que l'on prénomma Castor et Pollux dans la meilleure tradition des contemporains de Virgile et d'Horace.

Un mois d'avril frileux mais plutôt clair remplaçait les rigueurs de l'hiver quand, ce soir-là, Batz, le chapeau sur l'oreille et la canne à la main, suivait d'un pas nonchalant l'allée sablée qui menait au pavillon du ménage Talma. C'était au café Corrazza qu'environ deux ans plus tôt, il avait fait la connaissance du tragédien que lui avait présenté

* Acquis aux idées nouvelles, Talma est à l'origine de la scission intervenue en 1791 dans la troupe de la Comédie-Française. Emmenant quelques camarades, il quitta le vieil hôtel de Guénégaud pour s'installer dans le bâtiment de la future place Colette inauguré en 1790 et qui sera le théâtre de la Nation.

son ami le député-pasteur Julien de Toulouse, lui-même grand admirateur de Julie Careau et habitué de la rue Chantereine. Les deux hommes avaient sympathisé par le biais de goûts littéraires communs. Batz qui avait toujours aimé le théâtre admirait en connaisseur le jeu du comédien et ses efforts pour « dépoussiérer » le répertoire et les habitudes de la scène française. En outre, tous deux connaissaient bien l'Angleterre, y comptaient des amis et appréciaient Shakespeare. C'était au grand Will, d'ailleurs, que le jeune François-Joseph Talma, qui ses études achevées avait rejoint à Londres son père chirurgien-dentiste pour y apprendre le métier, devait de s'être détourné des mâchoires plus ou moins odorantes de ses contemporains pour prendre conscience de sa propre vocation et se tourner vers le théâtre où il entama une carrière après avoir rejoint le sol natal. Homme intelligent, non dépourvu d'humour, Talma représentait une sorte de récréation dans la vie tumultueuse et chargée d'obscurités du conspirateur dont il ignorait d'ailleurs tout. Connaissant les idées tranchées de Julie – idées partagées par son époux –, Batz s'était toujours gardé de le mettre si peu que ce soit dans le secret de ses activités. Et, ce soir, il allait donc chez Talma pour se délasser un peu l'esprit, boire un verre en grignotant quelque chose et bavarder de tout et de rien... tout en sachant fort bien qu'il y rencontrerait au moins une demi-douzaine de Girondins, ce qui lui permettrait de prendre le vent de l'actualité conventionnelle.

En débouchant dans la cour où l'élégant pavillon précédé d'un large perron en demi-lune s'encadrait de deux bâtiments séparés contenant les communs et la cuisine, il vit que Talma lui-même marchait devant lui. Il allait le héler sur le mode cordial quand il le vit obliquer sur la gauche au lieu de piquer droit sur la maison et, après un seul regard aux fenêtres éclairées comme s'il craignait d'être aperçu, se précipiter dans la cuisine. Intrigué, Batz le suivit sur la pointe des pieds et tenta de jeter un coup d'œil à l'intérieur. Mais l'humidité embuait les carreaux et, ne voyant rien, il se décida à entrer après avoir frappé discrètement à la porte.

Le spectacle qu'il découvrit le fit sourire : une grosse femme en tablier, bonnet et cheveux blancs, qui était Cunégonde la cuisinière, venait de débarrasser le comédien de son long manteau à grands revers et l'installait dans un fauteuil placé sous le manteau de la cheminée, sur le feu de laquelle une marmite noire laissait échapper une fumée odorante.

– C'est un bouillon de poule, mon canard, disait-elle au moment où Batz faisait son apparition. Je vais vous en donner tout de suite un bon bol... Qu'est-ce que vous voulez, vous ?

La fin du discours s'adressait évidemment à l'intrus. Celui-ci sourit, ôta son chapeau et salua :

– Bavarder un moment avec le cit... je veux dire monsieur Talma, corrigea-t-il sans craindre qu'on le ramène aux valeurs révolutionnaires tant cette cuisine avec ses cuivres étincelants, ses faïences bleues et blanches et ses armoires anciennes bien astiquées fleurait bon l'ancien régime et les temps paisibles où l'on prenait celui de bien vivre. « Je l'ai aperçu qui marchait devant moi dans l'allée et j'ai seulement voulu le rejoindre.

– Pouvez pas le laisser un peu tranquille, non ? c'est souvent qu'il vient ici après les répétitions, pour se reposer, manger quelque chose et échapper un peu à la cohue qui assiège cette maison vingt-quatre heures sur vingt-quatre... Ici c'est chez moi et je suis la seule à prendre soin de sa santé !

– Alors veuillez me pardonner d'avoir ainsi envahi votre domaine. Je vais me retirer...

– N'en faites rien, mon cher baron ! s'écria Talma en riant. Cunégonde a l'air féroce mais elle ne mord pas. Et elle a raison quand elle dit que je viens ici chercher un peu de paix. C'est même dans ce fauteuil que j'étudie mes rôles la plupart du temps. Prenez plutôt place près de moi et acceptez un verre de vin.

– Pourquoi pas une tasse de bouillon pour lui aussi ? intervint Cunégonde déjà séduite par le sourire charmant qui faisait pétiller les yeux noisette du nouveau venu.

– Que voilà une bonne idée ! Il ne fait pas chaud du tout ce soir, accepta Batz. Et il sent tellement bon, votre bouillon !

Un instant plus tard, le nez dans des bols jumeaux, les deux hommes dégustaient une sorte de délicieux consommé capable de rendre des forces à un agonisant. Durant quelques instants, Batz goûta le calme reposant de cet entracte au coin du feu. Comme le disait Cunégonde, cette cuisine-là était son chez elle. Son lit même s'y trouvait à la mode campagnarde mais, par une porte épaisse qui se trouvait au fond de la salle, on pouvait avoir accès à l'office et à l'autre cuisine, pleine de bruit et d'agitation, où entraient et sortaient presque sans interruption des serveurs chargés de plats, de compotiers, de corbeilles de pain destinés à ceux qui entretenaient dans la maison un brouhaha tout à fait perceptible depuis le havre de Cunégonde.

– On dirait qu'il y a foule, ce soir, chez vous, cher ami ? remarqua Batz en acceptant une seconde tasse.

– Comme si vous ne saviez pas que c'est comme ça presque tous les soirs, mais j'admets qu'aujourd'hui il y en aurait plutôt plus que d'habitude. C'est que les choses vont mal à la Convention pour nos amis de la Gironde. J'ai entendu qu'il était question d'élire un Comité de salut public composé d'une dizaine de personnages qui achèveraient d'ôter à l'Assemblée le peu de pouvoir réel qu'elle a encore. Alors, sachant que j'allais trouver chez moi tous les opposants à cette brillante idée, je suis venu ici...

– Et vous avez bien fait, mon canard ! opina la cuisinière. Laissez donc Madame Julie s'occuper d'eux : elle adore ça...

– Un Comité de salut public ? répéta Batz songeur. Cela veut dire que la France va se donner un maître à plusieurs têtes, comme l'hydre de Lerne... et le Conseil des Dix de Venise ? Que devient la république dans tout cela ?

– Venise est aussi une république, soupira Talma non sans logique. La différence vient de ce qu'elle est sérénissime... ce qui est loin d'être le cas de la nôtre.

– Il y a déjà un Comité de sûreté générale qui agit contre les particuliers pour la Convention et sans lui rendre de comptes. Que fera celui-là ? La même chose sans doute, mais cette fois contre la Convention. Qui a proposé cette nouvelle machine d'oppression ?

– Je ne sais pas au juste, fit Talma en haussant les épaules, mais on peut toujours tenter de deviner : je verrais assez bien Marat, Hébert et Danton à l'origine du projet. Si vous voulez en savoir plus, allez jusqu'à la maison...

Il n'avait pas fini sa phrase que la porte extérieure s'ouvrait sous une main déterminée : enveloppée d'un châle jeté sur la robe de satin rouge qui faisait chanter son teint de brune, Mme Talma fit son apparition. Ou plutôt la citoyenne Talma car les nouvelles règles de la civilité puérile et honnête entrèrent avec elle, chassant la bienséance désuète :

– Je me doutais bien que tu étais là ! s'écria-t-elle. Tout le monde ce soir est bouleversé, et toi tu restes là à boire ta soupe comme un vieux paysan qui rentre des champs ! Et toi, citoyen Batz, tu es là aussi ?

– Nous sommes arrivés ensemble plaida l'interpellé en se levant dans l'intention de baiser la main de la maîtresse de maison mais celle-ci gardait ses bras farouchement serrés sur son châle et une poitrine que l'on aurait aimée un peu moins enfantine.

– Il y a des moments où j'aimerais bien être un vieux paysan qui rentre des champs, grogna le tragédien. D'ailleurs, j'en suis un ! Je laboure de toutes mes forces les champs de la sublime littérature théâtrale et il m'arrive d'avoir besoin de repos...

– Est-ce que j'en prends, moi ? Je suis tout entière au service de nos amis et de la liberté !

– Celle des autres. Pas la mienne ! En tout cas, c'est moins éprouvant de faire marcher ses jambes que son cerveau. Et tu n'as même plus l'excuse de danser !

– Vas-tu me le reprocher, à présent ?

– Chère amie, coupa Batz qui détestait par-dessus tout se trouver en tiers dans une scène de ménage, je ne demande qu'à te suivre mais peut-être pourrions-nous laisser le maître se reposer un peu ? Il a eu une journée fatigante...

– Impossible ! Il faut qu'il vienne ! Nous avons là tous nos amis : Condorcet, Vergniaud, Brissot, Barbaroux, Gensonné, Buzot, Pétion, Roland... David va arriver et peut-être Mme Roland !

– Une femme au milieu de ta cour ! Et surtout celle-là ? Grande nouveauté ! ricana Talma.

En effet, fort peu de femmes, voire pas du tout, s'aventuraient dans le salon de l'ancienne étoile de l'Opéra qui leur préférait de beaucoup la société des hommes où elle était toujours assurée de jouer le premier rôle.

– Ne sois pas ridicule ! Je ne refuse pas la société des femmes, au contraire ! Il se trouve que certaines, comme Mme Roland, ne jugent pas ma maison digne de leur présence. Heureusement, elles ne sont pas toutes de cet avis et ce soir nous avons miss Adams !

Batz qui achevait son bouillon avala de travers et s'étrangla.

– Miss Adams ? émit-il quand la voix lui revint après que Cunégonde lui eut tapé dans le dos avec autant de vigueur que si elle battait un tapis. Quelle miss Adams ?

– Laura Adams, renseigna gracieusement Julie qui savait être charmante. C'est une jeune Américaine à qui je viens de louer l'une de mes maisons de la Chaussée-d'Antin. Elle est de Boston mais elle nous arrive de Bretagne où elle avait une affaire de famille à régler. Elle était parente de ce pauvre amiral John Paul-Jones que nous avons perdu l'an dernier...

Si invraisemblable que cela paraisse, le doute n'était plus possible. D'ailleurs, pouvait-il exister une autre Laura Adams que celle inventée par Batz ?

– Ah ! je serais heureux de la rencontrer ! s'écria-t-il. Je compte pas mal d'amis chez les Américains de Paris et si c'est une personne agréable...

– Agréable ? Elle est tout bonnement adorable ! renchérit Talma. Je ne l'ai vue qu'une fois lorsqu'elle est venue signer son bail mais elle nous a séduits, Julie et moi !

– Je ne demande qu'à me joindre à ce chœur admiratif, fit Batz avec un sourire qui, pour une fois, n'atteignit pas ses yeux.

– Venez alors ! dit Julie en prenant son bras.

Extrait de son fauteuil et de sa cheminée, Talma suivit, tout requinqué à l'idée de revoir la charmante Américaine dont Batz avait encore peine à croire que ce fût vraiment celle qu'il avait mise au monde d'un coup de baguette magique, un jour de l'été précédent...

Mais c'était bien elle, vêtue d'une jupe de léger satin ivoire sous un « pierrot » de même tissu vert amande à longues manches terminées par des manchettes d'organdi. Assise sur une méridienne, une flûte de champagne à la main, Laura bavardait gaiement avec un très beau jeune homme que Batz connaissait de vue, comme tout Paris, pour l'avoir applaudi à la salle Favart, mais qui était aussi une relation, sinon un ami, de Marie avec laquelle il avait chanté et joué plusieurs fois quand elle était encore au théâtre : c'était le ténor Jean Elleviou dont raffolaient toutes les femmes. Non sans quelque raison d'ailleurs : bâti comme Adonis – en plus viril peut-être – avec de magnifiques cheveux coupés court mais d'un blond si éclatant qu'on pouvait les croire passés à la feuille d'or, un visage régulier au teint coloré, au sourire éblouissant, il possédait des yeux d'un bleu foncé dont le regard pouvait être ensorcelant. En s'approchant, Batz aurait juré que le beau chanteur était justement en train de se livrer sur la fausse Américaine à une entreprise de séduction. Ce qui le mit tout de suite de mauvaise humeur. Aussi, quand Julie l'amena devant la jeune femme pour faire les présentations, se contenta-t-il d'un salut très sec et d'un :

– Oh ! j'ai déjà eu l'honneur de rencontrer miss Adams ! Nous avons... des amis communs mais je la croyais repartie pour les États-Unis...

S'il pensait embarrasser Laura, il se trompait. Si ses yeux noirs étincelèrent, si ses joues rosirent, ce fut tout simplement de plaisir.

– Mais que vous êtes donc protocolaire, mon cher baron ! dit-elle en anglais tout en lui tendant une main sur laquelle il fut bien obligé de s'incliner. Vous savez très bien que je n'avais aucune intention de me rendre dans un pays où je n'ai rien à faire. Comment va Marie ?

– Bien. Je ne pensais pas que vous vous souviendriez encore d'elle... et de nous ?

– J'ai une excellente mémoire et j'avais bien l'intention d'aller la voir. Mais je suis à Paris depuis peu... juste le temps de m'installer.

– Vous devriez parler français, intervint Talma qui possédait parfaitement lui aussi la langue de Shakespeare. Nous avons déjà de très suffisantes raisons de passer pour des originaux !

Puis, sans souffler, il ajouta en français :

– Les autres sont déjà à table si j'en crois le vacarme qui vient de la salle à manger. Pourquoi n'êtes-vous pas avec eux ?

– Justement, ils crient trop ! fit le ténor avec une petite grimace. Et j'étais heureux de bavarder un instant avec miss Laura ! D'autant que je ne vais pas pouvoir rester : il faut que je retourne au théâtre. Vous me gâchez ces quelques instants...

– Ne regrettez rien ! dit Laura en riant. Venez plutôt me voir chez moi. J'habite rue du Mont-Blanc, numéro 44, ajouta-t-elle, les yeux sur Batz. N'étant pas complètement installée, je ne sors guère.

– Voilà une invitation que je n'aurai garde de refuser ! s'écria Elleviou avec un bel enthousiasme méridional qui ne rencontra guère d'écho dans le cœur du baron. Celui-ci se contenta d'offrir à miss Adams un salut un peu raide :

– Aurai-je l'honneur de vous conduire à table, miss ? demanda-t-il.

– Non, veuillez m'excuser. Je suis seulement venue passer un moment auprès de Mme Talma, mais il y a effectivement beaucoup de bruit et je ne comprends rien à la politique française. Si vous le permettez, je vais me retirer...

La belle Julie – en fait elle ne l'était pas vraiment, tellement mince qu'elle paraissait grêle et que son décolleté montrait de regrettables « salières » – s'associa à ce vœu avec d'autant plus d'enthousiasme qu'elle avait hâte, justement, de rejoindre le champ clos où l'on débattait, entre les huîtres et les terrines, de ce nouveau Comité de salut public qui ne semblait pas recruter beaucoup d'adeptes. Confiant Laura à Talma en lui enjoignant de les rejoindre dès qu'il aurait mis leur amie en voiture, elle glissa son bras orné de larges bracelets d'or sous celui de Batz qu'elle entraîna dans la salle du festin.

– Venez faire entendre votre voix ! Nous avons grand besoin ce soir d'un observateur impartial !

– Croyez-vous que je le sois vraiment ? Je suis gascon, ma chère hôtesse et, chez nous, on aurait plutôt tendance à prendre parti et à le défendre avec la dernière énergie. Il se pourrait seulement que j'ajoute au tumulte...

– Il se pourrait que cela m'amuse ! Ainsi, vous ne changez jamais de convictions ?

– Jamais... depuis la nuit des temps ! La devise de ma famille est « In omni modo fidelis ». Ce qui veut dire...

– ... De toute manière fidèle ! C'est assez beau... Puis-je vous rappeler cependant au code de la civilité qui est le nôtre à présent ? Voilà un bon moment que nous oublions les lois et parlons comme à Versailles.

Batz arrondit le bras en s'inclinant devant son hôtesse :

– Me feras-tu l'honneur, citoyenne Talma, d'accepter mon bras pour te conduire aux agapes républicaines ?

Ce qu'elle fit en riant, et tous deux franchirent le seuil de la salle à manger tandis que Talma reconduisait Laura au petit cabriolet léger et élégant qui attendait au bout de l'allée avec d'autres voitures. Le cocher qui se tenait sur le siège en dégringola pour ouvrir la portière.

– Nous rentrons, Jaouen ! lui dit-elle après avoir offert sa main au baiser de Talma qui, ce devoir accompli, se hâta de regagner la cuisine où l'attendaient Cunégonde et ses petits plats !

On criait vraiment trop fort chez lui et il n'avait aucune envie de se casser la voix pour essayer de se faire entendre. A ce propos... il avait senti une petite fêlure, tout à l'heure, en reprenant le monologue de *Charles IX*... Un lait de poule serait peut-être judicieux ?

– Je vais vous faire ça tout de suite, mon canard, approuva la vieille femme. Rien de tel pour la souplesse d'une belle voix !

Ceux qui peuplaient l'élégante salle à manger de Julie et s'agitaient autour de la longue table chargée de fleurs et de candélabres pleurant leurs longues bougies roses auraient eu peut-être grand besoin de l'innocent remède, car c'était à qui crierait le plus fort. Tous ces hommes étaient encore sous le coup de l'émotion qui s'était emparée d'eux à la Convention quand le projet de Comité de salut public avait été proposé, et entendaient la faire partager à leur hôtesse.

– Je leur ai dit, clamait Buzot, que leur projet était dangereux parce qu'il donnait à une poignée de privilégiés un droit spécifique à l'Assemblée : celui de faire des lois puisque le Comité pourra prendre des mesures provisoires qui sont toujours des lois définitives en matière de salut public ! Ce à quoi Marat m'a répondu...

Mais Batz n'écoutait pas. Sa voix à lui, cette voix de bronze qui pouvait se faire entendre au plus fort d'une bataille, resta muette. Son corps seul était présent à ce souper délirant. Son esprit demeurait attaché à Laura, partagé qu'il était entre la colère et une joie de l'avoir revue qu'il n'imaginait pas si vive. Pourtant, la colère l'emportait. Depuis combien de temps était-elle à Paris ? Et par quel tour de magie la retrouvait-il, élégante et parée, dans un salon où elle n'avait que faire, y jouissant apparemment du statut flatteur de riche étrangère ? Une maison – même louée – dans le quartier de la Chaussée-d'Antin coûtait cher, la voiture et les vêtements aussi et, sur la gorge de Laura comme à ses poignets, il avait vu scintiller des diamants sertissant une parure de fort beaux camées. Qui payait tout cela ? Un homme sans doute – elle lui était apparue tout à fait ravissante ! – mais lequel ? Pour la première fois de sa vie, Jean éprouvait un sentiment bizarre, amer et profondément désagréable, qu'il n'arrivait pas à analyser mais sur lequel n'importe quelle femme l'eût renseigné : cela s'appelait la jalousie... Sans doute aurait-il eu de la peine à l'admettre.

Soudain, entre deux énergiques participations à la discussion, Julie s'aperçut de l'étrange comportement de son invité :

– Que t'arrive-t-il, citoyen ? On ne t'entend pas, tu ne manges pas, tu ne bois pas... tu n'as même pas l'air d'être avec nous ! Ce qui se dit ici ne t'intéresse pas ?

– Si, bien sûr mais cela me soucie beaucoup. J'aie peur que tes... que nos amis n'aillent vers de gros ennuis. Déjà, l'on dit dans les places et les cafés que Robespierre, Marat, Danton et les autres veulent se débarrasser des Girondins.

– C'est certain mais ils sauront se défendre, dit-elle avec exaltation. Et Talma en sera aussi !... mais, au fait, où est-il celui-là ?

– Il raccompagnait miss Adams aux dernières nouvelles...

– C'est un peu long ! Il faut qu'il nous rejoigne ! David doit venir et s'il n'est pas là pour l'accueillir, il sera très mécontent...

Elle semblait réellement inquiète tout à coup. Batz n'avait jamais fait qu'entrevoir le peintre des *Serments* – celui des Horaces d'abord puis celui du

Jeu de paume qui connurent un immense succès –, mais cela lui avait suffi pour déceler un orgueil frisant l'arrogance et un caractère vindicatif qui ne devaient pas le rendre facile à vivre. Qu'il soit un intime de la maison et l'inspirateur de la révolution costumière de Talma ne changeait sans doute rien à l'accueil qu'il devait attendre à chacune de ses visites : le tapis rouge et le ménage Talma prosterné dessus.

– Rassure-toi ! dit-il en se levant. Je vais chercher ton époux.

N'était-ce pas, en effet, une merveilleuse occasion de s'esquiver ? En passant par le vestibule, il prit son chapeau, sa canne, et fonça droit sur la cuisine où, comme il s'y attendait un peu, il trouva le tragédien dans son fauteuil, une couverture sur les épaules, un bol bien serré entre ses mains et sirotant avec délices le lait de poule demandé. L'entrée de Batz lui fit lever un sourcil dubitatif :

– Elle me réclame ?

– Oui. Elle dit que David ne devrait plus tarder et que si vous n'êtes pas là pour le recevoir...

– Mon Dieu, je l'avais oublié celui-là ! Je l'aime bien et j'admire son immense talent, mais j'aimerais qu'il ne se prenne pas toujours pour Jupiter ! Il faut que nous y allions ! ajouta-t-il, en rendant le bol et la couverture à la vieille femme.

– Pas moi. J'étais venu en passant. Il faut que je rentre. J'ai à faire avec Lecoulteux que vous connaissez ! Présentez mes excuses à votre adorable épouse et allez vite où le devoir vous appelle ! Nous nous reverrons bientôt.

Et il s'élança au-dehors tandis que Talma regagnait en soupirant sa maison illuminée. Il était grand temps : dans l'allée, Batz croisa un homme qui marchait avec la solennelle dignité d'un sénateur romain, portant haut une tête assez belle en dépit d'une bouche charnue épaissie par une légère tumeur qui lui donnait un air de dédain plutôt déplaisant, à mi-chemin entre un long nez et une mâchoire volontaire. Les yeux froids fixaient la plupart du temps d'une façon hautaine mais ne firent qu'effleurer Batz avec insolence, comme s'il s'agissait d'un objet sans importance ne méritant pas le moindre salut.

Rendant dédain pour dédain, celui-ci haussa ostensiblement les épaules en s'attendant presque à ce que l'autre lui demande raison, l'espérant même : une bonne querelle et pourquoi pas un joyeux duel lui eussent apaisé les nerfs. Mais cette imitation de Romain n'avait certainement jamais manié autre chose que des pinceaux dans lesquels – il fallait bien l'admettre – passait parfois l'éclair du génie. Il serait dommage, après tout, de priver l'Art d'un tel homme ! Un instant plus tard, Batz retrouvait son cheval, l'enfourchait et quittait la rue Chantereine.

Pas pour aller bien loin. L'élégante artère dite rue du Mont-Blanc dont le nom remplaçait depuis peu celui de Mirabeau était assez proche et Batz savait bien qu'il ne pourrait trouver le sommeil s'il n'avait auparavant réglé ses comptes avec l'ex-marquise de Pontallec. Quelques minutes plus tard, il était devant chez elle.

La maison, pourvue d'un petit jardin, était de dimensions modestes comparée aux vastes et magnifiques demeures qui l'entouraient : hôtel Necker, hôtels d'Épinay ou de la Guimard, toutes proclamaient la puissance de l'argent. La plus proche était celle où mourut Mirabeau. Elle avait été ornée d'une plaque de marbre noir sur laquelle, à la demande de Talma, le poète Chénier avait fait graver :

« L'âme de Mirabeau s'exhala en ces lieux
Hommes libres pleurez ! Tyrans baissez les yeux ! »

Les temps ayant changé en même temps que l'image du tribun dans l'esprit du peuple, la plaque venait d'être enlevée tandis que l'on remplaçait le nom de la rue, attribuée provisoirement à un sommet alpin dont la pureté ne pouvait être contestée. Ce qui n'était pas le cas de Mirabeau.

Quant à la demeure de miss Adams, son ordonnance était simple : un corps central marqué par des refends et surmonté d'un arrondi, des fenêtres à consoles et une porte ornée d'un mascaron. La cour ne pouvait contenir que deux voitures et le jardin dont on apercevait les frondaisons au-dessus de l'unique étage ne devait pas être beaucoup plus grand. A l'entrée, une grosse cloche que Batz, sans quitter sa selle, agita avec autorité.

Quelques instants d'attente, puis un pas sur les pavés de la cour, et enfin une voix peu aimable demandant qui venait à cette heure de la nuit.

– Il n'est pas si tard, fit le baron sèchement. Et miss Adams que j'ai vue chez Talma et qui vient de rentrer peut certainement me recevoir.

– C'est possible, mais cela ne me dit pas qui vous êtes.

– Jean de Batz, annonça celui-ci en évitant de faire sonner son titre aux échos de la nuit. Quelque chose me dit que miss Adams s'attend à ma visite...

Preuve qu'il avait raison, la porte s'ouvrit presque aussitôt sous la main unique d'un homme taillé en force, vêtu avec la sobriété d'un majordome ou d'un intendant, dont le bras gauche était prolongé par un crochet de fer qui devait en faire une arme redoutable. Les yeux, froids et gris, dévisagèrent le nouveau venu :

– Je crois en effet qu'elle vous attend ! dit-il avec lenteur.

Mais Batz savait déjà à qui il avait affaire :

– Vous êtes Joël Jaouen, n'est-ce pas ? Pitou m'a parlé de vous.

– C'est un bon ami. Entrez, je vais m'occuper de votre cheval. Miss Adams est dans le salon de musique, la deuxième porte à gauche dans le vestibule...

Batz trouva sans peine et, après avoir frappé discrètement, pénétra dans une pièce qui devait son appellation à une grande harpe dorée dressée près d'un tabouret recouvert de soie verte et aux cartouches qui, au-dessus des portes, composaient des bouquets d'instruments enrubannés. Laura elle-même était assise sur une chauffeuse près de la cheminée, les bras croisés sur la poitrine, habillée d'un long vêtement d'intérieur en fin lainage blanc, simple comme la robe d'une novice, dont les amples manches cachaient les mains. Elle ne se leva pas pour accueillir le visiteur, se contentant de lui désigner une bergère placée en face d'elle :

– Venez vous asseoir là. On va nous apporter du café.

Mais il se donna le temps d'examiner la pièce, petite et charmante avec ses boiseries d'un vert doux relevé de légers filets d'or, ses rideaux de velours ivoire et ses meubles tendus de soie. Il eut un petit rire assez déplaisant :

– Vous êtes bien logée. Qui paie tout cela ?

L'intention blessante alluma un éclair dans les yeux noirs de la jeune femme mais elle ne broncha pas.

– Moi-même. Chez qui donc croyez-vous être ?

– Auriez-vous fait fortune ?

– Le mot est vaste. Disons que j'ai retrouvé quelques biens. Mais si vous vouliez prendre place devant moi au lieu d'arpenter ce salon en évaluant chaque chose comme un marchand, je pourrais peut-être expliquer ce que vous ne comprenez pas ?

Il se décida à poser les yeux sur elle, rencontra un regard dont la gravité le surprit après le ton léger dont elle avait usé dans ses premières paroles, puis vint lentement occuper le siège qu'on lui désignait. A cet instant, Bina entra, portant un plateau chargé de tasses et d'une cafetière qu'elle vint déposer sur un petit guéridon placé entre les deux personnages.

Batz considéra la jeune fille avec intérêt :

– Si je ne me trompe, cette jeune personne était votre... je veux dire la femme de chambre de Mme de Pontallec ?

– Vous ne vous trompez pas. C'est Bina, en effet. Elle a... définitivement je crois, rejoint ma cause. Merci, Bina, je vais servir, ajouta-t-elle en se levant.

L'instant suivant appartint à l'odeur de l'excellent café dont Batz but une première tasse avec un plaisir visible.

– Si vous m'expliquiez ? soupira-t-il enfin. Je ne comprends plus rien.

– Oh, mon histoire est assez simple. Disons que la chance y est peut-être pour quelque chose. Mais d'abord donnez-moi des nouvelles de Pitou. Vous a-t-il rejoint sans problèmes, et ensuite est-il bien rentré ?

Cette fois, Batz trouva un sourire pour cette femme dont il n'arrivait plus à démêler si elle l'agaçait plus qu'elle ne l'enchantait.

– C'est bien de commencer par lui. Une autre se serait peut-être inquiétée du diamant bleu...

– Le diamant n'est qu'une pierre et Pitou un cœur d'or. C'est sans aucune commune mesure...

– Alors sachez que tout va bien de ce côté. Pitou a repris son service mais il est plus ou moins consigné chez lui. Il est aussi très malheureux...

– Pas à cause de moi, tout de même ?

– Et pour qui d'autre ? J'ai eu beaucoup de peine à l'empêcher de retourner en Bretagne. Il était persuadé que vous y étiez en danger...

– Tant que vivra Josse de Pontallec, je crois que je le serai, mais c'est la règle du jeu après tout. Je le hais autant que je l'ai aimé, je crois, mais à présent j'ai juré sa perte. Ce sera lui ou moi, car il n'y a pas assez de place sur terre pour tous les deux.

– A cause de son mariage avec votre mère ?

– Non. Parce qu'il l'a tuée ! A présent, écoutez-moi !

Laura était sincère quand, en quittant Pitou, elle lui avait déclaré vouloir demeurer à Cancale afin d'essayer d'arracher Jaouen à l'enfer qu'il vivait depuis la perte de son bras et de ses espoirs de devenir un jour un grand soldat mais, à peine éloigné le bateau qui emmenait son ami à Jersey, elle comprit qu'elle avait gardé une arrière-pensée et que tout son être refusait la monstruosité d'un mariage hors nature. Bien qu'elles n'eussent jamais été très proches, elle n'en voulait pas à sa mère, sachant de cruelle expérience quel charme dégageait Josse de Pontallec lorsqu'il voulait s'en donner la peine. Elle savait aussi qu'il ne faisait jamais rien sans une intention soigneusement calculée et, en l'occurrence, facile à deviner : mettre la main sur les biens des Laudren qui demeuraient entiers puisque la nouvelle marquise de Pontallec n'avait jamais émigré. Les demeures, la maison d'armement, tout devait être encore à portée de ses griffes, et séduire une femme plus âgée que lui, n'ayant guère connu de la vie qu'un travail acharné pour lutter contre le chagrin laissé par la mort de son époux et surtout par celle de son fils, n'avait pas dû présenter beaucoup de difficultés.

Au lendemain du départ de Pitou, Laura dit à Jaouen :

– Il faut que je retourne à Saint-Malo. Venez-vous avec moi ?

– Où que vous alliez, j'irai. J'étais certain, d'ailleurs, que vous me le proposeriez...

Et ils étaient partis avec la carriole du marchand d'huîtres, celle-là même qui avait amené Laura et Pitou. A Saint-Malo, après qu'ils eurent fait contrôler, elle son passeport américain, lui sa carte de civisme, ils avaient pris logis à cette auberge de la Morue-Joyeuse, située à quelques pas de l'hôtel de Laudren, où Bina avait révélé à son ancienne maîtresse l'étrange état de sa famille. Sans crainte d'être reconnue par l'aubergiste Le Coz : l'enfance d'Anne-Laure s'était déroulée surtout à La Laudrenais, la malouinière familiale, à Komer, le petit château en forêt de Paimpont, et dans le couvent qu'elle avait quitté pour épouser Pontallec dans la chapelle de Versailles. Dans la rue Dugay-Trouin, on ne la connaissait pas beaucoup.

La raison invoquée pour son séjour était le désir d'une fille des libres États unis de l'Amérique septentrionale de retrouver une racine familiale bretonne dont on avait bercé son enfance bostonienne. En outre, accompagnée qu'elle était par un héros de Valmy, elle se trouvait à l'abri de toute méfiance de la part des autorités. Elle s'installa donc dans une chambre judicieusement choisie en fonction d'une fenêtre d'où l'on pouvait surveiller les allées et venues de l'hôtel familial.

Des mouvements à peu près nuls les deux premiers jours, jusqu'à ce que Joël Jaouen, qui lui n'avait aucune raison de se cacher, réussisse à mettre la main sur Bina et à l'amener jusqu'à son ancienne maîtresse. Sans difficulté aucune : de tout temps, la petite Bretonne avait été amoureuse de lui. Depuis des mois, elle ignorait ce qu'il était devenu et le retrouver soudain dans une rue de Saint-Malo, même avec un bras en moins, l'avait transportée de joie. Oh, elle n'ignorait rien des sentiments que Jaouen portait à la jeune marquise mais, tête légère et cœur simple, Bina se contentait de peu : vivre auprès de lui en espérant qu'un jour il finirait par remarquer combien elle était charmante lui suffisait. Elle le croyait mort et, en le revoyant soudain debout devant elle et bien vivant, elle éprouva une telle joie qu'elle l'aurait suivi au bout du monde. Ce ne fut que jusqu'à l'auberge du père Le Coz pour y rencontrer miss Adams, mais c'était tout de même un moment de bonheur.

Ce que Bina lui apprit inquiéta la jeune femme : l'avant-veille, alors qu'elle revenait seule de la Laudrenais sur les arrières de Saint-Servan, la légère voiture que conduisait sa mère avait été arrêtée par des individus de mauvaise mine au moment où elle s'engageait sous la porte de Dinan. Après l'avoir molestée, ces gens lui avaient conseillé de quitter la ville au plus tôt si elle ne voulait pas voir ses entrepôts, les deux navires qui attendaient à quai et même sa maison de ville flamber jusqu'aux fondations.

– Madame Marie-Pierre n'est pas peureuse, poursuivit Bina, et vous le savez bien, Mademoiselle Anne-Laure – elle n'était jamais parvenue à l'appeler autrement – mais, quand il est rentré, M. le marquis a poussé les hauts cris. Selon lui la menace était sérieuse et il a fini par convaincre

Madame de s'éloigner, au moins pour quelque temps, en laissant ses affaires à ce bon M. Bedée que vous connaissez et qui est son bras droit depuis la mort de son époux.

– Et elle a accepté ? fit Laura à qui cette histoire de voiture attaquée rappelait quelque chose *. Cela ne lui ressemble guère.

– Elle a eu vraiment peur, je crois. Et puis M. le marquis a été très ferme : ou bien il lui permettait de la conduire à Jersey ou bien il s'en irait rejoindre le frère du Roi, Mgr de Provence, qui est en Allemagne, afin d'être sûr au moins de servir à quelque chose. Il lui a assuré que, si elle acceptait, il ferait la navette entre Jersey et Saint-Malo pour veiller à leurs intérêts, et lui servirait en quelque sorte de courrier. Il a ajouté qu'au moins il n'aurait pas à se tourmenter pour celle qui lui était plus chère que tout au monde...

– Dis-moi, Bina, intervint Jaouen, tu en sais des choses ! On dirait que tu n'as pas perdu cette bonne habitude d'écouter aux portes ou de regarder par le trou des serrures ?

– Quand on aime les gens on s'intéresse à eux, protesta la jeune fille offensée...

– Et puis, coupa Laura, il arrive que cela soit utile. Continue, Bina !

– Ben... il n'y a pas grand-chose d'autre à dire. La nuit dernière, ils sont partis tous les deux à pied et en grand secret pour rejoindre un bateau que M. le marquis a fait préparer quelque part.

– C'est vague, ça ! grogna Jaouen.

* Voir tome I.

– Tu penses qu'on ne m'a pas mise dans le secret, s'insurgea la jeune fille. C'est déjà bien beau que je sache où ils sont allés...

La nouvelle de ce départ atterra la fille de Marie-Pierre. Moins à cause du lieu où sa mère avait accepté de se rendre que par cette acceptation même. Se laisser mener ainsi par Pontallec, accepter de lui n'importe quoi, même d'abandonner tout ce qui faisait l'intérêt de son existence : cette maison d'armement naval qu'elle maintenait avec la poigne d'un homme contre vents et marées et qu'elle avait réussi jusqu'à présent à protéger des prédateurs du nouveau régime. Comment n'avait-elle pas compris qu'en se rendant à Jersey, cependant si proche, elle n'en devenait pas moins une émigrée dont les biens tombaient automatiquement sous le coup de la loi et pouvaient être saisis ? Et, plus incompréhensible encore, le jeu que jouait Pontallec. Ces biens qu'il convoitait sans doute possible, comment entendait-il se les approprier ? Certes, le brave Hervé Bedée qui connaissait les rouages de la maison Laudren aussi bien que sa patronne était l'honnêteté même et, en outre, il en savait assez sur les méthodes de Marie-Pierre pour les continuer, mais il y avait là une faille, un trou, quelque chose qui échappait tout à fait à Laura... A moins que Pontallec – elle n'arrivait même plus à lui donner son prénom ! – eût partie liée avec certains des nouveaux maîtres ? Elle savait depuis longtemps, par ce qu'en avait dit Batz, les relations occultes que le frère du Roi – celui que Marie-Antoinette appelait Caïn ! – avait entretenues avec certains députés de la Constituante, puis de la Législative. Qu'en était-il de la Convention ? Les agents de ce renard prêt à tout, même au crime, pour obtenir enfin la Couronne, ne négligeaient certainement pas le nouveau pouvoir et Pontallec était de ceux-là !

– Que faisons-nous ? avait alors demandé Jaouen tandis que Bina rentrait au logis. Allons-nous à Jersey ?

– Il va falloir, je pense, nous y préparcr. Il faut que je voie ma mère !

– Alors, pour cela, mieux vaut peut-être retourner à Cancale ? Nous y aurons plus de facilités qu'ici.

– Sans aucun doute. Nous partirons demain matin.

– Pourquoi pas tout de suite ?

– Je voudrais essayer d'avoir une entrevue avec M. Bedée. Il m'a toujours montré beaucoup de bonté quand j'étais enfant. C'est lui qui s'est occupé du paiement de ma dot et je pense qu'il pourrait peut-être m'aider à y voir un peu plus clair.

– Vous lui révélerez qui vous êtes ?

– Il saura se taire mieux encore que Bina. J'ai toute confiance en lui...

Mais il était écrit quelque part que Laura n'irait pas voir M. Bedée et ne repartirait pas davantage pour Cancale. Au moment où elle sortait de l'auberge pour se rendre aux bureaux du port, un cortège apparut dans la rue, formé surtout de curieux autour de deux pêcheurs portant un corps enveloppé de couvertures sur un brancard de fortune. Une brusque agitation dans cette rue calme, qui s'arrêta devant l'hôtel de Laudren où l'un des deux municipaux qui l'escortaient frappa à coups redoublés. Un brusque pressentiment jeta Laura vers cette troupe, vite suivie par Jaouen.

– Que se passe-t-il ? demanda celui-ci après avoir écarté la jeune femme d'une main autoritaire.

– C'est la Marie-Pierre... enfin j'veux dire la citoyenne Laudren. Un pêcheur de Rothéneuf qui la connaît bien l'a trouvée sur les rochers, comme si la marée l'y avait apportée...

– Elle est morte ? demanda Laura d'une voix blanche.

– Non... mais l'en vaut guère mieux à c'qu'on dit ! Quant à savoir c'qu'elle faisait là-bas, toute trempée et toute déchirée...

– Elle aura voulu fuir le pays, dit quelqu'un, et aura manqué son coup.

– S'enfuir ? Ça lui ressemble pas ! La Marie-Pierre, c'est de la pierre dure, comme celle de chez nous ! L'aurait fallu la tuer pour lui faire abandonner son commerce, ses bateaux... et ses hommes !

– A propos d'hommes ! Ousqu'il est l'nouveau mari ?

C'est justement la question que se posait Laura, tout en craignant fort de trop bien connaître la réponse... Soudain, sa décision fut prise. La porte de l'hôtel venait enfin de s'ouvrir, révélant les figures effarées de Bina, de Mathurine sa mère et de deux serviteurs déjà âgés ; elle s'élança à la suite du brancard sans permettre à Jaouen de la retenir :

– J'y vais ! dit-elle seulement. Puis, un instant après : Laisse-moi entrer, Bina !

L'air effaré, la jeune servante restait figée. Sa mère, alors, s'en mêla :

– Qui êtes-vous ?... D'où connaissez-vous ma fille ?

C'était une dure à cuire, Mathurine. Depuis le temps qu'elle servait Mme de Laudren, elle s'était peu à peu calquée sur elle, il arrivait même que son ton fût plus cassant, ses manières plus autoritaires encore que son modèle.

– Allons, Mathurine, fit-elle sèchement, ne me dis pas que tu ne me reconnais pas ? Bina l'a bien fait... et elle est moins intelligente que toi... Et pour l'amour du Ciel, ne pousse pas de clameurs !

Un pâle rayon de soleil s'insinuant entre les hautes façades grises éclaira vivement à cet instant le visage de la jeune femme. Les yeux soudain écarquillés, Mathurine ébaucha un signe de croix qu'elle retint juste à temps :

– Seigneur ! C'est pas Dieu possible ? Mad...

– Pas de nom ! souffla Joël Jaouen. On entre et on causera là-haut !

Avec autorité, il repoussa hors des murs ceux qui prétendaient entrer à la suite des brancardiers. On se dirigeait vers le grand escalier de bois tourné magnifiquement terminé par une ancienne figure de proue ayant appartenu à un navire appelé la *Fortune* et que de patients astiquages avaient débarrassée des attaques du sel et des embruns. C'était le père d'Anne-Laure qui l'avait placée là comme le double symbole du sort et de la richesse.

Bina précédait les porteurs pour ouvrir devant eux les portes. Laura et Mathurine suivaient avec Elias et Guénolé, les deux serviteurs qui regardaient la jeune femme avec une joie mêlée de crainte, se tenant un peu à l'écart comme si elle était un être surnaturel revenu de l'au-delà. Personne ne parlait. On n'entendait que les pas sur le bois et les gémissements de celle que l'on rapportait ainsi dans sa chambre.

Sans un regard au décor sévère, quasi espagnol mais magnifique encore qu'assez peu féminin, dont Marie-Pierre de Laudren avait fait son intimité – devenue « armateur » elle s'était contentée de reprendre la chambre du maître ! – Laura remercia généreusement les porteurs dont l'un était le pêcheur qui avait ramassé sa mère. Elle leur remit un peu de l'or qu'elle gardait encore, ce qui les fit rougir de plaisir mais surtout, elle laissa parler sa reconnaissance, sachant bien que ce qui venait de jouer en faveur de Marie-Pierre c'était la vieille solidarité des gens de mer et non l'appât du gain... Ensuite, elle revint vers le lit où Mathurine et Bina déposaient leur maîtresse et coupaient avec de grands ciseaux et le maximum de précautions les vêtements déchirés et mouillés. Marie-Pierre devait souffrir de plusieurs fractures car, en dépit de son inconscience, des gémissements douloureux lui échappaient et sa respiration semblait difficile.

Au physique, la nouvelle Mme de Pontallec ne ressemblait pas à sa fille. Elle était petite, brune, d'apparence fragile en dépit d'une extraordinaire majesté naturelle qui lui permettait de dominer tous ceux qui travaillaient sous ses ordres, même les capitaines les plus boucanés. On la savait intelligente, juste mais inflexible dès l'instant où elle prenait une décision. En dépit d'un durcissement des traits dû à l'habitude du commandement, elle gardait des traces d'une beauté plus proche du soleil espagnol que des brumes bretonnes. C'était d'elle que sa fille tenait ses grands yeux noirs si profonds et si expressifs...

– Qu'est-ce qui a bien pu se passer ? se lamentait Mathurine en lavant, avec une infinie douceur, le sang séché de plusieurs blessures. Et lui, le beau monsieur, où est-ce qu'il est ?

Se rappelant brusquement qui l'aidait en ce moment dans sa tâche, elle offrit à celle-ci un regard plein de chagrin :

– Faites excuses, Mademoiselle Anne-Laure, je n'aurais peut-être pas dû dire ça ?

– Pourquoi ? Parce que cet homme était mon époux avant de devenir le sien ? Vous n'en direz jamais la moitié du mal que j'en pense. J'espère de tout mon cœur qu'il a péri dans ce qui a dû être un naufrage...

– La mer était formée cette nuit mais pas trop forte, dit le médecin que Guénolé introduisait à cet instant. Et Tudal, le pêcheur qui l'a trouvée, n'a remarqué aucune trace de naufrage... C'est tout de même bizarre, non ? Voyons un peu les dégâts !

Laura connaissait le docteur Pèlerin qui s'était occupé de la famille bien avant sa naissance. C'était un ancien chirurgien de marine qui avait beaucoup bourlingué, beaucoup vu et surtout beaucoup retenu. De ses voyages, il avait rapporté une connaissance des plantes et de la mécanique humaine qui lui était fort utile depuis qu'à trente ans, il avait dû mettre sac à terre à la suite d'une vilaine blessure au genou droit qui le laissait boiteux mais, à cet inconvénient près, en pleine possession de ses moyens.

Débarrassé de son manteau et de son habit, il s'emparait de sa patiente sans regarder quiconque et commençait son examen, palpant de ses doigts courts et larges mais extraordinairement légers les membres et le corps. Et son visage s'assombrissait à mesure de sa progression.

– Elle a plusieurs fractures mais surtout la cage thoracique enfoncée. D'où cette respiration pénible et bruyante. C'est une chance qu'elle soit inconsciente parce que à part la bourrer d'opium et remettre les os des jambes en place, je ne vois pas ce que je pourrais faire pour elle...

– Cela veut dire que ma mère va mourir? demanda Laura.

A ces paroles, Pèlerin releva la tête et resta muet quelques instants, considérant avec stupeur le visage tendu vers lui de l'autre côté du lit :

– La petite Anne-Laure! s'exclama-t-il enfin. Vous n'êtes donc pas morte?

– Comme vous pouvez le voir!

– Pourtant... c'est bien votre mari que Mme de Laudren a épousé il y a quelques semaines? On a dit que vous aviez été massacrée devant la prison de La Force en même temps que la malheureuse princesse de Lamballe.

– Pourtant je vis... mais j'ai fait en sorte que l'on me croie morte. Surtout M. de Pontallec ! Il s'est donné tant de mal pour devenir veuf que je lui devais bien cette satisfaction, ironisa-t-elle. Évidemment, je n'imaginais pas un instant qu'il oserait épouser ma mère...

– Il a essayé de vous tuer ?

– A plusieurs reprises.

– Cela ne m'étonne pas. L'homme est mauvais, du moins je l'ai toujours jugé ainsi, mais... il a du charme et tout ce que j'ai pu dire à votre mère pour la détourner de ce mariage est resté lettre morte. Vous savez comment elle était lorsque quelque chose lui tenait à cœur ? Et où est-il à présent ?

– Tout ce que je sais est qu'avec ma mère, ils se sont embarqués la nuit dernière pour Jersey, fit Laura avec un geste d'ignorance. Peut-être est-il noyé ?

– Vous y croyez ?

– En dépit de ce que je souhaite, j'ai peine à y croire...

– Moi aussi. Aucun naufrage n'a été signalé entre ici et Cancale.

– Alors dites-moi comment elle en est arrivée là... et en cet état ?

Le médecin hocha la tête avec une moue significative tout en reprenant son travail. Pendant une grande heure on n'entendit plus rien sous les courtines de velours pourpre sinon parfois un faible gémissement, mais les yeux de la patiente restaient clos et sa respiration semblait aller s'affaiblissant. Lorsque ce fut fini et que la blessée reposa enfin, soigneusement bandée dans du linge immaculé, le médecin revint à la jeune femme.

– Êtes-vous venue dans l'intention de reparaître... de façon officielle ?

– Je ne sais pas encore. Jusqu'à présent j'ai vécu sous un nom et une personnalité d'emprunt... qui me servent encore ici.

– Alors un bon conseil : gardez-les ! Et obtenez de ceux d'ici qu'ils se taisent.

– Vous nous prenez pour qui, docteur ? s'insurgea Mathurine.

– Je ne parlais pas de vous, fit-il en lui tapant sur l'épaule avec un sourire. Mademoiselle Anne-Laure doit rester ce qu'elle est... au fait qui êtes-vous à présent ?

– Laura Adams, de Boston, Massachusetts.

– Une Américaine ? Ce n'est pas une mauvaise idée. Eh bien, restez-le jusqu'à ce que l'on soit certain que Pontallec est mort. Jusque-là...

– Je sais, docteur ! Voyez-vous, j'ai l'habitude. En attendant, je veux rester ici... jusqu'au bout ! ajouta-t-elle avec un regard vers sa mère.

– Alors portes closes, ma chère ! Portes bien closes ! Je ne crois pas d'ailleurs que ce sera très long. Je reviendrai à l'aube.

– Anne-Laure...

La voix était faible, pourtant elle réussit à percer le sommeil, fragile à vrai dire, où la jeune femme avait sombré peu après minuit. Elle se redressa dans son fauteuil placé près du lit et vit que sa mère la regardait, la tête légèrement tournée vers elle. Aussitôt elle fut à genoux près d'elle.

– Mère ! murmura-t-elle sans se rendre compte que des larmes montaient à ses yeux. Vous m'avez reconnue ?

– Une mère... reconnaît toujours son enfant... même... une mère... comme moi !... J'ai soif !...

Il restait un peu de tilleul dans la tisanière éteinte posée à l'un des chevets. Laura y ajouta du miel et, passant son bras sous l'oreiller, souleva le buste qui lui parut léger. La blessée but quelques gorgées puis se laissa aller en arrière.

– Vous vous sentez un peu mieux ?...

– Non... chaque souffle est plus épuisant... que le précédent... J'ai... peu de temps ma fille ! Tout à l'heure je vous ai entendus... avec le médecin mais je ne pouvais pas parler... Je sais... à présent... que j'ai épousé... un criminel...

– Où est-il maintenant ?... Vous avez fait naufrage ?

– Je... je ne crois pas. Sur le bateau... j'étais malade... Il... il m'a donné quelque chose à boire... et je me suis réveillée dans l'eau... J'ai cru que j'allais mourir mais je sais nager... et en me débattant j'ai... heurté un morceau de bois... une planche où je me suis accrochée. Il faisait noir... je ne voyais rien et la mer... se formait... des vagues plus dures... plus hautes... c'est l'une qui m'a jetée sur les rochers... à plusieurs reprises... la douleur !... Une douleur terrible... et je ne sais plus.

– Un pêcheur vous a trouvée à Rothéneuf. Il savait qui vous étiez. Il a demandé du secours et l'on vous a ramenée. Mais il n'y avait pas trace de naufrage... ni de Pontallec.

– Il... doit être... à Jersey... C'est un... monstre ! Un monstre et je vous avais donnée à lui...

– Je le retrouverai, mère ! Je « nous » vengerai !

– Songez d'abord à vivre !... Écoutez !... Oh, mon Dieu... encore un peu de force... par pitié ! Écoutez ! avant... ce mariage impie... j'avais pris des précautions... réalisé quelques affaires et rassemblé... de l'or. J'ai mis tout cela... à l'abri... à Komer... chez vous. Allez voir Conan Le Calvez ! Il vous remettra... tout ce que... j'avais mis de côté... pour les mauvais jours... que je sentais venir ! Ramassez tout... et puis allez-vous-en !... Ne le cherchez pas ! Il... il sera toujours... le plus fort !...

– Non ! Non ! Un jour viendra où il paiera ! J'en fais le serment !

Elle avait presque crié et ce cri rappela Mathurine et Bina qu'elle avait envoyées se reposer un moment. Elles virent la jeune femme agenouillée auprès de sa mère et celle-ci qui agrippait ses mains dans un geste qui était une supplication. Elles s'arrêtèrent au seuil.

– Non, souffla Marie-Pierre. Abandonnez-le à Dieu ! Je vais mourir... et je ne réclame pas vengeance...

Avec douleur, Laura lut, dans les yeux sombres de sa mère si semblables aux siens, une prière ardente qui la révolta :

– Vous l'aimez encore ? Après tout cela ?

– Pardonnez-moi !... mais... c'est vrai !... Je crois que je l'aime encore...

– Ce sont les derniers mots qu'elle a prononcés, soupira Laura. Ils avaient dû lui coûter un terrible effort. Elle étouffait et, peu après, elle a vomi une grande quantité de sang, juste au moment où le docteur Pèlerin revenait. La fin est intervenue très vite... et je me suis aperçue que j'avais du chagrin... beaucoup plus que je ne l'imaginais...

Visiblement, elle revivait ces derniers instants auprès d'une mère qu'elle avait si peu connue. Batz respecta un moment ce silence avant de demander doucement :

– Vous êtes repartie aussitôt ?

– Non. Tant qu'elle est restée dans sa maison, je n'ai pu me résoudre à la quitter. Quelque chose m'en empêchait. Nous ne pouvions pas la garder longtemps. Je me suis souciée de l'enterrement, mais comment faire ? Il n'y a plus d'église ni de prêtres dignes de ce nom... C'est alors que Mathurine m'a remis les dernières volontés de ma mère. Elles étaient surprenantes mais bien dans son caractère : n'ayant jamais pu enterrer mon frère aîné Sébastien disparu dans l'océan Indien, elle demandait que son corps soit confié à la mer, sans faste aucun, comme celui d'un simple matelot... Jaouen est allé au port avec M. Bedée et il n'a eu aucune peine à obtenir ce qu'il voulait : une barque de pêcheur qui, de nuit, a conduit le corps de ma mère au large... et l'y a laissé. A bord, sous la veste du matelot, il y avait un prêtre, un vrai... Ensuite, je suis allée à Komer.

– Et vous êtes revenue ici. Mais pourquoi pas chez nous ? Si je ne vous avais pas rencontrée ce soir, pendant combien de temps aurions-nous ignoré votre retour ?

– Pas longtemps, je le jure ! J'étais déterminée à me rendre à Charonne un jour prochain. Pour embrasser Marie d'abord, vous confier ensuite le soin de ma petite fortune...

Batz se mit à rire :

– Jamais les femmes n'ont tant souhaité me donner de l'argent. L'autre jour, c'était lady Atkyns chez qui nous devions nous retrouver à Londres et qui a débarqué avec de l'or anglais pour sauver la Reine. Et aujourd'hui...

– Acceptez de m'aider ! plaida Laura. Je n'ai confiance qu'en vous...

Il se leva et, se penchant sur elle, vint appuyer ses mains au bras du fauteuil où elle se trouvait :

– Alors pourquoi tout ceci, fit-il d'une voix basse et intime. Pourquoi n'être pas venue directement à moi ?

Il était si proche qu'elle pouvait sentir son odeur de lavande, de cuir et de tabac blond. Mais il lui était impossible de lui avouer qu'elle supportait de moins en moins l'idée de se trouver en tiers chez lui, témoin quotidien de son amour pour Marie, de leur complicité tendre. En le revoyant tout à l'heure elle avait eu un coup au cœur, et ce cœur s'était mis à chanter de joie. Et comme il répétait : « Pourquoi ? » elle eut un petit rire gêné qu'elle jugea stupide et se recroquevilla dans son fauteuil.

– Je ne suis pas revenue seule. J'ai avec moi Jaouen et Bina. Il était impossible de vous encombrer de la sorte...

– Mauvaise raison : la maison est grande.

– Et puis... je suis engagée dans une autre guerre à présent. J'ai juré d'abattre ce Pontallec de malheur et je n'ai pas le droit de vous entraîner dans cette aventure-là.

– Autre mauvaise raison ! Oubliez-vous que je lui ai déjà enfoncé quelques pouces de fer dans les côtes ? Et qu'étant l'agent du comte de Provence il fait partie de mes ennemis personnels ? Oubliez-vous enfin notre pacte ?

C'en était trop. D'un geste brusque elle le repoussa, l'obligeant à lui livrer passage :

– Je n'oublie rien de tout cela mais, ayant une vengeance à assouvir, je vous retire le droit que je vous avais donné de disposer de ma vie. C'est pourquoi j'ai voulu avoir une existence à moi puisque le Ciel m'en donnait les moyens. M. Bedée qui a désormais tous mes secrets m'a donné une lettre pour un ami sûr, notaire à Paris. C'est lui qui m'a trouvé cette maison et mise en rapport avec Julie Careau. Nous avons sympathisé.

Un instant déstabilisé par l'attaque de Laura, Batz était allé s'adosser à une console et, les bras croisés sur la poitrine, contemplait la jeune femme si charmante avec ses magnifiques cheveux blond cendré qu'elle laissait retomber sur ses épaules. Il pensait que Pontallec était sans doute un rude imbécile, mis à part ses instincts prédateurs, mais qu'il avait tout de même quelques excuses : en passant de son personnage de petite marquise effacée et timide à celui de libre Américaine, l'ex-Anne-Laure s'était épanouie, modifiée d'extraordinaire façon. Élégante, sûre d'elle, on la sentait en pleine possession de ses moyens... et que ces moyens étaient donc jolis ! En l'entendant revendiquer son droit à disposer d'elle-même, il ne put s'empêcher de sourire, de ce curieux sourire de loup, à belles dents blanches, qui mettait des flammes dans ses yeux noisette. Leur regard était si intense que Laura détourna le sien.

– Je n'ai jamais envisagé de vous envoyer à la mort, dit-il doucement. Je voulais simplement vous arracher à vous-même. Le pacte est donc moralement déchiré... mais ne croyez-vous pas que nous pourrions encore travailler ensemble ?

La réaction fut spontanée :

– Je ne demande que cela ! Au fond, si j'ai loué cette maison c'est aussi afin de vous offrir un asile de plus dans Paris et dans un quartier que vous aimez puisque votre logis de la rue Ménars est maintenant sous scellés.

Il releva un sourcil ironique, prit une de ses mains qu'il ouvrit pour en baiser la paume :

– Pour moi ? Vraiment ? Pas pour moi seul, tout de même ? Je suppose que vous y réservez une petite place à... Elleviou par exemple ?

Passant de l'attendrissement à la colère, Laura rougit et arracha sa main :

– Pour qui me prenez-vous ?

– Pour une séduisante jeune femme... et qui aime à plaire, ce qui est bien naturel. Quant à notre ténor, il est loin d'être repoussant. Vous devriez l'entendre dans « Alexis ou le déserteur », il y est irrésistible. C'est du moins ce que prétendent les femmes...

– Je l'ai vu et j'ai fort bien résisté !

– Vous sembliez pourtant très proches l'un de l'autre tout à l'heure ? Et vous l'avez invité...

– Mais de quoi vous mêlez-vous ? N'aurais-je pas droit à quelques amis ? Je le trouve charmant... mais c'est tout.

Le soupir que poussa Batz aurait pu éteindre le grand lustre de cristal accroché au-dessus de leurs têtes s'il avait été allumé :

– Acceptons-en l'augure et tenez-vous-en là. Vous risqueriez de vous lancer dans une aventure inutile et même... dangereuse.

– Dangereuse ? fit Laura en haussant les épaules. Où allez-vous chercher cela ?

– Rue de la Loi ! C'est là qu'habite sa maîtresse, la danseuse Clothilde Mafleuroy, de l'Opéra. Elle est fort belle mais c'est la femme la plus jalouse, la plus vindicative que je connaisse et elle est folle de son amant. Elle serait très capable d'envoyer une rivale à l'échafaud !

– Vous n'exagérez pas un peu ?

– En bon Méridional que je suis ? Même pas. Si vous avez un faible pour ce garçon, gardez-vous de la Mafleuroy ! En outre, je n'aimerais pas voir la grande dame que vous êtes jouer à son insu le rôle déplaisant du chandelier.

– Qu'est-ce que cela veut dire ?

– Qu'Elleviou est amoureux d'une très jeune femme qui vous ressemble un peu d'ailleurs et que je connais bien. Elle est mariée à Sartine, le fils du dernier lieutenant de police, mais, avant les massacres de Septembre, elle et sa mère animaient une luxueuse maison de jeu du Palais-Royal appartenant à un riche créole, M. Aucane, qui est le protecteur avoué des dames de Sainte-Amaranthe.

Depuis les troubles elles se sont retirées à Sucy dans une propriété appartenant aussi à Aucane... et l'on m'a rapporté qu'Elleviou se rend souvent, en secret, à Sucy après le spectacle. Alors, de deux choses l'une : ou il essaie, en courtisant une autre femme, de détourner sur elle la colère de sa Clothilde, ou bien il espère, en vous séduisant... oublier cette exquise Émilie. De toute manière, vous voilà prévenue !

– Dieu que c'est agréable à entendre, ce que vous venez de me confier ! murmura Laura. Vous êtes quelqu'un dans le genre d'Attila, n'est-ce pas ? Là où vous passez les illusions ne repoussent plus ?

Il se mit à rire, puis, prenant le visage de la jeune femme entre ses mains, il posa sur ses lèvres un baiser, le plus doux qu'elle eût jamais reçu :

– Vous m'êtes trop chère pour que je vous laisse vous fourvoyer avec des gens indignes de vous...

Et s'en fut...

CHAPITRE V

UN CORDONNIER NOMMÉ SIMON

Le 14 juin, dans l'escalier de la tour du Temple, un garde national qui prenait pour la première fois sa faction au troisième étage regardait autour de lui, comme quelqu'un qui découvre un monde inconnu. C'en était un, en effet, puisque à cet étage étaient enfermés la Reine, les princesses et le petit roi. Le garde faisait partie de la section Le Pelletier où il était connu sous le nom de Forget. C'était Jean de Batz.

Depuis deux heures déjà, il allait et venait, le fusil à l'épaule, près des étroites portes vitrées et garnies de rideaux blancs plissés qui lui dissimulaient les prisonniers. Ces portes séparaient l'escalier de l'antichambre et l'antichambre des autres pièces. Tout à l'heure, « Forget » entrerait dans cette antichambre pour relever un autre garde. En attendant, il ne perdait pas une minute de ce temps qui lui était alloué, notant mentalement des détails comme la largeur de l'escalier, le nombre des sentinelles disposées dans l'étroite vis de pierre, constatant aussi avec colère que la surveillance était plus étroite qu'au temps où Louis XVI vivait là ses derniers jours. Déjà, à cette époque, le patriote Palloy, le démolisseur de la Bastille, avait édifié autour de l'enclos du vieux donjon médiéval un mur de six mètres de haut, percé d'une seule porte gardée jour et nuit. Et, dans la tour elle-même, il y avait encore plus de monde qu'auparavant...

Le rez-de-chaussée était occupé par les municipaux et leurs commissaires, délégués de la Commune à la surveillance des captifs. A intervalles réguliers, quatre ou cinq d'entre eux montaient relayer leurs camarades, la surveillance des prisonniers devant être constante, de jour comme de nuit. Au premier étage, il y avait un autre poste occupé par les gardes nationaux dont les officiers logeaient dans les tourelles d'angle. Le deuxième, où le Roi avait habité avec son fidèle Cléry, était vide depuis le départ de celui-ci, un mois environ après l'exécution. Enfin, au troisième, étaient emprisonnés l'enfant royal et les trois femmes qu'épiait de façon constante le ménage Tison, chargé officiellement de les servir mais en réalité les plus actifs espions que la haine pût susciter. Alors, que pouvaient espérer Batz, ses mesures et ses observations en face d'un dispositif aussi lourd ? Eh bien, justement beaucoup de choses.

L'une des chevilles ouvrières de son plan d'évasion était son ami Cortey, l'épicier de la rue de la Loi qui avait courageusement accepté, le 21 janvier dernier, de jouer un rôle prépondérant dans l'enlèvement du Roi, dont il avait la corpulence, sur le chemin de l'échafaud. C'était un royaliste dans l'âme et il ne variait pas. Entré très tôt dans la Garde nationale, sa valeur, son sens de la justice et son ascendant sur les hommes en avaient fait un chef obéi et respecté. Il commandait la section de la rue Le Pelletier, chargée plus spécialement de la surveillance du Temple où, avec sa troupe, il prenait souvent la garde. Ami de longue date de Batz, c'était encore lui qui l'avait inscrit sur les rôles sous le nom de Forget dont l'apparence était celle d'un homme d'une trentaine d'années aux cheveux filasse tressés en cadenettes et à la longue moustache gauloise. Depuis son « enrôlement », le garde Forget remplissait ses devoirs avec une grande exactitude. Ce qui obligeait le baron de Batz à ne pas mettre souvent les pieds à Charonne.

Bien différente mais tout aussi précieuse était la seconde cheville ouvrière : le citoyen Michonis, ancien limonadier qui avait donné suffisamment de gages de civisme à la Commune pour s'être vu octroyer le poste de directeur des prisons. Il se vantait même, pour asseoir son personnage, d'avoir siégé à l'un de ces « tribunaux » d'enragés chargés de « juger » les prisonniers lors des massacres de Septembre. Agé de cinquante-huit ans – vingt ans de plus que son ami Cortey ! – il cachait sous un aspect rébarbatif de « sans-culotte » bon teint de véritables convictions royalistes... et un grand amour de l'argent. Batz l'avait rencontré chez Cortey et savait qu'il pouvait compter sur lui autant que sur l'épicier lui-même. Avec de tels hommes, il espérait parvenir à ses fins...

En dépit des apparences, il remporta de sa faction au Temple une vraie satisfaction et la certitude que malgré la surveillance renforcée – et bien que Toulan eût disparu du paysage pour se mettre à l'abri –, l'évasion de la famille royale était possible, le point important étant de choisir un soir où Cortey et ses hommes – plusieurs d'entre eux étaient gagnés à la cause – seraient de garde en même temps que Michonis dont le titre de directeur des prisons se doublait de celui de commissaire municipal. Ce qui lui permettait de revenir très fréquemment au Temple.

Il en rapporta aussi une tristesse mêlée de colère car, durant cette journée, il lui fut donné d'apercevoir enfin les nobles prisonners. Il vit la Reine, toujours imposante et belle sous ses crêpes noirs et ses cheveux blanchis, faire lire le petit roi qui lui parut un peu pâle. Il vit Madame Élisabeth et sa nièce, les manches retroussées et les mains dans une cuvette, laver quelques lingeries fragiles avec une assurance qui le confondit. Ces jeunes femmes n'avaient jamais connu que la splendeur des palais royaux – Versailles l'inimitable ! – servies par une nuée de serviteurs attentifs à leurs moindres désirs et elles acceptaient cet incroyable retournement du sort avec une patience, une soumission absolue à la volonté de Dieu. Un moment, Batz entendit même rire Madame Royale et pensa à Laura qui, depuis leur rencontre aux Tuileries, vouait à la fillette une vraie tendresse, celle d'une mère pour son enfant perdue...

Depuis deux mois, Batz n'avait pas revu la jeune femme et Marie pas beaucoup plus : il se vouait tout entier à ce personnage du garde Forget qui lui permettait d'être au cœur du complot. Cortey, en effet, le logeait dans une dépendance de son épicerie. De là, il poursuivait le tissage de cette toile d'araignée qu'il avait entrepris de tendre sur Paris. Grâce aux fonds importants dont il disposait, il s'était assuré des complaisances, voire des complicités, dans les milieux les plus divers allant de la basse police à la Commune et à la Convention. Sans compter, bien sûr, un solide noyau de jeunes nobles brûlant de se dévouer à la cause royale. Sa grande habileté consistait à tenir tous ces gens à l'écart les uns des autres. A de rares exceptions près, chacun d'eux ignorait tout des autres conjurés. Batz, en effet, se demandait encore s'il n'avait pas commis une énorme erreur en provoquant dans les caves de la Tombe-Issoire et à la veille de la mort de Louis XVI une réunion trop fournie : quelque cinq cents personnes. C'était vraiment ouvrir la porte à la trahison : une vingtaine auraient suffi peut-être, mais il avait été pris par le temps. Personne n'imaginait que l'exécution suivrait de si près la condamnation à mort... Cette fois, il était décidé à n'opérer que par actions ponctuelles nécessitant seulement un nombre réduit de participants.

En attendant, son travail de sape contre la Convention donnait déjà des résultats : le 31 mai dernier, Lullier, procureur-syndic de la Commune – et son ami – avait par un discours enflammé soulevé l'assemblée contre les Girondins, des modérés cependant, mais à qui Batz ne pardonnait pas d'avoir voté la mort du Roi. Lullier avait eu la tâche facile : le général Dumouriez, qui était des leurs, venait de passer définitivement à l'ennemi auquel il avait livré les commissaires à lui envoyés par le gouvernement. En même temps, les faubourgs travaillés par quelques orateurs particulièrement convaincants – dont Danton et Marat, jouant ainsi sans le savoir sur l'échiquier du baron – s'étaient lancés à l'assaut de la Convention établie aux Tuileries. Résultat : à cette heure, les Girondins en fuite et poursuivis s'étaient égaillés à travers les provinces pour y rameuter leurs sympathisants. Leur égérie, la jeune et charmante Mme Roland, était emprisonnée à l'Abbaye et, cela, Batz le regrettait un peu parce qu'elle était femme, mais elle avait répété trop souvent qu'elle comptait prendre un vif plaisir au spectacle de la Reine descendant toujours plus bas dans l'enfer de la déchéance et de l'humiliation.

Batz savait ce que pouvait peser l'amour ou la haine d'une femme sur le comportement d'un homme. Belle, intelligente, cultivée, placée au centre du monde politique dans ce ministère de l'Intérieur dont un époux à sa dévotion – parce que beaucoup plus âgé – était le titulaire, Manon Roland fascinait les Girondins dont plusieurs étaient épris d'elle. Elle se voulait la muse de l'idéal révolutionnaire et, dans son salon, on parlait beaucoup de vertu, de justice, de liberté, de stoïcisme et de Plutarque, mais elle était farouchement hostile à toute forme de royauté, fût-elle constitutionnelle. Ses aspirations allaient à un gouvernement idéal où tout serait clair, net, propre, qui veillerait surtout à la dignité d'un peuple qu'elle déclarait alors « abruti, courant à des fêtes ridicules et à se rassasier du supplice de malheureux livrés à sa féroce défiance ».

S'il lui reconnaissait une réelle valeur, Batz n'aimait pas Mme Roland. Elle avait joué, elle avait perdu et, à présent, il lui restait à attendre un procès d'où elle ne sortirait sans doute que pour aller porter sa tête charmante à la machine de mort installée désormais en permanence sur la place de la Révolution, en face d'une énorme et grotesque Liberté en carton-pâte qui trônait sur le piédestal de la statue de Louis XV. Presque quotidiennement, en effet, le Comité de salut public et son corollaire le Tribunal révolutionnaire y envoyaient leurs victimes. Ils étaient en train d'élever un régime de terreur au niveau d'une règle de gouvernement. Tant pis pour ceux qui, même dans les meilleures intentions du monde, avaient œuvré pour qu'on en vienne là...

Quand la garde fut relevée au Temple, Batz en reprenant le chemin de la section Le Pelletier se retrouva dans les rangs auprès de Pitou que Cortey avait réclamé à la section du Louvre pour l'incorporer comme « excellent élément ». Mais les deux compagnons n'échangèrent qu'un coup d'œil et ce fut seulement une fois rendus à la liberté qu'ils purent parler sans contrainte tout en se dirigeant vers un cabaret où les hommes de la section avaient leurs habitudes.

– Alors ? demanda Pitou. Quel résultat ?

– Les choses se présentent bien. Il nous reste seulement à régler quelques détails et à attendre que nous soyons de garde au Temple en même temps que Michonis. Et vous, où en êtes-vous avec la petite Tison ?

Grâce à Lullier, en effet, Batz avait déniché l'endroit où la Commune tenait sous surveillance la jeune fille qui était le meilleur gage de la fidélité de ses parents : tout simplement dans l'ancien logis des Tison, rue Portefoin, sous la surveillance de leur ami Bourdon qui leur avait procuré leur poste au Temple et de l'épouse de celui-ci. Tous deux étaient des « purs » et personne n'aurait mis en doute leur civisme. Ils veillaient donc sur Pierrette avec sollicitude mais le père Bourdon aimait le bon vin – devenu plutôt rare, surtout pour les bourses modestes ! – et le tabac fin, cependant que son épouse avouait en rougissant un faible pour les liqueurs douces et les pralines.

Sur les conseils du baron, Pitou s'arrangea pour rencontrer Bourdon au cabaret, engagea la conversation, laissa entendre qu'il avait un oncle dans l'épicerie, et réussit finalement à se faire inviter rue Portefoin où il apparut un beau jour, portant deux bouteilles de bordeaux provenant de la cave de Charonne et un sac de pralines fournies par les réserves de la maison Cortey. Il se montra respectueux envers les dames, discrètement admiratif envers la jeune Pierrette qui d'ailleurs était charmante, fut invité à revenir et en deux semaines devint l'ami de la maison. Les Bourdon auraient volontiers vu en lui un bon parti pour la jeune fille mais elle n'était pas leur fille et seuls les Tison pouvaient en décider. Connaissant leur caractère difficile et la rage permanente où les maintenait la séparation d'avec leur enfant, on jugea plus prudent de ne pas leur faire part des assiduités du citoyen Pitou. Il serait bien temps d'en parler quand on en aurait fini avec la Louve et ses Louveteaux !

A la question de son chef, Pitou fit la grimace et haussa les épaules :

– Disons que tout va bien de ce côté-là aussi, mais je ne vous cache pas que j'aimerais que cela ne dure pas trop longtemps. Elle est gentille, cette petite, et je ne voudrais pas qu'elle ait trop d'illusions ! D'ailleurs, je ne fais rien pour cela et me cantonne dans un rôle de grand frère attentionné, ce qui rassure ceux qu'il faut bien appeler ses gardiens. Le père Bourdon surtout car sa femme, qui prétend encore à la séduction, semble s'imaginer que je viens en réalité pour elle !

– Et... ce n'est pas le cas ?

– Vous voulez rire ? Elle a de la moustache.

– Pauvre Pitou ! Mais rassurez-vous ! Encore quelques jours de patience et vous pourrez... être obligé de vous rendre dans votre famille en province. Vous connaissez notre plan ?

– Par cœur ! assura Pitou qui se mit à réciter : le jour venu, je m'arrange pour emmener la citoyenne Bourdon et Pierrette manger des glaces et faire quelques courses au Palais-Royal. Comme c'est l'endroit le plus encombré de Paris, je m'arrange pour perdre la dame à la moustache et me faire arrêter par deux compères qui m'emmèneront dans un endroit tranquille où nous resterons toute la nuit. On s'évadera au matin, mais auparavant l'un des nôtres ira clamer au Temple que Pierrette a disparu. Cela affolera ses parents et les précipitera hors de la tour assez longtemps pour vous permettre d'enlever la famille royale... et au fait, où comptez-vous les emmener ?

– Voici : des voitures différentes seront postées rue Charlot et rue du Temple. La Reine viendra chez moi, à Charonne. Le petit roi, sous la conduite d'Hyde de Neuville et de Roussel, partira immédiatement pour le château d'Abondant, chez les Tourzel, d'où il gagnera Jersey. Je le rejoindrai avant l'embarquement et après avoir fait partir sa mère pour les Pays-Bas chez sa sœur Marie-Christine, en compagnie de lady Atkyns et sous la garde de mon ami Rougeville que vous ne connaissez pas.

– Le chevalier qui est amoureux de Marie-Antoinette ? Il n'a donc pas émigré comme Fersen ou les Polignac ?

– Il était emprisonné aux Madelonnettes depuis le procès du Roi. C'est Michonis qui l'en a tiré. Depuis, il se cache à Vaugirard, chez son amie Sophie Dutilleul, la comédienne. Il brûle de se dévouer pour la Reine !

– Restent Madame Royale et Madame Élisabeth.

– Elles iront chez Laura. Notre ami « Sévignon » les conduira. Elles y resteront quelques jours, le temps que les remous se calment. Ensuite elles iront en Angleterre, par Boulogne où j'ai tout prévu, et se rendront à Ketteringham Hall où Charlotte Atkyns sera revenue. Peut-être avec la Reine si Sa Majesté le souhaite...

– Elle souhaitera surtout rejoindre son fils.

– Sans doute mais, dans l'immédiat, il vaut mieux qu'ils ne soient pas ensemble. Le roi Louis XVII vient d'avoir huit ans. Il faut le protéger et non en faire un otage de l'Autriche. A Jersey l'imprenable, il sera protégé par des forces françaises et anglaises. Suivant les événements et si nous remportons la victoire, sa mère reviendra auprès de lui pour devenir régente.

– Il est trop jeune pour vivre seul au milieu des hommes, s'insurgea Pitou.

– Mme de Tourzel et sa fille Pauline passeront elles aussi à Jersey. Et, bien entendu, Madame Élisabeth et la petite Marie-Thérèse s'y rendront quand elles le voudront.

– Voilà qui me semble bien organisé, grogna Pitou. Et moi, dans tout cela, qu'est-ce que je fais ? Je reste à Paris et je deviens le gendre des Tison ? Jolie perspective !

– Seulement si cela vous chante, fit Batz en riant. Je vous propose de m'attendre à Charonne en jouant aux cartes avec Marie et ses deux gardes du corps, Devaux et Biret-Tissot. La Grandmaison n'a aucune raison de quitter sa demeure. Et, croyez-moi, elle va être heureuse de s'y trouver enfin sans invitée. Voir lady Atkyns repartir vers les brouillards de Londres est son plus cher désir.

– Elles ne s'entendent pas ? Cela me semble difficile à croire : Marie est une hôtesse... parfaite, si gracieuse, si aimable...

– C'est que l'Anglaise s'est révélée franchement envahissante. La maison de Charonne n'a pas grand-chose à voir avec un château anglais et Charlotte s'y sentant à l'étroit ne le laisse pas ignorer. En outre, elle ne rêve que de courir au Temple, de se jeter aux pieds de la Reine et de la supplier de lui laisser prendre sa place.

– C'est assez courageux, il me semble ?

– J'avoue y avoir pensé un instant mais, si grand que soit son talent, ce n'est plus possible. La Reine a trop changé : elle a maintenant quelque chose d'immatériel, d'usé, qui est très difficile à rendre sans une longue période d'observation, les airs de tête ne suffisent pas... Et puis nous en arrivons toujours au même point : la Reine ne veut pas abandonner ses enfants.

Dire que Marie souhaitait voir lady Atkyns repartir pour l'Angleterre relevait de l'euphémisme. En dépit de sa patience et de son cœur généreux, elle trouvait le temps long, elle en arrivait presque à souhaiter quitter une maison qu'elle adorait mais où elle ne se sentait plus chez elle pour regagner son appartement de la rue Ménars. L'Anglaise était partout, se mêlait de tout, trouvant toujours un moyen de ramener choses et conversations au sujet qui l'obsédait : Marie-Antoinette. Elle en parlait à longueur de journée, jouait sur la harpe les airs qu'elle aimait, entretenait sans fin Marie de ce jour inouï, à Versailles, où elle avait rencontré la Reine. En outre, les rares retours de Batz au logis ne permettaient plus aucun instant d'intimité : Charlotte accaparait le baron avec toujours plus d'insistance sur la question qu'elle ne cessait de formuler : quand comptait-il l'emmener au Temple ? Comme s'il était facile d'y répondre !

Dans son impatience, Charlotte avait souhaité se rapprocher de la tour où s'étiolait sa reine et s'installer chez son ami, l'avocat Yves Cormier, qui habitait rue du Rempart à l'enclos du Temple. Pressenti par Batz tout à fait conscient de ce que subissait Marie, celui-ci venait de décliner l'honneur avec courtoisie mais fermeté, expliquant son refus par la santé chancelante de son épouse, une fragile créole fille d'un armateur nantais spécialisé dans le « bois d'ébène ». Sujette à des crises nerveuses et maladivement jalouse, Mme Cormier ne supportait aucune femme dans son entourage, à la seule exception d'une camériste âgée qui l'avait élevée. Ce qui n'empêchait pas l'avocat breton d'être toujours prêt à se dévouer pour la cause.

Ce soir-là pourtant, après un rapide passage rue de la Loi, le garde national Forget prit le chemin du vieux couvent de la Madeleine : le baron de Batz en sortit à la nuit tombante et gagna au pas de promenade sa maison de Charonne. La nouvelle qu'il apportait emplit Marie de joie et d'appréhension tandis que Charlotte Atkyns éclatait en sanglots avant d'adresser au Ciel une fervente prière d'action de grâce : l'enlèvement de la famille royale était fixé au 21 de ce mois de juin.

Ce fut une belle nuit pour Marie : elle eut enfin son amant à elle toute seule et il l'aima avec une passion qui traduisait mieux que des mots à quel point elle lui avait manqué. Il semblait ne pouvoir se rassasier d'elle. Pourtant, à mesure que coulaient les minutes magiques, Marie se sentait envahir lentement par la tristesse et, quand il s'endormit enfin, elle contempla longuement le visage de cet être qui était toute sa vie. Comme il arrive à beaucoup d'hommes d'action, le sommeil n'arrivait pas à le vaincre entièrement. Sous la sérénité du repos on sentait, à d'imperceptibles mouvements du nez, sensible comme celui d'un chien de chasse, ou de la bouche, qu'il suffirait d'un rien pour qu'il s'éveille en pleine lucidité, la main déjà tendue vers l'épée qui ne quittait guère son chevet. Marie sentait que des jours et des jours allaient s'écouler avant que ne revienne un instant de bonheur comparable à ce qu'elle venait de vivre. Elle savait qu'il ne lui appartenait pas entièrement, peut-être parce qu'il ne s'appartenait pas à lui-même. Cette belle mécanique, cette puissance au repos, ce cœur fier et noble étaient tout entiers au service du Roi, même et surtout s'il n'était qu'un petit garçon de huit ans. Il fallait bien s'y résigner ! Tenter de retenir Batz sur le chemin qu'il s'était choisi, c'était risquer de le perdre à tout jamais et Marie savait qu'elle était prête à accepter n'importe quoi, n'importe quelle séparation, n'importe quelle blessure, pour la joie de sentir encore ce cœur battre contre le sien, ce souffle se mêler au sien. Avec une infinie douceur, elle voulut se lever comme elle en avait l'habitude pour aller faire un peu de toilette. Elle savait qu'il aimait en s'éveillant la trouver fraîche, ravissante et parfumée, ses beaux cheveux bruns, aussi lisses et brillants que de la soie, retenus par un ruban de satin clair. Mais cette fois, il ne lui permit pas de s'écarter de lui. D'instinct, ses bras se resserrèrent autour d'elle :

– Reste ! murmura-t-il sans ouvrir les yeux. Je veux te garder le plus longtemps possible...

Avec un soupir de bonheur, elle se coula de nouveau contre lui. L'aurore était encore loin... du moins elle voulait le croire.

Pendant ce temps, Pitou était allé avertir Laura d'avoir à se tenir prête pour la date choisie... et constater une fois de plus la difficulté qu'il y avait à rencontrer la jeune femme seule à seul. Jaouen était toujours là, jaloux et soupçonneux, veillant sur elle comme un chien sur son os. De l'amitié qui avait lié naguère les deux hommes, il ne restait pas grand-chose. Depuis qu'il avait retrouvé Laura et l'avait aidée à rejoindre sa mère, le Breton montrait une nette tendance à la considérer comme sa propriété. Sa jalousie s'attachait à tout homme convenablement tourné qui se présentait rue du Mont-Blanc et Laura s'était vue contrainte à plusieurs reprises de lui faire des observations. Mais il avait alors une telle façon de dire « Je ne veux plus que l'on vous fasse du mal ! » qu'elle se laissait facilement gagner par l'indulgence tout en reconnaissant qu'il fallait tout de même veiller au grain : il était très capable de faire le vide autour d'elle si elle n'y prenait garde.

Ce soir-là, Pitou dut parlementer presque autant que s'il s'agissait de la reddition d'une ville et se fâcha :

– Tu deviens impossible, camarade ! Au train où tu vas, on ne pourra bientôt plus approcher cette maison sans agiter un drapeau blanc. Tu sais pourtant que je suis un ami ?

– Es-tu sincère seulement ? Depuis que tu es passé à l'ennemi...

– Moi ? Je suis passé à l'ennemi ?

– C'est l'évidence il me semble ? Tu n'es plus républicain.

– Parce que toi, tu l'es encore ? souffla Pitou suffoqué. La République t'a pris ton bras et ne t'a rien donné en échange. Pas même une pension minime !

– C'était la guerre et la guerre a de mauvais hasards. Être manchot ne change pas la façon de penser et je pense toujours que Liberté, Égalité et Fraternité sont les plus beaux mots de la langue française...

– A condition de ne pas les mettre à toutes les sauces. J'ai pensé comme toi mais j'ai vu trop d'horreurs et couper des têtes me paraît un bien mauvais moyen de pratiquer l'égalité ! La République des buveurs de sang ne m'intéresse pas... et tu oublies que... miss Laura a bien failli en être la victime !

– Elle a surtout failli être la victime de Pontallec, ce damné chien ! C'est de lui qu'il faut que j'arrive à la débarrasser ! Ensuite, je crois qu'elle en viendra à penser comme moi et à regarder vers un avenir où il n'y aura plus de rois, plus d'aristocrates, plus...

– ... plus d'obstacles entre le fils d'un garde-chasse et la fille des Laudren, ex-marquise ? insinua doucement Pitou qui commençait à comprendre.

Mais Jaouen n'était pas prêt à dévoiler entièrement ses intentions même si pour le journaliste elles semblaient claires comme de l'eau de roche.

– Ne dis pas de sottises, grogna-t-il. Je sais que révolution ou pas, et même affublée d'une ridicule identité américaine, elle reste une trop grande dame pour moi, mais ce que je ne veux pas c'est qu'on la mette de nouveau en danger en l'entraînant dans je ne sais quelle conspiration...

L'agacement de Pitou se changea en inquiétude :

– Qui parle de conspiration ? fit-il sèchement.

– Toi peut-être ? renvoya Jaouen avec un curieux sourire. En tout cas, ce maudit baron de Batz qui avait osé lui confier une mission dangereuse en l'envoyant en Angleterre... Celui-là, je voudrais qu'il ne mette plus jamais les pieds ici !

– Tu oublies que sur le chemin de Londres elle était sous ma garde à moi et que, sans toi, elle y serait toujours. Qu'est-ce qui t'arrive, Jaouen ? Tu n'es plus capable de distinguer le vrai du faux, toi que j'ai connu avisé et intelligent ? Batz l'a sauvée d'une mort horrible, celle de la malheureuse princesse de Lamballe dépecée vivante. Je le sais : j'y étais pendant que tu courais aux frontières te battre pour tes idées. Alors tu es bien mal venu de donner ici des leçons ! Et j'aimerais bien savoir ce que... miss Adams pense de ta façon de voir les choses. En attendant, va donc lui dire que je suis là !

– Qu'est-ce que tu lui veux ?

– Ça ne te regarde pas !...

Jaouen allait sans doute discuter encore lorsque Laura apparut dans le vestibule où se déroulait la scène, venant du jardin où elle était allée cueillir les fleurs. A la vue de son ami, son visage un peu soucieux s'éclaira :

– Pitou ! Enfin, vous vous décidez à venir me voir ! Je commençais à m'inquiéter, n'ayant plus de nouvelles de personne...

– Vous voyez qu'il ne faut jamais désespérer. J'ai eu beaucoup à faire, dit-il avec une désinvolture que démentait le coup d'œil en direction de Jaouen. Il faut que je vous parle. Pouvons-nous faire un tour au jardin ? L'air est si doux...

– Plus que vous ne sauriez le croire ! J'en viens mais ne demande qu'à y retourner, dit Laura en tendant ses fleurs à Jaouen. Allons nous asseoir sous les arbres ! Joël, dites à Bina de nous apporter du vin frais.

– Je l'apporte moi-même.

– C'est inutile, se hâta de déclarer Pitou qui n'avait aucune envie que le majordome vînt patrouiller autour de lui. Merci mais je n'ai pas soif et j'ai même un peu de migraine...

– Alors pas de vin ! Venez, fit Laura en glissant son bras sous celui de son ami, la fraîcheur vous fera du bien...

Ils marchèrent quelques instants en silence sur le sable doux, gagnant à pas paisibles un banc de pierre sous un berceau feuillu. Ce fut seulement une fois assise que Laura demanda après avoir scruté le visage soucieux de son compagnon :

– Est-ce une simple visite d'amitié ou bien avez-vous quelque chose à me dire ?

– J'ai quelque chose à vous dire mais je ne vous cache pas que j'hésite à présent...

– Pourquoi, mon Dieu ?

– A cause de Jaouen ! Je viens d'avoir une... oh, presque une altercation avec lui. D'abord il ne voulait pas que je vous voie, et ensuite il n'a pas caché qu'il déteste Batz et que son plus cher désir est que vous n'ayez plus le moindre contact avec lui... ni avec moi d'ailleurs ! On dirait qu'il cherche à vous garder pour lui seul.

– Quelle sottise ! s'écria Laura devenue soudain très rouge. J'admets volontiers qu'il fait un peu trop de zèle et que j'ai déjà dû le réprimander. Ainsi, je l'ai envoyé porter des excuses à Elleviou qu'il a presque jeté dehors il y a quelques jours...

– Vraiment ? Ce n'est pourtant pas pour manque de républicanisme ?

– De républicanisme ? Non, c'est parce qu'il ne voit en lui qu'un histrion indigne de fouler le sol d'une maison honnête... En fait, il ne supporte guère que les femmes...

– C'est bien ce que je pensais : il est amoureux de vous et Othello est un apprenti à côté de lui. Malheureusement, dans le cas qui m'amène ce soir, cela risque d'être dangereux. Est-il au courant de ce que Batz vous a confié lors de votre dernière entrevue ?

– Non. Ce qu'il m'a dit n'était que pour moi et je n'ai aucune raison de le répéter à qui que ce soit. Il s'agissait... d'un événement important ?

– Très, et vous savez que vous et cette maison devez y jouer un rôle...

– J'ignore encore lequel. Je me doute qu'il doit être question de... recevoir quelqu'un ?

– Oui. Deux femmes mais en vérité, je vais conseiller à Batz de leur chercher un autre asile. Avec Jaouen, votre maison n'est plus sûre. Savez-vous qu'il ne rêve que de vous convertir aux « idées nouvelles » parce qu'il considère que c'est votre seule chance de vivre enfin sinon heureuse du moins tranquille ?

– Oh, je m'en doute depuis longtemps, fit Laura en riant. Il m'en a parlé pour la première fois alors que, revenant de Bretagne, il tentait de me convaincre de fuir Pontallec. Il doit bien en garder quelque chose mais il me connaît assez maintenant pour savoir qu'il est difficile de me faire changer d'avis. Le régime actuel me fait horreur. Julie Talma est venue me voir hier : elle qui les possède à fond, ces idées, pleurait sur ses amis girondins pourchassés et menacés de mort. Elle en vient à avoir peur pour Talma et ses enfants. Alors je ne suis pas près de me convertir. Mais, vous disiez deux femmes ? Qui donc ? Serait-ce...

Elle pensait à la Reine et Pitou le comprit :

– Non. Pas elle... mais sa fille et sa belle-sœur. Vous comprendrez sans peine qu'après ce que je viens de subir, je doive prévenir le baron...

Mais Laura ne l'écoutait pas. Les larmes aux yeux, elle souriait à une image qui visiblement l'emplissait de bonheur :

– Marie-Thérèse ! souffla-t-elle les mains jointes comme pour une prière. Elle viendrait chez moi, près de moi ? Oh, mon Dieu !

Pitou, impitoyable, doucha cet enthousiasme.

– N'y comptez plus ! Chez vous oui, mais dans une maison où un révolutionnaire avoué fait la pluie et le beau temps, n'y pensez pas. Et oubliez ce que je viens de vous dire !

Il se levait, s'inclinait pour prendre congé avec une froideur toute nouvelle, mais elle tendit les mains, s'accrocha à sa manche d'uniforme :

– Ne partez pas ! Par pitié, Pitou, restez ! Laissez-moi le temps de me remettre. J'étais si heureuse il y a un instant...

– C'est aussi ce que pensait le baron mais, encore une fois, il vaut mieux n'y plus songer. Jamais Batz ne fera courir pareil risque à ces pauvres femmes déjà tellement éprouvées !

– Qui les amènerait ? Batz ?

– Non. Le marquis de La Guiche ! Alors vous imaginez !

Les larmes de la jeune femme séchèrent d'un seul coup. A son tour elle se leva, bien droite dans sa robe de mousseline blanche à grand fichu largement ouvert sur son cou et la naissance de ses épaules.

– Ne dites rien à Batz ! intima-t-elle. Je vous jure sur la mémoire de ma fille qu'elles seront ici en parfaite sûreté ! Je chasserai plutôt Jaouen.

– Ce serait la dernière chose à faire. Il se vengerait.

– Vous avez raison... alors je m'y prendrai autrement. Je suis prête à tout sacrifier au monde pour cette petite fille, pour la joie de la voir sous ces arbres, en ce jardin. Ne me privez pas de ce bonheur-là, Pitou ! Je vous jure que j'en serai digne.

Elle l'implorait, levant sur lui ses grands yeux noirs auxquels il savait depuis longtemps qu'il ne pouvait guère résister, mais il y avait aussi son amitié pour Batz et sa loyauté sans faille à son égard comme à leur cause. Il y avait aussi ce serment prêté un jour d'été à Marie-Antoinette lorsqu'elle vivait encore aux Tuileries *...

– Je vous crois, dit-il doucement, et je ferai tout pour que vous ne soyez pas privée de cette grande joie... mais ne me demandez pas de ne rien dire à Batz ! C'est à lui de décider.

– Je ferai en sorte d'éloigner Jaouen. Plaidez ma cause, je vous en prie ! J'aimerais mieux mourir que...

– N'allez pas jusque-là, sourit Pitou. Nous avons encore besoin de vous...

Il baisait sa main, se détournait ; elle le retint encore :

– Pouvez-vous me dire... quel jour ce sera ?

– Le 21, dans la soirée...

Fidèle à sa parole, Pitou rapporta à Batz ce qui s'était passé dans le jardin de Laura. Le baron l'écouta avec attention, réfléchit un instant puis déclara :

– Je vais m'occuper de Jaouen.

– Qu'allez-vous faire ?

– Le retirer de la vie active... pour quelque temps : lorsque cette chère Laura et les princesses seront en sûreté hors de France, on lui rendra la liberté.

– Il peut s'échapper.

– Cela m'étonnerait et j'ai besoin de la maison de miss Adams. Le temps manque pour préparer un autre asile... Je pourrais certes envoyer les prin-

* Voir tome I.

cesses à Seine-Port, chez mon ami Gouverneur Morris, l'ambassadeur américain, mais le moindre jupon un peu joli le met en transe : il serait capable de faire la cour à la fille de Louis XVI et Madame Elisabeth n'accepterait pas de rester dans une maison où l'on fait la fête tous les soirs.

– Ce serait pourtant une sacrée couverture ! apprécia Pitou songeur.

– Oh, c'est certain, mais Madame Elisabeth serait capable de ramener sa nièce au Temple faute de pouvoir la conduire dans un couvent...

Dans la journée du 21 juin, Joël Jaouen qui, suivant les ordres de sa maîtresse, était allé faire des emplettes dans les boutiques du Palais-Egalité, disparut subitement. Prévenue, Laura ne le chercha pas, soulagée au fond de pouvoir se consacrer tout entière à l'attente du moment merveilleux que la nuit à venir lui apporterait...

Ce jour-là, qui était celui du solstice d'été, le temps était humide et frais. La lune à son dernier quartier n'apparaîtrait que vers le matin et ne serait pas gênante. Vers six heures du soir, trente hommes quittaient la section Le Pelletier sous le commandement de Cortey. Poncés, astiqués, le fusil sur l'épaule, les gardes nationaux défilaient en belle ordonnance sur le boulevard en direction du Temple. Comme la pluie menaçait et que – par une chance incroyable ! – il ne faisait pas chaud, ces hommes portaient la capote réglementaire sur leurs uniformes bleus croisés de buffleteries blanches. Jean de Batz ou plutôt le soldat Forget, marchait au milieu de ses camarades. Il s'efforçait de ne penser à rien, seulement attentif à bien jouer son rôle. Pourtant, lorsque l'on passa devant la porte Saint-Denis, il ne put s'empêcher de tourner la tête vers l'immeuble en proue de navire qui marquait le coin de la rue de la Lune. Il se revoyait, cinq mois plus tôt jour pour jour, debout à cet endroit, une lunette marine à l'œil, cherchant désespérément dans la foule les visages de ceux qu'il attendait tandis que sortait de la brume le carrosse vert emportant le Roi vers l'échafaud. Il entendait le sinistre, l'incessant roulement des tambours et son propre cri appelant un peuple pétrifié de terreur au secours d'un homme bon et juste dont le seul tort était de n'avoir pas permis que l'on tirât sur ses sujets... Et il retrouvait intacts la rage et le désespoir qui s'étaient emparés de lui en se découvrant impuissant. Ce soir, il fallait réussir !

Au son d'un tambour – allègre cette fois ! – la petite escouade poursuit sa marche sous l'œil débonnaire des passants, escortée par une troupe de gamins qui s'efforcent de l'imiter. Enfin, on arrive à la tour du Temple et Batz prend une profonde inspiration au moment d'en franchir le seuil, usé par tant de pas depuis qu'y résonnaient les solerets de fer des chevaliers au blanc manteau frappé d'une croix rouge...

Les formalités habituelles s'accomplissent : la garde descendante remet ses postes, Cortey impassible en apparence reçoit le mot de passe et, tandis que s'éloignent ceux qui rentrent chez eux, une partie des nouveaux venus va s'installer dans la salle du premier étage. Les autres montent. A ce moment Michonis apparaît, serre la main de Cortey et salue les autres. Il est souriant. Tout va bien. Le soir tombe. Et puis soudain, des cris éclatent, des sanglots et aussi une galopade : les Tison qui viennent d'apprendre que leur fille a disparu. Quand ils dévalent l'escalier, on dirait qu'ils sont devenus fous. La femme crie, hoquette au milieu de ses larmes ; l'homme exige qu'on les laisse aller à sa recherche. Les municipaux qui trouvent ce bruit excessif essaient de les calmer, rien n'y fait. Alors, avec un sourire agacé, Michonis laisse enfin tomber :

– Allez-y ! Mais arrangez-vous pour revenir vite, sinon c'est vous qui pourriez bien disparaître. Qu'on les laisse passer ! ordonne-t-il.

Le couple s'éclipse en même temps que Michonis, obligé un instant à la sévérité, retrouve un sourire débonnaire. Il faut bien se montrer indulgent, de temps en temps !... Restent les guichetiers. Tout est si calme et il fait si chaud dans leur espace clos qu'ils iraient volontiers boire quelque chose de frais dans les tavernes qui pullulent autour du Temple et puis, la nuit, on n'a pas vraiment besoin d'eux. Rassurés par la réputation sans défaut de Cortey et de Michonis, ils se hasardent, sur le conseil discret d'un des gardes, à demander une petite permission qu'on leur accorde volontiers. Et les voilà partis ! Et le temps passe : c'est à minuit, quand on va changer les factionnaires des prisonnières, que Batz et ceux qui sont dans le complot vont monter habiller les trois femmes des longues capotes que l'on a mises ce soir. L'enfant-roi, Batz se fait fort de le sortir en l'attachant contre lui, sous le manteau qui est ample. Louis XVII est petit, léger, presque fluet et, dans la tour qui n'est déjà pas claire en plein jour, les ombres sont nombreuses et denses lorsque la nuit est tombée...

Quant à Simon, on a prévu de se débarrasser de lui le temps nécessaire à l'opération. Simon, en effet, représente un danger aussi grand que les Tison. Cet ancien cordonnier d'une cinquantaine d'années qui n'était guère qu'un savetier n'avait jamais réussi dans la vie. La cordonnerie ne marchant pas très fort, il avait tâté de la « restauration » en ouvrant une gargote rue Dauphine. Sans grand succès. Veuf et encombré d'une fille de sa défunte, il s'est remarié à Marie-Jeanne Aladame, femme de ménage, une solide commère dure à l'ouvrage et qui le fait bien, comme la cuisine et les soins à donner en cas de maladie. Cela lui avait valu de soigner les Marseillais blessés le 10 août dans l'ancien couvent des Cordeliers proche de son logis. Car la grande chance de Simon a été de s'installer avec son épouse dans ce qu'on pourrait à peine appeler un appartement – une pièce et deux réduits sans fenêtre ! – à deux pas de Danton, de Marat, de Fabre d'Églantine, de Chaumette et de quelques autres avec qui il s'est lié d'amitié. Haïssant le pouvoir royal, il a vu dans la Révolution une occasion de se tirer d'affaire et, de fait, il doit à ses nouveaux amis le poste de commissaire de la

Commune chargé principalement du Temple et quitte le moins possible un poste qui flatte sa vanité en lui permettant de jouir à longueur de journée des « humiliations de l'Autrichienne, des deux autres garces et du louveteau ». Protégé personnellement par Marat et même Robespierre, il se sait intouchable et en abuse volontiers. On n'aime guère Simon chez les soldats du Temple, et quelques-uns comme Cortey ou Michonis le détestent tout en s'en méfiant. Il importe donc d'écarter, pour ce soir-là, ce personnage aussi encombrant que déplaisant. A onze heures du soir, c'est chose faite. Un billet de Marat dont il croit connaître l'écriture lui est porté par un « municipal ». Son « ami » lui demande de le rejoindre d'urgence pour affaire grave.

Simon n'hésite qu'un instant. Tout est si calme, ce soir ! Et puis on peut compter sur Cortey et Michonis, ces « purs », pour veiller au grain au cas où il s'annoncerait.

– J'y vais ! confie-t-il à Michonis. J'en ai pas pour longtemps.

Il faudra tout de même celui de gagner à pied le quartier de l'Odéon et d'en revenir... Vers minuit, les gardes qui vont monter relever ceux du troisième étage se préparent. Batz et les deux autres désignés pour les portes donnant sur l'escalier réendossent leurs grandes capotes.

– Tout le monde est prêt ? demande Cortey. Alors en avant !

La petite troupe quitte la salle de garde, s'engage dans la sombre vis de pierre quand, soudain, en bas, des cris éclatent :

– Halte ! Halte !... Que personne ne bouge !

Cortey étouffe un juron. Cette voix est celle de Simon, de Simon revenu par extraordinaire, de Simon qui grimpe l'escalier quatre à quatre, qui rejoint la petite troupe :

– Halte ! lâche-t-il encore, à demi étranglé par l'essoufflement. Il faut qu'on fasse l'appel des hommes. Il a dû se passer quelque chose d'anormal mais heureusement tu es là, ajoute-t-il à l'adresse de Cortey.

– Pourquoi l'appel ? demande celui-ci.

– Parce que ! Après on s'occupera de Michonis. C'est un traître. Qu'est-ce que tu veux, toi ?

Les derniers mots s'adressent à Batz. Pâle comme un mort, le baron qui voit s'écrouler ses espoirs par la faute de ce triste espion tient le long de sa jambe un pistolet dans sa main crispée. Cortey, qui a compris, interpose sa carrure entre lui et Simon :

– Il te veut rien. Faut comprendre, citoyen Simon, Michonis est son « pays ». Puis, s'adressant à Batz : Calme-toi, mon gars, il doit y avoir une erreur. Ça va s'arranger...

– Ça m'étonnerait, grince Simon. Il doit aller sur l'heure à l'Hôtel de Ville s'expliquer. Il est là-haut ?

– Oui, il est là-haut, répond Cortey qui lui-même résiste mal à l'envie d'étrangler le maudit savetier mais dans la tour tout le monde est en alerte, à commencer par les municipaux. On aboutirait seulement à une catastrophe.

– Bon, j'y vais ! Mais, avant tout, fais donc l'appel !

– Je n'en vois pas la raison mais si ça peut te faire plaisir...

Et il procède à l'appel, sans danger aucun, puisque les princesses n'ont pas encore pris la place des gardes. Personne ne bronche et, comme les autres, Batz répond présent quand Cortey crie « Forget »...

Satisfait, Simon continue son ascension, accompagné de quatre municipaux qui vont escorter Michonis à l'Hôtel de Ville. Quelques instants plus tard, les hommes redescendent, en encadrant un Michonis qui n'a pas l'air autrement inquiet.

– Tu parles d'une ânerie ! lance-t-il à Cortey. Moi, un traître, avec tout ce que j'ai donné comme preuves de mon loyalisme !

– Il doit y avoir une erreur quelque part...

– Bien entendu ! Ne te tourmente pas, je saurai bien le fin mot de l'histoire.

– Où est Simon ?

– Là-haut, bien sûr. Il a pris ma place... mais je te jure qu'il ne la gardera pas !

Il n'en dit pas davantage, les municipaux trouvant qu'il parlait un peu trop l'entraînaient, avec tout de même quelques ménagements. Cortey échangea un regard avec Batz :

– Bon, l'incident est clos. Il faut tout de même aller relever les camarades de là-haut.

Le ton était teinté d'une imperceptible interrogation que Batz saisit : cela voulait dire que l'on allait rester un bon moment en compagnie du malencontreux Simon. Se sent-il capable de le supporter ? Bien sûr ! Cela pourrait même être intéressant. D'un léger signe de tête, il approuve et on reprend le chemin de l'escalier.

Au troisième étage, tout est tranquille. La relève s'effectue et les hommes relevés redescendent. « Forget » a été affecté aux portes vitrées devant lesquelles Simon marche de long en large comme un tigre dans sa cage. Derrière, Batz imagine avec désespoir les trois femmes qui n'en sortiront pas cette nuit et dont la déception doit être affreuse. Il regarde avec horreur l'homme trapu, à la taille courte, au faciès vulgaire, inquiétant même avec ses grosses lèvres et ses yeux un peu exorbités... Pourtant il se décide à lui parler :

– C'est une chance, citoyen Simon, que tu aies pu être avisé d'une manigance !

– Qu'est-ce que tu dis ? fait le savetier qui est un peu dur d'oreille et qui interprète mal quand il n'est pas en face de son interlocuteur.

– Que tu as eu une vraie chance de déjouer ce complot, hurle Batz en forçant la voix nasillarde qui accompagne le personnage de Forget.

L'autre lui jette un regard furieux :

– C'est pas d'la chance. C'est parce qu'on sait qu'en s'adressant à moi, on trouve un homme de bien, un vrai patriote...

– Ah ça, c'est sûr ! Mais comment c'est arrivé, cette... chance ?

– Ça te regarde pas ! Occupe-toi donc à monter ta garde et arrête de gueuler, tu m'casses les oreilles !

L'envie de corriger le grossier personnage était brûlante mais Batz se le tint pour dit et poursuivit son calvaire jusqu'à l'heure de la relève. En regagnant la section Le Pelletier au petit matin au milieu d'une troupe moins disciplinée que la veille et où l'on commentait beaucoup les événements de la nuit, il réussit à s'approcher de Cortey :

– Et... nos amis qui attendaient au-dehors ?

– Ils ont été prévenus. Sous le prétexte de m'assurer que tout était tranquille dans le quartier j'ai fait une ronde... avec seulement sept hommes, ceux dont je suis sûr. On s'est partagé le travail et on est rentrés.

Tout en marchant, Batz se retourna pour jeter un coup d'œil au vieux donjon. Dans la lumière rouge d'une aurore annonciatrice de vent, il lui parut plus sinistre encore que d'habitude.

– Ne regarde pas ! marmotta Cortey. C'est mauvais pour le courage. Ce que je voudrais savoir, moi, c'est comment et par qui Simon a pu être prévenu ?

– Ça je m'en charge ! chuchota Batz.

Il savait, en effet, qu'il ne pourrait pas dormir tant qu'il ignorerait d'où venait le croche-pied sur lequel il venait de trébucher mais, pour l'instant, l'inquiétant était le sort de Michonis. Il se promit d'aller voir Lullier à l'Hôtel de Ville dès qu'il serait débarrassé de sa défroque de garde national. C'était ça le plus important ! Ensuite il rentrerait à Charonne prendre un peu de repos, faire le point. Ceux qui l'y attendaient, ainsi que Laura rue du Mont-Blanc, devaient savoir déjà par leurs amis postés autour du Temple que le coup était manqué, et point n'était besoin d'une vaste imagination pour deviner leur déception.

Transgressant pour une fois ses habitudes dans sa hâte de savoir ce qu'il était advenu du directeur des prisons, Batz se disposait à changer d'aspect dans la maison de Cortey dont l'avantage était de présenter plusieurs issues, mais il n'eut pas à prendre ce risque supplémentaire. Michonis en personne apparut dans la cuisine de l'épicier où celui-ci et son compagnon reprenaient des forces avec du café, du pain et du jambon. Il fut reçu avec le soulagement et la joie que l'on imagine :

– On te croyait déjà en route pour l'échafaud ! dit Cortey en lui tendant une tasse de café...

– Je l'ai cru un moment mais vous pensez bien tous les deux que je me suis défendu comme un diable, n'hésitant pas à traîner dans la boue ce vieux démon de Simon que j'ai accusé de boire un peu trop et d'avoir des visions. Il est tellement teigneux qu'il n'a guère d'amis et ma chance a été que Pache, le maire, soit au fond de son lit avec une vilaine toux...

– Devant qui avez-vous comparu ? demanda Batz.

La figure de Michonis se fendit alors d'un large sourire.

– Devant le citoyen procureur-syndic Lullier, voyons ! fit-il d'un ton suave. Un homme charmant ! Tellement compréhensif ! Et je ne crois pas qu'il tienne Simon en haute estime... On dirait que votre organisation tient bon, baron ? Mes félicitations !

– Je ne suis pas certain de les mériter. Notre chance, dans le cas présent, est que Lullier soit sujet aux insomnies et qu'il considère plus commode de vivre dans son bureau la majeure partie du temps.

– En attendant, il faudrait savoir d'où est venue la subite clairvoyance du savetier...

– Soyez tranquille, nous le saurons bientôt.

A l'instar de Lullier, Simon ne quittait guère la tour du Temple et ne faisait, rue des Cordeliers, que des apparitions assez brèves. Son titre de commissaire le fascinait et, dès le matin suivant la nuit où il avait joué un rôle plus important encore qu'il ne l'imaginait, il décida de s'y installer à demeure : on lui trouverait bien un coin pour dormir et Marie-Jeanne n'aurait qu'à lui apporter tout ce dont il pouvait avoir besoin comme, au temps du Roi, faisaient Cléry et sa femme. Néanmoins, comme l'été était là, que la chaleur commençait à envahir Paris, il ne résistait pas à l'envie de sortir, à la nuit tombée, pour aller boire du vin frais aux environs de l'Enclos. Après, bien sûr, s'être assuré que tout était en place dans la forteresse et que les prisonniers étaient en de bonnes mains.

Les cabarets étaient nombreux aux alentours, mais il avait ses préférences pour l'Épi-Scié, sur le boulevard du Temple, pas bien loin du Cabinet des figures de cire du sieur Curtius. On y buvait du vin de Suresnes qui n'était sûrement pas le meilleur de France mais que Simon appréciait. En outre, le patron, Guérin, était originaire de Troyes comme le cordonnier. Enfin, la femme du cabaretier, Fanchon, était une belle créature d'une quarantaine d'années, blonde et plantureuse mais qui posait sur choses et gens un regard froid, indéchiffrable. En outre, elle ne parlait que rarement et ce silence l'enveloppait d'un mystère qui impressionnait beaucoup Simon. Il venait là pour elle autant que pour le vin mais c'était seulement plaisir des yeux car il se serait bien gardé de la moindre avance : ceux qui s'y étaient hasardés avaient vite découvert qu'elle pouvait griffer.

Une fois installé au Temple quasi à demeure, il se rendait chaque soir à l'Épi-Scié, y passait une heure et, quand l'horloge du cabaret marquait la demie de dix heures, il repartait prendre ce qu'il appelait son « poste de commandement », laissant volontiers entendre que, sans sa vigilance, le vénérable donjon ne serait qu'une vaste pétaudière... Naturellement, nul n'ignorait quel rôle important il venait de jouer dans une immense conspiration destinée à faire évader celles qu'il appelait gracieusement les « salopes ». Bien qu'il ne dît jamais comment la connaissance dudit complot lui était venue.

Ce soir-là, à l'heure habituelle, Simon vida son verre, donna le bonsoir à la compagnie et quitta le cabaret pour rentrer au Temple. Tout le jour, un orage avait menacé mais s'était contenté de quelques coups de tonnerre. La nuit était chaude et noire, juste un peu plus fraîche sous les arbres du boulevard. Simon s'y arrêta un instant avant de plonger dans le trou noir de la rue Charlot. Il ôta son bonnet rouge pour s'éponger le front à la manche de sa chemise... et se retrouva à plat ventre, le nez dans la poussière, tandis que des doigts qui lui parurent durs comme du fer le serraient à la gorge : un homme qu'il ne pouvait voir pesait de tout son poids sur son dos.

– Alors Simon ? fit à son oreille une voix grave, profonde, qu'il n'avait jamais entendue. Tu viens encore de te vanter de tes exploits ! Seulement tu ne dis pas tout et moi je veux en savoir davantage. Qui t'a prévenu, le soir du 21 ?

A demi étranglé, le savetier ne put émettre que des borborygmes informes. Batz, alors, lâcha une main, l'autre maintenant d'une poigne solide la tête de l'homme contre la terre. Simon respira, toussa, puis gémit : la main libre s'était armée d'une lame dont il sentit le tranchant contre son cou...

– Je ne sais pas, dit-il enfin... Quelqu'un m'a abordé et mis un papier dans la main en disant qu'il fallait que je retourne au Temple.

– Et que disait le papier ?

– Que Michonis... est un traître !

– Et c'est tout ?

– Ben... Oui... aïe !

L'arme commençait à entamer son cou.

– Tu mens ! gronda l'homme dont les genoux pesaient si douloureusement sur son dos. Alors, que s'est-il passé cette nuit-là ? Parle ou je te tranche la gorge... mais pas d'un seul coup comme cette guillotine que tu aimes tant !... doucement... petit à petit.

Simon eut un râle de terreur. Le boulevard était désert et il était seul au pouvoir de ce démon qui allait le tuer.

– Arrête, citoyen !

– Je ne me sens nullement citoyen et j'ai horreur qu'on me tutoie. Tu parles ?

– Oui... Oui... voilà ! Un homme m'a abordé comme je descendais la rue du Temple. Il a dit... ce que je viens de dire... mais il a ajouté qu'on allait lâcher les prisonniers cette nuit... que Michonis avait tout décidé parce qu'on lui a promis... beaucoup d'argent...

– Qui était cette bonne âme ?

– Je... je n'en sais rien !

– Allons donc ! Je suis sûr que tu le connaissais sinon tu l'aurais emmené à la Commune pour déposer, mais il a dû te dire qu'il voulait que la gloire retombe sur toi...

– Oui... oui c'est ça !

– Ça pouvait être un piège et tu ne l'aurais pas cru s'il s'agissait d'un inconnu. Alors, son nom !

Plus persuasive que jamais, la lame fit couler le sang :

– Il s'appelle... Sourdat ! C'est... un « pays ».

– Il est de Troyes en Champagne comme toi ? Le lieutenant de police de là-bas ?

– Il l'est plus, gémit Simon. Il habite Paris, maintenant...

– Où ?

– J'en sais rien.

– Oh ! mais si tu le sais... Ce brave homme a dû te dire où tu pourrais le trouver... en cas de besoin ? Quelqu'un de si bien renseigné, c'est précieux. Alors, encore un petit effort !

– A... à Chaillot ! Rue du Cœur-Volant... 634 !

– Eh bien voilà !... Encore une petite question : c'est un royaliste, ce Sourdat, un mauvais parce qu'il sert Provence mais un royaliste tout de même. Comment l'as-tu connu ?

– A Troyes... on a eu affaire ensemble...

– Quand il était dans la police et toi fils de boucher ? Ça va bien ensemble quelques fois ! Eh bien bonne nuit, Simon ! Mais, un bon conseil, ne te relève pas tout de suite ! Compte jusqu'à cent et ne tourne pas la tête : je suis très capable de te planter ce couteau entre les épaules d'une distance... suffisante !

Docilement, Simon commença à compter tandis que Batz se relevait et, sans faire plus de bruit qu'un chat, disparaissait dans les ombres plus denses générées par les marronniers. D'assez loin, il observa sa victime, le vit se relever après avoir crié « cent ! » et foncer dans les profondeurs de la rue Charlot.

Ce qu'il venait d'apprendre était d'une extrême importance. Il n'avait pas besoin de retourner interroger Le Noir. Celui-ci, depuis la mort du Roi, lui avait appris nombre de détails encore ignorés sur ces « royalistes » d'un genre particulier, sur ce véritable clan ennemi qui, pour mieux servir Monsieur, était décidé à détruire la Reine, le petit roi et, pourquoi pas, sa sœur et sa tante. Nicolas Sourdat, pour Batz, cela voulait dire Antraigues. Comment l'araignée de Mendrisio et ses séides pouvaient-ils éventer si aisément ses plans à lui, Batz, c'est ce qu'il fallait essayer de savoir.

Mais, tout en rejoignant, du pas d'un paisible promeneur, la rue Helvétius et le logis de son ami

Roussel, Batz commençait à se demander si le plus simple ne serait pas de se rendre en Suisse et d'embrocher proprement un homme qu'il haïssait depuis toujours. Morte la bête, mort le venin...

Seulement, la Suisse c'était loin et Batz n'avait pas de temps à perdre avec les aléas d'une longue route. On avait besoin de lui à Paris.

Deuxième partie

MARIE

CHAPITRE VI

LES EAUX DE PASSY

Ce que Simon n'avait pas dit à Batz, c'est qu'au lendemain de ce qu'il appelait sa « grande affaire », il s'était rendu rue ci-devant Saint-Honoré vêtu de son meilleur habit, bleu doublé d'écarlate, qu'il venait de faire remettre à neuf, et coiffé du rutilant bonnet phrygien qui est comme chacun sait la couronne du patriote, afin d'y rencontrer l'homme qui faisait déjà trembler Paris : le grand Robespierre. Celui-ci vivait dans la maison mais surtout dans la famille du menuisier Duplay dont les filles étaient à sa dévotion, moins cependant que leur mère qui, elle, montait autour de « l'Incorruptible » une garde confinant à la séquestration tant elle avait peur que le « grand homme » n'échappe à cette nouvelle famille réunie autour de lui. Elle avait même réussi à lui faire renvoyer à Arras sa propre sœur, Charlotte de Robespierre, en lui faisant savoir qu'elle était indésirable. C'est dire que Simon eut quelque peine à se faire accepter en dépit de son attirail sans-culotte, mais il était encore sous le coup de l'excitation et cria si fort qu'il obtint tout de même de monter le petit escalier menant au saint des saints.

Robespierre le reçut. Pas longtemps. Juste celui d'entendre le récit – en abrégé pour ne pas abuser d'un temps trop précieux ! – de ce qui s'était passé au Temple la veille ou tout au moins de ce que son visiteur croyait en savoir, mais le froid regard ne resta pas longtemps attentif derrière les lunettes rondes cerclées d'acier. C'est tout juste s'il ne dit pas à Simon qu'il avait rêvé et, comme l'autre se récriait sur sa conscience de « bon patriote », il lui recommanda le silence le plus complet sur une aventure dont il était un peu trop fier.

– Répandre une telle histoire, laissa tomber Robespierre, serait donner à d'autres contre-révolutionnaires l'idée d'entreprendre de nouvelles tentatives.

Simon repartit, déçu, et renonça à aborder le sujet à la Commune ou dans l'enceinte du Temple, mais c'était bien difficile de tenir sa langue quand, à l'Epi-Scié, il retrouvait les buveurs habitués ! On sait comment, sans tout raconter, il aimait à laisser entendre qu'une grande catastrophe avait été évitée grâce à lui...

Il allait d'ailleurs recevoir sa récompense. Simon parti, Robespierre n'en avait pas moins réfléchi à ce qu'on venait de lui rapporter. Vrai ou faux, exagéré ou non, il s'était tout de même produit quelque chose et ce quelque chose exigeait qu'on s'y arrête et que soit prise d'urgence une décision à laquelle il songeait depuis un moment déjà. Dans l'immédiat, il se livra auprès de Chaumette qui était l'un des protecteurs du bonhomme à une rapide enquête. Pompeux et déclamatoire à son habitude, celui qui se faisait appeler Anaxagoras en mémoire du fameux Spartiate exécuté pour son républicanisme, celui qui avait lu *Émile* de Rousseau, lui déclara que l'Émile en question « honorait beaucoup plus un cordonnier qu'un empereur » – c'est tout simple, il était lui-même fils d'un cordonnier de Nevers ! – et que Simon était digne de toutes les confiances. Il était en outre marié à une femme exemplaire, « bonne épouse, bonne ménagère et sachant soigner les malades et les blessés ».

Le résultat de tout cela fut la scène déchirante qui se joua au Temple le soir du 3 juillet...

Il est environ dix heures du soir quand les prisonnières sont tirées de leurs lits par un groupe de commissaires de la Commune, empanachés de tricolore et entourés de municipaux. L'un d'eux tient un papier à la main et le lit d'une voix, à vrai dire, mal assurée : ces gens viennent, sur ordre du Comité de salut public et de la Commune, séparer l'enfant-roi de sa famille : il doit recevoir une éducation républicaine que ces femmes ne sauraient lui donner...

Marie-Antoinette regarde ces hommes sans comprendre. Ce n'est pas possible, ce qu'on lui annonce là ? Lui enlever son fils, si jeune, si délicat ? Quand elle comprend enfin, sa réaction est violente :

– Jamais !

Elle a couru se placer devant le lit où l'enfant s'éveille au bruit, aux lumières. Elle lui fait un rempart de son corps, mais le petit roi a compris lui aussi qu'on veut le séparer de ces trois femmes aimées qui sont tout son univers. Alors il pleure, il crie. Sa mère essaie de le calmer mais il proteste avec violence. Durant une heure on va crier, discuter, supplier, menacer suivant le camp où l'on se trouve, jusqu'à ce qu'enfin l'un des commissaires décide de faire monter la troupe pour enlever l'enfant de force. Secouée de sanglots, Marie-Antoinette laisse sa fille et sa « sœur » lever Louis, l'habiller. C'est elle qui, en larmes, remet l'enfant qui pleure à ces hommes dont elle sait maintenant qu'ils sont capables du pire. Elle trouve encore la force de demander :

– Où l'emmenez-vous ?

– Au deuxième étage, dans l'appartement de son père. Rassure-toi, citoyenne, il sera bien traité...

– Il doit devenir un homme comme tous les autres, gronde un des acolytes. Le citoyen Chaumette a dit qu'il veut lui faire perdre toute idée de son rang...

C'est fini. Les hommes sont repartis emmenant le petit en larmes – les trois femmes l'entendront pleurer et crier pendant deux jours ! –, les portes sont refermées. Anéantie de douleur, la Reine s'est laissée tomber sur le lit vide et pleure elle aussi. C'est seulement le lendemain qu'elle apprendra quel éducateur les nouveaux maîtres ont choisi pour son fils : c'est Simon, le cordonnier, un homme affreux et qui porte sa haine inscrite sur son visage. L'un des gardes, apitoyé, aura beau lui chuchoter que la femme Simon est une brave personne, soigneuse, propre et tout à fait capable de bien s'occuper d'enfants, ce genre de douleur ne peut pas s'apaiser...

Dans les premiers jours, le chagrin du petit Louis semble inconsolable au point que Simon n'ose pas le sortir dans le jardin et que le Comité de salut public envoie une délégation voir ce qui se passe. Mais quand elle arrive chez l'étrange « gouverneur » du petit roi, elle trouve celui-ci propre et convenablement vêtu – dans le style sans-culotte bien sûr ! – et en train de jouer aux dames avec Simon. La Reine, elle, n'est plus qu'une ombre désolée...

C'est par Cortey, dont le crédit est intact et qui peut aller au Temple quand il veut, que Batz apprend la séparation. Pour la première fois, cet homme si maître de lui pique une colère dont certains objets de son cabinet de travail font les frais et qui stupéfie Devaux, Marie et lady Atkyns, témoins muets de l'explosion. Une vraie fureur de Gascon, violente et dévastatrice... mais brève.

– Ce Simon, je le tuerai ! clame-t-il en conclusion et en se laissant choir dans un fauteuil.

– Tu auras du mal, remarque Cortey – les deux amis, comme tous ceux de leur équipe, ont gommé, même dans le privé, un « vous » qui peut se révéler dangereux –, ni Simon ni Marie-Jeanne ne sortent du Temple. Et d'ailleurs ils n'en ont pas envie : leur félicité est totale.

– Félicité ! gronde Batz, tout prêt à se déchaîner de nouveau.

– Bien sûr ! Songe un peu qu'ils vont gagner à ne rien faire ou presque, lui six mille livres par an et elle quatre mille. En assignats, je veux bien, mais c'est pour eux le pactole. En outre, ils habitent maintenant l'ancien appartement du Roi !

– Ce n'est tout de même pas Versailles ? ironise Devaux.

– Pour eux ? Presque. Après leur taudis de la rue des Cordeliers, les meubles et tentures, cependant modestes, que l'on avait attribués au Roi, leur semblent le comble du luxe. Ils ont un lit à courtines, des fauteuils Louis XV, un petit secrétaire, un tapis et des livres. Simon peut aussi boire tout le vin de Suresnes qu'il veut et sans que cela lui coûte un sol ! On le lui apporte !

– Ça, c'est intéressant ! remarque Batz enfin calmé...

– Que vas-tu faire ?

– Rien maintenant. Ce serait prématuré et complètement fou, mais Simon ne perd rien pour attendre : sur l'honneur de mon nom, sur l'épée de d'Artagnan, je jure qu'il me rendra mon petit roi ! Mais pour le moment, j'ai d'autres chats à fouetter !

– Le premier est d'enlever la Reine ! s'écria Charlotte Atkyns. J'espère que vous ne renoncez pas ?

– Non, mais il vous faut songer, ma chère amie, que nous nous retrouvons à présent devant le même problème rencontré par Toulan et Jarjayes : elle n'acceptera jamais de partir en laissant son fils aux mains de Simon. Tout est à recommencer, tout est à revoir ! A propos, je suppose que les Tison sont plus acharnés que jamais ?

– Il n'y a plus de Tison, dit Cortey. Au lendemain de l'enlèvement du petit roi, la femme Tison qui avait dénoncé Toulan, Turgy et bien d'autres, est devenue folle. Mais vraiment folle ! Elle s'est jetée aux pieds de la Reine en pleurant, en criant et en demandant pardon. L'enlèvement du petit garçon a été la goutte d'eau... je ne dirai pas régénératrice car de terribles crises de nerfs ont suivi. Il a fallu huit hommes pour la sortir du Temple et l'emmener à l'Hôtel-Dieu où on la fait surveiller par une femme...

– Et le mari ?

– Il continue son service mais il a changé, lui aussi. Il ne devient pas fou, et pourtant semble comprendre ce que souffre la Reine. Alors il la sert avec beaucoup plus de respect parce qu'il pense à sa Pierrette.

– Il faudra tout de même continuer à s'en méfier...

– Peut-être, dit Marie d'un air songeur. Et peut-être pas. Je crois moi qu'une vraie douleur, une grande souffrance peut être contagieuse. Il a vu sa femme devenir folle et pleurer sur le petit prince auquel elle s'était attachée sans doute...

Le visage aigu de Batz perdit son expression tendue et il sourit à la jeune femme :

– Oh, vous, mon cœur, vous trouveriez des excuses au Diable en personne !

– Et plus encore que vous ne l'imaginez, fit-elle en riant. J'ai toujours pensé que le Diable, c'était vous...

Deux jours plus tard, le citoyen Agricol et son amie Lalie prenaient le coche d'eau au port

Saint-Pol pour s'en aller respirer l'air pur au village de Passy et boire quelques verres de ses eaux. Pour ses amis de la Truie-qui-file, le citoyen Agricol, qui allait souvent en province pour ses « affaires », revenait tout juste de Nevers où il s'intéressait fort – il le laissait entendre entre deux pintes qu'il avait généreuses – aux biens d'émigrés. Cette fois, son absence avait été plus longue que d'habitude et il avait été accueilli par une bordée de reproches au sujet de l'« abandon » dans lequel il laissait Lalie Briquet dont tout un chacun pouvait voir qu'elle avait bien mauvaise mine.

– T'as de la chance de la trouver ici, lui avait chuchoté le patron Rougier à son entrée au cabaret. Ces temps-ci, elle sort plus guère de chez elle. T'as qu'à voir la tête qu'elle a...

Elle n'était pas brillante, en effet : les yeux creux sous le verre brillant des lunettes, les traits tirés, Lalie n'avait pas vu entrer son ami. Ses mains, si rarement inactives, avaient laissé échapper l'ouvrage de tricot qui ne la quittait jamais et elle regardait au-dehors, à travers les petits rideaux sales, l'air absent...

– J'vais m'en occuper, t'inquiète pas ! affirma le citoyen Agricol avant de se diriger vers elle en clamant : Eh ben, Lalie, qu'est-ce qui ne va pas ?

Elle tressaillit mais un léger sourire adoucit son visage.

– Je pensais à toi, murmura-t-elle. Puis, se hâtant de reprendre le ton vulgaire dont elle usait habituellement : Je m'demandais si c'est-y pas qu'tu m'aurais oubliée ?

– Tu sais bien que j'pourrais jamais t'oublier et qu't'es la femme de ma vie... s'écria-t-il avec un gros rire. J'vais m'occuper d'toi! Et d'abord on va boire un coup. Monte-nous donc une de tes bouteilles ed' derrière les fagots, Rougier... et viens y goûter avec nous!

C'était le genre d'invitation à laquelle le cabaretier était incapable de résister. Pendant qu'il filait à la cave, Batz se glissa sur le banc en face de son amie :

– Qu'avez-vous Eulalie? Vous êtes malade?

– Oui... et non! Je ne peux pas vous expliquer ici... j'étouffe... et je crois que cette ville me fait de plus en plus horreur!

Il y avait une angoisse réelle dans les yeux gris qui se levaient sur lui.

– Nous en reparlerons demain... demain, reprit-il à l'intention de Rougier qui rappliquait avec sa bouteille et des verres tout fraîchement rincés, j'l'emmène respirer ailleurs. Commence à faire diablement chaud dans c'te ville et moi qui arrive tout juste d'la campagne, j'trouve ça pénible!

– Tu vas r'tourner à Nevers?

– Non, pas si loin! On va seulement aller à Passy. J'connais là-bas un méd'cin qui s'occupe des eaux et qu'est pas un âne! Y nous dira c'qui faut faire...

– Ben voilà! approuva le cabaretier. Ça c't'une idée! Faut avouer qu't'as pas tort quand tu dis qu'y fait chaud! Ma bonne femme elle-même passe la moitié d'son temps dans son baquet à lessive plein d'eau froide et l'aut'moitié à la cave... où c'est pas dans l'eau qu'elle trempe! Si j'avais pas besoin d'elle pour la tambouille, j'te d'manderai bien d'l'emmener itou.

– Ça pourra s'faire après qu'on aura vu l'médecin, fit Batz sans broncher. J'te rendrais volontiers c'service!

– J'ai toujours dit qu't'étais un brave homme! affirma Rougier.

Voilà pourquoi, le lendemain, les deux amis prenaient le chemin de Seine pour aller respirer à Passy. Il avait plu dans la nuit, ce qui détendait un peu l'atmosphère. La matinée était bleue et presque fraîche quand ils s'embarquèrent mais il y avait pas mal de monde sur le bateau qui allait jusqu'à Mantes et on n'aborda que des sujets anodins, se contentant, la majeure partie du temps, de regarder Paris défiler sous leurs yeux.

Jusqu'au début de la Révolution, Passy, un joli village de vignerons, de tuiliers et de cultivateurs au-dessus duquel s'étendaient les ailes de deux moulins, avait connu une grande prospérité. Il la devait à sa situation entre Seine et bois de Boulogne, au voisinage du château de la Muette où la Cour séjournait parfois. A ses eaux thermales, découvertes au siècle précédent et déclarées « bonnes pour les intempéries chaudes des viscères », à quoi on avait ajouté par la suite qu'elles étaient également « balsamiques et propices pour combattre la stérilité des femmes ». Du coup, quelques riches demeures s'y construisirent et aussi des tripots, une salle de bal et un théâtre de marionnettes destinés à distraire les curistes venus communier aux cinq sources ferrugineuses.

Avec les temps devenus difficiles, les belles demeures s'étaient vidées sous le vent de l'émigration ou celui de la mort. Ainsi, la charmante propriété où la princesse de Lamballe avait vécu les années où elle s'était retirée d'une Cour sur laquelle régnaient les Polignac *. Les distractions s'y étaient faites rares mais les eaux gardaient des clients fidèles, plus réellement malades que ceux de naguère et qui, s'ils étaient moins bruyants et moins élégants, offraient l'avantage de rendre au village un visage plus paisible et plus campagnard.

En débarquant à l'appontement correspondant à la Barrière de Passy proche de Chaillot, Lalie, avant de suivre son compagnon dans le chemin menant à l'établissement thermal, s'arrêta un instant, ferma les yeux, écarta les bras et prit quelques profondes respirations comme si elle sortait d'un endroit étouffant. En même temps, une sorte de sérénité éclairait son visage :

– Dieu que cet air est doux et frais et agréable ! Sentez-vous ce parfum de tilleul ?

– Il y a là-bas une petite auberge avec une treille. Voulez-vous vous y reposer un moment pendant que je vais voir si le médecin qui était je crois le Dr Vollard peut vous recevoir maintenant ?

Elle ouvrit les yeux et lui sourit tout en glissant son bras sous le sien :

* La propriété existe toujours. C'est l'une des dernières à posséder un assez grand jardin. L'entrée est rue d'Ankara et c'est, depuis de nombreuses années déjà, l'ambassade de Turquie.

– Je n'ai pas besoin de médecin, mon cher Jean. Ce dont je souffre, ce qui m'ôte le sommeil et l'appétit c'est le dégoût, l'horreur. En me glissant dans ce personnage de Lalie Briquet, j'ai bien peur d'avoir préjugé de ma force de résistance. Je n'imaginais pas que j'en arriverais à ce degré et j'espère sincèrement que je vais pouvoir continuer à vous être utile, mais il y a des moments où j'en doute affreusement...

– Que se passe-t-il donc ?

– Ne me dites pas que vous ignorez où se réunissent à présent celles que l'on appelle les tricoteuses ? La Convention, les Jacobins ont perdu beaucoup de leur intérêt depuis que la guillotine fonctionne en permanence. C'est au pied de l'échafaud qu'il faut aller s'asseoir pour être bien en cour. Depuis que l'on chasse les Girondins à travers la France, les Montagnards triomphent. Ce sont les hommes de Danton et surtout de Marat qui mènent la danse, réclamant chaque jour un peu plus de sang au Tribunal révolutionnaire. Oh, c'est écœurant !

– Êtes-vous vraiment obligée de vous joindre aux autres ? Votre « ami » à vous c'est Robespierre, donc le plus important ?

– Si l'on peut dire ! Mais il n'a pas encore les pleins pouvoirs. Danton et lui se haïssent, et il attend son heure. Quant à refuser de me joindre à mes... compagnes, il m'a suffi de dire que je préférais de beaucoup entendre les « beaux discours » plutôt que les cris de mort et les plaintes des victimes pour que l'on me regarde de travers. Il y en a une surtout, une certaine Phrosine Grouin, qui ne m'aime pas, dont je vois bien qu'elle m'observe et qui m'a dit : « Tu s'rais pas un peu aristocrate, la Briquet ? Les discours c'est du vent ! Le sang, v'la ce qui compte et une bonne patriote doit s'plaire à voir couler celui d'ceux qui ont bu l'nôtre pendant tant d'siècles »... Si je ne rentre pas dans le rang elle me dénoncera... et moi je ne veux pas mourir, pas encore... pas avant d'avoir vu Chabot monter un jour l'affreuse échelle...

Soucieux, Batz arracha un brin d'herbe et se mit à le mâchonner.

– Votre situation risque en effet de devenir intenable. Je vous croyais les nerfs plus solides, je l'avoue. N'avons-nous pas assisté ensemble à l'exécution des prétendus voleurs du Garde-Meuble ?

– C'est vrai, et j'avais supporté cela assez bien, mais cette horreur quotidienne..., cette fontaine de sang qui coule inexorablement. Songez qu'il y a trois jours on a exécuté un garçon de quinze ans !

La voix de Lalie se brisa sur ces derniers mots et elle éclata en sanglots. Sans rien dire, Batz la prit par le bras et l'emmena s'asseoir sous la treille de la petite auberge qu'il avait repérée et d'où l'on découvrait l'établissement thermal – une grande maison agréable au milieu d'un beau parc – et le ruban étincelant de la Seine. Là il frappa du poing sur la table en bois brut, ce qui fit accourir une alerte servante en cotillon court et bonnet de mousseline à cocarde. Le citoyen Agricol lui réclama du vin frais et quelque chose à manger pour son amie qui ne se sentait pas bien. La jeune fille était charmante : elle s'empressa auprès de cette femme qui semblait si triste. Ce laps de temps permit au baron de réfléchir...

Après avoir mangé et bu, « Lalie » se sentit mieux.

– Vous allez rester ici bien sagement à vous reposer et à m'attendre, lui dit-il. Pour vous avouer la vérité, nous ne sommes pas venus ici uniquement pour vous faire prendre l'air. J'ai quelque chose à voir dans le village et je pense que dans ce coin vous serez bien...

– Pourquoi ne l'avoir pas dit plus tôt ? Voilà que je vous suis une gêne, à présent.

– Pas du tout ! J'aurais fort bien pu venir seul mais il m'est apparu que je pouvais mêler l'utile à l'agréable... et vous avez vraiment besoin de vous détendre un peu ! Le paysage est joli, cette terrasse est bien ombragée et vous pourrez observer les allées et venues des curistes. C'est assez amusant, vous verrez.

Il achevait à peine sa phrase qu'un homme entre deux âges, assez bien vêtu et qui venait sans doute de boire son verre d'eau, sortait des sources en se livrant à un curieux exercice : il exécutait en chantonnant une sorte de marche sautillante, comptait cinq pas, faisait une pirouette, repartait, comptait cinq pas, pirouettait de nouveau et ainsi de suite.

– C'est un fou ? souffla Lalie, sidérée.

– Non. Un curiste. On leur recommande de prendre, après avoir bu, l'exercice « modéré » que vous pouvez admirer ! A tout à l'heure !

Il partit, rassuré : Lalie n'avait plus envie de pleurer.

La distance entre les eaux et la rue du Cœur-Volant où Simon avait indiqué que logeait Nicolas Sourdat était plus longue que ne le pensait Batz. Aussi se mit-il à courir à travers les vignes, ne ralentissant l'allure qu'aux abords de son objectif, après s'être renseigné deux fois. Il découvrit enfin une impasse barrée par le mur couvert de lierre d'une propriété. L'endroit, comme l'ensemble de Passy, était agreste et charmant, et la maison occupée par l'ancien policier de Troyes respirait le calme et la tranquillité sous le lierre qui la recouvrait elle aussi. Batz se posta dans un bouquet d'arbres où des buissons offraient un abri convenable pour observer. Non qu'il eût l'intention de rester là longtemps. Tout ce qu'il voulait, c'était s'assurer que l'homme d'Antraigues habitait bien là. Ensuite, il verrait à établir un poste de surveillance plus attentive : lié avec Simon promu geôlier de Louis XVII, Sourdat devenait des plus intéressant.

Il n'eut pas longtemps à patienter : les fenêtres étaient ouvertes et Batz aperçut bientôt la puissante silhouette qui poussa la complaisance jusqu'à s'encadrer un instant dans les feuilles vertes... Sourdat avait tout à fait la mine de quelqu'un qui, bien installé, se sent chez lui. Ce fait acquis, Batz allait se retirer quand un homme coiffé d'un chapeau rond à forme haute, qu'il portait avec une certaine élégance, vêtu d'un habit léger en courtil crème rayé de noir avec pantalon collant noir s'enfonçant dans de courtes bottes à retroussis, sortit de la maison, un brin de réséda au revers, une canne légère à la main, et s'engagea dans le chemin des vignes. En passant, il jeta un regard indifférent à ce sans-culotte barbu dont le bonnet rouge ressemblait à un énorme coquelicot et poursuivit sa route en faisant des moulinets avec son jonc.

La main de Batz serra plus fort le solide gourdin qui faisait partie de son personnage, regrettant amèrement que ce ne fût pas sa fidèle canne-épée. Il est vrai que, bien manié, le lourd bâton constituait une arme redoutable. L'envie de s'en servir le démangea, mais il faisait grand soleil, le chemin était découvert et quelques vignerons étaient au travail, sinon ç'eût été avec une joie indicible qu'il se fût comporté comme un bandit de grand chemin et eût assommé l'élégant promeneur qui n'était autre que Josse de Pontallec.

Batz retrouvait intact le violent désir de tuer qui s'était emparé de lui l'année précédente quand il s'était heurté au marquis en sortant de l'auberge de Somme-Tourbe *. Plus fort encore s'il était possible car, le temps d'un éclair, Batz envisagea le danger que cet homme, présent à Paris, signifiait pour Laura. En dépit du serment de vengeance qu'elle avait fait sur le cadavre de sa mère, Batz était certain qu'en cas d'affrontement, la jeune femme aurait le dessous. Il fallait empêcher cela à tout prix et, d'abord, essayer de savoir ce que Pontallec venait faire à Paris. Qu'il logeât chez Sourdat n'était guère surprenant : l'agent de Monsieur ne pouvait que s'entendre avec celui

* Voir tome I.

d'Antraigues. Il le suivit donc à distance suffisante pour ne pas être remarqué, encore qu'il eût en son déguisement une confiance absolue : même un œil de lynx ne décèlerait pas le baron de Batz sous la défroque du citoyen Agricol.

Derrière lui, il fit en sens inverse le chemin déjà parcouru. Pontallec allait-il à l'établissement thermal ? Sa santé semblait parfaite et ne devait guère nécessiter une cure d'eau minérale. Pourtant, il fallut se rendre à l'évidence : c'était là qu'il allait. Batz le vit pénétrer dans le parc, toujours du même pas nonchalant, et entrer dans le pavillon abritant l'une des cinq sources. Il hésita un instant puis se précipita vers la petite auberge d'où il tira son amie Lalie qui commençait à trouver le temps long :

– Viens donc, citoyenne ! déclara-t-il à haute et fort intelligible voix. Le médecin m'a dit qu'il fallait que tu boives de cette eau quasi miraculeuse.

Et il l'entraîna vers le pavillon au pas de course :

– Vais-je être obligée de me livrer à la ridicule gymnastique dont nous avons eu le spectacle et que j'ai revue plusieurs fois ? protesta-t-elle en essayant de le retenir.

– Mais non. Pour les femmes c'est autre chose... Venez vite !

Grâce à Dieu, il y avait pas mal de monde autour de la source où officiaient deux femmes en tablier bleu mais Batz repéra vite son gibier : il se tenait près d'une colonnette, un verre d'eau à la main que d'ailleurs il ne buvait pas. Il avait l'air d'attendre quelque chose ou quelqu'un... Laissant Lalie près de la source où elle allait se faire servir, Batz amorça un mouvement tournant destiné à l'amener derrière le dos du marquis. L'atmosphère saturée d'humidité n'était plus aussi agréable qu'autrefois, les buveurs n'étant plus ce qu'ils étaient, gens de cour et riches bourgeois dont les parfums combattaient alors la forte odeur ferrugineuse. Ils avaient fait place, pour la plupart, à des hommes et des femmes du peuple arborant la cocarde tricolore sur leurs bonnets rouges ou blancs et qui, eux, n'avaient guère les moyens de faire appel à des senteurs orientales.

Plusieurs minutes passèrent avant que Pontallec n'émît un : « Ah, enfin ! » de satisfaction. Un personnage vêtu d'un bel habit bleu émergea de la brume légère, tenant à la main l'obligatoire verre d'eau, et s'approcha du marquis. Batz put voir que lui aussi portait un brin de réséda, sans doute signe de reconnaissance qui permit aux deux hommes d'avoir l'air de vieux amis qui se rencontrent par hasard. Mais du brin de réséda, Batz remonta au visage et retint à temps une exclamation de surprise : c'était Louis David, le peintre, l'ami de Talma qui siégeait depuis peu au Comité de salut public. Mais il n'y avait pas de temps à perdre en points d'interrogation. Batz se figea sur place et tendit l'oreille :

– Vous apportez des nouvelles ? demanda David après un échange de salutations.

– Oui, avec le salut du citoyen Lecarpentier dont les pouvoirs débordent à présent le Cotentin pour englober la région de Cancale et de Saint-Malo. Nous avons lié amitié assez récemment, à la suite du drame qui a coûté la vie à mon épouse et a failli me coûter la mienne...

– Que s'est-il donc passé ?

– Nous sommes tombés dans un piège. Nous avions reçu un avis – discret ! – nous annonçant que l'un des navires de ma femme qui, jusqu'à notre mariage, était l'armateur Laudren, devait quitter subrepticement son port d'attache pour gagner Jersey et se rendre à la discrétion du prince de Bouillon. Comme on nous recommandait le plus grand secret afin de démasquer celui qui nous trahissait, nous nous sommes rendus à bord à la nuit close avec seulement trois serviteurs, mais nous étions attendus et le navire a levé l'ancre dès notrc arrivéc tandis quc l'on s'assurait de nos personnes. Pour mener à bien le plan prévu – qui était de mettre la main sur toute la flotte Laudren –, il fallait que nous disparaissions. Ma pauvre Marie-Pierre, droguée, a été jetée à la mer assez vite. Son corps a été retrouvé le lendemain. J'ai subi le même sort mais plus loin en mer et, sans un pêcheur providentiel qui m'a recueilli au moment où, à bout de souffle, j'allais me laisser couler, je ne serais pas ici aujourd'hui. Naturellement, dès mon retour à Saint-Malo, j'ai porté plainte auprès du citoyen Lecarpentier...

– La mort de votre épouse me navre mais je suis heureux que vous en soyez sorti indemne. Qu'avez-vous l'intention de faire, maintenant ?

– Reprendre les affaires de feue la citoyenne Pontallec au service de la République. Une partie se traitait avec l'Espagne, ce qui n'est plus guère possible étant donné la situation en Europe, il reste la course devenue difficile et la chasse à la baleine. Si deux de nos navires sont partis au printemps pour les bancs de Terre-Neuve, deux autres demeurent à la disposition du gouvernement qui pourrait m'indiquer tel ou tel marché intéressant...

– Je vais m'en occuper. Mais vous disiez apporter des nouvelles ?

– En effet. Vous avez dû faire face, récemment, à une tentative d'enlèvement de la famille Capet ?

– Oh, un prétendu complot découvert par le cordonnier Simon – un homme qui boit un peu trop, d'ailleurs ! Robespierre s'est contenté de hausser les épaules et de conseiller le silence quand on en a vaguement parlé au Comité.

– Il a eu tort. Le complot existait bel et bien. Outre les nôtres qui devaient aller assurer la défense des côtes de Jersey, un bateau de pêche devait attendre à l'anse de Saint-Enogat, près de Dinard, pour conduire à Bouillon le bâtard qui se fait appeler Louis XVII.

– Le bâtard ? s'étonna David. Où prenez-vous cela ?

– Dans la réalité, mon cher. Personne, dans l'entourage de Capet, ne doutait que le « Dauphin » ne doive rien au gros Louis mais tout au beau Fersen. C'était au point que le comte de Provence avait saisi le Parlement pour demander que la nichée soit déclarée bâtarde.

– J'ignorais cela. Il est vrai que je ne fréquentais guère ces gens-là. Mais revenons à votre bateau de pêche : comment l'avez-vous découvert ?

– Dans ce genre d'affaires, il y a toujours quelqu'un qui a la langue trop longue, surtout après avoir bu. Après mon aventure, Lecarpentier a fait une enquête serrée. En outre, il a ses méthodes pour faire parler les récalcitrants. Le patron pêcheur, un certain Pleven, lui a dit tout ce qu'il voulait savoir. Il ne restait plus, après, qu'à l'envoyer à la guillotine.

Derrière sa colonne, Batz serra les poings et ferma les yeux, offrant une pensée désolée à ce brave homme, parfaitement honnête il en était sûr, mais trop simple pour résister aux coups tordus de ces forcenés. Il faudrait penser à s'occuper de sa veuve en admettant qu'on ne l'ait pas tuée, elle aussi... Cependant, il remercia mentalement le Seigneur qui lui avait permis d'être ce jour-là aux eaux et de surprendre cette conversation : il savait à présent que cette partie de la côte bretonne était impraticable pour gagner Jersey et que s'il voulait faire sortir de France son petit roi, il lui faudrait chercher ailleurs...

L'écho de son nom le ramena à la conversation des deux hommes, un instant abandonnée, mais il n'en fut pas surpris : on avait vraiment tiré de ce pauvre Pleven tout ce qu'il était possible !

– Vous connaissez cet homme ? demanda le peintre.

– Batz ? Oh ! oui, cracha Pontallec. Pas pour mon bien : ce bandit a tenté de me tuer l'an passé, au cours d'un de ces assassinats si bien réglés qui sont la honte de la noblesse et que l'on appelle les duels. Il rejoignait alors le duc de Brunswick et, lancé sur sa trace, j'ai voulu l'en empêcher. Cet homme est un démon de la pire espèce. Vous pouvez être sûr qu'il tentera encore d'arracher l'Autrichienne à son juste châtiment. Il était son amant, bien entendu !

– Lui aussi ? souffla David tout de même un peu surpris.

– Ame simple que vous êtes ! Elle en a eu plusieurs, croyez-moi ! Je la connais bien !

– On dirait que vous ne l'aimez guère ?

– Je la hais et je me demande ce que le Comité de salut public attend pour l'envoyer rejoindre Capet en enfer. Que Batz réussisse à l'enlever ?

– Non, soyez tranquille, on y veillera et je compte qu'on lui fera bientôt son procès. Tant que cette Messaline vivra, la République sera en danger. Voyez-vous, je la hais moi aussi et j'attends avec impatience le jour où je la verrai partir pour l'échafaud... mais pour le moment, citoyen, je ne vois aucune raison de garder cachées nos relations. Pourquoi ne m'accompagnerais-tu pas au Comité afin de porter toi-même le message de Lecarpentier ?

– Parce que celui-ci ne le souhaite pas. Il préfère que je reste à ma place de paisible armateur au service de la République. Il dit que moins on en saura sur moi, plus je pourrai lui être utile. C'est pourquoi il m'a adressé à toi qui es plus discret et moins sur le devant de la scène que d'autres membres du Comité. Tu sais te taire et tu connais les hommes. Alors songe seulement à mes conseils : envoyez Batz et l'ex-reine à l'échafaud ! Vous serez beaucoup plus tranquilles. Quittons-nous à présent ! Je rentre.

– Tu retournes en Bretagne ?

– Ce soir peut-être ou demain. J'y attendrai de tes nouvelles ! Souviens-toi qu'il y a un spectacle que je ne veux pas manquer...

– Tu ne le manqueras pas. Merci de ton civisme. Nous saurons t'en récompenser...

Les deux hommes se séparèrent enfin. Pontallec s'éloigna le premier. David resta encore un instant appuyé à la colonne, triturant entre ses doigts le brin de réséda qu'il venait d'ôter de sa boutonnière. Batz en profita pour prendre le large et se mettre à la recherche de Lalie qu'il avait tout à fait oubliée pendant quelques instants. Il l'aperçut enfin, mais elle ne semblait pas se tourmenter outre mesure pour lui. Assise sur un banc de pierre, elle regardait fixement quelque chose que Batz n'apercevait pas encore. Il vint se placer devant elle, lui bouchant la vue. Elle eut alors un geste d'impatience pour l'écarter :

– Assieds-toi, citoyen Agricol, je ne vois plus rien.

– Et que regardes-tu de si intéressant ? demanda-t-il en obéissant.

– Ça ! indiqua-t-elle d'un mouvement du menton.

« Ça », c'était, près de la source, Chabot tout occupé d'une jolie fille à laquelle il s'efforçait en riant de faire boire de l'eau qu'elle refusait obstinément, en riant elle aussi. Elle était blonde et charmante, une ouvrière sans doute mais vêtue avec une coquetterie innée qui est l'apanage des femmes travaillant dans la mode, la couture ou la lingerie. De toute évidence, elle éveillait chez le conventionnel des pulsions qui n'avaient rien de platonique car, le verre reposé, il l'attira à lui d'un geste brutal en glissant un bras sous sa taille tandis que sa main libre se posait sur le cou de la jeune femme pour s'aventurer vers les rondeurs qui gonflaient si joliment son corsage fleuri. Sous la poussée du désir, le visage de l'ancien capucin se crispait, tandis que son regard, devenu trouble, effrayait sa compagne. Elle le repoussa et se mit à courir vers la sortie. Naturellement, il la suivit...

– Ce porc ! gronda Lalie. Toujours le même satyre, en rut perpétuel ! Jusqu'à quand souillera-t-il la surface de la terre ?

Batz, qui suivait le couple d'un œil songeur, répondit :

– Pas trop longtemps, j'espère ! J'ai des projets pour lui.

– Vraiment ?

– Oui... ou plutôt j'ai un vaste projet pour lequel je pose des jalons depuis quelque temps déjà mais j'hésitais sur l'homme par qui je commencerais. Cette rencontre est providentielle : Chabot sera celui-là.

– Que vas-tu faire ?

– Je crois que pour commencer, je vais... l'inviter à dîner !

– Quoi ?

– Eh oui ! On ne prend pas les mouches avec du vinaigre et il est exactement l'espèce de ver que je veux introduire au cœur de la Convention... Fou de femmes, mécontent de son sort et rêvant de luxe et de richesse, il va devenir l'outil dont j'ai besoin. Reste à trouver le prétexte !

Tout en parlant, ils se dirigeaient vers la sortie quand Batz s'arrêta de nouveau :

– Pardonne-moi, citoyenne ! reprit le citoyen Agricol tenant compte de ceux qui allaient et venaient autour d'eux. V'là qu'j'allais oublier ton problème ! Le mieux c'est que j't'emmène chez une amie à moi. T'y seras bien et...

Lalie posa vivement sa main sur son bras :

– Non. Oublie tout ça !... Je reste où je suis...

– Mais...

– Pas de mais ! T'as très bien fait de m'amener ici ! L'eau m'a fait grand bien... et aussi le paysage ! Revoir cet homme, ajouta-t-elle plus bas, m'a rappelée à mon devoir. Je dois continuer, à quelque prix que ce soit. Si je meurs avant ce que j'espère...

– Sois tranquille ! Il ne m'échappera pas !

Peu désireux d'attendre le coche d'eau, ils avaient décidé de se mettre à la recherche d'une voiture en se dirigeant vers le Ranelagh quand un couple arrêté sous un buisson de chèvrefeuille attira leur attention. L'homme c'était Louis David, et il semblait très ému. Le chapeau à la main, il dévorait visiblement des yeux sa belle rencontre. Car elle était vraiment belle : grande et de taille élégante, sa minceur soulignée par une robe noire, simple mais ceinturée d'un ruban bleu ciel assorti à celui qui relevait ses cheveux bruns et lustrés, elle avait de grands yeux noirs, des traits fins, et elle tenait par la main une petite fille de six ou sept ans qui lui ressemblait. Une chose était certaine : si David était fasciné, la belle inconnue paraissait plus effrayée qu'enchantée de se trouver en face de lui.

– Eh bien, pour un manque de chance, c'en est un vrai, soupira Lalie. Elle n'a certainement jamais imaginé le rencontrer au milieu des buveurs d'eau dans un coin si tranquille !

– Vous la connaissez ? souffla Batz qui, éprouvant toujours quelque peine à tutoyer Mme de Sainte-Alferine, revenait dès qu'il le pouvait aux formes normales de la politesse.

– Oui. C'est Mme Chalgrin. Elle est la fille de Joseph Vernet, le célèbre peintre...

– Chalgrin ? L'architecte ?

– Oui. Il a au moins vingt ans de plus qu'elle et il a émigré voici quelque temps. Elle n'a pas voulu le suivre. D'abord parce qu'elle a été assez séduite par les idées nouvelles de liberté et de fraternité, ensuite pour ne pas quitter son frère Carle et la famille de celui-ci qu'elle aime beaucoup. Elle est donc restée au Louvre avec eux jusqu'à ce que l'assaut des Tuileries, le 10 août dernier, et la peur surtout les en chassent. Apparemment ils ne sont pas allés bien loin puisqu'elle est ici...

– D'où savez-vous tout cela ?

– Le tricot, mon ami, le tricot ! répondit-elle avec dans les yeux une étincelle de son ancienne gaieté. Vous savez que mes petits ouvrages m'ont valu quelque notoriété dans la profession ? C'est ainsi que j'ai eu la pratique de quelques dames du

Louvre et en tout premier lieu Mme Fanny Vernet, la femme de Carle. C'est auprès d'elle que j'ai connu sa belle-sœur, Émilie Chalgrin.

– Et David, dans tout cela ? Cette jeune femme n'a pas l'air ravi de la rencontre...

– On peut la comprendre. Il est amoureux d'elle, mais il n'est pas payé de retour et même elle en a peur. C'est un homme brutal, emporté, et d'un orgueil infernal : il n'accepte pas le refus !

– Mais il est marié, il me semble...

– Oui et il a deux enfants, mais j'ai entendu dire que sa femme l'avait quitté quand elle a vu les croquis terrifiants qu'il a rapportés, après les massacres de Septembre auxquels il assistait en spectateur passionné.

Cependant, Mme Chalgrin qui semblait au supplice cherchait visiblement une échappatoire. Son regard tomba sur Lalie et, avec un geste d'excuse envers son interlocuteur, elle vint rapidement vers elle, entraînant sa petite Françoise :

– Citoyenne Briquet ? Mais quelle chance ! Je pensais justement, ces jours-ci, à essayer de vous joindre. Ma petite Françoise aura besoin de lainages pour l'hiver prochain et vous faites de si jolies choses !.

– Je ne demande pas mieux...

– ... mais, coupa David qui avait suivi la jeune femme, le mieux serait que la citoyenne... Briquet ? C'est bien cela ?... que la citoyenne Briquet aille chez vous. Donnez-lui donc votre adresse !

Comprenant qu'en tentant de s'échapper elle venait de tomber dans un piège inattendu,

Mme Chalgrin pâlit. Le citoyen Agricol décida de voler à son secours et partit d'un gros rire :

– Ben, au jour d'aujourd'hui, c'est pas des choses à faire, ça ! P't'être bien qu'la citoyenne a point envie qu'tu saches où elle crèche ? Des fois qu't'aurais envie d'lui donner la sérénade et qu'ça plairait point à son époux ?...

Le peintre enveloppa l'impudent d'un regard méprisant :

– De quoi te mêles-tu, citoyen ? Tu me connais ?

– J'ai point c't'honneur mais tu s'rais un aristo qu'ça m'étonnerait pas ! C'est bien dans leurs manières, ça : d'courir après les femmes un peu bien tournées !

David empoigna l'insolent par sa carmagnole :

– Apprends à voir clair, bonhomme ! Je m'appelle Louis David, j'appartiens au Comité de salut public, et tu pourrais payer très cher tes manières ! Alors file maintenant, si tu ne veux pas voir de quel bois je me chauffe !

– Bon, ça va ! T'es c'que t'es mais dis-toi bien qu'le citoyen Agricol a peur d'personne parc'qu'il est un bon patriote... et l'ami d'Marat ! Celui-là non plus fait pas bon lui chercher des crosses !

Il lui tourna le dos mais, pendant l'échange verbal, Lalie avait fait signe à la jeune femme de s'éloigner, ce qu'elle s'était hâtée de faire et quand David la chercha, elle et l'enfant avaient disparu.

– Où est-elle ? gronda le peintre en se retournant sur Lalie qui le regardait benoîtement par-dessus ses lunettes.

– Tu le vois bien, citoyen ! Elle est partie...

– Par où ?

– Par là, répondit-elle en désignant bien entendu le chemin opposé.

– Et tu as son adresse ? Prends garde à ce que tu répondras.

– Pourquoi ça ? J'ai rien à craindre. Elle m'a rien donné du tout mais ça m'tourmente pas parce que moi, elle sait où me trouver.

– Et où peut-on te trouver, citoyenne ?

– Rue du Coq, numéro 5, ou au cabaret d'la Truie-qui-file... ou encore aux Jacobins ; j'manque rarement les séances et le citoyen Robespierre m'a à la bonne ! J'lui ai même tricoté un gilet !

Le tout d'un ton si paisible que David n'insista pas. Recoiffant son chapeau qu'il enfonça d'un coup de poing, il tourna les talons et se mit à courir dans la direction indiquée par Lalie.

– On vient de se faire un ennemi de plus, remarqua Batz en le suivant du regard.

– Au point où nous en sommes, cela n'a pas beaucoup d'importance. J'espère que Mme Chalgrin aura le bon esprit de faire ses malles et de mettre un peu plus de distance entre cet homme et elle...

La nuit venue, Batz accompagné de Pitou et de Devaux revint, sous son aspect habituel, à la maison de la rue du Cœur-Volant. Les trois hommes, masqués, étaient armés jusqu'aux dents, le baron n'ayant pas l'intention de donner la moindre chance à Pontallec. Plus question des courtoisies du duel : il voulait abattre définitivement cette bête puante. Tant pis pour Sourdat, s'il tentait de l'aider ! Ce ne serait jamais qu'un homme d'Antraigues en moins !

La fin de la journée avait tourné à l'orage et la soirée était chaude, sans un souffle d'air. Aussi, aux maisons d'alentour, les volets n'étaient mis qu'au rez-de-chaussée, les fenêtres largement ouvertes sur l'obscurité des chambres. Parfois, la lueur jaune d'une bougie évoquait un lecteur ou une femme à sa correspondance. Seule la bâtisse occupée par l'ancien lieutenant de police de Troyes était fermée comme un coffre-fort. Tous les contrevents étaient bien clos et aucune lumière ne filtrait de leurs découpes.

– Vous êtes sûr qu'il y a quelqu'un, baron ? chuchota Pitou. Ça a l'air vide.

– Ou alors, fit Devaux en s'appliquant une claque sur la joue, ces gens-là craignent les moustiques. Je ne peux pas leur donner tort ! Que faisons-nous ?

– On escalade le mur et on entre, décida Batz. A vous de nous montrer comment vous traitez les serrures rétives !

Couvert de végétation, le mur était facile à franchir. Les trois hommes se reçurent sans peine sur l'herbe d'un jardin. Batz s'avança vers le perron, mais Devaux le retint :

– Il y a sûrement une porte arrière pour les commodités du service. Elle doit être plus facile à ouvrir que celle de la façade.

Il avait raison. On trouva l'entrée que les doigts agiles du secrétaire n'eurent aucune peine à convaincre de s'ouvrir, sans le moindre bruit. La maison était petite et il n'y avait pas de communs. S'il y avait un domestique, il logeait à l'intérieur ou dans le village. Mais on eut beau parcourir les deux étages, en douceur d'abord puis sans plus de précautions, il fallut se rendre à l'évidence : il n'y avait personne.

Mieux encore, on aurait dit qu'elle n'avait pas été habitée depuis longtemps : fauteuils et lustres étaient habillés de housses et il y avait de la poussière.

– C'est insensé ! souffla Batz. Ce matin même j'ai vu un homme à cette fenêtre et cet homme c'était Sourdat. Je l'ai vu plusieurs fois au temps de la Constituante. Vous savez bien que je n'oublie jamais un visage.

– Et ensuite vous avez vu sortir Pontallec ? demanda Pitou.

– Je l'ai même suivi. Allons voir à la cave !

Mais la cave ne leur apprit rien de plus. Ils y trouvèrent deux tonneaux vides, un tas de bouteilles tout aussi vides, du matériel pour les emplir et tout de même quelques flacons pleins mais avec beaucoup de poussière...

– C'est à n'y rien comprendre, ragea Batz. Ils sont bien passés quelque part ?

– Pontallec a dû repartir ce soir comme vous l'avez entendu l'annoncer, dit Pitou. L'autre l'a peut-être accompagné ? Ou alors il est rentré à Troyes ?

– En tout cas, annonça Michel Devaux qui redescendait de l'étage où il s'était attardé, on a bel et bien couché ici. Sous les toiles et les courtepointes qui les recouvrent, il y a des draps à deux lits et ils sont froissés. Il faudrait savoir à qui appartient cette maison ?

– Difficile de poser la question à une municipalité toute fraîche qui doit s'occuper surtout de vendre les anciennes demeures aristocratiques comme biens nationaux ! Ce genre de curiosité vous désigne facilement comme suspect, dit Batz...

– Bah ! répliqua Pitou, un pauvre garde national à la recherche du petit bien ayant appartenu à un défunt oncle jardinier au Ranelagh ne devrait pas éveiller beaucoup de suspicion ?

– Peut-être. Essayez toujours !

Mais, le lendemain, 13 juillet, une jeune Normande poignardait dans sa baignoire Marat, l'« Ami du peuple ». Elle se nommait Charlotte Corday, venait de Caen où, depuis des semaines, elle entendait les Girondins réfugiés charger l'« Ami du peuple » de tous les maux dont ils souffraient. Jeune et belle, Charlotte savait qu'elle se sacrifiait mais elle espérait ainsi permettre le retour de ses amis au pouvoir...

Ce jour-là et les jours suivants, Paris hurla de rage et recommença à bouillir comme le chaudron de sorcière qu'il devenait beaucoup trop souvent. Neuf jeunes gens qui avaient agressé le député Léonard Bourdon, copie à peine édulcorée de Marat, furent envoyés à l'échafaud. On prit les armes un peu partout sans trop savoir contre qui et Pitou se retrouva consigné pour faire face à toute éventualité. Prudent, Batz rentra à Charonne...

CHAPITRE VII

... ET LE VIN DE CHARONNE !

Il y avait des moments où Laura se demandait si sa vie avait encore un sens. Depuis la nuit où elle avait attendu jusqu'à l'aurore le roulement de la voiture amenant celle qu'au fond de son cœur elle osait appeler « Marie-Thérèse » avec la note de tendresse qu'elle eût réservée à la sœur aînée de Céline, ces moments-là se multipliaient, la ramenant presque aux jours sinistres de la Force où elle espérait la mort comme une délivrance mais aussi comme l'unique moyen de rejoindre enfin sa petite fille *.

Bina avait veillé, elle aussi. Avec une gravité dont sa maîtresse l'aurait crue incapable, la jeune fille, avertie de ce qui se préparait, avait refusé de s'éloigner pour quelques jours comme Laura le lui proposait afin de ne pas se trouver compromise en cas de malheur.

– Et où est-ce que j'irais ?

– Tu pourrais retourner à Saint-Malo, puisque ta mère veille toujours sur la maison...

* Voir tome I.

– Pour y périr d'ennui ? C'est vous qui êtes ma famille à présent, et où vous irez j'irai.

– Nous allons risquer l'échafaud, Bina !

– Peut-être mais ça en vaut la peine ! Et elle avait ajouté avec un sourire ravi : Servir une petite princesse malheureuse, même pour un temps très court, quel rêve et quelle aventure !

Or le goût de l'aventure existait chez cette Malouine de vingt ans – l'âge de Laura elle-même – dans les veines de laquelle coulait le sang de générations de matelots embarqués sur les navires corsaires et de femmes solides habituées à regarder en face des réalités souvent déplaisantes. Ce qui ne veut pas dire qu'elles ne regimbaient pas contre leurs décrets.

C'était elle qui, au matin et à l'appel de la cloche d'entrée, avait trouvé, glissé sous le portail, un billet qu'elle s'était hâtée de porter à Laura. Il ne contenait que quatre mots : « L'affaire est manquée », sans signature. La déception avait été si cruelle qu'elles en avaient pleuré ensemble, mais Bina s'était reprise la première :

– Ce qui ne se fait pas un jour peut se faire le lendemain, dit-elle parodiant César Borgia sans le savoir.

Cette confiance optimiste en l'avenir était juste ce dont Laura avait besoin ce jour-là pour faire face, avec un front apparemment serein, au retour, dans la matinée d'un Jaouen à la fois penaud et hargneux. Ce fut Bina qu'il rencontra la première :

– Est-ce qu'on peut savoir où tu étais passé, citoyen Jaouen ? fit-elle dans le style d'une épouse qui surprend son « homme » rentrant sur ses chaussettes au petit matin. On t'a attendu toute la nuit.

– Elle... elle aussi ? interrogea-t-il avec un regard éloquent vers le plafond.

– Bien entendu, elle aussi ! Par les temps qui courent, quand les heures passent sans ramener quelqu'un de la maison, on se fait du souci.

Il raconta alors comment il avait rencontré à l'épicerie Cortey, où il allait faire des achats, un « ancien » de Valmy qu'un coup de baïonnette avait rendu boiteux. On avait causé, bien sûr, et, pour fêter l'événement et boire à la santé de la Nation, le boiteux avait proposé à son frère d'armes d'aller au Palais-Royal où les cafés ne manquaient pas. On s'était rendu au café Février, ce caveau illustré par la mort du conventionnel Le Pelletier de Saint-Fargeau, assassiné la veille de l'exécution de Louis XVI par l'ancien garde du corps Pâris. Selon lui, les bons patriotes, ceux qui savaient ce que c'est que verser son sang pour le pays, aimaient à s'y retrouver. Et, de fait, le boiteux y avait rejoint deux « amis » et l'on avait bu, chacun racontant son histoire, rappelant tel ou tel événement de leurs campagnes. Des verres on était passé au stade des bouteilles, jusqu'à ce que tout le monde soit ivre à ne plus voir clair... et Jaouen s'était réveillé au matin, affalé sur une table de marbre de l'autre côté de laquelle son nouvel ami – qui s'appelait Branchu ! – ronflait avec application. Le caveau était vide à l'exception du patron qui priait ces clients mémorables de bien vouloir vider les lieux pour procéder au ménage. Une énergique rencontre avec une cuvette d'eau avait chassé les vapeurs de la boisson de suffisante façon pour retrouver le sens des réalités. On s'était quittés, un peu gênés tout de même, mais en se promettant de se revoir, et Jaouen était retourné chez Cortey chercher ses provisions pour regagner la rue du Mont-Blanc.

– Tout ça n'est pas bien grave, conclut Bina, magnanime. Si tu as passé un bon moment, il ne faut pas le regretter ! Va faire un peu de toilette et puis tu iras présenter tes excuses à Mademoiselle Laura.

– Non. Je préfère y aller maintenant. Mais sois gentille et prépare-moi du café ! J'ai un affreux mal de tête.

Laura accepta les excuses avec une grâce puisée dans une conscience un peu douteuse : Jaouen devait toujours ignorer que, si le coup de la veille avait réussi, il se serait réveillé dans une maison que Cortey possédait à Bercy, où il entreposait certaines de ses marchandises et où Jaouen serait resté sous surveillance étroite le temps du séjour des deux princesses chez miss Adams où, une fois libéré, il n'aurait trouvé personne. Ceux qui le manipulaient auraient fait en sorte qu'il croie à un enlèvement...

Sachant que cet homme l'aimait et lui était dévoué, Laura ne pouvait s'empêcher d'éprouver de la honte à la pensée de ce qu'il aurait subi, mais elle savait aussi qu'attacher son sort à celui de Madame Royale eût exigé ce sacrifice, léger en comparaison du bonheur de veiller sur « elle » et de la suivre dans son exil. A présent, le rêve s'était évanoui, ce rêve assez séduisant pour la faire renoncer à tout, même à sa vengeance... même à son amour pour Jean de Batz sur lequel elle n'essayait plus de se leurrer, et elle avait l'impression d'être au centre d'un grand vide...

Elle n'avait reçu aucune nouvelle, vu venir personne, pas même son ami Pitou, pas même Julie – les Talma se faisaient tout petits depuis la fuite des Girondins, ne voyant guère que David qui étendait sur eux un bras sarcastique mais protecteur. Pas même Marie Grandmaison qui venait parfois la chercher pour courir les boutiques ! Elles parlaient de tout et de rien, allaient manger une glace ou boire un chocolat, puis Marie, toujours étroitement gardée par Biret-Tissot, repartait pour sa maison de Charonne qui faisait à Laura l'effet d'un paradis perdu. Y vivre était exaltant, passionnant, même quand plusieurs jours s'écoulaient sans que retentisse la voix chaude et joyeuse qui en était l'âme et dont l'écho faisait battre plus vite le cœur de Laura. Et elle s'en voulait, à présent, d'avoir choisi cette solitude, cette demeure où elle espérait secrètement que Jean viendrait parfois chercher refuge et qui ne l'avait vu qu'une seule fois.

Ce matin-là, elle descendit dans son petit jardin où Jaouen s'occupait à tailler les bordures de buis. Elle sentait qu'il l'évitait depuis son aventure et elle souhaitait alléger l'atmosphère. Elle resta un moment à le regarder, admirant l'adresse du manchot : le crochet de fer maintenait les branchettes que la faucille tranchait net. Comme il paraissait ne pas s'apercevoir de sa présence, elle soupira :

– Si nous repartions pour la Bretagne, Jaouen ? J'ai envie de rentrer chez moi.

– Vous n'y êtes plus chez vous, remarqua-t-il en évitant de la regarder, sachant bien qu'elle portait, ce matin, la robe de jaconas blanc qu'il aimait parce qu'elle l'habillait de clarté et dégageait avec tant de grâce la naissance des épaules et le long cou flexible sur lequel glissait une boucle de cheveux cendrés.

– A Komer, je suis toujours chez moi.

– Peut-être... mais qu'y feriez-vous ? Prier, pleurer dans la chapelle, regarder les nuages courir au-dessus de la forêt ?

Elle recueillit un brin de buis qui allait tomber et s'en caressa la joue :

– Ce ne serait peut-être pas si mal ! J'ai souvent eu l'impression que c'était ma vraie place. Mais je songeais plutôt à Saint-Malo. C'est là qu'il faut aller si je veux atteindre Pontallec. Il se croit l'unique héritier de ma mère et tôt ou tard il y reviendra. Il n'est pas homme à laisser une fortune lui échapper.

– Ça, je le sais depuis plus longtemps que vous, mais ce n'est plus rien qu'un émigré. La municipalité a dû mettre le grappin sur la maison d'armement... et le reste. Que pourrait-il venir chercher sinon des ennuis ? Tout comme vous, d'ailleurs, si vous vous y montrez...

Soudain, il abandonna son travail et se tourna vers elle :

– Que se passe-t-il? Vous en avez déjà assez de la vie parisienne et de vos amis?

Dieu qu'elle était jolie ce matin! Le soleil caressait ses cheveux au reflet argenté où Jaouen rêvait d'enfouir un jour son visage. Des rubans de satin bleu retenaient négligemment une masse soyeuse qui à chaque instant semblait prête à s'écrouler.

Laura détourna les yeux de ce regard qui la dévorait :

– Il se peut que je m'ennuie parce que je me sens inutile...

– Croyez-vous que je ne sache pas à qui vous voudriez tant être utile? A ce Jean de Batz qui est venu l'autre nuit mais que l'on n'a pas revu? Qu'est-il au juste pour vous?

Il allait trop loin. Laura, blessée peut-être parce que Jaouen avait frappé trop juste, redevint instantanément la grande dame qu'elle ne voulait plus être :

– Vous vous oubliez, Jaouen! Je ne vous ai jamais donné le droit de juger mes amis et encore moins mes sentiments pour eux. C'est à vous que la vie de Paris ne vaut rien, vous devriez rentrer chez vous!

La colère est contagieuse. Laura vit monter celle de Joël et crut même un instant qu'il allait la frapper, mais sous le regard impérieux de la jeune femme il se calma :

– Non. Je resterai. Vous avez besoin de moi.

– Je n'en suis plus certaine. Parlons franc, Jaouen, vous m'aviez jadis avoué nourrir des idées que je ne partage pas. Pour ces idées vous avez versé votre sang, ce qui me les rend infiniment respectables, mais ne touchez pas aux miennes !

– Comment pouvez-vous y demeurer attachée ? Le Roi est mort !

– Le Roi ne meurt jamais : c'est la loi des dynasties. Louis XVI est mort mais Louis XVII vit. C'est un enfant et il a besoin que sa mère vive.

– Vous la haïssiez pourtant !

– Ne m'avez-vous pas expliqué vous-même que j'avais tort ? Finissons-en, Jaouen, et prenons un parti ! Si vous vous sentez incapable de me servir sans intervenir dans mes actions, sans faire tous vos efforts pour éloigner mes amis, sans tenter de leur nuire – me mettant ainsi en danger –, je préfère que vous repartiez pour la Bretagne. Je n'ai pas besoin de quelqu'un en qui je ne peux avoir confiance...

Il devint tout à coup semblable à un enfant malheureux :

– Vous n'avez plus confiance en moi ?

– Je n'ai pas dit cela et il dépend de vous qu'elle ne me quitte plus. Je veux votre parole !

– Que je ne tenterai rien contre vos amis quels qu'ils soient ? Vous l'avez mais...

– Pas de mais, Jaouen !

– Si. Un seul ! S'ils faisaient quoi que ce soit dont vous pourriez avoir à souffrir, ils me trouveraient devant eux. C'est à vous seule que je me suis voué ! A personne d'autre ! Il ne faut pas demander à un chien de garde de faire de la politique. Il n'est ni royaliste ni républicain et ne connaît que son maître. Si celui-ci est attaqué, il mord. Je suis exactement comme lui... Vous comprenez ?

Des paupières elle fit signe que oui, puis sourit et posa sa main sur le bras valide :

– Merci, Jaouen ! De cela je n'ai jamais douté... mais faites un peu meilleure mine à votre ancien ami Pitou ! Vous le traitez fort mal et il ne le mérite pas.

– Ça, c'est autre chose. Quand je l'ai connu, il était ardent à la défense des Droits de l'homme et de la liberté...

– Il l'est toujours. Ce sont les hommes qui ont changé depuis ce temps et Pitou n'admettra jamais que l'on tue sans discernement, que l'on tue dans les prisons, qu'un tribunal fanatique et borné envoie n'importe qui à l'échafaud, que l'on pille et que l'on vole. Et puis il est arrivé à Pitou quelque chose qu'il n'attendait pas : il a eu un entretien avec la Reine *...

– Et alors ?

– C'est une étrange expérience, soupira Laura. Il y a en elle quelque chose qui attire et retient. Qu'il parle quelques minutes avec elle et le paysan le plus fruste sent pousser à ses talons les éperons d'or du chevalier. Ce qu'on lui fait subir est indigne, immonde : lui arracher son fils pour le jeter à une brute ignare ! Qui sait même si on lui laissera sa fille... cette petite Marie-Thérèse si mignonne, si... Oh, Jaouen, on ne peut voir cette petite fille sans l'aimer...

– Et vous l'aimez ?

– Oui... En la regardant, il m'a semblé voir Céline au même âge. Ce sont de ces choses qui

* Voir tome I.

arrivent dans la vie et je ne cesse de trembler pour elle... et pour son petit frère.

– Vous auriez dû me le dire plus tôt ! murmura Jaouen en reprenant sa faucille. Cela nous aurait évité, à vous comme à moi, bien des tracas...

Laura n'eut pas le temps de demander à son jardinier amateur ce qu'il entendait par là : Bina accourait, annonçant que « le citoyen Devaux » attendait au salon et, oubliant Jaouen, Laura s'y précipita. Cette visite signifiait des nouvelles de Batz et elle avait tellement hâte d'en avoir !

Au temps où elle habitait la maison de Charonne, Laura avait lié amitié avec ce jeune secrétaire jadis enlevé à la Trésorerie royale devenue nationale. C'était un garçon de vingt-huit ans, aimable, courtois, cultivé, entraîné comme le baron à tous les exercices du corps mais d'un naturel paisible, peu bavard, volontiers philosophe et doué d'un certain sens de l'humour. Elle l'accueillit donc avec un vrai plaisir et le léger reproche qui en découlait :

– Comment se fait-il que vous ne veniez jamais me voir ?

– Vous voyez bien qu'il n'en est rien, puisque me voilà, sourit-il en baisant la main qu'elle lui offrait.

– Mais venez-vous de vous-même ou en service commandé ?

– Les deux. Comme l'on citait votre nom à propos du dîner qui aura lieu dimanche à midi, j'ai proposé de vous porter l'invitation.

– Un dîner ? Le baron donne une fête ? Est-ce bien le moment ?

– D'abord, ce n'est pas lui qui invite, c'est Mlle Grandmaison. Ensuite, il s'agit de réunir quelques amis à d'autres qui le sont moins mais qu'il faut séduire en gardant le ton d'une partie de campagne. Alors, si vous en êtes d'accord, je viendrai vous chercher à dix heures. Inutile de vous recommander de vous faire belle : on ne saurait rien ajouter à votre éclat d'aujourd'hui. A présent, permettez-moi de me retirer.

– Quoi, déjà? Vous arrivez tout juste?

– Croyez que j'en suis désolé mais Paris est à nouveau en ébullition : on procède aux funérailles de Marat – vous avez dû entendre les canons – et le cortège qui s'est formé n'a rien de rassurant. Il est même franchement houleux : Robespierre a refusé que l'on porte l'Ami du peuple au Panthéon. Alors on a décidé de l'enterrer aux Tuileries, en facc dc la Convention, après avoir accroché son cœur dans un reliquaire à la voûte du club des Cordeliers. Il est plus prudent de rentrer de bonne heure...

– Le cœur de ce monstre dans une église? Et le Roi dans une fosse commune!

– Bah, le petit cimetière de la Madeleine est certainement plus saint qu'un sanctuaire que le Seigneur a dû déserter depuis longtemps, chassé par les braillards avinés qui s'y sont installés... Je reviens vous chercher dimanche?

– Avec joie!

– Ah, j'allais oublier! Prenez un petit bagage, Marie voudrait vous garder quelques jours avec elle...

– Pour l'aider à supporter son Anglaise?

– Non. Lady Atkyns nous a quittés il y a trois jours. Le bruit a couru que l'on allait transférer la

Reine à la Conciergerie, alors elle s'est trouvé un logis rue de Lille et le baron l'y a aidée. Avec elle, la petite réception de dimanche n'était pas possible ! Je vous baise les mains...

Et il s'en fut, laissant Laura enchantée. Cependant, elle n'était pas assez naïve pour imaginer que Batz cherchait à s'étourdir dans une fête pour oublier le cuisant échec du dernier mois : ce repas devait avoir une signification profonde, une intention secrète et par là dangereuse, mais l'idée de respirer à nouveau pendant quelques jours le même air que Jean et de le regarder vivre la transportait de joie : c'était un vrai cadeau du Ciel ! Elle s'y prépara avec un soin extrême. Le plus difficile fut de faire admettre à Bina et surtout à Jaouen qu'elle n'avait pas besoin de leurs services pour ces quelques jours « à la campagne ». La jeune femme de chambre, plus conformiste qu'il n'y paraissait, n'acceptait pas qu'une « dame » pût se déplacer sans sa camériste. Quant à Joël Jaouen, il se montra hostile au point qu'elle dut lui rappeler qu'elle entendait mener sa vie comme bon lui semblait et voir qui lui plaisait.

Le dimanche venu, elle prit place dans le fiacre amené par Devaux avec l'agréable impression de partir en vacances. En outre, elle se savait belle dans sa robe de mousseline blanche dont le seul ornement était un piquet de roses pâles au creux du décolleté profond et quelque peu hypocrite laissé par les plis transparents du grand fichu noué dans le dos. Une capeline de paille toute ronde auréolait son visage et faisait ressortir l'éclat de ses yeux noirs. L'ensemble, tout simple, n'en était pas moins d'une parfaite élégance et Devaux lui en fit compliment.

– Le baron sera content, ajouta-t-il, mais je me demande si vous n'êtes pas un peu trop séduisante ? J'ai bien peur que vous ne soyez la plus jolie parmi celles qui vont prendre place autour de la table tout à l'heure. Et ce n'est pas vous qui devez séduire Chabot !

– Chabot ? Ai-je bien entendu ?

– Aucun doute là-dessus : c'est bien celui-là.

– Le moine défroqué, le monstre qui a plus de sang sur les mains que tout le reste de la Convention, celui qui a violé...

Par Batz et surtout par Marie, elle connaissait l'horrible histoire des dames de Sainte-Alferine qui l'avait bouleversée. A l'idée de rencontrer ce misérable, elle parut si troublée que Devaux osa lui prendre la main :

– C'est encore oui, chère amie et c'est la raison pour laquelle il fallait que je vienne vous chercher afin d'avoir le temps de vous préparer. Alors écoutez-moi bien, et surtout persuadez-vous que c'est M. de Batz qui parle par ma bouche ! Chabot va être aujourd'hui l'invité privilégié de Marie Grandmaison. C'est Marie qui reçoit quelques amis, conventionnels ou banquiers, auxquels elle a demandé d'amener ce Chabot qui défraie si souvent la chronique : curiosité féminine bien excusable et Batz, étant son amant, sera là parce que c'est normal. N'oubliez pas que, sauf pour les amis proches, la maison de Charonne appartient à Marie...

– Je vous entends, mais pourquoi ce dîner? Pourquoi Chabot?

– Parce que le baron espère le corrompre sans beaucoup de peine et, l'ayant corrompu, s'en servir afin de pourrir suffisamment la Convention, la Commune et le reste pour les détruire. Alors il organise une petite fête dont, avec un autre invité, un véritable Américain celui-là, vous serez l'élément... exotique. Chabot adore les Américains en qui il voit les pères de notre révolution. En outre, le colonel Swan entretient d'excellentes relations avec la Convention grâce à la maison d'import-export qu'il a montée rue de la Réunion. Elle lui permet de déverser sur la république des flots de viandes et poissons salés, céréales et légumes secs, sans compter des fournitures pour la Marine, l'huile de baleine, les peaux, le salpêtre, l'indigo et le tabac. En outre, il a monté à Passy une distillerie de rhum afin de concurrencer les Anglais et, l'année dernière, il a installé une tannerie. C'est, pour la Convention, une vraie corne d'abondance que cet homme...

– Mais enfin, il ne doit pas faire cela pour l'amour de l'art, et je n'ai jamais entendu dire que la république fût riche.

– Elle n'est pas si pauvre! En outre, Swan lui fait crédit en se contentant de se faire remettre une partie des dépouilles des demeures royales et seigneuriales : meubles, miroirs, soieries, dentelles, tableaux. On lui ouvre volontiers le Mobilier national... Il est très possible qu'il possède quelques-uns de vos meubles de la rue de Bellechasse, conclut Devaux avec un mince sourire.

– C'est affreux ! s'exclama Laura, scandalisée.

– Non, c'est un homme d'affaires avisé. Le baron l'aime bien, d'autant plus qu'il a ses coudées franches partout en France, dans les ports surtout et auprès des capitaines de navires. Il sert même d'intermédiaire pour soudoyer des maîtres de bateaux jusqu'en Angleterre et sous le nez de Pitt. Un détail : c'est lui qui a emporté à Hambourg le rubis Côte de Bretagne dont vous vous souvenez sûrement, l'a vendu puis s'est arrangé pour le récupérer et le rapporter à la Convention. Il sera là pour donner confiance à Chabot et aussi pour devenir votre ami. Le baron pense qu'il pourrait vous être utile.

– Me faire un ami de ce trafiquant ?

– Pourquoi pas ? D'abord, il n'est pas plus américain que vous. C'est un Écossais dont les parents ont émigré à Boston quand il avait onze ans... et c'est aussi un authentique héros ! Surtout pour vous qui êtes née à Boston et dont le père était négociant en thé, fit Devaux qui ajouta avec un sourire : Jamais entendu parler de la Tea Party qui a marqué le début de la guerre d'Indépendance ?

Laura fronça les sourcils dans l'effort qu'elle faisait en fouillant sa mémoire :

– Il me semble que Batz me l'a racontée quand il m'aidait à entrer dans mon nouveau personnage. N'était-ce pas l'assaut mené par une bande de faux Indiens contre un navire chargé de thé après que les négociants de Boston eurent refusé de payer l'impôt énorme que les Anglais prélevaient sur cette marchandise ?

– Vous y êtes ! Eh bien, James Swan était l'un de ces Indiens. Ensuite il n'a cessé de combattre et a terminé la guerre avec le grade de colonel. Puis, ruiné par des spéculations malheureuses, il est venu en France voir si l'herbe y était plus verte, s'est installé d'abord au Havre, à Rouen, et enfin à Paris en 1788. Voilà ce que vous devez savoir sur lui.

– Merci, mais vous croyez réellement que je vais pouvoir faire illusion aux yeux de cet homme ?

– Bien sûr, dit Devaux en riant franchement. Il en sait sur vous beaucoup plus que vous-même : il a connu votre père !

– Cependant...

– Allons, soyez en paix ! Vous savez bien que Batz ne laisse jamais grand-chose au hasard ! J'ajoute que votre « compatriote » a très envie de vous connaître.

– Alors tant mieux ! Mais je me suis pas du tout certaine de partager cette envie-là...

Jamais encore Laura n'avait vu à la maison de Charonne cet air de fête. Toutes les fenêtres aux vitres brillantes étaient ouvertes sur le jardin débordant de fleurs. Les tilleuls et les chèvrefeuilles embaumaient, leurs senteurs mêlées à de séduisantes odeurs issues de la cuisine. La longue table était disposée dans le pavillon en rotonde dont les portes-fenêtres laissaient voir les cristaux et l'argenterie disposés sur une nappe damassée d'une blancheur neigeuse. Des fleurs encore dans le surtout, des fleurs aussi dans le salon ovale que

Laura connaissait si bien et où il lui sembla qu'il y avait foule.

Marie vint accueillir son amie au seuil et l'embrassa avant de glisser son bras sous le sien pour faire les présentations. Souriante et gracieuse à son habitude, élégante aussi dans une robe de mousseline blanche presque semblable à celle de Laura, elle n'en parut pas moins différente de ce qu'elle était d'habitude : plus nerveuse, plus tendue, plus pâle aussi sous le léger maquillage qu'elle s'était autorisée mais qui ne trompait pas Laura. Celle-ci, cependant, n'eut pas le temps de se poser de question ni même d'en poser : un grand diable dont les cheveux roux coupés court semblaient faire preuve d'une joyeuse indépendance interposa soudain sa longue silhouette osseuse entre les deux femmes et le reste de la société :

– Miss Adams ! clama-t-il aussi bruyamment que s'il s'agissait de mener une charge de cavalerie. Enfin vous voilà ! Quelle joie de vous revoir... après si longtemps ! Vous ne m'avez pas oublié, j'espère ?

L'accent qui assaisonnait ces paroles interdisait toute erreur. Laura sourit, tendit une main sur laquelle il se cassa en deux :

– Bonjour, colonel Swan, dit-elle. Moi aussi, je suis heureuse de vous revoir. N'êtes-vous pas inoubliable ?

– Marie a pensé qu'il était grand temps de vous réunir, fit la voix nonchalante de Batz venu à son tour s'incliner sur la main de la jeune femme. Et puisqu'elle reçoit aujourd'hui ses amis...

Si préparée qu'elle fût à le revoir, le cœur de Laura manqua un battement tandis que les lèvres chaudes effleuraient ses doigts. Et quand Jean se redressa, quand le regard de ses yeux noisette rencontra le sien, elle n'y trouva pas trace de l'ironie qui en était l'expression habituelle mais une expression qu'elle ne lui connaissait pas, à la fois avide et admirative. Mais ce ne fut qu'un instant. Déjà il s'écartait, laissant Marie poursuivre la présentation des « amis »... dont, à l'exception du banquier Benoist d'Angers, elle n'en connaissait aucun. Les avertissements de Michel Devaux n'étaient pas inutiles : ce dîner n'était rien d'autre que le lever de rideau d'une pièce écrite par Batz, et ces gens, comme elle-même, en étaient les acteurs, conscients ou non. Cela expliquait sans doute le visage pâle de Marie et l'inquiétude qu'elle avait lue dans ses yeux.

Outre Benoist, il y avait là trois autres banquiers : un certain Jauge et les frères Frey, deux Autrichiens attirés à Paris par leur « enthousiasme pour les idées nouvelles ». Pour échapper au « joug d'un tyran » impérial, ils avaient quitté Vienne, avec leurs millions et leur jeune sœur Léopoldine, pour Paris où ils s'étaient plongés dans les délices du club des Jacobins dont ils se proclamaient les soutiens indéfectibles. En arrivant en France, ils avaient, dès leur passage à Strasbourg, renié leur vieux nom juif de Drobuska pour celui de Frey qui, en anglais, signifie liberté. L'aîné avait même pris le prénom romain de Junius tandis que son frère restait Emmanuel comme devant. Leur extérieur était austère et, s'ils portaient le costume révolutionnaire, ce costume était noir, tout juste égayé par le bonnet rouge couvrant des cheveux à la « coupe philosophique ». Aux Jacobins, on montrait beaucoup de respect à ces grands caractères de nobles étrangers décidés à tout pour vivre leur idéal. En revanche, leur sœur, une jeune fille de seize ans, blonde comme les blés avec les plus jolis yeux bleus qui soient, était une vraie beauté. Quant à Jauge, c'était un de ces courtiers, mi-banquiers, mi-coulissiers, habiles à lancer des affaires et à « chasser le pigeon ». Laura fut surprise de reconnaître en lui un de ses voisins de la rue du Mont-Blanc. Il la salua d'un air ravi, se déclarant enchanté d'avoir enfin une occasion de l'aborder...

Il y avait aussi des députés : Delaunay, d'Angers comme Benoist dont il était l'ami, ainsi que l'ancien pasteur Julien de Toulouse, présent à Charonne lui aussi. Tous deux avaient amené leurs amies, deux très jolies femmes, l'une d'elles était cette dame de Beaufort dont Batz avait fait une cliente de Lullier et pour laquelle le pauvre La Châtre se desséchait en Angleterre. La belle l'oubliait joyeusement dans les bras de l'ancien pasteur avec qui elle vivait une passion fort peu en rapport avec les anciennes fonctions du député. Delaunay, lui, était accompagné d'une charmante actrice, Louise Descoings, avec qui il semblait s'entendre à merveille. Ces deux hommes n'en étaient pas moins mariés à des femmes respectables restées dans leurs fiefs électoraux... Laura devait apprendre par la suite que tous ces gens étaient à la dévotion de Batz.

Il n'en était pas de même des trois autres convives : le vieux poète La Harpe, pédagogue en renom et auteur de tragédies parfois indigestes, invité pour donner une sorte de respectabilité à une réunion de tournure un peu galante, et surtout Chabot, invité d'honneur avec son confrère Basire, un Dijonnais avec lequel il ne s'entendait que superficiellement, le jugeant un peu mou dans ses convictions révolutionnaires.

Pour une fois, Chabot avait fait toilette. Renonçant à son débraillé habituel, le capucin défroqué portait chemise à haut col et cravate blanche sous une sorte de redingote marron. Il s'était même fait coiffer et, sous le bonnet rouge auquel rien ne l'aurait fait renoncer, ses cheveux châtains légèrement grisonnants montraient quelques ondulations du plus gracieux effet.

Lorsqu'elle se trouva en face de lui et qu'elle rencontra son regard impudent et froidement appréciateur, Laura retint un frisson de dégoût cependant qu'une idée affreuse lui traversait l'esprit : Batz ne l'avait tout de même pas fait venir pour séduire ce monstre ? Mais elle se rassura vite : c'était à la blonde Léopoldine Frey que Chabot s'intéressait. Après l'avoir félicitée d'appartenir à la nation qui avait « vu naître la Liberté espoir du monde entier », il se hâta de se rapprocher de la jeune fille.

– Cet homme aime les tendrons, chuchota Batz à son oreille. Vos vingt ans doivent lui faire l'effet d'un grand âge !

Elle ne put s'empêcher de rire :

– Vous n'imaginez pas à quel point j'en suis ravie. Un instant j'ai eu peur...

– De quoi ? On n'offre pas de perles aux pourceaux.

– Mais... cette jeune fille ?

– Est peut-être moins « jeune fille » que vous l'imaginez... Occupez-vous de Swan ! Il faut que vous soyez amis...

On passa à table. Chabot, placé à droite de Marie, eut un regard ébloui pour les couverts et le surtout de vermeil, les cristaux étincelants, le linge si blanc, les fleurs. Tout dans cette maison l'enchantait parce que c'était tout ce dont il avait toujours rêvé sans jamais parvenir à l'atteindre. Pourtant, il se sentait fait pour une existence à la fois brillante et confortable. Il ne regrettait qu'une chose : on n'avait pas placé Léopoldine auprès de lui mais de l'autre côté de la table, ce qui lui permettait de l'admirer, sans doute, mais pas de la respirer ou de frôler sa main et ses jupes soyeuses.

En maîtresse de maison accomplie, Marie s'occupait beaucoup de lui, posant avec grâce des questions qui lui permettaient de se mettre en valeur, l'interrogeant sur sa famille et ses talents. Il se mit alors à parler d'abondance de « sa vertueuse mère qui faisait remoudre le son pour en faire du pain pour elle afin de ne pas diminuer ses aumônes et de faire manger du pain blanc à ses enfants ». Des enfants particulièrement brillants dont il était l'étoile ! Est-ce qu'à l'âge de « quatorze ans » il n'était pas chargé de trois cours de mathématiques à la fois dans son pensionnat de Rodez ? Un vrai miracle ! Mais dont il entendait faire profiter le plus grand nombre :

– Sorti du noviciat où il avait bien fallu que j'entre pour le bonheur de ma sainte mère, j'ai bravé les fureurs du fanatisme des prêtres et des moines pour faire jouir les enfants des protestants des leçons que je donnais à ceux des catholiques. Vous imaginez ce que j'ai pu souffrir alors ? Au point d'avoir été contraint à fuir le couvent...

Ce dernier trait déchaîna l'enthousiasme et amena une larme dans les beaux yeux de Léopoldine. On applaudit, on félicita le héros, et Junius Frey lui déclara du ton pompeux qu'il affectionnait :

– Tu es un homme d'un rare mérite, citoyen Chabot ! N'importe quel personnage, fût-il le plus haut placé, ne peut que se sentir honoré et heureux de t'approcher. J'aimerais que nous soyons amis.

– C'est moi qui serais alors honoré, citoyen Frey, répondit Chabot, l'œil sur une Léopoldine toute rougissante dont les yeux baissés permettaient d'admirer des cils d'une ravissante longueur.

L'assemblée naturellement fit chorus et, aidée par le défilé de plats raffinés arrosés de vins comme Chabot n'en avait jamais bus, l'atmosphère se détendit tout à fait, enveloppant l'invité d'honneur de ces délices quelque peu amollissantes qui marquent les bons repas un peu longs.

On passa au salon pour prendre le café et les liqueurs. Il y faisait plus frais grâce aux stores de toile qui défendaient les fenêtres contre les rayons excessifs du soleil et l'on se répandit avec satisfaction sur les fauteuils, canapés ou sofas aux coussins rebondis et soyeux. Chabot en profita pour se rapprocher de celle qui l'intéressait si fort. Le moment de l'attaque était venu :

– Voilà comme je comprends la vie! soupira Benoist. Une agréable demeure, de bons amis, de jolies femmes, un repas sublime! Que faut-il de plus au bonheur d'un homme?

– Un gouvernement qui ne fasse pas en sorte que toutes ces délices si naturelles deviennent bientôt inabordables, répondit Julien de Toulouse, dont les richesses n'étaient guère en rapport avec ses goûts ni surtout ceux de Mlle de Beaufort dont il tenait la main dans la sienne.

– Tu fais allusion, dit Delaunay, à la motion déposée il y a quatre jours à la Convention par Fabre d'Eglantine qui demande l'apposition des scellés sur les caisses et les bureaux de toutes les compagnies financières d'assurances et de banque? Alors là je suis d'accord. On dirait que Robespierre, dont Fabre est le porte-parole, veut appauvrir la France par tous les moyens. Non seulement on n'essaie pas de faire rentrer la quantité d'argent que les aristocrates, effrayés par les débuts de la Révolution, ont fait passer en Angleterre ou ailleurs, mais encore on veut saisir l'argent des banques françaises...

La voix un peu traînante du colonel Swan se fit entendre :

– Vous oubliez la guerre! Comment voulez-vous faire rentrer l'argent qui est en Angleterre? Pitt s'y opposera de toutes ses forces.

– Pitt, toujours Pitt! reprit Delaunay. Laissons cet épouvantail de carton et occupons-nous des affaires de notre beau pays. Je n'étais pas à l'Assemblée le 16 au moment de la motion. Comment Fabre a-t-il proposé ce projet de scellés sur les banques ?

– Ma foi, murmura Chabot qui écoutait de toutes ses oreilles, je n'en sais rien.

– Dommage, reprit Benoist d'Angers, c'est important. Ne serait-ce pas afin d'en tirer une grosse somme d'argent ?

– D'argent ? Un homme de Robespierre ? s'indigna l'ex-capucin. Tu rêves, citoyen ! Robespierre est incorruptible, tout le monde le sait !

– Mais pas Fabre. Notre ami Basire, ici présent, le sait bien qui l'a connu au temps où il vivait d'expédients, jouant dans des théâtres minables ou s'essayant à faire des miniatures sans en avoir le talent.

– C'est un poète ! N'est-il pas lauréat des Jeux floraux de Toulouse qui lui ont valu l'Eglantine d'or qu'il a pu ajouter à son nom ?

– Je suis de Toulouse, moi, coupa Julien, et je peux t'assurer qu'il n'a jamais gagné les Jeux floraux même s'il veut le faire croire. En revanche, je lui accorde quelques talents en poésie : sa chanson « Il pleut bergère... » est une réussite. Mais il y a beau temps qu'elle ne lui rapporte plus rien et il est toujours à court d'argent. Cependant, et pour en revenir à sa motion, je ne vois pas comment il pourrait en tirer quelque chose...

– C'est simple ! ricana Benoist. Demain les scellés vont être mis, nous liant pieds et poings, mais dans deux ou trois jours, Fabre viendra nous voir, les uns et les autres, et nous proposera, moyennant une belle somme, de faire lever les scellés. Ce que nous accepterons. Quand il aura fini sa tournée, il aura gagné une fortune!

– Nous nous y attendons! intervint Junius Frey, et nous sommes déjà prêts à payer pour pouvoir reprendre nos affaires, mais je répugne à graisser la patte de cet histrion. Celui, assez puissant pour être entendu, qui le gagnerait de vitesse me rendrait très heureux... tout en faisant ses propres affaires.

– Ce serait bien fait pour Fabre! soupira La Harpe qui, poète lui aussi, détestait son confrère, mais ce serait malhonnête.

– Même pas! dit Delaunay en haussant les épaules. Ce serait de la politique comme la comprennent les Anglais dont nous parlions il y a un instant. Leurs députés au Parlement ont parfaitement le droit de faire fortune en utilisant ce qu'ils savent. Chez nous, on se repaît de grands mots, de belles phrases mais derrière tout cela il y en a qui font leur pelote pendant que des hommes de valeur exceptionnelle... comme notre ami Chabot ici présent – que sa modestie me pardonne! – sont pratiquement dans la misère sans pouvoir tenir leur rang de représentant du peuple! En ce qui me concerne, je serais enchanté que quelqu'un joue à ce Fabre le bon tour de lui couper l'herbe sous le pied. Qu'en penses-tu, Batz? Toi, l'homme de finances par excellence, tu ne dis rien.

– Parce que je n'ai rien à dire. Vous écouter me suffit : vous n'exprimez que la vérité et je suis d'accord avec vous... Mais ne devrions-nous pas choisir un autre sujet de conversation ? Nous ennuyons nos belles compagnes...

Anne-Marie de Beaufort se mit à rire et cessa un instant d'agiter son éventail d'ivoire gravé d'or dont le panneau de soie représentait une scène champêtre.

– En aucune façon, mon cher ami, et je crois parler au nom de toutes. Nous serions de bien pauvres esprits si les affaires de notre pays... et celles des hommes que nous aimons ne nous intéressaient pas. Même, j'en suis certaine, la plus jeune d'entre nous. N'est-ce pas, Léopoldine ?

– Tu as tout à fait raison, citoyenne ! Fille et sœur de banquiers, j'ai toujours vécu dans les affaires et j'avoue que je m'y intéresse.

– Pourtant, à ton âge, tu ne devrais songer qu'à l'amour ?

– Certes j'y songe... j'espère de tout mon cœur trouver en celui que... j'aimerai un être sensible et bon, soucieux de mon bonheur autant que du sien. Un homme qui ait la grandeur d'âme de mes frères et aussi leur talent pour donner à la vie les couleurs auxquelles je suis habituée...

– Tu n'as donc pas le goût des bergeries si fort à la mode il y a peu ? Une chaumière et un cœur ne sauraient te suffire ?

– Pourquoi une chaumière quand on peut avoir un manoir ou un hôtel particulier comme le nôtre ? Ce serait stupide, ajouta la belle enfant en coulant un regard timide vers Chabot assis près d'elle.

– Et surtout, fit celui-ci avec une ardeur qu'il avait peine à contenir, ce serait tellement indigne de toi ! Tu mérites les plus beaux palais, citoyenne !

– Je n'en demande pas tant... Avant tout, je veux être aimée.

Une seconde de plus et Chabot allait se lancer dans une vraie déclaration. Sur un signe de Batz, Marie rompit les chiens en proposant une promenade dans le jardin. La chaleur du jour commençait à baisser et les grands tilleuls donnaient une ombre tellement agréable. Elle ouvrit la marche en compagnie de La Harpe, qui avait tendance à bouder un peu dans son dépit d'avoir vu Chabot accaparer l'attention de la compagnie.

– Venez me dire vos derniers vers, lui dit-elle en passant sa main sous son bras. Toutes ces histoires d'argent m'ennuient et j'ai besoin d'entendre de jolies choses...

Le vieil homme s'épanouit comme une fleur à l'aurore. Bien qu'il eût apprécié la chère et les vins, il avait trouvé cette réunion fort ennuyeuse. Parler politique quand il y avait d'aussi jolies femmes et que l'heure était si propice au contentement de tous les sens ! La compagnie de Marie lui fit retrouver sa belle humeur et, pendant un long moment, il se lança dans une sorte de rétrospective de ses œuvres. Mais elle l'écoutait sans rien manifester et, finalement, il eut l'impression qu'elle était ailleurs et s'en plaignit, reprenant d'instinct le vouvoiement des temps courtois :

– Je ne vous intéresse pas, n'est-ce pas ?

– Si... mais je pensais... Oh, veuillez me pardonner, mais je pensais à ce que vous avez vécu jusqu'à présent. Est-il vrai que vous assistiez à ce fameux souper où Cazotte fit de si étranges prédictions ?

Le vieil homme la regarda avec une sorte d'effroi puis, baissant la voix pour n'être entendu que d'elle :

– Je n'aime pas trop en parler mais c'est vrai que j'y étais. C'était en 1788, chez le prince de Beauvau, et l'on discutait avec animation de Voltaire, des encyclopédistes, de La Fayette aussi et de cet air de liberté que la guerre d'Indépendance américaine faisait souffler sur la France. Il y avait là des académiciens comme le prince lui-même, de grandes dames, il y avait aussi Jacques Cazotte qui avait connu un si grand succès avec son *Diable amoureux*. On avait beaucoup bu et chacun rêvait tout haut d'une révolution comme celle des Américains. C'est alors que Cazotte qui n'avait pas dit grand-chose jusque-là prit la parole pour annoncer qu'elle allait venir, cette révolution, mais qu'elle ne serait peut-être pas telle qu'on la souhaitait.

– Il a prédit tout ce qui arrive depuis la chute de la royauté ?

– Et pis encore ! A Condorcet, il a dit qu'il mourrait sur le pavé de sa prison après avoir bu, pour échapper au bourreau, le poison qu'il porterait alors sur lui en toutes circonstances. A Chamfort, il a dit que pour la même raison il se couperait les veines de vingt-deux coups de rasoir, à Bailly qu'il monterait à l'échafaud comme beaucoup d'hommes politiques de ses amis. Et, comme la duchesse de Gramont riait en disant qu'au moins les femmes étaient exclues de ses sombres vaticinations, il lui annonça qu'elle irait aussi à l'échafaud dans la charrette du bourreau, les cheveux coupés et les mains liées derrière le dos, avec beaucoup d'autres grandes dames... et même de plus grandes qu'elle. Elle a pâli mais s'est vite reprise en affirmant : « Je ne sais quel crime j'aurais pu commettre... » Il lui répondit qu'elle serait aussi innocente que les autres victimes. « Vous allez voir, s'écria-t-elle, qu'il va même me refuser mon confesseur ! » Cazotte, à ce moment, a déclaré : « Le dernier qui ira à l'échafaud avec son confesseur, ce sera le roi de France ! » La duchesse s'est enfuie en criant...

– C'est effrayant, murmura Marie. Et vous, monsieur de La Harpe, vous a-t-on prédit la même chose ?

– Non, mais à moi l'athée, le vieux libertin, Cazotte a annoncé que je mourrais chrétien.

– Je n'ose vous demander ce qu'il en est ?

Il sourit à la jeune femme avec beaucoup de gentillesse :

– Je crois bien qu'il m'est impossible de vous répondre. J'ajoute que Cazotte a prédit sa propre mort sous la guillotine.

– Il a dit que beaucoup mourraient, n'est-ce pas ?

– Oui... tous ceux qui prétendraient rester fidèles à leurs convictions, à leur foi... ou simplement à leur raison. Une raison qui n'a pas grand-chose à voir avec celle, de carton, qu'on installe dans les églises. Mais je vous ai effrayée et vous prie de m'excuser.

– Non. C'est moi qui vous ai interrogé parce que je redoute tout cela depuis longtemps. Encore une question : sait-on où est Cazotte ?

– A la prison de l'Abbaye...

– Rentrons, voulez-vous ?

Ils remontèrent vers la maison où les autres invités revenaient eux aussi. La journée s'achevait. L'heure était venue de prendre congé et l'on se quitta autour des voitures dans la gloire d'un magnifique coucher de soleil en se promettant de se retrouver bientôt. Batz qui s'était fait discret durant toute la partie de campagne nota non sans satisfaction que Chabot acceptait avec empressement de repartir en compagnie de Léopoldine et ses frères au lieu de rejoindre Basire dans la voiture de Benoist. Seul celui-ci, qui avait bu plus que de raison, repartit avec le banquier angevin. Delaunay et son amie se chargèrent de La Harpe et de Jauge qui, lui aussi, avait forcé sur le chambertin. Julien et Mme de Beaufort étaient déjà partis...

Un seul se montra déçu : James Swan avait espéré reconduire chez elle sa belle « compatriote ». Il la salua avec un regret tellement évident que cela fit sourire Batz :

– Je crois, lui dit-il en manière de consolation, que les occasions de la revoir ne vous manqueront pas. J'y veillerai...

A Laura, il dit :

– Swan est un homme précieux, un véritable ami, et j'espère sincèrement que vous nouerez de bonnes relations.

La jeune femme ne le contredit pas. C'est vrai qu'il était attirant ce joyeux luron, cette force de la nature habitée par un véritable génie du commerce. Il lui inspirait de la sympathie car elle avait découvert sous l'extérieur expansif un homme fin, sachant écouter et sans doute aussi se taire. Aussi fut-ce d'un ton tout naturel qu'elle l'invita à lui faire visite rue du Mont-Blanc quand, dans quelques jours, elle y retournerait. Jaouen n'aurait aucune raison de réserver un mauvais accueil à ce fils de la Liberté.

Lorsque Biret-Tissot eut refermé le portail sur la dernière voiture, Batz, sans fausse pudeur, prit Marie dans ses bras pour lui donner un baiser enthousiaste.

– Vous avez été merveilleuse, mon cœur ! Je ne vous remercierai jamais assez pour cette réussite. Tous nos hôtes partent enchantés. Il est vrai que vous n'avez pas ménagé votre peine. Merci...

– Si vous êtes satisfait, alors je suis heureuse, murmura la jeune femme avec sa douceur habituelle.

Laura, qui l'avait observée une bonne partie de la journée, n'en fut pas moins persuadée qu'elle était, justement, bien loin d'être heureuse. Et pour la première fois, Batz n'avait pas l'air de le remarquer. Il était tout entier à la joie de voir son plan prendre le chemin de la réussite.

– C'est vrai, vous avez bien travaillé : Chabot est parti avec les Frey ; il semble sous le charme de Léopoldine... approuva Devaux.

– Et quand il va découvrir leur hôtel de la rue d'Anjou, ce charme va continuer... Surtout si Junius, comme il en a l'intention, lui propose de lui donner un appartement !

– Mais continuer jusqu'où ?

– Mais jusqu'au mariage. Nous avons décidé, les Frey et moi, que Chabot épouserait Léopoldine, ce qui nous le livrera pieds et poings liés !

Marie eut un cri de protestation :

– Vous voulez faire épouser cette enfant à cette brute et ses frères sont d'accord ?

Batz prit le bras de la jeune femme pour l'entraîner vers la maison.

– J'ai déjà entendu cela de quelqu'un d'autre, dit-il avec un sourire à l'adresse de Laura. Mais vous pouvez apaiser vos cœurs compatissants, mesdames : la jeune Léopoldine n'est pas leur sœur, c'est une bâtarde de l'empereur d'Autriche élevée dans la galanterie et elle n'ignore déjà plus grand-chose des arts de l'amour. Quant aux Frey, vous savez déjà qui ils sont : des banquiers juifs viennois repeints aux couleurs de la Révolution dans le but d'y faire de l'argent...

– Comment avez-vous connu ces gens-là, baron ? demanda Laura.

– Par un ami, le comte de Proly, un Hongrois dont j'ai fait la connaissance chez les dames de Sainte-Amaranthe. Un homme charmant, bâtard du prince de Kaunitz, le fameux ministre et amant de l'impératrice Marie-Thérèse. Or Proly, qui est à Paris, habite chez eux. La suite coule de source...

– Et vous pensez introduire Chabot dans ce milieu ?

– L'introduction est faite. Il faut à présent le laisser s'y engluer. Junius Frey fera cela très bien.

– Le jeu n'est-il pas dangereux ? L'homme pourrait réagir, dénoncer...

– C'est possible, mais le jeu, comme vous le dites, ma chère Laura, en vaut largement la chandelle. Chabot est le ver que j'introduis dans le mauvais fruit de la Convention et des Comités. Il y fera, je l'espère, suffisamment de ravages pour les détruire. Allons, mes amis, buvons un dernier verre de champagne à cette belle journée et allons nous reposer. Nous l'avons bien mérité!

Le repos, cependant, allait être différé. Marie et Laura gravissaient les premiers degrés de l'escalier pour aller se coucher quand, au portail, la cloche sonna selon le rythme initié par Batz pour les habitués de la maison : un coup isolé, deux coups rapprochés, un coup isolé... Marie tressaillit comme si elle craignait quelque chose :

– Qui peut venir à cette heure?

– Ce ne peut être qu'un ami. Allez vous reposer, mon cœur, je vous rejoindrai plus tard.

Les deux femmes montèrent, mais assez lentement pour voir qui allait entrer. Ils étaient deux : Michonis et le chevalier de Rougeville, qui commencèrent par s'excuser : ils étaient en vue du domaine depuis un moment déjà, mais ils avaient attendu le départ des voitures pour s'assurer que personne ne sortirait plus :

– Michonis a une nouvelle d'importance, dit Rougeville. Nous avons cru bien faire en venant te l'apporter. En été, les gens qui vont à la campagne un dimanche n'attirent guère l'attention.

C'était un petit homme d'environ trente-six ans, au visage volontaire, troué par des traces de variole, avec d'épais cheveux blonds et des yeux vifs. Batz le connaissait depuis longtemps et l'aimait bien à cause de sa folle bravoure et de sa générosité. Il le savait aussi passionnément amoureux de Marie-Antoinette, en dépit d'aventures féminines qui l'attiraient volontiers dans le monde du théâtre. Il les conduisit dans son cabinet de travail après avoir ordonné qu'on leur prépare deux chambres puisqu'il leur serait impossible de rentrer à Paris et que l'on apporte une collation et, bien entendu, du vin frais.

– Alors, cette nouvelle ? demanda-t-il tandis que ses invités de la dernière heure se restauraient avec un plaisir visible.

– J'étais à midi chez Procope, répondit Michonis en s'essuyant la bouche. J'ai parlé un moment avec Danton et Camille Desmoulins. Ils m'ont appris que, dans quelques jours, la Reine sera transférée à la Conciergerie.

– On s'en doutait, dit Batz se souvenant de ce qui avait motivé le déménagement de lady Atkyns rue de Lille.

– Ce n'était qu'un bruit comme il en court beaucoup. Cette fois c'est décidé, et on m'en prévenait en tant de directeur des prisons.

– Tu sais ce que cela veut dire ? intervint Rougeville. On va la faire passer en jugement et ensuite...

Il n'eut pas le courage d'articuler les mots qui lui venaient mais sa soudaine pâleur parlait pour lui. Batz comprit ce qu'il souffrait.

– Ce n'est pas encore fait, dit-il, se voulant rassurant. Et il se peut qu'il soit plus facile de la tirer de la Conciergerie que du Temple. D'abord parce que nous n'aurons plus à lutter contre son refus de partir seule. Reste à savoir qui va la garder et s'il est possible d'acheter ces gens-là.

– Je te fournirai tous les détails que tu voudras, dit l'ancien limonadier. Mais il faudrait être sûr de la collaboration de la Reine. Si elle est prévenue, si elle donne son accord, ce sera plus facile. Mais elle n'aura confiance en personne là-bas...

– Conclusion, il faut introduire quelqu'un dont elle ne doute pas. Toi, Rougeville par exemple. Elle t'a vu à l'œuvre deux fois : le 20 juin où tu lui as fait un rempart de ton corps et le 10 août. Elle te reconnaîtra.

De pâle, le chevalier s'empourpra :

– La voir... lui parler? Pour ce bonheur je suis prêt à mourir.

– Plus tard si tu veux bien! Tu vas pouvoir entrer chaque jour à la prison, Michonis. Est-il possible de te faire accompagner par Rougeville en le faisant passer pour... ton adjoint par exemple?

– C'est dangereux, mais tout est dangereux dans cette affaire. Évidemment, il faudrait que les gardes s'habituent à lui avant de l'introduire dans le cachot et cela demandera un peu de patience.

– Pas trop, coupa Rougeville. S'ils n'allaient la laisser là que quelques jours puis la juger...

– Nous aviserions. De toute façon, Michonis sera averti. Et pour que vous ayez davantage encore les coudées franches, sachez que je donnerai un million à qui sauvera la Reine!

– Un million? souffla Michonis.

– Oui. Il est à toi le jour où elle quitte la France. Avec vous deux bien entendu.

Les yeux du directeur des prisons s'illuminèrent. Batz devina qu'il évoquait la vieillesse dorée qui paierait le danger couru. De fait, l'ancien limonadier n'était pas loin de voir en son ami une sorte de dieu de la Fortune. Il eut un large sourire :

– Magnifique ! Et tu aurais un plan ?

– Peut-être ! J'y songe depuis que l'on a parlé de ce transfert... dont tu seras un élément important ?

– Oui. Je serai de ceux qui iront la chercher au Temple.

– Alors, pourquoi ne pas imaginer l'opération inverse ? Pourquoi ne pas imaginer qu'un beau soir, nanti d'un ordre confectionné par mes soins, tu irais rechercher la prisonnière pour la ramener au Temple sous le prétexte, justement, d'une conspiration en vue de la délivrer ? Auparavant, Rougeville aura vu la Reine et lui aura remis une somme en or destinée à acheter qui lui semblera susceptible de l'être.

– Oui, mais comment l'avertir quand on me présentera à elle ? Je ne pourrai guère lui parler, et lui glisser un papier sera difficile si elle est gardée à vue.

Batz ne répondit pas tout de suite. Il réfléchissait tout en marchant, comme il en avait l'habitude. Et soudain, il s'arrêta devant un vase de fleurs posé sur une console. C'étaient de gros œillets roses. Il en prit un et considéra un instant l'épaisse gaine verte d'où sortaient les pétales dentelés. Puis il le tendit au chevalier :

– Tu es jeune, tu peux être coquet et nous sommes en été. Je te verrais bien arborer une fleur comme celle-là à ta boutonnière : un papier mince et finement roulé peut se glisser sans peine dans le calice. La Reine n'a pas respiré de fleurs depuis longtemps et l'on ne verrait sans doute guère d'inconvénients à ce que tu la lui donnes, surtout en présence de ce fier sans-culotte de Michonis. Qu'en dis-tu ?

Pour toute réponse, Rougeville se jeta au cou de Batz et l'embrassa.

CHAPITRE VIII

DEUX ŒILLETS ROSES

Laura prit l'une des anses du grand panier de prunes qu'elle venait de récolter avec Marie pour le rapporter à la cuisine où le jeune Rollet procédait depuis deux jours à la confection des confitures. La récolte était belle : l'été chaud mais pas trop sec donnait de magnifiques résultats et le verger de la comédienne regorgeait de fruits si gonflés de sucre que la peau éclatait parfois. Marie prit une prune et la croqua.

– Elles sont vraiment délicieuses cette année, dit-elle. Et il y en a tellement qu'on ne pourra pas tout utiliser....

– Chez nous, en Bretagne, on met le surplus au tonneau pour faire de l'eau-de-vie, dit Laura.

– Chez nous aussi, bien sûr, mais les autres années on donnait des fruits à tout le faubourg : les enfants venaient les ramasser. On en envoyait aussi à la maison de santé du Dr Belhomme. Ceux qui ont des vignes donnaient un peu de vin, maintenant chacun vit enfermé chez soi. A croire que tout le monde a peur de tout le monde. C'est bien triste !

– C'est même lamentable. Est-ce pour cela que vous êtes vous-même si mélancolique ?

– Oh, sans doute. Paris devient tellement dangereux que l'on hésite à s'y aventurer pour la course la plus simple... et cette maison elle-même n'est plus ce qu'elle était. Certes, on y conspirait, mais c'était pour le Roi et ceux qu'elle abritait étaient des amis sûrs avec qui l'on pouvait parler et rire sans arrière-pensée. Depuis dimanche, j'ai l'impression qu'elle porte un masque et que l'air y est moins pur. Ces hommes qu'il a fallu recevoir...

– Je reconnais, dit Laura en riant, que cette plantation de bonnets rouges autour de la table avait quelque chose d'incongru mais vous savez dans quelle intention elle a été décidée et vous avez démontré à cette occasion quelle grande artiste vous êtes ! Et Batz était si heureux !

– Oui, il l'était et moi, quoi que vous en pensiez, je l'étais aussi puisque je pouvais encore partager son projet et le risque dont il s'accompagne. Ce qui n'est plus souvent le cas..., ajouta la jeune femme en détournant son visage.

– Que voulez-vous dire ? demanda Laura avec douceur.

– Autrefois il me disait tout, il travaillait ici, près de moi. A présent, je le vois de moins en moins. Il est... dans Paris et j'ignore ce qu'il y fait. Vous avez vu : dès lundi, il repartait sans explications, sans dire surtout quand il espère revenir. Et moi, je reste là... à mourir de peur pour lui !

Elles arrivaient à la cuisine qui embaumait déjà le sucre cuit et les fruits dénoyautés. Blaise

Papillon, le petit valet, se précipita pour débarrasser les deux femmes de leur fardeau.

– Je crois qu'il y en a assez pour aujourd'hui. On n'a pas encore fini de préparer la dernière corbeille, dit-il en désignant sa sœur Marguerite et Nicole la femme de chambre commises à cette tâche. La vaste salle aux cuivres étincelants, aux faïences brillantes et colorées ressemblait à une ruche silencieuse. Seule la grande horloge comtoise avait droit à la parole lorsque Rollet officiait avec toute la gravité d'un célébrant à l'autel. Le cuisinier n'en trouva pas moins un sourire pour les arrivantes :

– La première fournée est cuite. Voulez-vous goûter ? dit-il en faisant couler sur une assiette une petite louche de fruits et de jus d'un beau brun doré encore brûlant où elles plongèrent une petite cuillère prudente. Puis il ajouta : Je crois que M. le baron sera content : il aime beaucoup la confiture de prunes... Il en aura pour tout son hiver.

Brusquement, Marie rejeta la cuillère, étouffa un sanglot et s'enfuit. D'abord prise au dépourvu, Laura reposa l'assiette qu'elle tenait et se précipita derrière elle. Une porte claquée à l'étage lui apprit que la jeune femme s'était réfugiée dans sa chambre, cependant avant d'entrer elle s'arrêta. Le battant était trop mince pour étouffer les sanglots désespérés de Marie. L'abcès que Laura avait deviné en arrivant l'autre jour et qu'elle voyait grossir était en train de crever, mais Marie, dont elle connaissait la pudeur et la retenue, lui laisserait-elle voir le fond de la plaie ?

Après un instant d'hésitation, elle redescendit à la cuisine, appela Nicole d'un geste et l'entraîna dans l'escalier en haut duquel elle s'immobilisa : les sanglots ne cessaient pas.

– Que se passe-t-il, Nicole ? interrogea-t-elle. Je ne vous demande pas de trahir les secrets de votre maîtresse, mais depuis mon arrivée ici, je sens qu'elle ne va pas bien... et je sais que vous lui êtes dévouée. Voyez-vous une raison à ce désespoir ? M. le baron est-il... moins aimable ?

– Lui ? Sûrement pas ! Évidemment, on ne le voit plus beaucoup ces temps-ci, mais je le crois toujours aussi amoureux de Mademoiselle. Il est toujours aussi tendre et quand il passe une nuit ici c'est avec elle.

– Alors, comment expliquez-vous ce grand chagrin ? Mademoiselle vous a-t-elle dit quelque chose ?

– Non, rien... mais je vois bien, moi aussi, qu'elle n'est plus ce qu'elle était. J'ai essayé de savoir, mais elle n'a rien voulu dire. Nous en avons parlé, avec Marguerite qui est plus âgée que moi et qui connaît Mademoiselle depuis longtemps. Elle dit que cela remonte à une quinzaine de jours... et à une visite que Mademoiselle a reçue.

– Une visite ? Laquelle ?

– Une dame... ou plutôt une demoiselle, tout en noir et assez jolie à ce qu'il paraît. Moi je ne l'ai pas vue : j'étais au lavoir.

– Et... vous ne savez pas son nom ?

– Personne ne le sait. Même pas Biret-Tissot qui lui a ouvert le portail quand elle est arrivée dans un fiacre.

– Il n'a pourtant pas l'habitude de laisser entrer n'importe qui ?

– Non, mais celle-là a sonné comme font ceux qui sont dans le secret de la maison. Elle a demandé à parler à Mademoiselle de la part de M. le baron. C'était suffisant pour ce gros lourdaud ! Moi j'aurais voulu en savoir davantage. Ensuite, cette femme est repartie comme elle était venue. Après son départ, Mademoiselle est remontée chez elle en défendant qu'on la dérange. Elle n'a pas soupé et, le lendemain, on a vu à sa mine qu'elle n'avait pas dû beaucoup dormir...

– Et vous n'avez pas posé de questions ?

– Oh si, bien sûr, mais Mademoiselle s'est refermée comme une huître et, quand Marguerite a voulu revenir sur le sujet, elle s'est fâchée et même elle a défendu à Biret comme à nous autres de faire la moindre allusion à cette visite auprès de M. le baron.

– Merci, Nicole. Je vais essayer d'en apprendre un peu plus !

Laura remonta, frappa brièvement à la porte et entra sans y être invitée. Marie, à plat ventre sur son lit comme elle s'y était jetée, gisait dans un fouillis de percale fleurie, de rubans de satin et de jupons mousseux. Elle pleurait toujours mais moins fort et ne réagit pas quand son amie vint s'asseoir près d'elle.

– Marie, dit Laura avec beaucoup de douceur, si vous me disiez ce qui vous fait tant de peine ? Cela soulage, vous savez, de partager. A moins que vous n'ayez pas confiance en moi ?

La réponse vint de sous la masse brillante de boucles brunes qui cachaient complètement le visage enfoui dans la courtepointe.

– Oh si !...

Et soudain Marie se redressa, offrant le spectacle navrant d'un visage fait pour le sourire et brouillé par les larmes.

– Vous êtes même la seule à qui je puisse me fier en dehors de ma vieille Marguerite et de Nicole. Mais, je vous en prie, oubliez tout cela et ne vous inquiétez pas. J'ai trop demandé à mes nerfs ces temps derniers : ils ont craqué. Des nerfs de comédienne, vous savez...

– N'essayez pas de me leurrer, Marie ! Je vous connais à présent et je sais quelle femme courageuse vous êtes. Pour que vos nerfs « craquent », comme vous dites, il faut une raison grave. Et vous devez me la confier parce que, sans aide, vous ne résisterez plus bien longtemps, je le crains, à la tension que vous subissez depuis des mois. Il y a eu cette agression dont vous avez été victime le jour de la mort du Roi *, puis notre départ à tous pour l'Angleterre alors que vous demeuriez ici. Certes, Batz est revenu mais il ne reste jamais longtemps : il replonge dans Paris sous un aspect ou sous un autre pour tisser la toile d'araignée où il espère prendre la Convention et la Commune. Il joue sa vie à chaque instant et, vous, l'angoisse ne vous quitte plus. C'est bien cela ?

* Voir tome I.

Marie fit un effort pour esquisser un sourire. En même temps, elle répondit d'une voix un peu trop rapide, un peu trop mécanique :

– Oui... oui, c'est cela !

Laura fronça les sourcils, saisit les mains de son amie pour l'obliger à la regarder.

– Non. Vous ne me dites pas tout ! Je viens de vous offrir une échappatoire et vous l'avez saisie, mais il y a autre chose, Marie. Autre chose qui vous torture... depuis que vous avez reçu la visite d'une jeune fille en deuil...

Le cri de protestation de Marie lui apprit qu'elle avait touché juste. Les larmes d'ailleurs revenaient :

– Oh ! pourquoi, murmura Marie, pourquoi Nicole et Marguerite vous ont-elles raconté cela ?

– Justement parce qu'elles vous aiment et que vous pouvez leur faire confiance pour vous défendre. Mais contre qui ? Cette fille venue l'autre jour, que voulait-elle de vous ? Qui était-elle ?

– La fiancée de Jean...

– La... qu'est-ce que c'est cette histoire et d'où sort-elle, celle-là ?

– De la réalité, hélas, et d'une excellente famille de robe originaire de Bordeaux. Son père, Jacques Thilorier est... ou plutôt était avocat au Parlement et ce sont, je le sais, d'excellents amis de Jean, qui les a mentionnés à plusieurs reprises. Elle s'appelle Michèle. Sa sœur aînée a épousé un d'Epremesnil. Elle a vingt-deux ans...

– Ne vous attendrissez pas ! Ce n'est pas une jouvencelle et je vous rappelle que vous n'en avez vous-même que vingt-six. Et que voulait-elle ?

– Que je renonce à Jean... que je lui rende sa liberté...

– Comme s'il l'avait jamais perdue auprès de vous ! Jamais femme aimante n'a laissé homme plus libre de ses mouvements que vous ne l'avez fait ! Pour en faire quoi de cette liberté ? L'épouser ?

– Bien entendu... et surtout partir avec lui pour l'Angleterre afin de le soustraire à ses nombreux ennemis !

Laura se pencha pour regarder son amie au fond de ses beaux yeux gris noyés de larmes et se mit à rire :

– Vous avez cru ça ? Marie, soyez raisonnable ! Vous avez eu affaire à une folle. Vous imaginez Batz plantant là tous ses grands projets, son désir forcené de sauver le jeune roi et sa mère, pour suivre béatement en Angleterre une fille de robin qui en a décidé ainsi ? C'est à pleurer de rire !

– Non, c'est à pleurer tout court ! Si je m'éloigne de lui, elle se fait fort de l'emmener... quand il saura !

– Quand il saura quoi ? Pour Dieu, Marie, il faut vous arracher les mots, s'écria Laura qui sentait la moutarde lui monter au nez,

– Qu'elle... attend un enfant...

Et Marie, secouée de sanglots, enfouit de nouveau son visage dans la courtepointe, laissant Laura assommée par ce qu'elle venait d'entendre.

– Un enfant ? répéta-t-elle d'une voix blanche.

– Co... comment voulez-vous... que je... lutte... contre cela ? hoqueta Marie

Laura, elle, luttait contre la colère qu'elle sentait monter en elle et qui pour l'instant l'aveuglait. Les oreilles bourdonnantes, la gorge étranglée par la fureur, elle éprouvait l'irrésistible envie de casser quelque chose.

– Non... non... c'est impossible ! Pas Jean ! Il n'aurait jamais fait une chose pareille. Il vous aime, Marie... cela crève les yeux ! Ou alors c'est le plus habile des comédiens.

Elle regretta aussitôt d'avoir dit cela parce qu'elle savait, et Marie aussi, que Jean était, justement, un merveilleux comédien. Quand elle évoquait le porteur d'eau de Saint-Sulpice, le garde national de la Force, l'austère Dr John Imlay, le médecin quaker de la route de Valmy et du château de Hans – encore ne connaissait-elle pas tous ses avatars ! – il lui fallait bien reconnaître qu'elle ignorait tout de la nature profonde d'un homme infiniment trop séduisant pour le repos moral des femmes qu'il rencontrait.

– Vous lui avez parlé de cette visite ? demanda-t-elle avec une certaine brusquerie.

Marie se redressa aussitôt et lui fit face :

– Non, non, surtout pas ! Cette Michèle m'a demandé, pour lui-même, de garder le silence.

– Et de vous retirer sur la pointe des pieds ?

– De le faire doucement... progressivement afin de ne pas le troubler dans sa tâche actuelle. Je lui ai juré de ne rien dire...

– Mais vous êtes folle ? explosa Laura. Complètement folle ! Tout cela ne peut être qu'un tissu de mensonges et, à votre place, j'aurais jeté cette fille dehors et surtout je n'aurais rien juré. Elle a profité de votre faiblesse, de cet amour trop grand que vous éprouvez ! J'aurais tout dit à Jean dès son retour.

– Non. Je ne vous cache pas qu'en dépit du mal qu'elle m'a fait, j'ai senti de la pitié pour elle. Une jeune fille aux prises avec un début de grossesse, en ce moment ! Elle pleurait, elle suppliait...

– Décidément vous étiez au théâtre ! lâcha Laura méprisante. De la comédie ! J'en suis sûre... je le sens ! Eh bien, si vous avez été assez sotte pour jurer, moi je saurai parler à Batz ! Il faut qu'il sache !

Marie se leva brusquement, ses larmes soudain séchées au feu de l'indignation.

– Si vous faites cela, vous ne serez plus mon amie ! Je vous ai tout dit dans l'espoir que vous m'aideriez et je vous interdis de trahir la confiance que j'ai mise en vous !

– Marie, Marie ne soyez pas stupide ! Vous ne pouvez pas accepter cela sans mot dire. Vous ne pouvez pas accepter de n'être qu'un jouet et de vous laisser briser ainsi le cœur ?

Marie ne répondit pas tout de suite. Elle regarda la jeune femme au fond des yeux avec un sourire triste :

– Quand vous êtes arrivée ici, madame la marquise de Pontallec, n'aviez-vous pas tout accepté... et pis encore, de l'homme dont vous portiez le nom parce que vous l'aimiez ? Vous vouliez même mourir... et je me suis efforcée de vous comprendre.

A présent, c'est « mon » histoire et j'entends la vivre comme il me plaît. Jurez de vous taire, Anne-Laure... ou quittez cette maison !

Elle avait beaucoup de grandeur, à cet instant, la petite Marie Grandmaison et tant de noblesse aussi que Laura éprouva de la honte. Ce qu'elle disait était trop juste ! A son tour, elle sentit les larmes lui monter aux yeux.

– Votre amitié m'est infiniment chère, Marie... et je vous demande pardon !

– Je veux un serment !

– Je vous le jure... mais, à votre tour, promettez-moi quelque chose.

– Et quoi donc ?

– De ne rien précipiter, de ne pas quitter votre maison et surtout de ne rien changer de votre façon d'être avec lui tant qu'il n'aura pas mené à bien ses projets ! Quoi que l'on vous ait demandé et quoi que vous en pensiez, je demeure persuadée qu'il vous aime... et vous seule, ajouta-t-elle avec une douleur dont elle ne fut pas maîtresse. S'il ne vous avait plus, il se sentirait déstabilisé, perdu ! Il a tant besoin d'être sûr de vous !

Marie prit son amie dans ses bras et la tint un moment serrée contre elle.

– Vous avez ma parole, Laura ! Jamais je ne ferai rien dont Jean puisse souffrir si peu que ce soit ! Et... pardonnez-moi d'avoir réveillé de si cruels souvenirs !

Un long moment les deux jeunes femmes restèrent là, serrées l'une contre l'autre, en silence, cherchant une sorte d'abri contre des douleurs et des déceptions dont elles ignoraient à quel point elles se ressemblaient...

En revenant de Charonne, les Frey avaient ramené leur ami Chabot dans leur superbe hôtel de la rue d'Anjou. Ils l'y gardèrent à souper et même à coucher, l'ancien capucin de Rodez étant ivre à tomber. De ce jour, les trois hommes... et la belle Léopoldine bien sûr, ne se quittèrent presque plus, vivant une sorte de lune de miel dans laquelle Chabot n'allait pas tarder à s'engluer. Peu de jours après la partie de campagne, en effet, il proposait à la Convention la levée des scellés apposés chez les agents de change et les banquiers, arguant que ces mesures de rigueur interrompaient les relations commerciales et même – Junius Frey avait bien endoctriné son « ami » – servaient de prétexte à plusieurs banqueroutes simulées.

Il obtint satisfaction : les scellés furent levés chez tous les banquiers, à une seule exception : les financiers anglais Boyd et Kerr qui possédaient dans leur coffre parisien plus de quatre millions de valeurs sur l'État. Poussé par Frey, Chabot courut au Comité de salut public où il trouva Lullier qui venait d'y être nommé. Celui-ci l'accueillit avec amabilité, écouta ses reproches, promit de s'occuper de cette « grande injustice »... et n'en fit rien. Indigné, Chabot alla le relancer, cette fois à son bureau de l'Hôtel de Ville. Lullier, volubile, s'excusa, invoquant les nombreuses affaires pesant sur ses épaules, promit que tout rentrerait dans l'ordre le lendemain... et ne tint pas parole.

Chabot revint tout furieux chez Frey où Junius le rassura.

– Ne t'inquiète plus ! Les scellés vont être levés. Batz s'en est occupé. Il fait ce qu'il veut à la Commune.

– Batz ? Cet homme un peu trop élégant avec qui nous avons dîné chez la Grandmaison ?

– Bien sûr. C'est son amant et sa présence était naturelle.

– Mais n'est-ce pas cet homme qui a tenté d'enlever Capet sur le chemin de l'échafaud ?

– En effet, mais ne t'y trompe pas : en risquant ainsi sa vie, Batz payait une dette d'honneur. Louis XVI lui avait montré beaucoup de bonté et il l'aimait bien. Cependant n'oublie pas qu'il a été député de la Constituante et qu'il est un ami de la Révolution. Son roi mort, il ne songe plus qu'à la fortune de la France et met à son service ses talents de grand financier. Et, en haut lieu, on sait l'apprécier même si certains qui ne le connaissent pas le détestent et veulent sa perte. Souvent d'ailleurs des gens qu'il a obligés. Mieux vaut être son ami, croismoi !

– Est-ce que tu l'es, toi ?

– Bien sûr, et aussi mon frère. S'il en allait autrement, tu ne nous aurais pas rencontrés chez sa maîtresse.

Quelques jours plus tard, dans un couloir des Tuileries où siégeait la Convention, Chabot qui depuis son discours sur les scellés servait de cible au *Père Duchesne,* le sulfureux journal d'Hébert, rencontra Delaunay qu'il n'avait pas vu depuis Charonne. Celui-ci le félicita d'avoir « œuvré » pour le bien de la communauté, tout en lui reprochant d'y avoir mis un peu trop de chaleur. Étonnement de Chabot :

– On fait une chose ou on ne la fait pas ! Mais je ne te cache pas que les attaques d'Hébert m'ennuient...

– Ne te tracasse pas ! Hébert se calmera, il ne peut pas agir autrement. Les violences de son torchon sont un bon paravent pour masquer ses intérêts personnels. En réalité, il nous appartient...

– Qui, nous ?

– Je veux dire... moi, Cambon, Ramel, Batz, Julien et autres bons amis. Il est naturel qu'il veuille faire ses affaires : il a une femme et des enfants. D'ailleurs, il n'est pas le seul : Danton, par exemple, qui couvre de satin et de bijoux sa petite épouse de seize ans dont il est fou...

– Danton ? Tu rêves ?

– Oh non ! Quand une femme vous tient... J'ai même entendu dire qu'elle avait exigé que leur mariage soit béni... et par un prêtre non jureur *. Alors, de l'argent, il lui en faut. Quel mal y a-t-il au fond à faire nos affaires en même temps que celles de la République ? Le peuple aime bien que ses représentants mènent un certain train. Cela le flatte. Tu as le tort de vivre trop chichement, mon pauvre Chabot ! Surtout pour quelqu'un qui courtise une fille et sœur de banquiers...

* Louise Gély exprima en effet ce désir, et ce fut l'abbé de Keravenan, caché dans le quartier Saint-Sulpice, qui confessa les fiancés et les maria. Jamais il ne fut dénoncé.

– Si elle m'aime, elle me prendra tel que je suis ! assura le défroqué, dans une pose qu'il jugeait suffisamment « romaine ».

– Oui, mais peut-être pas les Frey. Tu connais bien Junius à présent et tu sais quel homme sage, austère et de mœurs pures il est. Un modèle pour tous.

– Certes, certes mais...

– ... mais c'est un banquier et l'argent compte pour lui. Si tu veux sa sœur, il faut t'en montrer digne et ce n'est pas bien difficile. Tu peux devenir riche sans y laisser ta conscience.

– Tu crois ?

– Bien entendu. Tiens, une autre occasion va se présenter de se faire un peu d'argent. Tu sais que l'on réclame la confiscation des biens des étrangers, mais on n'a pas précisé lesquels : biens mobiliers ou immobiliers. Or, les banquiers s'attendent à ce que l'on s'empare de leurs maisons mais pas de ce qu'il y a dedans, et cela représente de vraies fortunes en bijoux, meubles, tableaux, objets d'art...

Aussitôt, Chabot se remémora le décor dans lequel vivait Léopoldine, ce décor raffiné, élégant, fait de belles choses et qui convenait si bien à sa beauté. On n'allait tout de même pas l'en priver ? Et lui aussi par la même occasion, puisqu'il était de plus en plus souvent question qu'il emménage rue d'Anjou ? Dès l'instant, du moins, où il se serait débarrassé de sa « gouvernante » qui était aussi sa maîtresse. Une maîtresse enceinte par-dessus le marché. Pour ça aussi, il allait falloir des sous !

– Et tu vois un moyen d'éviter ça ?

– Oui : on demande aux banquiers une honnête compensation... un million par exemple, et on les laisse dans leurs meubles. Je sais d'ailleurs que notre ami Batz travaille en ce moment, avec Lullier, à un mémoire ne visant que les immeubles ! Si tu en es, tu toucheras ! Je lui en parlerai, si tu veux ?

Batz ! Encore et toujours Batz ! Si tant de gens n'y avaient participé, Chabot aurait fini par se demander si la Révolution n'avait pas été faite au seul profit de cet homme. Il finit par penser tout haut :

– Il est donc dans toutes les affaires, ton Batz ?

Delaunay leva un sourcil offusqué :

– Il n'est pas mon Batz plus que le tien ou celui de beaucoup d'autres de nos amis. Dis-toi bien ceci : c'est lui qui inspire toute la politique financière de la Montagne. Junius Frey le sait bien, lui, et n'y voit que des avantages. Tu pourras lui en parler...

– Et... Robespierre dans tout ça ? Depuis le 27 juillet, il est au Comité de salut public.

– C'est un cas à part. Nul ne peut savoir ce qu'il pense ni se dire son ami à l'exception de la famille Duplay. Il est froid, secret, méfiant et cruel. Il trace son chemin dans l'ombre, visant le pouvoir suprême, j'en suis sûr, et je peux même te confier une chose : il faisait peur à Marat lui-même. Mais nous avons Danton, Saint-Just, et les bons compagnons de la Montagne pour lui barrer la route au besoin. Quant à toi, pense un peu à ton propre bonheur : tu l'as bien mérité... et la Révolution ne durera pas toujours !

Ça, c'était un langage que Chabot appréciait. N'était-il pas temps que l'on s'occupe de son bonheur à lui ? En quittant Delaunay, il se sentait des ailes : un avenir aux couleurs de l'aurore s'ouvrait devant lui et celle qu'il avait choisie. Il était jeune encore, il avait envie de vivre pleinement et ce fut en sifflant un allègre « Ça ira ! » qu'il s'en alla rue d'Anjou où Junius lui confirma tout ce qu'avait dit Delaunay en y ajoutant sa propre conviction qu'un État aussi violent ne pouvait s'éterniser et qu'il faudrait bien un jour composer avec les réalités d'une vie normale pour un peuple.

Le banquier, au fond, prêchait un converti. Chabot savait que tout allait mal pour la République. Soixante départements étaient en rébellion, les Vendéens partout vainqueurs gagnaient du terrain ; les frontières étaient entamées. On allait guillotiner le général de Custine qui n'avait pas pu garder Mayence, Valenciennes venait de capituler devant le duc d'York et les Autrichiens établissaient dans les territoires occupés du Nord une sorte de « junte » militaire rétablissant l'Ancien Régime. L'approvisionnement de Paris devint difficile. Certes on envoyait dans les provinces des « proconsuls » chargés de mater les rébellions locales et d'imposer leur loi à eux. Ainsi Chalier à Lyon – Fouché viendrait plus tard avec ses mitraillades –, Carrier à Nantes qui, trouvant la guillotine trop lente, institua les noyades en masse – et d'autres encore car on en expédia partout où les

Girondins avaient allumé des révoltes. Certes, on avait rattrapé la majorité de ces fauteurs de troubles et Brissot leur chef, dont Hébert ne cessait de réclamer la tête, était à l'Abbaye. Certes, enfin, la Convention décidée à en finir avec la Vendée rappelait des frontières de l'Est quelques-unes de ses troupes et les envoyait, sous les ordres de Westermann, pratiquer la terre brûlée et le massacre systématique, mais l'agitation était encore bien loin de se calmer et nul ne pouvait être sûr des réactions de ce Paris toujours imprévisible qui souffrait de privations sans voir venir les temps heureux qu'on ne cessait de lui annoncer.

Alors, pour lui changer les idées, Barère, l'un des orateurs les plus écoutés, décida de lui offrir une distraction de choix. Le 31 juillet, il montait à la tribune de la Convention pour déclarer :

– Au moment où nous songeons à célébrer dignement l'anniversaire du 10 août qui a abattu le trône, je demande que l'on détruise à jamais les mausolées et tombeaux de Saint-Denis qui rappellent des rois l'effrayant souvenir !

Il n'eut pas besoin de se répéter. Quelle grande idée ! On applaudit, on s'enthousiasma et, pendant des semaines, des hommes armés de pioches vont envahir la basilique royale, briser les monuments, les statues, jusqu'au plus infime emblème royal, et surtout s'acharner sur les cercueils – le premier à être violé sera celui du maréchal de Turenne ! –, en arracher les corps que l'on jette à la voirie ou dans des fosses hâtivement creusées, après les avoir outragés en prélevant quelques souvenirs. Les reines seront les plus maltraitées : des mégères les insultent, leur arrachent des touffes de cheveux ou les débris de leurs robes. Même Henri IV, malgré sa conservation extraordinaire et l'image affectueuse qu'en gardait le peuple, n'échappera pas à la profanation : on lui coupera la barbe et les moustaches pour en faire des cadeaux. Des semaines dans la poussière et l'odeur nauséabonde !

Sur un autre plan, on proposa une loi des Suspects qui ouvrirait la porte à la Terreur en désignant tellement de gens à la fureur populaire qu'il deviendrait de plus en plus difficile de ne pas tomber sous ses coups. Enfin, on transféra la Reine à la Conciergerie pour instruire son procès... C'était le 2 août.

Le lendemain, fut annoncé que les armées autrichienne et anglaise se réunissaient pour marcher sur Paris, ce qui incita la Commune à demander la levée en masse de la Nation pour s'avancer contre l'envahisseur... et amena tout naturellement un ordre d'arrestation visant les sujets britanniques ou autrichiens résidant en France... Non sans peine, Batz obtint de Charlotte Atkyns qu'elle songe sérieusement à rentrer chez elle.

– Votre passeport de dame flamande ne vous protégera pas longtemps et, si vous voulez repartir vers les Flandres, les troupes que l'on dirige de ce côté ne vous laisseront pas passer. On vous accusera d'être une espionne de la régente, l'archiduchesse Marie-Christine, sœur de la Reine...

– Je ne veux pas partir, vous le savez bien, et vous feriez mieux de m'aider à pénétrer dans la

Conciergerie : je vous rappelle que je veux proposer à la Reine de prendre sa place !

– C'est irréalisable. Vous pensez bien que ses geôliers y ont pensé : aucune femme ne peut l'approcher à l'exception de celles qui s'occupent d'elle.

– J'irai déguisée en homme.

– Elle est gardée à vue ou presque. On n'est plus au Temple. D'ailleurs, sachez que je n'ai pas abandonné mon désir de la sauver. J'ai un plan qui est en voie d'exécution. Alors laissez-moi faire... et repartez ! N'oubliez pas que vous avez un fils et ne sacrifiez pas votre vie pour rien....

– Mais il y a aussi l'enfant, le petit roi. Ce pauvre petit aux mains de cette brute ! Il le tuera !

Un feu sombre s'alluma dans le regard du baron.

– Il s'en gardera bien : le Roi est un otage trop précieux pour la République. En outre, Simon sait que je ne le laisserais pas vivre vingt-quatre heures après sa mort. Enfin je peux vous assurer qu'il est bien traité : la femme Simon en raffole et le soigne comme il faut. Partez tranquille, je garde les yeux sur lui en attendant mieux !

– Partir, mais comment ? Par vos bateaux de Boulogne ?

– Depuis la déclaration de guerre, ils ne peuvent plus sortir librement : les flottilles de pêche sont surveillées. Mieux vaut la Normandie. Vous emprunterez... un navire américain : le colonel Swan vous attend au Havre...

Lady Atkyns comprit qu'elle ne pourrait faire plier la volonté de cet homme et que, sans lui, elle ne pouvait rien.

– C'est bien. Je vais me préparer mais... vous avez vraiment un plan pour Elle ?

– Me prenez-vous pour un menteur ? La nuit prochaine, je vous fais sortir de Paris. Soyez prête !

Elle lui tendit une main désabusée qu'il baisa, puis elle demanda :

– Vous retournez à Charonne ?

– Non. Je n'y retournerai pas avant que cette affaire ne soit réglée pour ne pas mettre Marie en danger. Je vis... chez des amis.

A l'aube du lendemain, lady Atkyns franchissait la barrière de la Conférence dans un tonneau noyé au milieu d'autres qui allaient se faire remplir de bière à la brasserie de Suresnes, installée depuis l'année précédente dans l'ancien château de la Source par cinq compères dont trois, le colonel Bourgeois, l'ancien garde du corps Fallois et l'ex-abbé Huvelle, étaient des habitués de l'épicerie Cortey et des amis sûrs. Batz lui-même, superbement ivre en apparence malgré l'heure matinale, menait le chariot brinquebalant en braillant des chansons à faire rougir un adjudant. L'Anglaise sortit de là couverte de bleus et à moitié asphyxiée par l'odeur âcre de la bière mais ravie au fond de l'aventure. Elle passa la journée à la Source et repartit la nuit suivante dans un véhicule plus confortable, munie d'une liasse d'assignats pas trop neufs et fort bien imités grâce à la fabrique clandestine qui cohabitait harmonieusement, au château, avec la bonne bière de Suresnes.

Quelques jours plus tard, le citoyen Michonis, son écharpe autour du ventre et son chapeau à plumes sur la tête, pénétrait au Palais suivi par un petit rouquin en bonnet rouge et pantalon de toile rayée dont la carmagnole toute neuve d'un élégant gris « boue de Paris » s'ornait de deux œillets roses plantés dans une boutonnière : c'était le chevalier de Rougeville qui s'apprêtait à jouer le rôle dont il rêvait depuis si longtemps. Et le cœur lui battait fort.

Celui de Michonis aussi, quand il fit descendre son ami dans la courette en contrebas, sur laquelle ouvrait la porte de la Conciergerie.

– Nous allons passer le guichet, chuchota-t-il d'une voix un peu oppressée. Surtout ne dis pas un mot et laisse-moi faire !

Rougeville approuva d'un signe de tête et l'on s'avança vers les municipaux de garde à la grille. Ceux-ci connaissaient bien le citoyen Michonis, qui venait chaque jour faire son tour d'inspection comme dans les autres prisons. Ils ne lui demandèrent même pas son laissez-passer, se contentant de toucher leurs bicornes d'un doigt poli, mais ils s'intéressèrent à son compagnon que Michonis se hâta de présenter :

– C'est le citoyen Gousse et c'est mon adjoint, grogna-t-il. Vous feriez aussi bien de vous habituer à sa figure parce que vous le verrez souvent avec ou sans moi. Je ne peux plus suffire. Les prisons regorgent et on ne saura bientôt plus où mettre les suspects...

L'un des municipaux se mit à rire, cracha majestueusement, puis coinça sa bouffarde dans un coin de sa bouche :

– Pourquoi t'en touches pas un mot à Fouquier-Tinville, citoyen administrateur ? Un mot de lui et t'auras toute la place que tu veux. Tu pourras même t'offrir des vacances ! Comme dit le Père Duchesne, le « rasoir national » n'est pas fatigué...

Et de rire tandis que Michonis répliquait que ce serait trop beau si ça pouvait marcher aussi facilement.

Passé le guichet et atteint le vestibule du concierge qui lui faisait suite, Rougeville sortit son mouchoir et s'épongea le front. L'atmosphère lui semblait déjà irrespirable. Michonis qui le sentit lui donna un coup de coude :

– Fais un peu attention ! Voilà le guichetier !

Un homme en effet sortait de l'ombre. Reconnaissant Michonis, il toucha son bonnet rouge. Le directeur des prisons recommença les présentations et l'on échangea quelques fines plaisanteries. Puis le guichetier demanda :

– Tu commences par la veuve Capet, comme d'habitude ?

Bon comédien, Michonis fit la grimace :

– Faut bien mais je te jure que c'est pas pour mon plaisir. Il y a toujours quelque chose qui ne va pas, avec celle-là !

– Dame, ricana l'autre, ça vaut pas Trianon ici. C'est moins gai, mais par cette chaleur c'est plus frais !

Tout en parlant, il précédait les deux hommes dans un couloir obscur sur lequel ouvraient plusieurs portes à guichets grillés et armées de lourdes ferrures médiévales. Devant la première, qui était ouverte, deux gendarmes jouaient aux dés sur un banc, éclairés par une chandelle pour suppléer au jour trop pauvre. Ils se levèrent pour accueillir l'administrateur et, tandis que l'un d'eux poussait la porte, l'autre, un certain Gilbert, donnait à Michonis les dernières nouvelles. Rougeville combattit de son mieux l'émotion violente qu'il éprouvait.

A la suite de Michonis, il pénétra dans une cellule basse, mal éclairée par une fenêtre placée presque au niveau du sol de la cour des Femmes. Un lit, un fauteuil, une table sur laquelle un crucifix était placé, une toilette et un grand paravent cachant des ustensiles plus intimes composaient tout le mobilier de ce réduit où malgré le grand soleil du dehors ne pénétrait qu'un jour parcimonieux et triste. Il y avait là deux femmes : l'une était une jeune fille. Accorte et fraîche, elle se tenait debout près de la toilette. C'était Rosalie Lamorlière, la nièce du concierge Richard. L'autre, assise dans le fauteuil et toute vêtue de noir, tenait ses mains pâles nouées sur ses genoux. A sa vue, le cœur de Rougeville manqua un battement : c'était la Reine.

Elle se leva pour accueillir les deux hommes avec une politesse résignée qu'on ne lui rendit pas.

– Je viens, comme d'habitude, voir si tu n'as besoin de rien, citoyenne, dit Michonis. Et aussi te présenter mon adjoint, le citoyen Gousse qui m'assiste dans ma lourde tâche...

Etranglé d'émotion, incapable de parler, Rougeville toucha vaguement son bonnet tandis que la

Reine inclinait la tête. A la retrouver ainsi, son âme se gonflait d'affliction. Il voyait devant lui une femme de trente-sept ans, vieillie bien avant l'âge, un visage cireux marqué par la maladie, la douleur, les injures quotidiennes et surtout le chagrin éprouvé depuis qu'elle était séparée de ses enfants. Certes, sous le bonnet de linon entouré d'un ruban noir, ses beaux cheveux descendaient toujours sur son épaule en boucles gracieuses, mais ils étaient presque blancs. Quant au regard bleu, les larmes en avaient délavé la couleur, éteint la flamme. Pourtant, prisonnière, menacée, insultée, cette femme conservait une inimitable majesté. Pourtant, elle était toujours celle que le chevalier adorait et vénérait depuis qu'à son retour d'Amérique, il s'était incliné pour la première fois devant elle. Et le plus dur était de ne pas pouvoir se jeter à ses genoux.

Cependant, le regard dont Marie-Antoinette avait effleuré le nouveau venu s'animait un peu tandis qu'une rougeur fugitive passait sur ses pommettes. Il y eut même l'ébauche d'un sourire et Rougeville comprit qu'elle l'avait reconnu pour celui qui, le 20 juin, l'avait sauvée en l'obligeant à rejoindre le Roi dans la salle du Conseil. Des larmes, alors, montèrent à ses yeux.

Michonis, pour sa part, entretenait le garde Gilbert des nombreuses difficultés de sa charge. Rougeville en profita pour s'approcher du poêle et laisser tomber comme par mégarde l'un de ses œillets, puis il jeta à la Reine un coup d'œil qu'elle ne comprit pas. Alors, il s'approcha, se pencha et très vite chuchota :

– Ramassez l'œillet qui contient mes vœux les plus ardents. Je viendrai vendredi... Puis, plus bas encore : Quand nous serons sortis, formulez une réclamation quelconque !

Cela dit, il sort avec Michonis qui a enfin fini son discours et veut lui faire visiter la cour des Femmes. C'est là que Gilbert les rejoint, annonçant que la prisonnière veut déposer une réclamation au sujet de la nourriture. Et Michonis de grogner :

– Cela m'étonnait aussi qu'elle n'ait rien trouvé à redire. Maintenant, j'en ai pour un quart d'heure à entendre ses jérémiades...

Il semble si mécontent que le citoyen Gousse lui propose tout naturellement d'y aller à sa place. Et Michonis, bien sûr, accepte :

– Bon, vas-y, mais tâche de ne pas te laisser entortiller ! C'est qu'elle est finaude la mâtine !

– Dans cinq minutes je suis là...

Le dialogue, en effet, est rapide. Rosalie est sortie, la Reine est seule.

– Votre témérité me fait frémir, dit Marie-Antoinette qui a eu le temps, à l'abri de son paravent, de trouver le billet et de le lire. Il contient l'annonce qu'on reviendra le vendredi suivant avec de l'or pour acheter les gardiens.

– Il fallait que je vienne, répond-il. J'ai de l'argent, des complices dont Michonis et Batz ainsi que des moyens sûrs de vous tirer d'ici.

– J'ai fait le sacrifice de ma vie et seuls mes enfants me tourmentent.

– On s'en occupera. Votre courage est-il abattu ?

– Ma santé, oui, mais mon cœur ne l'est pas.

– Alors gardez espoir, Madame, nous vous sauverons...

Il n'en dit pas davantage : la femme Harel qui s'occupe de la Reine avec Rosalie vient d'entrer avec un seau d'eau. Celle-là n'était certainement pas une sympathisante : Rougeville le comprit et sortit sans saluer en bougonnant dans le meilleur style Michonis.

En quittant la Conciergerie, il se rendit chez Roussel où il logeait alors avec Batz et qui servait en quelque sorte de quartier général. Il rendit compte de la visite et passa ensuite l'une des meilleures nuits de sa vie, bercé par l'espérance. Mais le lendemain, alors que les trois hommes étaient à table, Michonis accourut. Il semblait très troublé.

– Je viens de là-bas, dit-il en se laissant tomber sur une chaise, et je crois bien que nous l'avons échappé belle...

– Il s'est passé quelque chose ? demanda Batz déjà sur la défensive.

– Oui. Quelque chose qui aurait pu être grave. Ce matin, la femme Richard, la concierge qui porte ses repas à la Reine, a voulu, par jeu, explorer les poches du gendarme Gilbert, histoire de lui chiper les lettres d'amour de sa bonne amie. J'ignore s'il y en avait mais, parmi les papiers qu'elle a sortis, elle en a trouvé un qu'elle m'a porté tout droit en disant qu'il lui semblait suspect.

Et il tira de sa poche un rouleau de mince papier gris que Rougeville reconnut aussitôt. Ce n'était, à vrai dire, qu'un morceau de ce qu'il avait glissé dans l'œillet mais, en le déroulant, il s'aperçut qu'il était percé de nombreuses piqûres d'épingle.

– Regarde ! dit-il à Batz. On dirait une écriture...

C'en était une en effet. Présenté à la lumière, le papier révéla quelques mots : « Je me fie à vous. Je viendrai... »

– Elle accepte ! s'écria Rougeville en se laissant tomber à genoux d'émotion. Elle accepte ! Mon Dieu, j'avais si peur qu'elle refuse pour ne pas abandonner ses enfants à la colère de leurs bourreaux !

– Ouais, fit Michonis, mais c'est heureux que la femme Richard ne nourrisse aucun soupçon en ce qui me concerne. Si au lieu de me l'apporter elle avait eu la mauvaise idée de le faire tenir à Fouquier-Tinville, nous étions perdus et la Reine avcc nous.

– Oui... mais elle ne l'a pas fait ! coupa Batz agacé. Je pense que ceci est peut-être la meilleure des nouvelles. Dis-moi, Michonis, sais-tu si Gilbert a essayé de défendre ses poches contre la curiosité de la concierge ?

– Oui, il paraît qu'il s'est défendu comme un beau diable !

– Excellent ! Eh bien, mes amis, si le billet était dans sa poche et s'il a voulu empêcher la femme Richard de s'en emparer, cela veut dire que la Reine a réussi à le gagner et qu'il nous laissera agir.

Michonis vida d'un trait le verre de vin que Roussel lui avait servi et le tendit pour le faire remplir de nouveau :

– Tu as raison. Je pensais aussi qu'on n'aurait pas trop de mal avec Gilbert. Je sais qu'il plaint la

Reine – il lui a même déjà apporté des fleurs – et je suis presque certain qu'il a laissé un prêtre clandestin pénétrer jusqu'à elle. Quant au maréchal des logis Dufresne, c'est un brave homme qui n'a rien de sanguinaire.

– Résumons-nous ! reprit Batz. Demain, je te donne l'or que tu as annoncé à Sa Majesté. Ensuite nous passons à l'action car il faut nous hâter. Le 2 septembre au plus tard, nous enlevons la Reine. Je m'occuperai d'avoir une voiture que j'amènerai dans la cour de la Conciergerie avec deux gendarmes qui seront de nos amis. Pendant ce temps, vous irez réclamer la prisonnière prétendument pour la ramener au Temple sur l'ordre du Comité de salut public. Au besoin vous pourrez vous servir, comme accréditif, de cette affaire de billet piqué : le Comité, inquiet, penserait que la Reine n'est pas assez bien gardée à la Conciergerie. Les Richard ne verront là rien que de très normal...

– Et ensuite, nous l'emmenons où ?

– Au château de Livry, chez Mme de Jarjayes ou plutôt chez son père. L'épouse du chevalier s'y est retirée depuis le départ de son époux. Elle vit avec son père, Quelpée de la Borde, son gendre, M. de Berny, et sa fille qui attend un enfant *. De là, on conduira la Reine munie d'argent et de faux papiers en Allemagne où elle arrivera j'espère saine et sauve !

– Livry ? murmura Rougeville. L'un des relais du voyage à Varennes...

* C'est cette Mme de Berny qui sera plus tard l'égérie du jeune Balzac.

– Oui, mais c'est à présent le chemin le plus rapide pour la mettre à l'abri et on n'imaginera pas qu'elle aura osé reprendre cette route fatale.

Le lendemain qui était le vendredi 30 août, Michonis et Rougeville réitéraient leur visite à la Conciergerie. Mais cette fois le chevalier dissimulait dans les vastes poches de son habit gris une somme importante en louis d'or et en assignats.

Ils trouvèrent la Reine en compagnie de la femme Harel qui lui donnait quelques soins. La santé de la prisonnière minée par de continuelles hémorragies, les épreuves subies, le manque d'air et la réclusion, se détériorait de façon inquiétante. Quand les deux hommes entrèrent, elle était étendu sur sa couchette, une couverture posée sur ses jambes. A la vue de Rougeville ses mains se mirent à trembler, mais elle les cacha sous la couverture d'un geste naturel comme pour les réchauffer.

La femme Harel ne paraissant pas décidée à quitter la place, Michonis l'entreprit afin de permettre à Rougeville de remettre l'argent. Le sujet de conversation était aisé à trouver : la santé de la prisonnière puisqu'on la trouvait étendue. Afin de pouvoir parler plus discrètement, Michonis entraîna la femme près de la fenêtre, son large dos faisant écran.

– On dirait que la veuve Capet décline ? Tu ne trouves pas, citoyenne ?

– Bah, fit celle-ci avec un mauvais sourire, elle tiendra bien jusqu'à l'échafaud. C'est de la mauvaise graine : ça fait des manières mais c'est solide !

– Faut l'espérer, fit Michonis avec un gros rire. Ça serait trop triste qu'elle passe ici.

– On veillera à ce qu'elle tienne jusque-là, ricana-t-elle en écho.

Pendant ce temps, Rougeville se penchait sur le lit comme s'il voulait examiner la figure de la Reine et chuchotait tout en glissant doucement l'argent sous la couverture :

– Ce sera pour lundi soir. Mais aurez-vous la force ?

– Je l'aurai...

– Vos gardiens ?

– Sont gagnés. Rosalie aussi...

– Et... cette femme ? dit-il en désignant du menton la femme Harel.

– Non. Elle ne m'aime pas et ne cesse de me questionner...

– Alors, n'en parlons pas.

Le samedi et le dimanche parurent interminables à Rougeville, qui avait rejoint son amie Sophie Dutilleul mais, pour Marie-Antoinette, la plus dure fut la journée du lundi 2 septembre et ce fut dans la prière qu'elle trouva le meilleur refuge.

Les murs cependant épais de la vieille prison ne défendaient pas vraiment contre la chaleur qui, tout le jour, avait été pesante. L'air stagnait dans la cour des Femmes, difficile à respirer. Quand le soir tomba, la cloche du préau sonna pour ordonner aux détenues de regagner leurs cachots respectifs. Seule, en effet, la Reine était gardée au secret et quand elles passaient devant sa fenêtre les autres prisonnières élevaient toujours la voix afin de l'informer un peu de ce qui se passait dans la prison ou dans la ville.

Lorsque la grande horloge du quai sonna onze heures, les bruits de la Conciergerie s'éteignirent. Il y eut cependant le roulement d'une voiture, attelée de plusieurs chevaux puis des claquements de portes. Des pas se firent entendre dans le couloir et une lumière apparut au guichet tandis que le cœur de Marie-Antoinette manquait un battement. La Reine qui était restée dans son fauteuil se tourna vers la porte que franchissaient quatre hommes : Michonis, Rougeville, Gilbert et Dufresne.

– Pas encore couchée, citoyenne ? dit l'administrateur. C'est tant mieux car nous venons te chercher.

– Où m'emmenez-vous ?

– Au Temple. La Commune a décidé que tu y serais ramenée dans l'intérêt de ta sécurité. Je dois t'escorter...

– Je vais donc revoir mes enfants ?

– Je n'ai pas d'ordres à ce sujet, fit Michonis le visage fermé. Prépare-toi !

– Je suis prête, Rosalie m'enverra le reste de mes affaires.

La jeune fille qui était entrée derrière les hommes jeta sur ses épaules une mante à capuchon puis, les larmes aux yeux, lui baisa la main. Émue, Marie-Antoinette l'embrassa. Entre Gilbert et Dufresne, elle quitta sa cellule, précédée de Michonis et suivie de Rougeville au supplice. On arriva dans le vestibule du concierge où Richard attendait, une lanterne à la main. Là on s'arrêta.

Richard alla chercher le registre pour la levée d'écrou et Michonis discuta un instant avec lui, sans difficultés d'ailleurs, car le concierge ne voyait rien d'extraordinaire à ce transfert nocturne. Les deux gardes enfin allaient ouvrir le guichet quand une voix railleuse retentit :

– Bien entendu, citoyen Michonis, tu as un ordre exprès du Comité de salut public qui te commande de ramener la veuve Capet au Temple ?

C'était la femme Harel. Grimaçant un sourire, elle sortait de derrière un gros pilier. Rougeville sentit une main de glace lui étreindre le cœur mais Michonis, en face du danger, voulut jouer d'autorité :

– Naturellement, je l'ai.

– Alors montre-le !

– Je ne l'ai pas ici. Je l'ai laissé chez moi et nous n'avons pas le temps d'aller le chercher. Allons-y, vous autres !

Mais forte de sa haine qui la rendait clairvoyante, la femme Harel ne se laissa pas intimider.

– Il vaudrait tout de même mieux, pour toi comme pour ceux qui sont ici, que tu prennes le temps de faire un saut chez toi. Puis, se tournant vers le concierge et les gardiens, et changeant de ton : Vous savez ce que cela signifierait pour nous tous si le citoyen Michonis n'était pas ce qu'il paraît et si la veuve Capet n'allait pas au Temple ? Vous avez envie de faire connaissance avec la guillotine ?

– C'est ridicule, gronda Michonis. Tout le monde ici me connaît et connaît mon civisme. Toi aussi, citoyenne, et tu devrais savoir que je suis homme à te faire payer... très cher une insulte comme celle-là.

– Quand tu reviendras avec ton papier, je te ferai toutes les excuses que tu voudras. D'ailleurs, à propos de papier, qu'est devenu celui que la citoyenne Richard a trouvé sur le gendarme Gilbert ? C'est toi qui l'as ?

– Bien entendu, puisqu'on me l'a remis...

Tout en parlant Michonis regardait Rougeville, le vit blême, prêt à défaillir, et détourna les yeux pour constater que les autres n'étaient guère plus frais. Il comprit que tout était perdu. Même un coup de force était impossible : lui et Rougeville étaient sans armes et les deux autres, en dépit de l'or qu'on leur avait donné, avaient bien trop peur pour ne pas changer de camp. Certes, il y avait dehors Batz, sur le siège de la voiture avec les deux faux gendarmes, mais l'épaisseur des murs les mettait hors de portée de voix et l'on pouvait compter sur la femme Harel pour appeler à la garde et ameuter tout le quartier. Pourtant, il allait peut-être se lancer dans l'aventure. Ce fut la Reine qui l'en empêcha.

– Ne vaut-il pas mieux, dit-elle avec douceur, que vous alliez chercher ce malheureux papier ? Cela nous retardera peut-être un peu mais est-ce si important ? Quant à moi, j'ai tout mon temps et je préférerais attendre dans ma cellule.

D'elle-même, détournant la tête pour ne pas voir l'expression torturée de Rougeville, elle reprit le chemin de sa prison, suivie par les deux gendarmes qui tremblaient comme feuilles au vent. Michonis haussa les épaules :

– Elle a raison. Allons-y !

Au-dehors, ils rejoignirent Batz déguisé en garde national. Un simple coup d'œil fit deviner au baron qu'une fois de plus, le coup était manqué. Tandis que Rougeville s'effondrait dans la voiture, secoué de larmes, Michonis sauta sur le siège pour raconter ce qui s'était passé.

– Quelle stupidité ! gronda Batz. Tu avais bien un ordre de la Commune ? Celui que je t'ai donné.

– Oui, et cela aurait suffi sans cette femme affreuse...

– Au fait, que faisait-elle là en pleine nuit ? Elle n'habite pas la Conciergerie, que je sache ?

– Ça, c'est un mystère !

– Que j'éclaircirai. En attendant, tu vas rentrer chez toi mais comme il faut à tout prix que tu gardes tes fonctions, tu vas crier bien haut que tu as été trompé par le citoyen Gousse – que je vais faire disparaître dès cette nuit – et que tu es innocent. Tu apporteras même le fameux papier aux trous d'aiguille sur la table du Tribunal révolutionnaire après l'avoir rendu illisible avec d'autres trous. Quant à l'ordre resté prétendument chez toi, il t'aura été volé et tu te poseras en victime d'une infâme machination. A présent, séparons-nous ! Toi, tu rentres chez toi.

Il avait arrêté la voiture au-delà du pont-au-Change, sautait à bas du siège, ordonnait à Roussel, l'un des faux gendarmes, de conduire la voiture et Rougeville chez lui, confiait l'autre cheval à La Guiche – le second gendarme.

– Et toi ? demanda celui-ci, que comptes-tu faire ?

– Moi ? Je retourne là-bas, dit-il en désignant les tours pointues qui se découpaient sur le ciel nocturne. Il y a quelque chose que je veux savoir... Ne t'inquiète pas !

– Tu ne veux pas que j'aille avec toi ?

– Et avec toute cette cavalerie ? Merci, La Guiche ! Et à bientôt. Prends soin de toi !

Il s'élança vers la Conciergerie, poussé par une hâte, une impulsion qu'il ne s'expliquait pas. Cela lui arrivait parfois et il savait que s'il n'obéissait pas à cet ordre mystérieux que l'on pourrait appeler un pressentiment, il le regretterait. En fait, il était persuadé que, sa vilaine besogne accomplie, la femme Harel ne resterait pas plus longtemps à la prison et il voulait la suivre jusqu'à son logis dans l'espoir qu'il se situerait dans un lieu assez obscur et retiré pour qu'il puisse effacer cette misérable de la surface de la terre. Qu'au moins la Reine ne revoie plus jamais ce visage haineux !

Il était décidé à attendre le temps qu'il faudrait, fût-ce jusqu'au matin et même au-delà, avec la patience du chasseur à l'affût. Ce ne fut pas si long. Une demi-heure ne s'était pas écoulée qu'une femme en cotillon rayé et caraco foncé sous un fichu bariolé quittait la Conciergerie, saluée par l'une des sentinelles d'un :

– T'es encore là, citoyenne Harel ? Tu te plais tellement là-dedans que tu travailles la moitié de la nuit ?

– J'avais à faire ! Bonne nuit, citoyen Gras !

Batz pensait qu'elle allait prendre le pont mais au contraire elle lui tourna le dos, passa devant l'ancienne église Saint-Barthélemy devenue théâtre de la Cité, traversa la place pour s'enfoncer dans le dédale de rues plus ou moins sordides qui séparaient le Palais de Justice et Notre-Dame transformée, elle, en temple de la Raison avec, à la place d'un tabernacle, une sorte de montagne devant laquelle officiait Mlle Aubry, actrice promue au rang de déesse. L'endroit étant mal famé, voire dangereux, Batz fut un peu surpris que l'épouse d'un policier s'y rendît ou même y habitât. Mais elle ne rentrait pas chez elle. Batz le comprit quand il la vit s'arrêter devant un cabaret où un peu de lumière filtrait au travers des carreaux sales protégés par une grille. On était alors rue de la Lanterne et, au-dessus de la porte basse pendaient trois grappes de raisin en fonte. Du coup, l'intérêt de Batz s'aiguisa : c'étaient là sans doute les Trois-Pampres dont Lenoir lui avait conseillé de ne jamais s'approcher parce que certains agents d'Antraigues – donc ceux du comte de Provence – y recrutaient leurs hommes de main... Allait-il avoir la chance de faire d'une pierre deux coups ?

Sans hésiter, la femme Harel poussa la porte mais resta sur le seuil, éclairée par les quinquets de l'intérieur. Batz la vit faire un geste d'appel et, en effet, quelques instants plus tard, un homme sortit. Il ne portait pas la sempiternelle tenue égalitaire mais des habits noirs qu'aucun bout de linge blanc n'éclairait. Seule tache de couleur : l'énorme cocarde républicaine de son chapeau rond. Il prit le bras de la femme et l'entraîna un peu à l'écart de la gargote. La chance voulut que ce fût du côté où Batz se tapissait dans l'embrasure d'une porte en contrebas.

– Alors ? demanda l'homme, tu as du nouveau ?

– Et du bon ! Ça a eu lieu tout à l'heure. Michonis et Gousse, son adjoint, ont tenté d'enlever Antoinette sous prétexte de la ramener au Temple, mais j'étais là. Je me doutais bien depuis l'affaire du papier trouvé sur Gilbert que quelque chose se préparait et que ça ne traînerait pas. Dire que tu ne voulais pas me croire quand je t'ai prévenu !

– Oh ! c'est que passer ses soirées dans ce bouge, c'est pas bien agréable, même si j'y suis un peu chez moi. Mais je reconnais que tu avais raison. Aussi voilà ce que tu as gagné...

Une bourse assez ronde qui ne contenait certainement pas d'assignats passa de la main de l'homme dans celle de la femme qui la soupesa.

– C'est quoi ?

– Des jaunets. Ceux qui nous emploient sont généreux comme tu vois, mais continue à ouvrir l'œil. Il peut y avoir d'autres tentatives et il ne faut pas qu'elle en réchappe ! Sinon les Autrichiens en feraient la Régente avec tout ce qui s'ensuit et on ne veut pas de ça.

– T'inquiète pas ! Le jour où on la raccourcira sera le plus beau de ma vie ! Je la hais bien, tu sais !

– Qu'est-ce qu'elle t'a fait ?

– Elle avait tout et moi rien ! Il était temps que ça change...

– Bon, préviens-moi s'il y a autre chose. Moi, je vais finir mon pichet et je rentre....

Il regagna le cabaret. La femme Harel le suivit des yeux puis, avec un petit rire, elle fit sauter la bourse une ou deux fois dans sa main avant de la fourrer dans son corsage sous l'abri du fichu. Ensuite, elle voulut repartir vers le Palais, mais Batz bondit. Ses doigts d'acier se refermèrent sur le cou de la femme qui ne l'avait pas vu venir. Elle n'eut pas le temps de pousser un cri et s'écroula dans la poussière, morte.

Un instant il la regarda, envahi d'une sombre joie, puis, la tirant par les pieds, la rapprocha des Trois-Pampres pour être certain que l'homme la verrait en sortant. Ce qui ne saurait tarder puisqu'il avait annoncé qu'il retournait seulement terminer son vin. Batz se dissimula de nouveau, mais plus près, et attendit. Pas longtemps, trois ou quatre minutes tout au plus, et l'homme reparaissait.

Il eut un haut-le-corps en voyant le cadavre, faillit s'enfuir mais se ravisa, regarda autour de lui et, suivant ainsi à la lettre le raisonnement de Batz, s'agenouilla pour fouiller sa complice et reprendre la bourse qu'il lui avait donnée. Batz, alors, bondit sur lui en criant « A la garde ! », tout en sachant fort bien qu'il y avait peu de chance de la voir paraître à cette heure de la nuit, mais sa voix sonore tonna dans le silence nocturne, chassant les chats et attirant au-dehors les quelques clients du cabaret.

Pris au dépourvu, l'homme s'écroula sous son poids au moment précis où il retirait la bourse du corsage. Il tenta de se relever, mais Batz l'étendit à terre d'un maître coup de poing.

– Qu'est-ce qui se passe ? demanda le patron des Trois-Pampres qui accourait avec une lanterne. Qui es-tu ?

– Caporal Forget, de la section Le Pelletier. Je viens de voir ce bandit étrangler cette femme pour la voler. Regarde !

L'agresseur tombé près de sa prétendue victime essayait de reprendre ses esprits. Il avait lâché la bourse et quelques pièces d'or brillèrent dans la poussière, allumant de curieuses flammes dans l'œil du cabaretier et de ceux qui l'avaient suivi.

– Et qu'est-ce que tu veux qu'on y fasse ?

– Que tu la mettes au frais dans ta cave jusqu'à ce que la garde vienne la chercher. C'est une des nôtres, une femme du peuple et elle doit être vengée...

– La Garde nationale ? grommela l'autre, on l'aime pas tellement. Elle est presque aussi curieuse que la police... Et puis, c'est un client.

– C'est pas toi qui accuses, c'est moi et j'ai tout vu. En outre, un service en vaut un autre : laisse seulement une pièce dans la bourse. Les autres, tu les partageras avec ces braves gens...

Les « braves gens » avaient tous des têtes à faire frémir, mais ce langage-là avait de quoi leur plaire. En outre, rendre service au caporal Forget leur délivrait presque un certificat de civisme, quelque chose de bien précieux pour des truands en ces temps où la vertu était à l'ordre du jour.

– Va chercher tes copains, citoyen, on s'en occupe, conclut le cabaretier en empoignant le

« client » qui tentait de fuir. Puis il éclaira de sa lanterne le visage de la morte :

– Connais pas ! Tu saurais qui c'est, toi ?

– Peut-être, fit Batz en se penchant sur elle. Mais oui, bien sûr que j'la connais. C'est la femme à Harel, le policier. Je l'ai vue y a pas longtemps à la Conciergerie où elle surveillait l'Autrichienne. Va pas être content, Harel, et Fouquier-Tinville non plus.

Mais il n'avait pas besoin d'en rajouter. Le siège de son auditoire était fait... et les pièces d'or avaient déjà disparu quand l'homme fut ramené à l'intérieur et bouclé dans la cave.

– On t'attend, citoyen caporal, conclut le patron. Tu peux nous faire confiance, y s'envolera pas !

Une heure plus tard, le complice de la femme Harel était arrêté. Batz n'avait eu aucune peine à reconnaître en lui Louis-Guillaume Armand, le mouchard qui avait failli le faire arrêter chez Roussel à son retour de Londres. Il savait maintenant pour qui il travaillait en réalité et, finalement, regretta de ne pas l'avoir reconnu plus tôt. C'eût été si facile de le tuer lui aussi ! Seulement, le caporal Forget n'aurait pas acquis un statut privilégié dans la taverne où recrutaient Antraigues et les autres agents de Monsieur...

CHAPITRE IX

LE PARADIS PERDU

Toute sa vie, Jean de Batz devait regretter de n'avoir pas tué Armand. Celui-ci ne resta pas longtemps en prison. Il connaissait toutes celles de Paris, ou presque, pour y avoir séjourné auprès de tel ou tel prisonnier dans le rôle infâme du mouton. On appréciait trop, en haut lieu, les services de l'affreux personnage pour ne pas lui rendre rapidement une liberté dont il faisait si bon usage.

Michonis, de son côté, cria bien haut au scandale et joua l'imbécile avec un naturel admirable, plaidant la bonne foi surprise et rejetant toute la responsabilité de la tentative sur le « citoyen Gousse » dont il n'imaginait pas un seul instant qu'il pût nourrir la moindre sympathie pour la veuve Capet. Il savait pouvoir charger Rougeville sans crainte de lui causer le moindre désagrément : avant que l'aube ne se lève, Batz avait mis son ami à l'abri dans les carrières de plâtre de Montmartre. Michonis n'en fut pas moins emprisonné à la Force.

Ce fut la Reine qui eut le plus à souffrir de cet échec. Les deux gendarmes, Gilbert et Dufresnes, furent destitués, les époux Richard renvoyés. Seule la jeune Rosalie Lamorlière fut autorisée à garder son poste mais, dès le lendemain, la cellule fut fouillée de fond en comble. Par un raffinement mesquin, on ôta à la prisonnière les deux bagues qui lui restaient, et son linge : dorénavant, ses chemises lui seraient données une à une. Ensuite, on la changea de prison, la cellule initiale étant apparue trop proche de la porte. A présent, il faudrait passer cinq grilles avant de l'atteindre et les gardiens s'installèrent dans la chambre même, n'hésitant pas à obliger la Reine à se lever la nuit pour fouiller son lit. Le complot de l'œillet n'avait fait que rendre plus cruel le calvaire qu'elle endurait.

Batz, dont le nom n'avait même pas été prononcé, en eut pleinement conscience et souffrit comme un damné. Le meurtre de la femme Harel ne l'apaisait pas. Il ne cessait de se reprocher de ne pas l'avoir éliminée plus tôt. Sans ce misérable grain de sable pétri de haine, la Reine serait peut-être déjà en sûreté de l'autre côté de la frontière ! Marie, qu'il était allé rejoindre comme le condamné poursuivi se jette dans l'asile d'une église, était le témoin navré de ses nuits sans sommeil passées à arpenter son cabinet de travail ou à errer dans le jardin comme s'il espérait de la terre une réponse aux questions angoissées qu'il se posait.

Les deux premières nuits, Marie ne chercha pas à s'en mêler. Elle avait déjà vécu des heures semblables après la mort du Roi et elle l'aimait trop pour ne pas ressentir sa souffrance d'écorché vif, au point d'en oublier sa propre douleur. La troisième nuit, cependant, elle entendit, vers une heure, le léger grincement de la porte-fenêtre et, s'enveloppant d'un saut de lit, elle le rejoignit au jardin. Il était assis sur un banc de pierre disposé de façon à pouvoir contempler les buissons de roses, à ce point prisonnier de ses sombres pensées qu'il ne l'entendit pas venir derrière lui et ne tressaillit même pas quand elle appuya la main sur son épaule. D'un geste naturel, il posa, sans se retourner, sa main sur les doigts soyeux :

– Tu ne dors pas ?

– Comment le pourrais-je quand je vois ce que tu endures ? Tu te tortures à te faire des reproches que tu ne mérites pas... que personne d'ailleurs ne mérite. Ni Michonis, ni Rougeville qui doit souffrir le martyre parce que lui, en plus, il est passionnément amoureux de la Reine.

– Mon cœur, cela ne change rien au fait que nous n'avons pas pris assez de précautions.

– Vous auriez pu en prendre cent fois plus, mille fois plus, que cela n'aurait rien changé : on ne peut aller contre le Destin.

– Et celui de la Reine était scellé d'avance, selon toi ?

Sans répondre, elle vint s'asseoir auprès de son amant qui passa aussitôt un bras autour de ses épaules.

– Pendant ces jours où tu étais absent, La Harpe est venu me voir. Je l'en avais prié, d'ailleurs.

– Tu avais envie d'entendre ses vers ? Ils ne sont pas bien fameux pourtant...

– T'a-t-il jamais raconté ce souper chez le prince de Beauvau dont il a été l'un des convives en 1788 ?

– Celui où Cazotte a fait de si étranges prédictions ? Une fois, oui, il y a longtemps. Je sais qu'il avait prédit une révolution sanglante. Mais tu sais que ce brave homme m'ennuie un peu, et nous n'en avons pas reparlé.

– Moi je l'ai interrogé à la suite du dîner de Chabot et pour qu'il puisse m'en dire encore davantage, je l'ai prié de revenir. Il a prédit la mort du Roi... et aussi celle de la Reine ! Cesse de te tourmenter, Jean. Quoi que tu fasses, quoi que tu tentes, elle mourra. Essaie de ne pas entraîner trop de monde à sa suite. Tu sais que Sophie Dutilleul a été arrêtée ?

– L'amie de Rougeville ? Pauvre innocente ! Son seul crime est de l'aimer... au moins autant qu'il aime la Reine...

– Alors, au lieu de ressasser tes griefs contre toi-même, pourquoi ne pas essayer de la sauver ? Au moins elle ! murmura Marie sans pouvoir retenir le sanglot qui lui venait.

Touché, il la saisit dans ses bras, la serra contre lui pour couvrir son visage de baisers.

– Marie, Marie ! Pardonne-moi ! C'est toi qui as raison, toujours raison, et j'ai mieux à faire que pleurer. Je vais essayer de la faire évader. Et puis il y a l'enfant... mon petit roi ! C'est à lui que je me dois, et à la destruction de ces monstres pompeux qui font peser sur nous tous leur sanglante dictature !

La jeune femme eut à peine le temps de goûter la douceur de cet instant. Déjà il se levait, mais sans la lâcher.

– Viens, dit-il tendrement, viens me rendre mes forces ! Je vais en avoir tellement besoin ! Demain, je retourne au combat !

– Que veux-tu faire ?

– Quelques visites ! Et puis voir un peu où en est Chabot !

– Alors, à mon tour de te demander, pour un instant, de ne pas me parler de cet horrible bonhomme ! La nuit est si belle !

– Moins belle que toi !

Plus tard dans la nuit, Marie demanda :

– Puisque tu fais fi des prédictions de Cazotte, pourquoi ne pas aller voir Bonaventure Guyon * ? Ses visions t'ont été bonnes...

– J'y suis allé, mais je ne l'ai pas trouvé. C'est un prêtre, tu sais, et son grenier n'est peut-être plus une cachette... si tant est qu'il l'ait jamais été. Quelqu'un m'a dit qu'il avait disparu tout à coup, comme s'il s'était volatilisé. Mais tu as raison de m'y faire penser. Je verrai Le Noir, il saura peut-être quelque chose.

Pour une fois, l'ancien lieutenant général de police ignorait où était passé l'étrange bonhomme et ne cherchait pas à le savoir : si Bonaventure Guyon avait jugé bon de fuir Paris, c'eût été lui rendre le plus mauvais des services que lui courir après.

* Voir tome I.

– Peut-être feriez-vous bien de l'imiter ? soupira Le Noir. Vous devriez emmener Marie et partir pour votre pays d'Armagnac. Votre père vit encore ?

– Bien que je sois sans nouvelles depuis quelque temps, je l'espère...

– Vous n'avez pas envie de le revoir ?

– Ce serait une très grande joie, mais vous savez que je ne m'appartiens plus, que je n'ai plus le droit de penser à moi, encore moins au bonheur. Et Marie le sait aussi...

– C'est tout à votre honneur. Cependant songez que le pavé de Paris pourrait devenir brûlant pour vous. Même si l'on n'a pas prononcé votre nom au sujet du complot de l'œillet, il est logé dans quelques mémoires dangereuses. Robespierre, lui-même, commencerait à penser que de tous ses ennemis vous êtes le pire.

– S'il en vient à me haïr, le jour où il tombera je serai l'homme le plus heureux du monde.

– Prenez garde de ne pas tomber avant lui ! J'espère que vous ne tenterez plus rien pour sauver la Reine. Elle est perdue sans recours.

– Elle n'est même pas jugée.

– Elle le sera bientôt et, croyez-moi, tout ira très vite : la sentence est déjà rendue et l'exécution interviendra dans les heures suivantes. Vous ne pouvez plus rien !...

Le sourire moqueur de Batz ne dérida pas son vieil ami.

– Vous craignez que je ne recommence ce que j'ai manqué pour le Roi ? L'enlever avec ou sans sa voiture sur le chemin de l'échafaud ?

– La voiture ? Pensez-vous sérieusement qu'elle aura droit au même honneur que son époux ? Il était le Roi, envers et contre tout, le Père en quelque sorte. Elle n'est que l'Autrichienne exécrée : on ne lui épargnera rien. C'est dans une charrette, exposée aux yeux de tous, qu'elle partira, pour que le calvaire soit plus cruel encore. Le pilori en quelque sorte avant le couperet !

Le sourire avait disparu, remplacé dans les yeux de Batz par le feu sombre que Marie redoutait tant.

– Alors, il me restera un dernier moyen de la servir : lui tirer une balle dans la tête ou dans le cœur pour lui éviter ça !

– Je vous sais assez sûr de votre main et de votre coup d'œil pour tenter cette folie... dont vous ne sortiriez pas vivant. Et vous devez vivre, Jean de Batz ! Pour votre Roi... et pour achever ce que vous avez entrepris. Ou alors, revenons-en à ce que je vous ai conseillé : partez avec Marie ! Il faut de la logique dans la vie et vous n'en avez jamais manqué. Je vous en supplie, prenez garde : le jeu que vous jouez avec Chabot est dangereux. L'homme est un lâche pourri jusqu'à la moelle : il dénoncera tout et n'importe quoi quand il pensera que sa tête risque de lui échapper.

– Croyez-vous que je ne le sache pas ? Mais le jeu, comme vous dites, en vaut la chandelle...

Cependant, ledit Chabot vivait une sorte de rêve éveillé. Ses bons offices à l'Assemblée lui rapportaient de l'argent, il aimait, il était aimé d'une ravissante fille et, quand il l'épouserait, ce qui ne saurait tarder, il recevrait une dot de deux cent mille livres qui, jointes à ce qu'il possédait déjà, feraient de lui un homme riche. Mieux encore, les Frey lui offraient de s'installer dans leur hôtel de la rue d'Anjou où la corne d'abondance et ses délices semblaient inépuisables. On lui proposa l'appartement situé à l'entresol, auquel on accédait par un large et bel escalier de pierre. Tout meublé, bien sûr, et de quelle agréable façon !

Passé l'antichambre que Léopoldine lui avait abandonnée pour y placer quelques souvenirs : un buste de Brutus et des gravures représentant le tombeau de Marat et le serment du Jeu de Paume, plus un portemanteau pour y accrocher son bonnet rouge, on trouvait au-delà un grand salon tendu de lampas vert et blanc avec d'épais rideaux de taffetas à carreaux de même couleur et toutes sortes d'objets rappelant davantage Trianon que le club des Jacobins. Ainsi, entre deux chandeliers d'argent, une pendule de marbre bleu et blanc supportant un amour en biscuit de Sèvres. La chambre à coucher était plus séduisante encore : tentures de damas jaune et blanc doublées de taffetas blanc, dont certaines habillaient un grand lit de bois doré à quatre colonnes soutenant un dais emplumé. Quant à l'ameublement, il se composait de deux canapés, quatre fauteuils, deux chaises, une toilette d'acajou, un grand miroir pour refléter la beauté de la chère « Poldine » et enfin un chiffonnier supportant – Dieu sait pourquoi – un buste de Cicéron destiné sans doute à flatter les convictions républicaines du maître des lieux... La délicatesse de ce choix le ravit : placer ses futurs ébats amoureux sous l'égide du pourfendeur de Catilina lui semblait le comble du raffinement. C'était, pour l'ex-capucin, infiniment plus exaltant que les crucifix placés naguère au-dessus des lits. Et il avait hâte de s'installer dans ce délicieux nid d'amour où sa fiancée, enfin, deviendrait sienne, c'est-à-dire d'atteindre le jour du mariage. Jusque-là, l'austère Junius qui se parfumait à la vertu comme d'autres à l'iris de Florence, veillerait de près à ce que son futur frère tienne en bride son tempérament excessif et respecte les convenances.

Pendant les mois d'août et de septembre, Chabot mena une bizarre double vie que soulignaient ses changements d'apparence. Alors qu'il n'abordait la douce Léopoldine que savonné, rasé et accommodé comme un muscadin – le bonnet, auquel il n'aurait renoncé pour rien au monde, s'ornait alors de glands dorés –, il retrouvait ses pantalons déchirés, ses jambes nues, ses chemises débraillées, sa vieille carmagnole et un bonnet crasseux pour aller aux Jacobins ou à la Convention, lancer des motions furieuses dénonçant à tour de bras celui-ci ou celui-là selon les vagues bruits qu'il avait pu recueillir, dans l'espoir, sans doute, de se refaire une virginité sans-culotte dont il craignait par-dessus tout que l'on en vienne à soupçonner qu'elle n'était plus qu'un souvenir. Il en faisait même un peu trop, ce qui donnait à penser à certains, mais il ne s'en rendait pas compte. Tout à son bonheur, il voyait à présent la France comme un immense trésor dans lequel il allait puiser grâce à cet homme magique, à cet homme tout en or qui s'appelait Jean de Batz et devant lequel les barrières tombaient. Encouragés par les hommes du baron, certains conventionnels commençaient à penser qu'en faisant ses affaires en même temps de celles de la Nation, Chabot n'avait pas tout à fait tort.

Parmi ceux-ci était Stanislas Maillard, le septembriseur, cet ancien huissier qui avait institué les tribunaux d'exception chargés de « juger » puis d'envoyer au massacre les malheureux entassés dans les prisons après la chute des Tuileries. Leur sinistre besogne achevée, Maillard et sa bande de « tape-dur » s'étaient retrouvés autant dire au chômage. On les avait vus au premier rang chaque fois qu'une échauffourée jetait le peuple contre les portes de la Convention, mais sans jamais retrouver d'emploi aussi rémunérateur que celui des prisons où les dépouilles des victimes assommées et égorgées leur avaient beaucoup profité. Maillard et quelques-uns de ses hommes avaient fini par entrer dans la police où l'on vivait plutôt chichement, en dépit de la « protection » que Maillard avait offerte à la brasserie de la Source, à Suresnes, où il allait se goberger de temps en temps. Mais c'était insuffisant.

La soudaine prospérité de Chabot, qui était son ami, lui donna à penser. Il posa les bonnes questions, obtint les bonnes réponses de cette espèce d'illuminé permanent. Celui-ci lui laissa entendre que la source de sa félicité lui venait de ses futurs beaux-frères mais aussi du baron de Batz qui était sans doute l'homme le plus riche de France. Il parla avec âme de l'agréable maison de Marie Grandmaison à Charonne où sa Poldine lui était apparue pour la première fois et où il avait rencontré Batz.

Pour Maillard, ce fut une révélation. Miné, à trente ans, par une tuberculose qui l'épuisait, il en avait assez de traîner sa misère en crachant ses poumons sur le pavé de Paris. Il rêvait d'une maison douillette, avec un jardin où il pourrait se chauffer au soleil en se reposant enfin de ses durs travaux. En outre, ses convictions républicaines n'avaient jamais été bien solides. Son dieu à lui, c'était le profit, et il eût volontiers fait égorger toute la Convention et les deux Comités de sûreté générale et de salut public pour un coffre plein de ces jolies pièces d'or au profil du Roi martyr qui se faisaient si rares. Il demanda à rencontrer Batz, Chabot se chargeant de l'entremise.

On se retrouva chez Corazza, où le baron venait encore de temps en temps boire un café ou manger une glace avec Pitou, Delaunay ou Julien de Toulouse. Grâce à Cortey qui le fréquentait aussi et en dépit de la pénurie engendrée par la guerre, le café y était toujours aussi bon, la vanille aussi parfumée et, grâce à Lullier, la carte de civisme du baron toujours en ordre.

Batz avait un peu hésité à accepter le rendez-vous. Ce Maillard qu'il avait vu à l'œuvre lui répugnait mais, lorsque l'on monte une conspiration de cette envergure, il ne faut pas se montrer trop difficile sur le choix des hommes chargés de l'inévitable vilaine besogne. Il rétribuait déjà quelques-uns de ses confrères policiers ou indicateurs et si celui-là pouvait être utile...

En arrivant au célèbre établissement du Palais-Royal, il y trouva Pitou qui, en civil pour une fois, était occupé à rédiger, sur le coin d'une table de marbre, un article pour l'un des journaux clandestins auxquels il collaborait plus activement depuis que Batz avait préféré le tenir à l'écart de son « grand projet ». Simplement parce qu'il l'aimait bien et redoutait qu'il pût un jour y laisser sa tête. Pitou, c'était l'homme des coups de main en forme d'enlèvement et il retrouverait du service quand son ami déciderait d'enlever du Temple le petit roi. Les affaires de finances n'étaient pas son fait et il l'avait bien compris. Seulement, à présent, Pitou s'ennuyait. Il allait bien, de temps en temps rue du Mont-Blanc et c'étaient pour lui des moments de pures délices parce que, visiblement, Laura était toujours heureuse de le voir, mais il n'osait pas trop multiplier ses visites. Pas à cause de Jaouen : Laura avait fait comprendre à celui-ci avec fermeté qu'elle entendait recevoir qui lui plaisait, mais souvent elle n'était pas seule : Julie Talma et son époux s'étaient acquis le statut d'intimes, et Laura d'ailleurs les appréciait. Il y avait aussi Elleviou qui en avait fait la confidente de ses amours secrètes avec la ravissante Émilie de Sartine comme de ses démêlés avec la danseuse Clothilde Mafleuroy, son officielle maîtresse. Enfin, et surtout, il y avait le colonel Swan qui venait presque chaque jour. Il amenait parfois des amis américains comme Joel

Barlow et sa femme, logés rue du Bac à l'hôtel de la citoyenne Saint-Hilaire – Barlow fournissait la Convention en potasse, ce qui lui avait valu la double nationalité –, ou encore Edward Church, son épouse Hannah et ses trois filles qui habitaient eux aussi l'hôtel de la citoyenne Saint-Hilaire. Et parfois Gouverneur Morris, l'ambassadeur, lorsque celui-ci se sentait le courage de quitter sa douillette retraite de Seine-Port, près de Melun. Pitou comprenait bien que tous ces gens formaient, pour l'ex-marquise de Pontallec, la meilleure garantie de civisme et contribuaient à sa sécurité mais il n'en regrettait pas moins le temps où, avec Marie Grandmaison, il était toute la compagnie de miss Laura Adams. Alors, sans jamais les lui offrir, il écrivait pour elle des poèmes où il mettait tout son amour.

Cette fois, Batz ne fit qu'un bref arrêt à la table de son ami.

– Je dois, chuchota-t-il, rencontrer deux personnages qui ne vous plairaient guère.

– Ils vous plaisent, à vous ?

– Quand vous les verrez, la réponse vous sera donnée.

Et il alla s'installer au fond de la salle dans une encoignure où peu de consommateurs pouvaient le voir. Chabot et Maillard arrivèrent ensemble à l'heure dite et les yeux de Pitou s'arrondirent quand il les reconnut. Passe encore pour Chabot : Pitou savait quel rôle Batz lui avait assigné dans la tragédie qu'il composait, mais Maillard le septembriseur, Maillard le féroce assassin de tant de pauvres gens ! C'était à n'y pas croire !

Batz pensait à peu près la même chose en répondant au salut de cet homme et en le regardant s'asseoir en face de lui. En vérité, il avait une mine affreuse que n'arrangeaient pas sa longue veste noire boutonnée jusqu'au cou et son chapeau rond. Le teint était blême avec, aux pommettes, des rougeurs malsaines, la voix basse, enrouée, mais les yeux mobiles qui avaient déjà fait le tour du célèbre café gardaient toute leur acuité. Ils détaillèrent avec une sorte d'avidité l'élégante redingote de toile blanche que Batz portait ce jour-là, ses mains fines et fortes toujours admirablement soignées, le visage énergique aux traits accusés, le pétillement des prunelles noisette sous le surplomb des sourcils droits et la longue bouche au sourire désinvolte. Cet homme-là respirait l'argent, et c'était le parfum que Maillard préférait entre tous. Cependant, Chabot ouvrait le débat.

– Citoyen Batz, dit-il, je t'amène un bon garçon qui a rendu de grands services à la République et que celle-ci ne récompense pas selon ses mérites.

– Je les connais, dit Batz, et je m'étonne justement avec toi que la République se montre si peu avisée. Quoi, citoyen Maillard, on ne t'a pas donné le poste de responsabilité que tu méritais ? Que fais-tu ?

– Je suis un policier et rien de plus, grogna l'autre. Un argousin que Garat n'a même jamais l'air de reconnaître quand il le rencontre...

– C'est mesquin ! Et en quoi pourrais-je t'être utile ? Il me serait difficile de te faire monter en grade, étant seulement un financier, pas un haut fonctionnaire...

– Les hauts fonctionnaires ne pensent qu'à s'emplir les poches et moi, j'aimerais bien qu'on s'occupe des miennes...

Une brutale quinte de toux lui coupa la parole et le plia en deux pendant quelques instants. Vivement, Batz emplit un verre d'eau et le lui tendit. Quand il retrouva un peu de souffle, Maillard le but avec l'avidité d'un fiévreux.

– Tu es malade ? demanda le baron.

– Comme tu peux voir. La fièvre ne me quitte guère et je voudrais au moins pouvoir me soigner autrement qu'en faisant le guet des nuits entières et les pieds dans la boue...

– Si c'est pas malheureux ! s'indigna Chabot. Un homme qui pourrait rendre de si grands services...

– A la Convention sans doute, mais à moi ?

– Si tu peux payer, fit Maillard avec une soudaine brutalité, tu verras ce que je peux faire. Je ne dois rien à personne et c'est à moi qu'on doit ! Ces misérables, j'aimerais pouvoir les massacrer tous comme...

Il eut la présence d'esprit de s'arrêter, mais Batz impitoyable continua :

– ... comme ceux de l'Abbaye ?

– Pourquoi pas ? Je peux toujours compter sur mes garçons, mes tape-dur. C'est une force non négligeable, crois-moi. Et il vaut mieux les avoir avec soi que contre soi !

– Je n'en doute pas, dit Batz qui saisissait la menace. Il se peut que je fasse appel à toi un jour prochain. En attendant et pour te permettre de voir un bon médecin...

Trois pièces d'or se retrouvèrent dans la main du policier sans qu'il comprît comment elles y étaient arrivées. Elles allumèrent un reflet dans son regard, mais il ne jugea pas utile de remercier et se contenta de demander :

– Où puis-je te trouver, désormais ?

– Nulle part et partout. C'est moi qui t'appellerai.

Comprenant que l'entretien était terminé, Maillard se leva et sortit, suivi presque immédiatement par Chabot.

– Tu as bien fait, camarade ! Tu verras que tu en seras content. Quant à moi, il faut que j'aille à mes affaires : c'est demain que je m'installe chez nos bons amis ! Ah, j'oubliais : mon mariage est fixé au 14 octobre. Je compte sur toi...

Et sans écouter la réponse, il s'esquiva de ce pas allègre qui était le sien depuis qu'il fréquentait Léopoldine. Batz attendit un instant, commanda du café et le fit servir à la table de Pitou qu'il rejoignit :

– J'ai rêvé, fit celui-ci, ou bien vous avez payé ce misérable ? Ne me dites pas que vous l'avez enrôlé ?

– Non. M'apporterait-il la tête de Robespierre sur un plat d'argent que je ne le pourrais pas. Il m'inspire trop de dégoût... mais c'est un homme très malade : je lui ai seulement fait la charité...

– Vous placez bien mal vos charités.

– Il ne faut pas voir cela de cette façon. Je n'ai fait que le neutraliser. Dans son état de santé, la seule chose qui l'intéresse, c'est l'argent. En lui faisant espérer qu'il en aura beaucoup, je l'incite à se tenir tranquille. On ne tue pas la poule aux œufs d'or et ce bas policier est un nid de serpents à lui tout seul. Mais parlons d'autre chose. Pourquoi ne vous voit-on plus à Charonne ? Marie s'inquiète et, en ce moment, je la laisse trop souvent seule...

– Avec Devaux et Biret tout de même, sans compter les autres domestiques ? Non, ne vous fâchez pas, j'ai compris ce que vous entendiez, mais à mon tour de reprocher : on dirait que vous n'avez plus besoin de moi ?

– Je ne veux pas vous gâcher dans des opérations où vous feriez seulement nombre et qui vous auraient déjà compromis. Disons... que je vous garde pour la bonne bouche !

– Vous n'allez plus tenter de sauver la Reine ?

– Non, répondit Batz le visage soudain figé. Dieu seul, je crois, pourrait la sauver. Elle est trop bien gardée : par la force moins peut-être que par la haine et vous comme moi devons rester vivants.

– Qu'appelez vous la bonne bouche ?

– Ai-je vraiment besoin de vous le dire ? Je suis toujours l'homme du Roi, Pitou, et mon roi existe !

– Pas très heureux sans doute ! Je suis allé au Temple, il y a deux jours pour voir... un camarade qui y est souvent de garde. J'ai aperçu l'enfant qui jouait au jardin sous la surveillance de Simon : il m'est apparu bien tenu, propre et en bonne santé...

– La femme Simon est une brave femme. On dit qu'elle s'est prise d'affection pour lui.

– ... mais l'éducation que lui donne Simon est épouvantable. Il a juré d'en faire un parfait sans-culotte et ne néglige rien pour cela : il ne le frappe pas mais il le fait boire, il lui apprend d'affreuses chansons, un vocabulaire abominable et le petit, à ce que l'on dit, apprend trop bien ! Au point, parfois, d'indigner les municipaux...

– Ce n'est qu'un enfant et les enfants adorent les nouveautés ! Passer de Mme de Tourzel à Simon, cela fait une sacrée différence ! J'ai eu moi aussi des renseignements : Simon lui explique que c'est se montrer un homme qu'agir et parler ainsi...

– Il y a tout de même des limites, murmura Pitou avec tristesse. On m'a dit qu'un jour – la Reine était encore au Temple – le petit Louis jouait aux dames avec Simon quand, à l'étage au-dessus, il a entendu un grand bruit comme si on traînait des meubles. Cela l'agaçait et il aurait dit alors : « Est-ce que ces salopes ne sont pas encore guillotinées ? » Un enfant qui adorait sa mère peut-il changer à ce point en quelques jours ? ajouta le jeune homme écœuré.

Relevant les yeux sur son ami, il lut l'horreur sur son visage.

– Je n'ai pas de réponse à cela, Pitou. Sinon peut-être... sans doute même qu'il répète comme un perroquet les mots nouveaux qu'on lui enseigne sans en connaître le sens.

– Passe pour l'insulte, mais la guillotine il doit tout de même bien savoir ce que c'est ? On ne lui a pas caché la façon dont est mort son père ?

– Là non plus, je n'ai pas de réponse... ou alors, son intelligence aiguisée par la peur et le chagrin est-elle plus vive que nous ne le pensions ? Peut-être sait-il déjà que hurler avec les loups est la meilleure façon de se protéger et d'endormir la méfiance de l'ennemi. Mais vous avez raison, Pitou : il faut faire en sorte que cette « éducation » ne se prolonge pas trop longtemps ! Ni l'habitude de boire ! ajouta-t-il avec une rage froide.

Sans qu'il s'en doute, Maillard avait été suivi. Armand, venu chez lui dans l'après-midi, était arrivé juste à temps pour le voir sortir d'un pas pressé qui était inhabituel à ce malade. Ce qui suffit à lancer le mouchard sur ses pas. Il le vit rejoindre Chabot et gagner avec lui le Palais-Royal, entrer chez Corazza et prendre place à la table d'un homme que sa haine reconnut avant ses yeux. Il n'y avait pas assez de monde dans le célèbre café pour qu'il pût entrer lui-même sans se faire voir, alors il resta derrière la vitre et comprit que l'ancien huissier était en train de se vendre et que l'étrange changement de Chabot pourrait bien avoir là sa source.

Quand le conciliabule s'acheva, il se garda bien de suivre ce qui n'était après tout que menu fretin toujours facile à retrouver pour s'attacher à l'homme qui osait paraître en public à visage découvert. L'arrêter était impossible : aucun mandat, en effet, n'existait contre lui et s'il y en avait eu, si l'on avait lancé son nom au moment de l'exécution de Capet, ils avaient disparu. En outre, il aurait fallu avoir du monde sous la main et chez Corazza il n'y avait pas beaucoup de chance de trouver de l'aide. Ce qu'il fallait, c'était savoir où logeait le conspirateur.

Il le vit se lever, jeter quelques assignats sur la table, serrer deux mains au passage, adresser un signe d'amitié au patron et enfin sortir un instant sur la galerie, juste le temps de s'engouffrer dans l'escalier voisin menant à l'un de ces salons de jeu presque aussi nombreux au Palais-Égalité que les maisons de passe. Le plus célèbre d'entre eux, le plus élégant aussi, celui de M. Aucane et des dames de Sainte-Amaranthe, ayant disparu, les autres refusaient du monde presque vingt-quatre heures sur vingt-quatre. Il y avait foule autour des tables de pharaon ou de trente-et-quarante, une foule hétéroclite, disparate, sentant le vin, le tabac refroidi et la sueur plus que l'iris, la verveine ou la rose. Armand vit Batz se frayer un passage jusqu'à la roulette, miser. Malgré lui, l'espion suivit la course de la petite boule d'ivoire. Le numéro joué par Batz gagna... mais la mise resta sur le tapis et, quand l'espion chercha celui qu'il appelait déjà son gibier, il ne le trouva plus. Batz avait disparu sans que personne puisse dire ce qu'il était devenu : les joueurs ne s'intéressent qu'à ce qui se passe sur la table.

Il eut beau chercher, nulle part il ne trouva trace de l'homme à la redingote blanche. Alors, furieux et déconfit, il se rendit chez Robespierre pour lui dénoncer les agissements louches de Maillard et, le soir même, le policier comparaissait devant l'Incorruptible.

Le lendemain soir, Pitou soupait chez Cortey comme cela lui arrivait assez souvent lorsqu'il n'était pas de service. Entre lui et le solide gaillard qu'était l'épicier, l'amitié née pendant la préparation de l'enlèvement de Louis XVI s'était développée, cimentée même. Habités par la même foi royaliste et le même dévouement à Jean de Batz, les deux hommes s'étaient reconnus frères et, dans la période de « basses eaux » que venait de traverser Pitou contraint par les exigences de son service et la volonté du baron à se tenir un peu en retrait des événements, frustré d'autre part dans son amour pour Laura, la belle santé morale, l'optimisme et la chaleur dégagés par le chef militaire de la section Le Pelletier s'étaient révélés singulièrement réconfortants.

En dépit des difficultés de ravitaillement, le repas servi par Marie-Rose, la robuste quinquagénaire qui veillait sur la petite fille de Cortey et sur sa maison – son épouse était morte peu de temps après la naissance de l'enfant –, avait été fort honorable et s'achevait par un blanc-manger accompagné de craquelins et d'un vin de Malvoisie dont la cave gardait encore quelques bouteilles. Il était à peu près onze heures du soir quand les pas d'une troupe en marche éveillèrent des échos et s'arrêtèrent devant la porte qui résonna bientôt sous les coups d'un pommeau de sabre.

– Seigneur ! marmotta Marie-Rose qui assistait à la dégustation de son chef-d'œuvre. Qu'est-ce que c'est que ça ?

– On va le savoir tout de suite !

Jetant sa serviette, Cortey se précipita à la fenêtre qui était ouverte sur une nuit singulièrement douce pour un 30 septembre, se pencha, reconnut celui qui frappait :

– C'est toi, citoyen Vergne ? Qu'est-ce que tu veux ?

L'interpellé leva vers le carré lumineux de la fenêtre où se découpait la puissante silhouette un sourire menaçant, tout en agitant un papier :

– Perquisitionner... citoyen. J'ai là un ordre du Comité de sûreté générale !

– Une perquisition ? Chez moi et par mes hommes ? gronda Cortey découvrant les quelques gardes nationaux dont s'entourait ce Vergne qu'il n'aimait pas. Ancien huissier comme Maillard, dont il avait été l'un des massacreurs, il remplissait à la section les fonctions de commissaire politique, comme son collègue Lafosse dont le museau de fouine apparut soudain dans la lumière. C'étaient des « robespierristes » purs et durs, hostiles depuis le premier jour à la force militaire de la section. Cortey savait qu'ils le détestaient, le jalousaient et malheureusement, depuis la tentative d'enlèvement de la famille royale au Temple, le généreux capitaine avait éloigné ceux de ses hommes qui pouvaient être compromis. Il en restait, cependant, mais il n'y en avait aucun ce soir où, par malheur, les deux commissaires étaient de permanence.

– Parfaitement, chez toi, grinça Vergne. Tu es accusé d'abriter le dangereux conspirateur qu'on appelle le baron Bac. Alors, tu ouvres, ou on enfonce la porte ?

– Je viens ! jeta Cortey en refermant la fenêtre puis, reculant dans la pièce, il ajouta pour Pitou :

Inutile... et dangereux que l'on te trouve ici. Marie-Rose va te faire sortir par la rue des Filles-Saint-Thomas pendant que je vais les recevoir.

La maison de Cortey formait, en effet, l'angle de cette rue et de la rue de la Loi presque en face de la rue Ménars où avaient vécu Batz et Marie. C'était un vaste bâtiment comportant l'habitation, le magasin et même un hôtel meublé dit hôtel de Calais où il hébergeait quelques personnes âgées. Une porte, assez bien dissimulée, sur la première artère permettait de sortir de la maison sans être vu.

Aussitôt Marie-Rose prit une chandelle d'une main et poussa Pitou vers l'escalier, pressée par Cortey qui, avant d'aller faire face aux assaillants, murmura très vite :

– Tu as entendu ? Ils cherchent Batz. Va le prévenir si tu sais où il est.

– Je crois, oui.

En le quittant la veille chez Corazza, le baron lui avait dit son intention d'aller passer un ou deux jours près de Marie « pour se laver l'esprit et les yeux » après son entrevue avec le massacreur. Cependant, Pitou ne voulait pas s'éloigner sans avoir vu comment se terminerait l'incompréhensible visite domiciliaire. Une fois dehors, il fila vers l'ancien couvent abandonné, prit la rue Vivienne, la rue Colbert où il s'arrêta un instant près de la fontaine pour se rafraîchir la figure et chasser les fumées du vosne-romanée et du malvoisie de Cortey, puis revint par la rue de la Loi où il se dissimula dans une porte cochère d'où il voyait parfaitement ce qui se passait chez Cortey.

De toute évidence, on fouillait la maison de fond en comble, sous l'œil goguenard de l'épicier que Pitou pouvait apercevoir par la fenêtre, les bras croisés et la pipe au coin de la bouche, suivant les efforts des envahisseurs pour découvrir ce qu'ils ne pouvaient trouver. Le tout orchestré par les braillements de Marie-Rose qui, criant au voleur, faisait un assez joli vacarme qui fit ouvrir bien des volets et attira du monde dans la rue. Ce qui permit à Pitou de se rapprocher. Prenant le quartier à témoin d'un pareil scandale, Marie-Rose descendit rejoindre deux voisines à qui elle racontait avec indignation comment les gens de la section l'avaient empêchée de finir son dessert : « Un blanc-manger comme autrefois et que j'avais réussi à confectionner pour le “ petit ” et moi, rugissait-elle. Et venir me mettre mon ménage cul-par-dessus tête que je vais en avoir pour au moins huit jours à tout remettre en ordre ? Sans compter la casse ? Et tout ça pour rien ?... »

C'était l'évidence même. Les hommes de Vergne et de Lafosse qui avaient sorti de leurs lits tous les clients de l'hôtel de Calais, retourné leurs matelas et fouillé le moindre placard, étaient bredouilles. Sans se soucier de la poignée de curieux, les deux chefs tinrent conseil au milieu de la rue. Quatre hommes furent détachés pour conduire Cortey à la section aux fins d'interrogatoire, mais on renonça à emmener Marie-Rose autour de laquelle de vigoureuses commères formaient un rempart inquiétant.

– De toute façon, grogna Vergne, on n'en a rien à faire ! C'est Bac qu'on veut, pas une mégère en furie !

– Il est pas là, dit l'autre. Alors on fait quoi ?

– On va être obligés d'marcher un peu. Le citoyen Maillard a parlé de la maison de campagne de sa bonne amie, la comédienne Grandmaison.

– A la campagne ? gémit quelqu'un qui devait avoir mal aux pieds. Mais laquelle ?

– Charonne... C'est pas si loin.

– Ah, tu trouves ? Et tu sais quelle heure il est ?

– Y pas d'heure pour les braves ! Et puis ça suffit Lognon ! Ou tu marches ou j'te signale à la section... des fois qu'tu serais complice ?

La menace était claire. Le nommé Lognon se le tint pour dit et tenta d'oublier ses pieds douloureux, mais déjà Pitou n'écoutait plus. Il avait regagné la rue Colbert où les hauts murs de la Bibliothèque du Roi entretenaient une obscurité propice. De là il s'élança vers la place des Victoires et s'enfonça dans le dédale des rues du Marais qu'en bon journaliste parisien il connaissait comme sa poche, pour rejoindre le désert mal éclairé où s'était élevée la Bastille et l'interminable rue de Charonne. Il fallait à tout prix qu'il arrive chez Marie avant les lourdauds qui s'apprêtaient à l'envahir, mais l'avantage était pour lui : il était jeune, alerte et ce n'était pas la première fois, à beaucoup près, qu'il effectuait le trajet.

L'inquiétude et l'amitié lui donnèrent des ailes et, une heure et demie après, il atteignait le porche couvert d'un auvent qui fermait le domaine de Marie. Tout était calme. Il n'y avait de lumière nulle part. Il actionna la cloche suivant le code prévu mais dut s'y reprendre à trois fois avant que la voix de Biret-Tissot se fît entendre :

– Qui va là ?

– Moi, Pitou ! Ouvre... et vite !

Clés et verrous claquèrent, mais le vantail s'entrouvrit sans un grincement. Pitou se faufila à l'intérieur :

– Il est là ?

– Le baron ? Bien sûr ! Il dort mais pas depuis longtemps... on a eu un petit souper avec deux amis qui dorment ici.

– Il faut les réveiller. Un détachement de la section Le Pelletier vient fouiller la maison. Je me charge de Batz.

Il le trouva en haut de l'escalier, drapé dans une robe de chambre. L'ombre blanche de Marie apparut aussitôt derrière lui et s'appuya à son épaule. En quelques mots, Ange Pitou raconta ce dont il venait d'être témoin.

– Vous devez ça à votre nouvel ami Maillard ! cracha-t-il avec dégoût. Vous devez tous fuir... et vite !

– Non, dit Marie en venant se placer devant son amant. Lui doit fuir, mais moi je n'ai aucune raison. Bien au contraire ! On vient fouiller ma maison ? Eh bien, j'accueillerai moi-même les visiteurs...

– Marie, tu es folle ! protesta Batz en l'entourant de ses bras. Tu n'imagines pas que je vais te laisser faire ça ?

– Eh quoi, reprocha-t-elle avec un sourire, vous me tutoyez en présence d'un tiers ? Vous n'avez pas le choix. Moi, je n'ai rien à craindre : mes papiers sont en règle et j'ai une carte de civisme en bonne et due forme. Ce qu'il faut, c'est que vous enleviez d'ici toute trace de votre passage : vêtements, papiers, tout ce qui peut être compromettant. Ensuite nous allons tous nous recoucher, ajouta-t-elle à l'adresse des « invités » qui accouraient. C'étaient La Guiche, Sartiges et un vieux comédien nommé Marignan que Marie aimait bien et qu'elle hébergeait depuis quelques jours.

– Vous voulez qu'ils soient arrêtés ? s'indigna Batz.

Ce fut le marquis de La Guiche qui lui répondit :

– Marie a raison. On n'a pas le temps de remettre toute la maison en état comme s'il n'y avait eu personne. Sartiges et moi, le « citoyen Sévignon », avons de faux noms, de faux papiers très bien faits. Dépêche-toi de vider les lieux, mon cher Batz. Nous, nous regagnons nos lits après quoi, on éteint tout... et on attend. J'espère tenir convenablement mon rôle, ajouta-t-il en souriant.

Les domestiques étaient là eux aussi, tous animés du même courage. Le regard de Batz passa sur ce cercle de visages déterminés et d'yeux brillants.

– Pressons ! fit Pitou. Ils ne vont plus tarder maintenant ! Hâtez-vous de regagner vos chambres et d'éteindre. Je vais aider notre ami à déménager. Je me charge des vêtements, lui va prendre les documents qui ne doivent pas tomber aux mains de l'ennemi.

Mais Batz ne l'écoutait pas. Il s'était rapproché de Marie et l'étreignait :

– Viens avec moi, mon cœur ! Je ne supporte pas l'idée de te laisser courir ce risque insensé. Je veux rester près de toi...

– Et moi je ne le veux pas ! Songez à... tous ceux qui ont besoin de vous ! En outre, je n'ai pas grand-chose à craindre.

Elle s'échappa de ses bras et remonta l'escalier suivie de Pitou qui allait fourrer dans un sac les vêtements de Batz – peu nombreux, car il en laissait toujours dans ses diverses résidences. Pendant ce temps, Jean enlevait de son cabinet de travail l'argent et les plus importants de ses documents. De cela non plus il n'y avait guère, car il savait qu'aucune maison en France n'était plus à l'abri d'une perquisition. Depuis longtemps il avait transporté le principal dans la cave secrète où était la presse à imprimer les assignats et dont il était certain qu'elle ne serait pas découverte.

La maison était redevenue obscure quand les deux hommes traversèrent le jardin en courant pour franchir le mur qui l'isolait du parc du château de Bagnolet, ancienne résidence du duc d'Orléans. Un parc abandonné qui retournait lentement à l'état sauvage et dans lequel Batz et Pitou se fondirent.

Pendant ce temps, Vergne, Lafosse et leurs hommes, un peu fatigués tout de même, étaient arrivés au village de Charonne où ils commencèrent par aller réveiller le maire, Jean Piprel, et le chef du poste de garde nationale de l'endroit afin de s'assurer une légalité absolue pour investir la demeure d'un dangereux conspirateur. L'officier municipal connaissait bien Marie Grandmaison et commença par envoyer promener les perturbateurs de sa nuit, mais ceux-ci se disaient envoyés par le Comité de sûreté générale et il n'était pas question de badiner avec ces gens-là. Il se laissa donc convaincre, fit chercher Jean Panier qui commandait la garde nationale, et tout ce monde s'en alla tirer la cloche de la citoyenne Grandmaison.

Marie joua son rôle en grande artiste. Quand les envahisseurs eurent pénétré dans la cour, elle parut au seuil, les bras croisés sur son déshabillé de batiste et de dentelle blanche orné de rubans de satin bleu pâle. Elle jouait à merveille la femme réveillée en sursaut, mais elle était si belle et si gracieuse que Vergne et Lafosse la saluèrent machinalement :

– Ce n'est pas à toi qu'on en veut, citoyenne Grandmaison. On cherche le baron de Batz – entre-temps le maire avait rectifié la consonance du nom. On sait qu'il est ton amant...

– Peut-être, mais il n'est pas ici...

– Tu es seule dans cette maison ?

– Avec mes « officieux * » que vous pouvez voir et quelques amis qui se sont attardés et que j'ai gardés à souper... et que voici, ajouta-t-elle en désignant les trois hommes qui sortaient du pavillon.

– Et Batz n'est pas là ?

– Je ne l'ai pas vu depuis au moins quinze jours.

– C'est ce qu'on va voir ! Allez, vous autres ! Fouillez-moi cette maison... ces deux maisons. Pendant ce temps-là on va vous interroger toi, tes « amis » et tes « officieux ».

* On avait déjà découvert le politiquement correct pour désigner les domestiques.

Cela dura des heures. La propriété fut visitée de la cave au grenier et jusqu'au fond du jardin tandis que Vergne, assis à la table pas encore desservie dans la salle à manger du pavillon – Biret-Tissot avait adroitement subtilisé l'un des couverts –, interrogeait les gens et les amis de Marie tout en appréciant avec les restes du gâteau le talent du cuisinier Rollet. Lafosse, lui, se chargeait de la jeune femme dans un coin du salon. Elle semblait le fasciner mais comme il n'était pas très intelligent, il ne savait lui poser qu'une seule question : où était Batz ? En se contentant de varier le ton, alternant menaces et bonnes paroles du genre : « On te laisse tranquille tout de suite si tu nous dis où il est. » Et inlassablement, sans que sa voix douce trahît la moindre impatience, la jeune femme répétait qu'elle n'en savait rien. Ce qui était l'exacte vérité, même si elle pensait qu'il cherchait peut-être refuge dans les carrières de Charonne, dans le couvent désaffecté des Hospitalières de Saint-Mandé installées auparavant dans l'ancienne demeure du surintendant Fouquet, ou plus simplement dans le bois de Vincennes en attendant que l'ouverture des barrières lui permette de se perdre dans Paris.

Finalement, Vergne rejoignit son collègue :

– On emmène tout le monde, grogna-t-il. Va t'habiller, citoyenne.

Elle obéit sans protester, éprouvant même un peu de soulagement en constatant, de retour dans sa chambre, que la perquisition n'avait pas causé trop de dégâts. Elle s'habilla d'une robe de toile de laine légère du même gris clair que ses yeux et garnie de velours noir ainsi que des rituels fichu et manchettes de mousseline blanche, prit une mante à capuchon assortie et, à tout hasard, emplit un sac de linge de rechange et de quelques objets usuels avec une liasse d'assignats. Elle savait que, dans les prisons, tout s'achetait et qu'elle pourrait en avoir besoin pour elle-même ou pour Marguerite, son habilleuse, et Nicole sa femme de chambre. Quelque chose lui disait qu'elle ne reverrait pas de sitôt sa chère maison. Si même elle la revoyait jamais...

Ce fut pourtant d'un pas ferme qu'elle la quitta. La douleur qui habitait son cœur depuis tant de jours se doublait d'une farouche résolution : tout faire pour protéger Jean. Jamais son amour pour lui n'avait été aussi grand, aussi pur car elle le croyait déjà perdu pour elle... Lorsqu'elle reparut dans la cour où l'on avait préparé sa voiture, elle traversa la petite foule des sectionnaires et des municipaux, et le maire vint courageusement l'aider à monter dans le cabriolet que l'on avait attelé :

– J'espère qu'on te reverra bientôt, citoyenne ! Tu as toujours été généreuse pour ceux d'ici...

– Merci ! Essaie de prendre soin de ma maison, citoyen Piprel.

On avait amené un chariot pour les autres « prévenus » et la troupe se mit en marche. Pour mieux garder son courage, Marie ne tourna pas la tête pour voir encore ce domaine dont elle avait fait son paradis. Et c'est ainsi qu'à son tour, elle quitta l'ermitage de Charonne...

A la section Le Pelletier, elle trouva Maillard qui se promenait de long en large dans la salle, l'air féroce et rébarbatif comme au plus fort de ses exploits de massacreur. Son impatience était à son comble car il ne cessait, depuis deux heures, de répéter qu'on allait lui amener le baron, et il ne cacha pas sa déception en voyant qu'il n'était pas là. Marie en fit les frais et aussi La Guiche qu'il envoya à la Force séance tenante. Tous les autres furent autorisés à rentrer, au grand soulagement de la jeune femme, heureuse de savoir qu'ils allaient retourner à Charonne...

Et l'interrogatoire reprit, rendu plus féroce, plus insidieux par les quelques minutes fort désagréables que le septembriseur avait passées chez Robespierre. Celui-ci lui avait mis le marché en main : soit il livrait l'homme auquel il voulait se vendre, soit il allait tâter de ces prisons qu'il s'entendait si bien à vider !

Marie fut, par ce misérable, couverte d'injures et de menaces, sans qu'il osât toutefois porter la main sur elle. Finalement, il lui dit :

– Tu as un logis au numéro 7 rue Ménars. Donne-moi tes clefs !

– Je n'y habite plus depuis des mois. Et je ne veux pas que l'on prétende y trouver ce qui n'y est pas. Quant aux objets qui m'appartiennent, je tiens à ce qu'on les examine en ma présence !

Maillard avait bonne envie de la malmener, de lui arracher de force ce qu'il demandait mais à la section Le Pelletier, où l'influence de Cortey était si grande, on lui fit comprendre qu'il valait mieux emmener la citoyenne Grandmaison – une actrice aimée du public et non une aristocrate ! – pour cette visite domiciliaire. On la conduisit rue Ménars, et ce ne fut pas sans émotion qu'elle retrouva le décor de ses premières amours avec Jean. Bien entendu, on ne découvrit rien et le procès-verbal de cette visite domiciliaire porte qu'« il ne s'est trouvé rien de suspect chez la citoyenne Grandmaison... ».

En bonne justice elle aurait dû être libérée, mais Maillard était trop déçu pour la laisser lui échapper. Mettre cette ravissante femme en prison, n'était-ce pas le meilleur moyen de faire sortir le conspirateur de son trou ? Fort de l'appui de Robespierre, il passa outre à toutes les protestations du comité de la section.

Et Marie fut conduite sur l'heure à la prison de Sainte-Pélagie *.

* Ancien couvent de filles repenties entre la rue Lacépède et la rue de la Clef, sur les pentes de la montagne Sainte-Geneviève.

CHAPITRE X

LE REFUGE

Au soir de ce jour, le premier de la prison pour Marie, Laura s'était laissé convaincre par Julie Talma de l'accompagner au théâtre. On était le 1er octobre 1793. On disait déjà le 10 vendémiaire an II, car dans quatre jours, le calendrier républicain serait imposé en lieu et place du calendrier grégorien, ce qui allait compliquer singulièrement la vie des gens sensés et des autres davantage encore.

C'était pour faire plaisir à son amie que Laura avait accepté. Depuis la capture de leurs amis girondins, l'inquiétude grandissait rue Chantereine et Talma tenait à donner des gages au pouvoir montagnard. On chuchotait même qu'il en avait donné un énorme en dénonçant les comédiens rivaux du faubourg Saint-Germain. Ce qui était complètement faux. Si, dans la nuit du 3 au 4 septembre, on les avait arrêtés en masse et jetés en prison – les hommes aux Madelonnettes, les femmes à Sainte-Pélagie – pour incivisme, correspondance avec l'étranger et surtout fidélité au théâtre traditionnel, la vedette de la rue de la Loi n'y était pour rien. C'était Barère, du Comité de salut public, qui avait obtenu la fermeture de la vénérable maison et l'incarcération de ses acteurs.

Craignant pour lui-même et pour les siens, Talma s'était gardé provisoirement de démentir mais cherchait à préserver un peu l'avenir en se montrant avec des gens qui n'avaient rien à voir avec les enragés dont son théâtre se peuplait. Bien vue de la Convention, la petite colonie américaine était de ceux-là et le comédien avait supplié sa femme de lui obtenir au moins une fois la présence du colonel Swan, chevalier servant quasi officiel de Laura, et de leurs amis Ruth et Joel Barlow. Des gens « du monde » en quelque sorte.

Il y avait des années que Laura n'avait mis les pieds dans une salle de spectacle. Encore n'était-ce pas elle, en tant que Laura Adams, mais Anne-Laure de Pontallec qui, au moment de son mariage à Versailles, avait reçu la faveur d'être admise avec son époux au petit théâtre de la Reine, à Trianon, pour une représentation privée du *Mariage de Figaro*. Elle avait gardé au fond des yeux l'image raffinée d'une symphonie bleu et or sur laquelle se détachaient comme autant de bouquets de fleurs les robes immenses des femmes couvertes de joyaux et les costumes somptueux des hommes. Tout alors respirait le faste, la jeunesse, l'éclat mais dans ce théâtre de la République – dont la salle avait été belle cependant – tout était négligé, voire sale, à commencer par le public où fleurissaient plus de bonnets rouges que de chapeaux à plumes et plus de tabliers que de robes à paniers. Au point que la direction avait cru bon d'afficher une recommandation que l'on n'y aurait jamais vue deux ou trois ans plus tôt : « Vous êtes priés, citoyens, d'ôter vos bonnets et de ne pas faire d'ordures dans les loges »... En outre, on passait balai et serpillières après chaque représentation.

A vrai dire, Talma n'était pas sans inquiétudes sur l'effet que produirait le spectacle de ce soir sur les invités de sa femme. On inaugurait, en effet, une nouvelle pièce : *Le Jugement dernier des rois*, due à la plume courtisane d'un certain Sylvain Maréchal, et le tragédien s'avouait tout bas qu'il s'agissait d'une franche horreur mais, à présent, c'était le peuple le plus grossier, pour ne pas dire la racaille, qui commandait, qui payait – tarif réduit bien entendu ! – et qui exigeait de voir des pièces à son goût jouées par les comédiens qui avaient sa faveur. Talma était de ceux-là et David qui dessinait les costumes se plaisait, comme jadis les patriciens romains vis-à-vis de leurs « clients », à leur donner les spectacles qu'ils aimaient, fussent-ils affreux.

Il était là, d'ailleurs, David. Assis dans une loge avec deux jolies filles, il étalait une admirable redingote jaune et l'attitude nonchalante et blasée d'un potentat oriental au milieu de son harem. Laura qui ne l'aimait pas avait fait la grimace en constatant qu'une seule loge la séparait de celle occupée par le peintre. Il allait certainement lui demander encore de poser pour lui... et elle refuserait une fois de plus avec toute la grâce dont elle disposait. Le peintre était un grand artiste, mais l'homme était détestable.

Talma avait raison de se faire du souci. Le *Jugement dernier des rois* était d'une telle indigence, d'une telle trivialité, qu'il ne méritait pas le nom d'œuvre théâtrale. Le décor représentait une île peuplée par des sauvages où de vaillants sans-culottes français amenaient enchaînés tous les rois d'Europe et en premier lieu le pape, suivaient le roi d'Espagne, orné d'un long nez de carton, le gros roi d'Angleterre, le roi de Prusse, le roi de Naples, celui de Pologne, et, pour finir la Grande Catherine, impératrice de toutes les Russies. Afin d'obéir à Dieu sait quelle idée baroque, on les amenait là pour les pendre. En attendant, comme ils mouraient de faim, ils imploraient de la nourriture et le chef des sans-culottes leur faisait jeter un seul morceau de pain sur lequel ils sautaient comme des chiens affamés, la pièce – assez courte à vrai dire mais encore beaucoup trop longue – se terminant par une bataille féroce au cours de laquelle le roi d'Espagne perdait son nez, le pape envoyait sa tiare à la tête de Catherine qui lui répondait à coups de sceptre, avant que la Nature ne reprenne ses droits et que le volcan de l'île, en se réveillant, n'engloutisse tout ce beau monde sous les applaudissements frénétiques d'une foule en délire qui ne cessait de réclamer que l'on rejoue certains passages...

Dans la loge de Julie Talma, c'était la consternation :

– Il faut applaudir ! chuchota-t-elle. David nous regarde...

– Moi, applaudir cette infamie ? s'insurgea Laura devenue rouge de colère et de honte.

– C'est indispensable ! Tenez, voilà l'auteur qui vient saluer.

La voix de Joel Barlow intervint, conciliante :

– On peut toujours applaudir le combat de boxe ! Il était très réussi, même si les règles du marquis de Queensbury n'y trouvaient pas beaucoup leur compte.

Et, se levant, il se mit à battre des mains avec conviction, accompagné par le colonel Swan qui venait de chuchoter à Laura :

– Feignez de vous trouver mal ! Il fait assez chaud pour ça...

L'idée était bonne. Laura l'exécuta aussitôt avec tant de conviction qu'elle tomba à terre. Ruth Barlow que le fracas des applaudissements venait de réveiller – la plate monotonie des vers jointe au fait qu'elle n'y comprenait rien lui avait procuré un bienheureux sommeil – se précipita pour lui faire respirer des sels.

La jeune femme ne put faire autrement que « reprendre conscience » en éternuant violemment. Les acclamations duraient encore mais en ouvrant les yeux, elle vit une main tendue pour l'aider à se relever :

– La pièce est peut-être un peu violente pour une dame, ironisa David, mais je croyais les filles de la libre Amérique moins soumises à leurs émotions ? L'auteur, lui, devrait être heureux !

– Il aurait tort ! fit Laura. Il n'est pour rien dans ce bref malaise. Seulement la chaleur...

– En ce cas allons tous manger des glaces chez Corazza. Cela vous remettra !

– Mais nous devons avoir une autre pièce, protesta Julie en jetant un coup d'œil au programme.

– Cela m'étonnerait qu'on la joue, répondit le peintre. Écoutez-les ! Ils sont tellement contents qu'ils veulent une seconde édition du *Jugement*.

– Alors je vote pour les glaces ! dit James Swan en prenant la main de Laura. Il ne faut jamais abuser des bonnes choses. Venez-vous, Mrs Talma ? L'entracte va sûrement être long si l'on doit tout remettre en place... Ensuite, je ramènerai miss Adams chez elle !

– En attendant, intervint David, c'est moi qui invite et c'est moi qui l'emmène !

Il fallut bien accepter la main offerte et l'on se rendit chez l'Italien au milieu du tohu-bohu qui était l'atmosphère habituelle de la galerie Montpensier. Chemin faisant, David se pencha sur sa compagne :

– Soyez franche ! Ce n'est pas l'émotion qui vous a fait pâmer, n'est-ce pas ? Vous êtes une femme de goût. Vous ne pouvez pas être sensible à pareille ânerie !

– Si vous en jugez ainsi, pourquoi y avez-vous travaillé ? Les costumes sont très beaux... d'une grande élégance !

– Ma chère, la plèbe romaine réclamait pour ses jeux du cirque du sang et de la mort. La nôtre n'est guère plus raffinée et ceci est moins méchant : il faut lui donner ce qu'elle veut...

– Est-ce pour cela que la guillotine fonctionne chaque jour... ou presque ?

– Ce n'est pas du tout la même chose ! fit sèchement le peintre. Là, il ne s'agit plus de jouer mais bien de tirer le sang impur qui étouffait la France. Mais nous reparlerons de tout cela à loisir... si vous me faites la faveur de me recevoir chez vous prochainement ?

Difficile de dire non. Avec grâce mais de ce ton un peu impersonnel qui banalise les paroles les plus aimables, Laura répondit qu'elle apprécierait une visite. C'était dit sans chaleur et il fallut bien qu'il s'en contente. En sortant de chez Corazza pour regagner le théâtre où il avait abandonné ses deux compagnes avec une belle désinvolture, David offrit son bras à une Julie peu enthousiaste mais qui ne pouvait échapper à la corvée pour raisons conjugales, et marqua une surprise ennuyée quand les trois Américains déclinèrent son invitation à les suivre.

– Je ramène miss Adams ! déclara James Swan.

– Ma femme supporte mal la chaleur du théâtre, allégua Joel Barlow. Elle n'est venue que pour faire plaisir à Talma...

– Moi aussi, riposta le peintre. Pour faire plaisir au peuple. Il apprécie la présence de ses dirigeants.

– Ce que nous ne sommes pas ! dit sèchement Swan agacé par l'arrogance du personnage. Et ce peuple qui se vautre dans une boue sanglante n'est pas le nôtre.

– N'êtes-vous plus nos frères ?

– Bien sûr que nous le sommes ! Mais vous devriez savoir que des frères ne sont pas toujours d'accord.

David n'insista pas, mais le regard dont il enveloppa l'Américain parlait pour lui.

– Je crains que vous ne vous soyez fait un ennemi, murmura Laura.

– Ne vous tourmentez pas ! Il ne s'attaquera jamais à moi. La Convention a trop grand besoin de mes bateaux et de ce qu'ils apportent...

Il était déjà plus d'une heure du matin et Laura ne trouvait toujours pas le sommeil. Le lamentable spectacle de la soirée en était sans doute responsable mais il n'avait fait qu'augmenter ce qu'elle ressentait depuis le matin. Inquiète, nerveuse, elle avait eu tout le jour l'impression d'une catastrophe imminente. Lasse de se tourner et de se retourner dans son lit, elle enfila pantoufles et robe de chambre pour descendre dans l'intention de faire un tour au jardin. Sans allumer la moindre chandelle. La nuit était claire et elle connaissait si bien sa maison !

Elle allait atteindre l'une des portes-fenêtres du salon quand elle entendit la cloche du portail et se figea, le cœur arrêté. Les visiteurs d'une heure aussi tardive n'étaient généralement pas animés de bonnes intentions. Cela signifiait le plus souvent visite domiciliaire, voire arrestation... Cependant, elle prit son courage à deux mains et se dirigea vers le vestibule. Mais déjà une lumière s'était allumée dans la loge du portier où habitait Jaouen et elle le vit sortir pour aller ouvrir la porte piétonne prise dans le grand vantail. Deux gardes nationaux entrèrent très vite. A l'éclairage de la lanterne que tenait Jaouen, Laura reconnut Pitou qui parlementa un instant avec le majordome. Quant à l'autre, il lui était inconnu mais quelque chose dans sa silhouette retint son attention. Etait-ce la façon désinvolte de porter l'uniforme fatigué, la largeur des épaules, le dos si droit, un je ne sais quoi... elle sortit sur le perron :

– Qu'y a-t-il, Jaouen ? C'est notre ami Pitou, il me semble ? Pourquoi le retenez-vous ?

– Je ne voulais pas vous réveiller...

– Je ne dormais pas encore. J'allais même faire un tour au jardin. Entrez ! Entrez vite !

Elle les regarda monter vers elle et une joie soudaine emplit son cœur, un cœur que les apparences du caporal Forget ne pouvaient tromper. Ce fut vers lui, d'ailleurs, qu'elle tendit d'abord les mains.

– Aurais-je cette joie que vous ayez besoin de moi ?

Son sourire était rayonnant mais Batz n'y répondit pas. Tandis qu'il arrachait chapeau, perruque, moustache d'un geste las, le pli douloureux creusé entre ses sourcils ne s'effaça pas.

– C'est vrai, Laura, je viens vous demander asile. Charonne a été investi la nuit dernière ; Marie et Pitou m'ont contraint à fuir mais... Marie a été arrêtée avec tous nos gens. Peu de temps avant, on s'est saisi de Cortey.

Laura eut un cri :

– Marie ! Marie arrêtée ? Mais pourquoi ?

– Sans doute pour lui faire dire où l'on a une chance de me trouver... Mais ne pouvons-nous parler ailleurs que dans ce vestibule ?

– Je suis impardonnable ! Venez ! Jaouen, du vin... et quelque chose pour les réconforter ! Vous semblez recrus de fatigue, mes pauvres amis.

Elle avait pris le bras de Batz pour l'entraîner au salon où Bina, accourue au bruit, était déjà en train d'allumer un candélabre. Elle reçut l'ordre d'aller préparer une chambre et même deux, Pitou ayant lui aussi besoin de repos.

– J'accepte volontiers, soupira celui-ci en s'abandonnant aux douceurs d'une bergère. Nous n'avons pas cessé de courir depuis la nuit dernière...

Il raconta, plus en détail, ce qui s'était passé chez Cortey puis chez Marie, comment, après avoir fui par le parc du château de Bagnolet, Batz et lui avaient trouvé un refuge provisoire dans le couvent abandonné de Saint-Mandé pour y attendre l'ouverture des barrières. C'est là que Batz avait revêtu l'uniforme du caporal Forget. Ensuite ils étaient allés à la section Le Pelletier pour y apprendre des nouvelles : Cortey n'avait pas reparu et Marie avait été conduite à Sainte-Pélagie. On s'y était alors rendu et Pitou, qui connaissait vaguement le concierge, lui avait remis de l'argent pour que la « citoyenne Grandmaison » dont il était l'admirateur et qui était aussi l'amie de plusieurs conventionnels, soit traitée aussi bien que possible. Rassurés sur ce point, on était reparti : il s'agissait de trouver un abri pour la nuit et dans cette quête on alla de déception en déception : Roussel était absent pour quelques jours, Benoist d'Angers et Delaunay en mission, chez Pitou lui-même c'était impossible, le logement étant trop exigu et l'œil de sa logeuse trop curieux. Restaient les maisons de la rue de la Tombe-Issoire et le local de la rue des Deux-Ponts, mais Batz n'y apparaissait que sous un certain aspect et, pour l'instant, celui de garde national était le plus commode.

– C'est moi qui ai pensé à vous, Mademoiselle Laura, dit Pitou. Le baron ne voulait pas...

– Et pourquoi, s'il vous plaît ?

Batz, à demi étendu dans un fauteuil, avait fermé les yeux. Il répondit cependant :

– Parce qu'il devient dangereux d'être de mes amis. Me donner l'hospitalité relève de la témérité.

– Je croyais, dit Laura avec douceur, vous avoir exposé un jour à cet endroit même que ma maison vous était ouverte à quelque moment que ce soit et vous aviez accepté, il me semble ?

– Oui parce que j'étais persuadé n'y avoir jamais recours. Cela dit, ne me croyez pas ingrat ! Je vous remercie du fond du cœur. Ce ne sera d'ailleurs que pour peu de temps. Quand Roussel reviendra...

– Non, coupa la jeune femme, ce ne serait pas prudent puisque cette adresse est déjà connue. Rappelez-vous, quand vous m'avez amenée chez vous, ne m'avez-vous pas dit que personne ne m'y chercherait ? A mon tour de vous dire : personne ne vous cherchera chez une... Américaine. Ou alors quittez Paris !

– En abandonnant Marie... et mes projets ? Je mourrai plutôt que renoncer ! Mes plans sont en bonne voie, je dois continuer...

– Alors restez ici, je vous en prie ! Le temps qu'il vous faudra.

– Et si votre amitié vous menait à l'échafaud ? Sachez-le, ce peuple est en train de devenir fou.

– Je m'en suis aperçue ce soir même. Il est possible, en effet, que mon passeport américain devienne insuffisant. Alors je vous rappellerai que, lorsque vous m'avez obligée à accepter de continuer à vivre, c'était contre la promesse d'utiliser cette vie pour une noble cause au lieu de la perdre pour rien. Notre pacte, à ce moment, sera rempli.

– Ne l'aviez-vous pas déclaré caduc ?

– Peut-être, mais j'ai changé d'avis. Courir sus à Pontallec ne me paraît plus une priorité. J'ai mieux à faire dès l'instant où vous avez besoin de moi...

A cet instant Pitou applaudit comme s'il était au théâtre et, tandis que les deux autres le regardaient avec une surprise un peu scandalisée, il eut un bon sourire :

– Bravo ! Mais ne pourrait-on remettre cette belle joute oratoire à demain matin ? Je tombe de sommcil, moi !

Laura se mit à rire :

– Vous avez raison. Allons dormir !

Mais si elle se coucha, elle ne trouva pas davantage le sommeil qu'avant l'arrivée des deux hommes. La présence de Batz dans sa maison lui causait une grande excitation en même temps qu'un sentiment étrange. Il était là, chez elle, à deux pas d'elle, l'homme qu'elle aimait plus que tout au monde, et pourtant elle n'éprouvait pas la joie qu'en d'autres temps, elle en eût ressenti. Certes elle le défendrait, le cacherait, l'aiderait de tout son pouvoir de dévouement, mais les confidences douloureuses de Marie, de Marie qui s'était laissé jeter en prison pour préserver sa fuite, donnaient un goût amer à cet amour : celui du doute qui s'insinuait. Pour elle, Jean et Marie ne faisaient qu'un et si le bonheur dont rayonnait la jeune femme, certains matins de Charonne, lui faisait sentir les tourments d'une envie dont elle avait honte, c'était un fait que l'on ne pouvait remettre en question. Même s'il était arrivé à Jean de lui témoigner, à elle, quelque chose d'un peu plus chaud que de l'amitié et si parfois il lui arrivait d'espérer. A présent il y avait cette jeune fille qui se disait sa fiancée... et plus encore, cette Michèle Thilorier assez audacieuse pour venir réclamer son amant jusque chez sa rivale. Alors, la question lancinante se posait : qui était Batz et qui aimait-il ? Les femmes qu'il admettait à partager sa vie de conspirateur n'étaient-elles pour lui que le repos du guerrier ? Des fleurs qu'il cueillait pour oublier, le temps d'une griserie, la grande idée qui l'habitait et l'austère devoir qui en découlait ? Comment savoir quel visage se cachait au fond de ce cœur hermétique ?

Laura ouvrit sa fenêtre et vint à son balcon dans l'espoir que la fraîcheur de la nuit calmerait les battements trop rapides du sien. Le jour allait bientôt paraître et tout était tranquille. Aucun souffle ne faisait bouger les feuilles des grands arbres. Il y avait là quelque chose de magique. Bien souvent, lorsque, avant son mariage, elle séjournait dans son petit château de Komer, elle en était sortie dans l'obscurité pour voir se lever le jour au bord de la forêt. Et celui qui allait naître lui parut d'une telle importance qu'elle voulut aller au-devant de lui comme autrefois. Elle descendit.

Assise sur un banc de pierre tournant le dos à la maison silencieuse, la tête levée vers le ciel, elle attendit. Le jour vint. Mauve d'abord puis rose tendre, et qui se chargea d'or et de pourpre à mesure que montait le soleil encore invisible. Et Laura frissonna parce que cette aurore-là ressemblait à un couchant glorieux mais sanglant, fascinant et qu'elle contempla de longues minutes. Si longues qu'elle n'eut pas conscience du temps passé et ce fut là que Jaouen la trouva.

– Vous n'avez pas dormi, n'est-ce pas ? dit-il, et c'était à peine une question.

– Vous non plus, je suppose ? Ou alors vous êtes très matinal. C'est aussi bien, d'ailleurs. Il faut que je vous parle.

– De ce qui s'est passé cette nuit et de ce que seront les jours à venir, je suppose ?

Sa voix était calme, froide, presque impersonnelle mais en levant les yeux sur lui, Laura vit la crispation de ses traits. Elle étendit la main, toucha le crochet de fer qui remplaçait son avant-bras.

– Asseyez-vous près de moi.

– Pardonnez-moi. Je préfère rester debout. Ce sera mieux, plus convenable si vous avez décidé de me renvoyer.

– Le devrais-je ?

– Je ne sais pas. C'est à vous de voir...

– Croyez-vous ? Alors je vais poser une autre question : le souhaitez-vous ?

– A mon tour de dire : le devrais-je ?

– Peut-être. L'attachement que vous me portez – et dont je ne doute pas – ne vous oblige en aucune façon à me suivre dans les directions que je choisis. Vous n'en faites jamais état mais vous êtes un vrai, un pur républicain dans le sens le plus noble du terme. Et celui qui va vivre ici... quelque temps est votre contraire : un homme voué au Roi, je pourrais dire depuis la nuit des temps. Il a renoncé à sauver la Reine parce qu'il sait bien, à présent, que c'est impossible mais il veut la liberté pour le petit roi qui vit au Temple et moi je la veux pour sa sœur, la petite Madame que je me suis mise à aimer parce qu'elle me rappelle un peu Céline.

– Je sais tout cela et vous n'avez aucune raison de plaider une cause que je connais. Quand nous avons quitté Cancale, je ne vous ai pas suivie uniquement pour vous protéger de Pontallec et tenter de sauver votre mère – dont Dieu ait l'âme ! – mais bien pour être votre rempart, votre secours contre tout mal, toute souffrance...

– Alors vous me restez ? demanda Laura émue.

– Ne me dites pas que vous en avez douté ? Ce n'est pas à l'heure où le danger se rapproche de vous que je vais vous abandonner. Je vous accompagnerai sur tous les chemins que vous choisirez, je vous aiderai en toute loyauté... au besoin je vous tuerai pour vous éviter l'échafaud, mais n'oubliez pas ceci : c'est vous que je sers... pas l'homme qui dort là-haut ! ajouta Jaouen avec un regard à l'étage où les volets demeuraient clos.

– Vous ne l'aimez pas ?

– Bien qu'il vous ait sauvée, non. Je ne l'aime pas, même si je ne peux me défendre d'une certaine admiration pour son courage, mais il est mauvais pour les femmes !

– Mauvais ?

– Oui, parce que c'est un homme de l'aventure et qu'il n'y a pas de place pour elles dans sa vie. Il prend tout et ne donne rien ! S'il vous fait du mal, il aura en moi un ennemi...

Jaouen salua et s'éloigna sur ces derniers mots. En dépit du ton menaçant dont il les avait teintés, Laura se sentit soulagée : il lui eût été pénible de se séparer de cet ami – le terme lui semblait plus approprié que celui de serviteur – taciturne sans doute mais dont elle ne mettrait jamais en doute la loyauté.

Deux gardes nationaux étaient entrés, deux gardes nationaux ressortirent, accompagnés au seuil par un Jaouen presque jovial.

– Je reviendrai ce soir, dit Batz. Peut-être sous un autre aspect. Le mieux serait de me confier une clef... comme si j'étais un serviteur.

– N'est-ce pas imprudent ? objecta Laura.

Batz se mit à rire :

– Vous n'imaginiez tout de même pas que j'allais demeurer tapi chez vous, portes et volets clos sans en bouger jamais ? Ne changez rien à vos habitudes pour moi ! Laissez-moi aller et venir à ma guise et s'il m'arrive de tenir ici quelque réunion, je vous en demanderai auparavant l'autorisation.

Il allait partir, elle le retint encore.

– Et... Marie ?

– C'est d'elle, bien entendu, que je vais m'occuper à présent...

– Et si vous me laissiez faire... pour une fois ? J'ai peut-être une idée.

– Laquelle ?

Le ton était si raide qu'elle regretta aussitôt son geste spontané. Et elle n'avait pas besoin de sa permission pour agir à sa façon.

– Je vous en parlerai ce soir. Agissez comme vous l'entendez !

Il la regarda un instant puis, comprenant qu'elle n'en dirait pas davantage, il eut un vague haussement d'épaules et sortit. Déjà, Laura se précipitait dans l'escalier pour aller s'habiller. Elle se souvenait trop de ce qu'était une prison pour ne pas tout essayer pour en tirer la douce et charmante Marie qui, un an plus tôt, avait accueilli comme une sœur l'inconnue désespérée et suicidaire qu'elle était alors...

Une heure plus tard, elle remontait, en courant presque, l'allée de la rue Chantereine qui menait chez Talma.

En approchant du vaste perron, cependant, elle ralentit l'allure : des éclats de voix traversaient murs et fenêtres et n'étaient guère propices à une conversation sérieuse où la sérénité était indispensable. Cunégonde, qui jaillit de la porte pour gagner les eaux plus calmes de sa cuisine, acheva de la renseigner :

– Ça dure comme ça depuis minuit ! Si j'étais vous... citoyenne – Cunégonde, toujours fâchée avec le vocabulaire révolutionnaire, consentait parfois à lui jeter quelques miettes – j'y regarderais à deux fois avant de me jeter là-dedans.

– C'est que... j'avais quelque chose d'important à leur dire...

– Et ça peut pas attendre ?

Ce fut Julie qui se chargea de la réponse. Elle avait aperçu Laura et se ruait sur elle pour l'entraîner à l'intérieur et renforcer ses positions :

– Ma chère Laura, vous tombez à merveille ! Venez, venez dire à ce monstrueux imbécile ce que vous pensez de la représentation d'hier !

Le champ clos, ce matin-là, c'était la salle à manger. Talma, drapé dans une sorte de toge violette, ses coudes nus planté sur la table et ses poings fermés étayant son masque romain couronné drôlement par les mèches en désordre de sa coiffure à la Titus, ressemblait à un bulldog grincheux. L'apparition de Laura ne lui arracha même pas un sourire : il sauta de sa chaise pour s'emparer d'elle.

– Voilà des heures que cette mégère me crie dessus ! Comme si j'étais pour quelque chose dans le choix des programmes ! En outre, elle ne veut pas comprendre que si l'on n'en passe pas par ce qui plaît au peuple, on risque de lui déplaire définitivement.

– Il y a tout de même des limites ! s'écria Julie en essayant de récupérer son amie. Avez-vous jamais vu quelque chose de si grotesque, de si bas, de si ridicule que ce *Jugement dernier* ? Jamais les Raucourt, les Contat, les Fleury, les Saint-Prix, ceux du théâtre de la Nation enfin ne se seraient abaissés à jouer une aussi répugnante sottise !

– Ah non ? Et quand, au début de *Britannicus*, on entendait Albine dire à Agrippine :

« Citoyenne, rentrez dans votre appartement ! » ce n'était pas ridicule peut-être ? Pendant des mois, ils se sont évertués à éplucher les grands textes pour en éliminer les mots roi, reine, empereur, majesté, etc., ce n'était pas non plus ridicule ? Cela ne les a pas empêchés d'être jetés en prison pour y attendre Dieu sait quel sort affreux ! C'est ça que tu veux pour nous ?... Et vous, ma chère Laura, voulez-vous un peu de café ? On vient d'en refaire.

Sa belle voix venait de retrouver d'un seul coup son charme onctueux. En même temps, il avançait une chaise à la jeune femme, prenait une tasse, y versait le café fumant cependant que, saisie par la soudaineté de cette volte-face, Julie restait un instant sans voix et sans arguments, calmée elle aussi. Machinalement, elle s'assit auprès de Laura, tendant sa tasse vide à son époux.

– Vous n'avez pas de chance avec les spectacles que nous vous offrons, soupira-t-elle. Celui d'hier était stupide et celui de ce matin ne vaut guère mieux ! Notre excuse est que nous sommes mariés. Un état que vous avez la chance d'ignorer.

– Mais que je peux très bien imaginer, sourit celle qui avait été Anne-Laure de Pontallec. C'est à moi, d'ailleurs, de vous demander pardon : arriver ainsi chez vous sans crier gare serait inexcusable si je n'avais une raison grave...

Ce fut aussitôt le silence. Deux paires d'yeux se fixèrent sur elle avec sympathie : rien de tel que les ennuis d'autrui pour calmer les querelles sans consistance.

– Si grave que cela ? murmura Talma.

– Oui. Ce matin le... colonel Swan est accouru chez moi. Il venait d'apprendre l'arrestation d'une de nos amies communes, une amie qui m'est chère

– Presque tous nos amis à nous sont en prison, fit Julie avec amertume. Ce genre de nouvelle est malheureusement trop fréquent ces temps-ci.

– Oui, mais les vôtres sont tous des hommes politiques. Marie n'est rien qu'une artiste !

– Marie ? demanda Talma. Laquelle ?

– Marie Grandmaison. Je sais que vous la connaissez et aussi sa maison de Charonne d'où elle a été arrachée l'avant-dernière nuit avec tous ses gens. Et cela sans la moindre raison...

Le masque romain se fit grave, mais ce fut Julie qui répondit :

– Les femmes de tous nos amis, Brissot, Pétion, Roland, sont incarcérées. Leur seul crime est d'être leurs femmes. Tout Paris sait que Marie est la compagne aimée de Batz et, depuis quelque temps, on prononce ce nom-là un peu trop souvent...

– C'est ridicule ! Batz, que j'aime bien, n'est pas non plus un politique : c'est un financier !

– Seriez-vous naïve à ce point ? soupira Talma. Batz, dont la légende dit qu'il a voulu enlever le Roi, ne serait pas politique ? Sachez d'ailleurs qu'on ne peut être homme de finances sans se mêler aux affaires de la Nation.

– Peut-être. C'est possible mais vous connaissez Marie ? Elle s'est retirée du théâtre, écartée même de la vie parisienne pour vivre son amour loin des turbulences. La prison la brisera.

– Non. Je la crois plus forte que vous ne pensez. Mais si vous espériez que je pourrais vous aider à la tirer de là, vous vous trompez. Je n'ai aucun pouvoir, sinon vous pensez bien que je m'en servirais.

– Vous non, mais votre ami David ? C'est un artiste. Il ne peut qu'être sensible aux malheurs d'une autre artiste...

– Pourquoi ne pas lui demander vous-même ? intervint Julie. Il vous a montré hier beaucoup d'attention, il me semble ?

– En effet, mais... je ne vous cache pas qu'il me fait un peu peur. Cela me gêne de lui demander quelque chose. Vous, vous êtes ses intimes amis. Il vient chez vous presque chaque jour...

– Il y vient moins ces temps derniers, remarqua Julie qui s'était levée pour aller arranger, devant une glace, des mèches échappées à son chignon noué lâche. Il n'a jamais aimé les Girondins qu'il a toujours trouvés tièdes et, nous, je me demande si nous ne sommes pas pour lui une habitude plus qu'une véritable affection. D'ailleurs, David ne sait pas ce que c'est que d'aimer. Croyez-moi : s'il veut bien consentir à vous aider – et il en a le pouvoir car il est l'un des rares amis de Robespierre ! – il faut aller le lui demander vous-même. Vous savez où il habite ?

– Au Louvre, il me semble ?

– Oui. Il y a un immense atelier. Allez le voir, Laura ! Que risquez-vous ?

C'était justement ce que se demandait la jeune femme quand, au début de l'après-midi, elle fit atteler sa voiture pour se rendre chez le peintre.

Il avait bien changé, le vieux Louvre ! Depuis le temps des rois mais aussi depuis les débuts de la Révolution où il abritait non seulement l'Académie mais aussi nombre d'artistes, peintres, sculpteurs, graveurs, les plus grands sans doute. L'envahissement des Tuileries, le 10 août 1792, le massacre des Suisses que l'on avait poursuivis jusque chez eux, avaient chassé, en les épouvantant, nombre d'artistes comme Carle Vernet – parti sans même emporter l'admirable groupe de chevaux laissé sur son chevalet – Vien, Mme Vigée-Lebrun, Lagrenée et d'autres encore, même Fragonard qui un moment eut peur. Depuis, une foule disparate de prétendus artistes s'était emparée des lieux, s'établissant n'importe où, n'importe comment, saccageant les décorations intérieures en abattant murs et cloisons, installant des cuisines de fortune qui augmentèrent considérablement les risques d'incendie et mettant démocratiquement son linge à sécher aux fenêtres où s'étaient penchés tant d'illustres personnages. Quant aux anciens parterres, transformés en jardins de banlieue, il y poussait plus de poireaux et de carottes que de roses. L'Académie de sculpture et de peinture venait d'être jetée bas par David qui assouvissait sur elle une vieille rancune – et Dieu sait s'il les avait tenaces ! –, les autres Académies furent supprimées sur la lancée. Seuls devaient régner au Louvre le maître et ses élèves qui parfois se comportaient à la manière des terroristes.

La mort des Académies livra au pillage les trésors d'art (tapisseries des Gobelins, bronzes, bustes, bas-reliefs et, pour celle des inscriptions et médailles, une fortune en pièces de grande valeur) que David ne jugea pas utile de faire protéger. Ce qui était d'autant plus absurde que le peintre voulait s'assurer la direction du « Muséum » que la Convention souhaitait installer au Louvre.

En fait, le jour où Laura se résigna à se rendre chez lui, David régnait à peu près seul sur les Galeries. Il y avait bien encore Hubert Robert, le bon vivant, la force de la nature qui méprisait avec désinvolture les ukases du gouvernement, refusait de participer au moindre comité et n'avait jamais voulu porter à la Commune son diplôme de peintre du Roi pour en faire un autodafé. En outre, sa peinture plaisait toujours, il était riche et, jusqu'à nouvel ordre, conservateur du futur Muséum. De bien mauvaises notes, tout cela, et que son voisin consignait avec délectation *. Il y avait aussi le vieux Fragonard, qui était revenu car il ne pouvait vivre loin de Paris et que David protégeait parce qu'ils avaient toujours été amis et que sa peinture coquine n'était plus du tout à la mode...

Au Louvre, Laura n'eut aucune peine à se faire indiquer le chemin des appartements du maître. C'était le plus important du premier étage.

En atteignant la galerie qui le desservait, elle chercha le numéro indiqué et allait frapper quand elle eut juste le temps de se rejeter en arrière : la porte venait de s'ouvrir violemment, lâchant une jeune femme en robe de soie noire ceinturée de bleu pâle dont la toilette était dérangée et qui semblait en proie à une véritable terreur. Elle avait de

* Quelques jours plus tard, le 29 octobre, Hubert Robert sera arrêté et conduit à Sainte-Pélagie.

grands yeux sombres et quand ils rencontrèrent les siens, Laura crut y lire un appel au secours.

– Madame..., commença-t-elle, mais au même moment une voix furieuse hurlait de l'intérieur :

– Va-t'en !... Et que je ne te revoie jamais, tu entends ? Plus jamais ! C'est toi qui entendras parler de moi !

Avec un cri, l'inconnue s'enfuit dans les profondeurs de la galerie tandis que David, écumant de fureur, surgissait à son tour, la chemise largement ouverte sur la poitrine et la figure convulsée par la rage. Il était tellement effrayant que Laura faillit suivre la jeune femme, mais déjà il l'avait reconnue :

– Miss Adams !... halcta-t-il, cherchant son souffle. Quelle surprise !

– Je suis désolée, je tombe mal. Veuillez m'excuser, je reviendrai un autre jour.

Elle tremblait presque en face de cet homme qui s'efforçait de retrouver son sang-froid et elle n'avait qu'une envie, quitter cet endroit étrangement désert : les cris n'avaient pas attiré le moindre curieux. N'y avait-il plus personne, ou bien était-il courant d'entendre crier une femme dans l'atelier de David ? Comme il n'était plus possible d'y échapper, elle entra lentement dans la vaste pièce éclairée par de hautes fenêtres où s'entassaient en un désordre assez séduisant beaux meubles et matériel de peinture. Au mur, une superbe tapisserie mais aussi des toiles où s'affirmait la maîtrise du peintre. Une autre, encore sur le chevalet, et Laura y reconnut celle qui venait de fuir. Elle se tenait assise sur une chaise devant une tenture d'un beau rouge sombre sur lequel ressortaient sa robe noire, ses rubans bleus et la pâleur de son teint délicat. Elle était vraiment très belle et, tout naturellement, Laura fascinée demanda :

– Qui est-ce ?

– Une sotte sans intérêt !

Sans intérêt ? Vraiment ? Laura s'y connaissait mal en peinture mais il aurait fallu être aveugle pour ne pas sentir que ce portrait inachevé était l'œuvre d'un amoureux. Elle eut envie d'en savoir plus :

– Même les sots ont droit à un nom ? J'aimerais la connaître.

– Ne cherchez pas, vous perdriez votre temps !

– Mais encore ?

– Si vous y tenez... C'est la citoyenne Émilie Chalgrin. Elle est la fille du peintre Joseph Vernet, la sœur de Carle, et elle a passé son enfance ici. Elle avait épousé l'architecte Chalgrin, de vingt ans plus âgé qu'elle mais fort riche... et qui s'est hâté d'émigrer, comme un lâche qu'il est, abandonnant femme et fille.

– Elle n'a pas voulu le suivre ?

– Non. Émilie est stupide mais elle est acquise à nos idées de liberté. Seulement, après le 10 août, elle a eu peur : pendant que Carle et sa famille se réfugiaient à Asnières, elle a rejoint son amie Rosalie Filleul qui habite à Passy les communs du château de la Muette. Elle s'y sent plus en sécurité sans doute mais c'est ridicule ! Ici, sous ma protection, elle n'aurait rien à craindre !

– Elle est revenue, pourtant ?

– Pas à demeure. Elle vient de temps en temps pour ce portrait qui n'en finit pas. C'est pourquoi j'ai voulu la convaincre de rester.

Les moyens qu'il avait employés étaient on ne peut plus lisibles parmi les coussins malmenés d'une sorte de divan rouge. La lutte avait dû être chaude... Laura remarqua, posé contre un mur, un fusain qui représentait une gigantesque statue d'homme s'appuyant d'une main sur une massue et tenant de l'autre deux figures féminines dont l'une devait être la Liberté, car elle avait des ailes. Sur le front de la statue on avait écrit « Lumière », sur sa poitrine « Nature » et « Vérité », sur ses bras « Force » et sur ses mains « Travail ».

– Qu'est-ce là ? demanda-t-elle, enchantée de trouver un sujet de diversion.

– Le projet d'une statue pour le Pont-Neuf. Elle est destinée à y remplacer la statue équestre d'un despote que l'on y a vu trop longtemps. Elle aura quinze mètres de haut et, sous ses pieds, on élèvera une montagne.

– Une montagne ? Sur un pont ? Il ne résistera jamais !

– On l'élargira... avec les pierres de la ci-devant Notre-Dame que je vais faire démolir... comme tous les autres repaires du prétendu Dieu.

Laura frémit. Cette fois, elle en était sûre, l'homme était fou ! Son génie dont il ne doutait pas le conduisait à la mégalomanie. Pourtant, elle ne put s'empêcher de murmurer :

– Je sais que vous supprimez Dieu. Cependant, il me semble que les hommes ont besoin de croire en quelque chose ?

– Ils croiront à la Liberté, à la Fraternité, au Progrès et, s'il leur faut à tout prix une idole, ils auront Robespierre, le plus grand homme que la terre ait porté !

– C'est donc à lui qu'il faudra adresser des prières ? J'en ai une, justement...

– Une prière ? Auriez-vous besoin d'aide ? demanda David en prenant son bras pour la diriger doucement vers le divan... qu'elle évita habilement au profit d'un petit fauteuil.

– Pas pour moi, mais pour une amie qui m'est aussi chère qu'une sœur. C'est elle qui m'a accueillie lorsque je suis arrivée à Paris juste à temps pour voir mourir mon seul parent, l'amiral John Paul-Jones. C'est la femme la plus paisible, la plus douce que je connaisse. Depuis qu'elle a renoncé au théâtre, elle ne s'occupe guère que des fleurs et des fruits de son jardin. C'est là qu'on est venu l'arrêter, avant-hier...

– Une actrice ? Du théâtre de la Nation ?

– Non. Des Italiens. Elle chantait. Son nom est Marie Grandmaison. Vous la connaissez peut-être ? ajouta Laura en épiant le visage du peintre, mais elle n'y lut qu'une indifférence teintée de dédain :

– Je n'ai jamais aimé l'Opéra, ni les Italiens, des repaires du vice et de la prostitution où les seigneurs pourris de Versailles venaient faire leur choix comme sur un marché d'esclaves.

– C'est peut-être pour cela que Marie en est partie ? dit Laura avec douceur. Elle a acheté une maison hors les murs et elle y vit tranquille depuis plusieurs années...

– Pas d'amants ?

– Un seul, depuis toujours je crois... et qui est parti au loin.

– Encore un de ces lâches émigrés ? Son nom ?

– Jean de Batz, mais tout le monde le sait et vous avez des amis communs.

La déplaisante moue naturelle de Louis David se fit agressive :

– Nous ne sommes plus au temps où les « amis » constituaient une recommandation valable. Cette femme s'est acoquinée avec un homme dangereux, un homme que je n'aime pas et qui commence à gêner Robespierre.

Laura se leva, poussée par une brusque colère qui empourpra son teint délicat :

– Acoquinée ? C'est le nouveau mot révolutionnaire pour signifier l'amour ? Le moins que l'on puisse dire est qu'il ne gagne pas au change. Celui de Marie est pur. Elle a renoncé à sa vie brillante pour choisir sinon la solitude, du moins une existence simple... telle que nous la concevons chez nous, en Amérique.

– Comme c'est touchant ! Eh bien, ma chère, vous allez être déçue. Votre amie ne m'intéresse pas et je n'ai aucune raison de m'occuper d'elle... à moins que...

– Je ne suis pas la femme des « à moins que... », lâcha Laura avec un dédain écrasant. L'affection pour une femme innocente m'a menée chez vous parce que je croyais que vous mettiez en pratique vos grands mots de Justice, Vertu, Solidarité, mais vous essayez de finasser comme un maquignon avec une fille de joie ! Cela ne se fait pas, chez nous, à Boston !

Ayant dit, elle tourna les talons et fila vers la porte où il la rattrapa :

– Allons, ne vous fâchez pas ! Vous m'avez mal compris et surtout vous ne m'avez pas laissé achever ma phrase. J'allais dire : à moins que vous n'acceptiez de poser pour moi. Vous savez combien je souhaite faire votre portrait ? Celui d'une femme de la libre Amérique justement ! Il pourrait être le clou du prochain Salon.

– Je n'ai aucune envie d'être le clou de quoi que ce soit ! Tout ce que je désire, c'est que Marie soit secourue.

– Accordez-moi le temps d'une rapide esquisse... et je vous promets d'y penser !

Laura hésita. S'il n'y avait eu que son impulsion profonde, elle serait partie en claquant la porte, mais la pensée de Marie la retint. Cet homme était dangereux, elle en était certaine, et elle n'aimait pas du tout ces narines frémissantes quand il s'était approché d'elle : « Un chien qui renifle un os ! pensa-t-elle sans trop s'encombrer de poésie, mais après tout une esquisse est vite faite et je peux accepter cela si Marie doit en bénéficier... »

Sans dire un mot, elle revint vers le centre de l'atelier, permit au peintre de l'asseoir sur une chaise près d'une fenêtre. Elle n'avait pas voulu de celle de l'estrade. D'ailleurs, le rideau rouge tendu derrière allait mal avec sa robe de soyeuse étoffe prune complétée d'un fichu empesé remontant jusqu'au menton et d'un petit chapeau de même tissu orné de courtes plumes blanches. David aurait voulu qu'elle ôte cet accessoire, mais elle s'y refusa :

– Je ne reste pas longtemps et je n'ai pas envie d'être décoiffée.

Il n'insista pas, prit un cahier de feuilles blanches, un fusain, et se mit à dessiner à une incroyable vitesse. Une feuille puis une autre et une autre encore et encore, tandis que d'une voix brève il ordonnait à son modèle de changer de position ou de tourner la tête. En un quart d'heure, il avait fini...

– Voilà ! soupira-t-il. Je n'ai pas abusé de votre patience ?

– Non, c'est vrai !

– Ce sera plus long la prochaine fois. Et... s'il vous plaît, habillez-vous de blanc aussi simple que possible et ne faites pas friser vos cheveux. L'image de la libre Amérique n'a pas besoin des complications d'un coiffeur.

– Et... Marie ?

– Je vais m'en occuper.

– Je l'espère. Sinon il n'y aura pas de prochaine fois...

Elle n'avait aucune envie qu'il y eût une prochaine fois, mais l'important était que Marie soit libérée. Quand elle serait loin – car il faudrait la mettre à l'abri ! – Laura pourrait éluder les invitations du peintre. Le sort d'Émilie Chalgrin ne la tentait pas !

Pendant ce temps, celle dont l'avenir occupait tant son amie et son amant vivait des heures pénibles. Sainte-Pélagie, placée jadis sous le vocable d'une comédienne d'Antioche entrée sous la bure monacale après avoir scandalisé ses contemporains par ses débauches, était l'une des maisons d'arrêt les plus malsaines de Paris. Comme presque toutes les nouvelles prisons écloses après la chute de la royauté, c'était un ancien couvent. On y recevait naguère des femmes, recluses volontaires, épouses adultères, filles séduites et abandonnées à leurs larmes et à la fureur de leurs familles « déshonorées ». Elle tenait le milieu entre les Madelonnettes, réservées aux femmes de haut rang, et la Salpêtrière où l'on incarcérait celles appartenant à la lie du peuple. Chose curieuse, ce fut l'une des rares prisons où les massacreurs de Septembre ne trouvèrent rien à tuer, les concierges d'alors, Bouchard et sa femme, ayant choisi de se faire ligoter par leurs pensionnaires pour leur permettre de fuir : une belle action sur laquelle ils méditaient depuis à la Force. A la suite de cela, le statut changea : Sainte-Pélagie devint une importante prison politique pour les deux sexes. Après un court séjour à l'Abbaye, Mme Roland y était enfermée depuis le 24 juin.

La mise au secret de Marie ayant été décrétée par Maillard – sans qu'il en eût le pouvoir – la jeune femme fut jetée dans un cachot en sous-sol qu'une ouverture à ras de terre éclairait à peine. Il n'y avait rien là-dedans qu'une paillasse à moitié pourrie et une couverture en lambeaux. Ce n'était qu'une cave humide et froide où la malheureuse s'efforça de se réchauffer un peu en s'enroulant dans ladite couverture et en se pelotonnant sur le mauvais matelas. Pour toute nourriture, on ne lui donna qu'un morceau de pain dur et une cruche d'eau, elle ignorait encore que, pour être un peu mieux traitée, elle devrait payer le nouveau concierge qui avait pour devise une phrase lapidaire : « Ici on n'a rien pour rien ! » D'ailleurs, elle n'avait plus d'argent. Maillard s'était servi.

Le soir venu, pourtant, ledit concierge lui apporta un plat de haricots, un peu de vin et une vraie couverture : le résultat de l'argent déposé par Pitou. Et comme, en se retirant, l'homme ajoutait :

– On dirait qu't'as des amis qui te veulent du bien, citoyenne. S'ils peuvent te tirer du secret, tu s'ras pas trop à plaindre ! Surtout s'ils continuent à payer !

Le lendemain, à l'heure où Laura pénétrait au Louvre, c'était chose faite. Extraite de sa cave, Marie fut élevée au rang de prisonnière normale. C'est-à-dire qu'on la transféra dans une cellule du rez-de-chaussée, à peine moins humide et pas beaucoup plus confortable. A Sainte-Pélagie, en effet « le corps de logis destiné aux femmes est divisé en longs couloirs fort étroits de l'un des côtés desquels sont de petites cellules *... » On y trouvait une petite fenêtre garnie de gros barreaux de fer, une paillasse aplatie, un matelas, une couverture et, selon l'argent dont on disposait, une table, une chaise et divers ustensiles. La grande différence c'était le fait que, chaque matin, le gardien faisait jouer les gros verrous et ouvrait toutes

* Mme Roland, *Mémoires*.

les portes, les prisonnières ayant le loisir de sortir dans les couloirs, de s'asseoir sur les escaliers, dans la petite cour ou dans une salle répugnante où le ménage n'était jamais fait.

A peine Marie eut-elle le temps de « s'installer » qu'elle se retrouvait au centre d'une véritable volière composée de femmes de tous âges mais dont une bonne partie appartenait à la Comédie-Française du faubourg Saint-Germain. Elle fut tout de suite reconnue :

– Mais c'est la Grandmaison ! s'écria une grande et belle femme blonde qui était la fameuse Raucourt. Que venez-vous faire ici ? Il y a des lustres que Paris ne vous a vue ?

– Je vivais à la campagne, dit Marie en tendant la main à la tragédienne. C'est pourtant là qu'on est venu me chercher.

– Sous quel prétexte ?

– On veut obtenir de moi que je livre un homme.

– Un homme ? Mais que je suis donc sotte ! s'écria Françoise Raucourt en frappant un front qui avait porté tous les diadèmes antiques. Le baron de Batz, bien sûr ! Celui qui vous a enlevée à vos admirateurs ! Un fameux gaillard ! Il court sur lui toutes sortes de légendes. Un vrai chevalier égaré chez les fous !

De la part de Raucourt ce n'était pas un mince compliment car, si les amants « utiles » ne lui avaient jamais manqué, tout le monde savait que ses goûts l'attiraient plutôt vers ses jolies compagnes, ce qui ne l'empêchait nullement d'être femme jusqu'au bout des ongles, gardant au fond de cette prison une élégance et une bonne humeur incroyables. Elle fit faire à Marie le tour de la société, présentant celles que la nouvelle venue ne connaissait pas. Il y avait là en effet tout le « gratin » en jupons de la maison de Molière : Mmes La Chassaigne, Suin, Contat, Thénard, Joly, Devienne, Petit, Fleury, Mézeray, Montgautier, Ribou et Lange. Marie fut reçue en amie, même par les autres prisonnières n'appartenant pas au théâtre comme Mmes de Gouy, de Créqui-Montmorency, Mlle de Montcrif et les épouses de Brissot et Pétion – l'ancien maire de Paris –, deux des Girondins incarcérés au Luxembourg. Seule Mme Roland manquait à l'appel : elle ne quittait guère sa cellule où elle écrivait la plupart du temps.

– Vous ne serez pas si malheureuse ici, expliqua Raucourt. Toutes ces dames sont charmantes et quand nous sommes arrivées, au matin du 4 septembre, elles nous ont applaudies comme si nous entrions au théâtre. En échange, nous leur avons fait une belle révérence...

Marie, cependant, remarquait une femme qui se tenait à l'écart, écrivant sur ses genoux dans un cahier et relevant de temps en temps la tête, les yeux au ciel, dans l'attitude de quelqu'un qui cherche à se rappeler quelque chose. D'une blondeur à peine marquée de blanc, elle pouvait avoir une quarantaine d'années.

Cependant, sa beauté demeurait remarquable.

– Mais..., souffla Marie. C'est la Du Barry ?

– Oui. Elle a été arrêtée récemment, à son retour de Londres où elle était partie à la recherche des joyaux volés dans son pavillon de Louveciennes. Telle que vous la voyez là, elle prépare sa défense au cas où elle serait traduite devant le Tribunal révolutionnaire.

Marie ouvrit de grands yeux :

– Au cas où ? Ne sait-elle pas que c'est une quasi-certitude ?

– Si, mais elle ne croit pas qu'on puisse lui vouloir du mal. D'abord, elle n'est pas émigrée puisqu'elle est rentrée. En outre, elle pense qu'elle pourra toujours acheter son acquittement avec la fortune qui lui reste. Voulez-vous que je vous présente ? Nous sommes très amies, vous savez ? C'est à elle et au roi Louis XV que je dois mes premiers engagements... Et puis elle est vraiment charmante. Elle nourrit celles d'entre nous qui sont démunies.

– Avec plaisir, mais ce sera pure curiosité. J'ai, moi aussi, quelques moyens de survivre.

– De toute façon, on vous y aiderait. Nous formons une sorte de communauté, ici. C'est, ajouta la Raucourt avec une soudaine angoisse qui fit fléchir sa célèbre voix, la seule façon de faire face à la peur d'un lendemain dont nous nous efforçons d'oublier l'horreur

Troisième partie

L'IMMOLATION

CHAPITRE XI

CHABOT, LE CAPITOLE ET LA ROCHE TARPÉIENNE

– David ? Vous êtes allée voir David ?

La colère qui vibrait dans la voix de Batz n'annonçait rien de bon. Le seul nom du peintre la déchaînait et Laura en éprouva un choc : c'était la première fois que Jean s'emportait contre elle. Elle n'en fit pas moins face avec détermination :

– Et pourquoi pas, s'il vous plaît ? Entre artistes on se doit de s'aider et cet homme peut faire libérer Marie. Talma m'a dit...

– Ce que peut dire Talma n'a aucune importance. Le malheureux a déjà suffisamment à faire entre ses amis girondins menacés de mort et l'accusation qui lui est faite d'avoir dénoncé ses anciens camarades de la Comédie-Française.

– Je suis certaine qu'il n'en a rien fait !

– Je le crois aussi mais, à moins de tâter lui-même de la prison, il aura du mal à s'en laver. Alors, comme il ne savait comment se débarrasser de vous, il vous a envoyée à son bon ami David ?

– Vous n'y êtes pas du tout ! C'est moi qui lui ai demandé d'intervenir auprès de David. Lui et Julie m'ont alors répondu que je réussirais mieux si je m'en occupais moi-même.

– Et que vous a dit le maître ? fit Batz avec un sourire féroce.

– Qu'il y apporterait ses soins si je lui permettais de faire mon portrait. Il a d'ailleurs jeté quelques traits sur des feuilles de papier.

– Votre portrait ! Vraiment ? Et, bien entendu, il viendra vous peindre ici, dans votre cadre ?

– Non. Ses toiles sont grandes en général. J'ai vu le portrait inachevé de Mme Chalgrin. Admirable quoique un peu grand. Je dois aller chez lui, mais je n'irai que lorsque Marie sera libérée !

– Vous êtes vraiment d'une innocence ! fulmina Batz. Je vais vous expliquer, moi, comment cela va se passer : il vous fera venir encore et encore en vous distillant l'espérance. Vous dites qu'il a fait le portrait de Mme Chalgrin ? Je ne sais comment il a pu obtenir cela d'elle, car je peux vous assurer qu'il lui inspire une peur affreuse. Sans doute en marchandant je ne sais quelle grâce ! Mais elle ne l'aura, cette grâce, que lorsqu'elle aura accepté de devenir sa maîtresse. Et il vous en pend tout autant au nez, miss Adams !

Laura pâlit. Elle se souvenait trop bien de la scène violente dont elle avait été le témoin en arrivant au Louvre : Émilie Chalgrin s'échappant de l'atelier à demi dévêtue, poursuivie par les injures et les menaces d'un homme qui ressemblait davantage à un satyre qu'à un génie du pinceau.

– Il n'osera pas. Il me croit une étrangère plus ou moins protégée par le gouvernement actuel. En outre, si Marie n'est pas libérée quand j'y retournerai, je lui dirai que je ne reviendrai plus. Je refuse l'idée que Marie reste longtemps en prison.

– Alors il vous mettra le marché en main : ou vous couchez avec lui, ou il abandonne Marie à son sort !

– Eh bien, s'il faut en arriver là, je coucherai avec lui...

La gifle lui coupa le souffle. Les yeux soudain emplis de larmes, elle considéra avec stupeur le visage convulsé de fureur qui lui faisait face et porta d'un geste machinal sa main à sa joue endolorie. Alors il lui tourna le dos :

– Pardonnez-moi ! Vous imaginer dans les bras de cet homme m'est insupportable ! Je vous défends d'y retourner, vous m'entendez ? Je vous l'interdis ! Je... je n'ai pas besoin de vous pour sortir Marie de prison. J'ai déjà pris des dispositions.

– Je n'en doute pas, murmura-t-elle confuse, mais... êtes-vous certain qu'elles seront efficaces ?

– Je le crois... Je l'espère de tout mon cœur !

Elle se rapprocha de lui qui ne la regardait toujours pas, posa une main timide sur une épaule solide mais qu'elle sentit pourtant frémir.

– Et si cela ne suffisait pas ? demanda-t-elle doucement. Deux précautions valent mieux qu'une et je me crois assez forte pour amener David à nous aider sans courir trop de risques.

– Jurez ! gronda-t-il. Jurez que vous n'y retournerez pas !

– Si je n'y vais pas au moins une fois, cela peut être imprudent. Si je déchaîne sa colère...

Cette fois il se retourna et elle vit son regard plein d'une sombre fureur :

– Êtes-vous folle ou faut-il tout vous dire ? Le danger d'être violée par David n'est pas le seul que vous puissiez courir chez lui.

– Et quoi encore ? fit-elle avec un haussement d'épaules en pensant qu'il la prenait vraiment pour une petite fille devant qui l'on peut agiter tous les épouvantails de la terre.

– Vous pourriez y rencontrer... votre époux.

– Mon... époux ? Vous voulez dire... Pontallec ?

– Je ne vous en connais pas d'autre, dit-il avec une grimace, conscient d'avoir enfin touché une corde sensible. Lui et David sont... sinon d'excellents amis, du moins de grandes relations d'affaires.

Médusée, elle réussit tout de même à articuler :

– Mais... comment savez vous cela ?

– Je vais vous le dire.

Et Batz raconta comment, à l'établissement thermal de Passy, il lui avait été donné de surprendre une conversation entre les deux hommes et les conclusions qu'il en avait tirées :

– Il m'est apparu qu'il valait mieux ne rien vous révéler. Si, pour s'emparer des affaires de celle qu'il a tuée, Pontallec est descendu – ou a fait semblant de descendre car il demeure certainement attaché au comte de Provence – jusqu'à s'acoquiner avec Lecarpentier, le bourreau du Cotentin, il est plus dangereux que jamais et je ne voulais pas que vous vous lanciez à l'assaut d'une forteresse dont le premier contact vous aurait brisée. Or telle que je vous connais, vous n'auriez rien voulu entendre. Surtout pas la voix de la raison !

Laura garda le silence un moment, s'efforçant d'assimiler ces extraordinaires révélations. C'était pire encore que ce qu'elle supposait : Pontallec la main dans la main avec des assassins, des terroristes ! Cela dépassait vraiment l'imagination.

– Quoi que vous en pensiez, murmura-t-elle enfin, je ne suis pas folle. Me jeter dans la gueule du loup n'est pas ce que je désire. Tout au moins pour le moment, ajouta-t-elle avec tristesse. Et puisque vous avez besoin de moi...

L'instant d'après elle était dans ses bras. Jean s'était saisi d'elle avec une violence qu'il ne mesurait pas mais qui traduisait trop bien le tumulte de son âme :

– Oui, j'ai besoin de vous ! Tellement plus que vous ne pouvez le supposer ! Pour mener à bien ma tâche, sans doute, mais aussi parce que je ne peux plus imaginer de ne plus vous sentir auprès de moi, de ne plus vous regarder, toucher votre main de mes lèvres ! Oh ! Laura, Laura ! Il y a si longtemps que je lutte contre cette passion que vous m'inspirez ! Depuis le jour, je crois, où je vous ai ramenée chez moi...

Il enfouit son visage contre le cou de la jeune femme que ses lèvres caressèrent. Éblouie, émerveillée par la soudaine réalisation de ce rêve qu'elle s'était efforcée d'étouffer, de cacher, elle se laissa aller contre lui, les yeux clos, uniquement consciente de cette caresse qui éveillait en elle une sensation à la fois terrible et délicieuse. Leurs lèvres s'unirent et le temps s'arrêta...

Ce fut un moment de griserie totale, d'oubli de tout ce qui existait autour du couple soudé qu'ils venaient de se reconnaître comme si, de tout temps, ils étaient destinés l'un à l'autre.

Ils étaient comme un arbre battu par une tempête dont ils ne voulaient s'apercevoir mais qui les poussait tout de même vers l'accomplissement absolu. Il faisait nuit, il était tard et autour d'eux la maison n'était que silence, attente de cet événement divin d'un amour qui s'éveille à la vie et va prendre son essor... Et Jean allait emporter Laura vers la chambre tiède, la douceur soyeuse du lit ou il allait la déposer pour la faire sienne, quand soudain un éclair de conscience transperça la jeune femme, lui arrachant un cri :

– Marie ! Nous ne pouvons pas faire cela à Marie !

Aussitôt, il la lâcha si soudainement qu'elle manqua perdre l'équilibre et sans un mot alla s'asseoir au bord d'un canapé où il cacha sa figure dans ses mains. Laura put voir que ces mains tremblaient. Quand il releva la tête pour la regarder, il y avait des larmes dans ses yeux :

– Pourquoi ai-je laissé échapper mon secret ? Je m'étais juré que vous ne sauriez jamais rien de cet amour et puis... je ne suis qu'un homme ! Il va falloir oublier... oublier que vous aussi vous m'aimez ! Cela va être beaucoup plus difficile...

– Ce sera peut-être plus facile pour vous que pour moi. Vous aimez Marie, quels que soient les sentiments que je vous inspire.

– C'est vrai. Je l'aime... aussi mais pas de la même façon : avec une infinie douceur, une infinie tendresse. Pas avec la violence que je ressens auprès de vous. Laura, croyez-moi... il n'y aura plus jamais dans ma vie d'autre femme que vous !

Et Laura alors s'entendit répondre avec autant de surprise que si une voix étrangère parlait en elle :

– Quelle part, dans tout cela, réservez-vous à votre fiancée ?

Un instant de silence, celui des grandes stupeurs, puis :

– Ma fiancée ? Je n'ai jamais eu de fiancée ! D'où la sortez-vous ?

– De la douleur de Marie qu'une jeune fille vêtue de noir est venue voir à Charonne, il y a peu... pour vous réclamer à elle. Une jeune fille qui a dit s'appeler Michèle Thilorier...

– Elle est allée à Charonne ? Elle a osé ? Mais de quel droit ?

– De celui que vous lui avez donné sans doute ? De toute façon, ajouta Laura avec une rancune dont elle ne fut pas maîtresse, vous avez l'air de savoir très bien qui elle est ?

– Ce que je sais surtout, c'est ce qu'elle n'est pas ! gronda Batz, qu'une nouvelle colère envahissait. Jamais, je vous le jure, je n'ai demandé sa main à ses parents !

– Vraiment ? Alors pourquoi est-elle enceinte de vous ?

– Par tous les diables de l'enfer, qu'est-ce encore que cette histoire de fous ? Michèle enceinte... et de moi ? Trouvez-moi quelque chose à boire, Laura ! Quelque chose de fort ! J'en ai besoin...

Elle se rendit à la salle à manger, revint avec un flacon plein d'un liquide d'une belle couleur ambrée : l'eau-de-vie de raisin que les paysans faisaient en pays d'Armagnac et dont Jean lui avait donné une bouteille. Elle la lui tendit avec un petit verre qu'il emplit et avala d'un coup. Ce qui pour lui était une hérésie et donnait la mesure de son trouble. Ensuite il prit une profonde respiration et ordonna :

– Maintenant, dites-moi tout !

– C'est à vous, il me semble, de parler. Pourquoi cette demoiselle irait-elle inventer pareille chose si vous ne lui étiez rien ?

– Soit : Michèle Thilorier est fille d'un couple d'amis : lui, Jacques, était avocat au Parlement de Paris, elle, nettement plus jeune, d'une bonne famille de Bordeaux. Sa sœur aînée a épousé le petit d'Epremesnil, fils d'un de mes amis. Je les voyais beaucoup avant les troubles, mais j'avoue les avoir un peu négligés tous ces temps... Dût ma modestie en souffrir, Michèle qui doit être un peu plus âgée que vous s'est amourachée de moi au point de me relancer, l'an passé, dans mon logis de la rue Mesnard qui est désormais sous scellés. Elle déteste Marie sans en savoir autre chose que le lien qui m'attache à elle.

– Au point de venir raconter n'importe quoi ?

– Je la crois prête à tout pour nous séparer. Je lui dois cependant une excuse : elle ne m'a pas vu depuis des mois, même lorsque son père est mort peu après le Roi. J'étais en Angleterre et, au retour, je ne suis pas allé les voir, elle et sa mère, qui est d'ailleurs une très jolie femme dont mon ami Jean-Jacques d'Epremesnil, le beau-père de sa fille aînée, est épris depuis longtemps. Un poète, Parny, a chanté sa beauté, et je ne vous cache pas que si j'avais dû m'éprendre d'une de ces trois femmes, c'eût été de Françoise Thilorier. Avant de rencontrer Marie j'en ai même été un peu amoureux. Voilà, vous savez tout !

– C'est vraiment tout ?

– Sur mon honneur ! Michèle a inventé cette histoire d'enfant à naître parce qu'elle veut que je l'épouse. Et moi, vous le savez, je ne me reconnais pas le droit de me marier... en admettant que je le veuille. Ce qui n'est pas le cas.

Il s'était levé, marchait à pas nerveux à travers le salon pour finalement s'arrêter devant Laura dans les yeux de laquelle il plongea son regard mais sans la toucher.

– Vous me croyez, au moins ?

Bien sûr elle le croyait ! Son soulagement était si grand qu'elle aurait pu rire et chanter tant elle était heureuse de pouvoir lui rendre cette belle confiance que l'histoire de cette Michèle avait si cruellement entamée. Mais au fond des yeux noisette qu'elle aimait tant, il lui sembla apercevoir un autre visage, doux et désolé...

– Oui, dit-elle enfin, je vous crois, mais c'est Marie qu'il faudrait rassurer ! J'ai la conviction qu'en refusant de fuir avec vous, en se laissant arrêter, elle s'est sacrifiée. Cette fille voulait le champ libre, ajouta-t-elle avec colère. Eh bien, elle le lui laisse... à elle et à son enfant !

– Vous avez raison. Il faut qu'elle sache la vérité ! Et vite ! Il faut lui rendre l'envie de se battre.

– Et d'abord la tirer de prison ! Qu'avez-vous fait pour cela pendant que... j'allais au Louvre ?

Au regard noir qu'il lui lança, elle comprit que la plaisanterie n'était pas de mise.

– J'ai vu Lullier, un de mes amis. Il est procureur-syndic de la Commune. Il m'a promis de faire diligence.

Lullier tint sa promesse : deux jours plus tard, Marie quittait Sainte-Pélagie, à la condition de ne pas sortir de Paris. On lui assignait résidence dans son appartement de la rue Ménars où il serait plus facile de la surveiller : les chemins de Charonne ouvraient un peu trop largement sur la libre campagne...

– Je n'ai pas pu obtenir davantage, expliqua Lullier. Il semble que Robespierre ait l'œil sur Marie Grandmaison parce qu'il voit en elle le meilleur moyen de vous atteindre. Vous êtes, mon cher Batz, en train de devenir sa bête noire.

– Autrement dit, Marie est la chèvre attachée à un piquet pour attraper le tigre ?

– L'image est peu flatteuse mais exacte, soupira Lullier. Et je vous déconseille très fortement de vous approcher de votre ancien logis. Tenez-vous pour satisfait qu'elle ait échangé une prison sordide pour une demeure confortable !

– Vous avez raison et je ne vous remercierai jamais assez. Cependant, je n'aime pas la savoir seule. Ne pouvez-vous obtenir, puisque les serviteurs ont pu rentrer à Charonne, que Nicole, sa femme de chambre, et Biret-Tissot la rejoignent ?

– Il n'y a rien contre eux ! Cela doit être possible... mais vous n'essaierez même pas de lui écrire ? Le moindre billet pourrait permettre de remonter jusqu'à vous. Songez que moi aussi je joue ma tête dans cette histoire. Alors, votre parole ?

– Vous l'avez !

– Merci... Ah, j'allais oublier ! J'ai fait arrêter Maillard pour lui apprendre à user de pouvoirs qu'il n'a pas. Un peu de prison lui fera du bien, même s'il n'y reste pas très longtemps. Et j'ai pensé que cela vous ferait plaisir....

Pendant ce temps, Chabot nageait dans le bonheur. Son mariage était fixé au 14 octobre (5 vendémiaire) et, quelques jours plus tôt, il était monté à la tribune des Jacobins pour annoncer la nouvelle et inviter la société à nommer une députation pour assister à la cérémonie et au banquet civique dont on la régalerait ensuite.

– Je préviens, clama-t-il, qu'aucun prêtre ne souillera ma noce et que nous n'emploierons que la municipalité. La députation voudra bien s'y rendre à huit heures afin que tout soit terminé à neuf heures (Quoi ? le banquet aussi ?) car je ne veux pas m'absenter de la Convention et ma femme m'a dit qu'elle cesserait de m'aimer si cela me faisait négliger une seule fois la Convention et les Jacobins *.

Ce vertueux discours tomba à plat, au milieu d'un de ces grands silences qui n'annoncent rien de

* G. Lenôtre, *Le Baron de Batz.*

bon. C'est qu'avant de formuler son invitation, l'ex-capucin n'avait rien trouvé de mieux que faire le panégyrique de sa future épouse en énonçant le chiffre de sa dot – deux cent mille livres ! – qui allait plonger dans l'opulence l'indigent qu'il était. Et par la même occasion, il chanta ses propres louanges de citoyen sans peur et sans reproches, pauvre mais honnête.

Tout de même, les Jacobins décidèrent d'envoyer quelques-uns d'entre eux – tous volontaires, surtout pour le banquet ! – les représenter à ces étranges épousailles d'un moine défroqué avec une Juive autrichienne et millionnaire. Et le 14 octobre, la noce rentrait à l'hôtel Frey pour y faire bombance...

Delaunay était de la partie et aussi Julien de Toulouse. Batz avait envoyé un présent au jeune couple mais s'était excusé : son père, souffrant, le réclamant en Gascogne, il était censé avoir quitté Paris, où sa présence d'ailleurs n'était pas indispensable pour frapper le coup le plus violent qu'il comptait assener à ceux qu'il voulait détruire. Ce fut donc Delaunay qui, après un repas copieux, entreprit le nouveau marié pour lui proposer une nouvelle affaire, la plus juteuse de celles auxquelles on l'avait associé jusqu'à présent : il s'agissait d'appuyer à la Convention la proposition de mise en liquidation des quarante mille actions de la Compagnie des Indes que, sur l'ordre de Batz, il avait lancée à la Convention au cours d'une intervention incendiaire. C'était sans doute l'affaire la plus fructueuse du siècle.

Dire la nouvelle Compagnie des Indes serait plus près de la vérité. Louis XVI l'avait ressuscitée le 14 avril 1785. Elle succédait à celle créée par Law en 1717 * et dont les privilèges avaient été suspendus en 1769 à la suite des guerres de Succession d'Autriche et de Sept Ans. La dissolution suivit. Calonne proposa sa survivance sur de nouvelles bases : uniquement commerçante, sans pouvoirs civils et militaires. Déchargée des services de la guerre et pourvue pour sept ans du monopole du commerce avec tous les pays situés au-delà du cap de Bonne-Espérance (moins l'île de France et l'île Bourbon **), elle prospéra rapidement. Batz, son ami d'Eprémesnil et le curieux abbé d'Espagnac qui dirigeait encore l'importante compagnie des Charrois comptaient parmi ses principaux actionnaires. La Compagnie avait naturellement perdu ses privilèges au début de la Révolution, mais elle demeurait toujours des plus rentable.

– Nous pourrions tirer d'énormes bénéfices de la liquidation, plaida Delaunay. Toi surtout. Tu comprends, nous tes amis sommes peinés de te voir entrer dans cette maison un peu en parent pauvre en dépit de ce que nous avons pu te faire gagner. Là, tu pourras vraiment t'affirmer si tu nous soutiens.

– Je ne demande pas mieux, bien sûr, mais comment est-ce possible ?

* Succédant elle-même à la Compagnie des Indes Orientales dont Colbert avait été l'initiateur.

** Aujourd'hui île Maurice et île de la Réunion.

– Rien n'est plus simple : je vais t'expliquer. Ma proposition de dissolution portera la terreur dans l'âme des administrateurs et des actionnaires de la Compagnie. Cela fera baisser les actions. A l'occasion de cette baisse, Benoist et Batz les rachèteront à vil prix. Ensuite, nous soumettrons à la Compagnie deux projets de décrets. L'un plus doux, l'autre plus rigoureux, et nous lui dirons : « Choisissez ! Il faut donner tant pour un décret qui vous sera favorable *. »

– Et alors ?

– Alors ? Cette somme servira à Benoist et à Batz pour leurs spéculations et nous en aurons les profits. Tu vois, c'est très facile à comprendre.

Du moment qu'on lui parlait argent, Chabot aurait compris l'incompréhensible. Il applaudit des deux mains, jura qu'il « en était », et s'abandonna aux douceurs de ce jour de noces qui mettait la ravissante Léopoldine dans son beau lit doré. Ce qu'il ignorait, c'est que, ce soir-là, aux Jacobins – où bien sûr il n'était pas venu ! – Hébert, le redoutable rédacteur du *Père Duchesne,* daubait sur son compte et faisait de l'esprit en parlant de « l'Autrichienne de Chabot ».

Cela aurait pu n'être qu'une plaisanterie, mais le terrible événement du jour lui donnait une couleur singulièrement menaçante : en effet, à l'heure où Chabot revenait rue d'Anjou escorté de ses amis et sa jolie femme au bras, la Reine comparaissait pour la première fois devant le Tribunal révolutionnaire. L'un des procès les plus infâmes de l'His-

* Déposition de Chabot rapportée par G. Lenôtre.

toire commençait, et c'était Hébert qui allait porter contre cette mère désespérée la plus ignoble des accusations.

Le surlendemain, 16 octobre, la Reine de France, à son tour, allait mourir...

Dès avant le lever du jour, vers cinq heures, Paris entra en rumeur : grondement métallique des roues de canon qui s'en allaient prendre position, pas cadencé de trente mille soldats commis à la garde tout au long du chemin de la Conciergerie à la place de la Révolution, roulements de tambour, piétinement des hommes coiffés de bonnets rouges et armés de piques, volontaires pour aider les soldats en cas d'attaque, et puis la foule qui s'est levée tôt et se met en marche pour s'assurer une « bonne place », là où il sera possible de ne rien manquer du spectacle.

Il faisait froid. Moins qu'en janvier tout de même, mais assez pour faire trembler dans sa prison celle que la petite Rosalie Lamorlière a réveillée en lui portant un peu de bouillon chaud – dont elle n'a pu absorber que quelques cuillerées – puis a aidée à s'habiller, à changer sa chemise tachée de sang * en essayant de la dissimuler un peu au regard éhonté du gendarme « qui ne doit pas la quitter des yeux ». Marie-Antoinette a revêtu un jupon noir, mais ses vêtements de mort seront blancs parce que c'est le deuil des reines et qu'elle l'a voulu ainsi : une sorte de déshabillé ou manteau

* Elle était, on l'a vu, sujette à des hémorragies qui la minaient.

de lit avec un grand fichu de mousseline croisé haut sous le menton.

Encore un long moment – on prend son temps quand on assassine une reine : il faut faire durer le plaisir ! –, puis il faudra commencer à gravir les marches du calvaire : le prêtre « jureur », l'abbé Girard dont la Reine refusera l'assistance – « Dieu y a pourvu, monsieur ! » –, le greffier qui vient lire la sentence, le bourreau qui enlève la douce mousseline blanche, massacre les cheveux encore si beaux, replante à la diable le bonnet blanc sur son « œuvre » et, enfin, lie les mains jusqu'au coude en les tirant cruellement derrière le dos. La corde, il la gardera dans sa main jusqu'à l'échafaud, se donnant ainsi l'air de tenir la Reine en laisse. Enfin, la sortie dans la cour – il est alors environ onze heures – et le mouvement d'horreur devant la voiture qui attend : une charrette à fumier qu'on n'a même pas pris la peine de nettoyer...

Batz a remonté la rue Saint-Honoré sur toute sa longueur, cherchant sans trop y croire l'endroit propice d'où il pourrait délivrer Marie-Antoinette de ce cauchemar sans y laisser une vie qu'il doit à Louis XVII. Sous sa redingote gris fer il y a un pistolet chargé, mais la foule est déjà dense, le cordon de troupes serré, et il est interdit de se mettre aux fenêtres qui doivent rester fermées. Il avait pensé aux marches de l'église Saint-Roch d'où il aurait pu s'enfuir à travers le sanctuaire dont il connaît bien les issues, mais une troupe épaisse de « tricoteuses » y campe pratiquement, grotesque et sinistre avec ses bonnets rouges et les piques qui, en l'honneur de l'événement, remplacent les aiguilles de buis. Même chose à l'entrée du passage qui mène aux Jacobins et que décore une curieuse inscription : « Atelier d'armes républicaines pour foudroyer les tyrans. » Lorsqu'il arrive à la hauteur de la rue Saint-Florentin, il a compris que toute intervention serait une folie et qu'il n'y a plus rien à faire. D'ailleurs, quand la Reine en sera là, sa voie douloureuse sera presque achevée...

Soudain, en face de lui, de l'autre côté de la rue, Batz a distingué un visage : Rougeville ! Pâle, les traits tirés, vêtu comme un ouvrier et un ouvrier sale – les carrières de Montmartre ne sont guère propices à la propreté –, il est là et c'est ce que Batz ne s'explique pas. Comment peut-il être là ? Comment a-t-il su ? Ceux qui le ravitaillent avaient ordre de ne rien dire mais il faut croire que les carrières sont d'énormes caisses de résonance capables de capter les bruits de la ville.

Batz voudrait bien rejoindre son ami dont il redoute qu'il se livre à quelque excès, comme se suicider au passage du cortège, mais traverser la rue est impossible. D'ailleurs, il est trop tard. La condamnée approche, cernée de gendarmes, plus encore par les cris de haine qui fusent ici et là.

En apercevant le véhicule, Batz a un haut-le-cœur en se souvenant de la prédiction de Lenoir. Pas de carrosse pour l'Autrichienne ! Elle y est assise sur une planche, le dos à la marche, avec auprès d'elle l'abbé Girard qui prie, les yeux sur un petit crucifix d'ivoire. Devant la charrette, ce n'est pas Santerre qui caracole sur un gros cheval : c'est un comédien sans talent, un certain Grammont qui joue là le rôle de sa vie et que les femmes applaudissent.

Lorsque la charrette arrive à sa hauteur, Batz demeure un instant figé par l'admiration et le respect : la femme qui passe devant lui n'est plus que l'ombre de la plus éclatante des reines, mais quelle grandeur, quelle dignité ! Quelle incroyable majesté ! Les yeux clos, elle se tient très droite, portant comme une couronne le bonnet blanc mal enfoncé sur sa chevelure massacrée. Alors, il oublie toute prudence et, comme au matin du 21 janvier, sa voix de bronze tonne :

– Chapeaux bas !

Et si puissante est la volonté de cet homme qu'on lui obéit, machinalement. Un seul n'a rien entendu : David qui, à une fenêtre d'en face, dessine avec au coin de la lèvre un pli mauvais.

Grammont, alors, braille du haut de son cheval :

– La voilà, l'infâme Antoinette ! Elle est foutue, mes amis !

« Celui-là, pense Batz, je le tuerai ! » Mais son intervention n'a pas été du goût de tout le monde. Deux hommes armés de piques lui tombent dessus pour lui faire un mauvais parti. Les autres ne se soucient pas de perdre une miette du spectacle. Jeté à terre, il va être embroché par les piques quand, soudain, ses agresseurs l'abandonnent tandis qu'une voix autoritaire déclare :

– Pas touche, les amis ! Il est à moi. Y a assez longtemps que je le cherche !

Celui qui le sauve, c'est Jaouen. Carmagnole sur le dos et bonnet rouge en tête, il ne peut qu'inspirer la confiance à ces gens mais, surtout, il y a son crochet de fer qu'il a planté près du cou d'un des hommes, là où bat la jugulaire. Il suffirait d'un rien pour que le sang jaillisse...

– Ça va, citoyen ! Il est à toi, mais arrange-toi pour qu'il ne nous empêche plus de nous amuser.

La presse est si grande qu'il n'est pas facile de se dégager. Jaoucn parvient pourtant à entraîner Batz dans la rue Saint-Florentin où il n'y a pas grand-monde, puisqu'il n'y a rien à voir.

– Merci, dit Batz. Mais pourquoi m'avez-vous sauvé ? Vous me détestez !

– Oui. Mais elle je l'aime et je ne veux pas qu'elle pleure encore ! Et puis... j'apprécie le courage... même s'il est inutile. Enfin, celle qui va mourir avec tant de grandeur a droit à mon respect !

Arrivés au bout de la rue, il leur fut impossible de passer : la place était noire de monde. Les deux hommes alors se hissèrent qui sur le réverbère au coin de la rue, qui sur les pierres du Garde-Meuble. Et ils virent...

L'échafaud entouré d'un quintuple cordon de soldats n'était pas loin, juste à l'alignement de l'ex-rue Royale. Les aides du bourreau y paradaient. La charrette parut, saluée par des acclamations féroces. Chapeaux et bonnets rouges volaient en l'air. Cramponné à son mur, Batz vit Marie-Antoinette en descendre, suivie de l'abbé Girard. Elle était toujours aussi droite, toujours aussi digne et, la température s'étant un peu réchauffée avec le soleil, elle ne tremblait pas. On la vit, non sans surprise, monter rapidement l'échelle fatale, se précipiter littéralement sur l'échafaud, avec tant de hâte qu'elle perdit l'un de ses petits souliers couleur prunelle, marcha sur le pied de Sanson :

– Je vous demande excuse, monsieur. Je ne l'ai pas fait exprès.

Mais cela, Batz ne l'entendit pas. Il vit encore les aides s'emparer de la condamnée qui d'un vif mouvement de tête envoyait son bonnet dans le vent qui se levait, la lier sur la planche, mettre un temps infini à refermer la lunette sur son cou mince... toujours pour le plaisir ! Un éclair enfin, un choc sourd et la tête dégouttante de sang reparut, pendue par les cheveux, à la main du bourreau qui la promena comme un trophée autour de l'échafaud tandis qu'éclataient les cris, qu'une bande de tricoteuses dansait de joie et que le canon tonnait...

Batz sauta à terre mais, quand il chercha Jaouen, celui-ci avait disparu. Là-bas, la charrette emportait le corps vers le cimetière de la Madeleine * où l'on avait déjà jeté Louis XVI. En y arrivant, le charretier vit que rien n'était préparé, qu'il n'y avait même pas de tombe ouverte. Il était tard – bien plus de midi ! – et cet homme avait faim. Il se contenta de tirer le corps par les pieds, de le jeter sur l'herbe, la tête entre les jambes. C'était au tour du fossoyeur de faire son travail.

Pendant ce temps, au Temple, Simon trinquait avec son « élève » à la santé de la Nation et lui faisait chanter le « Ça ira ».

* La chapelle expiatoire et le jardin qui l'entoure – boulevard Haussmann – en occupent l'emplacement.

En rentrant rue du Mont-Blanc, Batz trouva Laura dans son jardin. Ses yeux étaient rougis et les traces de sable sur sa robe montraient qu'elle avait dû s'agenouiller devant le banc de pierre pour prier en entendant les canons.

– Vous ne l'aimiez pas, pourtant, remarqua-t-il.

– Non, mais ce qu'on lui a fait est abominable ! Toutes les femmes devraient pleurer sur elle. Vous n'avez pas réussi ? ajouta-t-elle en voyant Batz sortir son pistolet et le poser sur le banc.

– Non, c'était impossible et je risquais de tuer quelqu'un d'autre. Quant à moi, je n'en serais pas sorti vivant. Déjà j'ai failli être embroché par une pique simplement pour l'avoir saluée, et sans votre Jaouen...

– Jaouen ? Il était là-bas ?

– Oui et il m'a sauvé. Je voudrais le remercier.

– Je ne l'ai pas vu. Il ne doit pas être encore rentré.

Il apparut à cet instant et vint vers eux. Jamais il n'avait été aussi pâle et son pas, si délibéré d'habitude, avait quelque chose d'automatique. Batz alla au-devant de lui :

– J'ai dit à miss Adams ce que vous avez fait pour moi et je veux vous en remercier...

– C'est inutile. J'en aurais fait autant pour n'importe qui. Tenez ! J'ai réussi à voler ça...

Il lui tendit un objet enveloppé dans un sac en papier dont, à la forme, le baron devina ce que c'était : un petit soulier de peau couleur prunelle dont Laura accueillit l'apparition par un cri :

– Mon Dieu, c'est...

– Oui, la Reine l'a perdu en arrivant sur l'échafaud. C'est vous qui le garderez, Laura. Un jour vous le remettrez à son fils... ou à sa fille ! Deux fois merci, Jaouen ! Mais pourquoi avez-vous fait cela ?

– Pour que vous cessiez de vous défier de moi, l'un comme l'autre. Oui, je suis républicain mais un peuple qui commet de tels actes se déshonore. Il est devenu capable du pire... et il faut sauver les enfants. Je vous aiderai si vous le souhaitez !

– Alors, pour la troisième fois : merci !

Quand Joël Jaouen se fut retiré, Batz revint lentement vers la maison avec Laura. Il tenait toujours entre ses mains l'émouvante relique et ne cessait de la contempler :

– Savez-vous quel est le nom de cette couleur ?

– Naturellement : c'est prunelle !

– Le nom entier, c'est « prunelle à la Saint-Huberty ». Comme vous l'ignorez sûrement, la Saint-Huberty était une cantatrice de l'Opéra. Très célèbre ! Mais depuis trois ans, elle est l'épouse de l'homme que je hais le plus au monde : le comte d'Antraigues. Un intrigant pervers qui, de son repaire suisse où il n'a rien à craindre, dirige une agence d'espionnage au service des Princes, mais surtout du comte de Provence. C'est lui qui a fait échouer toutes nos tentatives de sauver la Reine pour qu'elle ne puisse réclamer la régence. Mais je ne lui laisserai pas le Roi ! Il se peut que je parte bientôt...

– Avec lui ?

– Pas encore. Son départ nécessite une préparation minutieuse qui peut demander quelques mois.

Quand l'affaire que je mène en ce moment n'aura plus besoin de moi, je compte me rendre en Auvergne où l'un de mes amis, un Suisse, est en train d'acheter en mon nom un très beau domaine où j'installerai Marie quand je pourrai la faire sortir de Paris. Un château cette fois, ajouta-t-il en souriant à une image, et qui au cœur de la France pourra accueillir le jeune roi quand nous le ramènerons conquérir son royaume.

– Vous voyez loin ! murmura Laura avec un rien d'amertume parce que, dans cet avenir-là, Jean ne semblait pas lui réserver de place, puis changeant de ton : Où comptez-vous conduire le Roi quand il quittera le Temple ?

– Jersey... l'Angleterre... peut-être même l'Amérique ainsi que me le propose notre ami Swan. L'important est de le sortir de ce coupe-gorge qu'est devenu son royaume.

– Le plus loin possible de ses oncles, je suppose ? Où se trouve Monsieur ?

– Pour ce que j'en sais encore, à Hamm, en Allemagne, mais il aurait dans l'idée de venir à Toulon où sont les Anglais. Depuis la mort de son frère, il fatigue les chancelleries européennes pour se faire reconnaître régent, un titre qui revient de droit à la mère du Roi parce que la régence n'est pas soumise à la loi salique. En vain jusqu'à présent ! Dans cette affaire toute l'Europe soutient le point de vue de l'Autriche ; mais maintenant...

Il imaginait sans peine ce que serait la réaction de Monsieur quand lui parviendrait, bientôt, la nouvelle de l'exécution de la Reine. Il croyait l'entendre et, de fait, en recevant le courrier de Paris, celui-ci a laissé tomber avec un sourire sarcastique :

– Nous verrons bien si la cour de Vienne refusera encore de me reconnaître pour régent.

Laura, cependant, essayait d'en savoir un peu plus sur les projets de celui qu'elle aimait :

– Vous êtes certain qu'une fois en Auvergne vous ne serez pas tenté d'aller plus loin ? Pour remercier votre ami suisse, par exemple ?

– Et attaquer Antraigues dans son repaire ? Mais il a quitté Mendrisio en juillet dernier pour s'installer à Venise auprès de son ami Las Casas, l'ambassadeur d'Espagne auprès de la Sérénissime, qu'il a persuadé de l'attacher officiellement à ses services. De là, il peut communiquer plus facilement avec l'Angleterre, l'Autriche, la Russie, ce qui augmente de beaucoup ses rémunérations. Toulon ne lui paraissant pas sûr, il essaie de convaincre Monsieur de venir à Vérone où il l'aurait sous la main.

– Je vois, soupira Laura dont ce flot de renseignements n'apaisait pas les doutes. Mais y a-t-il si loin de la Suisse à Venise ? Est-ce suffisant pour vous éviter la tentation ?

Batz prit la main de Laura pour y poser un baiser infiniment tendre que n'arriva pas à atténuer son sourire moqueur :

– Ce n'est qu'une fois affronté à elle que l'on mesure s'il est possible d'y résister. J'admets qu'elle sera forte, mais pour le moment j'ai encore à faire ici.

Il fallait pousser à la roue l'affaire de la Compagnie des Indes que Chabot, perdu dans les délices de sa lune de miel, semblait avoir un peu perdue de vue. Or, comme celui-ci l'avait annoncé, il était toujours assidu aux séances de la Convention comme des Jacobins.

Deux jours après les noces, Delaunay passait à la seconde phase de l'action décidée. Sans se soucier de troubler un tendre tête-à-tête, il débarqua au petit matin rue d'Anjou, le front soucieux.

– Désolé de te déranger, dit-il quand l'autre apparut en déshabillé galant c'est-à-dire à moitié nu et le cheveu en broussaille, mais on parle, au Comité de sûreté générale, de te mettre en accusation.

– Moi ? Et qui donc ?

– Amar, Panis, David... Je suis désolé de te le dire, mais ton mariage avec une Autrichienne fait un effet déplorable.

– Comment ça, déplorable ? Ils le savaient bien tous que Poldine était autrichienne ? D'abord, elle ne l'est plus, puisque ma femme ne saurait être que française et même ses frères ont obtenu notre nationalité. En outre, leur civisme ne fait de doute pour personne. Junius est un grand homme.

– Eh bien, justement... pas si grand que ça ! On dit que sa fortune est fictive et qu'en fait de recevoir deux cent mille livres de dot, c'est toi qui les aurais apportées, et qu'elles sont le fruit de tes spéculations.

– Mais c'est ridicule ! souffla Chabot abasourdi. Tout le monde sait que les Frey sont riches, bien connus à Vienne et...

– Bien connus, oui... mais pas comme on le croyait. En fait, ils ne seraient ni Frey, ni riches. Ce sont des Juifs de Moravie nommés Drobuska, célèbres pour leurs malversations. Ils auraient même fui l'Autriche en y laissant leur famille pendant qu'on les pendait en effigie au Kohlmarkt.

– Leur famille ? Mais elle est ici leur famille : c'est Léopoldine !

– Eh non ! La femme de Junius et ses deux filles seraient restées en Autriche. Il a aussi un fils de seize ans qu'il a amené en France et qui sert dans l'armée.

– Ce n'est pas son fils, c'est son neveu et il est bien la preuve vivante de leur patriotisme puisqu'il est soldat ?

– Il serait surtout espion !

– Oh ! C'est ignoble ! Quelle infamie ! Et ma Poldine, elle serait quoi ? Une espionne elle aussi ?

Delaunay prit un petit temps, comme s'il hésitait à assener la suite, puis soupira :

– Ça, c'est plus ennuyeux encore. Elle est peut-être leur sœur, la plus jeune. Il y en aurait deux autres dont l'une végète en Autriche et l'autre est richement entretenue par un baron allemand. Quant à Léopoldine, les dénonciations qui affluent au Comité prétendent qu'elle sort du lit de l'empereur d'Autriche à qui ses frères l'ont vendue tout enfant. Moi, je n'en crois rien, tu penses bien, ajouta-t-il en voyant Chabot se décomposer sous ses yeux.

– Des dénonciations, balbutia-t-il, mais d'où sortent-elles ?

– Va savoir? Ton mariage a fait du bruit et il vaut toujours mieux ne pas susciter l'envie. La jalousie ne désarme jamais.

– Moi qui croyais n'avoir que des frères! pleurnicha l'ex-capucin.

– Il y a frères et frères! Écoute, nous sommes tout de même quelques-uns à te soutenir. Et Batz a une grande influence sur le Comité. Seulement, si tu le mécontentes sur l'affaire de la Compagnie des Indes, il pourrait bien te lâcher et alors...

– Tu penses comme j'ai la tête à m'occuper de ça!

– Eh bien, c'est un tort! surtout si ta femme n'a pas de dot. On va te mettre tout de suite dans l'affaire sans attendre les résultats. Benoist te donnera cent mille francs et tu pourras les placer immédiatement sur sa tête. Et de toute façon, tu auras ta part quand on rachètera les actions.

Delaunay avait gagné. Chabot, outré des « calomnies » répandues sur « sa famille », se mit en campagne pour défendre le décret proposé par Delaunay. Celui-ci, cependant, essuyait non une défaite mais un sérieux contretemps. Quelqu'un s'élevait contre le projet tel qu'il le présentait et qui portait, en conclusion, que les administrateurs de la Compagnie des Indes procéderaient eux-mêmes à la liquidation. Ce qui fournirait à la Compagnie un bon prétexte pour rester en vie. Ce quelqu'un, c'était Fabre d'Eglantine, le proche de Robespierre. Et Fabre d'Eglantine, lui, exigeait que la Convention se charge elle-même de la liquidation. Ce qui démolissait le beau plan de Batz... Indignation, protestations, grands mouvements oratoires et grands gestes, la Convention finit par renvoyer le projet devant une commission chargée de la rédaction définitive. Une commission composée de Delaunay lui-même, de Chabot, de Ramel, de Cambon et de Fabre d'Eglantine. Cambon et Ramel étant des hommes probes et fermés aux joies de l'agiotage, l'affaire semblait mal partie : ces deux-là voteraient avec Fabre. Delaunay alla aux ordres rue du Mont-Blanc :

– Il nous faut la majorité, dit Batz, et pour cela il nous faut Fabre. Alors achetons-le !

– Tu crois que c'est possible ?

– C'est le seul possible. Sous les airs de révolutionnaire pur et dur qu'il se donne pour plaire à Robespierre, ce n'est jamais rien qu'un comédien raté, un chanteur d'opéra sans succès qui a vivoté de son mieux à travers l'Europe avec quelques séjours en prison. Tout est faux en lui. La seule chose vraie, c'est le coup de génie qu'il a eu en écrivant « Il pleut bergère... ». Cette ravissante chanson lui a valu de mener la grande vie pendant quelque temps, au point d'être menacé de prison pour dettes. C'est le Roi, poussé par la Reine, qui la lui a évitée. En reconnaissance, il s'est mué en farouche sans-culotte. Il s'est lié avec Danton qui l'a pris comme secrétaire au ministère de la Justice et l'a logé à la Chancellerie. Pas longtemps il est vrai, mais suffisamment pour « faire fabriquer dix mille paires de souliers à semelles de carton que son crédit lui permit de placer aux fournisseurs des armées en réalisant un bénéfice de trente-cinq mille livres. Cette preuve de civisme lui valut un siège à la Convention * ». Maintenant, il est installé dans un magnifique hôtel d'émigré, rue de la Ville-l'Evêque, et y vit somptueusement avec Caroline Rémy, une comédienne du théâtre de la République. Il a toujours besoin d'argent. Crois-moi, celui-là, je l'aurai et c'est Chabot qui va s'en charger...

– Chabot ? Il est à la fois lâche et maladroit.

– Oui, mais maintenant qu'il a mis le nez dans la souricière, il faut qu'il y passe tout entier, ce rat !

Ayant dit, Batz rédigea de sa main le projet de décret tel qu'il le voulait et le donna à Delaunay pour que celui-ci le soumette à Fabre.

– Chabot n'aura qu'à lui dire que s'il l'approuve, il y aura cent mille francs pour lui.

Le lendemain, aux Tuileries où siège la Convention, Chabot aborde Fabre dans la salle de la Liberté et lui tend le projet, en lui disant qu'il n'a plus qu'à signer mais sans ajouter qu'on lui en serait reconnaissant de substantielle façon. Dans ses poches, en effet, il a cent mille francs en assignats. Fabre lit le papier, fronce le sourcil :

– Ce n'est pas exactement ce que je veux, marmotte-t-il.

Et prenant dans sa poche « un crayon », il pose le pied sur une chaise et corrige ici et là différents paragraphes. Chabot qui le regarde faire a un moment d'hésitation : il serait temps d'offrir l'argent dont l'autre – Batz l'a su – a grand besoin. Mais il réfléchit et ne dit rien : le crayon, cela

* G. Lenôtre, *Le Baron de Batz.*

s'efface... et les cent mille livres sont tellement mieux dans sa poche que dans celle de Fabre ! Au fond, que le décret de la Compagnie des Indes mène celle-ci à la ruine, il s'en moque. L'important, c'est que lui soit riche. En outre, il ne risque plus d'être accusé de corruption...

Un moment plus tard, rejoignant Delaunay et Julien, il leur rend le papier qu'ils regardent sans comprendre :

– Qu'est-ce que ce gribouillage ? dit Julien de Toulouse. Il a refusé l'argent ?

– Non, non, il l'a pris, mais tu comprends bien qu'il ne pouvait avoir l'air de se ranger à notre avis, sans rien faire. Nous n'étions pas seuls. Et il a fait ça au crayon. Le crayon ça se gomme...

– Certes mais mieux vaut quand même réécrire, dit Delaunay qui relisait attentivement. En se servant de ce qu'il a écrit, on peut tourner la difficulté... par exemple en mettant que la Compagnie serait liquidée « selon ses statuts et règlements », ce qui lui donne le droit de se liquider elle-même.

Quelques heures plus tard, le texte était prêt. Chabot courut chez Fabre, le trouva au lit avec son amie, ce qui ne le disposait guère à la clarté d'esprit. Il parcourut le texte des yeux et, y retrouvant sa « patte », ne chercha pas plus loin et signa.

Peu de temps après, Chabot touchait la commission promise : cent mille livres qui allèrent rejoindre celles qu'il avait gardées en se félicitant de s'être montré si habile. Il avait roulé tout le monde, même Batz, mais, puisque celui-ci avait son décret, il n'avait aucune raison de se plaindre.

Quant à lui, il allait pouvoir couler des jours tranquilles entre sa Poldine et sa jolie fortune qu'il se refusait à placer à l'étranger ainsi que ses « amis » le lui conseillaient. Il était tellement plus fort, plus intelligent qu'eux tous ! Qu'ils gardent donc leurs conseils, se contentent de payer ses services, et le laissent mener sa barque comme il l'entendrait !

Les événements le confortèrent d'ailleurs dans ses certitudes. Quelques jours plus tard, le 24 octobre, s'ouvrait le procès des Girondins que l'on avait pu capturer et, à la Convention comme aux Jacobins, on avait autre chose à faire que s'occuper de lui. Surtout Hébert qui, dans son *Père Duchesne,* faisait entendre sa « Grande Joie », un long cri de haine triomphante : « La France entière vous accuse. Vous n'échapperez pas au supplice que vous avez mérité... Eh vite donc, maître Sanson, graisse tes poulies et dispose-toi à faire faire la bascule à cette bande de scélérats que cinq cent millions de diables ont vomis et qui auraient dû être étouffés dans leur berceau ! »

Ils furent vingt et un à comparaître, tous députés d'un département entre la Somme et le Var, tous révolutionnaires de la première heure, signataires de la Déclaration des droits de l'homme, tous gens d'une certaine qualité, tous dans la force de l'âge. Chabot lui-même y parut comme témoin à charge le troisième jour du procès, délivrant un interminable discours destiné surtout à sa propre gloire et dénonçant au passage un « complot » des accusés auquel il aurait vertueusement refusé de s'associer. Il vécut là, devant ce tribunal dont la sentence était déjà prête, un intense moment d'autosatisfaction, persuadé qu'en écrasant des hommes impuissants il se mettait au-dessus de toute attaque. Dans la nuit du 30 au 31 octobre, tous furent condamnés mais vingt seulement montèrent à l'échafaud, Valazé s'étant poignardé au moment de la sentence. Ils s'embrassèrent au pied de la guillotine et moururent avec panache.

Mais plus impressionnant sans doute fut le supplice de leur égérie, la jeune et belle Mme Roland, qui mourut huit jours plus tard, vêtue d'une robe blanche à fleurs roses. A aucun moment elle ne perdit son sourire, relevant même le courage de celui qui mourut avec elle, le directeur de la fabrique officielle des assignats...

Chabot pouvait se croire tranquille quand, le lendemain 9 novembre (19 brumaire), Julien de Toulouse vint le réveiller – à tous les sens du terme. Celui-ci aimait bien l'ancien pasteur en qui il voyait un confrère assez sage pour comprendre que la religion ne menait à rien si l'on n'avait pas les moyens d'occuper les postes élevés. Il le reçut donc avec un enthousiasme qui s'éteignit comme une chandelle à la vue de son visage sévère.

– Il y a encore quelque chose qui ne va pas? demanda-t-il.

– Oui. Toi. Il est temps que tu comprennes que, dans les temps où nous vivons, il n'est pas possible de jouer sur deux tableaux. Tu as cette belle maison, une jolie femme – contre laquelle d'ailleurs Hébert se déchaîne chaque jour un peu plus! –, tu es riche mais tu n'as pas encore saisi où se trouve ton intérêt.

– Et où veux-tu qu'il soit sinon ici ? Entre ma maison, ma femme, mes frères de la Convention et des Jacobins...

– Il y en a quelques-uns à qui tu auras du mal à faire croire que tu es leur frère et, comme ceux-là ne se taisent pas, il y en aura chaque jour un peu plus qui seront persuadés que tu n'es qu'une brebis galeuse. Remarque, ce n'est qu'un mauvais moment à passer : quand ils seront tous morts tu seras tranquille... A moins que tu ne le sois aussi.

– Mais qu'est-ce que tu me racontes là ? Qu'est-ce que ça veut dire ?

– Que la contre-Révolution est en marche et que tu en es, que tu le veuilles ou non. Alors, tu ferais mieux de mettre tes biens à l'abri et – pourquoi pas ? – de vous y mettre aussi, toi et ta femme.

Chabot essaya de plaisanter :

– Tu veux rire ? Moi, contre-révolutionnaire ?

– Et quoi d'autre, puisque tu travailles avec nous à la destruction de la Convention ? Je vais te dire ce qui se passera dans un avenir proche. A l'exception de nos amis – et tu n'en connais pas la moitié ! – tous les conventionnels sont voués à l'échafaud. D'abord les amis « modérés » des Girondins. Ensuite viendra le tour de Danton, de Camille Desmoulins et des leurs. Après eux mourront Thuriot, Basire... Chabot lui-même. On fera une hécatombe des commissaires aux armées contre lesquels on fabrique des dénonciations aux bureaux de la Guerre. On en viendra à Billaud-

Varenne qu'on a intéressé dans quelques marchés de blé et, si la corruption de Robespierre ne peut être prouvée, au moins on établira celle d'un homme de son intimité. On décimera ainsi la représentation nationale et, quand les départements verront qu'on guillotine les députés, aucun suppléant ne consentira à quitter sa province pour venir les remplacer. Alors, la Convention sera réduite à une poignée d'hommes inconnus et méprisés dont on se servira ou que l'on dissoudra à volonté * !

En achevant sa philippique, Julien s'était dressé de toute sa taille et, le bras tendu au-dessus de sa tête, jouait assez bien l'ange exterminateur devant lequel Chabot s'écroula.

– Je rêve ! Ce n'est pas possible ! C'est un cauchemar ! Pourquoi toutes ces catastrophes arriveraient-elles ?

– Parce que tu n'es pas le seul à t'être laissé acheter, mon bonhomme, fit Julien avec une soudaine suavité. Dis-toi bien qu'outre les nôtres, les agents de Pitt sont partout mais surtout à la Commune, dans l'armée, au ministère de la Guerre...

Chabot eut un cri d'horreur. Pitt ! Autant dire l'Antéchrist ! Et il allait passer pour l'un des siens ?

– Mais que dois-je faire ?

– Ce qu'on t'a dit ! Va-t'en avec tout ce que tu possèdes avant qu'on ne voie en toi sinon un homme de Pitt, du moins celui de l'Autriche. N'oublie pas que tu as succédé à l'empereur dans le

* Déposition de Chabot rapportée par Lenôtre.

lit de ta femme. Ce sont des choses qui rapprochent...

Et Julien, de Toulouse, quitta l'hôtel Frey d'un pas paisible, laissant son « ami » effondré.

CHAPITRE XII

OÙ IL EST BEAUCOUP QUESTION DE LA NORMANDIE

Pendant vingt-quatre heures de marasme, Chabot ne sortit pas de chez lui, mangea à peine, but beaucoup et, chose tout à fait inhabituelle, rudoya Léopoldine quand elle s'inquiéta de son comportement bizarre. Il ne savait plus du tout où il en était et cherchait fébrilement ses repères. Que faire ? Comment se tirer d'une situation dans laquelle, ébloui de mirages dorés, il s'était laissé enfermer ?

Après une nuit sans sommeil, il décida d'aller prendre le vent à la Convention, revêtit sa défroque de sans-culotte bon teint en y ajoutant une confortable pelisse parce qu'il faisait froid et humide – brumaire méritait bien son nom – et s'en alla aux Tuileries. L'Assemblée était déjà en séance quand il y arriva. Gagnant sa place avec le plus de discrétion possible, il se mit à examiner ses confrères l'un après l'autre tandis que tournait dans sa tête la terrible révélation de Julien : « Les agents de Pitt sont partout... » Alors il les regardait, ces hommes qu'il pensait si bien connaître, qu'il tutoyait et qu'il croyait ses frères, se demandant chaque fois avec angoisse, surtout pour ceux qui semblaient le plus fortunés : « Est-ce que c'en est un ? »

Et soudain, Philippeaux monta à la tribune avec cette mine grave et sévère qu'on lui connaissait. Ce juriste de trente-sept ans, né en Seine-Maritime, comptait parmi les députés les plus rigoureux. Il avait voté avec enthousiasme la mort du Roi, mais avec sursis et, depuis, envoyé en mission en Vendée, avait eu de graves démêlés avec ses collègues et les généraux, surtout Westermann, qui avec ses « colonnes infernales » confondait trop souvent répression et génocide. Il les avait déjà attaqués à la tribune et, de toute façon, chacun savait qu'il n'y montait jamais pour ne rien dire. Ce jour-là, il allait prononcer de terribles paroles :

– Il faut, martela-t-il de sa voix froide, que les masques tombent, que la vertu se montre toute nue, que le peuple sache si tous ceux qui se disent ses amis travaillent en effet pour son bonheur. Mais commençons par être sévères pour nous-mêmes. Je demande que chacun des membres de la Convention... soit tenu de présenter, dans l'espace d'une décade, l'état de sa fortune avant le commencement de la Révolution et, s'il l'a augmentée depuis, d'indiquer par quels moyens il l'a fait... Je demande que les membres de la Convention qui n'auront pas satisfait aux dispositions de votre décret soient déclarés traîtres à la Patrie et poursuivis comme tels.

Un tumulte suivit ces paroles. Pour ou contre, tout le monde parlait à la fois sans que le président Laloi pût ramener le calme. Chabot, lui, était terrifié : pâle jusqu'aux lèvres, il avait écouté la diatribe comme il eût écouté sa condamnation à mort. Frappé par la foudre, il n'arrivait pas à comprendre pourquoi, justement ce jour-là, Philippeaux manifestait de telles exigences. Il ignorait, bien sûr, que la veille des dénonciations anonymes un peu trop explicites étaient arrivées à la Convention et que le moyen drastique préconisé par l'orateur était sans doute le seul existant pour sauver l'honneur de la Convention.

Il passa sur son visage une main qui tremblait un peu, ferma les yeux un instant mais, quand il les rouvrit, il s'aperçut qu'Hébert le regardait avec un méchant sourire qui lui fit froid dans le dos. Ce qu'il ne vit pas, c'est la tricoteuse qui, au premier rang du public, le dévorait du regard. Pour la comtesse de Sainte-Alferine, *alias* Lalie Briquet, le supplice qu'endurait Chabot était un vrai régal. Et ce n'était qu'un début.

– Je vous jure qu'il va payer ! lui avait dit Batz. Et que d'autres vont payer avec lui !

La séance terminée, Chabot prit son ami Basire par le bras pour l'entraîner sur la terrasse.

– Tu as entendu ce qu'a demandé Philippeaux ?

– Oui, mais je ne vois pas pourquoi je me tourmenterais. Je suis le plus pauvre de nous tous.

– Peut-être, mais ce n'est pas sûr. Je t'ai tout de même fait profiter un peu de mes bonnes fortunes. Si ça se sait, tu pourrais avoir des ennuis...

– Ce serait tout de même un peu fort ! Que proposes-tu ?

– De te calquer en tout sur moi. Je vais faire en sorte de nous mettre à l'abri. Tu n'auras qu'à m'emboîter le pas quand je te le dirai...

– Et il va aller où, ton pas ?

– Chez Robespierre ! Ce que je lui apprendrai lui prouvera que je suis un bon et vrai patriote.....

– On y va tout de suite ? fit l'autre avec une grimace.

– Non. J'irai seul. Toi, tu te contenteras d'écrire ce que je te dicterai. Pour l'instant, je rentre chez moi où j'ai des affaires à mettre en ordre.

Il avait surtout besoin de réfléchir dans le calme pour mettre au point la tactique soufflée par son cerveau enfiévré et qui tenait en quatre mots : trahir tout le monde !

Les visites matinales étant de plus en plus à la mode en ces temps troublés, ce fut au tout petit matin que Chabot, le 14 novembre, se rendit rue « Honoré » dans l'espoir de trouver Robespierre au saut du lit. Ce qui déjà n'était pas une bonne idée : très soucieux de son apparence, l'Incorruptible avait horreur de se montrer en robe de chambre. Il n'était donc pas de la meilleure humeur quand il se trouva en face d'un Chabot bafouillant presque du soulagement d'être reçu sans témoins et qui, tout à trac, lui déballa le récit, un peu incohérent, de la plus grande conspiration qui eût jamais été montée contre la République. Avec la hâte de qui se débarrasse d'un fardeau trop lourd, Chabot accusa tous ses nouveaux amis, les protagonistes du dîner de Charonne, Batz en tête, mais en y ajoutant son ennemi Hébert, Fabre d'Eglantine et quelques autres et en proposant de les réunir chez lui pour les faire tous arrêter en même temps. Robespierre, le visage glacé à son habitude, l'écouta sans mot dire jusqu'à ce qu'il ait besoin de reprendre son souffle.

– Comment as-tu appris tout cela ?

– Je pensais que tu avais compris ? J'ai feint d'entrer dans ces plans monstrueux afin de les mieux découvrir. Autrement, c'était impossible.

– Tu as des preuves ?

– Oui. Ça !

Et il prit sur une chaise le paquet qu'il y avait déposé en entrant : les cent mille livres en assignats destinées primitivement à Fabre.

– Voilà un paquet qu'on m'a remis pour que je tâchasse (*sic*) de déterminer un membre de la Montagne à se désister des oppositions qu'il avait apportées aux projets de la clique. Je n'ai pas voulu rejeter cette commission pour ne pas me mettre dans l'impossibilité de dévoiler le fond de la conspiration mais mon intention était d'aller de ce pas au Comité de sûreté générale et de dénoncer les traîtres *.

– Excellente idée, coupa Robespierre. Vas-y donc et fais diligence !

Chabot s'attendait à un tout autre accueil et il n'avait prononcé le nom du Comité que pour mieux accréditer ses dires, alors qu'il espérait que l'affaire resterait entre Robespierre et lui. Il se voyait si bien devenu le bras droit du seul homme capable de le protéger efficacement...

* G. Lenôtre, *Le Baron de Batz*.

– Tu ne m'as pas laissé finir ma phrase. J'ai dit mon intention « était » mais, ayant préféré venir d'abord à toi, je pensais que tu prendrais en main toute l'affaire ?

– Si elle est aussi grave que tu le dis, elle regarde le pays tout entier. Le Comité est là pour le protéger. Vas-y donc et porte-lui ceci ! ajouta-t-il en désignant du doigt le paquet ouvert auquel il n'avait pas touché.

L'entretien était clos. Il fallut bien que Chabot replie son paquet et quitte la maison Duplay avec l'impression que le fardeau de tout à l'heure lui était revenu en plus lourd ! Il savait que plusieurs membres du Comité étaient des amis de Delaunay, d'Hébert... et aussi de Batz. Qu'allaient-ils faire de sa dénonciation ?

Pas grand-chose apparemment. Quand Chabot se fut enfin débarrassé de ses assignats, il répéta son récit devant trois hommes qui lui parurent ressembler beaucoup aux juges des Enfers : Amar, Jagot et Voulland. Ils l'écoutèrent en effet sans conviction apparente, se contentant de lui ordonner de mettre tout cela par écrit.

Il fallut bien s'exécuter et, dans la nuit, il revint avec ses papiers auxquels il avait joint la dénonciation dictée à l'innocent Basire. On lui donna quittance de ce bel ouvrage et on le renvoya persuadé que les ordres d'arrestation allaient suivre. Afin d'être certain qu'Hébert, son plus dangereux accusateur, n'échapperait pas, il voulut même s'assurer qu'il était bien chez lui. Il y était, et rien n'annonçait aux alentours le moindre signe d'arrestation. Furieux, Chabot retourna au Comité, y trouva Jagot et laissa éclater sa colère :

– Si vous n'agissez pas, je dénoncerai le complot à la Convention nationale dès demain.

– Nous saurions te répondre, fit Jagot si froidement que Chabot y sentit une menace. Alors il baissa pavillon :

– Écoute-moi, voyons ! Je ne demande que vingt-quatre heures pour faire saisir les conspirateurs et leurs preuves !

– Cesse de t'en occuper ! Tout cela regarde le Comité....

A l'aube du 17 novembre, Chabot était arraché à son nid douillet, aux bras de sa Poldine éplorée, et conduit à la prison du Luxembourg où le pauvre Basire le rejoignit dans la journée. D'autres ordres d'arrestation furent lancés mais comme par hasard aucun ne réussit à atteindre ceux qu'ils visaient. Sauf un seul...

– Delaunay a été pris, annonça Batz soucieux. Il était chez Louise Descoings où la police est allée tout droit, alors que le billet qui le prévenait attendait chez lui.

– Et les autres ? demanda Pitou.

– Tous partis ! Benoist pour la Suisse. Depuis longtemps il avait pris ses précautions et tout était prêt. Julien, lui, n'était pas rue Saint-Georges chez Mme de Beaufort mais à Courtalain où il s'occupe de la manufacture de papiers. Par chance, sa femme arrivée de Toulouse il y a deux jours a dit qu'il était absent de Paris. Elle a dû le faire prévenir.

– Et les Frey ? Et Léopoldine ?

– Pas encore arrêtés mais cela ne saurait tarder. Si j'étais eux je prendrais le large, soupira le baron en tendant ses mains au feu de la cheminée et en les frottant doucement.

– Mais enfin, dit Laura, lui offrant une tasse de café, comment cela a-t-il pu se produire ? C'est une catastrophe, non ?

– Pas tant que nos « complices » sont encore en place. J'admets que je ne croyais pas Chabot à ce point stupide et lâche : aller raconter tout ça à Robespierre en déclarant bien haut qu'il y est mêlé, c'est pour le moins inattendu. Peut-être Julien a-t-il été un peu trop vigoureux quand il lui a fait comprendre qu'il ne pouvait plus reculer mais devait marcher avec nous jusqu'où je voulais l'emmener. Juste un peu plus loin ! Cependant je pense que le mal est fait : la Convention est bel et bien gangrenée et c'est un mal irréversible...

– A moins de trancher la partie malade ?

– C'est ce que Robespierre ne manquera pas de faire, mais il va falloir qu'il taille très profondément et beaucoup de nos chers députés vont y passer, ajouta-t-il avec le froid sourire qu'il avait parfois et que Laura n'aimait pas.

– On n'a tout de même pas arrêté Hébert et Fabre ? reprit Pitou.

– Non, mais cela viendra. Quand les Frey seront arrêtés, par exemple ! Caroline Rémy, la maîtresse de Fabre, est l'amie de Léopoldine. Elle fréquente la rue d'Anjou et Fabre lui-même s'y rend de temps en temps. Robespierre saura tout cela, s'il ne le sait déjà. Quant à Hébert, il se contente d'être inquiet et cette inquiétude, nous allons l'utiliser à notre profit. Laura, ma chère, je vais prendre congé de vous pour quelque temps. Je dois faire un petit voyage en province.

– Celui dont vous m'aviez parlé ? s'inquiéta Laura.

– Non. Les choses se précipitent et je n'ai malheureusement pas le temps. Je vais, plus simplement, en Normandie. Devaux viendra avec moi et je l'y laisserai peut-être.

– C'est grand, la Normandie, grogna Pitou avec un regard sur Laura. Ça touche même la Bretagne pas bien loin de Saint-Malo...

La jeune femme tressaillit et ouvrait déjà la bouche pour dire qu'elle voulait y aller aussi, mais Batz alla prendre sa main sur laquelle il mit un baiser.

– Soyez tranquille, j'ai, pour l'instant, d'autres chats à fouetter que courir sus au sieur Pontallec. Il aura son tour mais pour le moment je vais préparer les relais pour la fuite du Roi. Il ne peut plus être question de Jersey. Lecarpentier fait régner la terreur sur toutes les côtes qui pourraient servir de points d'embarquement. Louis XVII gagnera l'Angleterre...

– Par Boulogne ? compléta Pitou. Sur l'un de vos deux navires ?

– Laissez votre imagination tranquille, Pitou ! C'est moi que Robespierre cherche en premier et vous pensez bien qu'il doit savoir ce qu'il en est de ma petite organisation. J'ai d'ailleurs rendu leur liberté à mes hommes en leur faisant cadeau des bateaux. C'est Swan qui se charge de la traversée de la Manche. On embarquera sur la côte au nord de Caen et moi je vais d'abord à Carrouges où l'enfant pourra prendre un peu de repos. C'est une vraie forteresse au bord de la grande forêt d'Ecouves et il y a des souterrains en cas d'alerte.

– Carrouges, Carrouges, reprit le journaliste. Ça appartient au général Le Veneur, ça ? Et il est en prison à Amiens, si ma mémoire est bonne

– Eh oui ! C'est ainsi que la République récompense les nobles qui ont commis l'imprudence de la servir, mais je ne suis pas très inquiet pour Alexis Le Veneur que je connais bien. D'abord, il a toujours été sincère dans ses convictions et n'a jamais trahi. Ensuite, son aide de camp, Lazare Hoche qui vient de prendre un grand commandement, est le fils d'un de ses gardes-chasse et il mourra plutôt que laisser son général aller à l'échafaud.

– Et vous voulez conduire le Roi dans son château ?

– Eh oui. Le Veneur n'y est pas mais la comtesse Henriette, sa femme, y est. Et elle est, elle, royaliste. Je sais où je vais, Pitou, ajouta-t-il doucement. Et, sur ce, à bientôt mes amis !

Un cri de Laura le retint au seuil du salon :

– Et Marie ?

– Tant que je ne cherche pas à l'approcher, elle est en sécurité rue Ménars.

– Puis-je aller la voir ?

– Dès l'instant où je ne suis plus chez vous, pourquoi pas ?

– Ne lui dirai-je rien de votre part ? Vous savez combien elle vous aime !

Un instant de silence, puis Batz eut un sourire infiniment tendre :

– Vous savez très bien ce que vous lui direz. Il faut qu'elle oublie Michèle Thilorier !

Laura pensa qu'elle avait déjà bien du mal à l'oublier elle-même. Cependant, elle ne mettrait jamais en doute la parole de Batz.

– Je lui rappellerai votre devise : « In omni modo fidelis », murmura-t-elle presque machinalement mais pour le regretter aussitôt devant la grimace douloureuse dont il tenta de faire un sourire. Cela ressemblait trop à un sarcasme. Elle voulut se racheter, le rappeler mais il avait déjà disparu.

Dans le vestibule, Batz rencontra Jaouen :

– Je m'en vais, lui dit-il, et je ne sais quand je reviendrai. Veillez bien sur elle !

– Une recommandation superflue ! De toute façon, si vous vous éloignez, le danger en fait autant. Mais que Dieu vous garde !

Batz alors tendit une main que Jaouen serra sans hésiter. Par-delà les sentiments contraires, les hommes d'honneur se reconnaissent toujours...

Le lendemain, au moment où Laura se disposait à sortir pour se rendre chez Marie et parlementait avec Jaouen qui prétendait l'accompagner, Jean Elleviou fit son apparition. Un mouchoir de soie et une énorme écharpe blanche de laine tricotée compromettaient un peu son élégance habituelle. En outre, il avait le nez rouge, l'œil aqueux et un chat semblait avoir élu domicile dans sa gorge.

– Miséricorde ! gémit-il. Vous sortez ? Moi qui venais vous demander un moment de paix, un coin de feu et peut-être une tisane ! Je suis enroué comme vous pouvez l'entendre et plutôt patraque !

– Plutôt oui. Vous devriez être dans votre lit.

– Je voudrais bien... si j'avais l'assurance d'y être seul ! Mais depuis qu'elle me sait malade, la Mafleuroy campe dans ma chambre avec des intentions tellement évidentes que c'en est écœurant. Cette femme ne comprendra donc jamais que je ne l'aime plus ?

– C'est sûrement la chose que les femmes ont le plus de peine à comprendre, sourit Laura. Mais entrez, mon ami ! Le coin de feu vous est ouvert et vous aurez votre tisane ! Comment avez-vous fait pour sortir ?

– Par la fenêtre de la cuisine et je n'ai pas cessé de courir depuis la rue Marivaux. Je suis rompu ! ajouta-t-il d'un ton si lamentable que Laura le prit par le bras pour le conduire au petit salon de musique où flambait un bon feu. Et l'installa sur le canapé avec force coussins.

– Bina va prendre soin de vous.

Il interrompit un soupir de soulagement pour s'inquiéter :

– Vous sortez ?

– Oui. Je vais voir Marie Grandmaison, rue Ménars.

– Ce n'est pas prudent. On dit qu'elle est très surveillée.

– Elle a tout de même le droit de recevoir une amie, je suppose ?

– Je ne suis pas certain que vous supposiez bien. Au moins faites-vous accompagner par cet homme des bois qui vous sert de majordome ! Les rues sont de moins en moins sûres...

Cela, Laura l'avait déjà remarqué. Depuis la mort de la Reine, chaque jour le grincement sinistre des roues des charrettes emmenant des condamnés à l'échafaud faisait frémir les habitants de la rue Saint-Honoré et de la rue Royale. Il y avait eu les Girondins, Mme Roland, l'ex-duc d'Orléans, Bailly l'ancien maire de Paris, le séduisant Barnave qui se disait pourtant « l'enfant chéri de la Révolution »... et qui avait aimé la Reine, mais ils étaient les vedettes en quelque sorte et d'autres malheureux plus ou moins anonymes, comme l'ancien ministre de la Justice Duport-Dutertre mort avec Barnave, les accompagnaient ou les suivaient sur les degrés de la guillotine. La police était partout et plus personne ne pouvait s'affirmer à l'abri d'une dénonciation. La peur comme les brouillards glacés de ce mois de novembre finissant s'étendait peu à peu sur la ville...

Laura se laissa en fin de compte convaincre de sortir avec Jaouen, et cela d'autant plus qu'elle allait désormais à pied. La moindre voiture ressemblait à présent à une provocation, et même les fiacres étaient moins employés parce que leur usage signifiait une certaine aisance. Enveloppée d'une grande cape noire à capuchon qui la défendait aussi bien du froid vif que de l'humidité, Laura se rendit donc rue Ménars munie comme elle l'eût fait pour une malade d'un pot de miel et de deux pots de confitures, celles que l'on avait faites avec les prunes de Charonne ! Jaouen les portait dans un panier avec un bouquet de marguerites d'automne mais quand ils arrivèrent devant la maison de Marie, Laura n'eut même pas le temps de tirer la sonnette : un municipal surgit aussitôt :

– Qu'est-ce que tu veux, citoyenne ?

– Voir la citoyenne Grandmaison. C'est bien là qu'elle habite ? répondit-elle en forçant un peu son accent étranger qui fit aussitôt froncer le sourcil de son interlocuteur :

– Tu es quoi, toi ? Tout de même pas une Anglaise ?

– Non. Je suis américaine. Je m'appelle Laura Adams, ajouta-t-elle en montrant sa carte de civisme, et Marie Grandmaison est mon amie. Aussi je viens lui faire visite.

– Eh ben, je suis désolé mais tu la verras pas. La citoyenne Grandmaison ne se visite plus ! ajouta-t-il avec un gros rire. Elle a pris une mauvaise fièvre, alors on la garde au chaud !

– Elle est malade ? interrogea Laura déjà inquiète.

– On peut appeler ça comme ça ! Elle a pris la mauvaise fièvre royaliste. Ça pardonne pas souvent ces temps-ci !

– Autrement dit, elle est prisonnière dans sa maison, intervint Jaouen qui s'impatientait. Dans ce cas, ce n'était pas la peine de la tirer de S... de Pélagie ?

– Si t'étais à sa place tu dirais pas ça. Elle est tout de même mieux dans ses meubles que dans ceux de la République. Et d'abord tu es quoi, toi ? Un larbin ?

Jaouen lui mit sous le nez son crochet qui lui fit faire un saut en arrière :

– Un ancien de Valmy ! Armée Kellermann, et je te conseille de me parler avec un peu plus de respect, blanc-bec !

– Fais excuses, camarade ! C'est point écrit sur ta figure mais je serais heureux de serrer la main d'un de nos braves, ajouta-t-il en offrant une paume crasseuse dans laquelle Jaouen mit sa main valide. Seulement, pour c' qui est de la citoyenne Gandmaison je peux rien te dire d'autre : elle est gardée de jour comme de nuit, des fois que son amant, un méchant celui-là, voudrait lui donner de ses nouvelles.

– Et elle se nourrit comment ? La manne lui tombe du ciel ? Ou bien a-t-elle tout de même le droit de faire ses courses ?

– Non. Elle bouge pas. Les courses, c'est son officieux qui les fait... sous bonne garde pour qu'y prenne contact avec personne. Alors j' suis désolé mais vous la verrez pas.

– Au moins, pria Laura, pouvez-vous lui donner ce que nous avions apporté pour elle ?

– Y a rien d'écrit, là-dedans ?

– Voyez vous-même : du miel et des confitures qu'elle m'avait données. Cela vient de son jardin. Dites-le-lui ! Cela lui fera plaisir. Et dites-lui aussi que c'est de la part de Laura et que...

– Ça suffit ! coupa le municipal. J'en dirai pas plus ! C'est déjà beau que j'accepte ça..

Jaouen tira de sa poche quelques assignats dont il montra le bout.

– Même avec ça ? murmura-t-il.

– Oui. Même avec ça ! Faut comprendre, camarade : ces temps-ci, le rasoir national rase de trop près ! Donnez-moi ça et filez !

Ils n'insistèrent pas et s'éloignèrent mais, chemin faisant, Jaouen donna libre cours à sa mauvaise humeur.

– Quelle stupidité ! marmotta-t-il. Si c'est comme ça qu'ils espèrent prendre le baron, ils se trompent. La maison devrait être surveillée mais de loin et surtout pas de façon aussi évidente. Ils ne sont même pas fichus de monter une souricière convenable !

– Vous devriez leur donner des leçons ! fit Laura caustique. Si j'avais su, j'aurais mis un message dans la confiture. Marie a davantage besoin des quelques mots que je voulais lui dire que de se faire des tartines.

– C'est si important que cela ?

– Oh oui, c'est important ! Marie croit que Batz en aime une autre.

– C'est assez vrai, je crois ? Il « vous » aime !

– Il ne s'agit pas de moi mais d'une autre qui est allée lui raconter qu'elle est sa fiancée et même qu'elle en attend un enfant. Au fait, c'est loin d'ici, la rue Buffault ?

– Ce n'est pas loin de chez nous par la rue Chantereine, dit Jaouen qui connaissait Paris comme sa poche et singulièrement le quartier qu'il habitait. D'ici, il faut rejoindre la rue du Faubourg-

Montmartre : ça donne les trois côtés d'un triangle. Mais qu'est-ce que vous voulez aller faire là-bas ?

– C'est là qu'habite cette Michèle Thilorier. Il faut que je lui parle.

Jaouen avait bien envie de faire remarquer à Laura que cette histoire ne la regardait pas vraiment – ou la regardait trop – mais il savait d'expérience ce que signifiait certain pli buté qui venait d'apparaître entre ses sourcils.

– Va pour la rue Buffault ! soupira-t-il.

Mais il était écrit que, ce matin-là, Laura ne délivrerait aucun de ses messages. Quand ils arrivèrent dans la rue composée surtout d'assez belles maisons avec jardins comme il s'en trouvait beaucoup sur les pentes de Montmartre, ils virent devant l'une d'elles un attroupement composé de badauds et de gendarmes autour d'une voiture fermée : l'appareil habituel d'une arrestation.

– Seigneur ! souffla Laura, c'est « la » maison où je voulais aller.

– On dirait que la rivale de Mademoiselle Marie a des ennuis ?

Ils se mêlèrent à la petite foule et Jaouen réussit à s'assurer que le fiacre était encore vide. L'instant d'après, une femme vêtue de noir et blanc, élégante, très belle aussi mais très pâle, sortit, entraînée sans douceur superflue par deux policiers qui la jetèrent dans la voiture où ils montèrent. Celle-ci démarra aussitôt, enveloppée par les chevaux des gendarmes. Badauds et voisins restèrent seuls avec les deux nouveaux venus. Laura ne comprenait pas : la dame que l'on venait d'emmener ne pouvait être Michèle car elle devait avoir une quarantaine d'années.

– Qui est-ce ? demanda-t-elle à une femme en tablier qui, armée d'un balai, retournait nettoyer le seuil d'une maison d'en face.

– C'est la citoyenne Epremesnil ! Paraît que son mari est compromis dans des magouilles financières à propos de bateaux et de leurs chargements. On l'a pas trouvé, lui, alors on l'emmène, elle !

– Mais... je croyais qu'à ce numéro habitait l'avocat Thilorier ? Je venais le voir pour une affaire que j'ai...

La femme se mit à rire :

– Ben, si j'étais toi j'en chercherais un autre : le Thilorier il est au cimetière depuis quelques mois déjà. Celle que tu viens de voir, c'est sa veuve.

– Tu viens de me dire qu'elle s'appelle... comment déjà ?

– Epremesnil. L'est pas restée veuve longtemps. L'avait un coquin qu'elle a marié vite fait. Le plus beau c'est qu' c'est le beau-père de sa fille aînée. C' qui fait qu'elles sont deux à s'appeler comme ça.

– Sa fille aînée ? Elle a d'autres enfants ?

– Oui. Une autre, la Michèle qu'est pas mariée. On l'a pas vue depuis un moment : doit être chez sa sœur quéque part en Normandie.

– Je vois. Et... tu ne connaîtrais pas un autre avocat ? demanda Laura fidèle à son personnage.

– J' vais t' dire, citoyenne : moi et les « bavards » on va pas ensemble. Et j' te plains si t'as affaire à eux ! Tu f'rais aussi bien de t'adresser tout droit au

Comité de salut public. Y t'en trouverait peut-être un... s'il en reste ! D' toute façon, ça t' coûtera moins cher. L'argent ça mérite respect...

Comprenant ce que cela voulait dire, Laura mit un billet dans la main de la femme et repartit sans ajouter un mot. Durant tout le chemin qui la ramenait rue du Mont-Blanc, elle garda le silence. Le doute, ce doute affreux qui, toujours à l'affût, ne perd jamais une occasion d'attaquer l'amour, venait de se manifester sur un simple mot. Michèle était en Normandie et Batz partait pour la Normandie ! Ce n'était sans doute qu'une simple coïncidence, mais elle suffisait à empoisonner ce jour déjà si gris. Et Laura aurait donné cher pour apprendre où résidait cette autre Mme d'Epremesnil. Que le beau duché dont le petit Louis XVII avait porté le titre fût vaste, cela ne suffisait pas à la rassurer.

Chez elle, une troisième surprise désagréable l'attendait : c'était le jour, apparemment ! Alors qu'elle aspirait au silence douillet de sa maison, à la douce chaleur de son coin de feu près duquel Elleviou devait dormir du sommeil d'un homme enfin rendu à la tranquillité, de furieux éclats d'une voix féminine l'atteignirent dès la traversée de la cour. Ces sons affreux ne pouvant être émis par Bina, il fallait bien que ce fût par un autre gosier.

– Miséricorde ! s'exclama-t-elle. Cette femme a dû le suivre jusqu'ici, et maintenant elle fait du scandale !

En effet, debout devant le canapé où se recroquevillait le « malade », une sorte de statue grecque en longue redingote de drap bleu, un chapeau noir assez masculin porté cavalièrement sur une masse de cheveux d'un admirable blond doré s'agitait sur le mode frénétique.

– ... et je te retrouve là, vautré chez cette catin américaine comme si tu ne disposais pas d'une demeure charmante et confortable où je suis prête à te soigner jour et nuit ! Tu l'aimes à ce point ? Jc voudrais bicn savoir cc qui tc manquc ruc Marivaux, à moins que ce ne soit son lit ?

– Le silence ! gémit le malheureux. Le silence et la paix ! Et je te ferai remarquer que ceci est un canapé : pas un lit !

– Ça viendra plus tard ! Où est-elle, d'ailleurs, cette greluche, que je m'occupe d'elle ?

– Elle est ici ! coupa la voix glacée de Laura. Ici où vous n'êtes pas la bienvenue et d'où je vous prie de sortir !

L'autre se retourna et Laura vit se diriger sur elle les fulgurances de deux yeux de saphir étincelant. Plus un sourire méchant.

– « Vous » ? Je vois : nous sommes une aristocrate pour qui le tutoiement républicain est une déchéance ?

– Nous sommes une Américaine dans la langue de qui le tutoiement n'existe pas, sauf quand on s'adresse à Dieu. Cela mis au point, je vous prie à nouveau de sortir !

– Si je veux ! Tu ne sais pas qui je suis, ma belle !

– Oh si ! Je vous ai vue danser à l'Opéra dans... le *Jugement de Pâris*, je crois ? Vous y incarniez une Vénus très convaincante... et j'ai applaudi. Je le ferai encore si vous voulez bien mettre un terme à cette comédie grotesque. Le citoyen Elleviou est l'un de mes amis et il est seulement venu chercher ici une tranquillité que vous lui refusez. Curieuse façon d'aimer un homme !

– Apparemment tu saurais mieux que moi ? ça ne prend pas, tu sais ? Elleviou est à moi, tu entends, et je ne laisserai jamais personne me le prendre. Ni toi ni cette mijaurée d'Émilie de Sartine qui l'a enjôlé en jouant les saintes nitouches au point de lui faire oublier qu'avant son mariage, elle faisait la putain dans les salons du vieil Aucane et de sa mère, au Palais-Royal ! Alors tiens-le-toi pour dit et toi, mon beau malade, tu te lèves et tu viens avec moi ! J'ai une voiture en bas...

Il fallut bien s'y résigner. Avec un soupir à fendre un iceberg, Elleviou abandonna son cocon douillet pour suivre Clothilde qui sortait du salon avec l'allure d'une reine barbare traînant un captif à son char de guerre. Ce qui fit rire Jaouen, pourtant peu coutumier de cet exercice.

– Grand chanteur peut-être mais pauvre homme ! commenta-t-il. Se laisser mener en laisse de la sorte ! Ce genre de fille se dresse à coups de cravache mais il n'a rien dans le ventre !

– Peut-être que si, fit Laura songeuse en allant à la fenêtre pour regarder sortir le couple, mais il a peur de cette femme. Elle est méchante et il la sait capable de tout. En lui obéissant – en venant ici aussi ! – il cherche à détourner son attention de ses amours réelles.

– Il vous l'a dit ?

– Oui, il me l'a avoué un jour comme aujourd'hui où il n'osait pas rejoindre celle qu'il aime à Sucy où elle se cache avec les siens. Le jour où la Mafleuroy aura la certitude qu'il aime uniquement l'ex-Émilie de Sainte-Amaranthe, elle n'hésitera pas à la dénoncer. J'ai déjà accepté d'être sa messagère.

– Vous êtes allée chez ces femmes-là, vous ?

– Oui. Avec Bina. Elles sont charmantes, et que la petite Émilie est donc jolie ! Elle a aussi un jeune frère de seize ans qui ne dépare pas la famille.

– Eh bien, je crois que vous devriez vous en abstenir désormais.

– Il le faudra bien. La rue m'effraye à présent, si l'on ne peut plus sortir sans tomber sur des policiers en train d'arracher une femme à sa maison sans la moindre raison. Ou peut-être même des enfants ! C'est un spectacle que je supporte mal. Rien ne justifie tant de haine, tant de cruauté...

Jaouen aurait pu argumenter jusqu'à un certain point, mais il savait que Laura ne l'aurait pas écouté. D'ailleurs, il n'était pas mauvais qu'elle eût un peu peur. Elle se tiendrait peut-être plus tranquille ?

Durant les semaines qui suivirent, Laura, en effet, ne bougea plus, écoutant avec une inquiétude grandissante les bruits de la grande ville en folie qui venaient battre son îlot paisible, apportés par Jaouen – le seul qui sortît de la maison –, par Pitou ou par Swan. L'uniforme de l'un, l'égide de la Convention étendue sur l'autre par intérêt leur permettaient d'aller partout, de tout voir et de tout entendre. Laura sut ainsi qu'après avoir violé les sépultures royales de Saint-Denis, le « peuple tout-puissant » avait jeté les cendres de Mirabeau hors du Panthéon mais, en revanche, y avait installé Marat, que l'on avait exécuté la Du Barry, si épouvantée qu'elle était miséricordieusement évanouie quand on la lia sur la planche, qu'autour des dénonciations éperdues de Chabot visant pêle-mêle Pitt, Cobourg, et tous ceux que l'on sait, Robespierre, ce renard, avait concocté une « Conspiration de l'Étranger » confortée par les fluctuations de la guerre vendéenne, qui faisait frémir les gens en place et jouait le rôle de Croquemitaine chez les petites gens. Hébert et Danton se trouvaient attaqués de plus en plus souvent, à l'instigation d'un Robespierre candidat à la dictature. C'était au point que Danton, parti filer le parfait amour à Arcis-sur-Aube avec sa jeune et ravissante épouse, en revint précipitamment, rappelé par un Camille Desmoulins de plus en plus inquiet, sans pour autant perdre quoi que ce fût de son assurance. Ce géant de la tribune, confiant dans sa force comme dans son génie de la parole et de la repartie, méprisait superbement les gnomes avides qui s'accrochaient à lui pour le faire trébucher.

Du côté des amis, cela n'allait guère mieux. Julie Careau vivait terrée chez elle avec ses jumeaux, tremblant de voir arriver la police ou les sectionnaires : Talma venait d'être arrêté. Quelqu'un s'était souvenu qu'après les victoires de Dumouriez dans l'Est, une fête avait été donnée en son honneur rue Chantereine et qu'en tout état de cause, Talma était l'ami des défunts Girondins. Seule la protection de David préservait Julie, mais réussirait-elle à sauver le grand tragédien ?

Anne-Marie de Beaufort qui venait parfois de sa rue Saint-Georges et dont Laura appréciait l'esprit volontiers frondeur et l'étonnante vitalité, avait disparu à la suite de Julien de Toulouse. Pitou lui-même, en dépit de ce qu'il espérait, ne réussissait pas à atteindre Marie toujours enfermée chez elle. Tout ce qu'il en savait, c'est qu'un policier nommé Armand venait la voir presque chaque jour... et qu'il n'apportait pas de fleurs. Quant à Batz, plus personne ne pouvait dire ce qu'il advenait de lui.

La veille de Noël, un homme qui semblait marcher avec peine en se tenant courbé sur une canne quittait la rue Neuve-de-l'Egalité * pour pénétrer dans la vaste cour des Forges, ainsi nommée à cause des ateliers de ferronnerie qui, au centre, occupaient un marché couvert destiné primitivement à la poissonnerie mais qui n'avait jamais vu la queue d'un merlan. Il est vrai que le fracas des marteaux sur le métal ne s'y faisait guère plus entendre que le bagout des marchandes à la criée : qui donc en ces temps misérables songeait à faire orner sa demeure d'élégantes volutes de fer ou de balcons fleuronnés dans un quartier qui, d'ailleurs, n'en manquait pas ? En outre, l'endroit n'avait jamais eu très bonne réputation depuis le sévère nettoyage opéré un siècle plus tôt par Nicolas de La Reynie, lieutenant de police de Louis XIV,

* Aujourd'hui rue d'Aboukir.

contre la vermine de la grande cour des Miracles dont c'était l'emplacement. Le sang avait coulé et certains esprits faibles assuraient que des fantômes hargneux s'y promenaient encore. Un voisinage qui ne gênait guère le citoyen Hébert et sa famille, installés depuis peu dans un pavillon situé au fond de la cour. C'est vers ce pavillon que se dirigeait le vieil homme.

Négligeant l'imprimerie du rez-de-chaussée d'où sortait chaque jour le fulminant, le répugnant *Père Duchesne,* il monta à l'étage en homme qui connaît les lieux, sonna à une porte repeinte de frais et soigneusement astiquée. Une femme d'environ trente-cinq ans, grande, maigre mais habillée avec soin d'une robe bleue avec fichu et manchettes de fine toile blanche, vint lui ouvrir :

– Oh, monsieur l'abbé ! fit-elle à voix contenue, vous avez pris la peine de venir jusqu'ici par ce vilain temps ?

– Ce temps est celui de la Nativité, ma chère fille, et j'ai pensé que cela vous ferait plaisir d'en parler avec moi. Et puis j'arrive de Carrouges d'où je vous ai apporté un petit présent, ajouta-t-il en tirant d'une poche intérieure de sa houppelande un flacon d'eau-de-vie de pomme gardant encore les traces de poussière de la cave. La citoyenne Le Veneur vous l'envoie avec ses bonnes pensées...

– La chère âme ! Mais entrez donc, monsieur l'abbé, et prenez place auprès du feu, dit la femme en s'effaçant pour laisser son visiteur entrer dans une petite antichambre puis dans une salle étincelante de propreté où la table était déjà mise pour le souper sur une nappe bien blanche et fraîchement repassée. Tout dans cet endroit proclamait les qualités ménagères de la citoyenne Hébert, une ancienne religieuse que le « Père Duchesne » avait épousée dans les premiers jours de l'année précédente. Pas un grain de poussière sur les meubles bien cirés ; pas une tache sur le tapis couvrant le carrelage rouge. Une bonne odeur de soupe venait de la cuisine et, dans la pièce voisine, le vagissement d'un bébé se faisait entendre. Dix mois plus tôt, l'épouse d'Hébert avait donné le jour à une petite fille, prénommée curieusement Scipion-Virginie et dont l'ami Chaumette était le parrain. Ses parents l'adoraient.

Ce n'était pas la première fois que l'abbé d'Alençon venait cour des Forges. A plusieurs reprises, déjà, il y était arrivé « à l'occasion d'un voyage à Paris » où il avait un pied-à-terre rue Helvétius. Il apportait à l'ex-Marie-Françoise Goupil, ex-religieuse au couvent de la Conception, rue Saint-Honoré, le salut, voire un petit cadeau de ses protecteurs, le général Le Veneur de Carrouges et son épouse. Depuis toujours ces nobles normands veillaient sur Françoise, née à Paris mais fille d'une lingère de leur région. Le général lui servait même, depuis la mort de sa mère, une pension de six cents livres par an qui avait été versée au couvent tant qu'elle y était restée, et récupérée depuis par le ménage Hébert. De mauvaises langues prétendaient que la lingère était jolie et le futur général pas aveugle. Si Françoise, elle, n'était pas un prix de beauté, cela pouvait s'expliquer par la franche laideur de son géniteur supposé. Quoi qu'il en soit, Hébert n'avait vu que des avantages à épouser la « fille adoptive » d'un des plus brillants soldats de la Révolution. Il était lui-même né à Alençon où sa sœur vivait toujours et il était bon, selon lui, de garder les racines provinciales. Aussi ne voyait-il aucun inconvénient à ce que son épouse reçoive la visite d'un prêtre, « jureur » bien entendu. C'était un lien avec la Normandie ancestrale... et le « Père Duchesne » avait la faiblesse de tenir aux six cents livres annuelles.

Il savait bien d'ailleurs que sa Françoise, même si elle s'était jetée avec ardeur dans les idées nouvelles quand on l'avait expulsée de son couvent, gardait un fond chrétien. Tout comme elle avait conservé quelques meubles de la Conception : son lit à baldaquin tendu de serge grise, sa commode, quelques sièges, deux ou trois objets qui n'avaient jamais appartenu à sa cellule... et aussi la gravure accrochée dans la salle et qui retraçait l'épisode des Pèlerins d'Emmaüs. Hébert s'était contenté d'exorciser l'inquiétante image en écrivant dessous « Le sans-culotte Jésus soupant avec deux de ses disciples dans le château d'un ci-devant ».

– Votre époux n'est pas encore rentré, mon enfant ? demanda le visiteur en prenant place sur la chaise qu'on lui offrait, avec un soupir qui traduisait sa lassitude.

– Pas encore hélas ! Les séances à la Convention se prolongent de plus en plus tard. Ce qui me soucie, parce que cela le fatigue beaucoup.

– J'en suis désolé. D'autant plus que, ce soir, je souhaitais lui parler. Me permettez-vous de l'attendre ?

– Naturellement ! Mettez-vous à l'aise. Nous allons prendre un petit verre de ratafia ensemble...

Elle sourit d'un air naïf à son visiteur. Elle ne le fréquentait pas depuis longtemps, bien qu'il prétendît l'avoir connue fillette dans la boutique de sa mère et l'avoir vue, plus tard, dans son couvent, mais il avait quelque chose qui lui plaisait. Il semblait si vieux et si las, avec ses cheveux et sa barbe blanche qui mangeaient presque toute sa figure rougeaude et ridée, son dos voûté et ses mains couvertes de mitaines effrangées laissant passer des bouts de doigts jaunis... En fait, le peu de jeunesse qui lui restait paraissait réfugié dans les prunelles noisette abritées par les paupières rougies et des lunettes rondes en fil de fer.

Ils n'eurent pas longtemps à patienter : le ratafia n'était pas achevé qu'Hébert opérait son retour. On l'entendit crier, dans l'antichambre où il déposait son manteau et son chapeau rond :

– Ça sent bon, citoyenne Hébert ! Une soupe au chou bien chaude, c'est tout ce dont j'ai besoin... Ah ! acheva-t-il en pénétrant dans la salle, nous avons une visite ?

– C'est l'ab... le citoyen Alençon dont je t'ai parlé. Il arrive de Carrouges pour apporter de l'eau-de-vie de pomme.

Pour qui ne le connaissait pas, le « Père Duchesne » avait de quoi surprendre ses lecteurs. Ils l'imaginaient semblable au personnage imprimé sur l'en-tête : un colosse en carmagnole, deux pistolets à la ceinture et un sabre au côté, brandissant une hache sur un petit prêtre agenouillé à ses pieds. En réalité, il était petit avec des membres grêles, le teint pâle, la figure assez fine sous des cheveux bruns coupés court. Il avait des mains délicates, l'œil gris plutôt doux, et s'habillait avec un soin frisant l'élégance. Son éducation aussi était supérieure à ce qu'on imaginait : fils de petits négociants d'Alençon, il avait fait de bonnes études chez les Jésuites, savait parler un langage châtié quand il ne vociférait pas à la tribune, et jouait de la flûte pour endormir sa petite fille.

– C'est aimable à toi, citoyen, surtout par ce vilain temps. Tu soupes avec nous ?

– Non. Je te remercie. A mon âge, vois-tu, on n'a pas besoin de grand-chose et le ratafia de ta femme m'a défatigué. Toi, en revanche, tu devrais passer à table et prendre un peu de réconfort. Tu sembles... bien las ?

– Là ! Qu'est-ce que je te disais, citoyen ! Mon pauvre époux s'épuise aux affaires de la Commune et de la Nation. Il veut le bonheur de tous et il se trouve des méchants qui ne comprennent que leur intérêt et lui mènent la vie dure...

– Paix, ma femme ! Sers-moi la soupe puisque le citoyen le veut bien. Nous causerons pendant que je mangerai... mais est-ce qu'il n'est pas l'heure de donner le sein à notre petite ?

– Si, si, j'y vais...

– Je n'aime pas que les femmes soient en tiers quand les hommes parlent, dit Hébert quand elle eut disparu dans la chambre et, si tu es resté pour m'attendre, tu dois avoir quelque chose à me dire ?

– Oui... Combien de temps encore crois-tu que tu vas tenir contre tes ennemis, citoyen Hébert ?

– Qui t'a dit ça ?

– Personne ! Je vais souvent à la Convention et j'ai des oreilles. Un cerveau aussi, et il n'est pas difficile de comprendre qu'avec ce fameux complot de l'Étranger lancé par ce misérable Chabot et que Robespierre monte en épingle parce que ça l'arrange, c'est Danton, c'est Chaumette, c'est toi... et tous vos amis qui êtes visés. Danton prône « l'indulgence » à présent, alors que Robespierre veut régner seul, et par la Terreur. Je ne suis même pas certain que Saint-Just, son ami pourtant, tiendra longtemps. Dès que Fabre sera abattu...

– Que sais-tu de Fabre ?

– Qu'il est compromis jusqu'au cou dans l'affaire de la Compagnie des Indes ! Réfléchis un peu : vivre dans le palais d'un ci-devant avec l'une des plus jolies filles de Paris, cela coûte cher ! De toute façon Fabre a toujours eu de grands appétits de luxe. Ce n'est pas, et de loin, un homme sage comme toi, sachant mettre sa vie en accord avec ses principes. Ta demeure est aussi claire que l'âme de ta femme, accueillante et simple comme devrait l'être celle de tous les hommes. Reste à savoir si tu pourras la garder toujours !

– Que veux-tu dire ?

– Que du fond de sa prison, Chabot continue à déverser sa bile pour essayer de sauver sa tête et que tu es son pire ennemi.

– Il est prisonnier, cela devrait donner à ses dénonciations leur exacte valeur.

– Pour tout homme sensé, tu as raison mais quand on veut tuer son chien on dit qu'il est enragé et Robespierre a tellement envie de se débarrasser de ceux qui le gênent ! Tu es des premiers. Sais-tu ce qu'un mien ami a entendu il n'y a pas longtemps aux Jacobins, après la fin de la séance : que ton attitude durant le procès de la veuve Capet, tes accusations – un peu violentes il faut l'avouer – n'étaient que faux-semblants destinés à cacher ton intention de la sauver. Quand on fait montre de tant de haine, cela laisse facilement les coudées franches...

– Et pourquoi aurais-je voulu cela ? murmura Hébert le nez dans sa soupe, mais qui venait de pâlir.

– Pour un million... et la possibilité de quitter avec ta famille un pays qui a déjà commencé à se déchirer lui-même et qui, comme Saturne, dévore ses enfants... les plus tendres d'abord !

Hébert releva la tête et darda sur son visiteur un regard farouche...

– Tu as déjà ma réponse : Marie-Antoinette est montée à l'échafaud... et je ne suis pas millionnaire.

– Sans doute mais, de toute façon, la sauver n'aurait pas été une bonne idée. Libre, elle aurait gêné tout le monde, à commencer par ce cher Pitt dont on nous rebat les oreilles. Et aux mains des gens de Vienne elle aurait été dangereuse. Mais il reste quelqu'un de beaucoup plus important, de beaucoup plus précieux...

Hébert ne broncha pas. Tranquillement, il prit le pain, s'en tailla une belle tranche et attaqua le gros morceau de lard qui avait cuit dans la soupe. A la manière paysanne, il coupait de minces morceaux qu'il étalait sur son pain. L'abbé le laissa manger et même avaler par là-dessus une lampée de cidre. Il était certain que l'autre avait bien entendu ses dernières paroles et y réfléchissait. Hébert poussa enfin un soupir de satisfaction.

– Sacrebleu que j'avais faim ! De quoi parlions-nous ?

– De quoi peuvent bien parler des Normands entre eux sinon de ce qui touche à leur pays ? Il nous importe beaucoup plus qu'à d'autres, le gamin du Temple... parce qu'il est notre duc !

– Était ! grogna Hébert. Il n'est plus rien....

– Il est beaucoup plus au contraire et j'en sais, chez nous, qui regardent de ce côté-là ! Des gens qui pensent que ceux de Paris ou d'Arras n'ont pas les mêmes droits que nous, que si on l'avait chez nous, avec nous, ce serait une sacrée force en face des appétits d'un homme qu'on craint déjà mais qu'on haïra bientôt parce qu'il sera couvert de sang. Il n'y a pas de raison de lui laisser cet otage-là. Un otage qu'il fera mourir un jour, quand il pensera qu'il n'en a plus besoin.

Accoudé à présent sur la table, Hébert se curait les dents avec la pointe de son couteau, une habitude qu'il avait prise pour « faire peuple » et qui agaçait Robespierre.

– Tu proposes quoi ?

– De l'enlever bien sûr et de l'emmener chez nous.

– Où ça ?

Avant de répondre, l'abbé scruta le pâle visage qui lui faisait face en étudiant la mobilité des yeux. Cet homme était plus qu'inquiet ; il savait qu'il jouait sa tête depuis la dénonciation de Chabot. Finalement, le vieil homme se décida :

– A Carrouges, bien sûr. On l'y espère déjà et tu connais le château : il est solide, avec des sorties intéressantes. En cas de surprise, on pourrait l'emmener facilement au Champ-de-la-Pierre, chez les d'Andigné, mais il n'y en aura pas : Le Veneur est toujours maire de Carrouges et tous sont avec lui.

– Le Veneur est en prison. Il a trahi.

– Tu sais très bien que non : il est la loyauté même et sa prison, crois-moi, Hoche l'en sortira ! Celui-là, personne ne peut rien lui refuser. Pas même Robespierre ! Le peuple voit en lui un héros selon son cœur. Le Veneur rentrera bientôt chez lui...

– Admettons ! Et moi, dans tout ça, qu'est-ce que je deviens ?

– Toi ? Tu pourrais te décider à te rendre à Alençon... pour présenter ton épouse et ton enfant à tes sœurs ? Tu y trouverais les titres de propriété d'un domaine repris aux biens nationaux et des lettres de change qui te permettront d'emmener les tiens respirer où tu le souhaiteras pendant que d'autres s'occuperont de Robespierre.

Le regard qu'Hébert dardait sur son visiteur semblait vouloir le fouiller jusqu'à l'âme.

– Qui es-tu ? demanda-t-il enfin avec rudesse.

– Tu le sais bien : le ci-devant abbé d'Alençon, prêtre jureur traité en paria par ses confrères mais en ami par les Le Veneur... et aussi tes sœurs. Un Normand... comme toi !

– Et le prêtre minable que tu es a les moyens de mener à bien cette entreprise ?

– Seul, non. Avec ton aide, oui.

– Et que te faudrait-il ?

– Que la Commune enlève Simon du Temple en lui donnant un autre poste... plus honorifique.

– Si honorifique qu'il soit, il ne lui rapportera jamais ce que lui et sa femme gagnent à s'occuper de... l'enfant. Il n'acceptera pas.

L'abbé nota avec satisfaction que le gazetier avait hésité avant de le désigner. Qu'il n'ait pas dit « Capet » ou « le Louveteau » était symptomatique.

– Un ordre ne se discute pas. En outre, la femme Simon est malade. Elle a grossi, elle souffre des jambes et elle s'ennuie : le confinement ne lui vaut rien. Or Simon aime sa femme... et la question financière pourrait s'arranger.

Hébert se leva pour aller chercher la bouteille apportée par l'abbé. Il la déboucha, en huma le goulot, prit deux verres et, tout en versant avec soin le liquide parfumé :

– Cela pourrait marcher ! soupira-t-il, mais tu oublies une chose : dès que l'enfant aura quitté le Temple, ce sera le branle-bas de combat. Toutes les forces de police et de gendarmerie, sans compter tous les estaffiers de Paris, se lanceront à ses trousses...

– Mais personne ne s'apercevra de son absence, fit l'abbé avec douceur. Un autre enfant qui lui ressemble un peu prendra sa place et quand on s'apercevra de la substitution, Louis sera loin. Cela m'étonnerait fort, vois-tu, que ses gardiens clament à tous les échos qu'on leur a volé leur prisonnier, parce que ce serait prendre leur billet pour le Tribunal révolutionnaire. Je crois, moi, qu'ils feront tout pour cacher cette fuite-là !

– C'est bien trouvé, admit Hébert en poussant l'un des verres devant son visiteur, mais cet enfant-là, où iras-tu le chercher ?

– On l'a déjà et on le prépare à son rôle. Et tu vas rire : c'est un Normand !

Les deux hommes trinquèrent les yeux dans les yeux et burent d'un seul trait.

CHAPITRE XIII

« MESSIEURS !... AU ROI ! »

– La lumière est mauvaise, ici ! maugréa David en jetant le cahier et le crayon dont il venait de se servir pour une nouvelle esquisse de Laura. Je ne ferai rien de bon !

– Elle ne doit pas être meilleure chez vous, ironisa la jeune femme. Ce mois de janvier est si triste, si gris, si froid ! Attendez le printemps ! Nous irons au jardin. Rien ne presse après tout !

– C'est que j'ai toujours peur que vous ne m'annonciez que vous voulez rentrer en Amérique ! Et puis croyez-moi, la lumière est réellement meilleure dans mon atelier. Pourquoi, mais pourquoi ne voulez-vous plus y revenir ?

– Il fait trop mauvais pour sortir !

– Je viendrai vous chercher avec une voiture et je vous ramènerai.

La jeune femme, soudain, prit feu :

– Comme c'est aimable de vouloir m'offrir, par deux fois, l'abominable spectacle des charrettes qui conduisent à l'échafaud tant d'innocents et cela chaque jour que Dieu fait. Car, pour aller d'ici au

Louvre et vice versa, il faut traverser cette horrible rue Saint-Honoré.

– Rue Honoré, rectifia-t-il froidement, ce qui ne fit qu'accroître la colère de Laura.

– Au diable ces mômeries ridicules ! Passe encore pour la populace mais un homme intelligent tel que vous, un artiste, se plier à ces dégradantes bouffonneries ! Désanctifier les saints changera-t-il quelque chose à leur position auprès de Dieu ? Je vous le dis une dernière fois : si vous voulez faire mon portrait j'y consens, mais vous le ferez ici ! Moi, je ne bouge plus !

– Et vous aurez raison ! fit une voix joyeuse tandis que, introduit par Bina, le colonel Swan pénétrait dans le petit salon. Il fait un temps à ne pas mettre un chien dehors !

– Vous en venez pourtant, fit le peintre avec l'aigreur que lui inspirait l'arrivée de l'Américain. Il ne l'aimait pas, et encore moins ses façons d'arriver chez Laura à l'improviste.

– Certes, certes, mais j'avais une affaire à traiter dans le quartier et j'en profite pour venir demander une tasse de thé à notre amie.

– Eh bien vous le prendrez sans moi ! J'ai horreur de cette manie anglaise. Chère amie, puisque vous le voulez absolument, j'aurai donc le plaisir de transporter ici, dès demain, le matériel nécessaire à l'œuvre projetée. Ne vous plaignez pas si c'est un peu encombrant !

Ayant dit, David baisa la main de Laura, adressa un vague signe de tête à Swan et sortit, suivi des yeux par le colonel qui attendit sagement que le bruit de la porte d'entrée eût retenti pour reprendre la parole.

– Vous n'allez jamais pouvoir vous en débarrasser ? soupira-t-il, toujours tourné vers le vestibule.

– Je préfère encore cela à me rendre au Louvre pour y subir ses entreprises. Ici, il me sait protégée. Jaouen ne lui permettrait pas le moindre geste déplacé.

– Ne pouvez-vous refuser purement et simplement ?

– Ce n'est pas à vous que j'apprendrai qu'il faut le ménager, dit Laura en haussant les épaules.

– Certes, certes, mais quand il viendra arrangez-vous pour le jeter dehors de bonne heure : c'est pour demain soir !

Laura se figea, la bouche soudain séchée.

– Demain ?

– Oui. Demain 19 janvier, les Simon quittent la tour. L'enfant partira avec eux.

– C'est à peine croyable. Où vont-ils ? Ils retournent chez eux, rue des Cordeliers ?

– Non. La femme Simon a pris un logis dans le Temple même, à quelques toises de la tour. Un logis adossé à l'ancienne cour des écuries. Il y a là une porte très commode pour sortir du périmètre dangereux sans se faire voir et sans passer par les corps de garde. Très judicieux comme choix !

– Et vous êtes sûr que ces gens ne vont pas vous trahir au dernier moment ?

– Tout à fait sûr ! Batz y veille.

Batz ! Laura ne l'avait pas vu depuis des semaines et cette absence lui était cruelle. Plus qu'elle ne l'aurait imaginé. Et c'est tout naturellement qu'elle demanda :

– Où est-il ?

– Au Temple depuis une quinzaine de jours... comme domestique pour aider la femme Simon qui est réellement souffrante et éprouve même de la peine à se déplacer.

– Domestique, lui ?

– Il fait ça très bien, dit Swan, en riant. Il balaie, il fait la lessive, il nettoie. On le prend là-bas pour un simple d'esprit mais il lui arrive parfois de jouer aux dés avec le savetier. On l'apprécie !

– Incroyable ! Et moi, que dois-je faire ?

– Attendre ! Si tout va bien, l'enfant sera chez vous vers la fin de la nuit. Il ne restera que jusqu'au soir suivant. Batz lui fera passer la barrière juste après l'ouverture du matin... mais il vous instruira lui-même.

– Quel est votre rôle à vous, dans tout cela ?

– Très important ! fit l'Américain avec satisfaction. C'est moi qui vais faire quitter la France à ce « gage si précieux » comme disent les bons auteurs. Demain, je pars pour Le Havre où je vais attendre l'un de mes compatriotes, le capitaine Clough qui commande un de nos navires marchands. La Convention m'a accordé – moyennant finances bien sûr – la permission d'emporter une cargaison d'objets de valeur, de...

– De dépouilles de nos demeures ! précisa Laura avec amertume. Vous l'avez déjà fait une fois, je crois ?

– En effet, et vous ne devriez pas me le reprocher. D'abord parce que les affaires sont les affaires, ensuite parce que mon petit trafic me rend inattaquable aux yeux de la Convention ; enfin parce que nul n'aura l'idée de chercher votre petit roi entre un lot de sièges, un bonheur-du-jour et une collection de tableaux !

– Comment comptez-vous faire ?

– C'est simple. Je vais donc au Havre attendre Clough. De là je l'emmènerai à Caen où la municipalité tient à ma disposition un certain nombre d'objets. Ensuite nous reviendrons au Havre pour compléter le chargement et nous mettrons finalement à la voile pour les côtes anglaises... où nous laisserons notre « mousse » et la personne qui l'accompagnera... à moins qu'il ne choisisse de se réfugier chez nous *. J'aimerais qu'il vienne en Amérique. Là il n'aurait plus rien à craindre ! Et pourquoi ne rentreriez-vous pas, vous aussi ? Ce pays est si dangereux !

– Ne rêvez pas ! s'impatienta la jeune femme. Dites-moi plutôt à quel moment de cette expédition vous pensez embarquer l'enfant ?

– A Caen. Selon mes prévisions, nous devrions y être au début février. Le petit aura été conduit par Batz dans un château au bord d'une grande forêt qui se trouve à vingt petites lieues. Il rejoindra Caen en temps voulu.

– Vingt lieues ? C'est beaucoup. Pourquoi si loin ?

– Le château est celui d'un général républicain. Personne n'ira le chercher là...

* Le 24 février 1794 (6 ventôse an II), un navire américain chargé par Swan quittait en effet Le Havre. De là est venue la légende de Louis XVII réfugié aux Etats-Unis.

– Cela me paraît parfait, soupira Laura. Mais dites-moi, vous pensez faire tout cela en toute tranquillité ? Dès que la fuite sera connue, vous aurez tous les sbires de la Convention à vos trousses.

– C'est que justement la fuite ne sera pas connue. Pas tout de suite du moins... et peu de personnes seront dans le secret. Très peu !

Il n'y avait rien à ajouter à cela. Laura pensa à cette autre nuit passée tout entière à attendre la petite princesse qui n'était jamais venue et de qui, apparemment, personne ne se souciait. Elle n'était pas l'héritier, elle ! Elle n'était pas le Roi ! En était-elle moins malheureuse, enfermée dans cette horrible tour où elle n'avait plus auprès d'elle qu'une tante, chère sans doute, mais dont rien ne laissait prévoir qu'elle n'était pas menacée elle aussi ? Comme le serait Marie-Thérèse lorsqu'elle aurait grandi ? Elle venait d'avoir quinze ans et Laura n'ignorait pas qu'on avait déjà jeté dans la gueule de la guillotine des enfants de cet âge. Il est vrai que c'étaient des garçons. La féminité de l'adolescente la protégerait-elle longtemps ?

Ses visiteurs partis, Laura sentit un frisson et s'approcha du feu, resserrant autour de ses épaules le châle de laine blanche qu'elle portait depuis le matin. Il faisait froid. La neige recommençait à tomber, rendant tout mouvement plus difficile et toute trace facile à relever.

– Mon Dieu ! dit-elle tout haut. Vont-ils enfin réussir ?

Le lendemain dimanche, le temps était pire encore que la veille. Le dégel intervenu dans la nuit transformait la neige en boue et enveloppait Paris d'un brouillard qui ne se dissipait pas facilement. Le froid avait cédé, mais l'atmosphère humide était pénible à supporter. Cependant, au Temple, la femme Simon s'activait dans son logement, choisissant ce qu'elle voulait emporter. On lui avait permis de prendre quelques meubles et objets pour son nouveau logis. En bas, une charrette attendait. Et, au long des deux étages de l'escalier à vis, le va-et-vient avait commencé : Simon et le citoyen Gaspard le domestique descendaient ensemble la commode vidée de ses tiroirs dont ils se coifferaient ensuite pour les remettre en place. Pendant ce temps, la femme faisait des paquets de draps, de vêtements. Elle était devenue très grosse et ses jambes avaient du mal à la porter, mais elle n'en trottait pas moins à travers le donjon pour distribuer des « au revoir », faire un brin de causette...

– Ça ne nécessite pas tant d'adieux ! grogna son mari. On ne va pas au bout du monde : rien qu'à vingt toises d'ici. On se reverra...

Le savetier était nerveux, inquiet, et d'une humeur massacrante. Les lenteurs de sa femme l'agaçaient autant que son souffle asthmatique mais elle tenait à ce que les choses soient faites « comme il convenait ». De temps en temps, elle s'interrompait pour embrasser le petit garçon qui, assis sur son lit, regardait toute cette agitation et pas beaucoup le cadeau qu'on venait de lui apporter, offert par sa « mère nourricière » : un cheval de carton et de bois peint de couleurs violentes et caparaçonné.

Finalement, comme les meubles avaient pris place dans la charrette, Simon déclara :

– Tu peux finir toute seule avec Gaspard. Moi, je vais payer le coup aux amis... Je remonterai tout à l'heure avec les commissaires pour leur remettre Capet. Puis, s'adressant à l'enfant qui semblait dormir tout éveillé sur le bord de son lit : Et alors, gamin ! Il te plaît pas ce cheval ?

Ce fut Marie-Jeanne qui répondit à haute et très intelligible voix :

– On dirait qu'il lui fait peur ! D'ailleurs il est déjà tard. Je vais le faire manger puis je le coucherai.

– Ben ! et les commissaires à qui on doit le présenter ?

– Ils le verront dans son lit c'est tout ! Si on leur montrait comme ça, ils diraient n'importe quoi, qu'il est pas normal, qu'on l'a trop fait boire...

– C'est un peu vrai, non ? ricana le savetier. Même qu'il aime plutôt ça...

L'enfant tourna vers lui un regard atone :

– Je suis bien fatigué, dit-il.

– Alors fais comme tu veux, femme ! T'as raison, après tout : il sera aussi bien dans son lit.

L'oreille au guet, Marie-Jeanne resta sans bouger jusqu'à ce que les pas de son mari se fussent éteints dans l'escalier. Puis, se tournant vers Gaspard :

– Fais ce que tu as à faire ! Je vais déshabiller le petit.

Elle prit le petit garçon sur ses genoux pour commencer à lui ôter ses vêtements. Pendant ce temps, Gaspard ouvrait le corps de ce cheval de

Troie d'un nouveau genre et en tirait un enfant profondément endormi. Comme le petit prince, il avait des cheveux blonds et naturellement bouclés, coiffés de la même façon, un visage dont la coupe était semblable et qui présentait même une vague ressemblance. Marie-Jeanne le regarda avec stupeur :

– Pour qui le connaît bien, c'est pas à s'y méprendre, mais il lui ressemble tout de même. D'où vient-il ?

– Tu n'as pas besoin de le savoir... En tout cas, tu n'as aucune crainte à avoir des commissaires : ce sont des nouveaux venus. Ils le reconnaîtront sans hésiter.

– J'aime mieux ça... Tiens, mon pigeon, ajouta-t-elle pour le petit prince qu'elle venait de déshabiller, tu vas boire ça et tu vas bien dormir....

Elle lui tendait un verre où Gaspard venait de verser le contenu d'une fiole.

– C'est lui qui va prendre ma place ? demanda l'enfant avant de tremper ses lèvres dans le verre.

– Oui, dit Gaspard. Il a bu la même chose et tu vois qu'il dort bien. N'aie pas peur !

– Et comme ça, enchaîna Marie-Jeanne en caressant le front du petit, tu vas pouvoir partir avec moi sans que personne le sache.

– Et Simon ?

– Oui. Il vient aussi mais il ne saura rien, tu verras !

– Faisons vite ! s'impatienta Gaspard. Si quelqu'un avait l'idée de monter donner un coup de main supplémentaire...

– T'as raison, citoyen ! Allez, mon pigeon, bois vite !

– On va me mettre là-dedans ?

– Non. Vite, allons !

Il avala le tout d'un trait. L'instant suivant, le faux Gaspard l'installait aussi confortablement que possible dans une corbeille à demi pleine de linge sale qu'il rabattit sur lui, cependant que Marie-Jeanne couchait le nouveau venu en lui donnant la position qu'affectionnait Louis-Charles. Le cheval fut refermé et Gaspard empoigna la corbeille à linge pour la descendre dans la charrette.

– C'est pas trop lourd ? s'inquiéta Marie-Jeanne.

– Non. Il est plutôt petit et fluet pour son âge... et je suis plus solide que j'en ai l'air.

Ainsi chargé, il gagna la sortie. Marie-Jeanne remit un peu d'ordre dans la salle, lava une écuelle qui n'en avait pas besoin pour faire croire que l'enfant avait mangé, pris un ballot de vêtements qui attendaient encore et le descendit après avoir soigneusement fermé la porte puis, ayant posé le paquet dans la charrette, remonta et s'assit près du lit pour attendre son époux.

Il était près de neuf heures du soir quand celui-ci arriva, ayant bu pas mal, et accompagné des quatre commissaires commis à la garde ce jour-là. Ils se nommaient Legrand, Lasnier, Cochefer et Lorinet. Marie-Jeanne se leva à leur entrée et prit une chandelle :

– Tâchez de ne pas me le réveiller ! recommanda-t-elle, bourrue. Il a eu du mal à s'endormir...

La lumière jaune de la chandelle qu'elle élevait au-dessus de la tête du petit garçon endormi toucha les cheveux blonds, glissa sur une joue encore ronde. Une des mains cachait un peu le visage comme si l'enfant venait de lâcher le pouce qu'il suçait. Simon, lui, affalé sur une chaise attendait.

– C'est bon ! dit l'un des commissaires. On va te donner quittance de ta charge.

Il alla s'asseoir à la table, prit un papicr officiel et commença à écrire : « ... Simon et sa femme nous ont exhibé la personne de Capet prisonnier, étant en bonne santé, nous requérant de nous charger de la garde dudit Capet et de leur en accorder décharge provisoire... »

– Qui va s'occuper dc lui ? gronda Marie-Jeanne. J'espère qu'on le soignera aussi bien que je faisais....

– T'inquiète pas ! On va faire un roulement : deux personnes qu'on changera tous les jours. C'est du moins ce que j'ai cru comprendre...

– J'aime pas beaucoup ça. Enfin, peut-être que quand j'irai mieux la Commune me permettra de revenir. Ah ! on remporte ce cheval : il en veut pas. Il en a peur...

Tout le monde sortit et la porte de l'ancienne prison de Louis XVI fut refermée sur l'enfant endormi que l'on laissait seul. En bas, la charrette attendait toujours. Gaspard était auprès d'elle, tenant le cheval. Voyant que Simon flageolait sur ses jambes, il le fit monter.

– Je vais t'accompagner, citoyenne, pour t'aider à grimper chez toi ce dernier chargement.

– T'es un bon garçon, citoyen Gaspard. Merci à toi !

La charrette s'ébranla. Il était tard dans la nuit, une nuit que l'épais brouillard rendait sinistre. Le petit cortège s'y enfonça et disparut.

Au troisième étage du lugubre donjon, deux femmes priaient, incapables de trouver le sommeil. Tout le jour, elles avaient entendu le bruit du déménagement et étaient persuadées que leur neveu, leur frère, s'en allait loin d'elles. C'étaient Madame Elisabeth et Madame Royale.

En fait, la charrette ne parcourut qu'une centaine de mètres, jusqu'à la cour des anciennes écuries où les attendait une maison à deux étages adossée au mur fermant l'ancienne propriété du Grand Maître dont la cour faisait partie. Près de cette maison, il y avait une porte, non gardée puisqu'il ne s'agissait pas de la muraille bâtie par Palloy pour isoler la prison royale, et qui permettait de gagner la rue sans difficulté.

Les Simon ne seraient pas seuls à occuper cette maison. Il y avait là Piquet, le concierge du Temple, et le cuisinier Gagnié, mais à l'étage – le premier – de leur deux pièces-cuisine, un appartement identique restait vide. Celui-là avait une fenêtre ouvrant sur la rue.

La première chose que fit Gaspard fut d'aider Simon à monter dans la chambre déjà installée et à l'étendre sur le lit où il se mit à ronfler avec application. Pendant ce temps, le cuisinier Gagnié et sa femme accueillaient Marie-Jeanne qu'ils connaissaient bien et l'invitaient à venir se réconforter un peu chez eux.

– Vas-y, citoyenne Simon ! l'encouragea Gaspard. Je vais monter tout ça là-haut avant de retourner au Temple. Toi, tu as suffisamment grimpé et descendu d'escaliers pour aujourd'hui !

– Ah ça, c'est bien vrai ! soupira-t-elle. Après ces terribles étages de la Tour, ceux d'ici vont sembler doux à mes pauvres jambes !

– Quand tu auras fini, tu viendra boire un verre ? proposa Gagnié.

– Merci beaucoup, citoyen, mais il faut que je rentre à la prison. En principe je ne dois pas en sortir, et ici on est presque dehors.

Tandis que Marie-Jeanne se rendait chez le cuisinier, aidée par celui-ci, Gaspard empoigna la corbeille de linge où était l'enfant et s'engagea avec elle dans l'escalier mais, au lieu d'entrer chez les Simon, il sortit une clef de sa poche et ouvrit la porte du logement libre. Il alla jusqu'à la fenêtre, l'ouvrit sans bruit, se pencha au-dehors et miaula doucement par deux fois. Aussitôt, deux ombres apparurent qui se postèrent sous la fenêtre. L'homme alors sortit l'enfant de la corbeille après avoir étalé à terre une grande couverture qui attendait là, la noua aux quatre coins, attacha le tout à une corde apportée d'avance elle aussi et, portant le paquet à la fenêtre, le fit glisser doucement jusqu'aux bras que ceux d'en bas tendaient pour le recevoir. Ensuite, il referma fenêtre et porte, rapporta la corbeille chez Simon, acheva son travail, redescendit dans la cour des écuries, détela le cheval qu'il rentra dans l'une des stalles vides où son propriétaire le récupérerait le lendemain. Puis laissant là la charrette, il sortit une nouvelle clef de sa poche, ouvrit la porte donnant sur la rue et partit d'un pas tranquille en se retenant de toutes ses forces de chanter à tue-tête la joie que lui causait sa réussite. Dans une rue voisine, une voiture attendait, conduite par Pitou. Il sauta à l'intérieur d'un bond aussi léger que son cœur, tomba presque dans les bras de Cortey et de Devaux qui avaient déjà sorti l'enfant, toujours endormi, de sa couverture. Pitou démarra aussitôt et l'attelage gagna sans se presser le boulevard du Temple où des plaques de neige s'attardaient encore. Là, Pitou rendit la main : le cheval prit le galop...

Il était environ une heure du matin quand Cortey déposa sur le tapis du salon de Laura le petit Louis-Charles un peu vacillant mais réveillé. L'enfant eut pour le décor élégant qui l'entourait le regard soulagé de qui s'éveille d'un cauchemar, et un sourire pour la belle jeune femme blonde qui lui faisait la révérence... comme autrefois !

– Qui êtes-vous, Madame ? demanda-t-il.

– La fidèle servante de Votre Majesté. Mon nom est Laura...

– Celui d'une amie ! coupa Batz, et comme elle vient de le dire d'une servante, comme nous tous !

A cet instant, Jaouen entra, portant sur un plateau une bouteille de vin de Champagne et des flûtes de cristal. Il le posa sur un guéridon puis, l'œil fixé sur l'enfant qui le regardait avec gravité, il s'inclina. Profondément.

Batz déjà emplissait les verres, les distribuait puis, tourné vers le fils de Louis XVI, il éleva avec orgueil le cornet translucide :

– Messieurs ! Au Roi !

Ils burent puis d'un même mouvement mirent genou en terre devant l'enfant qui les avait regardé faire sans rien dire mais qui, soudain, protesta :

– Eh bien et moi ? Est-ce que je n'ai pas le droit de boire avec vous à ma santé ? J'aime le vin, vous savez !

Batz fronça le sourcil. C'était la première trace de l'odieuse « éducation » menée par Simon depuis six mois. Mais Laura emplit à demi l'un des verres et l'offrit à Louis avec un sourire.

– Le Roi a raison, dit-elle. Il est bien normal qu'il fête avec nous sa libération.

– Mmm ! C'est bon, fit le petit garçon qui avait tout avalé d'un trait. J'en veux encore !

– Certainement pas, sire, coupa Batz. Le vin énerve et le Roi doit songer à se reposer. Nous allons rester ici jusqu'à demain soir, après quoi il nous faudra entreprendre un long voyage. Long et difficile afin que le Roi échappe définitivement à ses ennemis. Donc avant tout reprendre des forces, car ensuite il faudra tout accepter : les mauvais chemins, les déguisements, les cachettes... et d'abord m'obéir.

– Qui êtes-vous pour demander cela ?

– Le Roi le saura quand il sera hors de tout danger. J'aurai l'honneur de me présenter à lui... avant de le quitter. Pour l'instant je suis Jean. Pas d'autre nom jusque-là !

– Et si je veux savoir, moi ?

– Disiez-vous « je veux ! » à Simon ?

L'enfant rougit et baissa la tête mais ce fut pour regarder par en dessous l'homme qui lui parlait si fermement.

– Pour quoi faire ? marmotta-t-il. Et, avec lui au moins, je m'amusais. Il me racontait des histoires, m'apprenait des mots nouveaux... et puis on trinquait !

Au frémissement de ses narines, Laura sentit que Batz allait se mettre en colère et elle se hâta d'intervenir.

– La chambre est prête, dit-elle, et nous aurons tout le temps de parler demain. Attendez-moi, ajouta-t-elle. Je reviens dans un moment.

Elle tendit la main, mais l'enfant fit semblant de ne pas la voir et se dirigea seul vers la porte, salué par les quatre hommes. Laura sortit derrière lui. Quand elle revint, un peu plus tard, Cortey, Devaux et Pitou étaient partis. Batz, debout devant la cheminée à laquelle il appuyait ses deux mains, un pied sur un chenet, regardait les flammes d'un air sombre qui inquiéta la jeune femme.

– Quelque chose ne va pas ? murmura-t-elle.

– Oui. J'avoue ne pas comprendre. Ce garçon devrait être heureux d'échapper à son enfer. Or, mis à part le champagne, je me demande s'il ne le regrette pas. Il n'a pas eu un mot de gratitude...

– Nous avons peut-être eu tort de le traiter en roi. Dès cet instant, il n'a vu en nous que des serviteurs. Simon, lui, le traitait comme ce qu'il est en réalité : un gamin qui n'a pas encore neuf ans et, en même temps, il lui donnait des habitudes d'homme du peuple. Il le faisait boire peut-être pour qu'il oublie plus vite un autrefois trop beau, pour l'amener à son niveau. Je suis sûre qu'il lui a appris à jurer et vous devriez être heureux qu'il ne l'ait pas fait devant nous.

– Il se peut que vous ayez raison. Cependant, je ne vous cache pas que ma première impression n'est pas très bonne. Pendant que vous le couchiez, s'est-il seulement inquiété de ses parents ?

– Non. Pas un mot et ce n'était pas à moi d'en parler la première parce que je pense qu'il n'ignore rien de leur sort. L'abominable Simon n'a pas dû se priver du plaisir de lui apprendre la nouvelle en ajoutant peut-être que ses parents c'étaient maintenant lui et sa femme.

– Lc « chou d'amour » de la pauvre reine ! gronda Batz entre ses dents. Il l'aurait déjà oubliée ?... Il est vrai que lorsqu'on est venu l'interroger, durant le procès, il l'a même accusée du pire des crimes pour une mère !

– Il l'aurait aussi bien accusée de faire de la fausse monnaie ! s'écria Laura indignée. Cet enfant devait mourir de peur ! De peur, vous comprenez ? Souvenez-vous qu'après la séparation, on l'a entendu au Temple pleurer et la réclamer pendant trois jours. Le savetier l'a peut-être fait taire avec des coups avant de lui proposer les consolations que vous savez ? Ce n'est qu'un petit garçon, Jean, et il a subi plus que sa part de monstruosité et d'horreur ! Il a dû se forger une coquille pour s'y abriter. En outre il ne connaît aucun de ceux qui viennent de l'enlever. Il faut lui laisser le temps... et à vous aussi !

Abandonnant enfin la cheminée, Batz vint à Laura et la saisit dans ses bras mais seulement pour lui appuyer la tête contre son épaule.

– Peut-être ne suis-je qu'une brute, Laura, mais il faut me pardonner. J'ignore tout de sa vraie nature et il est mon roi, vous comprenez ? Celui à qui j'ai accroché tous mes rêves, tous mes espoirs ! Par toutes les fibres de son être il appartient à l'Histoire et je voudrais tant qu'il en soit digne !

– Alors écoutez-moi ! Laissez-lui le temps ! Et, surtout, rendez-lui une famille à aimer !

– L'amour est rarement permis aux rois. Si cet enfant était encore le Dauphin, et Versailles sa demeure, il aurait déjà été remis aux hommes. Il aurait un gouverneur, des précepteurs, une « maison », et il verrait son père plus souvent que sa mère. Ce que je voudrais, c'est qu'il devienne un vrai prince attaché à la reconquête de son royaume, comme l'a fait jadis Henri IV, au bonheur de son peuple et à la grandeur de la France.

Elle se détacha doucement de lui.

– Ne voyez pas trop loin ni trop vite ! Il faut d'abord qu'il grandisse. A qui voulez-vous le confier dans l'immédiat ?

– Le choix s'est rétréci depuis la mort de la Reine. Plus question d'aller à Jersey ! L'île est envahie par les agents de Monsieur et je me méfie de Pitt.

– Vous allez bien l'emmener quelque part, tout de même ?

– Si j'écoutais Swan, le bateau du capitaine Clough l'emmènerait à Boston, mais ce serait le couper de tous ses partisans. Il faut qu'il reste en Europe... et caché pour que ses oncles lui laissent le temps de grandir. Ils représentent pour lui un danger aussi redoutable que Robespierre. Alors je pense toucher terre seulement en Angleterre.

– Chez lady Atkyns ?

– Peut-être pas. Elle en serait si heureuse et si fière qu'elle battrait le rappel de ses amis et connaissances pour leur faire admirer la merveille ! Grâce à Dieu j'y ai d'autres amis, plus discrets. La duchesse de Devonshire * par exemple, qui est une femme étonnante et qui aimait beaucoup la Reine. Dans son immense château de Chatsworth, au nord des Midlands, l'enfant pourra se reposer loin de Londres. De là je lui ferai gagner la Hollande puis l'Allemagne pour, enfin, le remettre au prince de Condé. Celui-là sait ce que vaut Provence et s'en méfie : il saura protéger ce dépôt précieux... Et chose appréciable, il vivra tout près de la frontière française.

– Alors pourquoi ce grand détour ?

– Parce qu'il est impossible de faire autrement et qu'ainsi les pistes seront brouillées.

– Et... vous resterez auprès de lui ? murmura Laura sans dissimuler sa tristesse.

– Je ne crois pas. Si je suis encore vivant, je reviendrai achever ma tâche : il reste deux princesses à sauver et la Convention n'est pas encore abattue.

* Née Georgiana Spencer, de la même famille que lady Diana. D'une très grande beauté, elle vit, elle aussi, le jour au château d'Althorp.

Ainsi, Jean ne se contenterait pas de conduire l'enfant en Normandie. Il allait s'éloigner pour de longues semaines, peut-être plus, et à cette idée, Laura sentit son courage vaciller. Des larmes montèrent à ses yeux qu'elle aurait voulu cacher mais la douleur qu'elle ressentait était trop vive.

– Quand vous reverrai-je ?

Elle était allée s'asseoir sur une chauffeuse, près de la cheminée, et, armée du tisonnier, secouait les braises avant de remettre un peu de bois pour que le feu flambe de nouveau. Il vint s'agenouiller près d'elle.

– Vous voyez bien que vous m'aimez, dit-il en prenant le mince visage entre ses mains.

Elle tenta de lui échapper :

– Comme si vous ne le saviez pas...

– Peut-être, mais je voudrais tant vous l'entendre dire !

– En seriez-vous plus avancé ?

– Beaucoup plus !... Allons, Laura, dites-le ! Ne fût-ce qu'une fois... une seule !

Incapable de résister à la prière des yeux, de la voix qu'elle aimait tant, Laura entoura le cou de Jean de ses bras, approcha ses lèvres de sa bouche à la toucher, souffla :

– Je t'aime... et acheva le baiser qui les tint longtemps enlacés, vivant intensément une minute de pur bonheur dont ils ignoraient si elle se renouvellerait un jour, conscients de l'accord parfait que pourrait atteindre leur amour. Pourtant, l'idée de chercher une union plus intime ne les effleura pas. L'image désolée de Marie se dressait entre eux comme l'épée de Tristan. Ils se contentèrent de rester un long moment serrés l'un contre l'autre...

La journée qui suivit fut bizarre. La maison vécut sa vie comme d'habitude mais personne n'eut le droit d'en franchir le seuil, surtout pas David quand il vint, dans l'après-midi, pour une séance de pose décidée de son propre chef et sans en avertir Laura. Depuis la veille, son matériel occupait une partie du grand salon et il pensait qu'il allait de soi que la jeune femme fût prête à le recevoir tous les jours. Mais, quand il se présenta, Jaouen lui signifia que la citoyenne Adams était souffrante et que d'ailleurs elle ne l'attendait pas. En dépit de ses efforts pour être reçu « au simple titre d'ami », il ne réussit pas à forcer le barrage qu'opposait l'homme au crochet de fer.

– Je n'aime pas cela ! remarqua Batz qui observait la scène caché derrière un rideau du premier étage. Quand cet homme se trouve une proie, il ne la lâche pas...

– Ne dramatisez pas ! dit Laura. Il a bien renoncé à Mme Chalgrin, j'imagine ?

– N'en croyez rien ! Elle ne veut plus venir au Louvre mais je sais, par une amie, qu'il se rend souvent à Passy pour l'accabler de son amour. Et malheureusement il est dangereux.

– Oubliez-le, mon ami ! Vous avez d'autres soucis et moi j'ai Jaouen. C'est le plus redoutable des gardiens.

Pitou vint à la nuit tombante, il fut le seul à pénétrer dans la maison. Les nouvelles qu'il apportait étaient étranges. La fuite du petit roi semblait inconnue de tous. Au Temple où le journaliste qu'il était savait obtenir quelques renseignements moyennant finances, tout était aussi morne et triste que d'habitude. Les Simon étaient partis, oui, mais cela ne changeait rien aux consignes quotidiennes. La seule chose qu'il apprit – encore fut-ce parce qu'il vit un maçon monter un sac de plâtre et des briques – fut que la Commune faisait effectuer des travaux dans la prison du jeune Capet, mais il lui fut impossible d'en savoir davantage.

– Il faudra tout de même que je sache le fin mot de cette histoire, confia-t-il à Batz. Des travaux nécessitant des briques dans l'ancien appartement du Roi ? Pour quoi faire ?

– Peut-être pour en réduire la surface. C'est un peu grand pour un si petit prisonnier. Mais pour le moment, Pitou, n'essayez pas d'obtenir d'autres informations ! Le sujet est sûrement brûlant. Je crois, moi, que les gardiens se sont aperçus de la substitution et essaient de la cacher pour sauver leur tête. Les ordres viennent de la Commune. Hébert est derrière tout ça ! Lorsque je reviendrai, je verrai Lullier. Il me dira ce qu'il en est.

– Lullier a été arrêté, dit Pitou en détournant la tête. On l'emmenait quand je suis allé à l'Hôtel de Ville pour lui parler.

– Ah ! fit Batz qui avait pâli. On l'accuse de quoi ?

– De tout et de n'importe quoi, dit Pitou avec un haussement d'épaules accablé. Ah ! si... J'ai entendu dire qu'il est compromis dans ce qu'on appelle le complot de l'Étranger.

– Autrement dit, l'affaire Chabot ? Du fond de sa prison, ce misérable continue à dénoncer tous les noms qui lui passent par la tête. Puis, se tournant vers Laura : Vous devriez peut-être partir, vous aussi ?

– Avec vous ? murmura-t-elle, une note d'espoir dans la voix.

Depuis la veille, elle espérait qu'il le lui proposerait. En dépit des dangers encourus, le voyage à Valmy comptait au nombre de ses – rares – bons souvenirs. Mais l'espoir n'eut même pas le temps d'ouvrir ses ailes :

– Non. La partie que je vais jouer, je dois la jouer seul. Avec l'enfant bien entendu... Cependant, Laura, je maintiens ce que j'ai dit : quittez Paris ! Chabot a dû donner les noms de tous ceux qu'il a vus chez moi à Charonne au cours de ce fameux dîner. Et après tout, vous êtes une « étrangère ».

– Oui, mais pas n'importe laquelle. Je suis américaine. Et puis une arrestation ne signifie pas obligatoirement jugement et condamnation : Talma a été relâché. Il reprend sa place au théâtre ces jours-ci. Enfin où voulez-vous que j'aille ? En Bretagne ? Mon plus cher désir est d'y régler mes comptes avec Pontallec.

– Ne commettez pas cette folie ! La lutte serait par trop inégale et je veux pouvoir vous aider.

– Vous voyez bien ! Laissez-moi ici sans crainte. Je... j'attendrai votre retour.

– Vous aurez des nouvelles par Swan quand il reviendra du Havre après le départ du bateau du capitaine Clough.

– J'espère que tout se passera bien.

Laura avait un peu l'impression de dire n'importe quoi, de meubler un silence qui eût été gênant car, au-dessus de l'innocent Pitou qui buvait maintenant une tasse de café, son regard et celui de Jean se parlaient. Chacun d'eux pouvait voir le reflet de son amour dans celui de l'autre. Finalement, elle ne trouva plus rien à dire et pendant un instant on n'entendit plus que la voix de Louis-Charles qui, dans la cuisine, se régalait des tartines de confitures préparées par Bina. C'était avec elle, au fond, qu'il se plaisait le mieux. La petite Bretonne qui avait toujours eu tellement de mal à appeler sa maîtresse autrement que Mademoiselle Anne-Laure pratiquait peu le protocole mais, en revanche, elle était gaie et savait raconter des histoires de son pays. Avec Jaouen aussi il se trouvait bien : le côté rude de l'ancien soldat ne lui faisait pas peur parce que avec lui il se sentait en confiance. Ce qui n'était pas tout à fait le cas avec Batz : celui-là l'impressionnait par la volonté de fer qu'il devinait en lui. Quant à Laura, il la trouvait jolie mais elle lui rappelait les dames d'honneur de sa mère qui jouaient avec lui comme avec une poupée, même si elle le traitait avec une douceur teintée de respect.

– Il paraît que je dois partir cette nuit ? Est-ce que tu viens avec moi ? demanda-t-il soudain.

– Hé non ! fit Bina. On doit rester ici nous autres pour ne pas éveiller les soupçons... mais on se retrouvera un de ces jours ! se hâta-t-elle d'ajouter en voyant la déception se peindre sur le petit visage barbouillé.

– Tu crois ?

– Bien sûr que je le crois, mais pour cette nuit, il vaut mieux que... tu sois seul avec monsieur. Quand on se sauve, c'est très mauvais de voyager à plusieurs en même temps.

– Comme quand on est allés à Varennes ? fit l'enfant soudain assombri. En partant c'était amusant... tout le monde était déguisé. Même moi : on m'avait habillé en fille, tu te rends compte ? Je n'ai pas du tout aimé cela !

– Pourtant, intervint Jaouen de sa voix grave, il va falloir recommencer cette nuit.

– Oh non !

– Oh si ! A cette heure, la police doit chercher un jeune garçon. Une fille a beaucoup plus de chances de lui échapper. Il vous faudra être raisonnable.

– Et qu'est-ce qui se passerait si j'étais repris ? On me tuerait ?

– Je ne sais pas... mais nous tous, ici, nous serions exécutés.

L'enfant baissa soudain la tête et se mit à pleurer :

– Comme mon bon père et ma bonne mère !... Ça, non, je ne veux pas ! Je ne veux pas !

Ce fut ainsi qu'on sut que Louis XVII n'ignorait rien du sort de ses parents et qu'il en souffrait.

Il était tard, le soir, quand deux gardes nationaux sortirent de chez Laura. A cause du froid, ils avaient revêtu les longues capotes d'uniforme mais sans les fermer. Il n'y avait pas âme qui vive dans la rue du Mont-Blanc et la lanterne qui éclairait vaguement les abords de la maison était éteinte. Passé le boulevard, l'un d'eux dégagea des plis raides la « petite fille » pauvrement vêtue qui se tenait étroitement serrée contre lui et la prit dans ses bras. Le but de l'expédition était la maison de Cortey et le trajet étant assez court, on pouvait espérer le couvrir sans rencontrer de patrouille. De toute façon, si le cas se présentait Batz et Pitou tenaient une histoire toute prête : en sortant d'un cabaret du boulevard, ils avaient vu cette petite fille qui errait sans avoir l'air de savoir où elle allait. En plus, elle semblait muette, alors ils avaient décidé de la conduire à la section Le Pelletier pour finir la nuit au chaud et, le jour venu, on l'emmènerait à l'hospice des Enfants-Trouvés.

Mais le ciel était avec eux. Ils parcoururent les rues de la Michodière et « Neuve-Augustin » sans croiser qui que ce soit et, un moment plus tard, la petite porte de la maison Cortey que personne n'avait fermée à clef les absorbait. Mais un seul garde national ressortit : Pitou qui rentrait chez lui, un peu rassuré par la réussite de ce petit début d'une grande aventure. Restait à prier pour que la suite se passe aussi bien !

Quand le jour se leva, d'un vilain gris-jaune annonçant la neige, le chariot du citoyen Goguet chargé de ses habituels tonneaux à bière fut le premier à se présenter dès l'ouverture de la barrière de la Conférence. Sans la moindre discrétion : braillant à tue-tête un « Ça ira » tonitruant et remarquablement faux mais qui ne parut pas offusquer les gardes outre mesure. C'était tellement dans la manière du citoyen Goguet !

– Je te parie qu'il est déjà soûl comme une bourrique, confia l'un d'eux à son compagnon quand ils s'approchèrent de l'attelage.

– Oh, moi j'parie pas. T'as gagné d'avance !

En effet, l'odeur de vinasse que dégageait le citoyen Goguet était perceptible à cinq pas.

– Et alors, citoyen ? s'écria le premier, tu vas encore chercher la bière de Suresnes ? T'as pas encore assez bu ?

– On n'a jamais assez bu !... et crois-moi, un p'tit coup de bière bien fraîche avec un bout d'lard et un bout d'pain, y a rien d'mieux pour chasser l'ver ! V's'avez quequé chose contre ? Alors, j'y vais !

– Hé là ! un instant ! Faut qu'on regarde ce qu'y a dans tes tonneaux !

– Quoi qu' tu veux qu'y ait ? C'est plein d'vide tout ça puisque j'vais remplir !

– Peut-être bien mais faut s'en assurer ! C'est les nouveaux ordres : tout c'qui sort de Paris doit être fouillé !

Le bonhomme se tassa sur son siège, bâilla à se décrocher la mâchoire en s'étirant :

– Ben fouillez ! Moi ça m'dérange pas ! fit-il en pêchant une bouteille entre ses jambes pour s'en adjuger une ration, non sans l'avoir gracieusement offerte à la ronde.

Les municipaux se livraient cependant à une fouille en règle. Tous les tonneaux furent examinés. Un seul refusa de s'ouvrir :

– Touchez pas à çui-là, j'me l'réserve !

– Et pourquoi tu te l'réserves ? fit l'un des hommes d'un ton méfiant.

– J'explique ! fit Goguet avec majesté. J'lui fait subir une petite préparation avec une eau-de-vie à moi qui rend la bière encore meilleure. Alors, pour qu'y perde pas ses propriétés j'le ferme bien...

– Eh bien, tu vas tout de même l'ouvrir !

– V's êtes pas gracieux, les gars ! larmoya le vieux sans bouger de son siège. Et d'abord vous cherchez quoi ?

– Ça t'regarde pas. Allez vous autres, un coup de main !

Deux hommes s'emparèrent du tonneau, le firent passer par-dessus les ridelles et le jetèrent sur le sol où il se brisa en libérant juste un peu d'alcool !

– Ah, c'est malin ! protesta le citoyen Goguet. Un tonneau de foutu ! Et qu'est-ce que j'vais dire au citoyen Desfieux pour qui j'travaille ?

– Désolé, père Goguet, mais on vient de te le dire, on cherche quelque chose. Tu trouveras bien à Suresnes un tonneau vide pour remplacer celui-là ! Excuse-nous et continue ton chemin.

Le bonhomme allait démarrer quand un sergent sortit du poste et cria :

– Tu vas à Suresnes, citoyen ?

– Ben oui. Même que c'est pas la première fois. J'vais à la Source, expliqua-t-il en mettant un doigt sale sous le nez du gradé. La Source d'la meilleure bière du monde ! Même que j't'en rapporterai un peu si t'es sage !

– T'aurais meilleur temps à faire demi-tour ! J'ai entendu dire que les brasseurs de la Source ont été arrêtés !

Le cœur de Batz manqua un battement mais il n'en demeura pas moins fidèle à son personnage : les yeux, la bouche, tout s'arrondit :

– Oh ! Et quand ça ?

– J'en sais rien... C'est c'qu'on dit !

– T'es sûr ?

– Pas vraiment et ça serait plutôt récent. Tu veux y aller quand même ?

– Sûr ! J'veux aller voir !

Puis, se penchant pour parler à l'oreille du sergent d'un air mystérieux :

– Y s'peut qu't'aies raison, camarade ! mais moi je m'dis qu'on n'a p't'être pas arrêté aussi les fûts... et qu'il en rest'ra p't'être un peu pour Desfieux et moi. Et là, ça s'rait encore pus chouette parc'que ça s'rait gratis !

– Vieux malin ! Tu crois les gens de Suresnes assez bêtes pour laisser perdre de la bonne marchandise ?

– P't'êt' ben qu'oui, p't'êt' ben qu'non comme on dit par chez moi ! Mais j'peux toujours aller voir ?

– Eh, vas-y donc ! conclut le sergent en allongeant une tape sur la croupe solide du cheval. Tu viendras nous dire c'qu'il en est !

– Ça tu peux être sûr ! Merci, camarade !

Le chariot reprit son chemin. Batz sortit de sa poche un mouchoir à carreaux et s'en épongea le front et la nuque. En dépit du froid, il se sentait brûlant comme s'il avait de la fièvre. Se penchant vers ses jambes écartées, il demanda :

– Tout va bien, Monseigneur ?

– Oui, mais... cela va-t-il encore durer longtemps ?

– Non. Encore un petit moment et je vous délivre. Le reste du voyage sera plus confortable...

L'enfant, en effet, était replié dans la caisse qui servait de siège au père Goguet !

Le jour peinait à se lever. La Seine charriait des brumes, au-delà desquelles on ne pouvait voir l'immense étendue du Champ-de-Mars barrée par l'École militaire. Batz respira à fond l'air chargé d'humidité pour donner aux battements de son cœur le temps de s'apaiser. Il savait que ses amis de la Source étaient arrêtés depuis l'avant-veille mais il savait aussi où trouver, dans les bâtiments du bord de l'eau, la carriole bâchée qui avait déjà emmené vers la mer tant d'innocents menacés, à commencer par lady Atkyns... Il suffirait d'y atteler le cheval du chariot, après quoi on gagnerait Poissy où Batz avait une retraite dans les anciens bâtiments de l'abbaye royale, une retraite et des amis. On y passerait la nuit.

Le citoyen Goguet n'irait pas plus loin. Celui qui prendrait la route de Dreux, ce serait un brave paysan normand de la région d'Avranches, le père Morel, dont la fille unique venait de mourir à Poissy et qui ramenait au pays sa petite-fille, atteinte d'une « maladie de la peau » comme l'attestaient les plaques rouges dont elle était décorée et qui avaient pour but d'écarter les curieux. A ceux qu'il rencontrait – et qui ne se sauvaient pas à toutes jambes ! – le grand-père désolé expliquerait en pleurant qu'il n'avait plus guère d'espoir que dans la Pierre guérisseuse du village de Saint-James, près d'Avranches. Et, connaissant la nature humaine comme il la connaissait, Batz pensait qu'il y avait une bonne chance de réussite...

Ainsi, par ce chemin gris du bord de l'eau, le fils de Louis XVI et de Marie-Antoinette s'enfonçait lentement dans les brumes du matin dont il n'imaginait pas qu'elles seraient aussi celles de l'Histoire. On était le 21 janvier 1794. Un an plus tôt, jour pour jour, son père se dirigeait vers l'échafaud...

Au soir de ce jour, Robespierre faisait arrêter de nouveau Cortey mais aussi Devaux et Roussel. Sans oublier Marie Grandmaison, tirée de sa semi-réclusion de la rue Ménars pour être conduite à la prison des Anglaises. L'Incorruptible était décidé à employer les grands moyens pour s'emparer enfin de celui qu'il appelait l'Invisible ! Mais, pour la paix de son âme, Batz ne le savait pas...

CHAPITRE XIV

LES VICTIMES

Dans sa prison du Luxembourg, Chabot avait fini par se rassurer. Sûrement, on l'avait enfermé là pour le soustraire à la vengeance de ceux qu'il avait mis en cause et dont l'arrestation ne saurait tarder ! Après quelques jours au secret, on l'avait transféré dans une pièce qui n'avait rien à voir avec sa belle chambre de la rue d'Anjou, mais somme toute supportable. En outre il pouvait faire venir sa nourriture de chez Coste, le traiteur de la rue de Tournon et, comme il ne manquait pas d'argent, il engraissait doucement. Presque chaque jour il mangeait une poularde de six à huit livres, plus de la soupe, du « bouilli », un dessert, quand ce n'étaient pas des côtelettes, un poulet aux truffes ou des perdreaux. Le tout évidemment arrosé d'autre chose que de l'eau. En outre, on lui fournissait toute l'encre et tout le papier qu'il voulait et, persuadé que l'on attendait toujours de lui des révélations nouvelles, que sa vie serait préservée tant qu'il parlerait, Chabot écrivait à longueur de journée, dénonçant encore et toujours, non seulement Hébert, Fabre d'Eglantine, Danton, Lacroix et même David, sans compter Batz, bien entendu, mais encore il fouillait sa mémoire pour trouver d'autres noms, d'autres accusations plus ou moins vraisemblables. Quand il apprit l'arrestation de ses deux beaux-frères, il écrivit cette lettre incroyable : « Je remercie la Providence de vous avoir enfin déterminés à mettre mes deux beaux-frères en état d'arrestation. Je les crois purs comme le soleil et francs Jacobins mais s'ils ne l'étaient pas, ce seraient les plus grands hypocrites de l'univers *. »

Même l'arrestation de Léopoldine ne parut pas lui causer une douleur excessive : Chabot n'avait plus de tendresse – en admettant qu'il en eût jamais ! – que pour lui-même et, quand il ne dénonçait pas, il écrivait des vers à sa propre gloire

La prison n'est un triste asile
Qu'au crime qui ronge le cœur
On goûte partout le bonheur
Quand la conscience est tranquille...

Le Comité de salut public, pour sa part, regardait grossir jour après jour, et non sans quelque effarement, le flot de papiers en provenance du Luxembourg. Sans trop y attacher d'importance dans les débuts – on savait ce que valait Chabot ! – mais en finissant par penser qu'il n'y a pas de fumée sans feu et qu'après tout, ce fatras contenait peut-être des vérités. Et l'on se mit à les étudier d'autant plus près que Robespierre et son accusateur public Fouquier-Tinville voyaient là une bonne occasion de se débarrasser de tous ceux qui

* G. Lenôtre, *Le Baron de Batz.*

pouvaient les gêner dans leur marche à la dictature. Petit à petit, la boue que ne cessait de cracher Chabot allait souiller la Commune et la Convention. En attendant, d'innocentes victimes s'y enlisaient. Et, en premier lieu, Marie Grandmaison...

La jeune femme qui se morfondait rue Ménars sans nouvelles de quiconque, sans aucun moyen de correspondre avec l'extérieur à cause de la surveillance étroite dont elle était l'objet, fut presque contente d'être emmenée en prison parce que là, au moins, elle pouvait espérer apprendre ce qui se passait au-dehors. Mais, cette fois, on ne la ramena pas à Sainte-Pélagie où elle aurait aimé retrouver la Raucourt. En dépit des charretées de victimes que l'on menait chaque jour place de la Révolution comme à l'abattoir, les prisons étaient pleines. Plus de six mille personnes y étaient alors incarcérées * et l'on en fabriquait d'autres à partir de couvents désertés. Ce fut le cas de celui des Filles-Anglaises, des Bénédictines dont la mission sur terre était de prier pour le retour de l'Angleterre à la foi catholique. Fraîchement expulsées de leur maison, on les avait entassées au second étage du donjon de Vincennes **. Les prisonnières – on n'y avait encore envoyé que des femmes – occupaient les cellules des religieuses.

* La population de Paris était alors de 620 000 habitants environ.

** Le couvent se situait dans le XIIIe arrondissement et dans ce qui est aujourd'hui la rue des Tanneries, près du boulevard Arago et pas bien loin de l'actuelle prison de la Santé.

Marie y vint donc, avec Nicole, fort inquiètes toutes deux du sort de Biret-Tissot que l'on conduisait à la Force mais un peu soulagées d'être délivrées des visites presque quotidiennes du policier Armand dont les conversations se réduisaient à peu de chose, mais combien lancinant : « Dites-nous où est Batz et vous serez libérée dans l'instant ! »

Elle avait commencé par lui rire au nez : comment pouvait-elle savoir où se trouvait Batz, l'homme-Protée, le courant d'air, alors qu'elle était enfermée chez elle et presque gardée à vue ? Puis la lassitude était venue et Marie finissait par ne plus lui répondre, même quand il la brutalisait, ce qui n'était pas rare. Mais le dégoût qu'il lui inspirait était encore le plus difficile à supporter : cet homme avait été jadis l'hôte de Charonne – Batz ignorant jusqu'à quel point il pouvait être infâme le traitait en ami – et même il avait osé lui parler d'amour. Le pire étant qu'il en parlait encore ! Aux Anglaises, Marie pouvait au moins espérer qu'il ne l'y suivrait pas. Elle allait vite découvrir qu'une autre épreuve l'y attendait.

Récemment libérée par les religieuses qui, un temps, étaient restées mêlées aux nouvelles pensionnaires, la maison bien tenue était plus supportable que les autres prisons. Outre qu'elle était belle, elle possédait des jardins, un potager, et aussi un cimetière aussi soigné que les parterres où les détenues avaient la permission de se promener. Ce fut là que Marie fit la connaissance d'une femme encore très belle, âgée d'une quarantaine d'années, qui se promenait mélancoliquement entre les tombes désormais à l'abandon. Et cette femme, après l'avoir regardée avec attention, vint à elle :

– Vous êtes mademoiselle Grandmaison, n'est-ce pas ?

– Pour vous servir, madame. D'où vient que vous me connaissiez ?

– Vous êtes célèbre, ou plutôt vous l'étiez puisque vous avez choisi de quitter la scène, mais nous avons un... ami commun. Jean de Batz ne vous a-t-il jamais parlé de nous ? Je suis Mme d'Epremesnil.

Un frisson où le froid humide de ce jour n'entrait pour rien glissa le long du dos de Marie et elle scruta avec une sorte d'avidité le beau visage encore lisse et pur sous le casque de cheveux bruns à peine argenté, cherchant une ressemblance.

– En effet, admit-elle sans se compromettre. Le conseiller d'Epremesnil est fort connu pour son talent oratoire et ses attaques contre les abus de la royauté...

– ... qui lui ont valu un désagréable séjour à l'île Sainte-Marguerite au temps de l'affaire du Collier, parce qu'il avait pris position contre la Reine ? fit Françoise d'Epremesnil en souriant. Mais c'est une vieille histoire et nous ne sommes mariés que depuis peu. Batz, je crois bien, n'a même pas su notre mariage, bien qu'ils eussent toujours été très proches. Mon époux est, ou plutôt était, administrateur de la Compagnie des Indes et Jean l'un des principaux actionnaires.

– Vous dites « était » ? J'espère qu'il n'est pas...

– Mort ? Non, arrêté seulement, dit la dame avec tristesse, et je crains beaucoup pour lui. Le peuple qu'il savait si bien charmer jadis le hait à présent.

Suivit une longue évocation d'un époux qu'elle semblait aimer fort. Elle parla même de son enfance à Pondichéry dont son oncle, Duval de Leyrit, était gouverneur alors que son père, Duval d'Epremesnil, gendre du grand Dupleix, régnait sur Madras. Marie l'écouta patiemment : elle avait l'impression que cette femme, en faisant resurgir de sa mémoire ces gloires passées et le charme exotique des terres lointaines, cherchait à repousser la grisaille et la mesquinerie d'un présent aux perspectives affreuses.

– Il a été arrêté avant moi, soupira-t-elle en conclusion. Il revenait de Normandie où nous avons un château près du Havre, Maréfosse. Son fils, qui a d'ailleurs épousé ma fille aînée, y demeure de façon continue. Jean de Batz y est venu souvent...

Il fut impossible à Marie de ne pas saisir la balle au bond en jouant l'ignorance :

– Votre fille aînée ? En auriez-vous d'autres ? Si, pourtant, vous êtes mariée depuis peu...

– Il s'agit d'un remariage. J'ai, en effet, deux filles d'une première union avec l'avocat au Parlement Jacques Thilorier. Il nous a quittés il y a quelques mois.

– Et... votre seconde fille est mariée ?

– Michèle ? Non, bien sûr, mais vous devriez savoir tout cela. Il est vrai que Batz a peut-être préféré se montrer discret ?

– Discret ? Mais pourquoi ?

– Le mot est impropre. Pourquoi donc aurait-il révélé le secret du cœur d'une jeune fille à...

Marie se raidit :

– A sa maîtresse ? Ainsi, votre fille serait... sa fiancée ?

– Pas vraiment. Elle se considère comme telle parce qu'elle l'aime depuis longtemps et elle est persuadée qu'il devra un jour ou l'autre lui rendre cet amour. Peut-être a-t-elle raison : il a toujours été si charmant avec elle !

– Il est charmant avec toutes les femmes, murmura Marie.

– C'est vrai ! Et si séduisant !... Mais je n'aurais pas dû vous parler comme je viens de le faire. Vous l'aimez vous aussi ?

– Oui, madame, je l'aime autant qu'il est possible d'aimer.

Elle le dit avec, dans sa voix, une sorte d'allégresse. Ce qu'elle venait d'entendre lui enlevait une grande partie du poids intolérable sous lequel elle étouffait : Michèle aimait Jean mais rien, dans les propos de sa mère, ne laissait entendre que cet amour fût payé de retour. Quant à cette future maternité, il n'était guère difficile de s'en prévaloir et Marie, à présent, regrettait passionnément d'avoir gardé tout cela pour elle, de ne s'en être pas expliquée avec Jean. Il aurait si bien su apaiser son chagrin ! Il savait si bien l'aimer et donner à sa vie le goût merveilleux, irremplaçable de l'amour comblé...

Pendant quelques jours, Marie vécut presque heureuse. Mme d'Epremesnil occupait une cellule voisine de celle qu'elle partageait avec Nicole et une sorte d'entente s'établissait entre les deux femmes, heureuses de pouvoir parler d'un homme qui leur était cher à toutes deux quoique à des degrés différents. Et puis, un matin, des prisonniers furent amenés aux Anglaises, et parmi eux il y avait Louis-Guillaume Armand.

– C'est votre faute si j'ai été arrêté, dit-il à Marie de sa voix mauvaise. Je devais livrer Batz et j'ai échoué. Cela peut me mener à l'échafaud. Alors je vous jure que vous allez parler, parce que ma vie en dépend...

En fait, il ne jouait là que son rôle habituel et combien sordide de « mouton ». Et l'enfer recommença pour Marie, harcelée comme par une mouche malsaine par ce misérable qui savait bien, et pour cause, que les gardiens n'interviendraient pas. Celle qui le fit, ce fut Françoise d'Epremesnil, indignée de voir ce personnage s'attacher aux pas de Marie dès qu'elle sortait de sa cellule et qui souvent, la nuit, se faisait ouvrir sa chambre d'où partaient alors les cris désespérés d'une femme qui n'en pouvait plus :

– Je ne sais pas quelle sorte de monstre vous êtes, lui dit-elle, mais je vais vous dénoncer.

– J'y suis déjà ! Qu'est-ce que vous ferez de plus ? répondit-il avec insolence.

– C'est juste. Alors nous emploierons d'autres moyens.

Le lendemain, Armand se trouva coincé contre le mur du cimetière par une véritable horde furieuse où les femmes jouaient un rôle au moins aussi actif que les hommes. Roué de coups, à moitié mort, l'espion ne dut la vie qu'à l'intervention des gardiens. Le soir même, il avait disparu. Marie retrouva un peu de paix...

Pendant ce temps, celle de Laura, assez précaire depuis le départ de Batz, achevait de s'effriter. L'atmosphère de Paris devenait étouffante, faite de peur, de rage et de méfiance. Depuis que le public avait eu connaissance de la prétendue conspiration de l'Étranger, il se persuadait que le danger guettait la nation tout entière, que ladite conspiration avait pour but de détruire la Convention et de rétablir la monarchie, avec tout ce que ce retour comporterait de vengeances globales ou particulières. On disait qu'une armée d'aristocrates s'apprêtait à donner l'assaut à la République, mais on ignorait leurs noms et cela permettait de soupçonner tout le monde. Les dénonciations affluaient dans les deux Comités et les mouchards de la police en profitaient pour régler leurs comptes et rapporter les sons de cloche aberrants qu'ils pouvaient récolter, tel celui-ci : « L'affaire Chabot ne serait qu'une fable inventée par Hébert et Chaumette pour faire retomber sur une seule tête tout le poids de l'indignation publique... »

Batz n'eût pas fait mieux pour semer le trouble et la zizanie à la Convention ou aux Jacobins. Parfois, une véritable atmosphère de folie y régnait. En mars, on découvrit que, sur une affiche du Comité de salut public, on avait écrit « Anthropophage » sous le nom de Robespierre et, sous ceux de Prieur, de Barère et de Lindet : « Trompeurs du peuple toujours bête et stupide » puis, plus loin : « Voleurs et assassins ». Enfin, sur une autre placardée sur la Trésorerie nationale : « Crève la République ! Vive Louis XVII ! » En même temps d'autres encore à en-tête du club des Cordeliers appelaient le peuple à la levée en masse pour assurer les subsistances et délivrer les patriotes prisonniers. Robespierre et son ami Saint-Just pensèrent qu'il était temps d'intervenir et, attribuant tout cela à Hébert et ses compagnons, l'ordre d'arrestation fut lancé. Dans la nuit du 13 au 14 mars, le Père Duchesne était envoyé à la Conciergerie où sa femme le rejoignit le lendemain. D'autres allaient suivre pour des raisons plus ou moins obscures. Mais, pour Laura, le sort des hébertistes n'était pas d'une grande importance : ils n'avaient pas place dans ses affections et elle savait le rôle infâme que le Père Duchesne avait joué dans le procès de Marie-Antoinette. Ceux pour qui elle tremblait, c'étaient ses amis prisonniers et, en tout premier lieu, Marie mais aussi Devaux, Roussel, Biret dont les nouvelles, apportées par Pitou, se faisaient rares. Le coup le plus rude, elle le reçut le jour où Jaouen, qui passait beaucoup de temps dehors pour prendre le vent et faire le marché, rentra décomposé : Pitou, à son tour, venait d'être arrêté et conduit à la Force, ce qui ne présageait rien de bon.

– Sait-on comment c'est arrivé ? demanda Laura quand s'apaisa sa crise de larmes. C'est à cause de ce journal auquel il continuait à collaborer ?

– Comment voulez-vous que je le sache ? Tout ce que j'ai pu apprendre, en allant chez lui, c'est qu'on est venu le chercher hier soir. Si vous voulez en savoir plus, demandez-le à votre peintre, ajouta Jaouen sur le ton qu'il employait toujours lorsqu'il était question de David.

Laura se gardait bien d'ailleurs de le reprendre à ce sujet : si Joël Jaouen n'existait pas, jamais elle n'aurait accordé à David la permission d'installer son chevalet dans son salon pour un portrait singulièrement long à exécuter. Maintenant que Pitou n'était plus libre de ses mouvements, l'artiste serait sans doute le seul visiteur à franchir le seuil de sa maison.

En effet, sans parler de Batz dont on ne savait rien depuis plus de deux mois, ni de Swan toujours absent, les amis américains ne s'aventuraient plus guère en ville. Les Barlow, par exemple, avaient rejoint leur ambassadeur à Seine-Port. Ils avaient d'ailleurs apporté à Laura une invitation à les suivre, Gouverneur Morris se souciant paraît-il du sort de sa jolie « compatriote ». Les autres se terraient en dehors de Paris, peu soucieux de partager le sort de Thomas Paine que son statut de député ne protégeait plus et dont l'adresse était actuellement la prison du Luxembourg. Même prudence chez les Talma : Julie ne mettait plus le nez dehors et Talma lui-même rentrait chez lui en toute hâte après chaque représentation. Il ne restait donc que David, le seul que la jeune femme ne souhaitât guère recevoir, mais elle savait que lui défendre sa porte pouvait avoir les plus graves conséquences. Il le lui avait laissé entendre, négligemment, entre deux coups de pinceau et, depuis, il prenait son temps. Tout en se montrant, au demeurant, parfaitement courtois et même charmant sans se permettre le moindre mot ou le moindre geste déplacé. Mais souvent, en le regardant, Laura se sentait l'âme d'une souris guettée par un matou aussi patient que gourmand...

Ce jour-là, cependant, elle fut incapable de garder le silence sur un tourment que ses yeux rougis par les larmes dénonçaient.

– Que voulez vous que je fasse d'un visage pareil ? bougonna David sans même lui demander la raison de son chagrin.

– Je crains de n'en avoir plus d'autre à vous offrir si vos amis continuent à emprisonner les miens ! s'écria-t-elle indignée.

– Changez d'amis ! Prenez-en qui pensent comme il faut ! Qui vous a mis ainsi la figure à l'envers ?

– Un simple garde national, mon ami Ange Pitou qui est bien le garçon le plus humain qui se puisse trouver. Il n'a jamais fait de mal à personne...

– ... ce qui ne l'empêche pas de se servir d'une plume empoisonnée. Votre Pitou, ma chère, est un journaliste contre-révolutionnaire, et si on l'a arrêté c'est à cause d'une chanson fort insolente qu'il a composée. Il a été dénoncé par une voisine, mais il y a longtemps qu'on aurait dû le mettre à l'ombre. Je ne peux rien pour lui.

– Dites que vous ne voulez rien faire ! En ce cas, il vous faudra attendre pour me peindre que j'aie fini de pleurer.

– Eh bien, j'attendrai ! Au diable les femmes et leur sensiblerie !

Et il partit en claquant la porte, mais deux jours plus tard, Laura recevait de lui le billet suivant :

« Sur un avis discret qu'il a reçu, votre ami s'est trouvé malade. Il a été transféré à Bicêtre et j'espère, en venant demain, pouvoir contempler une image supportable ! »

Pourtant, Laura n'eut pas le temps de se réjouir du changement de régime qu'on allouait à son ami.

– Bicêtre ? s'exclama Jaouen mis au courant. C'est l'hôpital le plus affreux qui soit : on y entasse les fiévreux, les ulcéreux, les victimes d'épidémies, les malades les plus atteints. Pitou va respirer un air pestilentiel, côtoyer les pires misères humaines et s'il n'est pas malade il le deviendra ! Jolie grâce qu'on lui accorde là !

– Moi qui étais si contente qu'il ne soit plus à la Force.

– Il est certain qu'il ne risque plus la guillotine, mais ce n'est pas beaucoup mieux...

Laura n'en fut pas moins obligée de remercier David, mais elle le fit du bout des lèvres et il repartit aussi mécontent que la fois précédente, n'ayant pas obtenu le moindre sourire.

Sourire, Laura se demandait si, un jour, elle y parviendrait encore. David ne devait pas avoir atteint le coin de la rue quand elle vit arriver Elleviou. Un Elleviou comme elle ne l'avait jamais vu : ravagé par le chagrin, inondé de larmes et secoué de sanglots : la veille 1er avril à neuf heures du soir, les dames de Sainte-Amaranthe, le petit Louis âgé de seize ans et M. de Sartine, l'époux de la ravissante Émilie, avaient été appréhendés dans leur propriété de Sucy-en-Brie et ramenés à Paris.

– Comment avez-vous pu être averti si vite ? demanda Laura.

Il lui tendit un billet tellement froissé qu'il était difficile à lire, mais expliqua :

– J'ai reçu ceci de M. Aucane qui est leur protecteur depuis de longues années. Il est très malade et c'est la raison pour laquelle on l'a laissé chez lui mais il a pu me faire tenir ce message avec les dernières paroles d'Émilie : « Dites à mon cher Elleviou que ma dernière pensée sera pour lui... » Mais pourquoi, mon Dieu, pourquoi ? Ils ne gênaient personne. Leur maison était la plus paisible du village et tout le monde adorait Émilie ! Je ne comprends pas...

Laura le regarda pleurer un moment, sachant combien les larmes pouvaient apporter de soulagement, mais elles semblaient inépuisables. Elle alla alors emplir un verre de l'eau-de-vie chère à Batz et lui en fit boire, puis demanda :

– Permettez-moi une question... indiscrète.

– Vous êtes mon amie. Il ne peut pas y avoir d'indiscrétion entre nous. Que voulez-vous savoir ?

– Étiez-vous toujours l'amant d'Émilie ?

– Bien sûr ! Vous ne pouvez imaginer l'intensité de notre passion commune ! Je ne peux supporter l'idée d'être séparé d'elle.

– Et la Mafleuroy, dans tout cela ?

– Je faisais tous mes efforts pour lui donner le change. Vous connaissez sa jalousie...

Donner le change ? A une femme à ce point possessive et jalouse ? Il n'y avait qu'un homme pour imaginer que c'était possible... Cependant, la dernière question faisait son chemin dans l'esprit du pauvre amoureux :

– Pourquoi me parler d'elle ? Vous n'imaginez pas ?...

– Une dénonciation ? Je n'en sais rien en vérité, et vous la connaissez mieux que moi.

– Elle en est capable, je crois... Oh, si elle a fait ça !

Tétanisé d'horreur, Elleviou ne pleurait plus. Il se leva et, sans ajouter un mot, se dirigea vers la porte du pas mécanique d'un somnambule.

– Où allez-vous ? Restez encore un peu ! plaida Laura, mais il ne l'entendit même pas et sortit de la maison en laissant toutes les portes ouvertes derrière lui. Découragée, Laura renonça à lui courir après.

Ce même jour, 2 avril (13 germinal), Danton, Camille Desmoulins, leurs amis et ceux que l'on supposait liés à eux, comparaissaient devant le Tribunal révolutionnaire. Ils apparurent libres de tous fers et prirent place sur deux lignes de façon à être vus de tous. Il y avait là, outre les deux principaux accusés, Fabre d'Eglantine, Basire, Delaunay d'Angers, Lullier, Philippeaux, Hérault de Séchelles, l'abbé d'Espagnac, les frères Frey, un certain Guzman, un avocat à la cour du roi de Danemark nommé Deiderischen... et Chabot. Un Chabot malade, verdâtre, car, à la suite de sa signification à comparaître, il avait concocté une tentative de suicide qu'il croyait géniale : après avoir écrit une belle lettre, il avait avalé une bizarre potion en criant « Vive la République » puis s'était hâté d'agiter sa sonnette pour appeler le concierge et être secouru. Malheureusement, ce qu'il avait ingurgité était plus néfaste qu'il ne le croyait et il avait bel et bien failli mourir. Mais enfin, il était là !

Pour le plus grand bonheur de Lalie Briquet. Au premier rang du public, elle le dévorait des yeux, dégustant avec gourmandise les prémices d'une vengeance dont elle avait fait le but de son existence. Elle savait qu'elle ne serait pas déçue, qu'à l'issue du procès elle contemplerait enfin l'image qui hantait ses nuits sans sommeil : l'assassin de sa fille jeté dans la gueule de la guillotine par ceux-là mêmes qui lui avaient permis ses crimes ! Dans la poche de son tablier, il y avait un chapelet sous l'habituelle pelote de laine et, de temps en temps, elle le touchait pour que Dieu ne permette pas que Chabot échappe à l'échafaud. Il avait si mauvaise mine qu'on pouvait se demander s'il tiendrait jusque-là.

Ce procès qui porterait dans l'Histoire le nom de « procès des Indulgents » était en fait un déni de justice car on allait juger ces hommes, ces vrais républicains, non pour les crimes qu'ils avaient déjà commis mais pour ceux qu'ils ne voulaient plus commettre ; leur grande faute était d'avoir poussé Hébert et les siens vers le bourreau parce que, à présent, ils se trouvaient eux-mêmes en première ligne face à la froide détermination de

Robespierre et de Saint-Just *. En fait, ces hommes croyaient profondément qu'il était temps d'en finir avec les tueries, de se réconcilier entre Français pour ramener la paix et la prospérité. Ils n'éprouvaient plus de haine pour leurs anciennes victimes, peut-être parce que les nantis c'étaient eux et qu'ils avaient envie d'en profiter. C'est de cela qu'ils allaient mourir : dans le domaine de Robespierre, il n'y avait plus de place pour eux. Et l'Incorruptible n'avait plus qu'à laisser agir son ami Fouquier-Tinville.

Celui-là s'entendait à merveille à faire place nette. Ses réquisitions avaient force de loi devant un tribunal et des jurés dont le seul rôle était de les approuver. Il n'hésitait pas d'ailleurs à ajouter des accusés en cours de procès. Ainsi, au lendemain de la première audience – les « débats » allaient durer trois jours –, on vit arriver le général Westermann. Le négociateur de Valmy, le bourreau des Vendéens dont les Colonnes infernales avaient ravagé et saigné le pays, se retrouvait avec les « Indulgents ». Le pauvre Lullier fut amené lui aussi. Il n'avait pas grand-chose à voir là-dedans mais il appartenait à la Commune, comme Hébert et son ancien métier de prêteur, son administration de biens d'émigrés lui sautait à présent à la figure. En fait, ce « montage » savant dirigé contre Danton entendait le couvrir de la même boue qu'un Chabot. Au bout des trois jours, la sentence de mort tombait pour tous, mais Lullier réussit à

* C'était Saint-Just qui, au terme d'une véritable philippique, avait exigé les arrestations de Danton et de ses amis.

s'ouvrir les veines dans sa prison. Et le 5 avril au soir, ce fut la marche au supplice.

Deux charrettes pleines se dirigèrent vers la place de la Révolution au milieu d'une foule immense. Tous voulaient voir Danton, que le peuple aimait et dont la silhouette colossale, le masque léonin, l'attitude fière et dédaigneuse commandaient le respect. Il ne regardait personne, occupé seulement à calmer Camille Desmoulins qui hurlait son désespoir et se débattait si fort dans ses liens qu'il était à demi nu en arrivant à l'échafaud. Chabot, lui, se tenait prostré, tête baissée et regard égaré, visiblement accablé par ce sort qu'il avait tant voulu éviter. Il tremblait de tout son corps.

Au moment où on le hissa sur la plate-forme, une femme réussit à repousser les soldats et les tricoteuses qui ne la reconnurent pas. Ce n'était plus, en effet, la citoyenne Lalie Briquet mais une autre. Toute vêtue de noir et selon sa condition de noble dame, une croix d'or au cou et un missel au bout de ses doigts gantés de mitaines en dentelle, elle apostropha le condamné :

– Regarde-moi, Chabot ! Tu me reconnais, j'espère ? Je suis celle dont tu as violé et tué la fille ! Je suis la comtesse de Sainte-Alferine et je suis venue voir mourir le lâche assassin que tu es ! Sois maudit maintenant et à jamais !...

L'instant de surprise passé, les soldats s'emparèrent d'elle pour l'emmener, mais elle avait eu le temps de voir son ennemi hurlant sous le couperet et d'entendre le bruit sinistre qu'il faisait en tombant. Et c'est avec le sourire que « Lalie » se laissa emmener en prison...

Danton mourut le dernier. Un instant, tout droit sur la plate-forme, il regarda le soleil couchant l'envelopper de sa lumière rouge puis, se tournant vers le bourreau, il dit :

– N'oublie pas de montrer ma tête au peuple ! Elle en vaut bien la peine !

Le cimetière de la Madeleine refusant du monde, ce fut dans le parc de Monceau, la « folie » du duc d'Orléans, que l'on ouvrit pour eux une nouvelle fosse commune.

Le 10 mai, le corps décapité de Madame Elisabeth, la sœur de Louis XVI, y était jeté à son tour.

C'est de la bouche de David que Laura apprit cette nouvelle. Il venait chaque jour à présent, moins pour peindre que pour causer, s'installant peu à peu dans le rôle de l'ami fidèle. Il apportait les bruits de l'extérieur, des fleurs, parfois des fruits mais sans parvenir à vaincre la méfiance de son hôtesse. Méfiance qu'évidemment elle cachait de son mieux. En fait, si elle acceptait sa présence, c'était plus par lassitude que par crainte de ce qu'il pourrait faire si elle le rejetait.

Et puis, surtout, il la tenait au courant de la vie des prisons et de l'activité du Tribunal révolutionnaire. Il pouvait se procurer les listes des condamnations devenues quotidiennes. Fouquier-Tinville avait adopté une formule définitive et invariable pour ses arrêts : « X... est convaincu d'être l'un des complices de la conspiration qui a existé contre l'unité et l'indivisibilité de la République, la liberté et la sûreté du peuple français. » Les hébertistes l'avaient inaugurée et elle allait servir pour une foule de malheureux issus de toutes les catégories de ce qui avait été la société française : les duchesses comme les maçons, les parlementaires comme les policiers, les prêtres, les jeunes filles, les jeunes gens, les douairières, les ouvriers... Un pêle-mêle tragique né de cette folie de délation qui, en dépit du sort de Chabot, semblait la meilleure façon de se préserver. La formule magique servit aussi pour Madame Elisabeth.

L'annonce de sa mort déchaîna chez Laura une véritable crise de fureur, d'autant plus violente qu'elle naissait de l'épouvante :

– Vous avez osé la tuer, cette pauvre jeune femme qui n'avait jamais fait de mal à personne ? La charité incarnée ! Celle qu'on appelait l'Ange de la royauté ? Mais de quelle boue êtes-vous faits ? Qui allez-vous exterminer à présent ? Les deux enfants encore prisonniers au Temple ? Oh oui, vous en êtes bien capables ! Vous êtes des monstres, les pires que l'enfer ait jamais vomis...

Blanc comme la craie, le peintre subit l'avalanche sans oser répliquer. Laura ne se contrôlait plus. Elle hurlait, saisissait pour les lancer les objets qui se trouvaient à portée de sa main. Elle allait se jeter sur lui, les ongles en avant, quand Jaouen et Bina accoururent, l'une de la cuisine, l'autre du fond du jardin. A eux deux, ils maîtrisèrent la jeune furie qui finit par s'écrouler, secouée de sanglots. Mais dans le masque convulsé de Jaouen, dans ses yeux rétrécis, David lut l'envie de tuer...

– Je vous jure que je ne lui ai rien fait ! s'écria-t-il. Je ne l'ai pas touchée.

– Alors que lui avez-vous dit ? Pourquoi ces injures, ces cris ?

En dépit de son assurance, l'artiste détourna la tête :

– Chaque jour, vous le savez, je la mets au fait des dernières condamnations parce qu'elle veut savoir. Hier... c'était la sœur de Capet.

– Ici on respecte les morts, tonna Jaouen. On dit le Roi... ou Louis XVI ! Vos appellations grotesques ne déshonorent que vous ! Si les vôtres ont osé tuer cette innocente, ne vous étonnez pas de ce qui vient de se passer.

– Si, justement ! fit David qui reprenait son empire sur lui-même. J'aimerais savoir en quoi le sort des filles de France intéresse à ce point une Américaine ? N'est-ce pas un peu anormal ?

Jaouen comprit qu'il venait de commettre une faute dont Laura pourrait bien payer le prix. Et il n'avait aucune envie de se lancer dans des explications. Il se contenta de hausser les épaules, puis allant vers le canapé où Bina essayait de ranimer la jeune femme à présent évanouie, il l'enleva dans ses bras pour l'emporter vers sa chambre.

– Si elle y consent, elle vous l'expliquera elle-même quand elle ira mieux. A présent, vous feriez mieux de rentrer chez vous !

– Peut-être. Mais je reviendrai !

Il revint en effet, trois jours de suite, prendre des nouvelles, sans jamais être reçu. Le choc avait été si violent pour Laura qu'elle était tombée malade. Le peintre s'en convainquit en voyant un médecin franchir le seuil de cette porte qui lui était interdit. Pendant deux jours encore, il envoya aux nouvelles l'un de ses élèves porteur de fleurs, et reçut enfin la réponse qu'il espérait : miss Adams acceptait de le recevoir le lendemain. Laura, en fait, allait beaucoup mieux depuis quarante-huit heures, mais elle avait besoin de réfléchir.

Elle le reçut étendue sur une chaise-longue que Jaouen avait installée au jardin près d'un arceau de roses que ce magnifique mois de mai faisait fleurir en abondance. David en apportait lui-même une énorme brassée qu'il avait eu la délicatesse de ne pas choisir rouge vif mais d'un rose délicat, mousseux et parfumé, dans lequel elle enfouit son visage avant de prendre la parole :

– Je vous demande excuse pour mon attitude de l'autre jour. La terrible nouvelle que vous m'apportiez m'a prise au dépourvu et touchée plus qu'elle ne l'aurait dû peut-être...

– J'avoue avoir été surpris. D'où donc connaissiez-vous cette malheureuse ?

Le ton était aimable, courtois, mais n'enlevait rien à l'acuité de la question telle qu'aurait pu la poser un juge. Laura le sentit et planta ses yeux sombres droit dans ceux du peintre.

– Des Tuileries où j'ai été reçue lorsque l'on y a su la présence à Paris d'une cousine de l'amiral John Paul-Jones qui venait de mourir. Il n'était plus question de cour à cette époque et c'est avec une grande simplicité que j'ai été admise chez la

Reine, ses enfants et sa belle-sœur. J'ai été séduite, je l'avoue...

– Par toute la famille, ou seulement par... Madame Elisabeth ?

– Ni l'une, ni l'autre. Surtout par la petite Marie-Thérèse parce qu'elle ressemble beaucoup à une... petite sœur que j'ai perdue. Qu'elle soit prisonnière dans cet affreux donjon que l'on m'a montré m'a toujours profondément choquée, mais j'étais un peu rassurée de savoir qu'il lui restait au moins sa tante et qu'elle n'était pas complètement abandonnée. C'est à elle que j'ai pensé quand vous m'avez appris la mort de cette malheureuse princesse parce que...

Elle s'arrêta, envahie par une image d'une telle horreur qu'elle ne réussissait pas à l'exprimer.

– Parce que quoi ? Allons, dites-moi tout !

– Vous avez prononcé le nom de Madame Elisabeth, mais, en fait, c'est l'enfant, la petite Marie-Thérèse, que j'ai cru voir traîner à votre horrible machine de mort. Je ne l'ai pas supporté...

– « Votre » machine de mort ! s'écria-t-il. Ce n'est pas moi qui l'ai inventée et je n'y invite personne. Je ne suis pas Fouquier-Tinville !

– Vous êtes le Comité de salut public, non ? Ceux qui décrètent l'arrestation ? Alors, combien de victimes vous faudra-t-il encore ? Et combien de temps Marie-Thérèse a-t-elle encore à vivre ?

– Elle n'a rien à craindre, lâcha David après un instant de silence. Elle et son frère sont les otages de la République et nous ne sommes pas assez fous pour nous en priver...

C'était bon à savoir et Laura respira mieux. Elle trouva même un sourire pour cet homme qu'elle n'aimait pas mais qui était son seul lien avec les prisons :

– Je veux le croire. Mais au fait, je ne vous ai jamais demandé qui remplace les Simon auprès du petit garçon ?

– Personne... ou plutôt beaucoup de monde. Chaque jour deux commissaires surveillent sa chambre, lui portent sa nourriture et sont attentifs à ce qu'il ne manque de rien. On les change quotidiennement...

– Mais enfin, un enfant de cet âge a besoin d'une femme auprès de lui pour le soigner s'il est malade, pour lui faire sa toilette, s'occuper de ses vêtements ? Est-ce qu'au moins ces hommes jouent un peu avec lui quand il sort ?

Soudain, David, déjà peu expansif, parut se refermer :

– Ne dites pas de sottises ! Il a neuf ans. A cet âge, un garçon peut s'occuper de lui-même. Et il ne sort plus : il est traité comme un simple prisonnier.

– Oh c'est affreux ! Qu'on le réunisse à sa sœur au moins ? Ou bien avez-vous encore peur de ces deux innocents ?

– L'Europe a les yeux fixés sur ces deux innocents comme vous dites, et nous devons veiller à ce qu'aucune évasion ne soit possible... Reposez-vous à présent : je reviendrai demain...

Après son départ, Laura resta plongée un long moment dans ses réflexions. Si elle ne l'avait vu de ses yeux, si elle ne l'avait accueilli chez elle, jamais elle n'aurait imaginé que le petit roi avait quitté le Temple. Aucun bruit n'en avait transpiré et ses gardiens agissaient comme si rien ne s'était passé. Pourtant, certains d'entre eux avaient bien dû s'apercevoir que le petit prisonnier n'était plus le même ? Mais la peur que le bruit n'en transpirât leur scellait les lèvres et Laura se demanda si David lui-même était au courant. L'enfant n'avait plus de statut particulier : il était – on venait de le lui dire – traité comme n'importe quel captif et peut-être même comme un captif au secret...

Qui que fût le petit garçon substitué à Louis-Charles, la vie qu'on lui imposait était affreuse. Quand Batz reviendrait, il faudrait à tout prix essayer de lui rendre la liberté à lui aussi... mais Batz reviendrait-il un jour ? Il avait son roi avec lui et son devoir lui ordonnait de continuer à le protéger. En face de cette exigence, qu'importaient la souffrance et les larmes de ceux qu'il laissait derrière lui ? Qu'importait le sort d'une petite fille de quinze ans enterrée vivante dans une tour médiévale ?...

– Mon Dieu, pria Laura, Vous ne pouvez pas tolérer de telles infamies. Donnez-moi une idée, un peu d'aide ! Inspirez-moi ! Il faut que je fasse quelque chose !

Jamais le sentiment de son impuissance et de sa solitude n'avait été si cruel. Son seul réconfort était de savoir Marie et Pitou toujours vivants. Mais pour combien de temps ?

David, cependant, ne revint pas le lendemain ni les jours suivants, absorbé qu'il était par les préparatifs de la fête gigantesque ordonnée par Robespierre désormais au faîte de la puissance. Celui-ci, considérant que ses ennemis étaient abattus, hormis un seul *, a décidé d'en remercier quelqu'un de plus crédible que la déesse Raison : un Être suprême qui ne peut pas ne pas exister mais auquel cependant il refuse le nom de Dieu. Et depuis que le 7 mai, à la Convention stupéfaite, il a déclaré vouloir rendre hommage à cette entité suprême qui a fait de lui son élu, Louis David dessine, prépare, trace des plans pour l'immense manifestation qui aura lieu, comme par hasard, le 20 prairial, autrement dit le dimanche de la Pentecôte. Dans l'espoir peut-être que le Saint-Esprit s'en mêlerait...

Durant ces préparatifs dont tout Paris s'entretenait en les commentant diversement, deux incidents survenus coup sur coup allaient persuader le peuple que la conspiration de l'Étranger venait d'éclater : le 3 prairial, un certain Admiral qui habitait 4 rue Favart, la même maison que Collot d'Herbois, se présenta vers neuf heures du matin chez Robespierre mais ne fut pas reçu. Il passa alors sa journée à manger, boire – surtout ! – et à se distraire de diverses façons pour regagner son logis à onze heures du soir mais, au lieu de rentrer, il resta sur le palier, attendant. Lorsque, vers une heure du matin, Collot d'Herbois monta cet esca-

* C'est à cette époque qu'il note : « Les jours qui viennent de luire sont gros des destinées de l'Univers : les deux génies qui s'en disputaient l'empire sont en présence... A la tête de la faction criminelle qui croit toucher au moment de se baigner dans le sang des fidèles représentants du peuple est le baron de Batz... »

lier, Admiral alla l'attendre devant sa porte et, quand il fut là, lui tira un coup de pistolet en pleine figure. Mais l'arme fit long feu. Épouvanté, Collot se baissa pour ramasser sa canne, ce qui lui évita le second coup. Un moment plus tard, on arrêtait le furieux qui s'était barricadé chez lui et on le conduisit directement à la Conciergerie. Il exprima seulement le regret d'avoir manqué son coup et d'avoir acheté très cher une arme qui ne marchait pas...

Le second événement – la seconde histoire de fous plutôt – eut lieu dans la journée même du 4 prairial. Vers six heures du soir, une jeune fille de vingt ans, Cécile Renault, fille d'un papetier aisé de l'île de la Cité, quittait son domicile de la rue de la Lanterne sans prévenir personne – elle vit avec son père et ses trois frères dont deux sont aux armées – et, pendant trois heures, personne ne saura ce qu'elle a pu devenir. A neuf heures, Cécile qui est une jolie fille un peu coquette se présente chez Robespierre. On lui dit qu'il n'est pas encore rentré, ce qui la fâche :

– Étant fonctionnaire public, dit-elle, il est fait pour recevoir tous ceux qui se présentent !

Le ton est raide, hautain même, et déplaît à deux amis de Robespierre qui se trouvent dans la cour. Ils menacent Cécile de la conduire au Comité de sûreté générale et l'un d'eux la prend par le bras pour la ramener dans la rue.

– Dans l'Ancien Régime, crie alors la jeune fille, on entrait tout de suite lorsqu'on se présentait chez le Roi...

– Tu regrettes donc le temps des rois ?

– Ah, je verserais tout mon sang pour en avoir un ! Vous, vous n'êtes que des tyrans !

Devant le Comité de sûreté générale où on la conduisit aussitôt, elle maintint ses propos, ajoutant que si elle avait voulu être reçue par Robespierre, c'était pour voir comment était fait un tyran ! Quant au petit paquet qu'elle tenait sous le bras, il contenait une robe de mousseline blanche et du linge de corps pour « avoir une provision, de rechange, là où on la mènerait ». Et comme on lui demandait où elle pensait aller, elle répondit sereinement :

– En prison donc ! Et de là à la guillotine...

Ces deux affaires simultanées firent un bruit énorme : on conclut à ce que, par deux fois le même jour, on avait voulu assassiner l'Incorruptible ! La fameuse conspiration prenait corps, visages, et Robespierre n'en attacha que plus de soin à la préparation de la fête dont il serait l'unique héros, lui, le grand prêtre de l'Être suprême. Ensuite, on offrirait au peuple le spectacle de la punition exemplaire des membres de cette infâme conspiration : les amis de Batz. D'ici là, on réussirait peut-être à mettre la main sur le baron fantôme.

Quatre jours avant la fête, le 16 prairial (4 juin) Robespierre fut élu président de la Convention à l'unanimité mais – et ce mais pèserait d'un certain poids dans la suite des événements – quarante-huit heures plus tard, le citoyen Fouché devenait président des Jacobins. Et Fouché haïssait Robespierre...

En dépit des objurgations de Julie, de Talma et de David qui voudrait qu'elle vienne contempler son œuvre, Laura a refusé farouchement de se rendre à la fête. Ses amis américains n'y vont pas et, de toute façon, elle a horreur de la foule en général et celle qui va se rassembler lui ferait plutôt peur : elle sait trop de quoi elle est capable.

– Allez-y sans moi, leur dit-elle. Vous me raconterez.

En revanche, elle a volontiers accordé à Jaouen la permission de s'y rendre : avec lui, elle est sûre d'avoir une relation fidèle, dépourvue de toute autosatisfaction comme de louange obligatoire. Mais, en vérité, Robespierre, David, et les milliers d'ouvriers qui, durant un mois, ont travaillé comme des esclaves construisant des pyramides ont bien fait les choses : un immense cortège doit conduire le char de la Liberté des Tuileries, où se fait le rassemblement, au Champ-de-Mars choisi pour le plus important de la cérémonie. David a donné libre cours à son goût du gigantesque. Sur la terrasse des Tuileries, il a bâti un amphithéâtre dont le plancher recouvre jusqu'au grand bassin. Autour sont plantées d'immenses statues de l'Athéisme (?), de l'Ambition, de la Discorde et de l'Égoïsme que la magie des frères Ruggieri, les maîtres artificiers, fera sauter plus tard.

A neuf heures du matin, l'amphithéâtre est plein et la foule s'écrase autour. Il est garni de tous les députés de la Convention vêtus de bleu sombre avec chapeaux empanachés de tricolore et portant un petit bouquet d'épis de blé mêlés de bleuets et de coquelicots artificiels. Les jeunes gens forment des carrés autour du drapeau de leur section, cependant que les mères nanties de bouquets de roses, tiennent par la main leurs filles en tuniques blanches. Et puis voici Robespierre !

Précédé de roulements de tambour et salué par les éclats des orchestres, il apparaît soudain tout en haut de l'amphithéâtre, silhouette grêle sanglée dans un frac de soie bleu azur avec culotte et bas blancs, coiffé de son habituelle perruque à catogan : presque un élégant de l'Ancien Régime. Il tient dans les bras une gerbe de blé, et c'est dans cet appareil qu'il entame un discours : « Il est enfin arrivé le jour fortuné que le peuple consacre à l'Être suprême... » Un discours que tous n'entendront pas, car il a toujours eu la voix un peu faible. Puis il se met en marche vers le Champ-de-Mars tandis que flambent les statues que remplace aussitôt celle de la Sagesse. Un peu trop tôt, d'ailleurs, car elle sent le brûlé et manque de perdre la tête. Ce qui fait rire franchement les conventionnels visiblement agacés par une cérémonie qu'ils jugent ridicule.

Sur le chemin de celui qui se veut le grand prêtre d'un culte nouveau, éclatent les acclamations, les vivats, les chants mais, de temps en temps tout de même son oreille – qu'il a fine s'il ne voit pas très clair – perçoit des cris moins aimables : « Dictateur ! » ou « Charlatan ! ». Et, sous l'impact de la colère, il devient encore plus pâle que d'habitude. Enfin, voici le Champ-de-Mars, et là, David s'est surpassé. S'il n'a pas encore réussi à construire une montagne sur le Pont-Neuf avec les pierres de

Notre-Dame, il en a élevé une ici : la « Sainte-Montagne » où prendront place les représentants du peuple, les chœurs, les orchestres et les porte-drapeaux *. Sur son faîte, une colonne de cinquante pieds surveille l'entrée d'une grotte profonde éclairée par des candélabres géants. Une rivière en sourd qui serpente entre des tombeaux étrusques ombragés d'un chêne. Un autel antique, une pyramide, un sarcophage et un temple soutenu de vingt colonnes, complètent cette mythologie.

Lorsque la Convention eut pris place au sommet de la montagne, un chœur de deux mille cinq cents voix entonna un hymne au Père de l'Univers composé par Marie-Joseph Chénier tandis que les jeunes filles jetaient des fleurs sur la foule répandue tout autour, que les mères élevaient leurs enfants au-dessus de leurs têtes et que les jeunes hommes brandissaient des sabres en jurant de s'en servir jusqu'à la victoire. Après quoi, bien sûr, les assistants se livrèrent à une sorte d'énorme pique-nique copieusement arrosé : il faisait si chaud !

Parmi les députés, deux hommes avaient suivi le délirant événement avec des yeux froids, un sourire glacé. L'un d'eux dit :

– Ce n'est pas assez d'être le maître, ce bougre-là voudrait aussi être un dieu ?

– Il faudrait peut-être songer à y mettre un frein ?

L'un s'appelait Barras et l'autre Fouché...

* Louis Pauwels, « Robespierre ou la religion qui dura un jour » dans *Histoires magiques de l'histoire de France,* t. II.

Robespierre lui-même était-il satisfait ? Plein d'exaltation le matin en quittant la maison Duplay, il y revint le soir, toujours calme, toujours impénétrable mais à cette seconde famille qu'il s'était donnée et qui le félicitait en pleurant de joie, il déclara :

– Vous ne me verrez plus longtemps...

Ils pensèrent qu'il était fatigué, mais lui songeait déjà à compléter la cérémonie de ce jour en offrant à sa nouvelle divinité un sacrifice propitiatoire susceptible de frapper de terreur ceux qui devaient comploter sa ruine. D'abord, il fallait accorder une grâce aux habitants de sa rue dont certains ne cachaient pas leur écœurement de voir passer jour après jour, sous leurs fenêtres, les sinistres charrettes de la mort dans lesquelles, parfois, ils reconnaissaient des amis. Une semaine plus tard, le bourreau Sanson démontait la guillotine pour la transporter au bout du faubourg Saint-Antoine, sur la vaste place du Trône-renversé *. On avait d'abord pensé à la Bastille, mais les habitants s'y opposèrent fermement.

– Ils vont mourir ! Ils vont tous mourir !...

Elleviou, les yeux fous, le masque torturé, venait de se ruer dans le jardin où Laura lisait, assise sous un arbre. Le livre s'échappa des mains de la jeune femme qui se dressa aussitôt :

– Qui va mourir ? Parlez, voyons !

– Émilie... sa mère... son frère... son époux... et Marie... Marie Grandmaison ! Et une foule

* Aujourd'hui place de la Nation.

d'autres ! Ils sont sortis du tribunal il y a vingt minutes. Maintenant... on les prépare. Venez ! Venez vite !

– Marie ? Marie va mourir ? Oh mon Dieu ! non ! Mais comment est-ce possible ?

– Je ne sais pas. Venez ! J'ai un cheval !

Il l'entraînait déjà et, frappée d'un effroi, d'une douleur qu'elle ne contrôlait pas, Laura le laissa l'emmener, traverser la maison en courant pour atterrir dans la cour où Jaouen essaya de se dresser entre eux et le cheval.

– Où l'emmenez-vous ? cria-t-il prêt à la bataille, mais ce fut Laura qui l'écarta :

– Ils vont tuer Marie, vous comprenez ? Marie... Alors place !

Elleviou enfourchait déjà son cheval ; elle sauta en croupe en passant ses bras autour de lui et ils partirent au galop, mais ralentirent bientôt jusqu'à un trot plus sage et surtout moins dangereux. Il y avait assez peu de monde dans les rues, les gens étant encore à table. Et puis le soleil de ce 29 prairial (17 juin) était chaud comme celui d'un plein été. Mais, quand on déboucha rue de la Barillerie qui prolongeait le pont au Change, il y avait déjà beaucoup de monde : le bruit que l'on allait exécuter les auteurs de la conspiration de l'Étranger s'était propagé comme une traînée de poudre et l'habituel public de sans-culottes armés de piques et de mégères braillantes était à son poste. Tout cela d'ailleurs parfaitement immobile et, aux abords du Palais, rien ne bougeait :

– Ils ne sont pas encore sortis et il va être deux heures, dit Elleviou en consultant sa montre. C'est surprenant...

Le maréchal-ferrant du quai de Gesvres auquel il confia son cheval le renseigna :

– Paraît qu'y sont beaucoup à préparer. Et puis d'après ma femme qu'est r'venue manger un morceau, paraîtrait qu'au moment où ils allaient sortir, on les a fait rentrer...

– Y aurait-il du nouveau ? murmura Laura prête à accueillir le moindre espoir. Une... grâce peut-être ?

– Tu rêves, citoyenne ! Une grâce ? Et puis quoi encore ? Tu sais donc pas qu'c'est des ennemis du peuple tout ça ? Non, la Julienne a attendu pour savoir et elle a vu arriver des grands rouleaux d'tissu rouge. Paraît qu'c'est pour leur faire des ch'mises !

– Des chemises ? souffla Elleviou. Mais pourquoi ?

– Ça s'rait parce qu'y sont les assassins des représentants du Peuple. Comme qui dirait d'leur père !

Laura ne put en entendre davantage et s'enfuit de l'atelier pour s'appuyer au mur. La femme du maréchal-ferrant qui sortit à ce moment en mangeant une pomme ne la vit pas et se précipita dans la foule de plus en plus dense qui se pressait sur le pont et les abords immédiats de la Conciergerie et du palais attenant. Une foule estivale en vêtements légers, clairs le plus souvent et où même, par endroits, on voyait surnager des ombrelles. Une foule qui aurait pu être là pour une fête...

– Allons au pont Notre-Dame, soupira Elleviou. Les... condamnés doivent le franchir avant de traverser la Grève. Ils passeront devant nous et nous saurons alors si ceux que nous aimons y sont vraiment...

Arrivés là, il fit asseoir Laura sur le parapet du pont et s'y adossa auprès d'elle. De l'autre côté de la Seine, les tours pointues de la Conciergerie luisaient dans le soleil comme des pointes de glaive. Elles ressemblaient à un rempart dressé entre le monde des vivants et celui des morts. De temps en temps, le chanteur se retournait pour regarder couler le fleuve. Il se prenait alors la tête dans les mains, et Laura pouvait l'entendre pleurer, mais elle n'avait aucune consolation à lui offrir. Son angoisse à elle lui suffisait, et aussi sa déception où sourdait une colère. Où était Batz à cette heure où l'on disait que Marie allait mourir ? Ne savait-il pas que l'enlèvement du petit roi augmenterait sans aucun doute les dangers qu'elle pouvait courir ? Pourquoi avant de disparaître ne l'avait-il pas arrachée de force à ses gardiens quand elle était encore rue Ménars pour la cacher... au besoin dans les carrières de Montmartre comme Rougeville ? Ensuite, il aurait pu l'emmener avec lui dans cette folle expédition où peut-être il avait déjà laissé sa vie ? Au fond d'elle-même, Laura savait bien que s'il ne l'avait pas fait c'est parce que c'était impossible, qu'il avait une mission à remplir et qu'il s'y devait tout entier ; elle ne raisonnait plus qu'avec un chagrin qu'elle n'aurait jamais cru aussi profond. Et puis elle avait chaud sur ce pont sans ombre ! Partie sans chapeau, elle s'efforçait de préserver sa tête au moyen de son grand fichu d'organdi relevé sur ses cheveux...

Un homme qui la regardait avec complaisance depuis un moment s'approcha d'elle et lui tendit un journal :

– Mets ça au-dessus de tes yeux, citoyenne ! Ça protégera ton visage ! Le soleil tape dur : ça serait dommage qu'il le brûle.

Elle remercia d'un pâle sourire sans que son regard fixé sur l'entrée du Palais se détourne un instant sur lui. Elle ne saurait jamais à quoi il ressemblait car, à cet instant, une énorme clameur éclata, saluant l'ouverture des grilles. Elleviou se retourna. Laura se laissa glisser à terre et, accrochés l'un à l'autre comme des naufragés sur un rocher, ils regardèrent apparaître l'une après l'autre les huit charrettes de la mort.

A la vue des condamnés, la foule exhala un soupir qui était presque un râle de plaisir : tous étaient affublés d'une sorte de long sarrau écarlate, en fait une longue bande de tissu percée d'un trou pour passer la tête et ressemblant à la chasuble d'un prêtre célébrant la messe d'un martyr.

Encadré de gendarmes à cheval et à pied qui repoussaient brutalement les curieux, le sinistre cortège s'avança et Laura se cramponna de toutes ses forces à l'épaule de son compagnon : Marie était dans la première, où il n'y avait d'ailleurs que des femmes...

Elles étaient debout, attachées aux ridelles par la lanière de cuir qui liait leurs bras jusqu'à la hauteur des coudes. Six femmes qui, à l'exception d'une seule, une malheureuse nommée Catherine Vincent qui n'arrivait pas à comprendre pourquoi elle était là, faisaient preuve du plus grand courage. Il y avait, vis-à-vis de Marie et au premier plan, la petite Cécile Renault accusée d'avoir voulu « assassiner Robespierre ». Elle allait mourir en même temps que son père, son frère et aussi sa tante, une vieille religieuse, tous innocents condamnés pour cause de liens de famille. Il y avait Mme d'Epremesnil, Nicole Bouchard la camériste de Marie et enfin une femme, qui était la maîtresse d'Admiral, le pseudo-meurtrier de Collot d'Herbois, mais Laura ne vit que Marie...

Ses jolis cheveux bruns tranchés à la hauteur de la nuque mais encadrant encore son visage pâle de quelques boucles, elle se tenait très droite, regardant le ciel si bleu, et sur elle l'infâme tunique rouge prenait l'allure d'un costume de théâtre. De temps en temps, une larme glissait sur sa joue. Dans la foule certains la reconnaissaient : la Grandmaison ! Une si belle et si grande artiste, mais surtout la maîtresse de Batz, l'homme invisible dont on savait qu'elle n'avait jamais accepté de révéler la trace même au prix de sa vie ! On savait qu'elle allait mourir pour lui, et il y eut même des applaudissements qu'elle n'entendit pas...

Laura voulut se mettre en marche près de cette charrette pour accompagner son amie du mieux qu'elle le pourrait, mais c'était impossible : la presse était trop grande et il fallait attendre que toutes les charrettes fussent passées. Force fut à Laura d'attendre, et ce qu'elle vit acheva de la désespérer.

Dans la deuxième charrette étaient les dames de Sainte-Amaranthe et de Sartine, avec le petit Louis dont les seize ans n'avaient pas trouvé grâce devant Fouquier-Tinville, une autre femme et M. de Sartine. Là aussi le courage était grand, surtout celui d'Émilie. Presque souriante, elle s'efforçait de réconforter sa mère désespérée de voir mourir son fils si jeune, et sa beauté rayonnait, justifiant le cri de douleur qu'Elleviou ne put retenir avant d'éclater en sanglots. Mais ce n'est pas l'épilogue tragique de cet amour qui fendit le cœur de Laura. Dans les autres véhicules il y avait tous les amis de Batz qui étaient aussi les siens, à l'exception de Pitou. Elle vit Biret-Tissot, le fidèle serviteur, le charmant Devaux, le joyeux Roussel et aussi Cortey, et Jauge le banquier de la rue du Mont-Blanc, et Michonis, et le prince de Saint-Mauris qu'elle avait rencontré plusieurs fois à Charonne, et d'autres encore dont le visage, à défaut du nom, lui rappelait un souvenir de ce temps heureux vécu dans la maison de Marie. Tous, ils étaient tous là ! Et ils allaient périr, sans un cri, sans une plainte, certains même en riant comme Roussel ou Devaux qui plaisantaient ensemble... C'était un vrai cauchemar dont Laura savait bien qu'il n'aurait pas de réveil.

A la sortie du pont, un escadron de cavalerie prit la tête du cortège derrière lequel, d'un même mouvement, s'élancèrent Laura et Elleviou. Et la marche au supplice continua. Pendant trois heures !

Par la place de Grève, l'ancienne rue Saint-Antoine, l'endroit où s'était élevée la Bastille et le faubourg ex-Saint-Antoine, on atteignit enfin, à sept heures, la place du Trône – renversé où allait avoir lieu le grand sacrifice.

Le lieu où s'était dressé jadis le trône élevé pour la joyeuse entrée de Louis XIV et de Marie-Thérèse au retour de leur mariage à Saint-Jean-de-Luz était alors un vaste espace rond adossé au mur des Fermiers généraux, peu habité et gardant la route de Vincennes au moyen de deux pavillons carrés, œuvre de Ledoux, et de deux hautes colonnes qui formaient la barrière du Trône. L'appareil du supplice était dressé de ce côté-là, proche du pavillon le plus au sud et des arbres qui l'environnaient. Des bancs étaient placés devant l'échafaud pour y asseoir les condamnés, le dos à l'affreuse machine. Elle n'était là que depuis trois jours mais déjà le trou que l'on avait creusé pour recueillir le sang et que l'on fermait ensuite par une tôle répandait, avec la chaleur, une odeur pénible qui deviendrait vite nauséabonde... Rangés en ligne, les onze aides du bourreau – Sanson avait demandé du renfort étant donné le nombre des victimes – attendaient, bras croisés, l'arrivée des charrettes. Le grand autel était prêt pour ce que le conventionnel Voulland appelait « la messe rouge ». Et il était là lui-même, avec Fouquier-Tinville qui voulait voir si la belle Émilie conserverait jusqu'au bout son courage et sa dignité.

Il y avait déjà beaucoup de monde mais le Faubourg parut exploser quand les condamnés et leur escorte pénétrèrent sur la place. Tous ceux qui les accompagnaient se mirent à courir pour être mieux placés.

Emportés par le flot, Laura et Elleviou se trouvèrent séparés. La jeune femme faillit être foulée aux pieds par le cheval du gendarme le plus proche de Marie. Une poigne vigoureuse la releva mais elle vit, à ce moment, une femme qui se ruait sur la seconde voiture, celle où était Émilie de Sainte-Amaranthe et qui criait, le visage convulsé par une joie mauvaise :

– C'est moi qui t'ai dénoncée, catin ! Et maintenant je vais te voir mourir ! Mourir pendant que je vivrai, moi, avec mon amant !

Clothilde Mafleuroy venait jouir de son triomphe. Émilie ferma les yeux pour ne plus voir ce visage que la haine faisait affreux et que d'ailleurs elle ne revit plus : indignée de ce qu'elle venait d'entendre, une femme du peuple avait attrapé la danseuse par les cheveux et la traînait jusqu'au mur d'une maison pour la rouer de coups. L'humeur de la foule changeait peu à peu et quand on eut descendu les victimes, qu'on les eut alignées sur les bancs dans leurs oripeaux couleur de sang, des murmures se firent entendre. Quelqu'un dit :

– Quoi ? Tant de victimes pour venger Robespierre ? Et que ferait-on de plus s'il était roi ?

Laura, qui s'efforçait d'être aussi proche de Marie qu'elle le pouvait, entendit des bruits et un peu d'espoir s'éveilla en elle : ces gens allaient-ils faire quelque chose ? Se lever en masse pour arracher au bourreau ces soixante malheureux ? Mais non, les soldats d'escorte prenaient position autour de l'échafaud près duquel nulle tricoteuse n'osa prendre place. Leur attitude était menaçante et la peur reprit ses droits. Ce fut dans le silence que la petite Cécile Renault monta les marches fatales sans faiblir, la mine fière. Puis ce fut le tour de Marie. A ce moment, Laura vit Batz.

Il se tenait appuyé à un arbre dans ses vêtements de voyage poussiéreux et son visage était aussi gris qu'eux. Les mains crispées sur ses bras croisés, il regardait intensément celle qui allait mourir. Et ce regard attira celui de Marie comme un aimant. On venait de lui arracher l'absurde tunique rouge et jamais elle n'avait été si belle avec ses épaules nues, son long cou gracieux portant haut sa jolie tête où les larmes coulaient en silence. Marie allait périr désespérée quand elle vit Jean et une expression de bonheur passa sur son visage. Elle fit un mouvement pour aller vers lui, mais les aides du bourreau qui avaient offert à la foule le plaisir de l'admirer un instant s'emparèrent d'elle, la jetèrent sur la planche. Un éclair et tout fut fini...

Le cri de Laura fit écho au bruit lourd du couperet. Elle éclata en sanglots, vira sur elle-même pour fuir, percer cette foule qui l'entourait, atteindre Batz et, au lieu de la retenir, la foule s'entrouvrit devant elle mais, quand elle fut à l'arbre où elle avait vu Jean, il n'y avait plus personne. Il lui sembla apercevoir une silhouette familière qui s'éloignait et elle voulut s'élancer à sa suite, mais quelqu'un la saisit par le bras et la retint rudement :

– Que faites-vous là ? gronda la voix de David. Je croyais que vous n'aimiez pas la foule ?

Une colère folle s'empara d'elle. Lui arrachant son bras, elle cria :

– Et vous, que faites-vous ? Vous venez vous repaître de toute cette horreur que vous ordonnez, vous et vos semblables ? Quoi, pas de fusain, pas de papier ? On n'essaie pas d'immortaliser ce massacre ?...

Elle n'avait pas vu deux hommes qui se tenaient en retrait, mais l'un d'eux s'approcha :

– On dirait que la citoyenne n'apprécie pas ce grand moment à sa juste valeur ?... Est-ce qu'elle ne sait pas que tous ces gens ont conspiré contre la Nation, qu'ils sont les suppôts des tyrans étrangers ?

Si Laura n'avait été hors d'elle, elle se fût peut-être retenue parce que, comme toute la ville, elle connaissait la figure jaune de Fouquier-Tinville, mais elle eût dit son fait à Robespierre lui-même s'il s'était trouvé devant elle.

– Non, la citoyenne n'apprécie pas ce que vous appelez ce grand moment et qui n'est qu'une infâme boucherie offerte à votre cruauté et à celle de celui que vous vous êtes donné pour maître ! Mais le sang que vous répandez aujourd'hui, vous allez tous glisser dedans... tous tant que vous êtes parce que les braves gens finiront bien par comprendre que vous êtes seulement des monstres ! Vous entendez ? Des monstres, et un jour viendra où vous paierez tout cela ! Dieu fasse qu'il soit proche !

Le maigre visage au menton en galoche, aux lourdes paupières tombantes sous l'arc épais et noir des sourcils parut s'infiltrer de fiel, mais la voix qui se fit entendre fut d'une inquiétante douceur :

– Dis-moi, citoyenne ? Tu sais à qui tu parles ?

– Bien sûr que je le sais. Vous êtes l'accusateur public, celui qui a réclamé tout ce sang et sur qui un jour il retombera !

David voulut s'interposer :

– Ne fais pas attention, citoyen ! C'est une étrangère, une Américaine, et elle n'a pas l'habitude de notre rude justice... Elle se laisse emporter par l'émotion. Il faut avouer que c'est assez... impressionnant, ajouta-t-il avec un regard à l'échafaud couvert de sang où les victimes se succédaient toujours devant des spectateurs muets.

– Une Américaine, hé ? Elle parle bien français... et sans accent !

En effet, bouleversée au point où elle l'était, Laura avait oublié la légère – très légère même car avec le temps l'habitude était venue – contrainte qu'elle imposait à son langage. La froide remarque la calma soudain et elle se reprit vite.

– Depuis que je vis en France, j'ai tendance à le perdre, fit-elle avec insolence en reteintant cependant légèrement ses paroles. J'ajoute que je suis une amie du colonel Swan et que nous sommes même un peu cousins...

Le nom parut faire effet sur l'accusateur public : son œil se fit moins menaçant mais à ce moment, un troisième homme qui se tenait encore dans l'ombre des arbres s'approcha :

– Ne l'écoute pas, citoyen ! Cette femme est une espionne anglaise, une amie de Batz. Je les ai vus à l'œuvre tous les deux chez le duc de Brunswick à Valmy.

Au son de cette voix, Laura sursauta, se retourna pour voir Josse de Pontallec qui la regardait avec un mauvais sourire. La surprise coinça la protestation dans sa gorge.

– Vraiment ? dit Fouquier-Tinville. En ce cas, nous allons nous en occuper. Et, en attendant, nous allons la mettre au frais.

Deux heures plus tard, Laura immédiatement appréhendée par des policiers et des municipaux était incarcérée à la Conciergerie.

Sur la place, le drame était accompli. Les curieux se dispersaient dans la douceur d'un crépuscule d'été. Chacun rentrait chez soi. Les aides de Sanson faisaient leur ménage en vue de la « fournée * » du lendemain. Un peu plus loin, on achevait de jeter dans les tombereaux les corps et les têtes des suppliciés, sous l'œil des gens de l'octroi et des gardes de la barrière du Trône. Des pipes s'allumaient, car l'odeur du sang était écœurante. Puis les charretiers grimpèrent sur leurs sièges et firent partir les gros chevaux qu'ils dirigèrent vers la campagne. C'est-à-dire que l'on tourna l'angle du mur des Fermiers généraux

* Durant six semaines, il y en aura une presque tous les jours : treize cent trois victimes exactement.

entourant le pavillon sud et que l'on suivit le sentier étroit, sablonneux, qui, à travers vignes et petits champs se dirigeait vers l'avenue de Saint-Mandé *. Trop lourdement chargés, les tombereaux aux roues basses peinaient dans ce chemin où ils enfonçaient, obligeant les chevaux à de gros efforts. Ils n'étaient pas difficiles à suivre.

Batz qui était demeuré caché sous les arbres entre le mur et le pavillon attendit qu'ils eussent franchi les grilles de la barrière où l'on avait allumé les lanternes. Puis il escalada le mur – pas trop bien entretenu ! – et retomba de l'autre côté sur la terre meuble sans le moindre bruit. De toute façon, le grincement des roues et les encouragements des charretiers à leurs attelages ne leur permettaient pas d'entendre autre chose. Il n'y avait pas de lune mais la nuit de juin, d'un joli bleu plein d'étoiles, permettait de se diriger sans peine et de ne pas perdre de vue le lugubre convoi. Pour plus de discrétion, on avait éteint les lanternes. Où allait-on ainsi dans ce quartier désert que l'on appelait Picpus et dont le bon air était célèbre ? Où donc la Convention voulait-elle cacher les preuves de ses crimes ?

Après environ quatre cents mètres, les tombereaux tournèrent à droite dans l'avenue de Saint-Mandé où ils parcoururent une centaine de mètres avant d'obliquer à gauche à travers champs vers le haut mur délimitant une propriété que Batz n'eut aucune peine à identifier. Il connaissait trop bien ce quartier pour hésiter : on allait droit sur l'extré-

* Aujourd'hui côté impair du boulevard de Picpus.

mité du long jardin des anciennes Chanoinesses de Saint-Augustin dont la maison bordait la grande rue de Picpus avec d'autres propriétés.

De chanoinesses, il n'y avait plus. Depuis deux ans, leur couvent était racheté par un affairiste pour y ouvrir une « maison de santé », mais aucune entrée n'était possible par ce bout du jardin ; or, il semblait bien que ce fût là le but de l'expédition. La réponse à cette question fut rapide : une porte charretière, tout récemment pratiquée sans doute, s'ouvrit dans le mur. Il y avait là des hommes qui attendaient. Les chariots entrèrent et les battants se refermèrent.

Quelque chose s'anima dans le cœur glacé du baron : sa chère Marie allait-elle reposer en terre d'Église, puisqu'il s'agissait du jardin d'un couvent ? Il voulut en savoir davantage.

Ce mur-là était haut mais quelques arbres poussaient tout auprès et il en choisit un sur lequel il grimpa sans trop de difficulté. Et ce qu'il vit l'épouvanta : on avait isolé au moyen d'une palissade une assez grande partie du jardin dont on avait même enlevé les arbres et toute végétation, laissant seulement contre le mur une petite grotte artificielle servant jadis d'oratoire. Et là, deux grandes fosses profondes avaient été ouvertes que des feux de fagots éclairaient. Les tombereaux étaient alignés près de l'une d'elles et Batz pensa qu'on allait y précipiter le lugubre chargement, mais ce qu'il vit lui dressa les cheveux sur la tête : on ne se contentait pas de jeter corps et têtes, on les dépouillait entièrement de leurs habits souillés de sang qu'une sorte de greffier, assis à une petite table, comptabilisait... Le travail se faisait avec méthode : certains de ces tâcherons de l'enfer enlevaient les corps des tombereaux, d'autres les déshabillaient, retirant les souliers, les bas dont on faisait des tas distincts. Une troisième équipe traînait les pauvres restes vers la fosse – une seule était en service – pour les passer à des camarades qui, au fond, se chargeaient de les ranger... On n'avait pas prévu le moindre sac de chaux et l'odeur était épouvantable, parce que l'on avait déjà jeté là d'autres corps mutilés à peine couverts de quelques pelletées de terre...

Sur son arbre, Batz fut incapable d'en voir davantage et se laissa glisser à terre où il vomit. Il avait espéré pouvoir repérer la tombe de Marie afin de lui rendre quelques devoirs par la suite, mais ce qu'il venait de voir était capable de rendre un homme fou...

Il resta là longtemps, à genoux, replié sur lui-même, et pleura, pleura l'être charmant qui s'était donné à lui sans jamais rien reprendre, sans jamais un reproche, et qui venait de mourir de ne l'avoir jamais trahi... Il pleura aussi ses compagnons perdus, des hommes si vaillants, si gais, ses plus proches amis, ses frères, qui ne se tiendraient plus à ses côtés... A présent, il se sentait seul, nu, et dans sa poitrine son cœur lui pesait comme une pierre...

Ce fut l'approche de l'aube qui le chassa...

CHAPITRE XV

UN COUP DE PISTOLET

La Conciergerie, c'était l'antichambre de la mort et Laura le savait, pourtant la peur n'était pas son sentiment profond quand on lui fit franchir la courette en contrebas de la cour de Mai, à droite du grand escalier du Palais, par où l'on pénétrait dans la prison. Plutôt la colère, le dégoût, la rage envers le Destin qui venait de permettre à un mauvais génie de la frapper une nouvelle fois à un moment de moindre résistance, dû à la douleur d'avoir vu mourir Marie et quelques bons amis. Pourquoi fallait-il que Pontallec fût là, encore là, toujours là, toute honte bue, tout honneur bafoué, acoquiné avec le bourreau de Robespierre et ce David qui n'avait pas prononcé un mot, un seul, pour la soustraire à ce qui l'attendait ? Après tant d'essais infructueux, Pontallec allait enfin atteindre le but fixé depuis si longtemps : la tuer sans mettre la main à la pâte ! Elle ne se posait pas la question de savoir s'il l'avait reconnue ou non et peut-être envoyait-il seulement Laura à l'échafaud pour se débarrasser de l'image un peu trop fidèle d'Anne-Laure de Laudren... Il avait suffi de mentionner sa présence au château de Hans et aux côtés de Batz pour assurer sa condamnation prochaine...

Il était près de dix heures du soir et la vie tumultueuse de la Conciergerie durant la journée s'était calmée avec le retour des détenus dans leurs cellules. Introduite au greffe, Laura dut décliner son « identité » à un préposé d'autant plus grognon qu'il devait transcrire un nom étranger dont l'orthographe, cependant simple, dépassait apparemment ses facultés. Après quoi, on la remit au porte-clefs chargé de la conduire à un logis sans doute provisoire...

– En dépit de c'qu'on enlève tous les jours, on manque de place, grogna cet homme. J'vais t'mettre avec deux autres gredines : une qu'est déjà là d'puis un moment, l'autre qu'est arrivée tout à l'heure.

– J'ai soif, dit Laura. Puis-je avoir à boire ?

– Elles ont d'l'eau. P't-être qu'elles t'en donneront. Pour l'service il est trop tard, et t'auras rien à manger avant d'main.

– Je n'ai pas faim.

– Ça tombe bien mais demain ça s'ra plus pareil. On t'apportera c'que tu veux, si tu peux payer. Sinon...

Montrant sa simple robe de jaconas blanc et ses mains nues, elle lui répondit qu'elle n'avait pas d'argent.

– Ben, c'est dommage parce que la vie qui t'reste à vivre, elle s'ra pas bien belle. Tu mangeras ce qu'y aura et t'auras pas droit à un lit parc'qu'un lit c'est quinze francs pour un mois payable d'avance... et si tu restes qu'une nuit, on te rend rien bien sûr ! conclut-il avec le rire qui passa sur les nerfs de Laura comme une râpe...

A la suite de la lanterne qu'il balançait à bout de bras, Laura dont on avait délié les mains au greffe emprunta le long couloir central voûté en ogive auquel on accédait en franchissant une grille mais que d'autres grilles compartimentaient de loin en loin. Il délimitait le quartier des hommes au nord, desservi par une autre artère qu'on appelait la « rue de Paris », et celui des femmes réparti autour de la cour du même nom. Une cour en partie couverte par un préau qui n'était plus qu'une sorte de puits lugubre. Difficile de croire qu'au Moyen Age il était un joli jardin !... Après avoir traîné ses sabots dans d'autres couloirs plus étroits, le geôlier ouvrit enfin une porte donnant accès à une petite cellule où deux femmes, assises chacune sur un lit de sangle, se faisaient face de part et d'autre d'un tabouret où brûlait une bougie. Dans un coin il y avait de la paille.

– Salut la compagnie ! fit le geôlier jovial. J'vous amène une copine mais vous dérangez pas pour elle ! La paille s'ra assez bonne !

D'un même mouvement, les deux femmes se levèrent sans plus se soucier du geôlier qui sortit en grommelant. Laura vit alors que l'une de celles-ci était la jeune femme qu'elle avait vue s'enfuir de l'atelier de David, mais ce fut la plus âgée qui s'avança la première :

– Il est difficile de souhaiter la bienvenue dans un pareil endroit, madame, dit-elle, mais soyez assurée que Mme Chalgrin et moi-même ferons de notre mieux pour vous le rendre supportable. Je suis la comtesse Eulalie de Sainte-Alferine.

– Mon nom est Laura Adams. Je suis américaine, répondit Laura un peu gênée tout à coup par sa personnalité d'emprunt.

Son entrée dans cette geôle lui rappelait celle qu'elle avait effectuée à la Force après le 10 août, alors qu'elle était marquise de Pontallec. Ses compagnes étaient la gouvernante des enfants de France, Mme de Tourzel, sa fille Pauline et la malheureuse princesse de Lamballe.

– Je suis accusée d'être une espionne anglaise et une amie du baron de Batz...

L'ancienne Lalie Briquet tendit spontanément les mains vers elle :

– La plupart des accusations sont stupides. Si vous êtes américaine vous ne pouvez pas être une espionne anglaise... Et si vous êtes une amie du baron, je serai la vôtre. Pour l'instant nous allons faire en sorte que vous vous reposiez...

– Merci de votre accueil ! Mais je ne veux pas vous déranger. Simplement... si vous aviez un peu d'eau ? J'ai... très soif !

– Nous avons de l'eau de groseille, dit Émilie Chalgrin en allant chercher derrière son lit une bouteille et un verre qu'elle essuya avant de le remplir.

Laura but avec reconnaissance. C'était frais et un peu acidulé, vraiment délicieux ! Cependant le regard de Mme Chalgrin ne la quittait pas :

– Il me semble que je vous connais, dit-elle. Je vous ai vue un jour... mais où ?

– Au Louvre. J'allais chez Louis David et... vous en sortiez !

– Vous êtes une amie de ce misérable ? gémit la jeune femme dont le regard sombre se chargea de méfiance.

– Non. J'étais allée chez lui pour lui demander d'intercéder en faveur de quelqu'un que l'on venait d'arrêter...

– Et il n'en a rien fait, n'est-ce pas ? s'écria Émilie Chalgrin avec emportement. Si je suis ici c'est à cause de lui et mon pauvre frère Carle Vernet perd sa peine à me faire libérer. Si vous lui avez refusé quoi que ce soit, vous êtes perdue...

– C'est lui qui vous a fait... arrêter ?

– Oui... et aussi mon amie Rosalie Filleul et tous ceux qui habitaient les communs du château de la Muette. Après la scène que vous avez surprise, il n'a jamais cessé de me relancer, encore et encore jusqu'à ce que, excédée, je le jette dehors ! Il prétend m'aimer, mais son amour est la pire chose qui puisse arriver à une femme...

Pendant ce temps, « Lalie » avait tiré son matelas de son lit de sangle et l'avait étendu sur un endroit où les dalles étaient à peu près propres.

– Nous aurons tout le temps de faire connaissance demain, dit-elle, et miss Adams semble bien lasse...

Confuse, Laura voulut s'opposer à ce qu'elle dépouille ainsi son propre lit, mais elle ne voulut rien entendre :

– On est très bien sur des sangles, et je garde la couverture parce que je sais que Mme Chalgrin qui en a deux vous en donnera une.

– Bien entendu. Il me reste cette chance que mon frère ne me laisse manquer de rien.

Les trois femmes se couchèrent. Cependant, Laura ne put trouver le sommeil. L'horrible scène dont elle avait été le témoin impuissant la hantait. Elle revoyait Marie sur l'échafaud, et tous ces visages d'amis... et Batz qui regardait avec l'ombre de la mort étendue sur son visage. A la fin, ses nerfs trop tendus cédèrent et elle put pleurer. Aussi doucement que possible, mais la comtesse avait l'oreille fine. Elle ralluma la chandelle et vint s'asseoir par terre à côté de Laura.

– Voulez-vous vous confier à moi ? chuchota-t-elle pour ne pas réveiller sa compagne, mais c'était une précaution inutile : déjà redressée sur un coude, Émilie Chalgrin les écoutait. « J'aime Batz comme un fils. Il m'a sauvée du désespoir au moment de mon grand malheur et je voudrais en faire autant pour vous... Parler soulage parfois la douleur. »

Laura alors parla. Et cette fois, elle raconta tout, à commencer par sa véritable identité, parce que cette femme âgée, attentive et grave, lui inspirait une confiance spontanée. Elle dit comment elle avait été sauvée des massacres de Septembre, sa vie chez Batz, son amitié pour Marie – mais sans mentionner cependant son amour pour Jean ! –, la part qu'elle avait prise de ses actions après être devenue Laura Adams, enfin le drame qui s'était joué tout à l'heure à la barrière du Trône et ce qui s'en était suivi pour elle...

– Et David vous a laissé arrêter sans lever le petit doigt, n'est-ce pas ? fit Mme Chalgrin avec mépris. Alors qu'il voulait tant être votre ami ?

– Nous sommes tous dans la main de Dieu, soupira Lalie, mais je suis sans doute la seule ici à désirer la mort. Même celle-là !

– Pourquoi voulez-vous mourir ? demanda Laura. N'avez-vous plus personne à aimer ?

– Non. J'avais une fille unique et je l'aimais par-dessus tout.

A son tour, elle raconta son histoire que Laura écouta avec une profonde émotion parce qu'elle savait ce qu'éprouve une mère lorsque meurt son enfant. Elle aussi voulait mourir quand Céline lui avait été enlevée, et elle se sentait attirée par une force étrange vers cette femme encore inconnue quelques heures plus tôt et qui réussit à la faire rire en évoquant la silhouette du citoyen Agricol.

Entraînée par l'exemple, Émilie Chalgrin dit, elle aussi, ce qu'avait été sa vie, une vie heureuse dans le sillage de son père Joseph Vernet, les ateliers du Louvre, les longs voyages du peintre pour réaliser la série des « Ports de France », son mariage à elle avec Chalgrin. La vie brillante d'une femme d'architecte célèbre mais pas très heureuse, embellie cependant par l'arrivée de sa fille puisque, comme les deux autres, elle aussi n'avait eu qu'une fille, encore vivante, elle au moins, et en de bonnes mains chez Carle et sa femme, mais dont elle ignorait si elle la reverrait un jour. Et puis le harcèlement de David...

– Peut-être suis-je punie de n'avoir pas accepté de suivre mon époux en émigration, mais les idées nouvelles, ce bel air de liberté et de fraternité que l'on chantait partout me séduisaient et je le méprisais d'avoir voulu les fuir... David est la punition que Dieu me réservait.

– Comment croire, remarqua Laura, qu'un tel génie puisse habiter une âme aussi cruelle, aussi égoïste ?

– Sa peinture est admirable mais froide, soupira Émilie. Je ne lui ai vu d'émotion que dans le portrait de Marat assassiné.

Les trois femmes parlèrent ainsi une grande partie de la nuit, et le cœur de Laura s'apaisa un peu. Elle réussit ensuite à dormir deux ou trois heures avant que le réveil de la prison, qui ressemblait toujours à une explosion, ne la tire de ce bienfaisant sommeil. Quand les cellules s'ouvraient, on se serait cru aux Halles.

De tous ces gens promis à la mort se dégageait une vie intense, bruyante, une gaieté affamée de jouir, très vite, des derniers plaisirs de la vie. Ceux qui ont de l'argent le dépensent sans compter en vins, repas fins que l'on partage avec ceux qui n'ont rien. On rit, on chante, on défie la mort si proche, ironisant sur les juges, les bourreaux, les gardiens, tout cet appareil féroce prêt à les broyer. C'est un tumulte incessant, une fièvre. Chaque jour, de nouveaux futurs condamnés arrivent des diverses prisons de Paris, on les accueille avec joie car souvent on y retrouve des amis. Tout ce monde se réunissait dans les cours pour y chercher un rayon de soleil, et Laura fut surprise de constater combien les femmes prenaient soin d'elles-mêmes. Dans des conditions de séjour souvent abominables, elles trouvaient le moyen d'être fraîches, bien habillées, coiffées avec élégance. Elles se servaient mutuellement de caméristes et dans toutes leurs geôles, on faisait chaque jour une lessive. Les hommes, eux, étaient moins soignés, ne possédant pas les mêmes vertus ménagères... En dépit du décor sinistre fait de couloirs obscurs, de grandes salles gothiques succédant à des cachots si bas qu'on ne pouvait s'y tenir debout mais où poussaient partout des grilles solides, de voûtes noires et de la puanteur qui régnait partout, on se serait cru par instants à la Cour tant ces futurs condamnés savaient porter avec eux leur atmosphère...

Toute cette agitation s'arrêtait comme par magie lorsque, chaque jour, on procédait à l'appel de ceux qui, le lendemain matin, comparaîtraient devant le Tribunal révolutionnaire pour aller ensuite à l'échafaud car, à de très rares exceptions près, les jugements étaient rendus d'avance et le choix des sentences n'existait pas ou si peu ! Alors, quand arrivait avec sa liste l'aboyeur de la Mort escorté de trois ou quatre guichetiers et de chiens hargneux, le silence se faisait. C'est à ce moment seul que les douleurs éclataient, quand un homme allait être séparé de sa femme, une mère de son enfant, un amant de sa maîtresse, mais cela ne durait guère. Aussitôt après la fête reprenait pour réconforter ceux qui allaient partir et fêter ce jour de plus que l'on allait vivre...

Vers six heures du matin, les geôliers rassemblaient ceux qui allaient « monter » au Tribunal qui siégeait au premier étage du Palais dans une vaste salle nue et bien éclairée où la populace se pressait dès l'aube. Et ce furent leurs pas, leurs appels, leurs claquements de portes, qui réveillèrent Laura ce premier jour. Ses compagnes lui expliquèrent ce qui se passait et d'un même mouvement, elles se mirent à genoux afin de prier, sachant bien que, le soir même, leur nom retentirait peut-être. Ensuite seulement, on se prépara pour se mêler tout à l'heure aux autres habitantes de la cour des Femmes.

A son étonnement, Laura se vit apporter un lit et un petit repas de lait, de pain et de confitures semblable à celui que recevaient ses compagnes :

– Un homme est v'nu, expliqua le geôlier, un pas commode avec un crochet de fer qui lui sert de main. Il a donné l'argent et dit qu'il en rapporterait...

Jaouen ! Jaouen avait réussi à la retrouver et continuait de loin à veiller sur elle ! Laura, sans savoir pourquoi, se sentit moins angoissée, avec la bizarre pensée qu'il ne pouvait rien lui arriver de mal tant qu'il serait là. Et elle voyait dans ce lit, dans ce pain, une sorte de miracle.

Il n'y avait pourtant là rien de miraculeux. La veille, Jaouen avait dû renoncer à suivre le cheval emportant Laura et Elleviou. Il s'était bien lancé à leur suite sans se donner le temps d'en seller un pour lui, et longtemps il les avait eus en point de mire. Mais on aurait dit que tout Paris courait vers la Conciergerie et dans cette foule énorme il lui avait été impossible de les retrouver. La vague l'avait porté vers la place du Trône, trop loin cependant de l'endroit où se trouvait Laura et il n'avait rien vu de son arrestation. Alors il était rentré dans l'espoir qu'elle serait à la maison, mais Bina y était seule et très inquiète. Une inquiétude qu'il partagea vite. Vers une heure du matin, il prit sa décision, courut rue Marivaux où habitait Elleviou, trouva le chanteur à moitié ivre et baigné dans ses larmes ; à l'aide d'un seau d'eau et de quelques claques, il réussit à lui faire dire ce qu'il était advenu de Laura. Une chance d'ailleurs qu'il ait pu être témoin de la scène car, foudroyé par la mort de sa ravissante maîtresse, il avait cherché refuge vers les arbres pour y pleurer tout son soûl, mais la violente apostrophe de Laura à Fouquier-Tinville attira son attention. Il put assister à l'altercation et il entendit l'ordre donné de conduire Laura à la Conciergerie. Le malheureux chanteur fit alors les frais de la fureur du Breton :

– Tu avais bien besoin de venir la chercher pour assister à cette boucherie ! gronda-t-il en le secouant comme un prunier avant de l'envoyer au tapis d'un maître coup de poing.

Après quoi soulagé, il était rentré rue du Mont-Blanc pour prendre ce qu'il fallait avant de courir à la prison où il passerait désormais le plus clair de son temps, ne rentrant à la maison qu'après avoir vérifié sur la liste affichée chaque soir que le nom de Laura n'y était pas inscrit.

Cette première journée à la Conciergerie ne fut pas trop pénible pour la jeune femme grâce à ses deux compagnes, mais c'était de Mme de Sainte-Alferine qu'elle se sentait proche. Son humanité, son courage et sa foi en Dieu conservée en dépit du calvaire enduré, sa sérénité aussi en faisaient l'appui le plus sûr pour les heures noires. Et puis elle connaissait si bien Batz ! Tandis que ses doigts agiles tricotaient une petite pèlerine de laine bleue pour la fille d'Émilie, elle pouvait parler de lui pendant des heures et c'était incroyablement réconfortant ! Surtout lorsqu'elle se récria avec indignation quand Laura lui parla de Michèle Thilorier et de sa grossesse :

– Il est incapable de ça ! Dites-vous bien qu'il n'a pas passé sa vie à collectionner les maîtresses. Avant Marie Grandmaison, je ne dis pas, mais depuis qu'elle est entrée dans sa vie il lui a été fidèle. J'en gagerais ma part de Paradis !

Mais, quand venait, avec le soir, le moment de la lecture fatale, il n'y avait plus de sérénité possible. La prison retenait son souffle jusqu'à ce que l'homme au chapeau noir replie son papier.

Ce premier soir, l'appel toucha dix-sept personnes dont une seule femme : l'épouse d'un modeste cordonnier, Pétremont, qui devait mourir uniquement parce qu'elle était son épouse, comme étaient mortes Lucile Desmoulins et Françoise Hébert. Cette liste avait d'ailleurs quelque chose d'invraisemblable et même d'insensé car, autour de l'ancien maire de Perpignan, Vacquié, et de Sézanne, président du département des Pyrénées-Orientales, on ne trouvait guère que deux nobles, des militaires. Les autres étaient laboureur, tapissier, limonadier comme le défunt Michonis, garde-champêtre et même mendiant ! Un pauvre hère qui se nommait Le Maule...

– Quel crime ont bien pu commettre ces malheureux ? murmura Laura.

– Et moi, quel crime ai-je commis ? s'écria Émilie Chalgrin, et notre amie Eulalie, et vous-même ? Pourtant nous allons toutes mourir !

Ce fut le quatrième jour que l'aboyeur laissa tomber un nom qui fit sursauter Laura :

– La citoyenne Adame, Laure...

– Mon Dieu ! gémit la comtesse, c'est vous ma pauvre enfant ! Le doute n'est malheureusement pas possible. Ces gens écorchent souvent les noms....

La jeune femme avait pâli, mais elle rassembla son courage pour aller vers l'homme :

– Cela ne peut pas être moi : je m'appelle Laura Adams...

– Ben, c'est ce que j'ai dit, il me semble ?

– Pas tout à fait ! Et de quoi suis-je accusée ?

– D'espionnage ! T'as même de la chance d'aller au Tribunal. Les gens de ta sorte, on les tue sans jugement...

– Eh bien, si je suis une espionne, je veux voir le citoyen Fouquier-Tinville... le plus vite possible, puisqu'il ne me reste plus beaucoup de temps !

– Tu t'imagines qu'il a que ça à faire ?

– Si le bien de la Nation lui est cher, il me recevra : j'ai des révélations à lui faire ! Dis-le-lui ! Et s'il ne veut pas qu'en plein prétoire je crée un scandale, il me recevra.

L'homme ne répondit rien, se contentant de hausser les épaules d'un air sceptique tandis que Laura revenait à sa place. Elle vit cependant l'homme écrire quelque chose sur un bout de papier et le donner à l'un de ses gardes avec un geste qui désignait l'extérieur. Ensuite, il reprit sa sinistre lecture et ce fut presque tranquillement qu'elle rejoignit ses compagnes désolées.

– Pourquoi vous être avancée ? reprocha Eulalie de Sainte-Alférine. Je voulais prendre votre place. Si l'on ne vous avait pas vue...

– Merci, merci de tout mon cœur, comtesse, mais c'était irréalisable. Fouquier-Tinville me connaît et soyez sûre qu'il tiendra à me voir monter dans la charrette. Je lui ai d'ailleurs fait demander une entrevue...

– Vous voulez... rencontrer cet assassin ?

– Oui. Je vais mourir, soit, mais je veux être certaine que Pontallec ne me survivra pas et qu'il paiera pour ses crimes. Vous devez comprendre cela, vous qui, avec Batz, avez si patiemment préparé la mort de votre ennemi ?

– Certes ! Et je ne peux pas vous donner tort, bien au contraire ! Je vais prier pour que Dieu vous aide...

– Priez plutôt pour qu'Il détourne les yeux, dit Laura avec l'ombre d'un sourire. Ce que je vais faire ne relève guère de la morale chrétienne. C'est à Lui que la vengeance appartient !

– J'ai toujours pensé qu'en cette matière, Dieu pouvait avoir besoin d'aide, remarqua Eulalie en faisant un signe de croix avant de s'agenouiller devant son lit.

Au-dehors il faisait encore clair mais, dans la prison, la nuit était venue et les trois femmes se disposaient à se coucher quand le geôlier entra, armé de sa lanterne, et fit signe à Laura :

– Tu viens avec moi ! Quelqu'un t'attend !

A sa suite, elle quitta le quartier des femmes pour traverser l'immense salle, voûtée en ogive, qui avait été celle des gardes de Philippe le Bel, et s'engager dans un étroit escalier conduisant directement au premier étage des deux tours jumelles – tour de César et tour d'Argent – qui encadraient jadis ce qui était alors l'entrée du palais. Là étaient les bureaux de l'accusateur public....

Laura fut introduite dans une grande pièce ronde dont les dimensions, cependant respectables, se trouvaient réduites par une accumulation de classeurs visiblement débordés et de dossiers accumulés un peu partout. D'autres encore formaient une belle pile sur le bureau où un homme, éclairé par une lampe-bouillotte, était assis, une plume à la main qu'il venait de tremper dans l'encrier mais qu'à l'entrée de Laura il laissa dégoutter sur le buvard ; cette encre était rouge et la jeune femme ne put retenir un frisson.

De sous les épais sourcils noirs, le froid regard glissa sur elle :

– Tu as des révélations à me faire, paraît-il ? Prends garde à toi si elles ne sont pas intéressantes...

– Prendre garde ? A quoi ? fit-elle avec un haussement d'épaules. Demain je comparais devant le Tribunal révolutionnaire. Vous ne pouvez pas me tuer deux fois et je n'ai qu'une tête à vous donner !

Le regard de Fouquier-Tinville se fit plus aigu.

– Il faut reconnaître que tu ne manques pas de courage mais j'ai à faire, vois-tu, et mon temps est précieux. Alors dépêche-toi ! Qu'as-tu à me dire ?

– D'abord une question si vous voulez bien. L'homme qui m'a dénoncé comme espionne anglaise, le connaissez-vous ?

– Autant qu'on peut connaître un provincial qu'on n'a pas vu souvent. C'est le citoyen Pontallec. Il m'a été fort recommandé par mon ami Lecarpentier qui tient le Cotentin et une partie de la Bretagne, mais c'est Louis David qui me l'a fait connaître.

– Le citoyen Pontallec est en fait le marquis de Pontallec.

– Rien qu'à sa tournure je m'en doutais, mais il y a des ci-devants intelligents. Si c'est tout ce que tu as à m'apprendre...

– Il est aussi l'agent du comte de Provence qui se fait appeler régent de France.

Les sourcils se froncèrent jusqu'à ne plus former qu'une barre noire :

– C'est parce qu'il t'a démasquée que tu as trouvé ça ?

– C'est parce que je le connais bien. Je suis sa femme.

– Quoi ?

La surprise était réelle et Laura en éprouva une certaine satisfaction. Il ne devait pas être facile de surprendre ce bonhomme. Cela l'aida à lui offrir l'ombre d'un sourire.

– Mais oui. Je m'appelle en réalité Anne-Laure de Laudren, marquise de Pontallec. Nous avons été mariés à Versailles au printemps de 1789.

– Qu'est-ce que cette histoire? Pontallec a bien épousé une Laudren, mais c'était une femme plus âgée que lui, qui a eu la bonne idée de mourir, ce qui a permis à son époux de mettre une belle maison d'armement à la disposition de Lecarpentier...

Décidément, il savait des choses mais pas tout et Laura entreprit de lever les voiles :

– C'était ma mère. Il l'a épousée pour sa fortune et parce que tous deux me croyaient morte. Pontallec s'était donné assez de mal pour cela, car à plusieurs reprises il a tenté de me faire assassiner. La dernière, ou plutôt l'avant-dernière puisqu'il vient de m'envoyer à l'échafaud, c'était en septembre 1792 : il m'avait dénoncée avant d'aller rejoindre le comte de Provence en Allemagne.

– Qui t'a sauvée?

– Le baron de Batz. C'est lui aussi qui m'a donné cette identité américaine...

– ... et tu étais à Valmy? Ça, il ne l'a pas inventé?

– J'étais au château de Hans, chez une amie, Rosalie de Ségur, une halte sur le chemin de l'émigration. Il y a une nuance. J'y ai vu, en effet, Pontallec qui représentait Monsieur auprès du roi de Prusse et du duc de Brunswick. J'y ai vu aussi Westermann qui venait négocier pour Dumouriez...

– Les traîtres!... Et, dis-moi, tu n'aurais pas eu connaissance d'une... tractation touchant... les joyaux de la Couronne volés peu avant?

En d'autres circonstances la flamme cupide qui s'alluma dans les yeux de Fouquier eût amusé Laura. Cette fois, elle ne fit que l'intéresser et, de toute façon, tous ceux qu'elle évoquait étaient morts.

– La Toison d'Or de Louis XV et une partie des diamants de la Couronne apportés par le secrétaire de Danton avant la bataille afin de convaincre Brunswick de ne pas marcher sur Paris ? Mais bien sûr !

– Très... très intéressant ! Au moins on saura où les retrouver quand nos vaillants soldats entreront à Brunswick, ce qui ne saurait tarder... Mais, dis-moi, tu viens de me dire que tu voulais émigrer. Pourquoi ne l'as-tu pas fait ?

– Si vous aviez vu l'état de l'armée prussienne quand elle a commencé sa retraite, vous ne me poseriez pas cette question. En outre Pontallec partait avec eux et il ne m'avait pas reconnue. Pour sa femme j'entends. Il me croyait vraiment Laura Adams.

– Pourquoi un nom américain ?

– C'était pour moi un symbole. L'Amérique est le pays de la liberté et moi, ayant échappé par trois fois à mon assassin, je voulais être libre. Et je n'ai jamais mis les pieds en Angleterre...

Fouquier-Tinville avait croisé les bras sur son bureau et laissé ses paupières retomber. Il ressemblait assez à un matou assoupi, mais il ne dormait pas :

– C'est tout ce que tu as à m'apprendre ?

– Je peux encore ajouter que Pontallec a tué ma mère...

– Elle s'est... noyée, il me semble ?

– Non. Il l'a noyée. Ou du moins il a voulu le faire. Après avoir fomenté contre elle des... incidents un peu effrayants, il l'a convaincue de le laisser l'emmener à Jersey. Une fois en mer, il l'a droguée et jetée à l'eau. Elle s'en est sortie par miracle et grâce à un pêcheur, mais elle était blessée gravement et n'est rentrée chez elle que pour mourir. Cependant j'étais là et elle a pu m'apprendre la vérité. Voilà ! Je n'ai plus rien à dire, conclut-elle en se détournant vers la porte.

– Un instant ! Qu'attends-tu de moi ? Ta vengeance ?

– La punition d'un criminel comme il y en a peu ! Je mourrai plus tranquille, voyez-vous ? La vengeance ? Oui. C'est certain : cet homme a fait trop de mal. Si on le laisse vivre et profiter de ce qu'il a volé, il en fera davantage encore... On dit que vous avez une famille, citoyen ? Si vous l'aimez vous devriez me comprendre....

Il ne répondit pas, se contentant d'appeler le guichetier pour qu'il ramène Laura à sa cellule. Mais avant qu'elle franchisse le seuil, il jeta :

– Il se peut que j'aie encore besoin de toi...

– Dépêchez-vous, alors, je meurs demain...

– Eh bien, disons que tu ne mourras pas demain. Tu n'es pas pressée, j'imagine ?

– Qui le serait ?

– Ne te réjouis pas trop ! Ce n'est qu'un sursis ! Je n'oublie jamais les injures...

Pour la première fois, elle abandonna un instant le vouvoiement.

– Je ne te le reprocherai pas, citoyen Fouquier-Tinville, surtout si tu veux bien te souvenir de celles que moi et ma mère avons subies !

En retraversant la prison, Laura se sentait mieux. Non parce qu'elle était certaine que l'échafaud s'éloignait d'elle momentanément, mais parce que, enfin, une pierre allait se trouver sur le chemin trop bien sablé du misérable auquel, un jour de printemps, elle avait juré amour et fidélité. Si seulement elle pouvait savoir qu'il avait enfin payé ses crimes, elle quitterait sans regret une vie qui ne l'intéressait plus. Même son amour pour Batz semblait s'éloigner d'elle, comme si le sang répandu sur la place du Trône formait une mer sans cesse plus vaste, reculant les rives opposées où chacun d'eux se tenait...

Le lendemain, en effet, la « citoyenne Adame » ne fut pas appelée et ses compagnes s'en réjouirent. Surtout la comtesse qui l'embrassa, les larmes aux yeux :

– Vous êtes si jeune, ma chère, et si charmante ! Vous avoir auprès de moi me donne une joie que je n'espérais plus...

– Je suis moi aussi heureuse de notre rencontre, mais nous ne devons garder aucune illusion : je ne suis pas graciée et encore moins libérée. Cependant, si nous pouvions... partir ensemble, il me semble que tout serait plus facile ?

– Je le pense aussi. Il ne nous reste plus qu'à attendre...

Émilie Chalgrin, elle, n'éprouvait pas la même résignation. Elle pensait sans cesse à sa petite fille, à ses frères et tous ceux qu'elle aimait, et elle voulait vivre. De là des crises de désespoir que ses deux compagnes ne pouvaient apaiser qu'à grand-peine. La pauvre femme recevait parfois les billets que Carle Vernet faisait passer à grands frais et qui se voulaient rassurants : David avait promis de s'occuper d'elle… il devait voir Robespierre mais il fallait être patiente… On commencerait peut-être par la changer de prison… etc. L'angoisse du frère se lisait tout de même entre les lignes. David n'avait-il pas promis à Émilie qu'il lui ferait regretter ses refus ?

Les jours d'été cependant passaient, étouffants, angoissants, coupés d'orages violents qui transformaient les cours en bourbiers tandis que l'eau s'infiltrait dans les cachots les plus bas. La Conciergerie ressemblait de plus en plus à une gare misérable où se croisaient arrivants et partants. Chaque jour, une fournée était prélevée sur telle ou telle prison. La Force, l'Abbaye, les Madelonnettes, les Anglaises, les Carmes, le Luxembourg et toutes les autres déversaient dans la cour du Mai un contingent dont l'importance semblait toujours plus forte. En arrivant, ces malheureux pouvaient voir, au greffe, ceux qui, ligotés, tondus, le cou et les épaules nus, dépouillés par les « fouilleurs » des quelques objets qu'il avaient réussi à conserver, s'en allaient vers l'affreux destin qui serait le leur une heure ou deux après. Ce qui pouvait rester sur la terre natale de l'armorial de France se mêlait dans les prisons bondées à des gens tout simples, effarés, qui ne comprenaient pas ce qui leur arrivait et qui cependant mouraient « bien ». La Convention semblait s'être donné à tâche de réduire le nombre des Français, sans que l'on puisse imaginer où elle s'arrêterait. Les fournées de quarante ou cinquante personnes n'étaient pas rares. Il y en eut même de plus forte que celle des Chemises rouges...

Autour des trois femmes qu'on avait l'air d'oublier dans leur cachot, défilaient des gens inconnus pour la plupart. Mme de Sainte-Alferine n'avait guère quitté son manoir de Touraine avant d'endosser la personnalité de Lalie Briquet ; Émilie Chalgrin ne connaissait que les gens reçus autrefois par son époux. Quant à Laura, tenue à l'écart de la cour par Pontallec et les événements, elle n'avait pas connu grand monde en dehors du vieux duc de Nivernais, de Mme de Tourzel et de sa fille qu'elle craignait de voir apparaître un jour ou l'autre dans cette antichambre de l'enfer. Mais celui qu'elle redoutait le plus de voir arriver, c'était Pitou dont elle ignorait ce qu'il devenait dans sa prison...

Comment, cependant, rester indifférente à certains de ces inconnus ? Par exemple ces seize carmélites de Compiègne que l'on vit partir pour le Tribunal vêtues de longs manteaux blancs. Une claire et pure théorie dont les visages amaigris rayonnaient de joie et de paix. On aurait dit qu'elles voyaient déjà s'ouvrir devant elles les portes du Ciel. C'était le 17 juillet (26 messidor) et l'on sut le lendemain à la Conciergerie qu'elles étaient allées à la guillotine en chantant le *Miserere* puis le *Veni Creator*, le chœur diminuant à mesure que la mort frappait jusqu'à ce qu'il s'éteignît avec la dernière, la supérieure : mère Thérèse de Saint-Augustin. Comment ne pas s'incliner devant ces femmes et ces hommes de la maison de Noailles, nobles parmi les nobles, que l'on assassina le même jour ? Impossible d'imaginer une attitude devant la mort plus sereinement imposante ! Mais ils n'étaient pas les seuls : presque tous ceux que l'on voyait partir maîtrisaient leur peur pour ne montrer que leur fierté et leur mépris de cette racaille qui les massacrait en les insultant. Certains même s'en allaient en chantant, en riant ou en plaisantant. Seules les mères qui laissaient derrière elles des enfants montraient des larmes.

Et puis, un matin – l'appel se faisait le matin à présent et en quelques heures on était jugé et exécuté ! – un nom tomba de la bouche mal rasée de l'aboyeur :

– La citoyenne Vernet, femme Chalgrin...

Avec un cri d'horreur qui s'étrangla dans sa gorge, Émilie qui se tenait assise entre ses deux compagnes au pied d'un pilier se leva, mais ses jambes plièrent sous elle et Lalie la soutint, croyant qu'elle s'évanouissait bienheureusement. Il n'en était rien : ses yeux grands ouverts reflétaient une terreur folle et elle fit le geste de se presser contre le pilier, comme si elle espérait s'y dissimuler, mais déjà, deux gardiens s'emparaient d'elle et, la traînant presque, l'emmenèrent vers les quelques marches menant aux grilles d'entrée où l'on poussait les autres condamnés. Celles qui restaient entendirent encore sa voix qui leur criait :

– Dites à ma fille que je l'aime !...

– En aurons-nous seulement le temps ? remarqua Mme de Sainte-Alferine en ôtant ses lunettes pour les essuyer.

Encore deux noms et l'appel était terminé. Les grilles se refermaient sur ceux qui restaient, et dont beaucoup laissaient éclater une joie, un soulagement. Encore un jour de gagné et un jour c'était énorme. Tout pouvait arriver en un jour... Du moins était-ce ce que l'on entendait.

– On peut toujours rêver, dit la comtesse. Mais je ne vois guère de raison pour que cela change. Il faudrait une nouvelle révolution, je pense, pour abattre le « divin » Robespierre !

C'était le 6 thermidor et les deux prisonnières ignoraient qu'à la prison des Carmes, le lendemain, l'une des plus jolies femmes de l'époque faisait tenir à son amant le conventionnel Tallien un petit billet où elle écrivait : « L'administrateur de police sort d'ici. Il est venu m'annoncer que demain je monterai au Tribunal c'est-à-dire à l'échafaud. Cela ressemble bien peu au rêve que j'ai fait cette nuit. Robespierre n'existait plus et les prisons étaient ouvertes. Mais grâce à votre insigne lâcheté, il ne se trouvera bientôt plus personne en France pour réaliser mon rêve. »

Elle avait signé Theresia. Elle était l'épouse séparée d'un discutable « marquis » de Fontenay et coulait des jours angoissés dans le vieux couvent en compagnie de son amie, Rose-Josèphe de Beauharnais...

Le 9, au matin, la journée s'annonçait orageuse. Sous un ciel de plomb où couraient des éclairs et dans une chaleur qui atteindrait 40 degrés à midi une bizarre atmosphère s'installa. A l'appel du matin, les préposés étaient nerveux et les dogues qu'ils tenaient en laisse grondaient comme à l'approche d'un danger. En hâte, on rassembla le contingent pour le Tribunal : une cinquantaine environ, où, entre un fumiste et un limonadier, on emmena la charmante princesse de Monaco, âgée de vingt-six ans. On sut plus tard que, dans le faubourg Saint-Antoine, le peuple avait voulu les délivrer mais qu'un ordre exprès de Fouquier-Tinville les conduisit malgré tout jusqu'au bout du chemin.

Car Paris se réveillait. Irritée par le culte grotesque instauré au Champ-de-Mars, par la dictature que Robespierre faisait peser, comme par son attitude moralisatrice, écœurée par la montée en flèche du nombre des exécutions, la ville grondait cependant que, dans les Comités comme à la Convention, l'hostilité, orchestrée par Fouché, Tallien, Barras et Fréron, grandissait contre l'Incorruptible... Une terrible journée en vérité !... Mais le soir un bruit léger qui devint rumeur et atteignit presque le cri courut sur Paris et s'infiltra dans les prisons : Robespierre, son frère, ses amis étaient abattus... On disait qu'à l'Hôtel de Ville le coup de pistolet d'un gendarme avait fracassé la mâchoire du tyran désormais prisonnier et que, seul avec ses aides et ses dernières victimes, le bourreau Sanson démontait sa sinistre machine. Il aurait reçu l'ordre de la ramener place de la Révolution...

Le lendemain, il n'y eut pas d'appel et la nouvelle était confirmée : Robespierre marchait au supplice dans la charrette où on l'avait couché, le visage enveloppé d'un linge sale et sanglant, avec son frère Augustin, son ami Saint-Just et ses fidèles qui emplissaient trois voitures... Et les fenêtres de la rue Saint-Honoré s'ouvrirent cette fois, et largement, pour un public des jours de fête... Il y avait même de jolies femmes et de jolies toilettes.

Le cauchemar s'achevait. Partout la joie éclata...

Laura et Mme de Sainte-Alferine tombèrent en pleurant dans les bras l'une de l'autre, parce que, même lorsque l'on souhaite mourir de toutes ses forces, c'est tout de même bon de se sentir vivante et, surtout, d'échapper à l'horreur !

Jamais soleil n'avait paru si beau que celui de ce matin d'août à ceux devant qui s'ouvraient les portes des prisons !

En sortant dans la cour du Mai débarrassée des charrettes du désespoir, les deux femmes se tenaient par la main. Il y avait beaucoup de monde parce que, comme au retour d'un voyage, on venait attendre ceux qui arrivaient du pays de l'angoisse et de la mort. On se bousculait un peu, on se hissait sur la pointe des pieds pour apercevoir plus vite l'être cher, mais sous les larmes que l'instant faisait couler, les visages rayonnaient de bonheur...

Ce fut Pitou que Laura vit le premier et, lâchant son amie, elle se précipita vers lui avec un cri de joie.

– Grâce à Dieu vous êtes vivant, mon ami ! J'ai eu si peur pour vous ! Jour après jour, je craignais de vous voir apparaître dans cette horrible salle basse !

Trop ému pour parler, il la reçut dans ses bras et l'embrassa mais s'effaça vite devant Jaouen dont le cerne des yeux, les nouveaux sillons du visage disaient assez les nuits qu'il venait de passer. Laura, alors, posa ses mains sur ses épaules et l'attira contre elle :

– Joël ! Je n'ai pas de mots pour dire ce que j'éprouve. Grâce à vous qui veilliez sur moi, j'ai enduré tous ces jours sans souffrir de la misère ou de la faim.

– Je n'ai fait qu'apporter ce qui vous appartient. Ne suis-je pas votre serviteur ?

– Non. Vous êtes un ami et cela je le savais depuis longtemps. Un ami que je souhaite garder auprès de moi...

– S'il ne dépend que de lui, vous ne vous en débarrasserez jamais ! Cependant, il y a là quelqu'un d'autre...

Il s'écarta et Laura vit Jean de Batz qui, à deux pas, tenait dans ses bras sa vieille amie Lalie en larmes. Elle alla vers eux et lui, confiant la vieille dame à l'épaule de Pitou, vint à elle mais aucun d'eux ne parla et, quand ils furent tout proches, ils ne se touchèrent pas. Leurs yeux seuls, dans ce muet langage dont l'amour a le secret, disaient ce qu'ils avaient souffert, ce qu'ils souffraient encore. Jamais peut-être ils ne s'étaient autant aimés mais l'image de Marie, telle qu'ils l'avaient vue au dernier instant, était entre eux et leur interdisait de s'abandonner à leur passion.

– Plus tard, peut-être ? dit enfin Laura répondant à la question que Jean n'osait pas formuler. Il faut laisser agir le temps.

– Je suis et je serai toujours à vous, prêt à répondre au moindre appel... Qu'allez-vous faire à présent ?

Elle étendit la main pour attirer son amie.

– Lalie et moi nous allons partir pour la Bretagne. Elle sera ma famille et je serai la sienne puisque nous n'avons plus personne...

– Inutile de demander ce que vous allez faire là-bas ?

– Inutile en effet. Je veux savoir ce qu'il est devenu et, s'il est toujours vivant, faire en sorte qu'il ne puisse plus nuire...

– Alors laissez-moi vous accompagner ! Tant qu'il respirera vous serez en danger.

– Non, Jean ! Je n'ai pas le droit... ni la force de partager votre vie, même pendant quelques jours, même pour accomplir ma vengeance. Cependant ne soyez pas inquiet : entre « Lalie » et Jaouen, je serai bien entourée, bien conseillée. Et puis, ajouta-t-elle avec un sourire, en avez-vous terminé avec votre... grande tâche ?

– Non. Non, je l'avoue, murmura-t-il le visage soudain tendu. La Révolution est finie et les prisons vont s'emplir de ceux qui ont déchaîné la Terreur mais la Convention siège toujours aux Tuileries... et moi, je... j'ai tout à recommencer !

– Comment cela ? – Et soudain plus bas : Où est... l'enfant ?

Il baissa la tête, détourna le regard :

– Je n'en sais rien. Il... il m'a été enlevé en Angleterre alors même que je nous croyais à l'abri tous les deux.

– Par qui ?

– Cela non plus, je ne le sais pas. Une nuit, des hommes masqués ont envahi notre maison. J'ai été assommé, blessé... pas gravement, rassurez-vous ! Lorsque j'ai repris connaissance j'étais seul, ligoté. Une chance encore que l'on ne m'ait pas tué ! Enfin, si on peut appeler cela une chance puisque j'ai failli à ma mission...

– Et vous n'avez retrouvé aucune trace ?

– Juste assez pour supposer, après des semaines de recherches vaines, qu'il a été ramené en France...

– Mon pauvre ami !

– Ne me plaignez pas, je vous en prie... et parlons d'autre chose ! Votre voiture est là, tout près, me permettez-vous de vous y mener ?

Elle comprit qu'un refus lui serait un chagrin dont il n'avait nul besoin. Et puis elle n'eut pas non plus le courage de se refuser à elle-même cette joie et, glissant sa main sous son bras :

– Voulez-vous venir jusque chez moi ?

– Non, c'est préférable... Je vais sans doute repartir mais avant je veux aller à Charonne... chez Marie.

Une même émotion les étreignit et la main de Batz se posa sur celle de Laura, l'enferma un instant. Elle murmura :

– Ma maison sera toujours à votre disposition. Je laisserai les clefs à Julie Talma...

Encore quelques pas et ils atteignaient la voiture dont Jaouen était en train d'ouvrir la portière pour faire monter la vieille dame. Mais avant de poser son soulier sur le marchepied, Lalie s'approcha de Batz et l'embrassa :

– Il faut tout de même que quelqu'un vous donne un baiser, chuchota-t-elle. Ce n'est sans doute pas celui que vous choisiriez mais, pour l'instant, il faudra vous en contenter...

Il se mit à rire, l'embrassa à son tour et l'aida à s'asseoir.

– Je reste avec lui, dit Pitou en réponse au regard de Laura. Et j'irai vous voir avant que vous ne partiez.

Elle sourit, lui tendit la main puis l'offrit à Jean et, cette fois, il y posa ses lèvres juste un peu plus longtemps qu'il ne le fallait, ne la lâchant que pour la mettre en voiture. Jaouen sauta sur le siège. Batz referma la portière, recula puis, les yeux dans les yeux de Laura :

– N'oubliez pas ! « In omni modo fidelis » !

Il salua profondément, comme il eût salué la Reine tandis que Jaouen enlevait ses chevaux...

Saint-Mandé, 18 avril 2000.

REMERCIEMENTS

Si loin que l'on s'efforce de pousser le souci du détail, et de la recherche, même pour un roman, il arrive que quelque chose échappe et se révèle important. Ainsi de la famille de l'avocat Jacques Thilorier, et je tiens à offrir un remerciement chaleureux à

Monsieur Arnaud de BATZ de TRENQUELLEON.

En m'offrant une copie des origines de Mme d'Epremesnil, il m'a permis d'éviter une erreur regrettable. Ce dont je lui suis très reconnaissante.

ADMIRAL (Henry), domestique 50 ans
BAUSSANCOURT (Philippe-Charles Élysée), sous-lieutenant de carabiniers 27 ans
BIRET-TISSOT (Jean-Louis), domestique Grandmaison 35 ans
BOUCHARD (Marie-Nicole), domestique 18 ans
BOUILLIE (Antoine), officier de santé 37 ans
BRIEL (Gabriel-Jean-Baptiste), prêtre 56 ans
BURLANDEUX (Joseph-Henri), officier de paix 39 ans
CARDINAL (François), instituteur 40 ans
LAMARTINIÈRE née CHEVAILLIER (Marie-Suzanne) 34 ans
COMTE (Louis), négociant 41 ans
CONSTANT (Barthélemy), gendarme à cheval 42 ans
CORTEY (Joseph-Victor), épicier 37 ans
DANGE (François), administrateur de Police 47 ans
DESHAYES (Jean-François), militaire puis membre du Comité de surveillance de Luçon 68 ans
DEVAUX (Jean-Louis, Michel), commis à la Trésorerie Nouvelle 29 ans
ÉGRÉE (Nicolas-Joseph), brasseur 40 ans
EPREMESNIL née SANTUARE (Françoise-Augustine d') 40 ans
FLEURY (Marie-Maximilien-Hercule ROSSAY, comte de) 23 ans
FROIDURE (Nicolas-Marie-André), administrateur de police 29 ans
FUSTIER (Jean-Charles Christophe), charpentier 26 ans

GIRAUD (Robert-Antoine), médecin des eaux de Vichy, officier municipal — 57 ans
GRANDMAISON (Marie anct BURET), actrice aux Italiens — 27 ans
GUETHENOC ROHAN-ROCHEFORT (Jean de), cultivateur — 24 ans
HARDOY D'HAUTEVILLE (Charles-François-René du), comte — 23 ans
JARDIN (Étienne), directeur des Transports militaires depuis la Révolution. Avant : piqueur du Roi — 48 ans
JAUGE (Théodore), banquier — 47 ans
KARADEC (Louis), agent de change — 45 ans
LAFOSSE (François), chef de surveillance à la police — 44 ans
LAVAL-MONTMORENCY (Pierre de) — 25 ans
LESCUYER (Joseph-Guillaume), musicien — 46 ans
LOILLIER (Pierre), aubergiste — 36 ans
LOLIÈRE (Abraham), ancien militaire et ancien curé — 40 ans
MARINO (Jacques, Jean-Baptiste), peintre en porcelaine, administrateur de police, commissaire, inspecteur des maisons garnies — 37 ans
MARSAN (Théodore), vivant de son bien — 27 ans
MESNIL-SIMON (Henri de), capitaine de cavalerie — 53 ans
MICHONIS (Jean-Baptiste), limonadier, administrateur de police — 59 ans
OZANNE (François-Auguste), officier de paix — 40 ans
PAINDAVOINE (Claude), concierge de la Maison des ci-devant Loteries, imprimeur des Adminis. Nat. — 43 ans

Lemoine-Crécy née Parmentier (Anne-Madeleine-Lucile)	52 ans
Pommier (François), marchand de bois	39 ans
Pons (Charles-Armand-Auguste de)	47 ans
Pottier (Louis), imprimeur et membre du comité revol. de la section Le Pelletier	44 ans
Puiffer (Pierre), notaire	42 ans
Renault père (Antoine), marchand papetier et cartier	62 ans
Renault (Aimée-Cécile)	20 ans
Renault fils (Antoine-Jacques), papetier	31 ans
Renault (Edmée-Jeanne), religieuse	60 ans
Roussel (Pierre- Balthazar), vivant de son bien	26 ans
Saint-Mauris (Louis-Marie-François, prince de)	38 ans
Saintanac (André), élève en chirurgie à l'hôpital militaire de Choisy-sur-Seine	22 ans
Sainte-Amaranthe (Jeanne-Françoise-Louise Demier)	42 ans
Sainte-Amaranthe (Louis de)	17 ans
Sartine née Sainte-Amaranthe (Charlotte-Rose-Émilie)	19 ans
Sartine fils (Charles-Marie-Antoine), maître des requêtes	34 ans
Soules (Antoine-Prosper), administrateur de police	31 ans
Viart (Achille), militaire	51 ans
Griois née Vincent (Catherine-Suzanne)	45 ans
Virot-Sombreuil père (François-Charles de), gouverneur des Invalides	74 ans
Virot-Sombreuil fils (Stanislas), capitaine de hussards puis de la garde de Poissy	26 ans

La fin de cette histoire paraîtra dans le dernier tome :

La Comtesse des ténèbres

TABLE

Cet ouvrage a été réalisé par la
SOCIÉTÉ NOUVELLE FIRMIN-DIDOT (Mesnil-sur-l'Estrée)
pour le compte de LA LIBRAIRIE PLON

Achevé d'imprimer en mars 2000

Imprimé en France
Dépôt légal : mars 2000
N° d'édition : 13238 – N° d'impression : 51307